Willi Vögeli
Der Kollaborateur
Kriminalroman

© 2023 Willi Vögeli, www.willivoegeli.de
2. Auflage 2025
ISBN 978-9-403-70424-1
Druck und Distribution im Auftrag: Bookmundo, Mijnbestseller Nederland B.V. | Delftestraat 33 | 3013AE Rotterdam
Coverdesign: Franziska Lühmann, www.franziskaluehmann.de

Das Werk, einschließlich seiner Teile, ist urheberrechtlich geschützt. Für die Inhalte ist der Autor verantwortlich. Jede Verwertung ist ohne seine Zustimmung unzulässig.

*„Das Vergangene ist nie tot,
es ist nicht einmal vergangen."*
William Faulkner

In Erinnerung an Hugo und Henri Steigleiter, stellvertretend für die vielen unbekannten Frauen und Männer, die ihren Widerstand gegen den Nationalsozialismus mit dem Leben bezahlten. Im Unterschied zu der frei erfundenen Geschichte im Buch wurden die realen Brüder wegen „Landesverrat und Vorbereitung eines hochverräterischen Unternehmens, Verbreitung von kommunistischen Schriften, Unterstützung der Roten Hilfe und Mitgliedschaft im Kanal- und Rheinschifferverband" am Morgen des 6. November 1940 in Berlin-Plötzensee mit einem Fallbeil hingerichtet. Hugo war 20 Jahre, Henri 23 Jahre alt.

Zwischen August und November 1944 überzogen Wehrmacht und Gestapo die Menschen in den Dörfern am Vogesenflüsschen Rabodeau und seinen Nebentälern mit einem „Aktion Waldfest" genannten grausamen Terrorregime. Nach der Befreiung Ende November 1944 wurde die Gegend „Tal der tausend Deportierten", „Tal der Tränen" (de Gaulle) oder „Tal der Witwen" genannt.

Prolog

Oktober 1981

Vom Spielplatz dringt leises Kindergeschrei in das kleine Wohnzimmer. Es ist so still, dass zwischen dem Rascheln der Seiten des Büchleins, in dem Wolfgang aufgewühlt blättert, das Ticken der alten Kommodenuhr zu hören ist. Duft von frisch gebrühtem Kaffee überdeckt den leicht muffigen Geruch der Polstergarnitur, die sie vor langer Zeit zusammen mit der Schrankwand und der Kommode gekauft hat.

„Das Tagebuch meines Großvaters?"

Wolfgangs Stimme klingt hart. Als er zornig aufspringt, schreckt sie zusammen. Aufgebracht tigert er die wenigen Schritte zwischen Zimmertür und Couch hin und her. Es macht ihr Angst, wie fremd er ihr in seinem Zorn erscheint. Aufgewühlt blättert er weiter in dem Büchlein, das sie ihm vor wenigen Minuten geradezu feierlich überreicht hat. So hat sie ihn noch nie erlebt. Ihr kommt es vor, als würden ihm die pechschwarzen Haare noch widerspenstiger vom Kopf abstehen als sonst.

Nach dem Selbstmord ihrer Tochter hat sie die Verantwortung für den damals Vierjährigen übernommen und ihn gegen alle Widrigkeiten großgezogen. Mit all der Liebe, die ihr zur Verfügung stand, hat sie ihn zum Mittelpunkt ihres Lebens gemacht. Anders wäre es nicht gegangen.

„Aber hier steht …" er fängt an, mit der linken Hand wild in der Luft herumzufuchteln „… hier steht nichts von einem …". Abrupt bleibt er stehen und fixiert sie mit wildem Ernst. „Hast du gewusst, dass deine große Liebe ein Maquisard war?" Hitzig setzt er nach. „Maquis. Résistance. Auf jeden Fall im Widerstand gegen die Faschisten. Auf der Seite derer, die sich gewehrt haben!"

Kaum erkennbar nickt sie. Noch nie hat sie ihn so aufbrausend erlebt. Obwohl sein Verhalten sie einschüchtert, hält sie seinem Blick stand. Sie weiß nicht so recht, was sie sagen soll. Schmerzhaft spürt sie die wütende Empörung, die sich gegen sie richtet, versteht aber nicht so ganz, was sie ausgelöst hat. Ohne großen Erfolg versucht sie ihre Gesichtszüge unter Kontrolle zu halten.

„Aus gutem Grund hat sich der Vater deines Kindes im Wald versteckt, anstatt bei dir zu sein? Und die Geschichte mit dem Schiffsunglück bei Straßburg? Warum erzählst du mir solche Märchen, wenn die Wahrheit doch so viel mehr wert ist?"

Ungläubig schüttelt er den Kopf und nimmt wieder seinen Raubtiergang zwischen Couch und Zimmertür auf. Die Augen konzentriert auf die schwer lesbare Handschrift gerichtet, blättert er weiter in dem Tagebuch.

Als er unvermittelt vor ihr stehen bleibt, entfährt ihr ein leiser Schrei. Sie hat Mühe, aus der Tiefe des Sessels zu ihm aufzusehen. Wie groß er geworden ist. Und hager. Wahrscheinlich isst er zu wenig, seit er nicht mehr bei ihr wohnt.

„Warum hast du in all den Jahren nie mit mir darüber geredet?"

An dem Beben in seiner Stimme hört sie, wie viel Mühe es ihn kostet, ruhig zu bleiben. Anklagend hält er ihr das rote Büchlein vor die Nase, dessen grober Einband Brandspuren zeigt. „Nach zwanzig Jahren erzählst du mir bei einer Tasse Kaffee und einem Stück Kuchen, dass die Nazis meinen Großvater umgebracht haben, weil er im Widerstand war. Und dass die Geschichte vom Schiffsunglück auf dem Rhein nichts weiter als ein Märchen ist."

Die unerwartet heftige Reaktion ihres Enkels erschüttert ihre ansonsten robuste Haltung. Ihr zierlicher Körper scheint zu schrumpfen, droht ganz in den durchgesessenen Polstern des Sessels zu verschwinden.

„Aber das hier!" Wieder hält er das Büchlein hoch. „Das ist kein Märchen. Hier drin hat der Vater meiner Mutter die letzten Monate seines Lebens beschrieben. Für dich! Für die große Liebe seines Lebens. Bedeutet dir das denn gar nichts?"

Sie spürt, wie sich ihre Augen mit Tränen füllen. Er ist laut. Seiner Körperhaltung sieht sie an, dass er hin- und hergerissen ist, zwischen dem Bedürfnis, einfach aus der Wohnung zu stürmen, und dem Verlangen, weitere Erklärungen von ihr zu fordern.

„Wolfgang, jetzt beruhig dich doch. Setz dich doch bitte wieder hin." Hilflos schaut sie zu dem Stück Kuchen auf seinem Teller, von dem er gerade mal einen Bissen probiert hat. Sanft, mit zitternder Stimme, spricht sie weiter. „Ich war gerade mal siebzehn, als ich schwanger wurde. Als Hugo im Spätsommer '44 ein letztes Mal nach Speyer kam, konnte ich ihn nur treffen, weil meine Mutter an dem Nachmittag für ein paar Stunden mit meinem völlig betrunkenen Vater beschäftigt war, der kurz vor unserem Hoftor mit seinem Fahrrad gestürzt war." Während sie sich mit einem Stofftaschentuch die Tränen von den Wangen tupft, hebt sie den Kopf und sucht seinen Blick. „Ja. Ich wusste, dass Hugo von der Polizei und der Gestapo gesucht wurde. Vielleicht ahnte ich den Grund. Sicher gewusst habe ich es nicht. Für meine Eltern waren Hugo und Henri immer nur Halbstarke, die ihren Beruf als Rheinmatrosen dazu nutzten, um Tabak und Schnaps zu schmuggeln. Genau wie ihr Vater." Sie hält inne, braucht einen Moment, um die Vergangenheit zu vergegenwärtigen. In Erinnerungen versunken, schweift ihr Blick zur Uhr, dann weiter zum Fenster. Für einen langen Moment ist es still. Dann atmet sie tief durch und sucht wieder seinen Blick. „Mitte der Fünfziger, Mireille, deine Mutter, war gerade mal zehn, kam ein Päckchen aus den Vogesen. In einem kurzen Brief erzählte mir ein junger Elsässer von seiner Frau, seinem Sohn und seinem Vater, die alle in einer Nacht von deutschen Soldaten erschossen wurden. In dieser Nacht starben auch Hugo und sein Bruder." Fahrig greift sie nach der Kanne und gießt sich Kaffee in ihre Tasse. Sie schaut auf das zerschlissene, in rote Pappe eingebundene Notizbuch in Wolfgangs Hand. „Das Büchlein lag bei dem Brief. Er hat es bei der Renovierung seines niedergebrannten Elternhauses gefunden." Wieder holt sie tief Luft. „Mehr als zehn lange Jahre wusste ich nicht, was mit Hugo passiert war."

Wolfgang macht einen halben Schritt zurück und setzt sich widerstrebend auf die Lehne der Couch, jederzeit bereit, wieder aufzuspringen. Sie sieht seine zornig zusammengezogenen Brauen, die aufeinandergepressten Lippen und ahnt, wie viel Kraft es ihn kostet, ihr zuzuhören. Da sie nicht genau weiß, was er von ihr hören will, redet sie einfach weiter. Angespannt umklammern ihre Hände die hölzernen Sessellehnen. In dem Bemühen, ihrer brüchigen Stimme etwas mehr Halt zu geben, richtet sie sich auf.

„Aber was hätte ich mit diesem Wissen anfangen sollen? Es änderte nichts daran, dass ich eine Mutter ohne Mann war und deine Mutter ein Bankert, ein in Schande gezeugtes Kind." Ein bitterer Unterton schleicht sich in ihre Stimme. „Nach '45 wollte keiner bei den Nazis mitgemacht haben. Man war Opfer der Nazipropaganda gewesen oder hatte weggeschaut, um zu überleben. Keiner hat von irgendwelchen Gräueltaten gewusst. Schlimmstenfalls war man aufgrund widriger Umstände zum Mitläufer geworden. Widerständler haben da nur gestört, weil sie den anderen ein schlechtes Gewissen gemacht haben. Auch zehn Jahre nach Kriegsende sahen die meisten Leute in Henri und seinem Bruder nichts anderes als Kriminelle und Vaterlandsverräter. Verstehst du?"

„Und heute ist es nicht viel anders." Wütend schüttelt er den Kopf. „Weißt du, wie viel alte und neue Nazis dort draußen rumlaufen?" Er macht eine weiträumige Geste. „Keiner regt sich über den braunen Dreck auf, mit dem sie um sich werfen. Hier", er deutet auf den Antifa-Aufnäher an seiner schwarzen Lederjacke, „irgendwer muss sich doch wehren. Du hättest dir doch denken können, was das für mich bedeutet!"

„Es war nie der richtige Augenblick, Wolfgang. Du warst in den letzten Jahren mehr mit der Schule und deinen Freunden beschäftigt. Und seit du studierst und in Heidelberg wohnst ..., na ja ..., wann haben wir das letzte Mal darüber geredet, was dich neben dem Studium so beschäftigt?" Unsicher schnäuzt sie sich in ihr Taschentuch.

„Aber Oma, verstehst du denn nicht, dass …"
Sie will ihm noch sagen, dass sie Angst um ihn hat, sich Sorgen macht, wenn er so laut und offen gegen alte und neue Nazis wettert, sich mit einem Plakat vor deren Türen setzt oder an Demonstrationen teilnimmt. Aber da ist er schon weg. Ohne ein weiteres Wort aufgesprungen und türenschlagend aus der Wohnung gestürmt.

1

September 1940

An einem spätsommerlich warmen Septemberabend schlenderte Jean-François Mutzig durch Straßburgs Innenstadt in Richtung Gerberviertel. Seine Rückkehr war gerade mal zwei Wochen her, und es war ihm vom ersten Tag an schmerzlich aufgefallen, dass er nicht in die gleiche Stadt gekommen war, die er mit der Evakuierung im September des vergangenen Jahres verlassen hatte. Zu seiner Freude waren nach dem Einmarsch der deutschen Truppen im Juni viele Straßburger in ihre Stadt zurückgekommen. Dass sich aber in den Verkaufsgeschäften und Straßen immer mehr Wehrmachtsuniformen unter die Rückkehrer mischten, ließ ihn schwermütig werden. Da half auch das Gerücht über die baldige Wiedereröffnung der Universität nicht. Vor den Westportalen der hoch aufragenden Cathétrale Notre-Dame blieb er kurz stehen. Bei dem Anblick der von riesigen Fahnen verunstalteten weltbekannten Fassade stieg Wut in ihm auf. Mit raschen Schritten ging er weiter zur erst vor ein paar Wochen in Krämergasse umbenannten Rue Dernière. Die ganze Stadt schien mit Tausenden Hakenkreuzfahnen mehr gefesselt als beflaggt. Immer wieder sah er Schaufenster und Haustüren, die mit großen, gelben und weißen Judensternen gebrandmarkt waren. Von der geschäftigen Lebensfreude in den menschengefüllten Gassen der Altstadt, die ihm, dem Gymnasiasten aus dem kleinen Dorf an der elsässischen

Weinstraße, ein berauschendes Gefühl von Weltoffenheit und Toleranz vermittelt hatte, war nichts mehr zu spüren. Wie ein bösartiger Nebel hatte sich der gewalttätige Germanisierungswahn der Besatzer über die ganze Stadt gelegt.

Aber noch etwas anderes vibrierte in den Straßen. Überall spürte man eine rohe, kraftstrotzende Stimmung des Aufbruchs. Jean-François selbst bemerkte eine widerwillig aufkeimende Neugierde in sich. Er überquerte den ebenfalls germanisierten Gutenbergplatz und entschied sich für den kürzesten Weg zur Pont Saint Martin. In den Weinstuben und Kneipen hörte man nur noch deutsche Lieder – und nicht wenige Straßburger sangen laut mit. So war es auch an diesem Abend, als er das in Gerberstube umbenannte Tanneurs betrat.

Kräftiger Duft von gegartem Sauerkraut und geräuchertem Schweinefleisch schlug ihm entgegen und erinnerte ihn an die eher kargen Mahlzeiten der vergangenen Tage. So gut besucht hatte er die Weinstube noch nie erlebt. In dem ständigen Hin und Her der gut gelaunten Menge entdeckte er an der Theke Lucien Catieux, einen ehemaligen Kommilitonen, den er schon aus seiner Zeit am Gymnasium in Colmar kannte. In einem Anflug von Wehmut dachte er an den großen Freundes- und Bekanntenkreis, der ihm im Jahr vor der Besatzung zugewachsen war. Seit seiner Rückkehr nach Straßburg war es ihm nicht gelungen, auch nur einen vertrauten Menschen zu treffen. Voller Freude, endlich ein bekanntes Gesicht zu sehen, schob er sich durch die dicht gedrängte Menge auf die Theke zu.

„Salut Lucien. Ça va?" Er begrüßte seinen Bekannten mit Handschlag. Erst jetzt fiel ihm auf, dass in dem lauten Durcheinander von Stimmen kein einziges Wort Französisch zu hören war.

„Wen haben wir denn da? Das ist doch Jean-François Mutzig. Wo bist du denn abgeblieben, die ganzen Jahre?"

Lucien grinste über das ganze Gesicht und schien sich ehrlich zu freuen. Er sah gut aus und war, soweit es Jean-

François beurteilen konnte, nach der neuesten Mode gekleidet. Ihm fiel sein eigener, dürftig gefüllter Koffer ein, mit dem er nach Straßburg gekommen war, und er ertappte sich dabei, wie er sich nach einem Spiegel umschaute.

„Die ganzen Jahre. Jetzt übertreib mal nicht. Es ist gerade mal ein Jahr her, seit wir uns das letzte Mal gesehen haben." Er versuchte Blickkontakt zu der jungen Frau hinter der Theke aufzunehmen.

„Aber was für ein Jahr, mein Freund. Ganz Europa ist im Aufbruch. Was das gerade für uns Junge an Chancen bringt! Im nächsten Jahr wird in Straßburg eine Reichsuniversität gegründet." Mit großen Augen schaute Lucien seinen Schulfreund an. „Jean-François. Wir können wieder studieren. Und wenn ich dir einen Tipp geben darf, lass das Französische. Die Deutschen verstehen da keinen Spaß. Wenn dir nach couragiertem Verhalten ist", aus irgendeinem Grund fand er die Formulierung lustig, „halt dich ans Elsässische."

Neben der Euphorie und dem Glanz in Luciens Augen registrierte Jean-François auch den kleinen Anstecker des elsässischen Hilfsdienstes am Revers seines Gegenübers. „Wenn es dir so gut geht, wie du aussiehst, Lucien, scheinst du ja diese Chancen schon optimal zu nutzen. Mit was verdienst du dein Geld? Wovon kann man in einer besetzten Stadt so gut leben, wenn man nicht zu den Besatzern gehört?" Erschrocken über seine eigene Bemerkung schaute er um sich. Er hatte von Leuten gehört, die wegen des Tragens einer Baskenmütze für Monate in den Kerkern der deutschen Polizei verschwunden waren.

Die Frau hinter der Theke fragte ihn mit hochgezogenen Brauen stumm, was er trinken wolle.

Er musste fast schreien. „Einen Riesling bitte!"

Immer mehr weinlaunige Gäste kamen in die nicht sehr große Schankstube, und der Geräuschpegel stieg von Minute zu Minute.

„Das entscheidest du doch ganz allein! Zum Wohl, mein Freund!" Lucien hob das Glas und prostete ihm zu.

„Was entscheide ich ganz alleine? Wovon redest du?"

Während er prüfend an seinem Wein nippte, musterte Jean-François die gut gelaunte Menge. Auch wenn die meisten Gäste Zivilisten waren, dominierten doch die deutschen Uniformen. Mancher Kragenspiegel zeigte die Runen der SS, andere die Streifen der Wehrmacht. Diese laute deutsche Heiterkeit um ihn herum machte ihn unsicher, und er fühlte sich zunehmend unwohl. Natürlich wusste er, wovon Lucien sprach. Von der Möglichkeit, mit den Wölfen zu heulen. Was nichts anderes bedeuten würde, als den Weg seines verhassten Vaters einzuschlagen.

„Was ist, Jean-François, schmeckt dir der Wein nicht, oder fehlt dir das Geld für ein weiteres Glas? Wovon lebst du eigentlich? Immer noch von deinen kleinen Übersetzungen?"

„Ich bin auf der Suche nach Arbeit. Das ist aber nicht so ganz einfach in diesen Zeiten."

Sie mussten fast schreien, so laut war es in der Weinstube geworden. Die Menschen standen so eng, dass er ständig angerempelt wurde und nur mit festem Griff an die Theke seinen Platz halten konnte. Für einen kurzen Moment hatte die Menge Lucien zwei Armlängen von der Theke abgedrängt. Immer wieder tauchte sein Gesicht zwischen den vielen Köpfen auf, wie der Korken einer Angelschnur, an der ein unentschlossener Fisch knabbert. Es schien ihm überhaupt nichts auszumachen. Er machte eher den Eindruck, als fühlte er sich wohl.

Im Unterschied zu Jean-François, der sich sehr zusammenreißen musste, um seinen ehemaligen Mitstudenten nicht zur Rede zu stellen. Er erinnerte sich an heißblütige Auseinandersetzungen am Ufer der Ill, oder, wenn sie Geld hatten, in einer der Kneipen, in denen vor allem Studenten verkehrten. Eine Debatte über Nietzsche fiel ihm ein, in der Lucien Nietzsche gegen heftige Anfeindungen seiner falsch verstandenen Herrenmoralthesen verteidigte. Gerne hätte er ihm ein Zitat Nietzsches entgegenhalten: *„Nicht die Führer aus der Gefahr gefallen Euch am besten, sondern die Euch von allen Wegen* *abführen, die Verführer".* Aber eine innere Stimme riet ihm, dies jetzt und hier besser zu unterlassen.

„Vielleicht kann ich dir ja helfen." Lucien hatte es wieder neben ihn an die Theke geschafft und schrie ihm ins Ohr. „Ich habe da ein paar Kontakte, die außergewöhnliche Talente zu schätzen wissen. Was meinst du?" Mit beiden Armen fuchtelnd versuchte er, die junge Frau hinter der Theke auf sein leeres Glas aufmerksam zu machen.

„Von welchen Talenten redest Du? Welche Talente meinst du?", schrie Jean-François zurück. Er war praktisch mittellos, und wenn er nicht bald zu Geld kam, war er gezwungen, wieder nach Colmar zu ziehen, oder noch schlimmer, nach Kaysersberg.

„Na ja, ich erinnere mich sehr gut an dein beneidenswertes Sprachtalent und wie beängstigend einfach es dir gelingt, das Vertrauen von Menschen zu gewinnen. Selbst Wildfremde fressen dir nach einer halben Stunde aus der Hand."

Endlich hatte ihn die junge Frau bemerkt und stellte zwei volle Gläser auf die Theke. Lucien schob ihm einen Wein hin und schwadronierte mit steigender Euphorie weiter über die große Zukunft, die allen vernünftigen Menschen nun offenstehen würde.

Früher als geplant verließ Jean-François das Tanneurs. Er hatte es einfach nicht mehr ausgehalten inmitten der laut feiernden Uniformträger. Am Ufer der Ill war die Luft immer noch sommerlich warm, und er trug seine Jacke locker in der Armbeuge. Verliebte Pärchen flanierten Arm in Arm am Wasser entlang, in dem sich das bernsteinfarbene Licht der Gaslaternen spiegelte. Trotz der friedlichen Abendstimmung wählte er den kürzesten Weg durch die Altstadt. Das Treffen mit Lucien hatte eine wachsende Verzweiflung in ihm ausgelöst, und er hoffte, seinen väterlichen Freund Pater Bruno anzutreffen.

Als er in die Gasse einbog, in der das Kloster lag, fiel ihm der große schwarze Wagen unter der Gaslaterne zunächst nicht auf. Den Blick gedankenverloren auf den Boden gerichtet, steuerte er auf das kleine Seitentor zu, das zu den einfachen Zimmern des Junggesellenheims führte. Erst die Geräusche zweier sich öffnender Autotüren zogen seine Aufmerksamkeit wieder auf die Außenwelt. Mit erstaunten Augen sah er zwei Männer in dunklen Anzügen auf sich zukommen.

„Herr Mutzig? Sind Sie Jean-François Mutzig?"

Die Frage klang nicht unfreundlich. Da ihm beide Männer den Weg versperrten, blieb er stehen. Er versuchte zu verstehen, wer ihn da spätabends auf der Straße nach seinem Namen fragte.

„Warum wollen Sie das wissen und wer sind Sie?" Obwohl ihm die Situation nicht ganz geheuer war, klang seine Stimme fest.

„Es gibt da jemanden, der Sie sprechen möchte. Würden Sie uns bitte zum Wagen folgen, wir müssen ein Stück fahren?" Der Wortführer machte eine einladende Geste in Richtung des Wagens.

„Wer will mich sprechen, und wer sind Sie überhaupt? Ich werde den Teufel tun und mit Leuten in einen Wagen steigen, die ich noch nie in meinem Leben gesehen habe." Er spürte, wie das beklemmende Gefühl aus dem Tanneurs wieder Besitz von ihm ergriff.

„Aber, aber, Herr Mutzig. Wer wird denn vor einem Gotteshaus den Teufel ins Gespräch bringen. Apropos Teufel." Der Wortführer machte einen halben Schritt auf ihn zu, dann schaute er sich übertrieben verschwörerisch um. „Sie wissen, dass Ihre Frau Mutter Halbjüdin ist, oder?" Jetzt klang die Stimme nicht mehr so freundlich. „Wenn Ihnen Ihr eigenes Schicksal schon egal ist, dann überlegen Sie bitte, was einer Halbjüdin in den heutigen Zeiten alles zustoßen kann. Also?"

Die schockartig einsetzende Furcht um seine Mutter lähmte jede Gegenwehr. Widerstandslos ließ er sich von den beiden Männern zu dem Wagen führen.

Nicht weit von der Altstadt entfernt hielt der Wagen vor einem weiträumigen, viereinhalbstöckigen Bürgerhaus, vor dem neu errichtete Fahnenmasten zeigten, wer der neue Hausherr war. Der bisherige Wortführer wies ihm mit barschen Worten den Weg durch ein großes, von SS-Männern bewachtes Eingangsportal, zwischen Dutzenden in der Eingangshalle hin- und hereilenden Uniformierten hindurch, zu einer Treppe, die in den Keller des Gebäudes hinabführte. Am Ende eines Ganges schoben sie ihn an einer geöffneten, schweren Holztür vorbei in einen Raum, in dessen Mitte ein kleiner quadratischer Tisch mit zwei gegenüber platzierten Stühlen stand. Mit rasendem Puls begann er sich zu fragen, was den Aufwand lohnte, ihn, den mittellosen Studenten, in Haft zu nehmen. Seine Bewacher wiesen ihn an, sich zu setzen. Dann fiel die schwere Tür ins Schloss – und er war allein. Verzweifelt schaute er sich um. Seine Füße standen auf nacktem Beton, die Wände waren rau verputzt, und das Licht kam von einer schirmlosen Glühbirne an der Decke über dem Tisch, an dem er saß. Zwei schmale Kellerfenster waren mit massiven Brettern fachmännisch abgedeckt. Alles, was er sah, bestätigte seine schlimmsten Ängste.

Im Laufe der folgenden Stunde versuchte er mit steigender Panik eine Erklärung für seine Situation zu finden. Was hatte er falsch gemacht? Welches Verhalten oder welche Bemerkung hatte ihn auf die Liste der Deutschen gesetzt? Die Vorgesetzten der beiden Männer konnten unmöglich von dem Gespräch mit Lucien wissen. Er wollte aufstehen, sich bewegen, traute sich aber nicht, seinen angewiesenen Platz zu verlassen. Hin und wieder jagten Stiefelschritte auf dem Gang oder ein dumpfer Schrei aus anderen Räumen seinen Puls in die Höhe. Das schiere Aushalten seiner Wehrlosigkeit und die alle Überlegungen überlagernde Angst vor Folter und Misshandlungen ließen ihn am ganzen Körper zittern.

Nach einer weiteren Stunde, die ihm ausreichend Zeit gab, sich alles Hörensagen über die Methoden der SS und der deutschen Geheimpolizei ausführlich vor Augen zu führen, befürchtete er, allmählich die Kontrolle über seine Gedanken und seinen Körper zu verlieren. Was ihm am meisten zusetzte, war die Vorstellung, dass sie seiner Mutter etwas antun könnten und er nicht die Macht hätte, dies zu verhindern.

Das Geräusch der sich öffnenden Tür riss ihn in die Realität zurück. Ein großgewachsener SS-Offizier mittleren Alters mit breiten Schultern, kurz geschorenem, blondem Haar und einem großflächigen, von reichlich Alkoholgenuss geröteten Gesicht trat forsch in den Raum. Nachdem er Jean-François einige Augenblicke grußlos gemustert hatte, schloss er die Tür und kam an den Tisch. Während er sich setzte, legte er eine dünne Kladde vor sich ab. Umständlich schlug er sie auf und begann mit großer Sorgfalt die wenigen Blätter darin durchzusehen.

„Sie werden sich sicher schon gefragt haben, warum wir uns die Mühe machen, einen kleinen, unbedeutenden Studenten hierher in unsere Stadtvilla zu holen." Er schaut kurz hoch. „Die Herren haben sich doch hoffentlich korrekt verhalten?"

Vergeblich suchte Jean-François nach einer Spur von Hohn oder Häme in der Stimme seines Gegenübers. Er riss sich zusammen, konnte aber ein leichtes Beben in seiner Erwiderung nicht verhindern. „Eine Antwort darauf ist mir bisher nicht eingefallen. Vielleicht können Sie mir da weiterhelfen."

Der Offizier musterte ihn mit leichter Verwunderung. „Das will ich gerne tun, Herr Mutzig." Er erhob sich und begann auf und ab zu gehen. „Um es kurz zu machen. Das einzige Ziel unseres Hierseins ist es, die Kraft der nationalsozialistischen Idee auch in Frankreich wirken zu lassen. Unserer Überzeugung nach gibt es unter den Völkern nur eine Rasse, die für die Zukunft der Menschen steht. Wenn wir nicht rasch und konsequent in die Entwicklung eingreifen, ist die Erde in nicht allzu ferner Zukunft in der Mehrheit von minderwertigen Rassen, Irren und lebensunfähigen Kreaturen bevölkert. Unter der Führung von Adolf Hitler haben wir Deutsche es uns zur Aufgabe gemacht, das europäische Festland, Russland und England von bolschewistisch-jüdischem Ungeziefer zu befreien, um ein arisches Reich zu begründen, das eintausend Jahre und länger Bestand haben und die Evolution auf der Erde einen großen Sprung nach vorne bringen wird."

Hier unterbrach der große Mann seine Wanderung für eine kurze Pause, nur um zu sehen, wie sein kleiner Vortrag auf Jean-François wirkte. Diesem stand die angestrengte Beherrschtheit ins Gesicht geschrieben. Der SS-Mann schien nichts anderes erwartet zu haben und fuhr mit seinem Monolog fort.

„Wie stark Deutschland ist, brauche ich Ihnen nicht zu beschreiben, Sie können es leicht an Ihrer eigenen aktuellen Situation erkennen. Trotzdem brauchen wir Verbündete. Wir hätten es gerne, wenn Sie mit uns zusammenarbeiten. Sie würden weiter wie bisher leben, mit der geringfügigen Änderung, dass wir eine kleine Wohnung für Sie anmieten und Ihnen ein zufriedenstellendes Auskommen sichern. Des Weiteren würden wir es sehr begrüßen, wenn Sie nach der Gründung der Reichsuniversität Straßburg im nächsten Jahr wieder Ihr Studium aufnehmen. Als Gegenleistung erwarten wir regelmäßige Treffen und Gespräche. Unsere Vereinbarung würde auch die Übernahme spezieller Aufträge enthalten, die selbstverständlich zusätzlich und leistungsbezogen entlohnt werden." Der Offizier setzte sich an den Tisch. „Nun, Herr Mutzig. Mich würde sehr interessieren, wie Sie zu unserem Angebot stehen."

Jean-François' Zittern hatte sich verstärkt. Was gäbe er jetzt für einen Schluck Wasser. Krampfhaft versuchte er das Offensichtliche zu begreifen. Obwohl der rationale Kern seines Denkens schon die Ausweglosigkeit seiner Situation erkannt hatte, war er tief in seinem Innern noch nicht bereit aufzugeben. „Ich wüsste nicht, wie ich Ihnen von Nutzen sein könnte. Ich kenne niemanden in Straßburg. Seit ich wieder hier bin, habe ich keinen einzigen bekannten Menschen getroffen. Ich glaube, Sie sehen in mir jemanden, der ich nicht bin." Das zunehmende Beben in seiner Stimme bekam er nicht in den Griff.

„Das sehen wir anders, Herr Mutzig. Sie sprechen verschiedene Sprachen, insbesondere Französisch und Deutsch akzentfrei, ganz zu schweigen von dem hervorragenden Alemannisch, welches Sie in Ihrem Heimatstädtchen gelernt haben. Darüber hinaus sind Sie unseren Informationen nach, ein flexibel denkender Mensch, dem es leichtfällt, auf andere zuzugehen und der es anderen leicht macht, ihm zu vertrauen. Alles in allem also beste Voraussetzungen für die Arbeit, die wir zu vergeben haben." Wieder musterte er seinen Gefangenen kurz. „Und kommen Sie mir nicht mit irgendwelchen moralischen Bedenken. Die Moral ist in der nationalsozialistischen Idee sehr gut aufgehoben. Besser als in jeder anderen."

„Ich soll mich an der Unterdrückung meiner Landsleute beteiligen, indem ich Spitzeldienste für Sie übernehme?" Für einen kurzen Moment verdrängte aufschießende Wut seinen Überlebensinstinkt. „Euer Führer ist ein Brandstifter und ein Massenmörder zugleich! Den Teufel werde ich tun, um ..."

Weiter kam er nicht. Der Schlag traf ihn mit solcher Wucht, dass er mitsamt seinem Stuhl nach hinten kippte. Augenblicklich tauchte der Offizier über ihm auf und verpasste ihm ein paar schmerzhafte Fußtritte in die Rippen und in den Schritt.

„Wir können gerne diskutieren, Herr Mutzig, aber Beleidigungen unseres Führers lasse ich nicht durchgehen. Ich hoffe, wir haben uns verstanden. Also reißen Sie sich zusammen und setzen Sie sich wieder hin."

Stöhnend rappelte sich Jean-François auf, stellte den Stuhl an seinen Platz und setzte sich. Während er ein Taschentuch aus seiner Jacke zog und sich zitternd das Blut abwischte, das ihm aus der Nase lief, musterte ihn der Offizier nachdenklich.

„Herr Mutzig, ich habe den Eindruck, dass Sie Bedenkzeit brauchen. Zu diesem Zweck werden Sie ein paar Tage unser Gast bleiben. Wir werden Ihnen in unserem speziellen Gästehaus ein Zimmer mit Vollpension zur Verfügung stellen. Allerdings müssen wir darauf bestehen, dass Sie uns zu regelmäßigen Gesprächen zur Verfügung stehen. Die Beamten dort interessieren sich vor allem für Ihre Unterstützung jüdischer Auswanderer. Verbindungsleute, Fluchtwege und so weiter, Sie wissen schon." Der Offizier stand auf und suchte Jean-François' Blick. „Damit wir uns richtig verstehen! Wenn wir uns nicht einig werden, wird Ihre Mutter zuerst ihre Arbeit verlieren. Im Deutschen Reich ist es nicht üblich, dass arische Kinder von Mischlingen ersten Grades unterrichtet werden. Als Nächstes wird sie eine kostenlose Fahrkarte von uns bekommen. Sie haben doch von Schirmeck oder Dachau gehört?" Die Türklinke in der Hand warf er einen letzten Blick auf seinen Gefangenen. „Ach ja, einen schönen Gruß vom Herrn Papa soll ich bestellen. Hätte ich doch beinahe vergessen."

Da war sie, die Erklärung. Sein Vater hatte also doch noch eine Möglichkeit gefunden, den eigenen Sohn auf den rechten nationalsozialistischen Weg zu bringen. Jahre vor der deutschen Annektierung hatte er, der nationalsozialistischen Idee folgend, die Ehe mit seiner Frau gelöst und war in die Pfalz gezogen. Jean-François erinnerte sich mit Wut und Ekel an die plumpen Versuche seines Vaters, ihn von der hehren Reinheit einer nationalsozialistischen Zukunft der Welt zu überzeugen. Für einen Moment ließ ihn der aufschießende Hass die Hoffnungslosigkeit seiner Situation vergessen.

Nach einer gefühlten Ewigkeit schwang die Tür auf. Zwei uniformierte SS-Leute kamen in den Raum und fesselten ihm die Hände auf den Rücken. Sie nahmen ihn in die Mitte und führten ihn durch das Haus zu einem Wagen auf dem Hof, der ihn aus der Stadt hinaus aufs Land brachte.

Die Verhöre folgten einem einfallslos geschriebenen Drehbuch. Zwei Uniformierte stellten ihm abwechselnd immer wieder die gleichen Fragen. Für welche jüdische Organisation er arbeite, welchen Juden er Kontakte vermittelt und welche Kontaktadressen er benutzt habe. Es gipfelte immer in der Drohung, wenn er nicht endlich mit Namen und Adressen herausrücke, würden sie seine Mutter noch am gleichen Tag in den Zug nach Dachau setzen. Während der stundenlangen

Befragungen wurde er beschimpft, beleidigt und gedemütigt und immer wieder mit Schlägen auf Füße, Schienbeine und Knie gequält. Er schrie und jammerte vor Schmerzen und Verzweiflung. Manchmal nannte er irgendwelche Fantasieadressen, die aber niemanden zu interessieren schienen. Die Zeitpunkte der Verhöre waren willkürlich. Manchmal holten sie ihn mehrmals in der Stunde, dann ließen sie ihn einen halben Tag in Ruhe.
Eine dieser längeren Pausen endete mit der Aufforderung des eintretenden SS-Unteroffiziers, er möge sich zusammenreißen und mitkommen. Sie stellten ihn unter eine heiße Dusche und ließen ihm Zeit, sich die vergangenen Tage von der Haut zu schrubben. In der Umkleidekabine fand er seine zuletzt getragenen Kleider, frisch gereinigt über einem Stuhl hängen.

„Sie sehen etwas mitgenommen aus, Herr Mutzig."
Wieder fiel Jean-François das Fehlen jeglichen Spotts oder Häme auf. Nachdem man ihn nach Straßburg zurückgebracht hatte, saß er in einem großen Büro vor einem massiven Schreibtisch aus Eiche.
„Meinen ersten Urlaub auf dem Land hatte ich mir anders vorgestellt. Das Programm war doch etwas eintönig." Eine innere Stimme sagte ihm, dass es hier nicht ums Buckeln ging.
„Sie haben sich Ihren Humor erhalten, Herr Mutzig. Respekt. Das erlebt man in meinem Beruf eher selten. Entschuldigen Sie, dass ich vergaß, mich bei unserem ersten Treffen vorzustellen: SS-Sturmbannführer Friedrich Scheel." Er erhob sich und begann, wie bei ihrem ersten Zusammentreffen im Zimmer auf und ab zu gehen. „Verstehen Sie mich bitte nicht falsch. Aber ich gehe davon aus, dass man das Ergebnis der Bedenkzeit, die wir Ihnen verordnet haben, mit einer gewissen Bereitschaft zur Zusammenarbeit mit uns beschreiben kann. Wir wissen um die Grenzen menschlicher Leidensfähigkeit und erwarten nicht von Ihnen, dass Sie es mit Freude

tun." Er machte sich an einem Schrankfach zu schaffen und kam mit einer Flasche Cognac und zwei Gläsern zurück.

„Natürlich werde ich für Sie arbeiten." Jean-François sagte es ein wenig zu schnell und zu laut, was Scheel aber nicht zu stören schien. „Mir ist nur noch nicht ganz klar, worin diese Arbeit bestehen soll und was genau Sie von mir erwarten."

„Das werde ich Ihnen genauestens erklären, es besteht überhaupt kein Grund zur Eile. Sie trinken doch einen Cognac." Ohne eine Antwort abzuwarten, stellte er ein großes, bauchiges Glas vor Jean-François, das andere schob er zur Mitte des Schreibtisches und schenkte großzügig in beide Gläser ein. Nachdem er wieder Platz genommen hatte, griff er zur Zigarrenkiste und wählte mit großer Sorgfalt eine Zigarre aus. „Ich nehme nicht an, dass Sie sich in der letzten Woche das Rauchen angewöhnt haben, oder liege ich da falsch?" Kurz zog er die Augenbrauen nach oben. „Pardon. Das war jetzt wohl etwas unsensibel." Er kappte das Mundstück mit einem silbernen Zigarrenschneider und brannte die Zigarre genüsslich paffend an. „Kommen wir zum Geschäftlichen. Wir haben für Sie in der Nähe des Karl-Roos-Platzes, dem ehemaligen Place Kleber, eine kleine Wohnung angemietet. Mitten in der Altstadt, nicht weit von der Universität und ihren jüdischen Kontakten. Vor ein paar Tagen haben elsässisch-deutsche Patrioten die große Synagoge niedergebrannt, also können wir davon ausgehen, dass der Hilfebedarf schnell wachsen wird. Zu unserer Vereinbarung gehört, dass Sie jeglichen Kontakt zu Ihren kirchlichen Freunden aufgeben, insbesondere den Schwarzkitteln. Ihrem väterlichen Freund Pater Bruno haben wir die Nachricht zukommen lassen, dass Sie Straßburg wegen Ihrer schwer erkrankten Mutter verlassen mussten. Bei der landwirtschaftlichen Kreditkasse Elsass-Vogesen haben wir Ihnen ein Konto eingerichtet, auf das jeden Monat ein Betrag überwiesen wird, der Sie nicht reich macht, aber Ihre bisherigen finanziellen Möglichkeiten deutlich erweitert. Offiziell arbeiten Sie für die Verwaltung der Stadt Straßburg als freischaffender

Übersetzer, also müssen Sie dort nicht täglich Ihre Stunden absitzen, um glaubwürdig zu bleiben. Und wenn im nächsten Jahr die Reichsuniversität eröffnet wird, würden wir es sehr begrüßen, wenn Sie wieder studieren." Er schob eine dünne, schwarze Aktentasche über den Tisch. „Hier ist alles drin, was Sie brauchen: Mietvertrag, Schlüssel, Kontounterlagen, Arbeitsvertrag mit der Stadtverwaltung und so weiter."

Dann schwenkte er den Cognac mit leichten Kreisbewegungen und erhob das Glas. „Das wäre es fürs Erste. Auf eine gute Zusammenarbeit, Herr Mutzig!"

2

2. September 1982

„Das darf doch alles nicht wahr sein, Marx. Der Kerl führt uns doch an der Nase herum."

„Wir wissen noch nicht, ob es ein Mann ist, Herr Hauptkommissar."

Kriminalhauptkommissar Beck mustert seinen Oberkommissar mit kaum verhohlenem Ärger. Ohne handfeste Gründe dafür nennen zu können, mag er seinen engsten Mitarbeiter nicht. Es bleibt für ihn ein fortwährendes Rätsel, wieso er dennoch nie ernsthaft versucht hat, einen anderen Kollegen zugewiesen zu bekommen. Marx muss über verborgene Qualitäten verfügen, die ihn auf geheimnisvolle Weise wertvoll machen, anders kann er sich das nicht erklären. Vielleicht imponiert ihm der Mut eines Mannes, der sich ohne Not mit einem fliederfarbenen T-Shirt unter einem an den Schultern obszön ausgepolsterten, pastell-rosafarbenen Sakko in der Öffentlichkeit zeigt. Während er sich abwendet und die wenigen Schritte von Marx' Schreibtisch zu dem offenstehenden Fenster geht, spricht er weiter.

„Dieser Mensch ist dermaßen dilettantisch vorgegangen, dass es einfach Hinweise geben muss! Allein die Waffe! Ich gehe jede Wette ein, dass es eine Schreckschusspistole ist, mehr nicht. Oder eine Spielzeugpistole, für Karneval oder so. Wahrscheinlich hat er die im gleichen Geschäft gekauft wie die J.-R.-Ewing-Maske. Haben Sie sich das mal angeschaut? Dallas meine ich?" Er winkt ab. „Egal.

Mit zweifelndem Gesichtsausdruck schaut Oberkommissar Karl-Heinz Marx seinem Vorgesetzten hinterher.

Am Fenster angekommen, lehnt sich Beck mit dem Gesäß gegen die Fensterbank. „Und ich biete noch eine weitere Wette an."

„Ja, Herr Hauptkommissar?"

Mit missbilligender Miene mustert Beck die weißen Lederslipper, in denen die nackten Füße seines Untergebenen stecken. Er ertappt sich bei der Überlegung, ob Marx möglicherweise wöchentlich zum Friseur geht, anders ist der zu jedem Zeitpunkt einwandfreie Haarschnitt nicht zu erklären. „Wenn wir ihn diese Woche nicht kriegen, und danach sieht es ja im Moment aus, ist nächste Woche eine weitere Filiale dran."

„Wir haben nichts, Herr Hauptkommissar. Allein in Ludwigshafen gibt es Dutzende Geschäfte, bei denen man diese Masken kaufen kann. Von Mannheim ganz zu schweigen. Die Fahndung läuft seit Tagen auf Hochtouren. Alles, was auch nur annähernd als Zeuge beschrieben werden kann, ist mehrfach vernommen worden. Nicht ein einziger Hinweis, der uns weiterhilft. Ich bin die kompletten letzten beiden Jahre nach ähnlichen Fällen in Ludwigshafen und Mannheim durchgegangen. Kein einziger Treffer." Mit einer müden Handbewegung deutet er auf die Aktenstapel, die seinen Schreibtisch zur Hälfte bedecken. „Die Telefonanrufe kommen von den üblichen Wichtigtuern, Verrückten und Einsamen. Zumindest bis jetzt. Heute Morgen habe ich noch einmal mit den Kollegen vom Rauschgift telefoniert. Nichts. Es ist wie verhext."

„Was erwarten Sie, Marx? Dass jemand anruft, uns einen Namen nennt, möglichst mit Adresse. Hier ist gute alte Polizeiarbeit gefragt, Marx. Manchmal ist es wie Waldfegen. Also schnappen Sie sich verdammt noch mal zwei Uniformierte und telefonieren Sie alle Geschäfte ab!"

Ungewollt wird Beck laut. Es ist immer dasselbe. Überlässt er Marx oder anderen die Verantwortung für einen Fall, hängt ihm der Staatsanwalt im Nacken, warum es nicht vorwärtsgeht. Hält er alles auf seinem Schreibtisch, wird ihm vorgeworfen, er könne nicht delegieren, oder schlimmer noch, er traue seinen eigenen Leuten nichts zu.

„Wie bitte? Ich kann Ihnen nicht ganz folgen, Herr Hauptkommissar."

„Was ja nicht gerade das erste …"

Einen Augenblick zu spät unterbricht das Klingeln des Telefons die abschätzige Bemerkung. Beck meint, ein ärgerliches Blitzen in den Augen von Marx zu erkennen, bevor sich dieser von ihm abwendet und zum Hörer greift.

„Kriminaloberkommissar Marx, Kommissariat zur Bearbeitung von Kapitaldelikten, was gibts?"

Beck sieht, wie Marx' Gesichtszüge einen ernsten Ausdruck annehmen.

„Was ist los, Marx?" Völlig entgegen seiner Laune flüstert er. „Irgendetwas Neues von unserem Bankräuber?"

Beschwichtigend hebt Marx die freie Hand. Während er weiter konzentriert zuhört, macht er sich Notizen.

„Ja! In Ordnung! Ja! … Ja! … Ich weiß, wo das ist. … Ja! … Wir kommen."

Schnell ist Beck beim Schreibtisch seines Oberkommissars. „Jetzt erzählen Sie schon, oder muss ich erst einen schriftlichen Antrag bei Ihnen stellen." Kein Flüstern mehr.

Marx legt den Hörer auf und schaut auf seinen Block. „Wir haben eine Leiche."

„Wo, Mann? Lassen Sie sich doch nicht jedes Wort einzeln aus der Nase ziehen."

„Hinter St. Martin, unterhalb der Kalmit. Ein junger Mann ohne Gesicht."

„Wie, ohne Gesicht?"

„Der Tote ist ziemlich übel zugerichtet. Der Hund eines Wanderers hat ihn beim Stöbern am Grund einer Bergfalte zwischen zwei Hängen, einer Art Trockental, gefunden."

Ohne ein weiteres Wort eilt Beck über den Flur in sein eigenes Büro. Er hat den Hörer schon in der Hand, als er durch die offene Tür ruft: „Marx! Sagen Sie Senta Bescheid! Sie soll sich mit den Kollegen vor Ort in Verbindung setzen und die Kalmit dichtmachen! Es gibt da nur drei Straßen zum Gipfel! Die Kalmithöhenstraße ist, glaube ich, sowieso noch gesperrt. Und sagen sie Dr. Stein Bescheid." Ohne auf Marx' Reaktion zu warten, wählt er die beiden Ziffern des Erkennungsdienstes. Auf seiner Armbanduhr ist es kurz vor elf.

„Hans, bist du das? Wir brauchen dich und deine Fährtenleser. Pack deinen Koffer und sammle deine Truppe, wir müssen nach Sankt Martin zum Felsenmeer! Wir treffen uns in zehn Minuten unten bei meinem Wagen."

Marx steht in der Tür und wartet auf Beck. Der schnappt sich sein Sakko, dann sind sie auf dem Flur. Eine knappe Stunde später rasen sie die holprige, in engen, unübersichtlichen Kurven zum Kalmitgipfel führende Totenkopfstraße hinauf. Wie in den Felsen eingefräst folgt die Fahrbahn auch der kleinsten Faltung der dicht mit Kiefern, Esskastanien, Eichen und Buchen bewachsenen Bergflanke. Links von ihnen begrenzt der steil aufsteigende Hang, unterbrochen durch längere Strecken meterhoher Sandsteinfelsen, die Gegenfahrbahn und verstellt in Linkskurven den Blick auf den Gegenverkehr. Rechts fällt der Hang steil ab. Zweimal erzwingen Motorradfahrer, die in sportlicher Schräglage aus einer engen Kurve auftauchen, waghalsige Ausweichmanöver. Fast verpassen sie die Abzweigung, die in spitzem Winkel vom Gipfel auf die Totenkopfstraße trifft.

Als sie auf den großen Wanderparkplatz unterhalb des Kalmithauses rollen, sieht Beck einen Mannschaftswagen mit offenen Türen, daneben zwei Streifenwagen. Seine Laune hebt sich ein wenig, als er die kleine, schwarz gekleidete Gestalt mit den regenbogenfarbenen Haaren wahrnimmt, die rauchend an einer lehmverschmierten Enduro lehnt.

Marx stellt den Passat neben dem Bulli ab. Schnell kommt die zierliche Frau zur Beifahrerseite und wartet ungeduldig, bis Beck aussteigt. Als er steht, überragt er seine Kommissarin um Kopfeslänge.

„Hallo Senta."

„Wir müssen ein Stück gehen, Chef. Der Doc ist schon vorgegangen." Die junge Kommissarin nickt Marx kurz zu.

„Hallo Charlie!"

Marx grüßt freudlos zurück.

„Ich habe die Straßen, die hier hochführen und alle Wanderwege im Umkreis von einem guten Kilometer um den Fundort abgeriegelt. Haben Sie ja gesehen, hinter Sankt Martin. Niemand kommt ungesehen auf den Berg oder runter, außer er schlägt sich quer durch den Wald."

Beck grinst sie mit großen Augen skeptisch an. „Du hast im Umkreis von einem Kilometer das Gelände abgeriegelt? Mitten im Wald? Innerhalb einer knappen halben Stunde?"

„Eigentlich war es ja fast eine ganze Stunde. Ich kenne einen jungen Kollegen aus Neustadt. Gerade letztes Wochenende haben wir uns bei einem Punkkonzert in Frankfurt getroffen. Den hab ich angerufen. Der hat mit seinem Chef geredet, der wiederum mit seinem Kollegen in Landau und schon waren fünfzehn Mann unterwegs. Im Unterschied zu uns sind die hier ganz gut besetzt. So what! Hatte einfach Glück."

„Warum heißt so jemand wie du eigentlich Senta?"

Die beiden Augenbrauen-Piercings unter den bunten Haaren bewegen sich sorgenvoll aufeinander zu. „Hey Chef! Was ist los?"

„Nichts. Nichts. Gute Arbeit! Hast du echt gut gemacht." Er schaut sich um. Unter der kritischen Beobachtung ihres Chefs Hans Gauweiler, hieven die beiden jungen Kollegen vom Erkennungsdienst gerade ihre Alukoffer von der Ladefläche des Kombi. Ein Blick auf seine Uhr sagt ihm, dass es kurz vor zwölf ist. „Marx, Sie bleiben hier und reden mit dem Rentner, der die Leiche entdeckt hat. Und vielleicht hat ja noch jemand aus dem Wandervolk etwas bemerkt." Er sucht Sentas Regenbogenhaare.

„Sitzt oben vorm Kalmithaus, Chef. Mit noch ein paar anderen Wandergesellen. Ein Kollege ist bei ihm."

„Sie haben es gehört, Marx. Sie koordinieren die Absperrungen. Wenn jemand was will, sind Sie der Ansprechpartner." Während er sich umdreht, nimmt er verdutzt wahr, dass sein Oberkommissar auf einmal feste Wanderschuhe an den Füßen hat.

„Hans, seid ihr soweit? Dann lass uns runtergehen." Ohne eine Antwort abzuwarten, geht er zwischen den beiden Streifenwagen hindurch zum Rande des Parkplatzes. Vor einem Uniformierten, der den Zugang zu dem mit rot-weißem Flatterband abgesperrten Wanderweg sichert, bleibt er stehen und wartet auf die anderen.

Die Gruppe steigt unter Sentas Führung in einen schmalen Pfad ein, der eine ganze Weile mit sanftem Gefälle durch hohen Mischwald mit Esskastanien, Eichen und Kiefern führt. Der Wald ist offen, außer Heidelbeersträuchern und vereinzelten Büschen gibt es kaum Unterholz. Durch kleine Lücken in den Baumwipfeln dringen Sonnenstrahlen und überziehen den Waldboden mit kleinen, goldenen Lichtpfützen.

Nach einer knappen halben Stunde tauchen rechts über ihnen Sandsteinfelsen auf, die immer mächtiger werden. Oben auf dem Bergkamm türmen sich auf der Länge von einigen Hundert Metern beeindruckende Felsenkolosse. Beck hat die kleine Wanderung durch das Felsenmeer schon oft gemacht. Meist allein, um seine Gedanken zu ordnen. Der Pfad steigt wieder leicht an. Der würzige Duft von Kiefernharz und von der Sonne aufgeheiztem hellen Sand erinnert ihn an Waldabenteuer seiner Kindheit.

Sentas Stimme holt ihn in die Gegenwart zurück. „Da vorne ist es Chef!"

Der linke Rand des Pfades ist über etwa zwanzig Meter mit einem rot-weißen Flatterband gesichert, hinter dem es steil nach unten geht. Rechts ragt fast senkrecht eine beeindruckende Felswand in die Höhe, an der hoch oben Spalte und Durchlässe zu erkennen sind.

Senta deutet nach unten. „Wir müssen da runter. Ist echt ätzend."

Während sich die Kriminaltechniker ihre Schutzkleidung überziehen, schaut sich Beck nach Hinweisen um, die mit der Leiche in Zusammenhang stehen könnten. In dem gleichmäßigen Grün und Braun, das nach unten hin immer dusterer wird, kann er nur schwer so etwas wie einen Grund erkennen. Der gegenüberliegende Hang ist vielleicht fünfzig Meter entfernt, schätzt er. Nach unten zwanzig oder mehr.

„Hans. Ihr geht vor, bevor ich mir wieder euer Gejammer anhören muss. Und vielleicht sollte auch jemand dort hinauf." Er deutet zu einer großen Felsspalte hoch über ihnen. „Nicht unwahrscheinlich, dass die Leiche von dort oben gekommen ist."

Augenrollend schickt Gauweiler seinen jungen Kollegen Wurster, den Beck als etwas überengagiert in Erinnerung hat, zum Felsenkamm hoch und macht sich mit Müller an den steilen Abstieg. Das wadenhohe, dicht verwachsene Heidelbeergestrüpp bringt die Männer immer wieder ins Straucheln. Derbe Flüche sind zu hören.

Beck schickt Senta hinter Wurster her zum Kamm hoch. Dann folgt er den Technikern nach unten. Kaum hat er den ersten Schritt gemacht, hört er ein ärgerliches Zischen von Gauweiler, der sich einige Meter unter ihm von Stamm zu Stamm hangelt. Er solle verdammt noch mal ein paar Meter weiter links in ihrer Spur bleiben. Ob das denn so schwer sei.

Je weiter sie nach unten kommen, umso intensiver riecht es nach verrottendem Laub und Pilzen. Schon auf halber Höhe sieht er die schmale Gestalt von Dr. Stein. Kaum sind sie unten angelangt, klappt der Rechtsmediziner seine Tasche zu und richtet sich auf.

„Können Sie mir schon etwas sagen, Doktor?" Beck will dem Rechtsmediziner entgegengehen, wird aber von Gauweiler gestoppt.

„Helm, du bleibst da stehen, bis ich dir Bescheid gebe. Du kennst das doch." Er nickt dem Mediziner zu. „Hallo, Dr. Stein.

Nachdem sich Beck kurz orientiert hat, erkennt er wenige Schritte vor sich ein Bündel pechschwarzer Haare im niedrigen Heidelbeergestrüpp, darunter rohes Fleisch. Gänsehaut kriecht ihm über Nacken und Arme.

Der Gerichtsmediziner sieht Becks Blick und nickt. „Hallo Beck. Zwei Schüsse in den Oberkörper, einer davon tödlich. Junger Mann, keine dreißig. Ich schätze mal, er liegt da seit gestern Nachmittag. Zu den Verstümmelungen, die Sie gleich sehen werden, ist nicht viel zu sagen. Die erklären sich von selbst. Alles Weitere dann morgen früh irgendwann. Ich melde mich."

„Danke Doktor." Beck und Stein kennen sich schon einige Jahre, und er weiß, dass er heute nicht mehr erfahren wird.

Während sich Stein an dem Stamm einer jungen Esskastanie den ersten Meter des Hangs hochzieht, wendet sich Beck wieder Gauweiler zu, der dabei ist, die Leiche und deren nähere Umgebung aus Dutzenden verschiedener Perspektiven zu fotografieren. Es dauert eine Weile, bis er sich auf Nahaufnahmen der Verletzungen und der Position von Armen und Beinen konzentriert. Bevor er mit der Untersuchung der Leiche beginnt, macht er Aufnahmen von dem Hang, über den der Tote mutmaßlich nach unten geschafft worden war. Hier in der Natur kommt Beck die aufdringliche Helligkeit der Blitzlichter unanständig vor. Während der Kriminaltechniker fotografiert, sucht Müller akribisch die nähere Umgebung ab. Beck weiß, dass das noch eine ganze Weile dauern kann. Er schaut seinen Kollegen zu und versucht zu erfassen, was das hier bedeuten könnte.

„Wolltest du nicht mal mit zum Training kommen, Helm?"

Beck schreckt aus seinen Gedanken hoch. Irritiert schaut er auf den breiten Rücken Gauweilers. „Was? Was redest du da?"

„Nach Mutterstadt. Du wolltest doch immer mal mit zum Krafttraining."

Verständnislos schüttelt Beck den Kopf. Vorsichtig befreien die beiden Erkennungsdienstler den Toten von Kieferzweigen und altem Laub. Entweder hat der Mörder nur sehr wenig Zeit gehabt, oder er hat ganz auf den Schutz der Enge und Tiefe dieser Bergfalte vertraut, denkt er. Er ärgert sich ein wenig, dass er direkt mit nach unten gekommen ist und nun tatenlos hier rumstehen muss. Vorsichtig will er einen Schritt zur Leiche machen. Ein scharfer Blick des Kriminaltechnikers, der konzentriert ein für Außenstehende nicht erkennbares Programm abarbeitet, lässt ihn innehalten. Entschuldigend hebt er die Hände. Sieht man von dem vielen Blut und dem völlig zerstörten Gesicht ab, liegt der Tote friedlich auf dem Rücken. Mit nacktem Oberkörper und bloßen Füßen, die Beine parallel beieinander, die Hände über dem blutigen Schritt gefaltet, wie zur Totenwache aufgebahrt. Langsam umrundet Gauweiler die Leiche, dabei bleibt er immer wieder in konzentrierter Beobachtung vertieft stehen. Ruhig erklärt er seinem Assistenten, der sorgfältig jeden Kommentar und jede Bemerkung notiert, was er sieht. Dann geht er unter geräuschvollem Schnaufen auf der linken Seite des Toten vorsichtig in die Hocke.

„Ein junger Mann. In den Zwanzigern schätze ich. War bis vor Kurzem noch bei guter Gesundheit und guter Kondition. Hat wohl regelmäßig Sport getrieben. Siehst du die seltsamen Zeichen auf seiner Brust? Sieht aus wie mit einem scharfen Messer eingeschnitten. Irgendetwas Arabisches, könnte auch hebräisch sein. Post mortem zugefügt."

„Wie lange ist er schon tot?"

Gauweiler sieht kurz zu Beck und deutet auf die fehlenden Fingerkuppen an beiden Händen. „Schau dir mal die Finger an, Helm. Da will uns jemand die Arbeit schwer machen."

Gauweiler begutachtet jetzt die rote Masse, die bis vor Kurzem das Gesicht eines jungen Mannes gewesen war.

„Der Täter hat einen großen Stein und ein scharfes Messer mit starker Klinge benutzt. Sämtliche Zähne sind ausgebrochen, die Stirnbeinknochen über den Augen sowie Kinn- und Jochbeinknochen sind zertrümmert. Die Nase wurde mit einem scharfen Messer abgetrennt. Auch wenn das alles sehr nach Wut und Raserei aussieht, hat der Täter meiner Meinung nach sehr zielstrebig gehandelt." Gauweiler tastet mit einem Stäbchen aus seinem Koffer vorsichtig in dem blutigen Loch herum, das einmal der Mund gewesen sein musste. „Heiliger Strohsack! Da meint man schon alles gesehen zu haben. Komm mal kurz her, Helm!"

Vorsichtig macht Beck zwei Schritte und schaut über Gauweilers Schulter in das zerstörte Gesicht des Mannes. „Scheiße Mann!" Angeekelt schreckt er zurück. „Ist es das, was ich denke?" Um nicht im Weg zu stehen, zieht er sich wieder auf seinen zugewiesenen Platz zurück.

„Ja. Dem armen Kerl hat man seinen Penis abgeschnitten und in den Mund gestopft. Da war er aber schon tot."

„Was ist das denn für eine Scheiße!", entfährt es Beck. „Russenmafia in der Pfalz. Das gibt's doch nicht."

„Wenn es dich beruhigt, die Schriftzeichen sind definitiv nicht kyrillisch. Müller, komm mal her. Die Hosen müssen runter."

Zu zweit ziehen sie dem Toten die Hosen aus. Keine Unterhose, der Schritt voller Blut. Vorsichtig drehen sie den Körper auf die Seite. Gauweilers Augen bleiben bei der Rückseite der Leiche, die er akribisch und mit viel Zeit untersucht. Nachdem sie mit der gleichen Aufmerksamkeit auch die Vorderseite des Toten begutachtet und fotografiert haben, ziehen sie ihm die Hosen wieder über die Beine.

„Gestorben ist er eindeutig an den beiden Schusswunden im Brustbereich, wie Stein schon sagte. Wahrscheinlich hat ihm gleich die erste Kugel den Herzmuskel zerfetzt. Erschossen wurde er irgendwo anders. Viel zu wenig Blut hier."

„Wie lange ist er tot?", wiederholt Beck seine Frage.

„Zwischen vierundzwanzig und sechsunddreißig Stunden. Ist aber nur eine Schätzung. Genaueres erfährst du nach der Obduktion." Gauweiler bringt seinen gut hundert Kilo schweren, muskelbepackten Körper in eine aufrechte Haltung und stellt sich neben Beck, der mit versteinertem Gesicht den toten Mann mustert. „Der kann dir keine Fragen mehr beantworten, Helm. Deine Leute sollten Ausschau nach den Zähnen halten. Die könnten uns weiterbringen. Ansonsten sind wir hier unten erst mal durch. Keine verwertbaren Spuren. Müller findet normalerweise sogar die berühmte Nadel im Heuhaufen. Das Laub ist nach diesem Wahnsinnssommer trocken wie Papier. Es reicht schon das kleinste Lüftchen, um alles aufzuwirbeln. Die heftigen Böen gestern Abend, bei denen wir alle auf das lange ersehnte Gewitter gehofft haben, haben wahrscheinlich alle Spuren verwischt. Wir schauen uns oben noch genauer um. Von irgendwo her muss er ja gekommen sein."

Beck nickt kurz, macht zwei behutsame Schritte und steht neben dem Toten. Hinter sich hört er den schweren Atem von Gauweiler, der sich leise fluchend hinter Müller den Hang hinaufarbeitet. Er sieht das zertrümmerte Gesicht, die gefalteten blutigen Hände über dem Schritt, die nackten Füße. Fehlen nur noch die Wundmale auf den Fußrücken, denkt er. Das ist ihm alles zu schlicht. Will ihn da jemand mit billigen Tricks in die falsche Richtung locken? Er spürt eine leichte Kränkung.

Wieder auf dem Wanderpfad angekommen, beobachtet Beck einen Moment Gauweiler und Müller dabei, wie sie konzentriert jeden Baum und jeden Strauch nach Spuren absuchen. Becks Blick wandert über die Felsen nach oben. Fünfzehn, zwanzig Meter hoch, schätzt er. Inzwischen ist es fast drei Uhr, und die Sonne lässt einige der höchsten Stellen des Sandsteins rot aufleuchten.

„Hallo! Hier rauf, Chef!"

Oben aus dem breiten Spalt sieht er einen zierlichen Arm mit einer schwarzen Lederjacke winken.

„Hier rauf, Chef! Und am besten bringen Sie den obersten Spurensicherer gleich mit."

„Madam wird sich noch etwas gedulden müssen." Gauweiler hat das Rufen mitbekommen. „Und bleibt verdammt noch mal von den Spuren weg. Haltet euch einfach an die Anweisungen von Wurster, bis ich nach oben komme."

Sofort verschwinden Arm und Lederjacke. Beck wirft Gauweiler einen scharfen Blick zu, der ist aber schon wieder mit den Bäumen und dem Heidelbeergestrüpp beschäftigt. In Gedanken bei dem toten jungen Mann macht er sich zügig Richtung Hütte auf den Weg, um von dort die Abzweigung zum Felsenkamm zu nehmen.

An der Schutzhütte schreckt er einen jungen Uniformierten hoch, der hastig seine Zigarette austritt und Beck ungefragt den Weg hinauf zum Kamm weist. Im Vorbeieilen schenkt er dem Polizisten ein kurzes Nicken. Zufrieden nimmt er wahr, dass alle Wanderwege, die auf die Hütte treffen, gesperrt sind. Schnell steigt er ein kurzes, steiles Stück des immer felsiger werdenden Pfades hoch. Die Brocken werden jetzt deutlich größer. Dann verschwindet der Wanderweg zwischen meterhohen Felsblöcken und schlängelt sich weiter durch immer höher aufragende Sandsteinkolosse. Die Felsen rücken mehr und mehr zusammen, bis der Pfad gerade mal Schulterbreite hat. Urplötzlich steht Senta vor ihm. Erschrocken machte er einen kurzen Schritt nach hinten und stößt sich den Kopf an der Kante eines Felsens.

„Musst du mich so erschrecken?"

„Sorry, Chef. Ich wollte Ihnen bloß mal demonstrieren, wie leicht man hier jemanden überraschen kann."

„Ist dir sehr überzeugend gelungen." Mit schmerzverzerrtem Gesicht reibt sich Beck den Hinterkopf.

Fast einen halben Meter über Sentas Kopf taucht das Gesicht eines ihm bekannten jungen Mannes mit tiefschwarzem, schulterlangem Haar und kurz gehaltenem Vollbart auf.

„Hier ist es passiert, Herr Hauptkommissar. Ich kann es Ihnen zeigen."

„Was genau ist hier passiert, Kollege?" Wie war gleich noch der Name von Gauweilers zweitem Mann?

„Na ja, ich war nicht dabei, Herr Hauptkommissar."

Ein Anflug von Ärger trübt Becks Gesicht.

„Das ist Wurster vom ED. Er hat Spuren gefunden und eine Theorie dazu. Kommen Sie! Schauen Sie selbst!" Senta steigt ein paar Felsvorsprünge hoch, damit Beck an ihr vorbeikommt und Wurster folgen kann.

Das wird Gauweiler überhaupt nicht gefallen, denkt Beck, während er vorsichtig den Kopf in die Richtung dreht, in der er Senta vermutet. „Kannst du schnell mal nach unten und Gauweiler informieren. Entscheidende Geheimnisse löst er lieber selbst."

Er folgt Wurster zwei enge Windungen weiter, dann treten die Felsen auf vielleicht drei Metern so weit auseinander, dass sich ein kleiner Raum bildet, in dem zwei Menschen bequem nebeneinanderstehen können. Der Kriminaltechniker steht vor einer übermannshohen Felsspalte, die ins Leere geht.

„Es war eine Sache von Minuten. Kein Kampf. Der Täter hat dem Opfer hier aufgelauert, hat zweimal geschossen und den Leichnam hier hinuntergestoßen." Als Beck nicht reagiert, redet er weiter. „Wenn Sie mich fragen, war das alles nicht geplant. Die Hektik der Aktion und die riskante Beseitigung der Leiche deuten eher auf eine spontane Tat hin. Und wer sucht sich schon einen beliebten Wanderweg für einen Mord aus?" Becks suchender Blick bestärkt Wurster darin, seine Theorie weiter auszuführen. „Der Täter hat die Leiche unten in dem Trockental versteckt, ist wieder hochgestiegen, hat das Blut so gut es geht aufgewischt und die Stelle mit Blättern und Kiefernadeln bedeckt."

Jetzt erst erkennt Beck eine von Laub verdeckte dunkle Stelle auf dem Felsboden. Als er aufsieht, schaut Wurster erwartungsvoll zu ihm herüber.

„Sie haben doch noch was, Wurster. Oder? Raus damit."

„Ein paar Meter weiter habe ich Fußspuren gefunden. Ich habe alles fotografiert, keine Angst." Wurster zeigt demonstrativ seine Kamera und tritt einen großen Schritt von der Felskante zurück. „Es sind Profilabdrücke von Springerstiefeln, die unterscheiden sich deutlich von den Mustern, die Wanderstiefel hinterlassen."

„Sie haben Profilabdrücke auf diesen Felsen gefunden, Müller? Jetzt werden Sie mir aber unheimlich."

„Ich heiße Wurster, Herr Hauptkommissar. Müller ist unten beim Chef."

„In Ordnung, Wurster. Also wie ist das jetzt mit den Profilabdrücken?"

„Dort, wo der Pfad wieder enger wird" Wurster weist auf die Stelle, an der der Weg zwischen den meterhohen Felsen verschwindet, „hat sich an verschiedenen Stellen eine ganz dünne Erdschicht auf dem Sandstein gebildet, wie kleine Pfützen. Kein vollständiger Abdruck, aber genug, um ein Profil zu erkennen."

Vorsichtig durchquert Wurster die Felsenkammer, wobei er Beck genau vorgibt, wohin der seine Füße setzen soll. Auf Wursters Weisung bleibt Beck an der Verengung stehen. Zwei Armlängen vor ihm zeigt Wurster auf den felsigen Boden. Tatsächlich ist der Fels neben Kiefernadeln und Laub auch mit ein wenig Erde bedeckt. Mehr kann er allerdings nicht erkennen. Schon gar keinen Schuhabdruck. Die Stelle ist nicht viel größer als seine Fischpfanne. Erst als Wurster, der jetzt auf seinen Hacken sitzt, die Umrisse der Spur mit einem Kugelschreiber eine Handbreit über dem Boden nachzeichnet, beginnt er zu sehen, wovon der Kriminaltechniker redet.

„Gute Arbeit, Wurster. Aber jetzt sollten wir auf Ihren Chef warten. Der sieht es gar nicht so gerne, wenn andere vor ihm die Geheimnisse lüften."

3

September 1944

Sorgfältig zog er die schweren Vorhänge zu. Kein Licht sollte nach draußen dringen und verraten, dass das Zimmer bewohnt war. Zurück an dem kleinen Tisch, auf dem die Flasche Pinot Noir auf ihn wartete, schaltete er die Stehlampe an. Den Wein hatte er vor einer guten halben Stunde von einer Bauersfrau geschenkt bekommen. Es war jetzt über eine Woche her, seit er sich in dem kleinen, etwas versteckt gelegenen Gasthof in der Nähe des Col du Hantz einquartiert hatte.

Während er die Flasche öffnete und Wein in ein Glas goss, kam ihm eine der Geschichten in den Sinn, die ihm die Bauersleute vor wenigen Stunden in der großen Wohnküche ihres Hauses am Ortsrand von La Petite-Fosse erzählt hatten. Bei einem Teller Suppe berichteten die alten Leute in einer Mischung aus Wut und Verzweiflung, wie zwei Wochen zuvor ein Gestapo-Kommando in den Laden des Weinhändlerehepaares Schmitt eingedrungen sei und beide unter der Anklage des Hochverrates verhaftet habe. Man habe ihnen vorgeworfen, sie hätten Wein an Maquis-Leute verkauft. Eine Woche nach der Verhaftung wurde von der Gestapo die Information lanciert, dass beide nach Dachau deportiert worden seien. Da hätte man sie auch gleich auf dem Dorfplatz aufhängen und zur Schau stellen können, meinte der Bauer.

Etwas in ihm rebellierte. Es war das Geschäft der alten Leute, Wein zu verkaufen, und sie verkauften täglich Wein. Seit über dreißig Jahren. Sie verkauften Wein an Bekannte, genauso wie sie wildfremde Kunden berieten und belieferten. Woran erkannte man einen Maquis-Rebellen?

Er spürte eine leichte Übelkeit in sich aufsteigen. Nachdem er einen weiteren Schluck Wein genommen hatte, löschte er das Licht. Mit dem gefüllten Glas in der Hand ging er die wenigen Schritte zum Fenster. Vorsichtig schob er eine Hälfte des Vorhangs beiseite und schaute in die mondhelle

Nacht hinaus. Hier in den Bergen kam die Dunkelheit viel schneller als in der Rheinebene. Der Gasthof lag im Wald, etwas abseits von der Passstraße. Aus dem Haus waren keinerlei Geräusche zu hören. Wie jeden Abend waren die Wirtsleute früh zu Bett gegangen. Auch der Wald, der das Gasthofgelände umschloss, verbarg sich in tiefem Schweigen. Hin und wieder wehte ein Tierlaut aus dem Stallgebäude herüber. Nichts war zu spüren oder zu hören von dem Morden und Schlachten, das um ihn herum auf der ganzen Welt tobte. Trotz der Propaganda-Arbeit der Wochenschau und der Androhung von martialischen Strafen für die Weitergabe sogenannter „Feindpropaganda" war das überraschend schnelle Vorrücken der feindlichen Truppen, die vor drei Monaten in der Normandie und vor gerade mal einem Monat bei Nizza gelandet waren, weitgehend bekannt. Es verging kein Tag, an dem er nicht an seine Mutter dachte, die er jetzt fast ein Jahr lang nicht gesehen hatte. Am liebsten würde er seine Robe mitsamt den letzten vier Jahren seines Lebens irgendwo im Wald vergraben und einfach zu ihr fahren. Kaysersberg war keine fünfzig Kilometer entfernt. Aber schon das laute Nachdenken darüber würde ihr Leben und damit auch das seine in höchste Gefahr bringen.

Ein leises, vorsichtiges Klopfen an der Tür schreckte ihn aus seinen Grübeleien. Ohne zu überlegen, zog er den Vorhang zu.

Schnell war er bei der Zimmertür und räusperte sich leise. „Wer ist da?"

„Herr Pfarrer, sind Sie das?" Das tiefe Flüstern des Mannes klang aufgeregt und ängstlich. „Wir brauchen Ihre Hilfe."

Er drehte den Schlüssel im Schloss und öffnete vorsichtig die Zimmertür. Im fahlen Licht, das durch ein Fenster in den Flur fiel, erkannte er einen der alten Bauern, mit denen er vor wenigen Stunden noch zusammengesessen hatte. Nach einem schnellen Blick die Treppe hinunter forderte er den Mann auf, einzutreten.

Der alte Mann gehorchte ihm nur widerwillig. Nachdem die Tür wieder geschlossen war, schaltete er die Deckenlampe an. Beide Männer kniffen die Augen vor der plötzlichen Helligkeit zusammen. Als er ihm einen der beiden Stühle bei dem kleinen Tisch anbot, schüttelte der Alte heftig seinen großen Kopf.

„Was ist denn passiert? So reden Sie doch, Mann!"

Sein nächtlicher Besucher suchte händeringend nach Worten. „Sie müssen mir vertrauen, Herr Pfarrer. Jemand braucht die Hilfe eines Geistlichen. Sie müssen mitkommen." Der Alte sah ihn bittend an.

Die klügste Reaktion wäre gewesen, sich wie die meisten Menschen in der Gegend hilflos hinter der großen Angst vor den Deutschen zu verstecken. Aber vielleicht war das jetzt die Chance, auf die er wartete. Um den Anschein zu wahren, musterte er einen langen Moment seine Schuhe. Dann gab er sich demonstrativ einen Ruck und blickte dem Alten fest in die Augen. „Warten Sie, ich nehme nur noch meinen Mantel."

Nahezu ohne Geräusch gelangten sie durch das Haus. Während er sich noch wunderte, wieso der Hund nicht anschlug, war der Alte durch das große Hoftor verschwunden, hinter dem eine kurze Auffahrt zur Passstraße führte. Auf halber Strecke zwischen Tor und Straße wartete der Bauer ungeduldig am Waldrand. Kaum hatte der Pfarrer ihn erreicht, trat er kommentarlos in die Dunkelheit eines schmalen Pfades, der in den Wald hineinführte. Der Pfarrer hatte Mühe, dem zügigen Trab zu folgen, den der kleine Mann augenblicklich vorgab. Wieder fiel ihm auf, wie ungewöhnlich ruhig es an diesem späten Abend war. Nicht einmal der Ruf eines Käuzchens oder einer Eule störte die Stille, die über dem Wald lag. Die Schritte und der Atem der beiden Männer waren die einzigen Geräusche, die zu hören waren.

Es dauerte eine Weile, bis sich seine Augen an die Dunkelheit gewöhnt hatten und er nicht jedes Mal ins Straucheln geriet, wenn sich einer seiner Füße in den dichten

Heidelbeerbüschen verfing, die den Waldboden bedeckten. Die Abendluft duftete kräftig nach würzigem Baumharz, Kiefernadeln, vermodertem Laub und Waldpilzen – ein Geruch, der seit Kindheitszeiten eine beruhigende Wirkung auf ihn ausübte. Überraschend schnell verlor er die Orientierung und hing seinen Gedanken nach. War das jetzt die Kontaktaufnahme, auf die er seit über einer Woche hinarbeitete? Wohlüberlegt hatte er bei verschiedenen Gesprächen in den vergangenen Tagen beiläufig erwähnt, dass er Straßburg nicht ganz freiwillig verlassen habe und aus Sicherheitsgründen für eine Weile hier in den Bergen bleiben wolle. Staunend und manchmal auch ein wenig ungläubig hatten die meisten seinem Bericht von der mehrtägigen Irrfahrt mit dem Fahrrad quer durch die Vogesen zugehört.

Allmählich stieg der Pfad an und der Alte wurde langsamer. Seinem Gefühl nach waren sie mittlerweile wenigstens eine Stunde unterwegs. Gerade als seine Angst, doch in einen Hinterhalt zu geraten, übermächtig zu werden drohte, hielt der Alte an und drehte sich zu ihm um.

„Wir sind da." Seine Hand wies geradewegs in die Dunkelheit vor ihnen.

Der Pfarrer konnte absolut nichts erkennen. „Wo?" Er starrte angestrengt in die Richtung, in die der Alte deutete. „Sie sagten, jemand brauche die Hilfe eines Pfarrers. Wo ist dieser jemand?"

„Kommen Sie her! Kommen Sie!" Der Bauer wedelte ungeduldig mit der Hand. „Sehen Sie den kleinen Pfad hier. Der führt zu einer Jagdhütte."

Erst als der Pfarrer direkt neben dem kleinen Mann stand, erkannte er die Spur.

„Gehen Sie jetzt! Und beeilen Sie sich! Ich warte hier auf Sie."

Er ließ den Alten stehen und betrat den Pfad, der eher ein Wildwechsel zu sein schien. Nach wenigen Minuten erkannte er in einiger Entfernung einen großen, dunklen Schatten zwischen den Bäumen. Ein paar Schritte später trat ein Mann aus dem Dunkeln und stellte sich ihm in den Weg. Der Karabiner war nicht auf ihn gerichtet, aber die entschlossene Haltung der dunklen Gestalt ließ keinen Zweifel daran, dass die Waffe geladen und entsichert war. Ohne ein Wort zu verlieren, wies ihn der Mann mit einer kurzen Geste an, ihm zu folgen. Schnell waren sie um die Hütte herum und standen vor einer niedrigen Tür, die der Bewaffnete ohne Kommentar öffnete. Aus dem Inneren fiel das warme Licht einer Petroleumlampe.

Vorsichtig trat er in die Hütte. Hinter ihm wurde die Tür geschlossen. Im Schein der Lampe erkannte er ein improvisiertes Krankenbett, das fast ein Drittel der roh gezimmerten Hütte ausfüllte. Aus einem bleichen, erschöpften Gesicht schauten ihm wache Augen entgegen. Auf dem breiten Schemel am Kopfende des Bettes stand neben der Petroleumlampe ein Wasserkrug mit Becher. Daneben verschiedene Medikamentenschachteln. Direkt bei dem Becher, in Reichweite des Kranken, lagen zwei Bücher, aus denen Lesezeichen ragten und ein Notizbuch mit Stift. Eines der Bücher war die Bibel. In der Ecke im Halbdunkel waren auf einem grob gezimmerten Holzregal ein Benzinkocher, Geschirr und einige Lebensmittel zu erkennen.

Trotz der offenkundigen Hinfälligkeit des Mannes, dessen Alter der Pfarrer auf weit über sechzig schätzte, ging eine starke Kraft von ihm aus.

„Guten Abend, Herr Pfarrer. Vielen Dank, dass Sie kommen konnten. Ich hoffe, wir haben Sie nicht zu sehr erschreckt. Wenn doch, dann bitte ich Sie vielmals um Entschuldigung." Die Stimme des Mannes war leise und zitterte ein wenig von den Anstrengungen, die es ihn kostete, am Leben zu bleiben. Als er sich dem Ankömmling zuwandte, rutschten die Decken ein wenig nach unten und enthüllten kurz die weißen Binden eines fest bandagierten Brustkorbes.

Mit zwei behutsamen Schritten trat der Pfarrer an das Bett des Schwerkranken. „Ich gebe gerne zu, dass mir Ihr nächtlicher Bote einen gehörigen Schrecken eingejagt hat. Aber was ist mit Ihnen? Es sieht ganz so aus, als könnten Sie einen erfahrenen Arzt dringender benötigen als einen jungen, unerfahrenen Pfarrer." Ohne Scham musterte er den Liegenden. „Vielleicht erklären Sie mir erst einmal, mit wem ich es zu tun habe und welchem Umstand ich dieses konspirative Treffen zu verdanken habe."

„Sehen Sie mir bitte nach, dass ich Ihrer abenteuerlichen Fahrradtour durch die Vogesen nicht so ganz traue, und wenn uns unser ehrwürdiger Pater aus Senones nicht abhandengekommen wäre, stünden Sie jetzt nicht an meinem Lager. Lassen Sie uns also keine Zeit mit unnötigen Vorstellungsritualen vergeuden."

Jäh verzog er sein Gesicht und verstummte. Offensichtlich gelang ihm das Reden nur mit außerordentlicher Willenskraft und großer Anstrengung. Mitfühlend schaute der Pfarrer in das von Schmerz gezeichnete Gesicht. Die ungewöhnlich langen, fast weißen Haare waren überraschend gepflegt, ebenso der grauschwarz gefleckte Vollbart. Dann verschwand der Schmerz wieder aus dem Gesicht des Schwerverletzten.

„Junger Mann. Ich möchte vorweg eines klarstellen. Die Wahrscheinlichkeit, dass ich sterbe, ist sehr groß. Vielleicht nicht morgen, vielleicht erst in ein paar Wochen. Und ich möchte von keinem, auch nicht von Ihnen irgendwelchen tröstlichen Unsinn hören. Sie sind hier, weil Sie der einzige erreichbare und, wie ich hoffe, auch vertrauenswürdige Priester in der näheren Umgebung sind und ich wahrscheinlich nicht mehr viel Zeit habe." Wieder zwangen ihn die Schmerzen zu einer kleinen Pause. Einige flache Atemzüge später bat er den Pfarrer, sich den zweiten Stuhl zu nehmen und sich an sein Bett zu setzen. „Glauben Sie an Gott, Herr Pfarrer?"

„Warum fragen Sie? Ich bin Pfarrer, also ..."

„Glauben all die vielen Kirchenleute an Gott, die Hitler in Europa, wenn nicht offen unterstützt, so doch mehr oder weniger wegschauend oder sogar wohlwollend geduldet haben? Oder ist die Realität dieses millionenfachen Schlachtens und

Folterns nicht einfach ein großartiger, unwiderlegbarer Beweis dafür, dass es gar keinen Gott gibt?"

Barsch war ihm der Schwerverletzte ins Wort gefallen. Er beschloss erst einmal zuzuhören.

„Wissen Sie, ich bin nicht als Soldat geboren. Seit ich sieben oder acht Jahre alt war, kann ich kein leeres Blatt sehen, ohne dem starken Drang nachzugeben, es zu beschreiben. Wenn ich weder Papier noch einen Stift zur Verfügung habe, leide ich wie ein Drogensüchtiger, dem man sein Heroin weggenommen hat. Ich bin Schriftsteller, trotzdem hat die Familientradition einen jungen Offizier aus mir gemacht, der dem Ruf der Grande Nation folgend, in den ersten großen Krieg in Europa gezogen ist." Dem leichten Kopfschütteln folgte ein Stöhnen. Er drehte den Kopf ein wenig zu dem Pfarrer. „Hatten Sie einmal die Gelegenheit, sich die Kraterlandschaft des Chapitre-Waldes bei Verdun anzuschauen?" Er veränderte ein wenig seine Lage und überdeckte sein Stöhnen mit einem derben Fluch, der nicht so richtig zu ihm passen wollte. „Ich war mittendrin in dieser erbarmungslosen Zermürbungsschlacht rund um Fort Vaux, in der auf beiden Seiten mehr als einhunderttausend Soldaten verreckten. Danach habe ich mir geschworen, nie wieder eine Waffe in die Hand nehmen." Schmerzen verzerrten seine Gesichtszüge und unterbrachen seinen Bericht.

„Möchten Sie einen Schluck Wasser?" Der Pfarrer wollte sich schon erheben.

„Nein, ich möchte reden." Er schloss die Augen, und für einen kurzen Moment schien es, als wäre es vorbei mit ihm. Seufzend holte er tief Luft und versuchte sich unter leisem Stöhnen ein wenig aufzusetzen. „Ich habe einen Pfarrer holen lassen, um zu erfahren, ob ich richtig gehandelt habe. Ich hätte weiter Bücher schreiben können. Nicht wenigen Leuten hätte ich damit ein paar schöne Momente in ihrem Leben verschafft. Aber ich habe mich wieder zum Offizier machen lassen, bin in den Krieg gezogen, habe Menschen getötet, habe mich letztlich zum Komplizen der Schlachter gemacht."

Seine Stimme wurde leiser. „Können Sie mir sagen, Herr Pfarrer, was mich Gott fragen wird, wenn ich vor ihn trete?" Nach dieser kräftezehrenden Ansprache schien er zu schrumpfen. Fast verschwand er unter seinen Decken.

„Ich glaube, er wird Sie fragen, warum Sie diese Entscheidung getroffen haben. Und er wird Sie glauben lassen, dass Sie in seinem Namen gehandelt haben. Wie anders könnte man an Gott glauben, als dass er auf Erden immer durch Menschen handelt? Glaube ist die Überzeugung, dass, egal was für schreckliche Dinge auf dieser Erde passieren, es immer eine Kraft gibt, die alles zum Guten wendet. Und diese Kraft wird immer durch Menschen wirken. Er wird Ihnen sagen, dass Ihre Entscheidung richtig war."

„Kennen Sie Sartre? Er schreibt, dass wir alle unser Leben so gestalten können, wie es für uns Sinn ergibt, aber für jede unserer Entscheidungen allein verantwortlich sind." Zum ersten Mal sah er seinem Gast direkt in die Augen. „Verstehen Sie, Herr Pfarrer? Keine Ausreden! Kein Gott, kein Jesus, kein Heiliger Geist. Jeder für sich selbst. Ist das nicht ein furchtbarer Gedanke?" Er schloss die Augen.

Der Pfarrer stand auf und ging die paar Schritte zu dem Regal, auf dem er einen Waschlappen und eine Schüssel mit frischem Wasser fand. Zurück am Krankenbett wusch er dem wieder zum Soldaten gewordenen Schriftsteller das schweißgebadete Gesicht und legte ihm das feuchte Tuch auf die Stirn.

„Ich glaube nicht, dass Sie mich holen ließen, um eine intellektuelle Diskussion zu führen. Ich kann Ihnen nur sagen, dass ich an Gott, an das göttliche Prinzip der Hoffnung glaube. Und ich glaube ebenso an die Gerechtigkeit Ihrer Entscheidung. Und ich glaube, wenn Ihnen das ähnlich gelingen könnte, an die Gerechtigkeit in Ihrem Handeln zu glauben, würden Ihnen die nächsten Tage etwas leichter werden. Ich würde gerne bei Ihnen bleiben."

Mit großer Anstrengung richtete sich der Grauhaarige etwas von seinem Lager auf. „Ich würde mich gerne noch weiter mit Ihnen unterhalten. Aber ich muss an die Sicherheit meiner Leute denken, die ich mit diesem Treffen schon viel zu sehr einem unnötigen Risiko ausgesetzt habe. Würden Sie mit mir beten?" Erschöpft ließ er sich wieder auf sein Bett zurücksinken.

Der Pfarrer griff nach der Bibel. Nach kurzer Überlegung schlug er das schwere Buch in der Mitte auf. Schnell hatte er gefunden, was er suchte. Sanft und eindringlich begann er zu beten.

„Erzürne dich nicht über die Bösen; sei nicht neidisch auf die Übeltäter. Denn wie das Gras werden sie bald abgehauen, und wie das grüne Kraut werden sie verwelken. Hoffe auf den HERRN und tue Gutes; bleibe im Lande und nähre dich redlich. ... Denn die Bösen werden ausgerottet; die aber des HERRN harren, werden das Land erben ...
". Nach dem langen Psalm hielt er einen Moment inne, um dann das Gebet mit der Krankensalbung zu beenden.

Der Grauhaarige ließ das Gebet in sich nachklingen, dann wandte er sich wieder dem Pfarrer zu. „Ich habe Ihnen schon zu Beginn gesagt, dass ich Ihrer Fahrradgeschichte nicht so recht glaube. Aber ich danke Ihnen, dass Sie da waren." Er sah noch einmal kurz auf. „Denken Sie an diesen Abend! Gehen Sie jetzt!"

Wenige Minuten später trabte der Pfarrer wieder hinter dem alten Mann mit dem großen Kopf zurück zu seiner Unterkunft. Noch bevor er sich ein einigermaßen klares Bild von den Ereignissen dieser Nacht machen konnte, standen sie wieder am Rande der Lichtung, die das Gasthaus umgab, in das er sich eingemietet hatte. Als er aus seinen Gedanken auftauchte und sich umdrehte, war der alte Mann verschwunden.

Er durchschritt das Tor und näherte sich dem Haus. Nahezu geräuschlos gelangte er in das Obergeschoss und schlüpfte in sein Zimmer. Aufgewühlt, wie er war, sehnte er sich nach einem Glas Rotwein, bei dem er das Erlebte in Ruhe überdenken konnte. Wie gewohnt ging er zuerst zum Fenster, um die Vorhänge zu prüfen. Auf halbem Weg hörte er ein leises Knacken. Helles Licht blendete ihn. Schwer atmend drehte er sich mit erhobenen Händen um.

„Guten Abend, Unterscharführer Mutzig, wie entwickelt sich Ihr Ausflug in die Berge? Ich hoffe, Ihre kleine Nachtwanderung hat Sie weitergebracht." Sturmbannführer Scheel saß in schwarzem Anzug an dem kleinen Tisch, den Mantel quer über den Knien und goss Rotwein in zwei Gläser. „Sie sind ja ganz blass. Als ob Sie da draußen einem Gespenst begegnet wären. Jetzt setzen Sie sich doch."

Jean-François atmete tief durch und setzte sich zu Scheel an den Tisch. Wortlos griff er nach einem der Gläser und trank es mit hastigen Schlucken aus. „Ein Gespenst? Irgendwie schon. Ich glaube, ich hatte gerade ein Treffen mit Colonel Berger."

„Donnerwetter!" Scheel musterte seinen Spitzel in Priesterkleidung mit respektvollem Erstaunen. „Wenn Sie recht haben, Mutzig, dann war ihr erster Kontakt gleich auf allerhöchster Ebene."

„Den Sie uns vielleicht durch Ihr Auftauchen hier versaut haben, Herr Sturmbannführer", unterbrach ihn Jean-François und goss sich den Rest aus der Flasche in sein Glas. „Was machen Sie überhaupt hier, verdammt noch mal. In der Gegend wimmelt es nur so von Maquis-Leuten. Das wissen Sie doch."

„Wollte mal nach Ihnen sehen, Unterscharführer. Unsere Geschäftsverbindung ist ja nicht unproblematisch, und da dachte ich mir, dass es gut wäre, Sie daran zu erinnern, auf welcher Seite Sie stehen." Mit gespielter Enttäuschung griff er nach der leeren Weinflasche. „Machen Sie sich mal keine Sorgen, ich habe aufgepasst. Keine Uniform, kein Dienstwagen, keine Beobachter."

„Im Moment kann ich nicht sagen, wie das weitergeht. Der Alte war schwer verwundet, und ich bin mir nicht sicher, ob ihm mit meinem Besuch vielleicht nur ein letzter Wunsch erfüllt wurde. Er wollte unbedingt mit einem Priester darüber reden, ob Gott sein militärisches Engagement gutheißen würde. Ob er in den letzten Jahren seines Lebens die richtigen Entscheidungen getroffen hat." Nachdenklich nippte Jean-François an seinem Glas.

„Militärisches Engagement. Mein Gott, Mutzig. Sie werden diese lächerlichen Aktionen doch nicht als militärisch bezeichnen. Diese Maquisbanden sind doch viel zu feige, um sich dem deutschen Militär zu stellen. Egal. Die 'Aktion Waldfest' ist angelaufen. Sobald Sie erfahren haben, wo genau sich das oder die Hauptlager befinden, werden wir den Wald mit deutscher Gründlichkeit säubern. Dann ist der Spuk sowieso vorbei." Scheel stellte die leere Flasche auf den Tisch zurück und erhob sich. „Sobald Sie wissen, wo sich das Lager befindet, setzen Sie sich in Richtung Straßburg ab. In Obernay können Sie Kontakt zu uns aufnehmen." Er zog den Mantel über, packte seinen Hut und wandte sich zur Tür. Dort drehte er sich noch einmal um. „Enttäuschen Sie mich nicht, Mutzig. Denken Sie an Ihre Frau Mutter." Die Zimmertür einen Spalt geöffnet, lauschte er kurz in das Haus. Alles war ruhig. Ein knapper Gruß mit der Hand, dann war er in der Dunkelheit des Treppenhauses verschwunden.

4

2. September 1982

„Hans, würdest du bitte anfangen. Von Dr. Stein kriegen wir erst morgen früh etwas."

Beck sieht gerade noch, wie Lefebvre ungeduldig die Augenbrauen zusammenzieht. Leicht an die Wand gelehnt, steht der Staatsanwalt wie immer neben dem hinteren der drei Fenster. Mit knapp zwei Metern überragt er alle anderen. Zusätzlich verleihen ihm seine gut zwei Zentner Lebendgewicht eine schwer zu ignorierende Präsenz, die er mit seiner polternden Art wirksam unterstützt. Alles an ihm ist weich und rund, ohne dick zu wirken. Neben seinem Hang zu teuren italienischen Dreiteilern, maßgefertigten Schuhen und manikürten Fingernägeln hat ihm vor allem seine schwer erträgliche Selbstgerechtigkeit den Ruf eingebracht, sich für etwas Besseres zu halten.

Nach ihrer Rückkehr aus dem Pfälzer Wald hat Beck alle Ermittler der neuen MK-Felsenmeer in einen der Besprechungsräume befohlen. Dass ihm die Leitung der Mordkommission übertragen wurde, sah er als reine Formsache. Der Raum erinnert ihn immer an ein altes Klassenzimmer. Möglicherweise wegen der großen dreiteiligen Schreibtafel, die zudem noch grün ist. Neben der Tafel hat jemand das Klappgestell eines Flipcharts aufgebaut. Mit Kreide schreibt er sechs Punkte an die Tafel, die sie heute besprechen werden. Zu Beginn einer Ermittlung sind es immer die gleichen Punkte:
- *Was wissen wir Stand heute?*
- *Worum handelt es sich?*
- *Was müssen wir bis zur nächsten Besprechung herausfinden und auf welchem Weg können wir das erreichen?*
- *Wie viele Ermittler brauchen wir?*
- *Mit welchen Behörden arbeiten wir zusammen?*
- *Was sind die nächsten Aufgaben, und wer kümmert sich um was?*

Während Gauweiler die ersten Daten und Beobachtungen ruhig referiert, ohne Wertung oder Interpretation, mustert Beck den spartanisch ausgestatteten Raum. An den im Hufeisen gestellten quadratischen, mit grauem Kunststoff beschichteten Tischen finden zwanzig, wenn man den Innenraum des Hufeisens bestuhlt, vielleicht dreißig Personen Platz. Auf den drei Fensterbänken fällt ihm der halbherzige Versuch auf, dem Raum mit künstlich aussehenden Grünpflanzen etwas von seiner Kargheit zu nehmen. Neben dem stehenden Gauweiler sitzt Wurster und blättert aufgedreht in seinen Aufzeichnungen. Keine drei Schritte von Lefebvre entfernt haben Schmitt und Klein, zwei ältere uniformierte Kollegen, die die Wanderer an der Hütte befragt haben, unter einer aufgerollten Projektionsleinwand Platz genommen. Rechts von Beck kippelt Senta mit ihrem Stuhl unruhig vor und zurück, während neben ihr Marx in einem lila Notizbuch blättert. Daneben sitzt Renate Kohl, eine sportlich gekleidete Frau Anfang fünfzig mit kurz geschnittenen, grauen Haaren, bei der alle Informationen zeitnah zusammenlaufen sollen, und die sicherstellt, dass alle verantwortlichen Ermittler immer auf dem gleichen Wissensstand sind. Gemessen an den Aufgaben, die mit der Mordermittlung auf sie zukommen, sitzen im Moment lächerlich wenig Menschen im Raum. Er würde morgen früh Kriminaloberrat Hahmann um Unterstützung bitten müssen. Ein Dutzend erfahrene Ermittler zusätzlich wäre das Mindeste. Mit etwas Glück bekommen sie schon am nächsten Morgen weitere Informationen aus der Rechtsmedizin.

Beck wendet sich Gauweiler zu, der gerade den Fundort beschreibt. Anhand einer Skizze stellt der Kriminaltechniker anschaulich dar, welchen Weg die Leiche zum Grund der gut zwanzig Meter tiefer gelegenen Bergfalte genommen haben könnte, um dann zu erklären, warum der Täter am Hang der Bergfalte die Leiche nochmals losmachen musste, um sie endgültig in der Tiefe verschwinden zu lassen. Ausführlich beschreibt er den Zustand und die Lage des Toten. Immer wenn er den Arm hebt, um in seinen Unterlagen zu blättern oder sich an der Stirn zu kratzen, spannt sich das hellblaue Hemd um den beeindruckenden Bizeps. Nach ihm beschreibt Wurster den mutmaßlichen Tatort und erläutert seine Hypothese des Tathergangs.

„Danke, Hans. Danke, Wurster."

Während Wurster neben ihm ein paar Polaroids von der Leiche, vom Fundort und vom mutmaßlichen Tatort und eine Reihe weiterer Blätter an die grüne Tafel heftet, wendet sich Beck den anderen zu. „Mehr haben wir im Moment nicht. Mit etwas Glück wäre die Leiche nie gefunden worden. Erschossen wurde der junge Mann wahrscheinlich mit einer Neun-Millimeter-Pistole. Genaueres wissen wir erst, wenn Dr. Klein nach der Obduktion ein Projektil liefert. Nach allem, was wir von Wurster wissen, ist es zwischen den Felsen zu keinem Kampf gekommen. Seine These ist, dass es sich aufgrund des sehr öffentlichen Tatortes und der damit sehr riskant gewordenen Beseitigung der Leiche nicht um eine geplante Tötung handelt. Dies steht seiner Meinung nach in krassem Gegensatz zu den sicher gesetzten Schüssen und den gezielten Verstümmelungen an der Leiche. Die Verbringung der Genitalien in den Mundraum könnte auf organisierte Kriminalität hinweisen. Ebenso die in die Brust eingeritzten Schriftzeichen. Auch Gauweiler meint, dass der Täter genau wusste, was er da tat. Und ganz sicher hatte er nicht zum ersten Mal eine Pistole in der Hand. Das ist alles, was wir im Moment haben."

Kaum ist Beck verstummt, stößt sich Lefebvre schnaubend von der Wand ab. „Keine geplante Tötung? Die beiden haben sich also rein zufällig da draußen getroffen und waren sich sofort dermaßen unsympathisch, dass der eine seine Pistole, die er zufällig dabeihatte, herausholte und den anderen erschossen hat?" Er macht zwei Schritte und schiebt seinen massigen Körper an Senta und Marx vorbei zu Beck. Vor der Kreidetafel bleibt er stehen und schaut sich die Fotografien an. „Und was ist mit diesen mysteriösen Zeichen auf der Brust des Toten, die abgetrennten Genitalien im Mund des Opfers? Alles zufällig und aus der Situation heraus entstanden? Der Mörder war also nicht nur sehr spontan in seinen Entscheidungen, sondern auch sehr kreativ in der Umsetzung seiner plötzlichen Eingebungen?" Der Staatsanwalt streicht mit einer fahrigen Geste seine Krawatte glatt und schickt ein eingeübt wirkendes, selbstgefälliges Lächeln in die Runde. „Also jetzt mal im Ernst, meine Herren" nach einem unsicheren Seitenblick auf Senta und Renate Kohl ergänzt er schnell, „und meine Damen. Alles deutet doch darauf hin, dass wir es hier mit einem Tötungsdelikt aus der organisierten Kriminalität zu tun haben. Die abgeschnittenen Genitalien im Mund des Opfers …", ein kurzer Blick zu Beck „so bestraft die Mafia Verräter! Das Opfer wurde zum Tatort bestellt, hingerichtet und die Leiche auf Nimmerwiedersehen beseitigt. *Lupara bianca* nennen das die Mafiosi."

„Nachdem der Herr Staatsanwalt schon einmal damit begonnen hat, wichtige Fragen zu stellen und Hypothesen zu entwickeln, schlage ich vor, dass sich alle anschließen. Marx, würden Sie bitte das Flipchart übernehmen? Danke."

Obwohl sie seit Jahren immer wieder lautstarke Auseinandersetzungen haben, schätzt Beck die krawallige Art des Staatsanwalts. Nicht unbedingt menschlich, eher didaktisch, da sie oft kreativen Widerspruch und hartnäckiges Hinterfragen des aktuellen Ermittlungsstandes befördert.

Während Marx mit dickem schwarzem Filzstift die Überschrift *Hypothesen* auf den oberen Rand des karierten Blattes schreibt und darunter als ersten Spiegelstrich Lefebvres These von der Hinrichtung in Zusammenhang mit organisierter Kriminalität notiert, schaut Beck auffordernd in die Runde.

Der Staatsanwalt steht wieder an seinem Kontrollposten neben dem hinteren Fenster. Marx fügt der Notiz auf dem Plakat die Unterpunkte: *Drogen, Prostitution, Schutzgelderpressung* und *Waffenhandel* hinzu und schaut fragend zu Lefebvre hinüber. Der zögert kurz, nickt dann aber zustimmend.

„Ja, also" Wurster meldet sich mit erhobener Hand zu Wort, „Herr Hauptkommissar, ich habe ja gerade meine Schlussfolgerungen aus den erkennbaren Spuren mitgeteilt. Aus meiner Sicht könnte es sogar sein, dass der Täter das eigentliche Opfer war."

Noch bevor Wurster weiterreden kann, fällt ihm Lefebvre schnaubend ins Wort. „Wie kommen Sie auf so eine merkwürdige Idee? Halten Sie das für originell? Reden Sie Klartext, Mann."

„Die Spuren kann man auch so deuten, dass das Opfer dem Täter auflauerte und der sich nur gewehrt hat." Wurster wirkt angefressen.

Gerade rechtzeitig, bevor Lefebvre in seiner aufbrausenden Art jeden weiteren Gedanken zum möglichen Tathergang nicht schon in der Entstehungsphase erstickt, erinnert Beck sich daran, dass er diese Besprechung leitet. „In Ordnung, Wurster. Marx, haben Sie das?" Mit einem kurzen Blick versichert er sich, dass dort ein zweiter Spiegelstrich mit Wursters These steht, bevor er auffordernd in die Runde schaut. Das ärgerliche Augenrollen des Staatsanwaltes ignoriert er.

„Hans. Du schaust so nachdenklich. Raus damit!"

„Ich weiß nicht, Helm. Aber diese in die Haut geritzten Zeichen und die abgeschnittenen Genitalien." Gauweiler zögert einen Moment, bevor er weiterredet. „Es ist gar nicht so einfach, ein Dutzend Wörter in die Haut zu schneiden. Das dauert eine Weile, und jederzeit konnten Wanderer auftauchen. Der Täter muss doch massiv unter Druck gestanden haben." Wieder zögert der Kriminaltechniker. „Dazu noch die Lage der Leiche. Wie zur Totenwache aufgebahrt. Nur der Körper war von Zweigen bedeckt, das Gesicht lag frei. Als ob der Täter irgendeinem Ritual gefolgt wäre."

Lefebvre kann nicht mehr an sich halten und poltert darauf los: „Gauweiler Sie lesen zu viele amerikanische Krimis. Ein Ritualmord im Pfälzer Wald. Das ist doch absurd."

„Nicht weniger oder mehr absurd als eine Hinrichtung durch die Ndrangheta, Herr Staatsanwalt."

Beck hört, wie Lefebvre Luft holt, und wendet sich schnell an Marx. „Haben Sie das, Marx?"

Neben dem dritten Spiegelstrich steht jetzt: *psychopathologischer Hintergrund / Ritualmord.*

Beck geht zwei Schritte zum Fenster. An die Fensterbank gelehnt, wendet er sich an die Runde. „Das Irritierende bei der ganzen Sache ist neben den beschriebenen Verstümmelungen, die übrigens genauso gut zu unserer Ablenkung inszeniert sein könnten", Lefebvre signalisiert mit heftigem Kopfnicken Zustimmung, „vor allem der ungewöhnliche Tatort." Er schaut auf die Auflistung der genannten Hypothesen. „Das Motiv kann auch ein weniger originelles sein. Eifersucht, ein ungeklärtes Erbe, jemand will die Veröffentlichung seiner Homosexualität verhindern, Erpressung oder irgendein anderer menschlicher Abgrund. Aber völlig unabhängig vom Motiv bleibt die große Frage: Warum sucht sich der Täter einen Tatort aus, an dem selbst unter der Woche und bei schlechtem Wetter viele Dutzend Wanderer vorbeikommen können?" Nachdenklich schüttelt er den Kopf. „Wir müssen so schnell wie möglich die Identität des Opfers klären, sonst kommen wir nicht weiter. Also Kollegen, ich bitte um Vorschläge."

„Ich kenne einen Kollegen beim LKA in Mainz, der sich seit Jahren mit der Rekonstruktion von Schädeln beschäftigt. Vielleicht kann der uns helfen, ein einigermaßen brauchbares Phantombild für die Öffentlichkeit herzustellen."

„Gute Idee, Hans." Unter dem Eindruck einer spontanen Eingebung setzt Beck nach. „Hans, du bist doch im Vorstand der Ludwigshafener Gruppe des Pfälzerwald-Vereins, und die Hütte auf der Kalmit, das ist doch eure?"

Gauweiler nickt.

„Kannst du bitte mal mit deinen Vorstandskollegen eurer Ortsgruppe reden, ob es möglich wäre, eine Liste der Mitglieder zu bekommen. Gestern war tolles Wetter, also war einiges los auf der Kalmit. Vielleicht hat jemand etwas gehört oder gesehen."

„Ist schon so gut wie erledigt, Helm."

Marx schiebt sich neben Beck.

„Ich kümmere mich um Presse, Fernsehen und lass Aufrufe zur Mithilfe drucken, die wir im Kalmithaus, in St. Martin und in Maikammer verteilen und aushängen können."

Zur Überraschung von Marx stimmt Beck ihm kommentarlos zu.

Der Einwand kommt von Lefebvre. „Oberkommissar Marx. Sie wissen doch genau, dass ein erfolgversprechender Umgang mit der Öffentlichkeit sehr viel Erfahrung voraussetzt. Ich habe morgen um acht einen Termin mit dem Kriminaloberrat und werde das weitere Vorgehen mit ihm absprechen. Und mit den Aushängen sollten wir warten, bis ein einigermaßen brauchbares Phantombild erstellt ist."

„Geehrter Herr Staatsanwalt, Oberkommissar Marx verfügt über ausreichend Erfahrung und weiß, wie Entscheidungsprozesse ablaufen. Und wenn er sagt, dass er sich um Aushänge kümmert, können Sie davon ausgehen, dass dies natürlich erst mit einem aussagekräftigen Phantombild geschehen wird."

Auf gar keinen Fall lässt Beck Lefebvre die ungerechtfertigte Zurechtweisung seines Mitarbeiters durchgehen. Ohne auf eine Reaktion zu warten, wendet er sich seiner Kommissarin zu. „Senta, du gehst bitte alle Mordfälle der letzten drei Jahre durch, ob irgendwo Parallelen zu finden sind." Ihren enttäuschten Gesichtsausdruck ignorierend, ergänzt er: „Erst Rheinland-Pfalz und Baden-Württemberg, dann weiter! Du kannst es ja auf die Morde mit Verstümmelungen eingrenzen. Ich besorge dir morgen Unterstützung."

Kommissarin Senta Fischer nickt widerwillig. Es ist nicht ihr erster, aber mit Abstand der erste wirklich interessante Mordfall, an dessen Aufklärung sie beteiligt ist, und jetzt soll sie am Schreibtisch sitzen bleiben. Beck weiß das, kann sich aber beim besten Willen nicht vorstellen, dass ausgerechnet der Paradiesvogel seiner Mannschaft unter dem bekanntermaßen eher konservativen und älteren Wandervolk recherchieren soll.

„Ich ruf gleich mal einen alten Bekannten bei der Uni in Frankfurt an, der sich hauptsächlich mit jüdischer Geschichte und Kultur beschäftigt. Dem würde ich gerne mal unsere mysteriösen Zeichen schicken."

„Ich hatte ja ganz vergessen, dass unser Hauptkommissar auch einen an der Universität erworbenen Abschluss in Juristerei hat." Der spöttische Unterton ist nicht zu überhören. Lefebvre hatte nie verstanden, warum ein Mensch mit ausgezeichnet bestandenem zweitem Staatsexamen eine Uniform anzog.

Beck übergeht die Spitze. „Ich habe morgen früh einen Termin mit Kriminaloberrat Hahmann. Wir brauchen unbedingt noch mehr Ermittler, die uns an den Telefonen und bei den Befragungen in St. Martin und Maikammer unterstützen können."

Beck sieht den flehenden Blick von Senta und flüchtet zu den Augen von Kohl. „Renate, kannst du das dann bitte koordinieren? Dort müsste doch irgendwo ein Auto, Moped oder Fahrrad rumstehen, das niemand kennt. Und wenn er mit der Bahn oder dem Bus gefahren ist, das muss auch einer recherchieren. Auch wenn wir keine Ahnung haben, von wo der junge Mann gekommen ist."

Nickend macht sich die Kollegin eine Notiz.

Im Augenwinkel sieht Beck, wie Senta enttäuscht ihren Stift fallen lässt. „Und wir brauchen auch ein paar Kollegen, die uns die anderen Fälle abnehmen." Er schaut zu Lefebvre hinüber. „Herr Staatsanwalt, da hoffe ich auf Ihre Unterstützung. Sie treffen sich ja vor mir mit dem Kriminaloberrat."

Indem er demonstrativ aus dem Fenster schaut, macht Lefebvre klar, dass er sich von einem Kriminalbeamten keine Aufträge erteilen lässt. Allerdings signalisiert der ausbleibende Widerspruch, dass Beck sich diesbezüglich auf den Staatsanwalt verlassen kann.

Beck will Richtung Tür, als ihm noch etwas einfällt. „Ach ja. Könnte bitte jemand in der Verwaltung Bescheid geben, dass dieser Raum bis auf Weiteres ausschließlich von uns genutzt wird?"

Kohl hebt die Hand.

„Danke Renate. Dann wünsche ich uns allen viel Erfolg."

Eine ganze Weile später geht Beck in seinem Büro die gerade zu Ende getippten Berichte für Lefebvre durch, als er durch das Klingeln seines Telefons gestört wird.

„Hauptkommissar Beck. Was gibts?"

„Ich bin es, Malu."

„Hallo Schwesterherz, was verschafft mir die Ehre deines Anrufes. Geht es dir gut?"

„Uns geht es gut, danke. Ich wollte dich nur daran erinnern, dass Papa heute Geburtstag hat."

„Verdammter Mist. Vor lauter Berichten …"

„Wir alle müssen arbeiten. Ich wollte dich nur daran erinnern, dass wir uns um sieben zum Abendessen treffen."

„Danke, Malu. Ich hätte es glatt vergessen. Wir haben da heute Morgen …".

„Ich will das gar nicht wissen. Sei pünktlich und denk daran, dass er sich über ein Geschenk freuen würde, auch wenn er immer sagt, er habe alles, was er braucht. Gleich kommen die beiden Jungs nach Hause, ich muss mich beeilen. Tschüss, bis heute Abend."

„Tschüss, Schwesterherz. Bis heute Abend."

Ein Blick auf seine Armbanduhr lässt Beck erschrocken nach seinem Sakko greifen. Es ist kurz vor sechs und er hat noch kein Geschenk.

Zwanzig Minuten später fährt er auf den Parkplatz des großen Baumarktes, der ganz in der Nähe seines Elternhauses liegt. Er weiß genau, was er seinem Vater schenken wird. Vor einigen Monaten hat sich bei einem Spaziergang mit dem heute Fünfundsechzigjährigen ein Gespräch über das Altwerden entwickelt. Seitdem spukt ihm diese Idee im Kopf herum. Auf dem Weg zur Gartenabteilung wird das Grinsen auf seinem Gesicht immer breiter.

5

September 1944

„Meine Tochter wird in einem friedlichen Europa aufwachsen, hörst du, Henri? In einem friedlichen und in einem sozialistischen Deutschland."

Hugo rief es leise seinem Bruder hinterher, der gerade unter der Plane ihres Biwaks verschwunden war. Er saß rauchend auf einem von Moos und Flechten überzogenen Kiefernstamm, der schon vor Jahren einem Herbststurm zum Opfer gefallen war. Neben der Holzkiste vor ihm, in der ein verbeulter Blechtopf, zwei Blechtassen, zwei Blechteller, Besteck und ein paar Lebensmittel verwahrt waren, stand ein kleiner Topf mit Wasser auf einem zischenden Benzinkocher. Zur Lichtung hin schützte das weite Halbrund einer dichten Tannenschonung ihr Lager vor Entdeckung. Ein mit Gestrüpp bewachsener Erdwall, der sich entlang des übermannshohen Wurzelstocks einer umgestürzten mächtigen Douglasie gebildet hatte, verbarg sie vor ungebetenen Blicken aus der anderen Richtung.

Es war gerade einmal ein paar Wochen her, seit Hugo in einer heißen Augustnacht heimlich das Lager in einem Seitental des Rabodeau verlassen hatte. In seiner Verliebtheit hatte er damit nicht nur sein eigenes Leben in Gefahr gebracht, sondern auch die Entdeckung von vielen Hundert Widerstandskämpfern riskiert, die sich in den Wäldern des Tales verbargen. Allein der Umstand, als zwanzigjähriger Mann, noch dazu ohne Uniform, mit einem funktionstüchtigen Fahrrad unterwegs zu sein, war ein hinreichender Grund für eine Verhaftung. Dazu kam, dass er wie sein Bruder und sein Vater seit langem steckbrieflich gesucht wurde. Immerhin hatte er sich für die anstrengendere Route durch die Wälder entschieden.

In einer kurzen Nacht durchquerte er die Nordvogesen und passierte bei Hirschthal die ehemalige Grenze. Während des Tages gönnte er sich im Schutz des dichten Waldes bei Klingenmünster ein paar Stunden Schlaf, um dann nach Einbruch der Dunkelheit die letzten fünfzig Kilometer durch die Rheinebene zu radeln. Bei dem geringsten Hinweis auf Gefahr verbarg er sich geduldig in kleinen Baumgruppen oder Gräben. Notfalls nahm er Umwege durch die Weinberge oder über Felder in Kauf. Gegen drei Uhr in der Nacht erreichte er die Vorstadtsiedlung, in der die Liebe seines Lebens wohnte.

Fünf Tage später war er ins Lager zurückgekehrt und musste sich vor einem kriegsgerichtsähnlichen Tribunal verantworten, dem ein Colonel vorsaß, von dem man sich erzählte, er habe vor dem Krieg Bücher geschrieben. Es war seine Jugend, aber vor allem die nicht verstummenden Erzählungen über seinen Vater, die Hugo vor dem Erschießungskommando retteten. Dem legendären Capitaine Deck war es in den letzten Monaten immer öfters gelungen, mit einer Brigade nichtfranzösischer Widerstandskämpfer, in die sich auch befreite sowjetische Kriegsgefangene eingereiht hatten, deutsche Besatzer aus kleineren französischen Siedlungen zu vertreiben.

Einige Tage überschattete Henris Ärger über Hugos Leichtsinn die enge Beziehung der Brüder. Die ganze Zeit der Abwesenheit seines kleinen Bruders hatte er sich mit Selbstvorwürfen gequält, er hätte nicht ausreichend auf ihn aufgepasst. Von Kindheit an hat er sich für Hugo verantwortlich gefühlt. Schon die Eltern und ihr älterer Bruder, der seit drei Jahren als einfacher Soldat irgendwo an der Ostfront zu überleben versuchte, sahen sie als verschworene Gemeinschaft. In der Schule und später als Matrosen auf Rheinfrachtern und erst recht, nachdem sie sich dem Maquis angeschlossen hatten, waren sie nie länger als ein paar Tage getrennt gewesen.

„Was bildest du dir eigentlich ein, mich einfach so, ohne mich zu fragen, zum Onkel zu machen?" Henri tauchte schnaufend mit einer Feldflasche in der Hand unter der Plane auf und setzte sich neben Hugo. Inzwischen waren seine Wut und sein Ärger gänzlich der erleichterten Freude gewichen, seinen Bruder wieder gesund und unversehrt bei sich zu haben. „Woher weißt du kleiner Klugscheißer denn überhaupt, dass Franziska schwanger ist? Ihr hattet gerade mal ein paar Stunden, wenn ich dich richtig verstanden habe."

„Ich weiß es eben." Hugo grinste seinen Bruder an und stieß ihm kräftig seinen Ellbogen in die Seite.

Aber schnell war jeder Spaß aus Henris Gesichtszügen verschwunden. „Ich verstehe nicht, warum wir die Deutschen nicht öfters piesacken. Die Nazis karren aus dem Badischen bis hoch nach Mannheim Hitlerjungen an, die einen sogenannten Westwall einschanzen und befestigen sollen. Dazu haben sie alle gesunden Elsässer unter der Androhung von

Erschießungen zur Zwangsarbeit befohlen." Nach kurzem Kramen in seiner Jackentasche hielt er Hugo einen zusammengefalteten Zettel hin. „Hier, den Aufruf haben sie vor zwei Tagen in Géradmer ausgehängt."

Hugo entfaltete das Blatt und las murmelnd den Text des Erlasses. „*1. Alle gesunden Männer von Géradmer zwischen 14 und 60 Jahren müssen sich am 7. September um 8 Uhr morgens vor dem Seehotel von Longemer mit einem Werkzeug einfinden: Spaten, Hacke, Säge, Beil. 2. Jeder Widerspenstige wird erschossen. 3. Außerdem werden die Frauen oder Töchter der Fehlenden zur Arbeit gezwungen werden. 4. Lebensmittel für den Tag mitbringen. Der Reichsführer SS, Heinrich Himmler*". Sein wütendes Kopfschütteln wurde von Zeile zu Zeile heftiger.

„Vor ein paar Tagen hat sich in Charmes eine kleine Gruppe einheimischer Résistance-Leute zur Wehr gesetzt. Die Nazis haben sie niedergemacht und alle überlebenden Männer zwischen vierzehn und sechzig Jahren ins KZ Leonberg abtransportiert. Inzwischen überfallen sie wahllos die Dörfer und durchsuchen sie mit brutaler Gewalt. Häuser und Höfe werden geplündert und nicht selten niedergebrannt. Jeden Tag werden Hunderte Männer nach Schirmeck oder Dachau verschleppt."

„Nicht wahllos, Hugo. Sie wissen, dass es vorbei ist und dass ihnen nur der Rückzug und die Kapitulation bleiben. Aber in ihrem barbarischen Fanatismus wollen sie den Befreiern nichts von Wert hinterlassen. Weder Menschen noch Gebäude noch Lebensmittel oder Vieh."

Henri stand auf. Während er seinen Blick schweifen ließ, nahm er einen kräftigen Schluck aus der Feldflasche. Mit bloßem Auge konnte er nur einige der unzähligen Zelte und Unterstände erkennen, die sich, wie er wusste, in den Wäldern des ganzen Tales verbargen. Mehr ahnte er das leise Klappern von Kochgeschirr, Werkzeug oder umgehängten Gewehren, als dass er es hörte. Jedes Mal, wenn er hier stand, war er aufs Neue über die Geräuschlosigkeit verwundert, mit der viele Hundert Männer ihrem großen Einsatz entgegenfieberten. Er drehte sich zu seinem Bruder um, der immer noch wütend auf den Aufruf starrte.

„In der letzten Woche sind wieder Waffen abgeworfen worden. Gewehre, schwere Maschinengewehre, Mörser und Munition von den Engländern. Einige Dutzend Fallschirmspringer sind auch durchgekommen."

Hugo war auch aufgestanden. Er war groß und schlank, hatte athletische Schultern und ein schmales, gleichmäßig kantiges Gesicht unter dickem, pechschwarzem Haar. Die Ähnlichkeit der Brüder war so stark, dass sie trotz ihres Altersunterschiedes von drei Jahren nicht selten für Zwillinge gehalten wurden.

„War nicht eine Besprechung bei Sonnenuntergang angesagt?"

„Du hast recht. In einer Stunde ist es dunkel. Lass uns rüber zum Zelt des Kommandanten gehen. Dieses Rumsitzen macht einen nur bekloppt." Henri legte die Feldflasche unter der Zeltplane ab und setzte sich, ohne eine Antwort abzuwarten, in Bewegung.

Das Zelt des Kommandanten lag mit einem Dutzend anderer Mannschaftszelte am Rande einer großen Lichtung. Das dichte Laub alter Rotbuchen und großflächig aufgespannte Tarnnetze schützten es vor der Entdeckung durch deutsche Aufklärungsflugzeuge. Schweigend durchquerten die beiden Brüder das Waldstück und näherten sich rasch ihrem Ziel. Aus allen Richtungen strebten Kameraden zu dem Kommandostand. Außer kurzen, leisen Grüßen, dem Rascheln der Blätter, wenn niedriges Gebüsch gestreift wurde, und dem Knacken trockener Zweige waren nur das Rauschen des Windes im Blattwerk der Bäume und das Knarren der Stämme, wenn der Wind sie allzu sehr krümmte, zu hören. In wenigen Minuten würde sie der Kommandant über die aktuelle Situation informieren und Befehle zum weiteren taktischen Vorgehen erteilen. Nicht alle, die sich hier in den Vogesen dem Maquis angeschlossen hatten, kamen mit dem wochenlangen untätigen Warten zurecht. Daran änderten auch einzelne begrenzte militärische Aktionen nichts, mit denen sie den Deutschen immer wieder kleine Nadelstiche versetzten. Das Ziel, die deutschen Besatzer endgültig aus Frankreich hinauszuwerfen, war so nahe, und doch schien es ihnen oft, als ob sie keinen Schritt weiterkämen.

Die Sonne stand tief hinter den hohen Bäumen, als die beiden Brüder den Rand der großen Lichtung erreichten. Am gegenüberliegenden Ende der Wiese erkannten sie einige Dutzend Männer und hielten auf diese Gruppe zu. An verschiedenen Stellen des Waldrandes lösten sich Gestalten aus der Dämmerung, die das gleiche Ziel hatten.

Die Brüder blieben am Rand der Gruppe von vielleicht hundert Kämpfern stehen, die einen sich immer weiter ausbreitenden großen Halbkreis um die Kommandantur hin bildete. Vor den Zelten beleuchteten mehrere in den Bäumen hängende Petroleumlampen einen Tisch, um den drei Offiziere der Résistance und ein Offizier der englischen Fallschirmspringer standen. Direkt daneben schaute ein junger katholischer Priester, den Henri nie zuvor gesehen hatte, ernst in die Runde. Nachdem auch die letzten Ankömmlinge ihren Platz auf der Wiese gefunden hatten, ergriff ein untersetzter älterer Offizier das Wort, den Henri als Major Marcel Meyer erkannte.

„Widerstandskämpfer! Kameraden! Zunächst muss ich euch die schlimme Nachricht überbringen, dass wir gestern unseren geliebten und verehrten Colonel schwer verletzt in ein ausreichend ausgestattetes Lazarett hinter Nancy bringen mussten."

Das aufgebrachte Gemurmel, welches nach Bekanntgabe dieser Nachricht einsetzte, belegte eindrucksvoll den festen Platz, den der Colonel im Herzen der Männer eingenommen hatte.

„Ich weiß, dass jeder von euch lieber heute als morgen Richtung Senones, St. Die und Schirmeck marschieren würde, um unsere Landsleute vom Terror der Besatzung zu befreien und die Deutschen endgültig aus unserem Land zu jagen."

Zu dem zornigen Unterton im Flüstern der Männer mischten sich zustimmende Rufe. Genau das wollten sie, so schnell wie möglich die Deutschen aus ihrem Land werfen.

„Ich muss euch aber nach wie vor bitten, Ruhe und Disziplin zu bewahren. Für eine direkte Konfrontation mit der deutschen Armee sind wir zu schwach. Die Amerikaner rücken näher, und die Engländer unterstützen uns, wo sie nur können. Von dem Priester hier am Tisch, der vor ein paar Tagen der Straßburger Gestapo entfliehen konnte, haben wir wichtige Informationen über die Situation in Straßburg und über die Aktivitäten zur Errichtung des sogenannten Westwalls erhalten. Wir konzentrieren uns weiter darauf, mit gezielten Aktionen den Zug- und Schiffsverkehr der Deutschen sowie deren Nachrichtenverbindungen zu stören und Nachschubkonvois zu blockieren. Zu jeder Aktion werden wir eine Gruppe von Männern zusammenstellen. Wenn jemand etwas braucht, Lebensmittel, Medikamente oder Zigaretten, meldet euch. Wir tun unser Bestes."

Es folgte eine kurze Darstellung des Vorankommens der Alliierten und der Gründe, warum deren Vorrücken derzeit etwas an Schwung verlor, dann war die Versammlung aufgelöst.

Wieder bei ihrem Lager angekommen, brach das Misstrauen aus Henri heraus. „Wo kommt denn auf einmal dieser Pfaffe her. Das gefällt mir überhaupt nicht."

„Du und dein Misstrauen. Wir sollten froh sein, dass immer mehr Leute begreifen, dass man sich wehren muss und deshalb zu uns kommen. Warum also nicht auch ein Pfarrer?"

Hugo hatte es sich unter der Plane auf seinen Decken bequem gemacht. Er zündete eine Kerze an und begann, immer wieder von Nachdenklichkeit unterbrochen, in ein karminrot gebundenes Notizbuch zu schreiben. Eine Marotte, die er seit ihrem Anschluss an den Maquis pflegte und nach seiner Rückkehr aus Speyer deutlich intensiviert hatte.

Schweißgebadet wachte Henri aus einem dieser Albträume auf, durch die er sich seit Wochen fast jede Nacht quälte. Es war noch früh. Das Dunkel der Nacht begann sich gerade etwas aufzuhellen. Vorsichtig hob er den Kopf. Mit hellwachen Augen schaute er in den nach modriger Feuchtigkeit und Pilzen duftenden Wald. Ein frühherbstlicher Dunstschleier hing zwischen den Bäumen. Es würde noch Stunden dauern, bis er sich von kräftigen Sonnenstrahlen erwärmt verflüchtigen würde. Vorsichtig, um Hugo nicht zu wecken, schob er die Decke zurück und kroch unter der schräg gespannten Plane hervor. Ein Blick auf seine Uhr sagte ihm, dass es kurz nach fünf war. Obwohl alles wie immer zu sein schien, spürte er eine Spannung, die über die allgemeine Nervosität, die seit Wochen über dem ganzen Tal lag, hinausging. Kein Vogel war zu hören. Er bückte sich nach der Feldflasche. Während er in kleinen Schlucken trank, lauschte er in die Stille des Waldes hinein.

Ein leises Brummen schlich sich in seine Wahrnehmung, ganz ähnlich dem Summen der Milliarden von Stechmücken, die von den kleinen Seen kommend allabendlich in dunklen Wolken über die Männer herfielen. Der Gedanke, es könnten weitere Flugzeuge der Engländer sein, ließ sein Herz schneller schlagen. Mehr Engländer bedeuteten mehr Waffen und damit ein zügigeres Ende dieses Wahnsinns, den die Deutschen über die Welt gebracht hatten. Die Nachricht, dass Général Leclerc, der Befreier von Paris, mit seiner Panzerdivision so gut wie vor den Toren von Straßburg stehen soll, war gerade einmal einen Tag alt. Das damit einhergehende Gerücht, Himmler habe mit dem Rückzug vor den Amerikanern und der Freien Französischen Armee die totale Räumung und Zerstörung des Gebietes südlich der Moder befohlen, erwies sich in vielen Dörfern und einzelnen Berghöfen als grausame Realität.

Angespannt schaute Henri in den heller werdenden Himmel. Ihm fiel ein, dass die Engländer ihre Fallschirmspringer nur im Schutz der Nacht absetzten. Der Schreck, der ihm in die Glieder fuhr, ließ ihn einen Moment wanken, dann war er bei Hugo. Während er kräftig am Arm seines Bruders rüttelte, nahm er wahr, wie um ihn herum der Wald lebendig wurde. Ungewohnt laute Rufe, das Knacken von Zweigen und das Geklapper von Kochgeschirr signalisierten ihm, dass um ihn herum Dutzende von Kampfgefährten ebenfalls aufgewacht waren.

„Hugo. Aufwachen." Als er merkte, wie er in alter Gewohnheit flüsterte, schüttelte er die Schulter seines Bruders umso heftiger. „Hugo! Aufwachen! Das Lager ist verraten! Die Deutschen kommen! Los, wach auf! Wir müssen weg hier!"

Noch nicht richtig wach, warf Hugo die Decken auf die Seite und stand mit einem Satz vor dem Biwak. Während man inzwischen deutlich das laute Brummen von Flugzeugmotoren hörte, zerrissen in der Ferne erste Salven der Bordgeschütze die morgendliche Stille.

„Schnell, unsere Rucksäcke und die Waffen!"

Während sein Bruder hektisch in seine Stiefel stieg, bemühte Henri sich angestrengt zu verstehen, was gerade passierte.

„Hast du nicht gehört, Hugo! Die Rucksäcke, die Mäntel und unsere Waffen! Vergiss die Feldflasche nicht und pack alles Essbare in den Rucksack."

Kaum hatte Henri seinen Rucksack gegriffen, zerfetzten erste Bomben und Granaten Bäume und Biwaks um sie herum. Das ohrenbetäubende Rattern der schweren MGs an Bord der Focke-Wulfs oder Junkers bestärkte seine Befürchtung, dass sie es hier nicht mit routinemäßigen Aufklärungsflügen der Deutschen zu tun hatten. Die Piloten wussten genau, welche Ziele sie anfliegen mussten. In den ohrenbetäubenden Lärm der Explosionen mischten sich laute Schreie von getroffenen Kameraden. Beißender Qualm von explodiertem TNT, Salpeter und brennenden Bäumen füllte den Wald. Dutzende von Männern liefen von heller Panik getrieben ohne erkennbares Ziel zwischen den kleinen Lagern umher. Als die Flugzeuge abdrehten, meinte Henri ein paar Kilometer entfernt im Tal das Dröhnen von schweren Dieselmotoren und das Kettengerassel von Panzerfahrzeugen zu hören. Henri war sich sicher, dass die MG-Nester an den Talzugängen, in denen auch die kleinen Bestände an panzerbrechenden Waffen gelagert waren, bereits in der frühen Nacht überfallen und zerstört worden waren. Anders war es nicht zu erklären, dass keinerlei Warnung ihr Lager erreicht hatte. Er sah zu Hugo, der hektisch begann, die Holzpfähle der Spannschnüre ihres Biwaks aus dem Boden zu ziehen.

„Lass die scheiß Zeltplane!", schrie Henri. „Wir müssen sofort weg hier!"

Hastig zogen sie sich ihre Rucksäcke über, stopfen sich gegenseitig ihre dicken, wadenlangen Wollmäntel zwischen Gurte und Schulter und liefen in den ansteigenden Wald hinein, weg von dem unheilvollen Brummen der Dieselmotoren, das jetzt auch vom anderen Ende des Tales zu hören war. Immer lauter und dichter werdendes Gefechtsfeuer signalisierte ein rasches Näherrücken der deutschen Panzerwagen auf der Talstraße.

6
2.-3. September 1982

Die Wurzeln seines gestörten Verhältnisses zu Familienfesten verortet Beck in den Wirren seiner Pubertät. Allerdings gab und gibt es in seiner Verwandtschaft Persönlichkeiten, meist Männer, meist Onkels, deren Verhalten dieses Missbehagen nachhaltig nähren. Aber an diesem Tag spürt Beck eine geradezu ausgelassene Freude auf die bekannten Gesichter. Er mag gar nicht daran denken, wie er sich gefühlt hätte, wenn ihn seine Schwester nicht angerufen und er den Fünfundsechzigsten seines Vaters verpasst hätte.

Als er kurz vor halb acht den Klingelknopf seiner Eltern drückt und das ihm bekannte Glockengeläut einsetzt, ist er wieder einmal deutlich zu spät. Mit schlechtem Gewissen umklammert er die in buntes Geschenkpapier verpackte Glasplatte. Doch als seine Mutter die Tür öffnet und ihn mit ihrem warmen, frohen Lächeln begrüßt, verflüchtigen sich alle Bedenken. Wenn sie ihn so ansieht, ist er für einen kurzen Moment wieder der zehnjährige Junge, der nach wilden Abenteuern in den Auwäldern der Altrheinarme verschwitzt und vom Hunger getrieben, in die elterliche Küche stürmt.

„Hallo Sohnemann. Schön, dass du da bist. Dein Vater ist schon ganz hibbelig." Demonstrativ schaut sie hinter ihren Sohn, ob sich dort seine Lebensgefährtin verbarg. "Muss Nini wieder arbeiten, die Arme? Ihr solltet endlich heiraten, dann würde ich sie vielleicht öfters sehen."

Tolle Idee, Mama, denkt er, aber ganz so einfach ist das nicht. Für Nini steht ihre Unabhängigkeit über allem. Und solange Hanna noch ihre Unterstützung braucht, sind ihre Prioritäten klar gesetzt. Er kann das gut respektieren. Die Logik seiner Mutter aber ist, dass geteiltes Leid nur halbes Leid ist. Wobei sie nie von Leid sprechen würde, wenn es um die Ehe geht.

„Wie geht es Hanna? Alles in Ordnung in der Schule?"

Nachdem sie sich herzlich umarmt haben, hakt sie sich bei ihm unter und schiebt ihn dem lauten Stimmengewirr entgegen, das aus dem Wohnzimmer durch die Küche auf den Flur brodelt.

Das Wohnzimmer ist rappelvoll. Die aus drei aneinandergestellten, verschieden großen, feierlich gedeckten Tischen gebaute Geburtstagstafel ist eng besetzt. In der Runde erkennt er Onkel und Tanten, seine Schwester mit den beiden Jungs, drei Ehepaare aus der Nachbarschaft und zwei Kollegen und Freunde seines Vaters aus dem Ortskartell des hiesigen Gewerkschaftsbundes mit ihren Ehefrauen.

Er klopft kräftig gegen den Türrahmen und wirft ein lautes „Hallo allerseits" in die Runde. Lächelnd winkt er seinem am Kopfende sitzenden Vater zu, der sichtlich genervt seinem schwadronierenden einarmigen Schwager zuhört. Freudig und dankbar für die Ablenkung hebt sein Vater die Hand und weist auffordernd auf den leerstehenden Stuhl neben sich. Als Beck demonstrativ sein Geschenk hochhält, steht er erleichtert auf und schiebt sich zwischen Schwestern und Schwäger und der Kommode zur Küchentür durch.

„Herzlichen Glückwunsch zum Geburtstag, Papa!"

Becks Vater lässt sich nur widerstrebend umarmen. Das Geknutsche zwischen Männern, wie er es abfällig nennt, ist nicht seine Sache. Beck fragt sich, ob er kleiner geworden ist. Seit er nicht mehr arbeiten geht, verschiebt sich nahezu unmerklich etwas in der Beziehung von Vater und Sohn. Verwirrend für Beck keimen in seiner sich verändernden Wahrnehmung des Vaters unbekannte fürsorgliche Gefühle.

„Danke, Großer. Komm, setz dich zu mir, dann muss ich mir nicht mehr die Geschichten von Oskar anhören. Kennst ihn ja. Der tut immer so, als ob der Russlandfeldzug nichts anderes gewesen wäre als ein großes Actionabenteuer aus Hollywood. Manchmal denke ich, der erzählt die ganzen Geschichten nur, um sich zu versichern, dass er seinen Arm nicht umsonst verloren hat. Aber wenn er anfängt, über Ausländer zu hetzen, die den armen Deutschen die Arbeitsplätze wegnehmen und dass unter Hitler ja nicht alles falsch war … Na ja, da bin ich mir nicht sicher, ob ich ihn nicht doch mal rausschmeiße." Fröhlich zwinkert er seinem Sohn zu. „Komm, wir setzen uns. Willst du ein Bier? Oder erst einmal etwas essen?"

Er will zu seinem Platz gehen, aber Beck hält ihn sanft am Arm fest. „Halt mal. Ich habe da was für dich."

„Aber Helm, du weißt doch, dass ich nichts brauche. Ich habe alles. Wichtig ist mir nur, dass ihr alle da seid." Ein Grinsen kriecht über sein Gesicht. „Außer Oskar vielleicht."

Beck hält seinem Vater sein Geschenk entgegen. „Vorsicht. Es ist zerbrechlich."

„Guter Gott. Was ist denn da drin? Eine Steinplatte?"

„Nahe dran. Na, jetzt pack halt mal aus. So schnell wird der Braten nicht kalt."

Mit sicheren Bewegungen reißt sein Vater das Papier auf und legt erstaunt die Glasplatte frei.

„Hier schau mal. Ich habe gedacht, wir machen mal wieder etwas zusammen."

Mit verständnislosem Blick und unsicherem Lächeln greift sein Vater nach dem Prospekt und faltete es langsam auseinander. Alle Gespräche sind verstummt, alle Augen auf das Geburtstagskind gerichtet.

„Bist du denn völlig übergeschnappt oder hast du im Lotto gewonnen? Das kann ich doch nicht annehmen", platzt es aus dem alten Herrn heraus.

„Musst du aber Papa. Der Rest wird morgen geliefert. Und spätestens, wenn meine aktuellen Fälle abgearbeitet sind, nehme ich mir ein paar Tage frei, dann bauen wir das Gewächshäuschen zusammen auf. Mit solidem Betonfundament und allem Drum und Dran. Kannst ja schon mal den richtigen Platz in deinem Garten aussuchen."

Als die Geburtstagsgesellschaft versteht, dass da eben ein ganzes Gewächshaus verschenkt worden ist, kriegen die sich gar nicht mehr ein vor lauter Geklatsche und Gejohle. Erst nach einem bestimmten: „Schluss jetzt! Der Braten wird sonst kalt!" des Hausherrn beruhigen sich alle und kehren zu ihren Gesprächen zurück. Die ersten Teller mit dampfendem Braten und Kartoffel-Karotten-Püree werden von Malu und seiner Mutter über den Tisch gereicht.

„Und du bist doch verrückt." Becks Vater stellt die Scheibe in einer sicheren Ecke ab und zieht seinen Sohn zu ihren Plätzen am Tischende. Das Leuchten in seinen Augen bleibt Beck nicht verborgen.

„Bring das nächste Mal Nini mit. Das würde mich wirklich freuen", flüstert er ihm noch zu, bevor er mit großer Geste alle auffordert, es sich schmecken zu lassen.

Punkt neun am nächsten Morgen sind alle an der Besprechung des Vortages Beteiligten im Besprechungsraum versammelt. Zusätzlich sitzen neben einem halben Dutzend

Uniformierter Schäfer, Danner, Nagel und Schubert im Raum. Alle vier sind erfahrene Ermittler, die Beck bereits kennt. Zehn Köpfe mehr. Nicht schlecht, denkt er.

Beck schaut in die Runde. „Wegen des abgefackelten Il Mondo habe ich heute Morgen mit den Kollegen vom Betrug telefoniert. Die übernehmen den Fall." Sein Blick wandert zu Kohl. „Renate, würdest du bitte Hauptkommissar Schwarz auf den aktuellen Stand bringen. Mit dem habe ich telefoniert."

Kohl nickt.

„Danke Renate."

„Liebe Frau Kohl. Wenn Sie schon mal dabei sind, dann setzen Sie sich doch bitte auch mit Hauptkommissar Stickel in Verbindung. Die Kollegen werden den Bankraub übernehmen. Danke." Für einen Moment scheint es so, als würde Lefebvre die dankbaren Blicke von Beck und den anderen genießen, dann erinnert er sich an seine Rolle. „Die Auflösung dieses Falls soll doch nicht an einer Verzettelung der Kräfte scheitern. Sie geben mir doch recht Hauptkommissar?"

Beck stutzt einen Moment, dann geht er zur Tagesordnung über. „Das nenne ich mal gute Nachrichten. Wir können uns also ab sofort ganz auf die Leiche aus dem Pfälzer Wald konzentrieren." Er dreht sich zu der grünen Tafel um, an deren linken Seite inzwischen eine Reihe von Fotos hängen. In Gedanken schickt er ein Dankeschön an Renate Kohl. Direkt daneben steht das Flipchart mit den ersten Ideen vom Vortag. „Die meisten von euch werden heute Morgen in die Zeitung geschaut haben. Dort finden sich wie immer die wildesten Theorien, angefangen vom Sühnemord einer geheimen Loge bis zum Ritualmord einer satanistischen Sekte. Bei den Telefonanrufen verhält es sich ähnlich. Trotzdem müssen wir alle Hinweise prüfen. Wer übernimmt die Auswertung der Anrufe, die in den nächsten ein, zwei Tagen hier ankommen?"

Nagel hebt die Hand.

„Danke. Wir wissen zwar, dass die Menge der Telefonanrufe die Chance auf hilfreiche Hinweise auf ein homöopathisches Niveau verwässert. Aber im Moment sind wir auf jeden Hinweis angewiesen, insbesondere was die Identität des jungen Mannes angeht. Aus der Gerichtsmedizin kriegen wir im Verlauf des Nachmittags einen Bericht. Vorerst hat Dr. Stein nur bestätigt, dass der Tod vorgestern irgendwann zwischen fünfzehn und zweiundzwanzig Uhr eingetreten ist. Wir gehen von einem Tatzeitpunkt deutlich vor neunzehn Uhr aus. Danach ist es zappenduster im Wald." Er wendet sich den Kriminaltechnikern zu. „Hans, habt ihr etwas Neues?"

Während Gauweiler aufsteht, greift er nach den Blättern, die vor ihm liegen. Er schiebt seinen Stuhl nach hinten und geht die wenigen Schritte zu Beck.

„Von Doktor Stein haben wir immerhin das Projektil. Die tödlichen Schüsse sind aus einer um die vierzig Jahre alten Luger08 abgefeuert worden." Er lässt ein paar Sekunden verstreichen. „Das eigentlich Überraschende aber ist, dass auch die Munition aus den Vierzigern stammt." Gauweiler wartet, bis sich das erstaunte Gemurmel wieder legt, dann fährt er fort. „Man kann es daran erkennen, dass die Projektile anstatt des Bleis einen Eisenkern haben. Eine Sparmaßnahme der Waffenindustrie Anfang der Vierzigerjahre." Er dreht sich zur Tafel und deutet mit seinem Stift auf Aufnahmen der Schusswunden. „Beide Schusskanäle verlaufen von unten nach oben, was die Annahme einer Abwehraktion plausibel erscheinen lässt. Ansonsten hat die Obduktion nur bestätigt, was wir schon wissen. Keine Drogen, kein Alkohol." Er wendet sich wieder der Ermittlergruppe zu. „Auch die Spurenauswertung zwischen den Felsen legt nahe, dass das Opfer dem Täter aufgelauert hat. Der Täter kam irgendwie an die Waffe und der Tote hatte das Nachsehen. Da keine Kampfspuren zu sehen sind, müssen wir auch die Möglichkeit in Betracht ziehen, dass zwei verschiedene Waffen im Spiel waren. Das hat Wurster gestern schon vorgetragen. Der Täter hat die Leiche dann zu dem Felsenspalt geschleift und nach unten geworfen, wo sie zwar über den Wanderweg geschleudert wurde, aber ein, zwei Meter weiter unten zunächst an einem Baum festhing. Dann ist er den Pfad nach unten geeilt und hat die Leiche weiter den steilen Hang hinuntergestoßen. Auf dem Weg nach unten ist die Leiche mehrmals an Bäumen hängen geblieben, bis sie den tiefsten Punkt, eine fast ebene Fläche von ungefähr drei mal zehn Metern, erreicht hat. Gegenüber und ein paar Meter weiter westlich geht es steil hinauf. Südlich fällt der Bergeinschnitt ab. Erst einen guten Kilometer weiter und hundertfünfzig Meter tiefer verläuft ein Wanderweg. Hätte der Rentner seinen Münsterländer besser erzogen, läge die Leiche vielleicht immer noch dort unten. Sehr wahrscheinlich hat der Täter die Leiche erst dort unten verstümmelt, indem er alles zerstört hat, was uns die Identifizierung erleichtert hätte." Er dreht sich um und zeigt auf die entsprechenden Fotos. „Zähne, Fingerkuppen und Gesicht. Dann hat er ihm die Kleider ausgezogen, die Genitalien abgeschnitten und in den Mund gestopft. Zumindest kann es so gewesen sein. Nachdem er dem Toten die Schriftzeichen in die Brust geschnitten hat, hat er ihm die Hose wieder angezogen und ihn so drapiert, wie wir ihn gefunden haben." Er schaut zu Beck. „Die Kollegen vor Ort sind für ihren Fleiß gestern noch belohnt worden. In einem Nachbartal haben sie den Rucksack mit dem Hemd, der Unterwäsche, der Lederjacke und den Stiefeln des Toten gefunden. Alles schwarz. Von der Lederjacke ist ein kreisrunder Aufnäher entfernt worden. Wir schauen uns die Sachen heute in aller Ruhe an."

„Danke, Hans. Marx, Sie kümmern sich darum, dass Fotografien der Kleidungsstücke und des Rucksacks zur Presse und ans Fernsehen kommen. Sie sind ja sowieso an der Presse dran."

Marx nickt Beck zu und macht sich eine Notiz, während Gauweiler zu seinem Stuhl zurückgeht.

„Also gut, Leute. Bleiben wir dran. Danner und Schubert, ihr unterstützt heute und morgen Marx in und um Sankt

Martin, Gespräche mit der Bevölkerung, Suche nach einem Fahrzeug und so weiter, ihr wisst schon."

Gauweiler hebt die Hand. „Ich habe gestern Abend mit dem Wanderwart unserer Ortsgruppe telefoniert. Der hat mir zugesagt, heute mit allen Leuten zu telefonieren, von denen er weiß, dass sie am Samstag in der Hütte Dienst hatten oder die auf und um die Kalmit wandern waren."

„Klasse, Hans. Ihr seid ja ein ziemlich großer Verein. Vielleicht haben wir Glück, und jemandem ist etwas aufgefallen. Kriegen wir das Phantombild und die Fotos von den Klamotten bis heute Mittag in die Hütte, Marx?"

Marx nickte ihm zu. „Das sollte klappen."

„Senta, du schnappst dir zwei Kollegen, die dich bei der Durchsicht der Akten unterstützen. Die sollen auch noch mal bei den LKAs nachhaken. Du selbst kümmerst dich zuallererst um Vermisstenmeldungen in der Pfalz und im Großraum Mannheim und Heidelberg. Vielleicht hat er studiert." Beck übergeht ihr Aufstöhnen und nimmt ein Foto von der Tafel. „Ich werde versuchen, etwas über diese mysteriösen Schriftzeichen herauszufinden." Er schaut auf seine Armbanduhr. „Viertel vor zehn. Dann los, Leute. Lasst uns herausfinden, was da im Felsenmeer passiert ist. Wir sehen uns morgen früh. Gleiche Zeit, gleicher Ort."

Kohl steht auf und wendet sich an alle: „Wenn jemand auf relevante Ergebnisse stößt oder überhaupt etwas Neues herausfindet, bitte sofort an mich. Ich bin den ganzen Tag über Funk oder Telefon zu erreichen."

In seinem Büro denkt Beck an Gauweilers Spekulation, dass die Schriftzeichen Aramäisch oder Hebräisch sein könnten. Während er in seinem Zettelkasten die Telefonnummer des Professors in Frankfurt sucht, kommt ihm die Idee, dass er sich die lange Fahrt vielleicht sparen kann. Er geht zu dem Sideboard und holt sich die Telefonbücher von Speyer, Ludwigshafen und Mannheim. Auf gut Glück sucht er Institutionen im Rhein-Neckar-Raum, die möglicherweise Kontakt zu einem Rabbi oder einem anderen Mitglied einer jüdischen Gemeinde haben mit dem überraschenden Ergebnis, dass offensichtlich siebenunddreißig Jahre nach Kriegsende weder in Speyer noch in Ludwigshafen aktives jüdisches Gemeinwesen zu finden ist. Obwohl er in Dutzenden von Telefonaten mit allen möglichen Leuten spricht, kommt er nicht weiter. Es ist schon später Mittag, als er frustriert nach der Telefonnummer des Professors in Frankfurt sucht. Er überlegt gerade, wo er am schnellsten etwas zu essen herbekommt, als er den naheliegenden Hinweis auf die jüdische Gemeinde in Mannheim bekommt. Obwohl Beck seinem Gesprächspartner deutlich macht, wer er ist, und um was es ihm geht, erhält er mit der Bemerkung, die Verantwortlichen in Mannheim müssten selbst entscheiden, mit wem sie in Kontakt treten wollen, lediglich das Angebot, seine Telefonnummer weiterzuleiten.

Eine gute Stunde später klingelt das Telefon. Es meldet sich eine männliche Stimme, mit der sich ein Richard Grünewald vorstellt, Mitglied der Repräsentanten Versammlung der jüdischen Gemeinde in Mannheim. Nachdem ihm Beck sein Anliegen vorgetragen hat, schlägt Grünewald vor, sich am nächsten Tag um zwölf in einem kleinen Café in der Nähe der Synagoge mit ihm zu treffen. Beck notiert sich eine Adresse in der Mannheimer Oststadt.

Den Rest des Tages telefoniert er mit allen Stellen, die möglicherweise die Art der Tötung in Zusammenhang mit anderen Fällen bringen könnten. Doch egal, mit wem er telefoniert, niemand hat auch nur den geringsten Hinweis für ihn.

7
November '44 / Februar '45

Kurz nach der Zerschlagung des starken Widerstandszentrums in den Bergen südlich des Donons, die nicht zuletzt seiner erfolgreichen Spitzeltätigkeit zu verdanken war, erfuhr Mutzig von der Befreiung Straßburgs durch alliierte Truppen unter General Leclerc. Ratlos, wie es mit seinem Leben weitergehen sollte, nutzte Mutzig den Schutz der Legende vom Priester im Maquis-Widerstand, um sich noch eine Weile in den Dörfern um Saint-Dié-des-Vosges aufzuhalten. Er machte sich nichts vor. Spätestens wenn die alliierten Truppen das ganze Elsass befreit hätten, würde man auch ihn entlarven und zur Verantwortung ziehen. Es war nur eine Frage der Zeit. Niemanden würde interessieren, auf welch brutale Weise er in die Rolle des Kollaborateurs gezwungen worden war.

Ende November, kurz nach einem Treffen mit Scheel, bei dem er sich mangels eigener Ideen dessen Plänen zur Flucht nach Südamerika anschloss und damit seine Zukunft endgültig mit der des SS-Offiziers verknüpfte, machte er sich auf den Weg zu seiner Mutter nach Kaysersberg. Die Amerikaner waren in ein von der deutschen Wehrmacht völlig zerstörtes Saint-Dié-des-Voges einmarschiert und kämpften sich Hügel um Hügel, Dorf um Dorf in Richtung Colmar. Er wusste, dass er nicht mehr viel Zeit hatte.

Als er einen Tag später am Abend aus der klirrenden Kälte in die Wärme des Wohnzimmers seiner Mutter trat, gelang es ihm, in ihren Armen für einen langen Moment die düsteren Umstände seines Besuches auszublenden. In der Vertrautheit der stillen Abende, die folgten, war er mehrfach versucht, sein Gewissen zu erleichtern, indem er ihr die Wahrheit über sich erzählte. Dass sie ihn nicht ein einziges Mal nach seinem Studium fragte, nach seinen Freunden oder ob es eine Frau in seinem Leben gäbe, bestärkte ihn in der Annahme, dass sie ohnehin Bescheid wusste. Sie füllten ihre Gespräche mit

Geschichten aus seiner Kindheit, seiner Gymnasialzeit in Colmar, aus ihrer Schule oder aus der Nachbarschaft. Nein, er wollte diese für sie beide so wertvolle Nähe nicht mit Beichten über sein wahres Leben zerstören. Ebenso wenig wie mit der Ahnung, dass dies wahrscheinlich ihre letzten gemeinsamen Tage sein würden. Während er in den Wäldern um Kaysersberg wandernd der kleinen Welt seiner Kindheit und Jugend nachspürte, mahnte ihn das von Tag zu Tag näherkommende Geschützfeuer, dass ihm die Zeit davonlief.

Mitte Dezember sind die Franzosen und Amerikaner so nahe, dass er seinen Plan, ein letztes Weihnachten mit seiner Mutter zu feiern, aufgeben musste. Eine Woche vor Heiligabend streifte er sich in der Dunkelheit des frühen Morgens seinen Rucksack über und machte sich auf den Weg durch das Rheintal. In der Nacht war Schnee gefallen. Die kleine Gestalt der Mutter winkend vor der Tür ihres Häuschens stehen zu sehen, zerriss ihm das Herz. Während er durch den Schnee stapfend die letzten Häuser von Kaysersberg hinter sich ließ, wuchs in ihm trotzig die Gewissheit, dass es ein Wiedersehen geben würde.

Am frühen Nachmittag überquerte er bei Breisach den Rhein. Obwohl er mit dem von Scheel organisierten Marschbefehl so etwas wie einen Freibrief besaß, dauerte es doch um einiges länger, sich bis zum Bodensee und von dort aus durch Vorarlberg zur Schweizer Grenze durchzuschlagen, als er gedacht hatte.

Anfang Januar kam er endlich in dem abgelegenen Schweizer Gasthof an, dessen Adresse ihm Scheel gegeben hatte. Nach Überschreitung der Grenze war die Angst, kurz vor der gelungenen Flucht doch noch entdeckt zu werden, immer größer geworden. Also verließ er nur, wenn es nicht zu vermeiden war, sein Zimmer. Eine Folge seines Eremitentums war eine besorgniserregende Veränderung seines Geisteszustandes. Unter anderem meinte er, aus den im Obergeschoss gelegenen Zimmern Gespräche in einer Sprache zu hören, die ihn an die Zeit in Straßburg erinnerte, als er sein mageres

Studentenbudget mit Übersetzungen für jüdische Familien aufgebessert hatte.

Als Scheel nach gut zwei Wochen endlich auftauchte, drängte er Mutzig zum sofortigen Aufbruch nach Italien. Ziel war eine Pension in der Nähe von Schloss Labers bei Meran. Alles Weitere würde er ihm dann vor Ort erklären. Scheels massige Gestalt war wieder einige Kilo schwerer geworden. Das dichte Netz von roten Äderchen, das seine Wangen und Nase überzog, war nicht mehr zu übersehen. In herrischem Tonfall forderte er Mutzig auf, sich zusammenzureißen. Längst habe er die wichtigsten Voraussetzungen für ihre Flucht geschaffen. Sogar ein Dokument zur Überschreitung der Grenze hatte er ihm mitgebracht. An der Tür drehte sich Scheel noch einmal zu Mutzig um. „Übrigens. Über Ihnen hocken wirklich Juden. Für viel Geld freigekaufte Juden auf dem Weg ins gelobte Land. Ein kleines Nebengeschäft unseres Vereins."

Gleich am nächsten Morgen verließ Mutzig vor Beginn der Dämmerung den kleinen Gasthof und machte sich auf den Weg nach Italien. Meterhoch säumten Schneemauern die einzige Straße, die durch das Münstertal Richtung Grenze führte. Rechts und links war das atemberaubende Panorama verschneiter Alpengipfel zu sehen. Nichts davon nahm Mutzig wahr. Zu sehr war er mit Überlegungen beschäftigt, wie das gehen sollte mit der Überfahrt nach Argentinien und wie sein Leben dort aussehen würde. Zudem biss ihn das Weiß der weiten Schneeflächen so schmerzhaft in die Augen, dass er seine Umgebung die meiste Zeit nur durch schmale Schlitze erfasste. Das Wetter wechselte innerhalb von Stunden von blauem Himmel mit gleißendem Sonnenschein zu starkem Schneefall und Dämmerlicht. Mehrere Male überholten ihn Kleinlaster mit aufgespannten Schneeketten, ohne ihn zu beachten. Aber so war es ihm recht, hatte er doch wenig Lust, Fragen zu seinen Reisezielen zu beantworten. Nach drei Tagesmärschen, in deren Verlauf er gegen großzügige Bezahlung in privaten Betten zweier Berghöfe übernachtete, erreichte er die kleine Pension in der Nähe von Schloss Labers.

Zwei Tage nach seiner Ankunft, in denen er sich einigermaßen von dem erschöpfenden Marsch erholt hatte, klopfte ein gut aufgelegter Scheel an seine Zimmertür. Nach kurzer Begrüßung warf der SS-Mann seinen Mantel auf das Bett und setzte sich an den kleinen Tisch zu Mutzig, der aus einer großen Karaffe zwei Gläser mit Rotwein füllte.

Scheel nahm einen kräftigen Schluck und schaute Mutzig grinsend in die Augen. „Noch nicht mal einen guten Wein kriegen die hier hin. Dieser Vernatsch schmeckt, als ob die hiesigen Weinpanscher kräftig Zucker hineinrühren, um ihn danach wieder mit Wasser zu strecken oder umgekehrt. Das kriegen die Württemberger mit ihrem Trollinger besser hin." Er lehnte sich zurück und trank sein Glas leer. „Wussten Sie, dass Trollinger nichts anderes als importierte Vernatsch-Reben sind. Trollinger ... von Tirol. Tirolinger. Trollinger. Verstanden?" Scheel zwinkerte vertraulich, während er nach der Karaffe griff und sich nachschenkte.

„Sie machen mich wahnsinnig, Scheel!", entfuhr es Mutzig. „Deutschland wird gerade von den Alliierten geschlachtet, und Sie reden von der Überlegenheit der Deutschen in der Herstellung von Wein." Er war kurz davor aufzuspringen. „Ich will endlich wissen, wie es weitergeht! Also hören Sie auf mit der Geheimniskrämerei und erzählen Sie mir, wie weit Sie mit ihren Plänen von unserer großen Zukunft in Südamerika gekommen sind!"

„SS-Sturmbannführer Scheel, Mutzig. Sie reden mit einem Offizier des Führers. So viel Zeit muss sein." Die Schärfe in Scheels Stimme ließ keinen Zweifel daran, dass er es ernst meinte. Das Grinsen in seinem Gesicht verblasste. Den linken Ellbogen auf dem Tisch, das Kinn zwischen Daumen und Zeigefinger, musterte er Mutzig, als ob er ihn zum ersten Mal wirklich wahrnähme. Dann griff er nach der Karaffe. „Also gut, Unterscharführer. Heute Nacht ist unser Einsatz gefragt. Habe ich Ihnen von meinem alten Kameraden

Standartenführer Wend erzählt? Wir kennen uns aus Sachsenhausen. Er organisiert von Schloss Labers aus, die Verteilung und Verwendung des Falschgeldes, mit dem vor allem die britische Wirtschaft geschwächt werden soll." Er winkte ab. „Als ob das noch was nützen würde. Von ihm weiß ich, dass gegen vier Uhr in der Nacht ein vierköpfiger Trupp unter dem Kommando von Untersturmführer Becker eine beträchtliche Summe echter Devisen zum Schloss bringt. Wir reden von einigen Hunderttausend US-Dollar, die wir heute Nacht in unseren Besitz bringen werden."

„Wir beide gegen vier bis an die Zähne bewaffnete Männer in einem wahrscheinlich gepanzerten Wagen?" Mutzig ließ sich resigniert in den Stuhl zurückfallen.

Mit gespielt gekränkter Miene schenkte sich Scheel etwas von dem Rotwein nach. „Wollen Sie mich beleidigen, Mutzig? Habe ich Ihnen nicht gerade erzählt, dass Standartenführer Wend und ich uns aus meiner Zeit im KZ Sachsenhausen kennen. Ich habe ihm damals ein paar Gefälligkeiten erwiesen, als ich in entsprechender Position war, und nun revanchiert er sich kraft seines Einflusses als verantwortlicher Offizier für das Sonderkommando Geldwäsche. Natürlich will er auch ein Stück vom Kuchen. Nennen wir es Vermittlungsgebühr."

Mutzigs Aufmerksamkeit war wieder geweckt. Gespannt schaute er zu Scheel.

„Der Trupp bringt das Ergebnis einer äußerst profitablen Geldwäsche ins Schloss. Einem geschäftstüchtigen Agenten mit erstaunlichen Beziehungen ist es gelungen, mit unseren selbst gemachten Pfundnoten von den Amerikanern erbeutete deutsche Waffen zu erwerben und diese an die kroatische Ustascha, die inzwischen eine von den Alliierten unterstützte Untergrundarmee ist und sich auf den Widerstand gegen eine mögliche bolschewistische Nachkriegsregierung einstellt, gegen harte amerikanische Dollars wieder zu verkaufen."

Während Mutzig ihn entgeistert anstarrte, griff Scheel nach dem Weinkrug, stellte ihn aber nach kurzem Zögern wieder zurück. Immer noch ungläubig ließ sich Mutzig auf die Geschichte ein.

„Warum sollten die Amerikaner uns unsere eigenen Waffen verkaufen? Das ergibt doch überhaupt keinen Sinn. Wir führen Krieg gegeneinander, oder habe ich irgendetwas verpasst?"

„Es kommt noch besser. Wir vermuten, bei dem Geld, das uns die Kroaten zahlen, handelt es sich um Finanzmittel des amerikanischen Geheimdienstes."

„Aber die Ustascha waren doch unsere Verbündeten. Pavelic war doch schlimmer als alle Deutschen zusammen. Wieso sollten die Amerikaner denen Geld geben?"

„Weil sich gerade die Feindbilder ändern, Mutzig. Hitler ist besiegt, also geht es jetzt gegen die Bolschewiken – und dabei ist jeder Mitstreiter willkommen. Auch wenn es sich dabei um einen vor Kurzem noch über alles gehassten Gegner handelt."

Scheel stand abrupt auf, als wollte er sich auch körperlich von diesem Thema lösen und begann energisch, im Zimmer hin und her zu gehen. Eine Angewohnheit, die Mutzig unangenehm an ihr erstes Zusammentreffen in Straßburg erinnerte.

„Wir müssen uns auf heute Nacht konzentrieren. Wend hat mir zugesichert, dass der Untersturmführer Bescheid weiß und sich nur scheinbar zur Wehr setzen wird. Für den Rapport nach oben muss es aussehen wie ein Überfall. Verstehen Sie? Zudem habe ich zu unserer Absicherung umfangreiches Marschgepäck in einer Hütte in den Bergen deponiert. Falls etwas schiefgeht. Man kann ja nie wissen." Er blieb vor dem Tisch stehen und sah Mutzig in die Augen. „Hier ..." Er tastete seine Uniformjacke ab, bis er in seiner Brusttasche fand, was er suchte. „Ich habe ihnen die Stelle aufgezeichnet, an der wir dem Transport auflauern. Sie werden mindestens zwei Stunden unterwegs sein. Am besten gehen Sie um Mitternacht los, dann kann nichts schiefgehen." Er legte das Blatt mit der Wegskizze vor Mutzig auf den Tisch und wandte sich zur Tür. Kurz bevor er die Klinke in die Hand nahm, drehte er sich noch einmal um. „Wir sehen uns heute Nacht. Und wenn ich den Wein weglassen kann, dann können Sie das erst recht. Und kein Gepäck. Nur ihre Papiere und was Sie am Leib tragen können. Verstanden!"

Kurz nach Mitternacht stapfte Mutzig durch wadenhohen Schnee in die Richtung, die die Skizze vorgab. In der Erwartung, stundenlang in der Winterkälte ausharren zu müssen, hatte er unter seinem schweren Wollmantel fast alles an Kleidung angezogen, was sein Rucksack hergab, mit dem Ergebnis, dass ihm schon nach wenigen Minuten die dicke Wollunterwäsche auf der schweißnassen Haut klebte. Die wenigen persönlichen Papiere waren sicher in der Innentasche seines Mantels verstaut. Dichter Schneefall erschwerte ihm zwar zeitweise die Orientierung, brachte aber den Vorteil, sich nahezu unsichtbar bewegen zu können. Noch dazu, ohne Spuren zu hinterlassen. Im Schutz von Fichten und Lärchen kämpfte er sich parallel zur Straße durch den tiefen Schnee. Die weiße Pracht schluckte alle Geräusche bis auf das Knirschen seiner in den Schnee einsinkenden Stiefel und das Keuchen seines Atems. Manchmal versank er bis zur Hüfte in tiefen Verwehungen, die unter der dicken Schneedecke nicht zu erkennen waren.

Bei einer kurzen Verschnaufpause zeigte ihm ein Blick auf seine Uhr, dass die Kreuzung von Fuhrweg und Landstraße bald kommen musste. Um die Stelle nicht zu verpassen, marschierte er jetzt näher an der Straße. Auf der Skizze markierten zwei übermannshohe Felsen ihren Treffpunkt, etwa hundertfünfzig Meter hinter der Kreuzung, direkt an dem Fuhrweg, auf dem das Fahrzeug kommen sollte. Als in dem Schneegestöber endlich die Kreuzung auftauchte, orientierte er sich nach links. Nachdem er weitere zehn Minuten durch den tiefen Schnee gestapft war, erkannte er einige Meter unter sich eine dunkle Gestalt, die hinter hohen Felsen geduckt die verschneite Fahrspur beobachtete.

Lautlos stieg er zu der dunklen Gestalt hinunter. Erst als ihn nur noch wenige Schritte von dem Schatten trennten, warf sich Scheel mit angeschlagenem Karabiner herum.

Wütend ließ er die Waffe wieder sinken. „Verdammtes Arschloch! Sind Sie lebensmüde? Ums Haar hätte ich Sie erschossen." Leise fluchend rutschte er mit dem Rücken an den Felsen gelehnt in die Hocke.

Erschöpft von dem anstrengenden Marsch ließ sich Mutzig neben dem SS-Offizier auf die Hacken sinken. „Und wenn ich ein anderer gewesen wäre, wären Sie jetzt tot."

„Lassen Sie die dummen Sprüche! Dort neben dem Rucksack liegen eine Luger08 im Halfter und eine MP 44 mit einem zwanziger Ersatzmagazin." Er wies auf einen dunklen Schatten im Schnee. „Ich hoffe, Sie wissen noch, wie man damit umgeht." Ohne ein weiteres Wort nahm Scheel wieder seine Beobachterposition ein.

Mutzig inspizierte die Waffen und ging neben Scheel in die Hocke. Er zog sich den Schlauchschal über die Ohren, knöpfte die heruntergeklappten Seitenteile seiner Mütze unter dem Kinn zusammen, dann wartete er.

Gegen vier Uhr gaben Mutzigs Kleider ihren Widerstand gegen die Kälte auf. Mit abnehmendem Schneefall ging die Temperatur in den Keller. Er spürte, wie der Frost seine Kleidung steif werden ließ. Gerade hatte er begonnen, sich mit gymnastischen Bewegungen zumindest die Illusion von Wärme zu verschaffen, als aus weiter Entfernung das leise Rumpeln eines Fahrzeugs zu hören war.

Scheel stieß Mutzig den Gewehrkolben in die Seite. „Es geht los! Hören Sie mit dem Gehampel auf und schnappen Sie sich Ihren Karabiner! Ich konzentriere mich auf die Windschutzseite. Sie nehmen die Fahrzeugtüren ins Visier. Wenn alles gut geht, können Sie sich auf ein deftiges Frühstück und ein warmes Bett freuen."

Mutzig nahm das Sturmgewehr und duckte sich neben Scheel hinter den Felsen. Es dauerte eine ganze Weile, bis der

Wagen in ihr Sichtfeld kam. Mutzig erkannte einen schweren Steyr1500 und nahm wie verabredet die Türen ins Visier.

Scheel wartete einen Moment, bis der Wagen auf zehn Meter heran war. Dann feuerte er, wie mit Wend verabredet, auf den linken vorderen Reifen, der augenblicklich platzte und das Fahrzeug ins Schlingern brachte. Mutzig wollte schon seine Deckung verlassen, als aus dem schlingernden Wagen heraus das Feuer erwidert wurde. Scheel, der bereits einen Schritt auf die Straße gemacht hatte, sprang wieder zurück hinter die Felsen. Wütend nahm er die Windschutzscheibe unter Beschuss. Gleichzeitig feuerte Mutzig wie von Sinnen sein ganzes Magazin auf die Scheiben der Wagentüren ab. Schreie drangen aus dem Innern, dann hörten sie für einen Moment nur noch ihren eigenen schnellen Atem und das Tuckern des V8. Dem Klacken einer Wagentür folgten ein leiser Aufschrei und gequältes Stöhnen. Während er zitternd ein Ersatzmagazin in das Gewehr schob, sah Mutzig aus den Augenwinkeln einen Schatten von der ihnen abgewandten Seite des Wagens zum Waldrand huschen. Er gab Scheel ein kurzes Zeichen und hastete hinter dem Steyr über die Fahrbahn, um gleich wieder im Dunkel des Waldes zu verschwinden. Rücklings an eine große Fichte gelehnt lauschte er mit angehaltenem Atem in die Dunkelheit. Außer einem leisen Stöhnen, das aus der Richtung des Wagens herüberwehte, war kein Geräusch zu hören. Hastig warf er zwei schnelle Blicke über die Schulter in die von tanzenden Schneeflocken flimmernde Dunkelheit. In einem der vielen Schatten meinte er eine Bewegung zu erkennen. Vielleicht waren die Schüsse zu hören gewesen und längst ein Trupp bewaffneter Soldaten unterwegs. Er durfte keine Zeit verlieren. Schnell war er bei dem unruhigen Schatten, der sich mit jedem Schritt immer klarer zu einem am Boden liegenden Menschen ausformte. Vor ihm lag ein schwer verletzter junger Unteroffizier, der aus einem von Angst und Schmerz verzerrten Gesicht mit fiebrigen Augen zu ihm aufschaute. Ohne nachzudenken schoss er dem Soldaten zwei Kugeln in Kopf und Herz. Benommen stapfte er zurück zum Fuhrweg. Bei all der Schuld, die er in den letzten Jahren auf sich geladen hatte, war es das erste Mal, dass er eigenhändig einen Menschen getötet hatte.

Als er auf die Fahrbahn trat, sah er, dass alle Wagentüren geöffnet waren. Scheel zerrte gerade einen toten Soldaten aus dem Wagenfond, als der halb aus dem Wagen hängende Fahrer ins Leben zurückkehrte und zitternd versuchte, eine Pistole auf ihn zu richten. Geistesgegenwärtig hob Mutzig seinen Karabiner und erschoss den Mann.

Scheel schreckte hoch und ließ die Leiche sinken. Mit einem kurzen Blick erfasste er die Situation und zerrte den Toten endgültig aus dem Wagen.

„Na los! Helfen Sie mir, die Leichen verschwinden zu lassen! Wir müssen schleunigst hier weg." Ohne eine Antwort Mutzigs abzuwarten, schleifte er die Leiche zum Waldrand und verschwand im Dunkeln.

Mutzig packte den Fahrer an den Schultern und zog ihn ebenfalls in den Wald. Nach einer knappen halben Stunde hatten sie alle vier Leichen gut zwanzig Meter von der Straße weg in eine tief verschneite Senke geschleppt, in der sie, wenn überhaupt, erst nach der ersten Schneeschmelze entdeckt werden würden. Zwischendurch hatten sie immer wieder lauschend innegehalten, ob Motorgeräusche zu hören waren. Schwer atmend standen sie neben dem Wagen, dessen V8 zuverlässig vor sich hin tuckerte.

„Mutzig! Schauen sie mich an, Mutzig! Egal, was Sie jetzt denken, aber hier ging es um unser Leben. Die oder wir. Verstehen Sie?"

Mutzig nickte benommen.

„Wir haben Krieg. Wenn wir nicht gehandelt hätten, lägen jetzt unsere Leichen hinter den Felsen. Kapieren Sie das?"

Wieder nickte Mutzig.

„Kommen Sie! Wir wechseln das Rad, dann nichts wie weg wir."

Scheel stapfte zur Rückseite des Fahrzeugs und zerrte die vereiste Hecktür auf. Kurz waren klappernde Suchgeräusche zu hören, dann kam er mit Wagenkreuz und einem schweren Wagenheber zu der Seite, an der der Ersatzreifen befestigt war. Es schneite so stark, dass sie keine zehn Meter weit sehen konnten.

„Los. Helfen Sie mir. Solange es schneit, müssen wir so viel Meter hinter uns bringen, wie wir nur schaffen können. In frühestens zwei Stunden wird Wend anfangen, sich zu fragen, wo seine Männer bleiben. Dann sollten wir weit weg sein."

Eine viertel Stunde später saß der Ersatzreifen, und sie konnten losfahren. Schweigend fuhren sie eine Weile auf dem breiten Fuhrweg, dann auf immer schmaler werdenden Forstwegen. Während der Fahrt ließ der Schneefall nicht nach. Je höher sie kamen, umso tiefer wurde der Schnee. Mehrmals hielt Scheel an, um sich anhand einer Skizze und eines Kompasses zu vergewissern, dass sie richtig unterwegs waren. Kalter Wind pfiff durch die nur notdürftig abgedichteten Einschusslöcher in der Windschutzscheibe und die zerschossenen Beifahrerscheiben. Mutzig hatte völlig sein Zeitgefühl verloren, als Scheel den Wagen stoppte. Im Schneegestöber erkannte er, dass sie am Rande einer Lichtung standen.

„So, Mutzig. Wir sind da." Scheel griff sich den Karabiner von der Rückbank und stieg steif aus dem Fahrzeug. Er stapfte um den Wagen herum zum Heck. Mit kältestarren Fingern wählte er den richtigen Schlüssel von dem Bund, den er dem Offizier abgenommen hatte, und öffnete mit etwas Mühe die vereisten Türen des für die wertvolle Fracht zusätzlich gesicherten Wagens. Mit theatralischer Geste deutete er auf zwei große Metallkisten, die mit dicken Vorhängeschlössern gesichert waren. „Hier steht unsere Zukunft!" Schultern und Mütze weiß vom Schnee zog er schwer atmend eine Kiste über die Ladekante und ließ sie in den Schnee fallen. Mit zwei gezielten Schüssen sprengte er die beiden Schlösser, dann trat er einen Schritt zurück. „Bitte schön, Herr Unterscharführer."

Mutzig schob den schweren Deckel der Kiste nach oben und beugte sich über den Inhalt. Im Schein der Rückleuchte erkannte er sorgfältig gebündelte Dollarscheine, auf denen sich augenblicklich eine dünne Schneeschicht bildete. Die Kiste war nahezu randvoll. Er wollte gerade hineingreifen, als Scheel dem Deckel einen Stoß gab.

„Zu der Hütte, von der ich geredet habe, sind es ungefähr drei Kilometer den Berg rauf. Neben Sturmgepäck für uns beide und ausreichend Lebensmitteln habe ich dort wasserdichte Seesäcke deponiert, in die wir das Geld umpacken können. Den Wagen entsorgen wir in die nächste Schlucht. Aber wir müssen erst hoch, dann runter und mit den Säcken hoch. Dann muss der Wagen weg. Und das so schnell wie möglich. Also los." Scheel ging zurück zur Fahrertür. Er studierte noch einmal sorgfältig seine Skizze. Ein kurzer Blick auf den Kompass, dann zeigte er Mutzig mit einem Wink, wo sie lang mussten. Ohne nachzulassen, fiel aus dicken grauen Wolken der Schnee so dicht, dass die Spur ihres Wagens schon fast verschwunden war.

Am frühen Nachmittag hatten sie den Wagen in eine enge Schlucht gestürzt und das Geld durch den kniehohen Schnee bergauf zur Hütte geschleppt. Am Ende ihrer Kräfte schafften sie es gerade noch, ein Feuer zu entfachen und etwas zu essen, bevor sie, in Decken gehüllt, in tiefen Schlaf fielen.

Sie mussten Stunden geschlafen haben, als Mutzig vor Kälte schlotternd aufwachte. Für einen Moment stürzte ihn die absolute Dunkelheit, die ihn umgab, in panische Angst. Als er begriff, wo er sich befand, überlegte er, wo der Tisch mit der Petroleumlampe stand. Vorsichtig schwang er die Beine aus dem Bett und stellte die bestrumpften Füße auf den kalten Steinboden. Fast hätte er aufgeschrien, so schmerzte die gemarterte Muskulatur seiner Oberschenkel und Waden. Mit zusammengebissenen Zähnen zog er sich die Decke über die Schultern und tastete zitternd nach dem Stuhl, der eine Armlänge weit von ihm stehen musste. Schnell fanden seine Finger die Streichhölzer auf dem Tisch. Im Licht der Petroleumlampe gelang es ihm innerhalb weniger Minuten ein loderndes Feuer in dem Kanonenofen zu entfachen, der an der dem Eingang gegenüberliegenden Wand stand. Die beiden Betten waren an den Längsseiten der Hütte platziert. In der Mitte des Raumes stand der Tisch mit zwei Stühlen. Rechts und links neben der Eingangstür waren Regale bis zur kaum über Kopfhöhe niedrigen Decke angebracht, die mit Geschirr und Proviant gefüllt waren. Scheel war stumm vor die Hütte gegangen, um sich zu erleichtern. Frierend saß er nun mit der Decke über der Schulter am Tisch, während Mutzig am Ofen versuchte, Brot, Wurst und Käse aufzutauen.

„Wir werden hier ein paar Tage toter Mann spielen müssen, bevor wir uns auf den langen Marsch ins Kloster begeben." Nickend nahm Scheel den dampfenden Becher Kaffee entgegen, den Mutzig ihm reichte. „In dem kleinen Gasthof in der Schweiz, den Sie ja schon kennen, werden wir einen kleinen Zwischenstopp einlegen, um das Geld loszuwerden. Bis dahin müssen wir es schleppen. Wir hängen die Säcke an Gurte und schleifen sie hinter uns her." Vorsichtig nahm er einen Schluck von dem Kaffee. „Danach wird es einfacher. Vielleicht können wir uns einen Wagen besorgen. Am Geld wird es ja nicht scheitern."

„In ein Kloster?"

„Jetzt setzen Sie sich doch hin, Mann! Die Sachen tauen von alleine auf." In Scheels Stimme klang die Schärfe des Kommandierenden, der an Gehorsam gewohnt war. „Reden wir."

Mutzig kam mit seinem Becher Kaffee zum Tisch und ließ sich leise stöhnend auf dem zweiten Stuhl nieder.

„In den beiden Säcken sind rund sechshunderttausend amerikanische Dollar. Die Hälfte davon ist eine mehr als gute Grundlage, um in Argentinien Fuß zu fassen und sich ein gutes und bequemes Leben zu ermöglichen. Ganz davon abgesehen, dass wir ja schon was auf dem Konto haben." Scheel grinste ihn an. „Nicht wahr, Mutzig?"

Er spielte auf das Schweizer Konto an, zu dem er Mutzig vor Jahren geraten hatte, um seine sogenannten Nebeneinkünfte zu sichern. Aufsteigender Duft von warm werdendem

Schinken und Brot ließ Mutzig aufstehen und zum Ofen gehen.

„Sie haben mir immer noch nicht erklärt, wie wir nach Argentinien kommen. Haben Sie uns aus Marinerestbeständen ein U-Boot gekauft, das uns unsichtbar nach Buenos Aires bringt?" Er stellte Brot, Wurst und die Blechkanne mit dem Kaffee in die Mitte des Tisches und legte Holzbretter mit Messer dazu.

„Jetzt reißen Sie sich mal zusammen, Mutzig! Nach dem kleinen Zwischenfall gestern Nacht wäre jedes Aufeinandertreffen mit der deutschen Wehrmacht lebensgefährlich. Ich denke, das sehen Sie nicht anders. Wir müssen einige Tage hier miteinander auskommen, wenigstens so lange, bis sie die Suche nach den Räubern aufgeben. Da Deutschland im Moment andere Sorgen hat, wird das nicht lange dauern. Und Wend wird allein schon wegen seines Anteils an dem Geld dichthalten. Dann werden wir uns auf den Weg zu einem kleinen Kloster in der Nähe der Schweizer Grenze zu Italien durchschlagen. Von dort geht es dann, sobald es die Lage zulässt, via Genua per Schiff mit neuen Pässen über den großen Teich nach Argentinien, wo wir mit Gottes Hilfe" Scheel entfuhr ein leises Kichern „nach ungefähr drei Wochen ankommen werden."

„Warum Argentinien? Und warum Genua? Und wo kriegen wir die Visa her?"

„Viele Fragen auf einen leeren Magen. Warten Sie ..." Scheel stand auf und zog einen prall gefüllten Tornister unter dem Bett hervor. Scheinbar ziellos wühlte er in dem Rucksack, bis er auf das Gesuchte stieß. „Ah. Hier sind ja die drei Schätzchen, die ich eingepackt habe." Nacheinander stellte er drei Flaschen Rotwein auf den Tisch. Aus einer Außentasche zog er einen Korkenzieher. „Für jeden Tag eine, dann sind wir hier weg." Er zog den Korken aus einer Flasche und goss sich seinen leeren Kaffeebecher voll. Auffordernd stellte er den Wein neben Mutzigs Becher. Dann setzte er sich wieder und zündete sich eine Zigarette an. „Wir werden uns als staatenlose Volksdeutsche aus Tirol ausgeben. Mit einer Empfehlung des päpstlichen Hilfswerkes bekommen wir über das Internationale Komitee des Roten Kreuzes Ersatz-Reisepässe und Visa. In Argentinien sind Deutsche immer gerne gesehen, und Peron braucht in allen möglichen Bereichen Fachkräfte."

„Sie klingen so sicher. Als ob wir einfach so ins nächste Reisebüro gehen und eine Reise nach Südamerika buchen könnten." Mutzig trank seinen Kaffee aus.

„Ganz so einfach ist es nicht. Aber meine Informationen sind aus erster Hand. Niemand kann voraussagen, wie lange wir uns in den Bergen verstecken müssen. Ein paar Monate, ein Jahr, vielleicht zwei oder drei. Wir werden sehen."

„Aber eine Allianz zwischen Nationalsozialismus, besser gesagt einem besiegten Nationalsozialismus und dem Vatikan? Das ist doch absurd."

„Auch wenn in Deutschland alles vor die Hunde geht, sitzen an anderen Stellen, zum Beispiel in Rom, doch immer noch dieselben Leute. Vielleicht haben Sie schon einmal den Namen Huldal gehört. Der prinzipienfeste Bischof wollte die nationalsozialistische Bewegung mit der katholischen Kirche zu einer Symbiose verflechten. Für ihn sind alle liberalen und bolschewistischen Entwicklungen nichts anderes als der Antichrist. D Leute sitzen immer noch in Rom. Auch der Bischof von Genua soll ein ganz harter Knochen sein."

Sie redeten eine Weile über die Risiken, mit den Geldsäcken heil über die Grenze in die Schweiz zu kommen, dann legten sich beide wieder hin und versuchten zu schlafen.

Während des ganzen nächsten Tages schneite es kräftig weiter. Da es keinen Sinn hatte, nach draußen zu gehen, außer um sich zu erleichtern, dösten beide nahezu stumm dem Abend entgegen.

Auch am darauffolgenden Morgen wechselten sie nur die allernötigsten Worte. In den frühen Morgenstunden hatte es aufgehört zu schneien. Am späten Vormittag verließ Mutzig die Hütte, um die nähere Umgebung zu erkunden und um ein paar Stunden für sich zu haben. Der felsige Gipfel lag nur wenige Meter über der Baumgrenze. Sein Blick ging weit nach Südosten über das unter ihm liegende, fast vollständig bewaldete Tal. Es waren kaum Wolken am Himmel. Entlang der Landstraße, die sich wie ein unordentlich ausgelegter Faden durch das Tal schlängelte, waren die rotgrauen Flecken kleinerer Ansiedlungen zu erkennen. Ein kalter Wind trieb ihm Tränen in die Augen. Fasziniert beobachtete er einen großen Greifvogel, ein Adler vielleicht, der über ihm kreiste. Für einen kurzen Moment beneidete er den Vogel für seine Freiheit, für die klare Struktur seines Lebens. Das Gespräch mit dem schwer verletzten Colonel in den Wäldern des Donon kam ihm in den Sinn. Vielleicht hatte Sartre recht. Nachdem die Fessel der Bedrohung seiner Mutter gelöst war, lag die Verantwortung für sein Leben ausschließlich in seiner Hand. Keine Ausreden! Kein Gott, kein Jesus, kein Heiliger Geist!

8

4. September 1982

Auf der Konrad-Adenauer-Brücke frisst sich die Frage in Becks Gedanken, wie ein Vertreter der Staatsgewalt heutzutage einem Holocaust-Überlebenden gegenüberzutreten hat. Obwohl er selbst bei Kriegsende gerade mal fünf Jahre alt war, löst die gedankliche Beschäftigung mit dieser Zeit immer wieder ein diffuses Gefühl der Scham in ihm aus. Er fährt sich mit der Hand durch die Haare, dann schüttelt er den Kopf. Er wird mit Herrn Grünewald reden, wie er mit allen anderen redet. Was soll daran so schwer sein? Am Ende der Brücke tauchen die roten Bauten des weitläufigen Barockschlosses auf, in dem ein Teil der Universität untergebracht ist. Er wird sich einfach auf die Schriftzeichen konzentrieren und alles andere ausblenden.

Fast alle Mitglieder der MK-Felsenmeer waren am Morgen lange zusammengesessen, ohne jedoch zu neuen Ansätzen zu kommen. Am Ende vereinbarten sie weitere Befragungen, eine Ausweitung der Veröffentlichung des Phantombildes und die Intensivierung der Suche nach den Geschäften, in denen der Rucksack und die Kleidung des Toten gekauft worden waren.

Beck findet das kleine Café auf Anhieb. Ein winziger, an eine Bäckerei angebauter Gastraum in der Nähe des Philosophenplatzes. Die Bäckerei befindet sich im Erdgeschoss eines Mehrfamilienhauses. An der Ecke des Cafés erkennt er zwei leere Sitzgruppen, auf deren Stühlen man fast schon im großzügigen Grün der Gartenanlage hinter dem Haus sitzt. Lärm und Gestank des dichten Autoverkehrs auf dem Kaiserring und der Augustaanlage sind völlig verschwunden. Als er in den Gastraum tritt, sitzt am äußeren der drei Tische ein älterer Herr, ansonsten ist das kleine Café leer. Der Raum erinnert mit einer kleinen Sofaecke und gerahmten Drucken von Chagall an den Wänden eher an ein geräumiges Wohnzimmer als an ein Café. Grünewald erhebt sich höflich und streckt ihm zur Begrüßung die Hand entgegen. Der Duft von frisch Gebackenem und Deftigem erinnert ihn daran, dass er seit dem Frühstück noch nichts gegessen hat.

„Guten Tag. Grünewald. Setzen Sie sich doch, Herr Beck. Ist es in Ordnung, wenn ich Sie mit Ihrem Namen anspreche, oder legen Sie Wert auf Ihre Berufsbezeichnung?"

Grünewald ist so groß wie Beck, nur hagerer mit entsprechend markanten Gesichtszügen. Üppiges weißes Haar und die hohe Stirn geben ihm die Aura eines abgeklärten Intellektuellen. Während er nach einer Antwort sucht, mustern ihn freundlich strahlende, bernsteinfarbene Augen. Die elegante Kleidung ist nahezu perfekt, bis hin zum Einstecktuch, das farblich auf die Krawatte abgestimmt ist. Während Beck die Hand ergreift, schätzt er den Mann auf weit über sechzig, vielleicht siebzig Jahre. Ein angenehm fester Händedruck.

„Nein, das ist mir sogar sehr recht, Herr Grünewald." Seltsam beklommen setzt er sich auf einen Stuhl an der Seite des Tisches.

Grünewald nimmt ebenfalls wieder auf seinem Stuhl Platz. Interessiert sucht er Becks Augen. „Am Telefon erwähnten Sie geheimnisvolle Zeichen, die einer Ihrer Mitarbeiter als hebräische oder aramäische Schriftzeichen deutet." Noch bevor Beck antworten kann, schrickt der Weißhaarige zusammen. „Wie unfreundlich von mir. Sie haben ja noch nicht einmal eine Tasse Kaffee, und ich dränge Sie schon, mir Ihr Anliegen vorzutragen. Die machen hier einen ganz passablen Cappuccino. Und ... haben Sie schon gegessen?" Das Leuchten in seinen Augen verstärkt sich um einige Hundert Lux. „Margarete macht den besten Tscholent in ganz Mannheim, ach was, in der ganzen Gegend. Eigentlich wird er für den Schabbat gekocht, weil da ja kein Feuer angezündet werden soll. Aber sie macht immer einen riesigen Topf davon, der fast die ganze Woche hält. Und er schmeckt von Tag zu Tag besser." Ohne eine Antwort abzuwarten, winkt er in Richtung Kuchentheke, hinter der eine ältere, kleine Frau aufgetaucht war. „Margarete, kannst du bitte zwei Cappuccino machen. Und einen Teller von deinem leckeren Tscholent. Einen großzügigen Teller bitte."

Beck hat keine Ahnung, was Tscholent ist, traut sich aber aus unerfindlichen Gründen nicht zu fragen. Angestrengt überlegt er, wie er es schaffen kann, den alten Mann nicht allzu sehr zu schockieren. Er hat vergessen, sich die Schriftzeichen auf einem Blatt Papier zu notieren, also muss er ein Foto von der Leiche zeigen.

„Wie kommt es, dass es weder in Ludwigshafen noch in Speyer eine jüdische Gemeinde gibt, wohl aber in Mannheim?"

Bei dem ernst werdenden Gesichtsausdruck Grünewalds denkt Beck schon, er hätte es falsch angepackt.

„Vor der berüchtigten Reichspogromnacht '38 gab es in Mannheim neben der Hauptsynagoge in der Innenstadt noch drei Klausen."

„Was meinen Sie mit Klausen, Herr Grünewald?"

Der alte Herr zögert einen Moment, dann beginnt er zu erzählen. „Die ‚Klaus' war ein jüdisches Lehrhaus mit Synagoge, die von einer Stiftung unterhalten wurde. In Mannheim gab es drei Klausen, in denen Gottesdienste nach traditioneller Art ohne Orgel abgehalten werden konnten."

„Also gab es in Mannheim ein reges jüdisches Leben und eine große Gemeinde? Es gab immerhin Synagogen."

„Die westliche Unterstadt war früher das Zentrum des jüdischen Mannheims. Im siebzehnten und achtzehnten Jahrhundert lebten hier die meisten jüdischen Familien. Hier befanden sich die Synagoge, der alte jüdische Friedhof, das Gemeindehospital und die Mikwe. Später kamen noch die Betstübel der sogenannten ‚Ostjuden' hinzu. Vor der Nazizeit gab es eine hebräische Buchhandlung, eine Toraschreiberwerkstatt, koschere Metzgereien und kleine Läden mit allerlei religiösen Bedarfsgegenständen." Obwohl die bernsteinfarbenen Augen fest auf Beck gerichtet sind, scheint Grünewald etwas sehr Fernes im Blick zu haben.

Beck will etwas einwenden, etwas fragen, entscheidet sich dann aber dazu, einfach zuzuhören. Es ist immerhin seine Frage, die der alte Mann gerade beantwortet.

„Mit der großen Verschleppung im Oktober 1940 fand die alte Mannheimer Gemeinde ihr Ende. Fast zweitausend Mannheimer Juden wurden mit anderen Juden aus Baden, der Pfalz und dem Saarland in das südfranzösische Lager Gurs verschleppt."

Grünewald bricht kurz ab, als die ältere Dame den Kaffee bringt. Auf dem Tablett steht auch ein großer, tiefer Teller mit einem herrlich duftenden Fleischeintopf. Er wartet, bis Beck von dem dampfenden Eintopf probiert und ihm anerkennend zunickt, dann setzt er seine Erklärung fort. Auf sachliche Kürze bedacht, erzählt er vom Wiederaufbau der jüdischen Gemeinde nach '45.

„Wir haben uns immer als Deutsche gefühlt, Herr Beck. Wir verstanden uns als ‚deutsche Juden', nicht als ‚Juden in Deutschland', das ist ein wichtiger Unterschied. Unsere

Heimat war immer Mannheim, Baden und Deutschland. Also sind wir in unsere Heimat zurückgekehrt."

„Wie haben Sie überlebt, Herr Grünewald?"

Die gerade Haltung des alten Mannes strafft sich zusätzlich um ein paar Grad. „Sehen Sie es mir bitte nach, Herr Beck, aber das Grauen ist etwas sehr Intimes. Das bespricht man nicht mit Fremdem." Dann lockern sich seine Schultern wieder. „Aber Sie sind doch nicht über den Rhein gekommen, um geschichtliche Vorträge zu hören. Oder?"

Beck ist froh, dass die Hitze, die der kräftige Eintopf in seinen Körper bringt, die aufsteigende Schamesröte überdeckt. Verlegen räuspert er sich. „Ich danke Ihnen trotzdem für den kleinen Vortrag, Herr Grünewald. Ich habe einiges erfahren, was ich so nicht wusste."

Beck schiebt den leeren Teller beiseite und sucht umständlich in seinen Sakkotaschen nach dem Foto, obwohl er genau weiß, wo es steckt. Dann gibt er sich einen Ruck. „Ich würde Ihnen gerne etwas zeigen. Es tut mir leid, dass ich mich dazu eines grauenvollen Fotos bedienen muss. Aber nur so bin ich mir sicher, dass Sie beurteilen können, was der Mörder wohl gemeint haben könnte." Er greift in die Innentasche seines Sakkos und zieht den Umschlag mit den Fotografien heraus.

„Herr Beck, vielleicht können Sie sich vorstellen, dass ich in meinem Leben schon viele grausame Dinge gesehen habe, also bitte keine falsche Scheu."

Als Beck das passende Foto aus dem Stapel herausgesucht hat und es Grünewald hinüberschiebt, schreckt der doch ein wenig zusammen. „Mein Gott. Wer ist denn zu so etwas fähig?"

„Bitte konzentrieren Sie sich auf die in die Brust eingeritzten Zeichen, Herr Grünewald."

Der alte Herr nimmt das Foto in die Hand und schaut genauer hin. Er murmelt etwas in einer Sprache, die Beck dem Arabischen zuordnet.

„Herr Grünewald?"

„Es ist Hebräisch und verweist auf eine Stelle in den Sprüchen Salomos."

„Was ist das für ein Text?" Kaum hat er die Frage ausgesprochen, weiß er, wie dumm sie ist.

Grünewald hebt erstaunt den Kopf. Für einen winzigen Augenblick gleitet der Schatten eines Bedauerns über sein Gesicht. „Wir reden hier über die Bibel, Herr Beck, über das Wort Gottes. Seltsam ist nur, dass es sich um das Alte Testament der christlichen Bibel handelt, Ihr Mörder aber die hebräische Sprache benutzt. Die hebräische Bibel, der Tanach, besteht aus den drei Hauptteilen Tora, Nevi'im und Ketuvim. Diese Bücher bilden in anderer Anordnung und geringfügig anderem Umfang als das Alte Testament auch den ersten Hauptteil der christlichen Bibel. Die Textstelle, die hier angegeben ist, befindet sich eindeutig im Alten Testament der christlichen Bibel. Verzeihen Sie kurz …".

Grünewald steht auf und verschwindet hinter der Kuchentheke im Verkaufsraum der Bäckerei. Wenige Minuten später kommt er zurück und schwenkt ein schwarzes, dickes Buch über seinem Kopf. Kaum sitzt er, schlägt er die Bibel zielgenau in der Mitte auf und beginnt zu blättern. „Hier ist es. Sprüche Salomos, Absatz 30, Agurs Sprüche."

„Und was steht da genau, Herr Grünewald?" Beck ist jetzt doch etwas angespannt.

„Ich lese es Ihnen vor." Grünewald räuspert sich kurz und beginnt, mit den Augen seinem rechten Zeigefinger auf dem Text folgend, vorzulesen: *„Ich habe mich gemüht, o Gott, ich habe mich gemüht, o Gott, und muss davon lassen."*

Verständnislos starrt Beck sein Gegenüber an, macht sich dann aber auf der Rückseite des Fotos eine Notiz. „Ist das alles? Ich meine, was bedeutet das?"

„Da hat offensichtlich jemand ein schlechtes Gewissen. Nur, warum schreibt er Hebräisch?"

„Das werden wir wohl herausfinden müssen. Ich danke Ihnen sehr, Herr Grünewald. Sie haben mir wirklich weitergeholfen."

Sie reden noch eine Weile über den fast fertiggestellten Erweiterungsbau der Kunsthalle, das Gastspiel des Nationaltheaters in China, Waldhofs Chancen, in die 1. Bundesliga aufzusteigen, und die Vorzüge koscheren Essens. Gegen halb zwei geben sie sich vor dem Café die Hand und verabschieden sich voneinander. Nach wenigen Schritten hält Beck inne und geht zu Grünewald zurück.

„Eine Frage noch. Warum die Vorsicht mit Namen und Adressen, Herr Grünewald?"

Grünewald sieht ihn verständnislos an.

„Na ja. Ich weiß nicht, wie viele Telefonate ich gestern führen musste, um den Kontakt zu Ihnen zu bekommen. Namen und Adressen von jüdischen Gemeindegliedern habe ich in keinem Fall erfahren."

Grünewald wartet, bis Beck wieder bei ihm steht. „Ist Ihnen klar, Herr Beck, wie viel Hass und Ressentiments es immer noch in der Bevölkerung gibt? Und dann diese radikalen Gruppierungen wie Skinheads, Wehrsportgruppen, Wiking-Jugend oder die ganzen Burschenschaften, für die wir Juden immer noch der beste aller Sündenböcke für alles Mögliche sind. Die schrecken auch vor Gewalt nicht zurück. Wissen Sie, wie oft wir Schmierereien von unseren Grabsteinen oder von der Mauer unseres Bethauses entfernen müssen? Wie oft unsere Kinder in den Schulen beschimpft und gemobbt werden. Es gibt inzwischen Gemeindeglieder, die ernsthaft über die Gründung eines jüdischen Sportvereins nachdenken. Zerbrochene Fensterscheiben und zerstochene Reifen sind keine Seltenheit. Jeder kann sich heute auf den Markt stellen und offen behaupten, der Holocaust habe nie stattgefunden, ohne in irgendeiner Weise zur Rechenschaft gezogen zu werden." Er streicht sich durch das Haar. „Ich habe vor Kurzem gelesen, dass der Antisemitismus seit der Ausstrahlung der Serie „*Holocaust*" vor drei Jahren zurückgegangen sei. Statistik, Herr Beck." Er sucht Becks Augen. „Vor ein paar Wochen hatte ich die Maler in der Wohnung. Die Fensterrahmen mussten gestrichen werden. Wissen Sie, mit welchen Worten der Meister seinen Lehrling auf die Stellen aufmerksam gemacht hat, an denen die Farbe runtergelaufen und in kleinen Nasen getrocknet war?" Grünewald macht eine resignierte Handbewegung und schüttelt seinen ergrauten Kopf, als ob er es immer noch nicht glauben kann. „Hast aber 'nen Haufen Juden stehen lassen. Wenn ich gleich wiederkomme, sind die alle weg." Wieder schüttelt er den Kopf. „Solange so etwas noch in den Köpfen ist, Herr Beck, müssen wir wachsam bleiben, und mit ‚wir' meine ich nicht nur uns Juden. Verstehen Sie das?"

„Ja, ich glaube schon, Herr Grünewald. Nochmals vielen Dank für Ihre Hilfe und noch einen guten Tag."

9

Februar-Mai 1946

Ein ganzes Jahr waren sie nun schon dem eintönigen Klosterleben ausgesetzt und kamen sehr unterschiedlich damit zurecht. Scheel zunehmend weniger. Seine in immer kürzeren Abständen erfolgenden Ausflüge, oft über mehrere Tage, bekamen mehr und mehr den Charakter von Fluchten. Anfangs waren die „Prüfung der allgemeinen Lage", wie er es nannte, oder das „Knüpfen von Kontakten" die Gründe. In den letzten Monaten ging es um die Organisation ihrer Pässe und um das Einholen von für die Buchung der Schiffspassagen und Visa notwendigen Bürgschaften bei hochgestellten Klerikern.

Im Unterschied zu Scheel gelang es Mutzig sehr bald, sich dem Lebensrhythmus des Klosters anzupassen, waren ihm die Strukturen aus seinem kurzen, unschuldigen Studentendasein in Straßburg noch gut in Erinnerung, als er das winzige Zimmer in dem kleinen Wohnheim der Benediktinermönche bewohnt hatte. Der immer wiederkehrende Tagesablauf, beginnend frühmorgens um sechs mit dem unaufdringlichen, aber bestimmten Ruf der Glocken zur Vigil, brachte ihm zunehmend Ruhe und etwas Ausgeglichenheit. Allerdings legte diese Ruhe auch immer wieder schwer erträgliche Schuldgefühle frei, die manchmal tagelang sein Seelenleben überschatteten. Dazu quälte ihn das ungewisse Schicksal der Mutter, an die er unentwegt denken musste. Die Sicht der Mönche, die in ihren deutschen Gästen Kämpfer gegen das Reich des Antichristen sahen, namentlich das bolschewistische Russland Stalins, und deshalb jede Frage nach persönlicher Schuld ablehnten, entlastete sein Gewissen nur sehr eingeschränkt. Einige Male schien ihm die erdende Beständigkeit des Klosterlebens so verlockend, dass er mit der Idee spielte, in den Orden einzutreten. Doch nach Gesprächen mit dem Abt oder anderen Mönchen sah er immer sehr schnell ein, dass die Mönchskutte für ihn kein Weg war.

Indem er sich an den alltäglichen Arbeiten der Mönche beteiligte, füllte er seine Tage mit sinnvoller Beschäftigung. Das verschaffte ihm zum einen Ablenkung von seinen Grübeleien, zum anderen vermittelte es ihm das gute Gefühl, zu etwas Nütze zu sein. Insbesondere die harte Arbeit in den steilen Weinbergen am Fuße der Walliser Alpen weckte sein Interesse. Er verstand immer besser, wie Schnitt und Pflege der Weinreben und die Steuerung der Gärprozesse im Gewölbekeller des Klosters organisiert werden mussten, damit ein trinkbarer Wein entstand. Welche Entscheidungen zu einem höherwertigen und welche zu einem weniger gehaltvollen Wein führten. Und so nebenbei sprach er inzwischen ein ganz passables Italienisch. In den freien Stunden nutzte er so oft es ging die Bibliothek des Klosters, um sein Allgemeinwissen und seine Sprachkenntnisse zu erweitern.

Am Vormittag eines Tages im Mai, die Frühlingssonne hatte sämtlichen Schnee auf höher gelegene Hänge und Gipfel verbannt, kam Scheel völlig aufgedreht von einer seiner „Aufklärungsfahrten", wie er seine Fluchten neuerdings nannte, zurück und drängte Mutzig zu einer sofortigen Unterredung außerhalb des Klosters. Weit oberhalb der Gebäude, unter einem strahlend blauen Himmel, machten sie am Fuß einer von Schmelzwasser durchnässten Felswand halt.

„Es ist so weit, Mutzig."

Mit den Uniformen waren auch der Unterscharführer und der Obersturmbannführer und damit die durch die militärische Hierarchie geschaffene Distanz verschwunden.

„Konnten Sie endlich Ausweispapiere besorgen?"

„In zwei Wochen legt unser Schiff in Genua ab, und wenn alles nach Plan läuft, gehen wir nach einem kurzen Zwischenstopp in Barcelona, vierzehn Tage später in Buenos Aires an Land. Dann hat dieses lebendig begraben sein endlich ein Ende."

Scheel zündete sich eine Zigarette an und richtete seinen Blick über das vor ihnen liegende Tal hinaus nach Süden, als hielte er schon mal Ausschau nach einem passenden Schiff. Mutzig musterte ihn von der Seite. Scheels Gesicht zeigte eine deutlich gesündere Färbung als bei ihrer Ankunft. Er hatte sogar ein paar Kilo abgenommen.

„Das bedeutet, dass Sie alle notwendigen Papiere besorgen konnten?" Immer musste er Scheel die Würmer einzeln aus der Nase ziehen.

„Langsam junger Freund." Scheel nahm einen tiefen Zug von seiner Zigarette. „Eine sogenannte päpstliche Hilfskommission hat unsere neuen Identitäten schriftlich bestätigt und das Internationale Rote Kreuz hat nach Vorlage dieser päpstlichen Belege gültige Reisepapiere für uns ausgestellt. Praktischerweise so datiert, dass sie mit der Verlängerung in Argentinien in einem Jahr durch echte Pässe ersetzt werden. Es fehlen uns nur noch entsprechende Einreisevisa." Er nahm einen weiteren tiefen Zug. „Die brauchen wir, um unsere Schiffspassage zu buchen. Aber das ist nur noch eine Formsache, die in den nächsten zwei bis drei Tagen erledigt sein sollte. Unsere Plätze sind gebucht und die Visa längst in Arbeit."

Trotz der kräftigen Sonne fröstelte Mutzig bei dem Gedanken, dass es jetzt endlich so weit war. Sie würden Europa verlassen. Er spürte, wie ihm die Endgültigkeit dieser Entscheidung den Hals zuschnürte und musste sich laut räuspern. „Das bedeutet, Sie müssen noch einmal los, um die Visa zu besorgen."

„Genau Mutzig. Einmal muss ich noch nach Rom. Dann geht es nach Genua."

Gut zwei Wochen später standen sie an der Reling des Passagierschiffs „La Superba", einem älteren, in Mutzigs Augen riesigen Turbinenschiff, das sie nach Argentinien bringen würde, und schauten über den weitläufigen Hafen auf das Häusermeer von Genua. Seit dem Tag, an dem ihm Scheel mitgeteilt hatte, dass ihre Flucht nach Südamerika gesichert war, hatte sich seine Laune mehr und mehr verschlechtert. Allein der Gedanke, nie wieder seine Mutter sprechen, sie nie wieder in den Arm nehmen zu können, war ihm unerträglich. Im Gegensatz dazu schien Scheels Tatendrang mit jedem Tag zu wachsen. Es konnte ihm gar nicht schnell genug gehen, so viele Kilometer wie möglich zwischen sich und seine Vergangenheit zu bringen.

Sie hatten Passagierscheine für die Kabinenklasse in der Nähe der Antriebsmaschinen. Kein Luxus, aber immerhin einen Raum für sie allein. Schon eine Weile lag ein leises Wummern über dem Deck. Ein fast unmerkliches Zittern hatte das ganze Schiff erfasst. Als der Dampfer endlich ablegte und sich träge durch die Hafenbucht schob, schwenkten am Kai ein paar verloren wirkende Menschen ihre Taschentücher. Offensichtlich waren sie nicht die Einzigen, denen keiner nachwinkte. Sie lösten sich aus der Menge an der Reling und machten sich auf den Weg zu ihrer Kabine, um sich auszuruhen und, wie Scheel es ausdrückte, unsichtbar zu bleiben. Je tiefer sie hinabstiegen, umso schwüler und stickiger wurde die Luft. Nach ein paar unbeabsichtigten Umwegen durch die engen Gänge der Passagierdecks fanden sie endlich ihre Kabine.

Mutzig, der hinter Scheel den spartanisch ausgestatteten Raum betrat, wollte gerade die Tür schließen, als diese mit großer Wucht gegen ihn gestoßen wurde. Unfähig zu reagieren, stürzte er nach hinten auf Scheel und riss diesen mit zu Boden.

In Sekundenschnelle schoben sich zwei Männer in die Kabine und schlossen die Tür hinter sich. Der Ältere von beiden, ein kräftiger Blondschopf mit zwei filmreifen Schmissen, eindeutig einer der „alten Bekannten", mit denen sich Scheel Stunden zuvor noch am Kai unterhalten hatte, schaute böse lächelnd auf sie herab. Die schussbereiten P38 machten deutlich, dass dies kein Höflichkeitsbesuch war.

„Heil Hitler! Herr Obersturmbannführer. Wir haben einiges zu besprechen. Unter anderem wäre da meine Berater-Provision für das Unternehmen Geldtransport, die mir unehrenhaft verweigert wurde."

„Wend, alter Kampfgefährte! Was willst du? Ich habe dir doch ..."

„Standartenführer Wend. So viel Zeit muss sein. Nur weil die jüdisch-bolschewistische Weltverschwörung dem deutschen Volk wieder einmal heimtückisch den Dolch in den Rücken gestoßen hat, dürfen wir nicht unsere Haltung verlieren."

Scheel, der sich vor Mutzig geschoben hatte und gerade versuchte aufzustehen, traf ein genagelter Stiefel mit aller Kraft zwischen die Beine. Scheel stöhnte laut auf und krümmte sich Schutz suchend zusammen. Wend schien das Stöhnen als Provokation aufzufassen und schickte weitere wütende Tritte in die Rippen und Nierengegend hinterher.

Aus einem Reflex heraus wollte Mutzig dazwischengehen, wurde aber von Wends Adlatus durch einen Schlag ins Gesicht gestoppt. Während er zitternd seine aufgeplatzte Augenbraue betastete, aus der ihm Blut über Stirn und Wange lief, wand sich Scheel immer noch in seinem Schmerz.

„Du bleibst erst mal da sitzen, Kleiner. Was wir mit dir machen, überlegen wir uns nachher." Wend wandte sich wieder dem stöhnenden Scheel zu. „Du hast mir erklärt ..." Er gab dem fettleibigen Riesenkerl neben sich ein Zeichen. „Setz ihn doch mal auf das Bett. So kann man sich ja nicht anständig unterhalten." Wend lehnte sich gegen die Tür, damit sein Adlatus Platz genug hatte, um seinem Befehl nachzukommen.

Der packte den nicht gerade leichten Scheel am Revers und setzte ihn mühelos auf die rechte Koje.

„Also alter Freund. Du hast mir erklärt, dass ihr all das schöne amerikanische Geld auf eurer Flucht verloren habt. Wo habt ihr überhaupt gesteckt, die ganze Zeit? Das ist jetzt schon über ein Jahr her, dass ihr aus Meran verschwunden seid. Oder?"

Scheel saß leise stöhnend auf dem Bett. „Wir sind quer über die Südalpen marschiert und haben uns in einem Kloster versteckt. Unterwegs haben wir nur knapp einen Schneesturm überlebt. Die Geldsäcke haben wir nie wieder gefunden. Nur die Geldbündel, die wir am Leib hatten, waren uns geblieben."

Das Riesenbaby hatte sich so vor Mutzig aufgebaut, dass ihm der Blick auf Scheel verwehrt war. Allerdings konnte er in der Art, wie Scheel antwortete, erkennen, dass sein Gefährte wieder an Haltung gewonnen hatte. Er hörte das Klatschen kurz aufeinanderfolgender Schläge und meinte ein lautes Knacken zu vernehmen, dem ein Wimmern folgte. Mutzig nutzte den Moment, in dem sein Wachhund sich neugierig zu dem Geschehen umdrehte, um sich etwas aufzurichten. Er sah die bebenden Schultern von Scheel, der aus Nase und aufgeplatzten Lippen blutete und stöhnend seine Knie knetete.

„Also, wo ist das Geld, Herr Obersturmbannführer?" Wend nestelte überzogen umständlich eine blaue Schachtel aus seiner Brusttasche hervor, aus der er eine Zigarette schüttelte, die er übertrieben genießerisch anzündete.

Mutzigs Gedanken überstürzten sich. Rasend suchte er nach einer Idee, wie sie sich aus dieser albtraumhaften Situation befreien könnten. Aber es gelang ihm noch nicht einmal, sein Zittern unter Kontrolle zu bekommen. In seiner wachsenden Verzweiflung spürte er eine fast unmerkliche Verschiebung seines Körpergewichtes in Fahrtrichtung, die nicht von ihm ausging. Ganz so, als ob sich die Geschwindigkeit des Dampfers verringern würde. Die Luft in der Kabine war inzwischen zum Schneiden dick, und es stank penetrant nach Schweiß, Blut und dem Qualm von Wends Zigarette.

Scheel hatte sich wieder gefangen und warf Mutzig einen kurzen Blick zu, der nicht zu deuten war.

„Der Froschfresser kann dir auch nicht helfen. Der scheißt sich gleich in die Hosen. Warum machst du es dir so schwer, Scheel? Du weißt genau, wie kreativ ich werden kann, wenn ich Informationen haben will." Wends Tonfall war der eines Vaters, der auf sein störrisches Kind einredet, das sich weigert, Spinat zu essen. „Sag mir einfach, wie ich an das Geld komme! Ein Versteck, eine Kontonummer, egal was und ihr seid uns los. Also?"

„Ich habe dir doch gesagt, dass wir die Geldsäcke im Schneesturm verloren haben. Warum sollte ich dir ..."

Der Rest des Satzes ging in einem Aufheulen Scheels unter, dessen gebrochene Nase Wend wie einen Lichtschalter aus und an drehte. „Los Rottenführer, zieh ihn aus und binde ihn auf das Bett. Der Kerl wird sein Lied schon noch singen." Er wischte seine blutverschmierten Finger an Scheels Hemd ab und trat einen Schritt zurück. „Ich pass derweil auf den Milchbart auf."

Der Riesenkerl stieß Scheel, der kaum Widerstand leistete, auf das Bett. Nachdem er mehrere Lederriemen aus einer seiner Hosentasche gezogen hatte, begann er, sein Opfer auszuziehen. Mit sicheren Handgriffen zurrte er Scheel wie den Gekreuzigten auf dem Bett fest, was sich einigermaßen schwierig gestaltete, da es kaum größer war als Scheel. Mit dem zusammengedrehten Bezug des Kopfkissens fixierte er die zu einem Knebel geknüllten Socken in Scheels Mund.

Wends Blick brannte auf Mutzigs Gesicht. Als Scheels alter Kampfgefährte wieder den Platz mit dem Fleischberg wechselte, klebten ihm Hemd und Hose auf der Haut. Während er sich in dem Versuch, seine Nerven in den Griff zu bekommen, auf seinen Atem konzentrierte, spürte er erneut ein schwerfälliges Zögern des Schiffes. Ein durch den Knebel gedämpftes Aufstöhnen von Scheel ließ ihn vorsichtig den Kopf heben.

Wend hielt jetzt eine Rebschere in der Hand, die es durchaus auch mit stärkeren Ästen aufnehmen konnte. „Ich werde jetzt meine Frage noch einmal stellen. Mit etwas mehr Nachdruck, wie du siehst, Kamerad."

Mutzig sah, wie sich Scheel schweißnass und von panischer Angst gepackt, in den straff gezogenen Fesseln wandt.

„Fangen wir doch mit etwas weniger Wichtigem an."

Die Schere wanderte über den rechten Oberschenkel in den Schambereich und packte sich mit spielerischer Leichtigkeit Scheels Geschlechtsteil, woraufhin der noch wilder an den Lederriemen zerrte, nur um augenblicklich in mineralische Starre zu verfallen, als Wend den Druck auf die Klingen verstärkte.

Entsetzt atmete Mutzig scharf ein und wandte seinen Blick ab, worauf ihm der Dreizentnermann halbherzig in die Seite trat und sich zu ihm hinunterbeugte. Eine tellergroße Hand packte Mutzigs Kinn und zwang ihn, zu dem gefesselten Scheel zu schauen. „Ja, Milchbart. Schau genau hin! Sag deinem ehrlosen Meister, er soll endlich reden, sonst schneidet ihn der Herr Standartenführer kurz und klein." Die Worte kollerten im tiefen Bass und fast gemütlich aus dem Riesenkerl heraus. Dann ließ er ihn los und wandte sich dem Geschehen auf der Koje zu, bei dem Wend gerade das Geschlechtsteil von Scheel wieder freigab.

„Nein lieber nicht. Das gibt nur eine riesige Sauerei. Und wir wollen uns doch nicht unsere schöne Kleidung beschmutzen. Nicht wahr, Rottenführer?" Wend hatte seinen Spaß.

Die Schere machte sich am rechten Oberschenkel über das Knie und das Schienbein auf den Weg zu Scheels Fuß und schnappte sich dort den großen Zeh.

Nach kurzer Entspannung verkrampfte sich Scheels Körper erneut, und ein scharfer, unangenehmer Geruch machte deutlich, dass Scheels Eingeweide dem Stress nicht standhielten. Wend wandte sich in übertrieben weibischer Gestik angeekelt ab und verstärkte den Druck auf die Schere so weit, dass kleine Blutstropfen auf das Bett fielen.

Mutzig spürte Scheels Panik körperlich. Der Fußtritt brannte in seiner Seite, aber er traute sich nicht, die Stelle zu massieren. Hilfesuchend irrte sein Blick durch die Kajüte und fiel auf den Spiegel über dem kleinen Waschbecken, der ihm das Bullauge über seinem Kopf zeigte. Ungläubig sah er den mittelalterlichen Leuchtturm vorbeiziehen, den sie eine knappe halbe Stunde zuvor in entgegengesetzter Richtung passiert hatten.

Während Wend in gespieltem Ekel weiter das Gesicht verzog, löste er die Schere von dem großen Zeh.

„Also hör mal, Kamerad. Dir scheint das hier ja überhaupt keinen Spaß zu machen." Wends heiseres Gekicher klang wie das Schimpfen einer Elster. „Was machst du nur für Sauereien. Willst du mir meine gute Laune verderben? Dabei hat unser nettes kleines Spiel noch gar nicht richtig angefangen. Du wirst mir jetzt sagen, wie ich zu dem Geld komme. Sonst wird das hier wirklich noch eine richtig große Sauerei." Während er mit seiner Linken nach dem Knebel an Scheels Mund griff, wanderte die Schere auf Scheels rechte Hand zu. „Und nur damit wir uns richtig verstehen."

Man hörte ein lautes Knacken, und Mutzig sah Scheels kleinen Finger von feinen Blutfontänen begleitet zu Boden fallen. Scheel bäumte sich stöhnend auf dem Bett auf, und Wend flüsterte für alle Anwesenden hörbar in Scheels Ohr: „Das können wir noch neun Mal machen. Und dann sind da ja noch die Zehen, die Ohren und die Nase." Dann schob er den Lederriemen von dessen Mund und entfernte den Knebel.

„Du jüdischer Bastard. Kein Wort wirst du von mir erfahren", heulte Scheel auf.

Genau in diesem Moment ging ein gewaltiger Ruck durch den großen Dampfer und brachte Wend und das Riesenbaby ins Wanken. Das Schiff war tatsächlich wieder an die Pier zurückgekehrt, von der es abgelegt hatte.

Offenbar begriff Wend, dass sich etwas Grundlegendes geändert hatte und ließ verärgert von Scheel ab. Mit einem Fußtritt scheuchte er Mutzig auf die Seite. Nach einem Blick durch das Bullauge war er mit zwei Schritten bei der Kabinentür. „Los Rottenführer! Raus hier! Der Dampfer hat umgedreht und ich befürchte, das hat etwas mit unserer Kameradschaft an Bord zu tun. Diese jüdischen Spaghettifresser haben es auf uns abgesehen. Der Führer hat Mussolinis Schweinevolk noch nie getraut." Er machte eine knappe Kopfbewegung zu Scheel. „Die beiden kaufen wir uns später." Dann waren beide im Flur verschwunden.

Mutzig saß wie betäubt auf dem Kabinenboden und kämpfte gegen heftigen Brechreiz an.

„Hey Kamerad! Willst du mich hier verbluten lassen?!"

Der Schrei riss Mutzig aus seiner Apathie und brachte ihn auf die Beine. Schnell löste er Scheels Fesseln. Nachdem die Blutung einigermaßen gestillt und die Hand notdürftig verbunden war, scheuchte ihn Scheel auf den Flur.

Als Scheel ihn zehn Minuten später vollständig angekleidet wieder in die Kabine winkte, war das Bullauge geöffnet und die Bettwäsche auf dem Folterbett fehlte. Die Matratze war großflächig feucht, als ob Scheel versucht hätte, sein Malheur auszuwaschen. Kreidebleich und zitternd saß er auf Mutzigs Koje. Ohne den Kopf zu heben, flüsterte er: „Ich brauche einen Arzt. Besorgen Sie mir einen Arzt."

„Da werden Sie noch eine wenig Geduld aufbringen müssen. Italienische Soldaten stellen gerade das Schiff auf den

Kopf. Die Leute erzählen, dass sie Kriegsverbrecher suchen. Hochrangige SS-Leute."

Scheel hob den Kopf und sah Mutzig aus wässrigen Augen an. „Sind wir aus diesem Grund umgedreht?"

„Nein. Irgendetwas ist mit den Antriebsschrauben. Sie sind dabei, das durchzuprüfen, und haben zwei Taucher ins Wasser geschickt." Mutzig wandte sich zur Tür. „Ich gehe wieder an Deck und versuche, Ihnen neue Bettwäsche zu besorgen." Unsicher drehte er sich in der Tür um. „Wenn ich jetzt den Schiffsarzt hole, werden auch Leute Fragen stellen, mit denen wir nicht reden wollen. Kommen Sie klar, bis wir ablegen?"

„Habe ich eine Wahl?" Scheel hob die Beine auf das Bett und ließ sich unter leisem Stöhnen vorsichtig nach hinten auf die Matratze sinken. „Verschwinden Sie schon."

Zwei Stunden später, kurz nachdem der Dampfer ein zweites Mal abgelegt hatte, kam Mutzig mit einem kleinen, runden Mann in die Kabine zurück, der sich besorgt zu Scheel setzte und nach dessen Hand mit dem blutigen Verband griff. Der Arzt begriff schnell, dass er auf seine Frage nach dem Hintergrund des Überfalls keine zufriedenstellende Antwort erhalten würde. Neben der gebrochenen Nase waren noch drei Rippen angeknackst – und der kleine Finger war unwiederbringlich verloren. Glücklicherweise hatte der improvisierte Verband die Blutung gestoppt. Der Schiffsarzt versorgte Scheel so gut es ging. Mit der Ankündigung, jeden Tag nach ihm zu sehen, und der Anordnung, nach der Ankunft in Buenos Aires sofort ein Krankenhaus aufzusuchen, ließ er sie nach einer halben Stunde allein.

Scheel ging zu dem kleinen Waschbecken. „Soldaten haben alle Kabinen hier unten durchsucht. Die Geschichte mit dem abgerutschten Messer haben sie mir abgenommen. Haben sie Wend geschnappt?" Er füllte einen Becher und spülte zwei der Tabletten hinunter, die ihm der Arzt dagelassen hatte.

„Sie haben nur den Dicken und zwei seiner Kameraden verhaftet und an Land gebracht. Die haben vor dem Besuch bei uns an der Bar rumgepöbelt und andere Gäste als

Judensäue beschimpft, die man vergessen habe zu vergasen. Wend muss noch irgendwo an Bord sein."

10
4.- 5. September 1982

Auf der Rückfahrt nach Speyer nimmt Beck wenig wahr von der grünen Rheinauenlandschaft. Grünewalds ruhig vorgetragene Beschreibung der jüngeren Geschichte der jüdischen Gemeinde in Mannheim hat ihn auf eine Weise berührt, die er sich nicht so recht erklären kann. Er legt den Kopf etwas auf die Seite und genießt den Fahrtwind.

Hinter Brühl biegt er auf eine schmale Landstraße ab, behält aber die geringe Geschwindigkeit bei. Rechts ziehen die grünen Rheinauen der Ketscher Rheininsel vorbei. Der Duft von frisch gewendetem Heu begleitet ihn eine Weile, immer wieder durchzogen vom fischigen Modergeruch des Altrheins.

Das Gespräch mit Grünewald hat ihn in seiner Idee, dass es sich um einen politisch motivierten Mord handeln könnte, noch einmal bestärkt. Die schwarzen Klamotten und Stiefel des Toten, genau wie bei den Antifa-Aktivisten oder bei diesem Typ von den Autonomen, mit dem Nini Hanna gesehen hat. Wenn der Tote aber tatsächlich ein linker Aktivist war - Autonomer oder Antifa oder beides -, wieso das Felsenmeer? Wieso wird der junge Mann mitten auf einer gut besuchten Wanderstrecke getötet, dann nahezu dilettantisch auf dem Grund einer unzugänglichen Bergfalte entsorgt, um dann dort mit leicht durchschaubaren Motiven brutal entstellt zu werden? Gauweiler ist überzeugt davon, dass der Täter die Verstümmelungen sehr überlegt und gezielt gesetzt hat. Und dann diese Schriftzeichen. *Ich habe mich gemüht, o Gott, ich habe mich gemüht, o Gott, und muss davon lassen.* In Hebräisch, aus einer christlichen Bibel. Was zum Teufel soll diese Theatralik?

Nicht ein einziger Hinweis, der dem Geschehen einen Sinn gibt. Die schwarze Kleidung ist immerhin ein Ansatz, aber solange sie nicht wissen, wer der Tote ist, werden sie weiter im Dunkeln tappen. Irgendjemand muss den jungen Mann doch vermissen. Er will unbedingt mit diesem neuen Bekannten von Hanna reden, von dem Nini gesprochen hat. Wenn die Art, sich zu kleiden, tatsächlich so was wie ein politisches Statement ist, kennt er den Toten vielleicht sogar. Es hilft alles nichts, nur die Identifizierung der Leiche wird sie weiterbringen. Dann könnten sie endlich …

Wütendes Hupen reißt ihn aus seinen Überlegungen. Im Rückspiegel blitzt die Lichthupe eines Kleintransporters, hinter dem sich eine Schlange von wenigstens einem Dutzend weiterer Fahrzeuge gebildet hat. Auf der Auffahrt zur Salierbrücke war er wohl aus Gewohnheit langsamer geworden, um den Blick auf den Dom genießen zu können.

Nachdem er wenig später hinter der großen Kathedrale geparkt hat, schlendert er über den Domvorplatz in die Hauptstraße am Rathaus vorbei zum Büro des Fremdenverkehrsvereins. Vier Punks mit bunten Irokesen sitzen am Brunnen, der mit seiner Inschrift:

DEUTSCHLAND MUSS LEBEN, AUCH WENN WIR STERBEN MÜSSEN
ICH HATTE EINEN KAMERADEN, EINEN BESSEREN FINDEST DU NICHT
DEUTSCHE FRAUEN DEUTSCHE TREUE,

immer wieder für Protestaktionen sorgt, und nuckeln an ihren Bierflaschen. Kurz befürchtet er, dass wie alle anderen Geschäfte auch das Büro des Fremdenverkehrsamtes um vierzehn Uhr geschlossen hat, aber die Tür ist offen, und es gibt noch reichlich Karten. Er will Nini überraschen, die mehrmals unüberhörbar erwähnt hat, dass sie gerne zum Eröffnungskonzert des Internationalen Orgelwettbewerbs im Dom möchte. Während er zügig zurück zu seinem Wagen geht, spürt er, wie dieser Kartenkauf seine Laune hebt. Von wegen, er nimmt ihre Interessen nicht ernst, ist immer nur mit seiner Arbeit beschäftigt.

Gemächlich fährt er über den Domvorplatz und biegt in die Himmelsgasse ab. Erinnerungen an viele Konzerte, die er mit Nini besucht hat, schwirren ihm durch den Kopf. Dass es vor allem Ninis geduldiges Bemühen war, das ihm den Genuss klassischer Musik zugänglich machte, gesteht er sich gerne ein. Gerade als er sich in Gedanken neben Nini in der Mitte des Hauptschiffes der Kathedrale auf der harten Kirchenbank sitzen sieht und spürt, wie das Orgelspiel einsetzt und die Wucht der Klänge seinen ganzen Körper erfasst, fällt sein Blick in die Gasse, die er passiert. Dort steht eine Reihe von Mannschaftstransportwagen der Bereitschaftspolizei. Eine Hundertschaft schätzt er. Mehrere Gruppen von Polizisten in vollem Ornat, die Schutzschilder an die Beine gelehnt, stehen rauchend zusammen.

Er tritt so unwillkürlich auf die Bremse, dass ihm beinahe ein altersschwacher Mercedes Kombi ins Heck kracht. Während er seinen MG verkehrswidrig an der Straßenseite abstellt, ignoriert er die wütend gestikulierende Frau, die mit hochrotem Gesicht an ihm vorbeifährt. Hinter der dunklen Rußwolke, die beim Beschleunigen aus dem Auspuff qualmt, erkennt er die Sonne eines großen ‚*ATOMKRAFT? NEIN DANKE*' Aufklebers. Mit wenigen Schritten ist er in der Gasse. Er zieht seinen Dienstausweis aus dem Sakko und weist sich dem Einsatzleiter gegenüber aus.

„Was ist denn hier los, Kollege?"

„Tag, Kollege. Vorne in der ‚Stadt Nürnberg' ist der Saal voll mit Neonazis. Über hundert unbelehrbare Arschlöcher, und es treffen immer noch kleine Grüppchen aus dem ganzen Bundesgebiet ein."

„Nazis? Hier in Speyer?"

„Ja, der Kühnen wollte auch kommen. Der Typ, der die sogenannte *Aktionsfront Nationaler Sozialisten* gegründet hat. Wieso wird so was eigentlich nicht verboten?" Er sieht Beck wütend in die Augen, dann wendet er sich ab. „Der Obernazi sitzt in irgendeinem Dorf in der Nähe, weil ihm die Kollegen Ortsverbot für die Stadt erteilt haben. Damit es nicht zu Krawallen kommt. Wieso so einer aus der Haft freikommt und wieder auf die Welt losgelassen wird, soll einer verstehen." Während er wütend den Kopf schüttelt, zieht er eine Zigarette aus der Schachtel, die in seiner Brusttasche steckt, und zündet sie sich hinter schützender Hand an. Plötzlich macht er einen Schritt zur Seite. „Hey, ihr Spinner, wollt ihr wohl bei eurem Fahrzeug bleiben!" Mit seinem Schlagstock fuchtelt er wild in Richtung einiger junger Polizisten, die sich offensichtlich nur die Beine vertreten wollen. Sofort kehren sie im Laufschritt zu ihrem Mannschaftswagen zurück.

Augenrollend wendet er sich wieder Beck zu. „Die Nazis haben das geheim gehalten. Die Stadtverwaltung übrigens auch. Gestern Abend haben ein paar Leute in der Stadt Flugblätter mit dem Aufruf ‚Ausländer raus' verteilt. Sonst hätte wahrscheinlich niemand etwas gemerkt."

„Aber ihr seid doch nicht erst vor einer Stunde informiert worden. Oder?"

„Darf ich Ihnen nicht sagen, Kollege."

„Was sind denn das für Nazis?"

„Offiziell handelt es sich um die Mitgliederversammlung eines Vereins, der sich *‚Hilfsorganisation für nationalistische politische Gefangene und deren Angehörigen e.V.'* nennt."

„Darf es die überhaupt geben? Ich meine, wir haben doch Gesetze, die so etwas verbieten." Beck spürt, wie Ärger in ihm hochkommt.

„Das sag ich doch. Genau das wollen die ändern. Dass man wieder jede politische Widerwärtigkeit sagen darf, ohne dafür belangt zu werden. Als ob das nicht schon heute so wäre. Hier zum Beispiel." Der Einsatzleiter zieht ein Flugblatt aus der Tasche und beginnt davon abzulesen. „Die wollen ‚Öffentlichkeit herstellen, Anerkennung der gefangenen Nationalisten als politische Gefangene' - damit meinen die Rudolf Hess und andere Schwerverbrecher - und ‚die freie politische Betätigung und Informationsmöglichkeit und die

Abschaffung aller Anti-NS- und Gesinnungsparagrafen erreichen. Die HNG versteht sich als Bindeglied zwischen gefangenen Patrioten und Volksgenossinnen und Volksgenossen.'" Angewidert schüttelte er den Kopf, saugt die Zigarette fast in sich hinein. „Verbieten muss man so etwas. Was hat das bitte schön mit Meinungsfreiheit zu tun? Und weil das nicht verboten ist, sind wir es wieder, die von der Öffentlichkeit in den Arsch getreten werden. Deutsche Polizisten schützen die Nazis und so. Obwohl," er nickt zu den Bereitschaftspolizisten hinüber, „nicht für jeden der Jungfüchse würde ich meine Hand ins Feuer legen."

Mit aufmunterndem Gruß verabschiedet sich Beck und geht zurück zu seinem Wagen. In der Straße hat sich eine Schlange von einem guten Dutzend Fahrzeugen gebildet, die nicht weiterkommen. Er schließt den MG ab und nähert sich dem Lärm, der aus einigen hundert Metern Entfernung immer lauter durch die enge Häuserschlucht hallt. Nach wenigen Schritten erkennt er die Menschenmenge, die fast vollständig die Fahrbahn blockiert. Der Verkehr staut sich ab der Gastwirtschaft in beiden Richtungen. Jetzt erkennt Beck auch ein halbes Dutzend Uniformierte, die geduldig versuchen, eine größer werdende Gruppe von Demonstranten im Zaum zu halten.

Knapp hundert Leute verschiedenen Alters stehen vor dem Lokal und skandieren abwechselnd: „Nazis raus aus unserer Stadt", und: „Deutsche Polizisten schützen die Faschisten". Durch die offenen Fenster des Lokals hört er vereinzelte „Heil-Hitler"-Rufe und im Chor geschriene Beschimpfungen wie „Volksverräter", „linke Zecken", „Judenschweine". Vor dem Eingang der Gaststätte haben sich vier kurz geschorene junge Männer in Bomberjacken, Jeans und Springerstiefeln aufgebaut. Sprachlos sieht Beck die zum Hitlergruß erhobenen Arme. Aber die bizarrste Erscheinung ist das Mädchen in ihrer Mitte. Die langen blonden Zöpfe, das schwarze Halstuch mit Lederknoten über der weißen Bluse, der sittsame, über die nackten Knie reichende dunkelblaue Rock, die weißen Kniestrümpfe in schwarzen, flachen Schuhen.

Kurz bevor er die Gastwirtschaft erreicht, beginnen die Polizisten freundlich, aber bestimmt, die wütenden Demonstranten auf die gegenüberliegende Seite der Straße zu drängen und sich zwischen den Fronten zu postieren, sodass einerseits die Fahrzeuge weiter passieren können, andererseits das Risiko so klein wie möglich gehalten wird, dass sich die verschiedenen Lager an den Kragen gehen.

Er will gerade auf den ranghöchsten Polizisten zugehen, hat seinen Dienstausweis schon in der Hand, als er etwas abseits von dem Gaststätteneingang, keine zwei Meter von ihm entfernt, einen anscheinend prominenteren Vertreter der Nazis im Gespräch mit einem Journalisten sieht. Bevor er von den Beamten zu den Demonstranten abgedrängt wird, hört er den Nazi-Funktionär auf eine Frage antworten.

„Wir wissen, dass KZs und die Judenvergasung nichts als Lügen sind, um das deutsche Volk zu diskreditieren und können dies auch beweisen. Wir können historisch belegen, dass das alles von Jüdinnen und Juden selbst inszeniert wurde, um die Staatsgründung Israels zu legitimieren und Deutschland dauerhaft erpressen zu können. Die Sehnsucht der Deutschen nach einer geschichtlichen Figur, welche einst die Wunden im Volk wieder heilt, die Zerrissenheit überwindet und die Dinge in Ordnung bringt, ist tief in unserer Seele verankert, davon bin ich überzeugt."

Für ein paar Sekunden treffen sich ihre Blicke. Diese selbstgerechte Pose, die sich kalkuliert und einstudiert im arroganten Gesichtsausdruck, der akkurat gescheitelten Haare, der übertrieben aufrechten Haltung und der gestelzten Sprache vermittelt, erinnert ihn beschämend an sein sehr zurückhaltendes Verständnis der von Grünewald beschriebenen alltäglichen Erlebnisse.

Der Nazifunktionär hält seinem Blick stand und antwortet auf die nächste Frage des Journalisten, was man denn unter „nationalistischen politischen Gefangenen" zu verstehen habe, übertrieben laut. „Rudolf Heß zum Beispiel. Er ist ein absoluter Idealist und meiner Auffassung nach vergleichbar mit Ghandi."

Von den Polizisten mehr geschubst als gebeten, findet sich Beck Augenblicke später auf der anderen Straßenseite in der wütenden Menge wieder, die weiterhin lautstark „*Nazis raus*" skandiert. Er ertappt sich dabei, wie er in den gebrüllten Protest mit einstimmt, und stellt überrascht fest, wie gut er sich dabei fühlt. Das Gefühl verstärkt sich noch, als ein älterer Herr ein ihm bekanntes Lied anstimmt: „*… Wir sind die Moorsoldaten, und ziehen mit dem Spaten, ins Moor. Hier in dieser öden Heide, ist das Lager aufgebaut, …*". In den Nachkriegsjahren hat sein Vater ihm und seiner Schwester oft Lieder aus der Arbeiterbewegung und dem Widerstand gegen Hitler vorgesungen. Erst das Wiederaufflackern der Rufe: „Deutsche Polizisten schützen die Faschisten!", lässt ihn verstummen. Im gleichen Moment erkennt sein geübter Blick die Kamera in den Händen eines etwas abseitsstehenden Beamten auf der anderen Straßenseite. Für einen Augenblick sieht er sich im Büro des Polizeipräsidenten, der nachdrücklich eine Erklärung von ihm fordert, als sich eine kleine, zierliche Frau mit kurzen schwarzen Haaren aus der Menge der Demonstranten löst und unbemerkt von den Polizisten auf den Eingang der Gasstätte zugeht, aus deren offenen Fenstern gerade per Gesang Flagge gezeigt wird: „*… werden weitermarschieren, wenn alles in Scherben fällt, denn heute gehört uns Deutschland, und morgen die ganze Welt …*".

Einer der Türwächter, die Becks Einschätzung nach gerade mal volljährig waren, schnauzt die Frau an. „Was willst du Judenschlampe? Iss geschlossene Gesellschaft hier. Bist du blind oder zu blöd."

Seine Kameraden – Beck merkt, wie ihm dieser Begriff selbst in Gedanken zuwider ist, zumindest in Zusammenhang mit Nazis – finden das offenbar lustig und lassen ein hässliches Kichern hören.

„Ich muss dringend auf Toilette. Lasst ihr mich mal durch?"

Für einen Augenblick verunsichert die feste Stimme den Kahlgeschorenen.

Schnell zeigt Beck dem nächststehenden Polizisten seinen Dienstausweis und überquert die Straße. Kurz bevor er die junge Frau erreicht, ruft eine Männerstimme durch das offene Fenster: „Lasst sie durch. Ist doch bloß eine Schlampe, die mal aufs Scheißhaus muss!"

Kaum ist die Frau durch die Tür verschwunden, steht Beck vor den drei Eingangsstufen, von denen die halbwüchsigen Türwächter höhnisch auf ihn herabschauen.

„Was willst du? Verpiss dich, sonst machen wir gleich hier auf der Straße ein kleines Feuerchen mit dir. Kapiert?"

Mit nur mühsam unterdrücktem Ärger hält Beck seinen Ausweis hoch. Von drinnen hört er unflätige Kommentare zu dem Auftauchen der Frau, begleitet von Pfiffen und Johlen, wie bei einer Stripteaseshow. „Wenn du mich nicht sofort vorbeilässt, werde ich das Feuerchen unter deinem Arsch anzünden, Jüngelchen. Also was ist?"

„Kein Stress mit den Bullen! Lasst ihn durch!" Wieder die laute Stimme aus dem Gastraum.

Er steigt zwischen dem wütenden Nazijungvolk die Treppenstufen hoch zur Eingangstür. Drinnen rücken ihm sofort zwei olivgrüne Bomberjacken auf den Pelz. Unter deren Geleitschutz schiebt er sich durch das Gejohle des eng besetzten Gastraums Richtung Toilette. Es stinkt nach schlecht gewaschenen Leibern und verschüttetem Bier. Um sich nicht weiteren hämischen Kommentaren auszusetzen, unterdrückt er den starken Hustenreiz, den der dichte Tabakqualm in seinem Rachen auslöst.

Beck spürt die Aggressivität, die von den überwiegend männlichen Anwesenden ausgeht. Er meint, Satzfetzen aus Unterhaltungen aufzuschnappen, deren Inhalte jegliche historische Erkenntnis ignorieren. Ein Raum wie eines dieser viele Lichtjahre entfernten schwarzen Löcher, aufgeladen mit einer mächtigen braunen Energie, die alle geschichtlichen Tatsachen in sich einsaugt, um sie in einer Parallelwelt ins Gegenteil zu verkehren. Die Bomberjacken schieben ihn durch eine Tür in einen Flur. Vor der Doppeltür zu dem Saal, in dem seine Eltern vor dem Krieg oft tanzen waren, wie ihm gerade einfällt, stehen zwei Saalordner in schwarzen Lederjacken bei einem älteren Herrn im dunkelblauen Anzug. Das Leder spannt beeindruckend über der mit pharmazeutischer Hilfe aufgepumpten Brust- und Armmuskulatur. Weiter hinten führt eine Tür zu den Toiletten.

Sofort macht der Anzugträger einen Schritt auf Beck zu. „Hier kommen Sie nur mit einem richterlichen Beschluss rein." Er weist mit einem Arm zur hinteren Tür. „Die Toiletten sind dort."

Aus dem Saal hört er ein bekanntes Nazi-Lied, das definitiv verboten ist, da ist sich Beck sicher.

„Die Fahne hoch! Die Reihen fest geschlossen! SA marschiert. Mit mutig festem Schritt ..."

Während Beck langsam weitergeht, fast geschoben von seiner Leibgarde, kommt ihm das alles so unwirklich vor, dass er Schwierigkeiten hat, das Ganze ernst zu nehmen.

„Die Straße frei, den braunen Bataillonen. Die Straße frei, dem Sturmabteilungsmann! Es schau'n aufs Hakenkreuz voll Hoffnung schon Millionen, der Tag für Freiheit und für Brot bricht an ...".

Das Gegröle interessiert Beck nicht, sollen sich doch die Uniformierten darum kümmern. Was ihn beunruhigt, ist das Verschwinden der jungen Frau.

„Was ist Bulle? Ich denke, du musst pissen."

Becks scharfer Blick lässt den stiernackigen Lederjackenträger verstummen. In dem Moment öffnet sich die Tür, hinter der die Toiletten sein müssen, und die Schwarzhaarige tritt in den Flur. Aus dem Saal tönt, begleitet von euphorischem Beifall, eine männliche Rednerstimme, die täuschend ähnlich Joseph Goebbels zu imitieren scheint. Vielleicht spielen sie auch eine historische Schallplatte ab, denkt er. Die junge Frau mustert ihn kurz und steuert dann zielgerichtet und unaufgeregt auf den Ausgang zu. Als er sie draußen auf der Straße einholt und am Arm packt, blitzt sie ihn mit zornigen Augen an.

Sein Unverständnis für ihre Aktion platzt einfach so aus ihm heraus. „Was sollte dieser Quatsch? War das eine Mutprobe, oder was haben Sie mit der Aktion bezweckt? Ihnen hätte sonst was passieren können."

Während sie ihn wütend mustert, schüttelt sie mit einer kräftigen Bewegung seine Hand ab. Ohne ein Wort lässt sie ihn stehen und geht auf die Demonstranten zu. Nach wenigen Schritten hält sie inne und dreht sich zu ihm um. Laut, damit alle es hören können, ruft sie ihm zu: „Sorgen Sie dafür, dass in unserem Lande so etwas wie diese Zusammenrottung von Faschisten nicht mehr möglich ist, dann wird es keine Mutproben mehr brauchen, Herr Polizist!"

Eine Minute später steht sie auf der anderen Straßenseite in vorderster Reihe und fordert im lautstarken Chor der auf etwa hundertfünfzig Demonstranten angewachsenen Menge immer wieder unmissverständlich: „Nazis, verpisst euch! Keiner vermisst euch!"

Unwillkürlich begreift Beck, dass die Idee mit der Mutprobe gar nicht so falsch war. Offensichtlich ging es der jungen Frau darum, allen zu zeigen, dass es absolut keinen Grund gibt, sich von einer Horde grölender Nazis einschüchtern zu lassen.

Als Polizist bloßgestellt, will Beck nicht mehr in die Menge der Demonstranten zurückkehren. Nachdenklich schlendert er die Straße Richtung Dom hinauf zu seinem Wagen. Als die Menge in seinem Rücken den bekannten Kanon *'Hejo, spann den Wagen an'* anstimmt, mit dem passenden Text versehen: „*Wehrt euch! Leistet Widerstand! Gegen die Faschisten hier im Land! Haltet fest zusammen! Haltet fest zusammen! Wehrt euch ...* ", wächst ihm eine Gänsehaut auf den Armen, und er geht schneller. Bei seinem MG angekommen, beschließt er, schon heute nach Lisweiler zu fahren.

Am frühen Sonntagabend schreckt ihn das Knarren des Hoftors aus seinem Sessel auf. Auf seinem Schoß liegt die Akte mit den von Renate Kohl routiniert dokumentierten ersten Ergebnissen zu dem Leichenfund im Felsenmeer. Nach dem beklemmenden Zusammentreffen mit den Ewiggestrigen in der ‚Stadt Nürnberg' war er am Samstagnachmittag noch einmal ins Polizeipräsidium gefahren und hatte sich von Gauweiler in Ruhe ihre bisherigen Erkenntnisse erläutern lassen. Später, in Lisweiler, war er bis spät in die Nacht, die trotz der dürftigen Ermittlungsergebnisse überraschend dicke Fallakte durchgegangen. Immer wieder. Nicht ein einziger Hinweis, der klar in eine Richtung wies, keine auffällige Verbindung, die es wert war, dass man ihr nachging. Die Ermittlungen dümpelten im Allgemeinen und Unverbindlichen. Auch das heutige Treffen der MK-Felsenmeer hat keinen Ansatz ergeben, mit dem sich eine klare Ermittlungsstrategie entwickeln lässt. Grünewald und diese kleine schwarzhaarige Frau, die sich so furchtlos den Beschimpfungen der Nazis gestellt hat, gehen ihm nicht aus dem Kopf. Wenn die schwarzen Klamotten wirklich so eine Art Uniform der Autonomen und Antifa-Aktivisten sind, scheint ihm ein politisches Motiv des Mordes plausibler als alle anderen Ideen. Lefebvres Hypothese einer irgendwie gearteten Auseinandersetzung rivalisierender Banden der organisierten Kriminalität hatte ihn von Anfang an nicht überzeugt. Die wenigen Stichpunkte, die er notiert hatte, endeten mit zwei Ausrufezeichen. Sie müssen sich mit der Neo-Nazi-Szene in der Vorderpfalz beschäftigen, und er braucht so schnell wie möglich einen Kontakt zur Speyerer Antifa- und Autonomie-Szene.

Als er Ninis müde Schritte auf dem Kopfsteinpflaster seines Hofes hört, springt er auf. Hastig schlägt er die Akte mit den Unterlagen zu und lässt sie im Regal des kleinen Abstellraums neben der Gästetoilette verschwinden.

In dem Moment, in dem sie die Stufen hochsteigt, öffnet er die Tür. „Hallo Liebes. Schön, dass du da bist." Er küsst sie und wiegt sie einige Augenblicke verliebt in den Armen.

„Hast du wenigstes ein paar Stunden schlafen können?"

„Nein, leider nicht." Sanft macht sie sich frei. „Es war wie immer. Kaum liegst du mal eine halbe Stunde auf der Pritsche, klopft auch schon wieder ein Pfleger an die Tür. Ich bin völlig gerädert und will eigentlich nur auf die Couch."

Er sieht die Erschöpfung in ihrem Gesicht und reicht ihr ein halbgefülltes Glas Wein. „Auf einen ruhigen Abend."

Sie nippt an dem Wein und prostet ihm müde zu. Seufzend lässt sie sich auf der Couch nieder und macht es sich bequem.

Als Beck ein paar Minuten später vom Herd aus kurz zu ihr schaut, schläft sie tief und fest. Nachdem er den Lammtopf zu seiner Zufriedenheit abgeschmeckt und nahezu geräuschlos Teller und Besteck auf dem großen Holztisch bereitgestellt hat, lässt er sich wieder in seinen Sessel sinken.

Eine gute halbe Stunde später werden sie durch den Alarm des Kochweckers aufgeschreckt. Auf der Suche nach ihrem Pieper nestelt Nini schlaftrunken an ihrer Jeans herum, bis sie begreift, wo sie sich befindet.

Beck beugt sich hinüber, gibt ihr einen zärtlichen Kuss und stößt auffordernd sein Weinglas an das ihre. Dann holt er den Topf vom Herd.

Nach ein paar lahmen Versuchen, ein Gespräch in Gang zu bringen, platzt es aus Nini heraus: „Hanna war heute Nacht nicht zu Hause."

Seit einem guten Jahr muss Beck niemand mehr erklären, was Pubertät für das Umfeld der Betroffenen bedeutet. Mit fünfzehn wiederholt Hanna gerade eine Klasse der Mittelstufe im altsprachlichen Gymnasium am Kaiserdom. Mit unberechenbaren Stimmungsschwankungen, dem barschen Zurückweisen von Fragen nach ihrem Befinden und dem Infragestellen aller Ratschläge und aller Hilfsangebote fordert und überfordert sie insbesondere ihre Mutter.

„Woher weißt du das?"

Genervt sieht Nini von ihrem Teller auf und fährt ihn an. „Weil ich ihre Mutter bin?! Und weil ich mehrmals versucht habe, sie zu Hause zu erreichen."

„Schon gut, schon gut. Hätte ja sein können, dass irgendetwas passiert ist."

„Aber das ist es doch gerade, was mir Sorgen macht. WEIL! ETWAS! PASSIERT! SEIN! KÖNNTE!"

Es klang wie der verzweifelte Versuch, einem begriffsstutzigen Schüler zu erklären, dass die Erde keine Scheibe ist.

„Wenn ich mich richtig erinnere, wollte doch deine Mutter nach ihr sehen."

„Hat sie auch. Bloß war Hanna nicht da. Nur ein Zettel, dass sie sich keine Sorgen machen soll."

Hilflos lässt sie ihr Besteck in den kaum angerührten Teller fallen. Mit den Händen vorm Gesicht fängt sie laut an zu schluchzen.

Schnell schiebt sich Beck zu ihr auf die Couch und nimmt sie in die Arme. „Was hältst du davon, wenn wir jetzt schnell den Tisch abräumen und nach Speyer fahren. Wir finden sie." Er wiegt sie in den Armen, bis das Schluchzen abebbt.

„Sie treibt sich in letzter Zeit mit diesen Autonomen herum, die in jedem CDU-Wähler einen kapitalistischen Ausbeuter und potenziellen Faschisten sehen."

Er nimmt sein Glas und grinst sie an. „Ich kann mich gut an Erzählungen von dir erinnern, in denen eine widerständige Medizinstudentin namens Antonia Winkler das Büro eines übergriffigen Professors besetzt hat, Vorlesungen bestreikt oder wochenlang die Rathaustür mit Fotos geschlagener Frauen tapeziert hat. Habt ihr nicht sogar mal das Büro des Sozialdezernenten besetzt, bis endlich eine schriftliche Zusage kam, dass die Finanzierung eines Frauenhauses zumindest ernsthaft geprüft würde? Und damals, als du ..."

„Heeelm! Da war ich Mitte zwanzig und nicht fünfzehn. Das auseinanderzuhalten, müsste selbst dir gelingen."

Für einen Moment ist Beck sich unsicher, welche Nini ihm lieber ist, die Hilflose oder die Wütende. „Los, lass uns die

Küche aufräumen, dann fahren wir nach Speyer. Den Lammtopf nehme ich mit. Kannst dir ja auch eine Portion in den Kühlschrank stellen."

Es ist kurz nach neun, als Nini die Tür zu ihrer Wohnung aufschließt. Wie um die Sorgen ihrer Mutter zusätzlich zu verhöhnen, liegt Hanna friedlich schlafend in ihrem Bett. Auf dem Küchentisch finden sie einen Zettel. *'Alles in Ordnung. Oma weiß Bescheid. Bin sehr müde. Hab morgen schon um Viertel vor acht Schule. Hab dich lieb. Hanna.'*

Beck schenkt sich die Frage, ob er die Nacht bei Nini verbringen wird. Nachdem sie frisch geduscht in ihr Bett gestiegen und trotz Ärger und Sorgen nach wenigen Minuten eingeschlafen ist, macht er sich auf den Weg zu seinem Häuschen in der Altstadt. Die Bewegung tut ihm gut und er nimmt einen kleinen Umweg am Dom vorbei. Auf die Brüstung der Sonnenbrücke gelehnt, schaut er eine Weile den Bachlauf entlang und hängt seinen Gedanken nach. Es sind längst wieder die Bilder des verstümmelten jungen Mannes, die ihm durch den Kopf gehen. Zu Hause angekommen, versorgt er erst einmal den bei der Ankunft in Speyer kurz abgestellten Lammtopf. Mit einem Glas Rotwein lässt er sich auf einem der Stühle auf seiner Terrasse nieder.

In Gedanken geht er die Besprechung am nächsten Morgen durch. Danach wird er sich sofort selbst ans Telefon setzen, um sich einen Überblick über antisemitische oder neonazistische Gewalttaten im Großraum Ludwigshafen/Mannheim/Heidelberg zu verschaffen. Dabei wird er auch wenigstens ein Telefonat mit dem BKA zu den Aktivitäten der Roten Armee Fraktion führen, aus deren radikal pro-palästinensischer Einstellung sich fast zwangsläufig eine judenfeindliche Haltung ablesen lässt.

Er nimmt sich vor, Hanna zu fragen, ob sie ihm ein Treffen mit ihren neuen Bekannten vermitteln kann. Im Moment müssen sie nach jedem Strohhalm greifen, der sich ihnen bietet. Sobald sie wissen, mit wem sie es bei dem Toten zu tun haben, werden sich über dessen Bekanntenkreis und Lebenswandel zwangsläufig klarere Spuren ergeben.

Im Garten nebenan plätschert leise die sonore Stimme von Frank Zappa über einem überraschend swingenden Stück auf den Rasen. Kurz ist er versucht, über die kleine Mauer zu steigen und Wolle zu fragen, ob er vielleicht Lust hat, ein bisschen zu quatschen. Dann verändern sich die eingängigen Bluenotes in freejazzige Notenfolgen. Also doch *The Torture Never Stops*, denkt Beck, während er die Terrassentür schließt.

11

Juni 1946

Gute zwei Monate war es her, seit sich Mutzig im Hafen von Buenos Aires von Scheel verabschiedet hatte. Während Scheel die Verwandlung in den Deutschitaliener Paul Kripp mühelos gelang, war Mutzig dankbar für die lange Reise. An Bord gab es viele alltägliche Kontakte, etwa beim Essen oder abends an der Bar, in denen er nach und nach seine Scheu vor seiner neuen Identität als Südtiroler Geschäftsmann Sebastian Hofer ablegen konnte. Als er über die Gangway in sein neues Leben schritt, hatte er ein sehr deutliches Bild von dem in rauchenden Trümmern liegenden Dorf und seiner im Blut liegenden Eltern vor Augen. Seinen Hass auf die Deutschen musste er nicht erfinden, er musste nur die neue Quelle dieses Hasses verinnerlichen. Jean-François Mutzig war nur ein Gespenst aus der Vergangenheit, das noch eine Weile in seinem Kopf spuken würde. Für die restliche Welt sollte der junge Elsässer für immer verschwunden sein.

Hofer wohnte etwas abseits des Zentrums in einer kleinen, von Deutschen geführten Pension. Eine der ersten Adressen, die er auf Empfehlung seiner Wirtsleute aufsuchte, war ein weitläufiges, mit geschickt platzierten Pflanzen und kunstvoll geschnitzten spanischen Wänden unterteiltes Restaurant, in dessen Räumen fast ausschließlich Deutsch gesprochen wurde. Ohne großes Zutun fand er sich eines Abends an einem runden, von einem guten Dutzend Männer besetzten Tisch wieder, an dem frohen Herzens und mit lautem Gesang, ungeachtet der anwesenden jüdischen Gäste, arischem Geist freier Lauf gelassen wurde. Am liebsten hätte er die Runde schon nach dem Hauptgericht verlassen, blieb aber höflicherweise bis zum obligatorischen Kaffee mit Cognac.

In den folgenden Wochen widmete er seine ganze Zeit und Aufmerksamkeit dem Kennenlernen der Hauptstadt seines neuen Heimatlandes. Seine freundliche und zugängige Art öffnete ihm mühelos die Herzen der Porteños.

Ein Ergebnis von Hofers aufrichtigem Bemühen, sich seiner neuen Heimat vor allem über die Menschen zu nähern, war die Freundschaft zu Miguel Quilapan, einem jungen Argentinier indigener Abstammung. Der junge Mann wohnte mit seiner Ehefrau und zwei kleinen Kindern in der Nachbarschaft seiner Pension in einer winzigen Mietwohnung, bestehend aus lediglich zwei engen Stuben. Täglich ging der junge Familienvater eine knappe Stunde zu Fuß zu seiner Anstellung in einem Hotel, in dem er sich als Faktotum zehn Stunden und länger für ein Gehalt abschuftete, dass gerade einmal knapp den Lebensunterhalt seiner Familie sicherte. Sein erster Versuch, den armseligen Lebensverhältnissen seiner Mapuche Gemeinde südlich von San Rafael zu entrinnen, ein kleiner Lebensmittelladen in San Juan, verschwand im Verlaufe eines verheerenden Erdbebens innerhalb weniger Minuten in der Erde. Zuvor hatte er sich zwei Jahre als Landarbeiter auf einem Weingut verdingt.

Hofer sprach ihn eines Abends in einem der einfachen Cafés des Stadtteils an, in dem Miguel tief in Gedanken versunken vor einem Glas Wein saß. Er stellte sich als Geschäftsmann aus Tirol vor, dessen ganze Familie von deutschen Soldaten auf dem Rückzug vor den Amerikanern ermordet worden war. Um diesem Trauma zu entfliehen, habe er sich mit seinen bescheidenen Ersparnissen auf den Weg gemacht, um ein neues Leben am anderen Ende der Welt zu beginnen.

Mit Hofers Erfahrungen in den Weingärten des Klosters und Miguels Arbeit bei den Weingütern in Mendoza fanden sie gleich bei diesem ersten Treffen ein gemeinsames Thema. Eine durch Miguel unter Alkoholeinfluss ausgesprochene Einladung konnte ohne Gesichtsverlust nicht zurückgenommen werden. So lernte Hofer ein paar Tage später dessen Frau und die beiden Kinder kennen. Dass die Wohnung Miguels nur einen Steinwurf von Hofers Hotel entfernt lag, nahmen beide als weitere glückliche Fügung des Schicksals.

In diesen Wochen machte er weitere Bekanntschaften mit Einheimischen, aber nur die Beziehung zu dem jungen Mapuche entwickelte sich zu etwas Besonderem. Unter anderem einte sie, wenn auch aus unterschiedlichen Gründen, das Gefühl, in dieser großen Stadt nicht am richtigen Platz zu sein. Weder Hofers Wohlstand noch Miguels Familienglück schien daran etwas ändern zu können. Die Gemeinsamkeit dieser deprimierenden Erfahrung beseelte und festigte mit jedem Treffen eine innere Verbundenheit zwischen den beiden, die sich mehr und mehr auch in die Zukunft richtete. Ohne konkrete Pläne zu entwickeln und ohne die Offenlegung von Hofers beträchtlichem Vermögen spannen sich die beiden jungen Männer eine Zukunft als erfolgreiche Winzer im Westen Argentiniens zurecht.

Infolge seiner regelmäßigen Besuche bei den Quilapans begannen ihn die zwei- und dreijährigen Kinder, ein Mädchen und ihr jüngerer Bruder kichernd Onkel Weißhaar zu nennen. Er fühlte sich wohl in der Gemeinschaft dieser kleinen Familie. Eine Erfahrung, die ihm die Entfernung zu seiner Mutter auf das Schmerzlichste verdeutlichte. Was hätte er darum gegeben, um zu erfahren, wie es ihr ging. Mehr noch für die Möglichkeit, sich um sie kümmern zu können. Aber das würde für sehr lange Zeit unmöglich bleiben. Nicht einmal Geld konnte er ihr schicken, ohne Gefahr zu laufen, entdeckt zu werden.

Das alles ging Hofer durch den Kopf, als er an die Kreuzung gelangte, von der die von Jacarandabäumen gesäumte Straße abzweigte, die zu der Adresse seines Gastgebers führte. Eine Woche zuvor hatte ihm ein livrierter Bote eine aufwendig gefertigte Einladung überreicht. Angekündigt war ein geselliger Abend zur Pflege deutscher Sprache und deutscher Kultur.

Die prächtigen Stadtvillen, an denen ihn sein kurzer Spaziergang vorbeiführte, bestätigten seine Ahnung, dass es sich bei seinem Gastgeber um einen außerordentlich vermögenden Mann handeln musste. An einem kleinen Platz setzte er sich auf eine vor einem Brunnen stehende Bank und zündete sich eine Zigarre an. So saß er eine Weile in Gedanken versunken, bis ihn die Uhr über dem goldgelb bestrahlten Portal der Kirche gegenüber mahnte, sich auf den Weg zu machen.

Wenige Minuten später stand er vor einem beeindruckenden Stadtpalais, das allein schon durch seine Größe aus der Reihe von Herrschaftshäusern in prächtiger „Belle-Époque" Architektur herausstach. Ohne zu zögern, griff er nach dem schweren Ring, der am Maul eines nahezu lebensgroßen Jaguarkopfes aus Messing angebracht war. Kaum hatte er gegen das Holz geschlagen, öffnete ein livrierter Hausangestellter die Tür. Ein kurzer Blick auf die Einladung, dann wurde er gebeten einzutreten. Von Hut und Mantel befreit, wies man ihm den Weg in einen großen, runden, zwei Stockwerke hohen Saal, in dessen Zentrum eine in der Form eines Hexagons aufgebaute, mit weißem Brokat, Porzellan und silbernem Geschirr gedeckte Tafel ein fürstliches Abendessen versprach. Mehrere kleine Gruppen von Männern im sogenannten besten Alter, darunter einige in Offiziersuniformen der argentinischen Armee, verteilten sich lose in dem großen Raum. Während er auf der Suche nach dem Gastgeber den Blick schweifen ließ, bemerkte er, dass die Halle nicht rund, sondern sechseckig war. Jeder Ecke war eine Säule vorgelagert, deren Oberfläche mit Reliefs geschmückt war, die ihn an kultische Objekte der Inkazeit erinnerten, wie er sie vor einigen

Tagen im ethnografischen Museum bewundert hatte. Er wollte gerade auf die ihm nächste Gruppe zugehen, als sich ein athletisch wirkender älterer Mann in einem außergewöhnlich gutsitzenden weißen Smoking daraus löste und auf ihn zukam.

„Monsieur Mutzig. Bon soir, ça va?"

Bevor Hofer auf die Ansprache mit seinem abgelegten Namen reagieren konnte, hielt ihm der charismatische Grauhaarige seine Hand zum Gruß entgegen.

„Mein Name ist Müller, Herr Hofer. Hans Müller. Mir ist an der deutschen Idee gelegen. Verstehen sie? An der Idee, dass es eine deutsche, eine arische, eine germanische Kultur gibt, die über allen anderen steht, ja sogar die Wurzel aller Kulturen ist. So ist es doch Herr Hofer. Oder?"

Da ihm keine passende Antwort einfiel, ergriff Hofer unsicher nickend die Hand des Gastgebers. Er hatte keine Ahnung, wen dieser Müller in ihm sah und wie er sich ihm gegenüber verhalten sollte.

Mit dem Blick auf die leeren Hände von Hofer breitete sich gespieltes Erschrecken auf Müllers Gesicht aus. „Nein, wie kann das denn passieren?" Ohne sich von Hofer abzuwenden, rief er gar nicht laut: „Garçon" hinter sich. „So sagt man doch in Ihrer Heimat Monsieur?" Augenblicklich stand einer der jungen Männer in Livree neben ihm. „Herzlich willkommen Monsieur Hofer. Sie würden, wie ich weiß, einen kühlen Weißwein bevorzugen. Habe ich recht?"

Sofort reagierte der Livrierte und kam Sekunden später mit einem Glas Chardonnay zurück.

„Danke. Und danke für die Einladung Herr Müller, obwohl ich nicht so recht weiß, wie ich sie mir verdient habe."

Der Grauhaarige überging die Bemerkung und nahm mit selbstzufriedener Miene Hofers Überraschung über die Qualität des Weines zur Kenntnis.

„Sie werden sehen, Herr Hofer, obwohl nicht in der Heimat, sind Sie doch in der richtigen Gesellschaft. Gehen Sie einfach mal herum. Einige Leute werden Sie wahrscheinlich kennen, mit anderen mache ich Sie gerne bekannt, wenn Sie möchten. Sie wissen ja, wie wichtig es sein kann, die richtigen Leute zu kennen. Insbesondere in einem fremden Land kann das überlebenswichtig sein. Kommen Sie." Er prostete Hofer kurz zu und ging in Richtung der Gruppe, in der auch die Offiziere standen.

Während des Essens saß er zwischen zwei ehemaligen SS-Offizieren mit Ehrenring an den Fingern, die ihm abwechselnd die haarsträubendsten Überlegungen zum Wiedererstarken der nationalsozialistischen Idee in Deutschland anboten. Wend und Kripp, mit denen er lediglich Höflichkeitsfloskeln ausgetauscht hatte, waren die beiden einzigen Gäste, die er kannte.

Von seinen Tischnachbarn auf seine Tätigkeit im Dienst des Führers angesprochen, hielt er sich mit Allgemeinplätzen und einem Bericht über den Zusammenbruch der Westfront im Elsass in Deckung, für den er zornige Zustimmung erntete. Unangenehm berührt stellte er fest, wie viel Kraft es ihn kostete, seine Rolle bei der Vernichtung des Maquis Lagers nicht ausführlicher herauszustreichen. Er beschloss, so schnell wie möglich diese Gesellschaft der Ewiggestrigen zu verlassen. Bei Kaffee und Cognac angelangt machte Müllers verbindliche Aufforderung, alle sollten ihm jetzt bitte in den Thule-Saal nach unten folgen, Hofers Absicht zunichte. Widerwillig schloss er sich den Männern an, die sich auf eine Tür in der Mitte zwischen zwei Säulen zubewegten. Eine steinerne Wendeltreppe, beleuchtet von flackernden, in eisernen Halterungen steckenden Ölfackeln, führte nach unten. Am Ende des schmalen Treppengangs öffnete sich ein kreisrunder, von sechs in der Außenwand eingearbeiteten Halbsäulen umstandener hoher Saal. Um das kreisförmige Zentrum erhoben sich, wie bei einem Amphitheater, kniehohe Stufen bis zur halben Höhe des Raumes. In einem Bodenmosaik liefen zwölf Sigrunen von der Mitte aus auf die Steinstufen zu. Im Zentrum der Schwarzen Sonne flackerte eine Flamme aus dem steinernen Boden. Alle Männer hatten ohne erkennbare

Ordnung auf den Stufen Platz genommen. Ein keilförmiger Ausschnitt von der höchsten Sitzreihe zwischen zwei Halbsäulen bis zur untersten war leer geblieben. Dort saß an einer mit einem runenbestickten roten Teppich hervorgehobenen Stelle Müller. Rechts und links über sich einen seiner jungen Adepten. Geduldig wartete er, bis alle ihre Plätze eingenommen hatten. Ein Schauer lief Hofer über den Rücken, als er den in die Wand über Müller gemeißelten Schriftzug entdeckte:

MEINE EHRE HEIßT TREUE
GEDENKE, DAß DU EIN DEUTSCHER BIST
HALTE DEIN BLUT REIN

Das Schließen der oberen Tür war für Müller das Zeichen aufzustehen, woraufhin alle Gespräche augenblicklich verstummten.

„Ehrenwerte deutsche Brüder und Kämpfer für eine arische Zukunft. Die verlorene Schlacht in Europa ändert nichts an der historischen Wahrheit, dass der Arier mit seinen Charaktereigenschaften wie Frömmigkeit, Schöpferkraft, Tapferkeit, Treue und Freiheitsliebe - besonders in seiner edelsten Form, dem Germanen – weiterhin berufen ist, seinen hohen Qualitäten zu allgemeiner Durchsetzung zu verhelfen. Uns gegenüber stehen die Semiten, denen das Gleichmaß aller harmonischen Seelenkräfte fehlt und deren Religion selbstsüchtig und ausschließend ist. Schon in der Edda können wir nachlesen, dass die blonde Herrenrasse nach Einbruch des Fimbulwinters aus Thule über die ganze Welt gezogen ist und überall Spuren ihrer Sonnenreligion hinterlassen hat."

Müller ließ seine Worte einen Moment wirken. Nur mühsam gelang es Hofer, einen fast übermächtigen Fluchtreflex zu unterdrücken.

„Vor sechstausend Jahren, als noch tiefe Nacht Indien, Ägypten und das Zweistromland bedeckte, maßen unsere Vorfahren die Sterne an den Steinkreisen zu Stonehenge und Udry, bestimmten das Jahr und die Feste, schnitten Runen, die für unsere heutigen Buchstaben die Basis wurden. Wir finden arische Kultur in Ur in Chaldäa, deutsche Stämme in Palästina, ehe die Juden dort einwanderten, die trojanische, die mykenische Kultur ist germanisch, die griechische ist Blut von unserem Blut! Indien und Persien tragen den Stempel germanischer Kultur, und was wir später vom Orient zurückerhielten, hat der Osten von uns empfangen."

Ein tiefes, zustimmendes Brummen wuchs Müller von den Rängen zu.

„Thule ist nicht Vergangenheit!", rief er mit bedeutungsschwer zitternder Stimme in die Runde. „Thule ist die ewige germanische Seele! Thule sind wir!"

Jetzt hielt es die Männer nicht mehr auf ihren steinernen Sitzplätzen. Innerhalb weniger Augenblicke standen alle mit erhobenem Hitlergruß in der Runde und brüllten euphorisch: „Heil und Sieg! Heil und Sieg! Heil und Sieg!". Hofer war einem alten Überlebensreflex folgend ebenfalls aufgestanden und hatte sich weniger laut und überzeugend als die anderen in die Rufe eingereiht. Beschämt spürte er in seinem tiefsten Inneren ein diffuses Zugehörigkeitsgefühl. Nicht weit von ihm stand Wend, der sich trotz erregten Johlens die Zeit nahm, ihn zu beobachten. Für einen Augenblick schien es Hofer, als ob dieser Teufel ihm zulächelte.

Müller ließ die Männer einige Minuten gewähren, um sich dann, ganz auf sein Charisma vertrauend, mit beschwichtigend erhobenen Armen wieder Gehör zu verschaffen.

„Deutsche Brüder." Er setzte eine kleine Pause, um den Männern Gelegenheit zu geben, Platz zu nehmen und sich zu beruhigen. „Thule mag heute auf dem Grunde des Nordmeeres liegen. Wir aber wissen, dass es wieder auferstanden ist im deutschen Volk und in unserem Vaterland. Deutschland heißt das Land, in dem die Enkel der arischen Ahnen leben und ihre Art bewahren."

Ein anschwellendes Raunen beschwichtigte er abermals mit erhobenen Händen.

„Auch wenn unser Heimatland eine Schlacht gegen die jüdisch-bolschewistische Weltverschwörung verloren hat und wir gezwungen sind, weit ab von unseren Volksgenossen im Exil zu leben, so haben wir dennoch die ehrenhafte Pflicht, uns an dem Beweis der kulturellen Überlegenheit unserer arischen Rasse zu beteiligen. Die Alternative hat unser Führer beschrieben: '*Siegt der Jude mithilfe seines marxistischen Glaubensbekenntnisses über die Völker dieser Welt, dann wird seine Krone der Totentanz der Menschheit sein, dann wird dieser Planet wie einst vor Jahrmillionen menschenleer durch den Äther ziehen*'".

In Müllers vom flackernden Licht dramatisch beleuchteten Gesicht erkannte Hofer eine selbstherrliche Zufriedenheit, mit der er den Enthusiasmus der Männer entgegennahm.

„In diesem Sinne haben ein paar ehrenwerte arische Kameraden und ich beschlossen, einer alten Idee unseres Volksgenossen und Reichsführers SS Heinrich Himmler zu folgen und eine Expedition in die alte Tempelstadt Tiahuanaco und zum Titicacasee vorzubereiten, einem vierzehntausend Jahre alten Bollwerk des legendären Atlantis, was, wie ihr alle wisst, mythologisch nur eine andere Beschreibung für Thule ist."

Müller ließ die durch diese Ankündigung entstandene andächtige Stille einige Augenblicke wirken, um dann zum Wesentlichen zu kommen.

„An eisernem Willen und arischem Heldenmut fehlt es nicht Volksgenossen, aber eine solche Expedition will finanziert sein. Wir alle sind der germanischen Idee verpflichtet. Vor allem der Zerschlagung der jüdischen Weltverschwörung und der Abwehr des Bolschewismus. Dazu braucht es auch finanzielle Mittel. Kameraden! Ich appelliere an unser aller arische Verpflichtung und fordere euch auf, die germanische Expedition mit allen euch zur Verfügung stehenden Mitteln zu unterstützen."

Zur moralischen Verstärkung des unmissverständlichen Appells stimmte Müller die eigentliche Nazi-Hymne an, in die sofort alle einfielen. „*Die Fahne hoch! Die Reihen dicht geschlossen! SA marschiert mit ruhig festem Schritt ...*".

Das Gefühl, beobachtet zu werden, veranlasste Hofer so unauffällig wie möglich den Blick schweifen zu lassen. Es war wieder Wend, der zu ihm herübersah und ihm lauthals singend zunickte.

Nachdem alle Männer wieder nach oben gestiegen und in dem großen Saal angekommen waren, in dem die sechseckige Tafel abgedeckt und mit verschiedenen Wein- und Obstbränden bestückt war, mündete der Abend in ein feuchtfröhliches Trinkgelage. Kripp und Wend nahmen einen schnellen Drink und verließen die Gesellschaft kurz nacheinander. Nach ein paar oberflächlichen Gesprächen mit verschiedenen mehr oder weniger honorigen Herren verabschiedete sich auch Mutzig von Müller und bedankte sich für den anregenden Abend.

Grelles Licht drängte sich durch Hofers geschlossene Augenlider. Sein ganzer Körper zitterte und seine Zähne schlugen unkontrolliert aufeinander. Als er die Augen öffnete, sah er sich nackt in einem grell beleuchteten Raum am Boden liegen. Jegliches Zeitgefühl war ihm abhandengekommen. Übelkeit und das schmerzhafte Pochen in seinem Schädel erinnerten ihn daran, dass er niedergeschlagen worden war. Angestrengt versuchte er zu verstehen, was geschehen war. Ein gewöhnlicher Straßenräuber hätte so schnell wie möglich seine Kleidung geplündert und ihn auf der Straße liegen lassen.

Ein energisches Öffnen der Tür riss ihn aus seinen Überlegungen. Aus einem Schutzreflex heraus schloss er die Augen. Er hörte das Klappern eines Zinneimers. Dann traf ihn ein Schwall kalten Wassers.

„Ah, unser elsässischer Vierteljude ist bei Bewusstsein."

Wider aller Vernunft kniff Hofer weiter die Augenlider zusammen. Die Stimme kam ihm zwar bekannt vor, aber es gelang ihm nicht, sie auf Anhieb zuzuordnen.

„Bringt ihn mal in die gute Stube, damit wir ein wenig Plaudern können. Ist ja wirklich saukalt hier unten."

Ein zweites Paar Stiefel näherte sich. Er wurde an den Oberarmen gepackt und auf die steifen Beine gezerrt.

Draußen auf dem Kellerflur öffnete er vorsichtig die Augen. Halb stolperte er, halb schleppten ihn die beiden Männer den eiskalten Steinboden entlang in einen Raum am Ende des Ganges und setzten ihn dort auf einen einfachen Holzstuhl. Dankbar nahm er die Wärme wahr. Geblendet vom grellen Licht einer Lampe, erkannte er die Schemen eines Schreibtisches. Die beiden Männer blieben rechts und links hinter ihm stehen. Hinter dem Lichtkreis meinte er den Schatten einer großen Gestalt zu erkennen. Als er von dem Licht geblendet den Kopf wegdrehte, erwischte ihn ein kräftiger Schlag auf die Wunde an seinem Hinterkopf.

„Immer höflich bleiben und seinem Gastgeber in die Augen schauen, dann gibt es keinen Ärger. Und damit du auf keine falschen Gedanken kommst, Hände unter den Arsch."

Hofer zögerte einen Moment, weil er nicht verstand, was man da von ihm verlangte. Sofort traf ein weiterer kräftiger Schlag seinen Hinterkopf.

„Hände unter den Arsch!"

Von der Kälte seines Verlieses und der Scham seiner Nacktheit geschwächt, schob er hastig die Hände unter seine Pobacken. Das Pochen in seinem Kopf verstärkte sich zu einem quälenden Hämmern. Blut lief ihm warm den Nacken hinunter. Mühsam beherrscht blinzelte er in die grelle Lichtquelle auf dem Schreibtisch.

„Ja, ja, Mutzig, wie heißt es doch so schön: Man sieht sich immer zweimal im Leben."

Die Gestalt hinter dem Schreibtisch erhob sich und bewegte sich langsam um die Lampe herum. Noch bevor er die Grenze zwischen Licht und Schatten überschritt, wusste Hofer, wem er da in die Fänge geraten war. Wend setzte sich neben die Lampe halb auf den Schreibtisch und war nur als Schemen für ihn zu erkennen.

„Also Mutzig, damit wir uns recht verstehen. Ich habe weder die Lust noch die Zeit, um hier ein tagelanges Theater abzuziehen. Sie haben es gehört. Wir sammeln Geld für die große Expedition in den Norden."

Er zündete sich gemächlich eine Zigarette an.

„Ich weiß genau, wie viel Geld in dem Steyr war, den ihr im Februar letzten Jahres überfallen habt. Und euer Märchen von dem schrecklichen Schneesturm habe ich euch schon bei unserem ersten Treffen nicht abgenommen. Also. Es ist ganz einfach. Geben Sie mir ein paar Zahlen und die dazugehörige Bank und schon sind Sie mich los."

„Sie als Diener der Sache? Da muss ich kotzen. Ihnen geht es doch nur um die eigene Bereicherung. Sie wollen das Geld für sich, aber ...".

Weiter kam Hofer nicht. Der Hieb war so heftig, dass sein ganzer Oberkörper nach vorne katapultiert wurde, begleitet von einem beängstigenden Knacken in den Halswirbeln. Zwei schnelle und schmerzhafte Schläge mit kräftigen Holzprügeln auf seine Unterarme unterbrachen seinen Reflex, die Hände unter dem Hintern hervorzuziehen, um sich vor dem Umkippen zu schützen.

„Ich fürchte, Sie schätzen Ihre Lage nicht richtig ein, Mutzig. Wenn Sie mir die Nummer Ihres Schweizer Kontos nennen, kommen Sie mit einem blauen Auge davon. Bleiben Sie aber weiterhin stumm, werden Sie hier unten sterben und zwar unter erbärmlichsten Umständen, während ich mich lediglich nach einer neuen Geldquelle umsehen muss."

Wend nahm zwei übertrieben genießerische Züge von seiner Zigarette und blies den Rauch in Hofers Richtung.

„Nie mehr eine Zigarre rauchen, nie mehr ein Glas Wein trinken, nie mehr mit einer Frau schlafen, nie mehr Ihre Mutter sehen. Überlegen Sie es sich, Mutzig."

Er drückte die Zigarette in dem Aschenbecher auf dem Schreibtisch aus und sah Hofer nachdenklich an.

„Ich schätze mal, dass es hier unten um die drei Grad hat. Ich bin kein Arzt, aber ich glaube nicht, dass Sie die nächste Nacht überleben werden. Auf keinen Fall die Übernächste. Und selbst wenn Sie die überstehen, werden Sie elendiglich verdursten. Kein sehr schöner Tod." Er stand auf und verschwand wieder in die Dunkelheit hinter der Lampe. „Bringt unseren Gast wieder in sein Zimmer. Der Tiroler Geschäftsmann muss über das Geschäft seines Lebens nachdenken."

Am Ende einer von unzähligen Vernehmungen, in deren Verlauf Hofer gebetsmühlenartig die von Kripp schon in Genua erzählte Version ihrer Flucht über die Alpen, dem Verlust des Geldes und ihrem Schlupfwinkel in dem Kloster wiederholte, lag er zu keinem klaren Gedanken fähig, schlotternd auf dem eiskalten Steinboden seines Verlieses. Beine und Arme spürte er nur, wenn er sie bewegte. Über viele Stunden war es ihm gelungen, sich gegen die zunehmende Erschöpfung aufzulehnen und in den Pausen zwischen den Verhören in seinem Kerker auf und ab zu gehen, in der schwachen Hoffnung, so der Kälte besser widerstehen zu können. Eine ganze Weile gelang es ihm, sich über die Erinnerung an seine Mutter, an geliebte Musikstücke oder Texte innerlich aufzurichten. Jetzt hatte er nicht einmal mehr genug Energie, um verzweifelt oder wütend zu sein. Er wollte nur noch, dass es aufhörte. Ein Zitat von Nietzsche tauchte wie Spott aus den Tiefen seiner Erinnerung auf: *„Ach, ihr kennt alle das Gefühl nicht, welches der Gefolterte nach der Folterung hat, wenn er in die Zelle zurückgebracht wird und sein Geheimnis mit ihm! — er hält es immer noch mit den Zähnen fest. Was wisst ihr vom Jubel des menschlichen Stolzes!"* Da war aber kein Stolz mehr. Nur Kälte, Schmerzen und bleierne Müdigkeit.

Für einen Moment glaubte sein vernebeltes Bewusstsein das trockene Bellen von Pistolenschüssen auf dem Kellerflur zu hören. In der Überzeugung, er nähere sich dem Ende einer stillen, kalten Agonie, tat er die Geräusche als Halluzinationen ab. Durch die zähflüssige Masse hindurch, zu der sein Bewusstsein gefroren war, erkannte er neue Folterknechte, die ihn durch kräftiges Schütteln und Schläge ins Gesicht auf dem Weg zum erlösenden Nichts zurückhalten wollten.

„Hofer! Verdammt noch mal, Hofer! Willst du dich einfach so aus dem Leben schleichen, du feiger elsässischer Froschfresser!"

Vage nahm er einen von Alkohol und Zigarettenrauch durchsetzten Atem war. Auf die Beine gezerrt, legten ihm seine Folterer dicke Decken um den blaugefrorenen Körper. War das eine neue, noch perfidere Methode, um ihn zum Sprechen zu bringen?

„Bringt ihn nach oben in die Stube zum Aufwärmen und gebt ihm um Gottes willen etwas Heißes zu trinken. Etwas Warmes zu essen wäre auch gut. In der Küche köchelt was auf dem Herd."

Eine Stunde später saß Hofer gewaschen und von innen und außen einigermaßen gewärmt auf einem bequemen Sessel in einem wohnlich eingerichteten Raum. Die Versuchung, einfach einzuschlafen, war übermächtig. Da half auch der dritte Becher Kaffee nicht. Jemand hatte passende Kleidung besorgt und nach einer heißen Suppe und zwei Scheiben Brot gelang es ihm endlich daran zu glauben, dass er den Albtraum tatsächlich überlebt hatte.

„Sie müssen sich nicht bedanken Hofer. Wir sind quitt."

Hofer starrte Kripp über den Tisch hinweg an, als ob ihm gerade ein besonders schweres Rätsel gestellt worden wäre.

„Die Winternacht unterhalb von Schloss Klabers? Sie erinnern sich? Als wir den Jeep anhielten. Sie erinnern sich doch Hofer. Sie haben mir das Leben gerettet. Der junge Uffz hätte mich glatt über den Haufen geschossen, wenn Sie nicht so schnell reagiert hätten."

„Kripp. Woher wussten Sie, dass ich hier bin?" Es klang sehr brüchig und dünn, und Hofer musste sich mehrmals räuspern, ehe es ihm gelang, Worte in den Zusammenhang eines verständlichen Satzes zu bringen.

„Ich habe dieses Haus angemietet und ich habe Ihre Entführung organisiert."

Aufbrausend wollte Hofer auf ihn losgehen, fiel aber halb aufgerichtet wieder in den Sessel zurück. Ein Hustenanfall schüttelte seinen Körper.

„Es war die einzige Möglichkeit, Sie zu retten. Hätte es ein anderer gemacht, wäre ich jetzt nicht hier und Sie hätten wahrscheinlich die nächste Nacht nicht überlebt." Ein bitteres Lächeln glitt über sein müdes und von zu vielem Alkohol rosa-teigiges Gesicht, während er die Hand hob, an der der kleine Finger fehlte. „Und, wie Sie sich vielleicht erinnern, habe ich mit Wend eine kleine persönliche Rechnung offen."

Kripp erhob sich und ging zwei Schritte zu einer kunstvoll gedrechselten Anrichte, um dort aus einer Flasche Cognac zwei großbauchige Gläser halb voll zu gießen. Zurück an der Sitzgruppe hielt er Hofer eines der Gläser hin.

„Hier nehmen Sie, wir haben wenig Zeit."

Kripp trank das Glas in einem Zug aus und stellte es auf dem kleinen Tisch zwischen den Sesseln ab. Nach einem gierigen Schluck setzte Hofer schweratmend seines daneben.

„Kommen Sie, ich glaube, Sie haben noch etwas zu erledigen." Kripp war schon an der Tür, als Hofer es endlich schaffte, die Schwerkraft zu überwinden und ihm mit schleppendem Gang zu folgen.

„Wohin gehen wir?"

„In den Keller, da wartet ein alter Freund auf uns."

Kripp wartete auf der ersten Stufe der Kellertreppe, bis Hofer ihn eingeholt hatte.

„Was haben Sie vor?"

„Kommen Sie."

Kripp stieg mit festen Schritten die Treppe hinunter in den Flur, an dessen Ende er vor einer Tür stehen blieb.

„Nun kommen Sie schon."

Während Hofer langsam näher kam, zog Kripp seine Pistole aus dem Gürtelhalfter, schob den Sicherungsbügel nach oben und hielt sie ihm mit dem Griff nach vorne hin.

„Was soll das Kripp?"

Widerstrebend nahm er die Pistole in die Hand.

„Gehen Sie rein und erledigen Sie die Angelegenheit ein für alle Mal."

Kripp schob die Tür auf und machte mit zwei Schritten Platz für Hofer, der wie in Trance den Raum betrat. In der Ecke am Boden saß Wend, an dessen zerschlagenem Gesicht und dem blutverschmierten Schoß unschwer zu erkennen war, dass sich schon ein anderer ausgetobt hatte.

„Nah, du kleiner jüdischer Froschfresser, dann wirst du deine Mutter, die Judenhure, vielleicht ja doch wiedersehen."

Hass schoss in Hofer hoch. Laut schreiend feuerte er wie von Sinnen das ganze Magazin auf Wend ab.

Vor der Tür nahm ihm Kripp die Pistole aus der zitternden Hand und dirigierte den benommen vor sich hin Stolpernden zur Treppe. Oben angekommen half er Hofer in einen grauen Wollmantel, dann hielt er ihm einen Bund Autoschlüssel entgegen. „Draußen steht ein vollgetankter Wagen mit Kleidung und Proviant für eine ganze Woche. Geld ist auch dabei. Unter dem Ersatzrad finden Sie eine Pistole und zwei Schachteln Munition." Er wedelte mit einer Hand ungeduldig zur Eingangstür. „Ich würde Ihnen dringend empfehlen, sich für eine längere Zeit in Patagonien oder am besten gleich auf Feuerland zu verkriechen, da ich nicht drum herumkommen werde, Ihnen das alles hier in die Schuhe zu schieben."

Auf der Straße fand Hofer rasch den für ihn bereitgestellten Wagen. Nachdem er sich stöhnend hinter das Lenkrad geschoben hatte, blieb er einen Moment sitzen. Dann fasste er einen Entschluss.

12

6. September 1982

Am Montagmorgen sitzt Beck kurz vor acht an seinem Schreibtisch. Zuvor hat er Renate Kohl, die morgens immer die Erste im Kommissariat ist, mit einem Kaffee und frischen Croissants überrascht. Ohne großen Erkenntnisgewinn waren sie die bisherigen Ermittlungsergebnisse durchgegangen. Über das Wochenende hatten sich zwar Dutzende von Anrufern zu den veröffentlichten Fotos der Kleider der Leiche gemeldet, aber nichts davon hilft ihnen weiter. Die übliche Mischung aus Einsamen, Wichtigtuern, Spinnern und krankhaft Neugierigen. Auch die mit hohem Aufwand betriebenen Befragungen sind ernüchternd. In den Dörfern unterhalb der Kalmit erinnert sich niemand an einen jungen Mann in schwarzer Kleidung, und nirgendwo steht ein unbekanntes Auto oder Fahrrad. Niemand vermisst einen Sohn oder Freund zwischen zwanzig und dreißig. Die Ermittlungen treten auf der Stelle.

Er steht auf und bewegt sich träge zu der erst spärlich bestückten Pinnwand, unter der auf einem Sideboard Kaffee auf der Warmhalteplatte seiner Kaffeemaschine vor sich hin simmert. Am oberen Rand hängen neben verschiedenen Informationen ein paar Bilder der Leiche und des Tatorts. Er will sich gerade an seinen Schreibtisch setzen, um sich ein paar Stichpunkte zur bevorstehenden Besprechung zu notieren, als jemand kräftig an die angelehnte Tür klopft.

„Ja. Was gibt's?"

Ein junger Polizeimeisteranwärter macht einen Schritt ins Büro und nimmt Haltung an. „Herr Kriminalhauptkommissar Beck?"

„Ja, steht doch an der Tür. Was gibt es denn so Wichtiges?"

Da er sofort an Lefebvre denkt, der ihn möglicherweise vor der Besprechung zu sich zitieren will, gerät seine Reaktion übertrieben scharf. Der junge Beamte steht in steifer Haltung vor ihm und wartet auf seine Aufmerksamkeit. Ein kurzes Nicken von Beck macht ihm Mut.

„Ein Anruf ist eingegangen. Kollegen aus Speyer bitten Sie, sofort in die Nordsiedlung zu den Hochhäusern zu kommen. Ein Mann wurde erschossen." Zögerlich hält er Beck einen Zettel hin.

„Was reden Sie da? Erschossen? Was für Hochhäuser?"

„Der Hausmeister hat in einer Wohnung eine Leiche gefunden. Erschossen. Mehr weiß ich auch nicht. Auf dem Zettel steht die Adresse. Die Kollegen aus Speyer sind vor Ort."

Beck nimmt die Notiz und liest die Adresse. „Wann ist denn …?"

„Es ist keine zwei Minuten her, da hat ein Kollege von der Speyerer Polizeiinspektion angerufen, mehr weiß ich nicht."

„Danke Polizeimeister. Sie können gehen." Der Uniformierte ist fast schon aus der Tür, als Beck ihn noch einmal anspricht.

„Wie heißen Sie eigentlich?"

„Bach, Clemens Bach, Herr Hauptkommissar." Der junge Beamte strahlt vor Stolz, auch weil Beck seinen Anwärterstatus übersehen hat.

„Danke, Bach."

Eine knappe halbe Stunde, nachdem er Gauweiler verständigt hat, fährt Beck von der Bundesstraße ab an der Kaserne vorbei in die Speyerer Nordsiedlung. Für Marx und Senta hatte er Informationen hinterlegt, traf sie aber dann glücklicherweise beide auf dem Parkplatz im Hof. Die Benachrichtigung von Lefebvre hat er Renate Koch überlassen.

Die Hochhäuser ragen weit über die ein- oder zweistöckigen Familienhäuser der Vorstadtsiedlung hinaus und sind schon von Weitem zu erkennen. Er lässt sich Zeit. Er ist nicht gerne der Erste an einem Tatort. Das war schon immer so. Einem Impuls nachgebend, biegt er in kleinere Nebenstraßen ab, die den Schulweg seiner Kindheit kreuzen. Zehn Minuten später rollt er an einer Reihe von vierstöckigen Miethäusern vorbei, an deren Ende die Hochhäuser stehen. In seiner Kindheit war das alles Wald. Den Zustand der gut gepflegten Grünanlagen und die frischen Anstriche an mehreren Häusern konnte man als Versuch werten, solventere Mieter in das als sozialer Brennpunkt verschriene Viertel zu locken.

Er stellt seinen MG hinter Marx' Golf ab. Ein paar Meter weiter erkennt er den Dienstkombi von Gauweiler, daneben auf dem Gehweg die XT seiner Kommissarin. Auf zwei Streifenwagen dreht sich Blaulicht. Rechts und links des Wegs zur breiten Eingangstür des Hochhauses sind Uniformierte damit beschäftigt, Schaulustige aus der Nachbarschaft zurückzuhalten. Genervt wendet er sich an den Nächststehenden.

„Kollege, könnt ihr nicht einfach ein paar Bänder spannen? Aber großzügig, ich will hier keine Gaffer am Haus haben!"

Ohne auf eine Antwort zu warten, geht Beck an den Uniformierten vorbei zum Hauseingang. Im Treppenhaus atmet er kurz eine aufsteigende Übelkeit weg, dann hetzt er zwei Stufen auf einmal nehmend in die dritte Etage hoch. Außer Atem grüßt er den Uniformierten, der vor der offenen Wohnungstür steht. Er will gerade durch die Tür gehen, als Stein vor ihm steht.

„Doktor, sind Sie geflogen, oder was?"

„Ich hatte einen Termin beim hiesigen Amtsgericht. Dort haben mich die Kollegen erreicht. Fünf Minuten später war ich hier."

„Und? Was ist da drinnen?"

„Genickschuss. War sofort tot. Liegt da bestimmt schon zwei Tage, wenn nicht sogar drei. Gauweiler ist schon drin. Alles Weitere ..."

„Morgen, ich weiß. Wir telefonieren."

Im kahlen Flur der Wohnung steigt ihm ein süßlicher Geruch in die Nase. Wie ungekühltes Hühnerfleisch einige Tage über dem Verfallsdatum, hat ihm mal ein Ausbilder erklärt.

Senta kommt ihm entgegen. „Hallo Chef. Sieht aus wie eine standrechtliche Erschießung oder wie die Tschännerals das nennen. Mitten im sozialen Brennpunkt. Was gibts denn verdammt noch mal hier zu holen?" Sie fährt sich mit der rechten Hand durch die gelbgrünen Haare.

Wenn er sie so anschaut, muss er manchmal an Nina Hagen denken, obwohl Kommissarin Fischer kleiner und viel zierlicher ist. Was sie nicht daran gehindert hat, die vielen Jahre Polizeiausbildung in testosteronverseuchter Umgebung erfolgreich durchzuziehen. Er hat nie verstanden, was eine Punkerin dazu bringt, Polizistin zu werden.

„Senta, was meinst du mit Tschännerals?"

Sie verdreht die Augen und zieht ihren Tabakbeutel aus der Lederjacke. „Generäle. Militär halt. Gehen Sie einfach rein, dann sehen Sie, was ich meine."

Beck bemerkt das blasse Gesicht der Kommissarin. „Senta. Was ist los?"

„Na da drinnen liegt ein Toter. Das ist los."

Sie will sich abwenden, aber Beck hält sie am Arm fest.

„Was ist los Senta? Irgendetwas stimmt doch nicht?"

„Mit mir ist alles in Ordnung, Chef. Bloß mit der Gesellschaft, in der wir leben, stimmt was nicht. Das ist jetzt die zweite Leiche in nicht mal vier Tagen. Ein bisschen viel für die Provinz, finden Sie nicht?" Mit zitternden Fingern zupft sie Tabak auf ein Blättchen. „Ich meine, wir sind doch nicht in New York oder Chikago. Das hier ist die gemütliche Pfalz."

Besorgt mustert Beck seine Kommissarin. „Wir haben schon lange nicht mehr miteinander geredet, Senta. Das sollten wir schleunigst nachholen."

Ohne Kommentar lässt sie ihn stehen und stapft in ihren schweren, mit Metall beschlagenen Motorradstiefeln zur Wohnungstür. Er geht weiter zu dem Zimmer, aus dem er Gauweilers Stimme hört. Im Türrahmen steht Wurster.

„Tag, Herr Hauptkommissar. Die Wohnung ist völlig leergeräumt und sauber. Im Flurbereich stand mal eine Kommode. Eine Garderobe gab es da auch. Im Raum, in dem der Tote liegt, lagen auch mal zwei Matratzen und in der Küche wurde regelmäßig gekocht."

Mit einem kurzen Nicken schiebt sich Beck an Wurster vorbei in das größte Zimmer der Wohnung, in dem sich Gauweiler auf dem Teppichboden kniend gerade über die Leiche beugt. Ohne aufzusehen winkt der Kriminaltechniker ihn zu sich. Trotz der geöffneten Fenster steht der Verwesungsgeruch deutlich im Raum. Selbst erfahrene Fachleute haben bei solchen Leichenfunden mit Übelkeit und Brechreiz zu kämpfen. Da Beck zu dieser Gruppe von Menschen gehört, geht er durch das Zimmer zur offenen Balkontür und bleibt dort abwartend stehen. Vor Gauweiler liegt ein kniend, nach vorne gekippter Mann um die Dreißig, dessen Arme auf dem Rücken gefesselt sind. Offensichtlich hat man ihn dazu gezwungen, sich hinzuknien, bevor er erschossen wurde. Billige Jeans, feste Lederschuhe, grauer Pullover über einem hellblauen Hemd, schulterlange schwarze Haare. Oberlippe und Mundwinkel verstecken sich unter einem kräftigen, ebenfalls tiefschwarzen Walrossbart. An dem großen dunklen Fleck um den Kopf des Toten erkennt er, dass der Mann hier in diesem Zimmer erschossen wurde.

„Es war eine Hinrichtung, Helm. Hier kannst du es genau erkennen." Er deutet auf den Hals des Toten. „Bei einem Nackenschuss ist die Laufmündung aufgesetzt oder zumindest sehr nahe an der Haut. Dabei werden die entweichenden Gase unter hohem Druck subkutan eingepresst. Die Haut wird gedehnt und gegen die Laufmündung gepresst, was einerseits eine sogenannte Stanzmarke, andererseits charakteristische sternförmige Hauteinrisse verursacht."

„Hans, bitte. Ich habe dich schon tausendmal gebeten: keine Fachvorträge. Nicht am Tatort und auch nicht andernorts. Das verwirrt mich nur. Sag mir einfach, was du siehst."

„Ist ja gut, Helm." Während der Kriminaltechniker redet, bleibt er ganz auf den Toten konzentriert. „Da keinerlei Leichenstarre mehr vorhanden ist und die Autolyse schon vor einer Weile begonnen hat, wie dir deine Nase sicherlich schon verraten hat, gehe ich davon aus, dass der Mann vor wenigstens drei Tagen erschossen wurde."

Beck dreht sich um und schaut über das Balkongeländer hinaus auf einen ein paar Hundert Meter entfernten Spielplatz, auf dem Kinder toben. Trotzdem sieht Beck den leeren Raum vor sich, in dessen Mitte ein mit professionellem Kopfschuss getöteter junger Mann auf dem Teppichboden liegt. Wieso haben die Täter die Leiche nicht entsorgt? Die ganze Szene strahlt seelenlose Rationalität aus. Hier ging es nicht um Geld oder enttäuschte Liebe, hierfür muss etwas Größeres verantwortlich sein. Trotz der lauen spätsommerlichen Temperaturen fröstelt ihn. Er ertappt sich bei dem grotesken Gedanken, dass der leere Raum mit dem Toten auch als

Installation auf der Documenta in Kassel durchgehen würde. Beck dreht sich wieder um und schaut zu Gauweiler.

„Es ist ein aufgesetzter Genickschuss, Helm. Die Kugel zertrümmert die Halswirbel und Schluss ist. Neunmillimeter Teilmantel vermute ich, da die Kugel nicht ausgetreten ist. Das kennt man hauptsächlich bei der Armee oder bei paramilitärischen Organisationen. In der Ostzone werden auf diese Art und Weise noch heute Todesurteile vollstreckt. Wenn ich mich recht erinnere, hat es erst im letzten Jahr eine solche Hinrichtung gegeben."

„Armee?"

„Auch in Hitlers KZs war das eine gebräuchliche Methode, sich arbeitsunfähigen Menschenmaterials oder lästig gewordener Gefangener zu entledigen. Apropos Hitler. Dem Toten hat man post mortem ein Hakenkreuz auf die Stirn geritzt. Muss ein ähnliches Messer gewesen sein wie das im Pfälzer Wald."

Schon wieder dieses Gespenst aus der Vergangenheit. Es irritiert Beck massiv, dass dieser Hitler ihm in den letzten Tagen so auf die Pelle rückt. Er stößt sich von der Fensterbank ab und verlässt wortlos das kahle Zimmer. Auf dem Flur kommt ihm Wurster entgegen. Er trägt einen mittelgroßen schwarzen Plastiksack, von dem Wasser tropft.

„Es ist nicht zu glauben, Herr Hauptkommissar, aber schauen Sie mal, was wir im Spülkasten der Toilette gefunden haben. Eine wasserdicht verpackte, in Einzelteile zerlegte funktionsfähige UZI, dazu zwei 32er Magazine."

„Eine Maschinenpistole?"

„Das wäre eine mögliche Beschreibung."

Beck funkelt ihn böse an, hält aber seinen Ärger zurück. Er weiß, dass sich der junge Kollege nicht wirklich lustig über ihn macht, sondern nur so ist, wie er eben ist. „Die Wohnung blitzsauber. Aber eine UZI? Wie passt das denn zusammen?"

Wurster zuckt mit den Achseln. „Vielleicht stammt die ja vom Opfer?"

„Wo ist eigentlich Marx?"

„Der Oberkommissar organisiert die Befragung der Mieter im Haus."

„Wurster hat gerade eine UZI gefunden." Beck ist unten vor dem Haus und steht vor der rauchenden Senta, die seitlich auf ihrem inzwischen auf dem Hauptständer aufgebockten Motorrad sitzt. Während er genervt die weiter anwachsende Menge an Schaulustigen mustert, fällt ihm auf, dass immer noch keine Absperrbänder gespannt sind. Senta schnippt den aufgerauchten Zigarettenstummel an Beck vorbei auf das Rasenstück.

„Eine Maschinenpistole? Hat Lefebvre recht und wir haben es mit organisierter Kriminalität zu tun? Die Mafia in Speyer? Das ist doch völlig irre."

Beck fährt sich mit den Fingern durchs Haar. „Die gesamte Wohnung ist komplett ausgeräumt und sorgfältig gesäubert. Aber wir finden eine UZI. Wie geht das zusammen?" Aufmerksam mustert er das Gesicht seiner jungen Kommissarin. „Geht es wieder?"

„Ist schon OK, Chef. Soll ich Marx bei der Befragung der Nachbarn helfen?"

„Das können doch Schmitt und Klein erledigen. Kannst du dich nicht um …"

„Schmitt und Klein bewachen unseren Bankräuber."

„Stimmt. Trotzdem! Fahr du zurück und bleib an dem Toten im Felsenmeer dran. Und pass auf, dass dir die beiden Kollegen nicht auf der Nase herumtanzen."

Frustriert schließt Senta die Augen.

„Ich werde Lefebvre bitten, Marx zusätzlich ein paar Uniformierte zu schicken. Wo ist unser Herr Staatsanwalt eigentlich? Wir brauchen auf jeden Fall mehr Kollegen." Er bemerkt ihren scharfen Blick. „Ja, Kolleginnen auch. Und kannst du, bevor du fährst, bitte dafür sorgen, dass endlich die ganzen Gaffer wegkommen und der Eingangsbereich abgesperrt wird. Wir treffen uns um vier im Konferenzraum. Sag Marx Bescheid, ich weiß nicht, ob ich ihn noch sehe. Er ist mit zwei Uniformierten irgendwo im Haus unterwegs und befragt die Leute. Ich gehe wieder hoch in die Wohnung, vielleicht hat Gauweiler noch etwas entdeckt."

13
Juni 1946

Auf der Fahrt in die Stadt rasten Mutzigs Gedanken um die Frage, wie er sich endgültig aus diesem Albtraum befreien könnte. Wend war zwar tot, aber Müller mit seinem Thule-Geheimbund würde ihm weiter im Nacken sitzen. Kripp hatte recht. Es war für ihn überlebenswichtig, so schnell und so weit wie möglich von Buenos Aires wegzukommen. Aber es widerstrebte ihm, sich allein auf den Weg zu machen. Gegen alle Vernunft hatte er sich dazu entschieden, erst einmal zurück nach Buenos Aires zu fahren. Die geistigen wie körperlichen Qualen der vergangenen sechsunddreißig Stunden hatten ihm mehr Widerstandskraft abverlangt, als er jemals glaubte in sich zu tragen. Das zu überleben, hatte ihn alle Kraft gekostet. Schon die Augen offen zu halten, erschien ihm als übermenschliche Anstrengung. Um nicht am Steuer einzuschlafen, kurbelte er das Fenster herunter. Den Kopf im Fahrtwind sang er so laut er konnte ein altes Kinderlied, das ihm eingefallen war: „Dr Hàns ìm Schnokeloch geht àhna wo er will, Un wo er ìsch, do blibt er nìt, Un wo er blibt, do gfàllt's ìhm nìt, Dr Hàns ìm Schnokeloch geht àhna wo er will".

Nach einer quälenden Ewigkeit erreichte er die kleine Seitenstraße, in der seine Pension lag. Ein paar Hauseingänge vor dem beleuchteten Hotelschild parkte er den Wagen an der dunkelsten Stelle zwischen zwei gelb leuchtenden Gaslaternen. Er war sich sicher, hohes Fieber zu haben. Schweißgebadet, von Schwindelanfällen beeinträchtigt, schaffte er es, ungesehen in sein Zimmer zu kommen. Dort stopfte er mit fahrigen Bewegungen Kleidung für einige Tage, ein paar Bücher und die wenigen persönlichen Sachen, die er besaß, darunter Fotografien von seiner Mutter, in den großen

Rucksack. Die beiden Packen Geldscheine, die er für Notfälle in die Matratze genäht hatte, schob er in die Seitentaschen seines Mantels.

Nachdem er den Rucksack im Wagen verstaut hatte, tastete er sich im Schatten der Hauswände zu dem schmalen Haus, in dessen unterer Etage Miguel mit seiner kleinen Familie wohnte. Schwer atmend lehnte er sich an die Hauswand neben der Wohnungstür seines Freundes. Er musste nur ein wenig durchatmen. Trotz der kühlen Temperaturen klebte ihm die schweißnasse Kleidung am Körper.

Als Miguel gleich beim ersten Klopfen öffnete, erhellte sich sein Gesicht vor Freude, als er Hofer erkannte.

„Sebastian! Das ist aber eine Überraschung. Aber komm doch herein, die Kleinen werden sich freuen und Clara natürlich auch."

Als Hofer keinerlei Anstalten machte, ihm in die Wohnung zu folgen, sondern sich weiter im Schatten der Hauswand hielt, machte Miguel einen Schritt nach draußen. Jetzt erst bemerkte er den Zustand seines Freundes, der sich, während er ihn bittend anschaute, seinen zitternden Zeigefinger auf die Lippen legte.

„Sag nichts. Kannst du bitte kurz nach draußen kommen? Ich muss etwas sehr Wichtiges mit dir besprechen."

Ohne eine Frage zu stellen, verschwand Miguel wieder in der Wohnung. Während Hofer sich erschöpft an die Hauswand lehnte, hörte er, wie sein Freund der überraschten Carla und den beiden Kindern erklärte, dass er noch mal zum Laden müsste. Eine Minute später stand er mit dicker Jacke neben Hofer in der Kälte.

„Was ist los, Sebastian? Du siehst aus, als ob du dem Leibhaftigen begegnet wärst."

„Du ahnst ja nicht, wie nahe du der Wahrheit bist, Miguel." Sie gingen langsam die Straße hinauf. Miguel hatte seinen Arm gegriffen, um ihn zu stützen. Hofer, der sorgsam darauf bedacht war, sich im Dunkeln zu halten, redete mit brüchiger

Stimme weiter. „Ich muss weg aus Buenos Aires und zwar noch heute Nacht, sonst bringt man mich um."

„Aber was ist passiert? Was hast du mit dem Teufel zu schaffen?" Miguel versuchte in der Dunkelheit in Hofers Gesicht zu lesen.

„Ich habe dem Teufel ein paar Dinge gesagt, die dieser nicht hören wollte und ein paar Sachen nicht gesagt, die dieser unbedingt von mir hören wollte. Das reicht in Teufelskreisen für ein Todesurteil aus."

Miguel unterdrückte seinen Drang, weitere Fragen zu stellen. Mit steigender Besorgnis hörte er seinem Freund zu, dessen Stimme leiser wurde.

„Erinnerst du dich an unsere nächtlichen Träumereien über eine Zukunft als erfolgreiche Weinbauern. Ganz besondere Weine wollten wir herstellen. Weine, die die Welt noch nicht geschmeckt hat? Es ist Zeit für die Zukunft, Miguel. Die Zukunft beginnt heute oder nie."

Miguel schüttelte angesichts des völlig verwirrten Freundes ungläubig den Kopf.

„Ich will in den Westen, in die Gegend von San Juan und Mendoza, um dort Land zu kaufen und Wein anzubauen. Und ich möchte, dass ihr mitkommt." Hofer blieb abrupt stehen. Auf wackligen Beinen schwankend, packte er seinen Freund an den Schultern. „Miguel, du musst mir vertrauen. Ich habe viel Geld. Sehr viel Geld. Du kennst dich im Westen aus, kannst mit den Einheimischen verhandeln und uns für den Anfang mit ein paar Dutzenden Hektar ins Geschäft bringen. Wir können unseren Traum verwirklichen. Was sagst Du?"

„Weißt du, was du da von mir verlangst? Ich soll auf das Wort eines offensichtlich verrückt gewordenen Italieners hin, von jetzt auf nachher meine Arbeit und meine Wohnung aufgeben, um mit meiner Familie in die Armut zurückzukehren, aus der ich vor kaum zwei Jahren geflohen bin?" Miguel sah ihm in die Augen und schüttelte den Kopf. „Du bist wirklich von Sinnen. Ich habe keine Ahnung, wer dir das angetan hat, aber du brauchst Hilfe."

„Ja, ich brauche Hilfe, und zwar deine Hilfe, weil ich das alleine nicht schaffen werde. Zudem mache ich mir Sorgen um euch. Ganz offensichtlich beobachtet man mich schon länger, und ich befürchte, die Leute, die mich lieber tot als lebendig sehen wollen, wissen genau, wo ich in Buenos Aires meine schönsten Abende verbringe."

Mit einem Kopfschütteln wehrte sich Hofer gegen die bleierne Müdigkeit, die ihn zu überwältigen drohte. Als Miguel zu begreifen begann, wie ernst es seinem Freund war, schüttelte er wütend Hofers Hände ab und machte zwei Schritte zur Seite. Leicht wankend, wie ein betrunkener Kneipenheimkehrer blieb Hofer stehen.

„Es lag nicht in meiner Absicht, euch in Gefahr zu bringen. Ich hatte bis vor zwei Tagen nicht die geringste Ahnung davon, dass ich selbst in meinem Leben bedroht war."

Wie gelähmt stand Miguel neben ihm und starrte ihn an, als ob Hofer selbst der Leibhaftige wäre.

„Ich weiß nicht, ob meine Sorge euch betreffend überhaupt begründet ist." Hofer trat einen unsicheren Schritt auf Miguel zu. „Ich mache dir einen Vorschlag, Miguel. Siehst du das Auto dort hinten auf der anderen Straßenseite. Es gehört mir. Du gehst zurück und besprichst mit Clara die Sache. Ich warte zwei Stunden. Wenn Ihr kommt, fahren wir zusammen in den Westen. Wenn Ihr nicht kommt, fahre ich alleine und verschwinde für immer aus eurem Leben."

Ohne eine Antwort zu geben, drehte Miguel ihm den Rücken zu und ging eilig die Straße hinunter zurück zu seiner Familie.

Ein leises Klopfen ließ Hofer aus einem unruhigen, mit Albträumen gefüllten Schlaf aufschrecken und zu der Pistole auf seinem Schoß greifen. Alle Fenster waren blind. Die schwarzen Nebel, die das Auto umschlossen, waren so dick, dass sie alle Geräusche dämpften. Aus weiter Ferne hörte er besänftigende Worte. Plötzlich öffnete sich laut quietschend ein dunkles Loch in dem zähen Nebel und zwei große Koboldaugen starrten ihn an. Kraftlos versuchte er die Waffe zu heben, was ihm einen Schlag auf die Hand und einen Weiteren an die Schläfe einhandelte, der ihn augenblicklich in die fiebrige Welt seiner Albträume zurücksinken ließ.

Bei Hofers erstem Erwachen beugte sich eine große bunte Fratze über ihn, aus der lange Federfontänen nach allen Seiten strahlten und beschwörend verworrene, monotone Lautfolgen drangen. Große, runzlige Hände, die aus einem farbenfrohen Umhang zu wachsen schienen, wedelten würzigen Rauch über seinen Körper.

Als er ein zweites Mal aus seiner wirren Traumwelt auftauchte, schienen die Hände größer geworden zu sein und auf ihn einzureden. Wie er sich auch anstrengte, es gelang ihm nicht, irgendetwas zu verstehen. Es war ihm auch unmöglich, sich selbst zu äußern. Seine stummen Schreie zerplatzten wie bunte Knallkörper eines Feuerwerks links und rechts der federgeschmückten Fratze, die er nur noch als bunten Schatten hinter den inzwischen riesigen Händen erkennen konnte. Unvermittelt strömte aus der Mitte einer Hand, die jetzt sein gesamtes Sichtfeld einnahm, eine bittere Flüssigkeit in seinen Mund und erfüllte ihn schlagartig mit lähmender Todesangst, die wenig später in eine tranceähnliche wohlige Ruhe umschlug.

Am dritten Tag erlebte er kurze Phasen, in denen es ihm gelang, die Wesen, die seine Fieberträume bevölkerten, von realen Lebewesen um ihn herum zu unterscheiden. Er erkannte, dass er auf einem mit Wolldecken gepolsterten Lager unter freiem Himmel lag. Manchmal glaubte er von der Hitze unter der Decke zu ersticken oder verdursten zu müssen.

Am vierten Tag erwachte Hofer in vollkommener Dunkelheit und Stille. Die fremden, sehr realen Gerüche, die in seine Nase drangen, verscheuchten seine Angst, tot zu sein. Seine Erschöpfung war so tief, dass es ihm kaum gelang, den Kopf zu heben. Nach einer Weile meinte er, in der Dunkelheit Schatten zu erkennen. Wenn er sich sehr konzentrierte, nahm er die regelmäßigen Atemzüge von Menschen wahr. Angestrengt versuchte er zu verstehen, wo er sich befand und was geschehen war, seit er in Buenos Aires in den Wagen gestiegen war. Befand er sich immer noch in Buenos Aires? Bei dem Gedanken rollte eine Welle von Todesangst durch seinen Körper. Allerdings widersprach die Tatsache, dass er lebte, der Möglichkeit, dass er sich wieder in der Gewalt seiner Folterknechte befand.

Vorsichtig bewegte er seinen Kopf und sondierte seine Umgebung, die er sich als nicht sehr großen, kaum möblierten Raum vorstellte. Seine Liege stand mit dem Kopfende zur Wand und war anscheinend das einzige Möbelstück. Die Schlafenden mussten am Boden liegen, eine Erkenntnis, die die Angst, einer abermaligen Gefangenschaft zum Opfer gefallen zu sein, neu auflodern ließ.

Einer der Gefangenen bewegte sich und Hofer versteckte sich hinter der leblosen Haltung des Bewusstlosen. Jemand richtete sich vorsichtig auf und näherte sich ihm mit leisen Schritten. Er hörte, wie etwas in Wasser getaucht wurde und packte mit einer Kraft, die er sich selbst nicht zugetraut hätte, die näherkommende Hand.

„Hola, Hola. Du bist wieder unter den Lebenden, wie schön.", flüsterte eine ihm bekannte Stimme.

Mit sanfter Gewalt und ohne große Mühe wurden seine Arme zurück an seinen Körper gedrückt.

„Ich bin es. Miguel, dein Freund."

Er wollte sich aufsetzen und erfahren, was passiert war, aber Miguel drückte ihn sanft auf die Pritsche zurück.

„Morgen Sebastian. Du hattest schweres Fieber und bist immer noch sehr schwach. Schlaf jetzt. Morgen werden wir reden."

Er tauchte abermals das Tuch in das Wasser und kühlte Hofers Stirn. Nachdem er ihm ein wenig zu trinken gegeben hatte, schlich er zurück zu seinem Lager. Trotz des starken Wunsches nach Erklärungen war Hofer eingeschlafen, noch bevor Miguel seine Decken erreicht hatte.

An einem kühlen, sonnigen Morgen saßen Hofer und Miguel auf Holzkisten an einer von kleinen fensterlosen Holzhütten umgebenen Feuerstelle. Sie war Mittelpunkt des geschäftigen Treibens einer Mapuche-Gemeinde, deren Mitglieder in Hofers Augen alle große Ähnlichkeit mit Miguel und Clara hatten. Immer wieder wurde er in einer Sprache angesprochen, die er nicht verstand. Aus dem besorgten Tonfall schloss er, dass die Leute wissen wollten, wie es ihm gehe.

„Vier Tage warst du weder tot noch lebendig. Auf deinem Körper hätte man Wasser zum Kochen bringen können, so hast du geglüht."

Während er Miguel zuhörte, schlürfte er aus einer kleinen Schüssel eine heiße, würzige Flüssigkeit.

„Als du mich an dem Abend damit konfrontiert hast, dass du sofort fliehen musst, weil man dir ans Leben will und dass du ein sehr wohlhabender Mann bist und mich batest, mitzukommen, um unseren Traum vom eigenen Weingut zu verwirklichen, dachte ich zuerst, du hättest deinen Verstand und ich einen guten, vielleicht meinen einzigen Freund verloren. Als du dann angedeutet hast, dass auch ich und meine Familie tödlich bedroht sein könnten, hatte ich eine Mordswut auf dich."

Aufgewühlt stocherte Miguel mit einem Ast in der Glut herum.

„Im Gespräch mit Clara habe ich dann schnell erkannt, was für ein erbärmliches Leben wir im Grunde doch führen und was für eine große Chance dein Angebot für uns bedeuten könnte. Vorausgesetzt, du sagtest die Wahrheit. Unsere Habseligkeiten waren dann schnell zusammengeschnürt."

Aus immer noch fiebrig glänzenden Augen beobachtete Hofer seinen Freund. Die Ellbogen auf die Oberschenkel gestützt, eine bunte Wolldecke über den Schultern hielt er mit zittrigen Händen die dampfende Schüssel.

„Als wir dich dann kochend heiß vor Fieber in deinem Wagen vorfanden, war uns klar, dass nicht dein Verstand, sondern dein Körper dringend Hilfe brauchte. Im Fieberwahn hast du in uns Monster gesehen, die dir ans Leben wollten. Es war wenige Tage vor We Tripantu, dem Neujahrsfest unseres Volkes, an dem wir unsere ganzen Bitten, unsere ganze Dankbarkeit an die Sonne richten, an unsere große Quelle von Weisheit und Erneuerung. Ein besseres Zeichen hätten die Götter uns nicht schicken können. Also haben wir uns aufgemacht zur nächsten, uns bekannten Siedlung unseres Stammes hier am Rio Negro, fast an der chilenischen Grenze, um bei einer Machi Hilfe für dich zu erbitten."

„Dann habe ich keine Monster gesehen, sondern eine Schamanin. Ich war also nicht in der Hölle, sondern auf einem indianischen Fest zur Wintersonnenwende." Hofer nahm einen vorsichtigen Schluck aus der Schüssel und schüttelte langsam den Kopf. „Und ich dachte schon, das wars. Ich wäre schlussendlich dort gelandet, wo ich hingehöre."

Miguel musterte ihn besorgt.

„Lass dir Zeit und erhol dich. In einer Woche bist du wieder soweit bei Kräften, dass uns nichts mehr hier hält."

14
6. September 1982

Auch anderthalb Stunden intensives Aikido-Training haben Becks schlechtes Gewissen nicht vollständig verblassen lassen. Während er sich seinem wiederentdeckten Hobby hingibt, sammeln auf seine Anweisung hin mehr als zwei Dutzend Kollegen jede Menge Überstunden, indem sie in Speyer Mieter der Hochhäuser befragen und Kneipen abklappern. Dazu wurmt es ihn immer noch, dass Lefebvre darauf bestanden hat, eine Verbindung der beiden Morde erst einmal nicht auszuschließen. 'Geminus' hat er in Absprache mit der Leitung des Polizeipräsidiums die neue/alte MK getauft, die in beiden Fällen weiterermitteln soll und so nebenbei mit seiner altsprachlichen Gymnasialbildung geprahlt. Becks

Hypothese, dass hinter dem Mord im Felsenmeer ein politisches Motiv stecken könnte und sie deshalb auch die Aktivitäten von Neo-Nazis und Antifa-Aktivisten unter die Lupe nehmen sollten, war er mit unverhohlener Belustigung begegnet. Dass Lefebvre mit dieser Bewertung nicht allein war, konnte er in den meisten Gesichtern der Ermittlergruppe ablesen. Beck war es egal. Noch am Nachmittag hat er Telex-Anfragen an LKA und Verfassungsschutz losgeschickt. Morgen würde er telefonisch nachhaken.

Beck stopft seinen schweißnassen Keiko-Gi zwischen nasse Handtücher und zieht den Reißverschluss seiner Sporttasche zu. Neben ihm schnürt Graf seine maßgefertigten italienischen Schuhe. Ein einziger Blick genügt, um zu erkennen, dass sein ehemaliger Studentenkumpel hinsichtlich Gesundheit und Fitness über deutlich mehr Zeit und Disziplin verfügt als er.

Er setzt sich neben ihn und schlüpft in seine schwarzen Lederschuhe. „Lust auf ein Bier?"

Belustigt schaut Graf zu Beck. „Brauchst du wieder Informationen oder verlangt die dunkle Seite in dir nach einem Gespräch mit Ihresgleichen."

„Von jedem etwas, Graf."

Beck sucht immer noch nach einer für ihn stimmigen Einordnung ihrer Beziehung. Die enge Männerfreundschaft ihrer Studentenzeit kann es aus seiner Sicht nicht mehr werden, obwohl Graf das gerne so hätte.

Sie waren sich im Grundstudium in Frankfurt begegnet und hatten schnell festgestellt, dass sich ihr Blick auf das Leben in vielem sehr ähnelte. Beide stammten aus Arbeiterfamilien und hatten Abitur und Studium über den zweiten Bildungsweg erreicht. Im Unterschied zu Beck war Grafs Vater nie aus dem Krieg zurückgekehrt.

Gemeinsam entdeckten sie Aikido, trainierten wenigstens zwei Mal in der Woche, feierten oft und ausgiebig und hatten dabei nie Probleme, den Anforderungen ihres Jurastudiums überdurchschnittlich gut gerecht zu werden. Dass sie sich für den gleichen Typ von Frauen interessierten, führte einige Male zu Problemen. Zwei Jahre lang lebten sie eine eingeschworene Männerfreundschaft, bis Graf nach Mannheim zog, um sich um seine schwer erkrankte Mutter zu kümmern. In den folgenden Jahren sahen sie sich immer seltener, und irgendwann war der Kontakt vollständig abgebrochen.

Vor fünf Jahren hatten sie sich dann wieder getroffen. Beck arbeitete als frischgebackener Oberkommissar im Mannheimer Kommissariat für Organisierte Kriminalität und war als zweiter Mann verantwortlich für eine Razzia im Rotlichtmilieu. Sie versuchten damals, einem Ring von Mädchenhändlern auf die Spur zu kommen. Graf saß souverän und elegant gekleidet im Büro des Nachtklubs und stellte sich als Besitzer vor. Er belegte lückenlos die regulären Beschäftigungsverhältnisse in seinem Klub und empfahl, die Polizei solle sich den Informanten vorknöpfen, der offensichtlich durch die Denunziation eines Konkurrenten von den eigenen dunklen Machenschaften ablenken wolle.

„Könntest du mich bitte einfach Kurt nennen, wie früher. Was ist daran so schwer?" Mit resigniertem Kopfschütteln schaut er zu seinem Beck.

„Es ist halt nicht wie früher, Kurt. Auch wenn du es gerne anders hättest."

„Kannst du nicht endlich einen Strich unter die Vergangenheit machen? Wenn schon die Rotarier mich aufnehmen und als Geschäftsmann respektieren, wieso kriegst du es nicht mal hin, dir wenigstens den Anschein von Mühe zu geben?"

Beck antwortet mit einem spöttischen Blick, woraufhin Graf seine Sporttasche schultert und Anstalten macht, ohne ihn die Umkleide zu verlassen. Kurz vor der Tür dreht er sich um. „Ich meine das ernst. Und ich weiß wirklich nicht, warum ich mit jemanden ein Bier trinken gehen soll, der so eine beschissene Meinung von mir hat."

Beck übergeht Grafs frustrierte Reaktion und nimmt seine Sporttasche. „Also, was ist. Kommst du auf ein Bier mit oder nicht?"

„Da solche Einladungen von dir eher Seltenheitswert haben, bleibt mir ja gar nichts anderes übrig. Aber nur unter einer Bedingung."

„Keine Bedingungen."

„In Ordnung. Dann lassen wir es halt."

„Welche Bedingung?"

„Dass wir nicht über deine Arbeit reden und du mich nicht wie einen Spitzel behandelst."

„Das entscheide doch nicht alleine ich."

„Ja oder nein?"

„Was ja oder nein?"

Graf sieht ihn mit theaterreif gespielter Verzweiflung an. „Können wir einfach quatschen? Meinetwegen über Fußball, Frauen oder die letzten Bücher, die wir gelesen haben? Wenn es sein muss, auch über Politik. Meinst du nicht, dass du es schaffen könntest, mal eine Stunde nicht über deine Arbeit nachzudenken?" Ein Grinsen überzieht sein Gesicht. „Wir können uns auch gerne in Erinnerungen an unsere wilde Studentenzeit stürzen."

„Warum nicht. Klar, können wir gerne machen."

„Café Vienna, Milieu oder Hard Rock Café?"

"Mensch, Graf. In diesen Läden fallen zwei ältere Typen wie wir doch auf, wie zwei nackte Afrikaner."

„Jung, alt. Was kümmert uns das. Gute Mucke und junge Leute. Was spricht dagegen? Soll helfen, jung zu bleiben."

„Also gut, dann ins Wiener Caféhaus."

Während Graf zur Tür geht, wird sein Grinsen breiter. „Wie in alten Zeiten. Lass doch deinen Wagen stehen. Tom kann uns fahren. Du kannst bei mir schlafen und morgen fährt er dich frisch geduscht zu deinem kleinen Engländer."

Beck kennt Tom, der seit vielen Jahren Grafs rechte Hand ist. Ein ehemaliger Europameister im Thai-Boxen mit stoischem Naturell, durchtrainiert und gebildet.

„Ein andermal Kurt. Im Moment habe ich ziemlich viel um die Ohren."

Zwanzig Minuten später nimmt er mit großen Schritten die Betonstufen eines mit grellem Neonlicht ausgeleuchteten Treppenhauses. Durch die zweiflügelige breite Stahltür auf der ersten Etage, auf die er zusteuert, dringen harte Gitarrenakkorde, begleitet von stampfenden Bässen und wütendem Schlagzeug. Die Betonwände des Treppenhauses sind mit mehr oder weniger originellen kalligrafischen Gebilden und schrillen Comicszenen bemalt.

Beck ist überrascht, dass der Laden auch montags rappelvoll ist. Selbst auf den Fensterbänken sitzen die Leute dicht gedrängt. Hinter den hohen Fenstern kann er den beleuchteten Wasserturm erkennen. Wie befürchtet, ist hier niemand älter als Ende zwanzig. Tabakqualm hängt über den Tischen. Während er sich auf dem Weg zur Theke durch die bunte Menge schiebt, aus der neben bunten Irokesen vor allem die gekalkten Gesichter schwarz gekleideter Gruftis mit hochtoupierten Haaren hervorstechen, sieht er Graf von der dicht belegten Theke winken. Genau in dem Moment katapultiert ihn das Keyboardintro von 'How the Gipsy was born' zehn Jahre zurück in die Vergangenheit. Während Inga Rumpfs Stimme es schafft, ihm selbst im Lärm dieser Kneipe Schauer über den Rücken zu jagen, erinnert er sich an seine Zeit in einem der besetzten Häuser im Frankfurter Westend. Im Nachhinein eine wertvolle Ergänzung seiner Ausbildung zum Volljuristen. Dass er damals beim Verfassungsschutz ganz oben auf der Liste derer stand, die angeworben werden sollten, erfuhr er erst vor einigen Jahren.

An der dicht belagerten Theke reißt ihn Grafs Stimme aus den Erinnerungen. „Na alter Mann, kommst du klar?"

Obwohl sie auf Tuchfühlung an der Theke stehen und im Wellenschlag der um Getränke zur Theke Drängenden immer wieder gegeneinanderstoßen, müssen sie fast schreien, um sich zu verständigen.

„Ein Bier würde helfen", brüllt Beck zurück. „Gehört der Laden etwa auch dir?"

Graf schüttelt den Kopf und versucht, mit kräftigem Winken die Aufmerksamkeit des Billy Idol Doubles hinter der Theke zu erregen.

Überraschend schnell gewöhnen sie sich an die Lautstärke. Es bleibt anstrengend, aber es fühlt sich jung an. Und das ist ein gutes Gefühl. Eine gute Stunde und zwei Bier später schwelgen sie immer noch in Erinnerungen an ihre Studentenzeit. Sie amüsieren sich darüber, wie verschieden sich die Abläufe gemeinsamer Unternehmungen in ihre Gedächtnisse eingeprägt haben.

Als eine kleine Gesprächspause entsteht, fragt Graf unvermittelt: „Weshalb sind wir hier, Helm?"

„Was sagst Du?"

„Weshalb sind wir hier?!" Graf schreit es fast.

Nachdem sie sich ein weiteres Bier bestellt haben, schildert Beck die Anlaufschwierigkeiten bei den Ermittlungen zu den beiden Morden. Als hätte er vergessen, dass sie an der Bar einer Kneipe sitzen, erläutert er ausführlich seine Idee, dass der Tote im Felsenmeer durchaus das Opfer einer Vergeltungsaktion aus der Neonaziszene sein könnte. Seine Theorie, dass bei dem Toten im Hochhaus vielleicht organisierte Kriminalität im Spiel ist, löst bei Graf ein enttäuschtes Stöhnen aus. Trotzdem verspricht er Beck, sich im Milieu mal umzuhören, auch wegen der vierzig Jahre alten Luger 08.

Auf der Fahrt zurück nach Speyer stellt Beck widerwillig fest, dass er den Abend genossen hat. Eine ganze Stunde lang hat er kaum an seine Arbeit gedacht. Es hat richtig gutgetan, einfach so an der Theke zu sitzen und über alte Zeiten zu reden.

Als er zu Hause die Terrassentür öffnet, hört er leise Musik aus Wolles Garten. In der Hoffnung auf ein Gute-Nacht-Bier überquert er seinen Rasen. Selbst nachts leuchten die Farben von Wolles Kleidung wie aus einem Bild von Hundertwasser. Aus den Boxen im Fenster plätschert Zeppelins *Kashmir* auf das kleine Rasenstück zwischen Häuschen und Bach. Über der dunklen Wand des am gegenüberliegenden Ufer des Baches aufragenden Fachwerkhauses schweben die in gelben Ockertönen beleuchteten Türme des Domes.

Beck setzt sich wenige Armlängen von Wolles Liegestuhl entfernt auf die kühlen Steine der kniehohen Mauer, die ihre beiden Grundstücke trennt. Er liebt sein Häuschen, und er liebt diese Stadt. Nie könnte er in einer Großstadt oder auf dem Land wohnen. Sein Großvater, einer der letzten Rheinfischer in Speyer, hat das Häuschen der Familie seiner Mutter vermacht. Da sich über die Jahre nie jemand aus der Familie für das einfache Haus mit den winzigen Zimmern interessiert und die Familie mit Mietern eine schlechte Erfahrung nach der anderen gemacht hat, überließ ihm die Erbengemeinschaft das Haus für eine aufbringbare Summe. Zum Besitz gehört ein alter Fischkutter, der in einem Altrheinarm nördlich von Speyer festgemacht ist.

„Hallo, Rastaman!"

Wolle schreckt zusammen und richtet sich auf den Ellbogen auf. Als er erkennt, wer ihn da stört, sinkt er erleichtert auf die Liege zurück.

„Mann Alter, willst du mir einen Herzinfarkt verpassen? Und sag nicht immer Rastaman zu mir. Ich hasse diese Reggae Scheiße. Vielleicht außer *No Woman, no cry*, da steckt viel Wahrheit drin. Ansonsten war Marley nur ein geiler Machoarsch. Trotzdem traurig, dass er tot ist. Ziemlich hässlich, wenn einen der Krebs auffrisst. Willst'n Bier? Du weißt ja, wo es steht."

Wolle bewegt sich während seiner Ansprache keinen Millimeter. Als Beck mit einer Flasche Bier auf die Wiese zurückkommt, hält ihm Wolle den gerade angezündeten Joint entgegen.

„Willst'n Zug?"

„Nee Wolle, lass mal." Er wedelt mit der Bierflasche. „Eine Droge reicht mir völlig."

„In Ordnung, Alter. Weißt ja, wo du Nachschub holen kannst. Hasste wieder 'n paar Gangster gefangen, oder hat euch die böse Unterwelt heute in Ruhe gelassen?"

Als Beck anfangen will, von den Morden zu erzählen, wehrt Wolle ab. „Bis jetzt war das ein schöner, relaxter Abend."

„Schon gut. Was ist das für eine Aufnahme? Von *Physical Graffiti*?"

„Ist doch egal, Alter. Hauptsache gute Musik, oder? Hör mal, ich hab einen heftigen Tag hinter mir. Können wir nicht einfach hier liegen und Musik hören. Ich meine, ohne zu quatschen?"

„Natürlich Wolle, können wir."

Beck hat keine Ahnung, mit was genau sich Wolle seinen Lebensunterhalt verdient. Aber wenn Wolles Tag schon heftig gewesen war, wie wäre dann die korrekte Beschreibung für seinen eigenen? Manchmal sieht er ihn mit seinem alten Volvo Konzertplakate an Bauzäune und Litfaßsäulen kleben. Öfters steht auch der Kleintransporter von Robert Knerzel vor seinem Haus, einem Altstadtoriginal und Betreiber eines über die Stadtgrenzen hinaus bekannten Gebrauchtmöbellagers. Wolle würde nie Geld vom Staat oder einer anderen öffentlichen Stelle annehmen, leitet daraus allerdings das Recht ab, es mit dem Versteuern seines Einkommens nicht so genau zu nehmen.

„Na los! Mach's dir bequem, Alter!" Wolle deutet zu dem großen Holunderbusch, an dem neben ein paar alten Klappstühlen ein weiterer Liegestuhl lehnt.

Beim Aufstellen gibt die Liege leise Quietschgeräusche von sich. Eine angenehm zeitlose Weile liegen sie schweigend nebeneinander. Oben auf der Hauptstraße grölen ein paar Betrunkene auf der Suche nach einer Kneipe. Später hört er von der kopfsteingepflasterten Gasse vor seinem Haus das Kichern eines Liebespaares, das in Richtung Rhein bummelt. Er nimmt den modrigen Geruch des Baches wahr, der sich in der kühlen Nachtluft mit dem würzigen Rauch aus Wolles Joint mischt. Einige Male schreckt ihn das Schlagen von

Autotüren aus seinem Dämmerzustand. Zeitweise meint Beck ein leises Plätschern des gemächlich dem Rhein entgegenfließenden Baches zu hören. Irgendwann schreckt ihn das Schellen eines Weckers hoch, in das sich das Läuten von Kirchenglocken mischt. Es ist das Intro von *Time*, das läutend, schlagend und klingelnd aus den Boxen scheppert. Er schaut auf seine Uhr und erschrickt. Es ist kurz vor zwei. Wolle hat offensichtlich den ruhigeren Schlaf. So leise, wie es die altersschwache Liege zulässt, steht er auf und geht hinüber zu seinem Haus. Sofort sind die beiden Toten in seinem Kopf und der Druck, möglichst schnell zu klaren Ermittlungsansätzen zu kommen. Die ersten achtundvierzig Stunden sind entscheidend bei einer Mordermittlung. Jetzt sind es schon fünf Tage, und sie haben weder den Toten im Felsenmeer noch den im Hochhaus identifizieren können.

Kurz bevor er einschläft, erfasst ihn unvermittelt eine schmerzhafte Sehnsucht nach Nini. Er erinnerte sich an eine Nacht vor ein paar Monaten. Zärtlich hielt er die Hand der leise schnarchenden Nini, während er, geplagt von der grauenhaften Überlegung, wie er denn ohne sie mit seinem Leben zurechtkommen solle, wenn ihr etwas Schlimmes zustieße, lautlos in sein Kissen weinte. Wenige Stunden zuvor saß er, in eine grüne Kutte und entsprechende Haube gekleidet, an einem Bett der Intensivstation des städtischen Krankenhauses, in das sein Vater infolge eines Herzinfarktes eingeliefert worden war. Die verstörende Erkenntnis dieses Tages war, dass der Tod nicht nur ein Ergebnis von Verbrechen ist, sondern dass auch Menschen, die er liebt, nicht vor ihm geschützt sind.

15
Februar-März 1950

„Criolla, Cereza, Malbec. Immer nur Criolla, Cereza, Malbec." Ohne klar ersichtlichen Grund brach der Ärger aus Hofer heraus. Gerade hatten sie noch herzhaft über den 'Club Atlético San Martín' und dessen überschaubare Chancen auf Erstklassigkeit gelästert. Miguels Sohn Ernesto, dessen Einschulung in wenigen Wochen bevorstand, wollte unbedingt Fußballprofi werden und redete von nichts anderem mehr. Es war ein ungewöhnlich heißer Februartag, an dem die beiden Männer schwitzend keine fünf Schritte von dem glühenden Grill entfernt auf Miguels Veranda saßen und sehnsüchtig auf die abendliche Abkühlung warteten. In den würzigen Geruch von Holzfeuer und brutzelndem Fleisch mischte sich der Duft von frisch gebackenen Empanadas. Durch das offene Küchenfenster hörten sie das Geplapper der Kinder, immer wieder unterbrochen von Lob oder sanften Anweisungen ihrer Mutter.

Ein Jahr nach ihrer Flucht aus Buenos Aires hatte sich Miguel mit Hofers finanzieller Unterstützung dieses solide Steinhaus am westlichen Ende seiner zwölf Hektar Reben bauen lassen. Ein Tiefbrunnen in der Küche versorgte den Haushalt mit Wasser. Außen waren zwei weitere Brunnen gebohrt, einer für die später geplanten Stallungen weiter abseits. Die nächsten bewohnten Häuser lagen meilenweit entfernt. Bis San Juan war es eine knappe Stunde, nach Mendoza gute zwei Stunden Fahrt mit dem Auto.

Die größte Herausforderung bei der Kultivierung weiterer Flächen zur Anpflanzung von Weinreben war der Zugang zu Wasser. Aber was nutzten alle Brunnen und Pumpanlagen, wenn es ihnen nicht gelang, zusätzliches Land zu kaufen. Seit Jahren sabotierte die chauvinistische Sturheit der Großgrundbesitzer jeden ihrer Versuche, weitere Flächen der Trockensteppe zu erwerben. Das traf Miguel genauso wie Hofer. Die Tatsache, dass es sich bei ihren Bemühungen um Land handelte, dass seit Generationen brach lag, gab dieser Sturheit etwas boshaft Feindseliges und war der eigentliche Grund für Hofers Zorn.

„Sebastian. Jetzt beruhige dich doch!"

„Warum sollte ich mich beruhigen!?" Wütend war Hofer aufgestanden und zum Geländer der Veranda gestapft. „Nichts geht voran. Wir sitzen hier auf unseren faulen Ärschen und nichts passiert. Die eingeborenen Großkotze herrschen wie mittelalterliche Fürsten über ihre riesigen Güter und lassen uns am langen Arm verhungern."

„Sebastian, die Kinder. Kannst du bitte auf deine Sprache achten!"

Während Hofer entschuldigend die Hände hob, war Miguel aufgestanden. Mit zwei Schritten stand er neben seinem zornigen Freund. „Was ist eigentlich los mit dir? Wir leben doch ganz gut hier mit unseren Weinbergen. Was verdammt noch mal hindert dich daran, gute Weine zu machen, mein Freund? Was macht dich so fürchterlich unzufrieden? Fehlt dir eine Frau? Du kannst doch Hunderte haben in Mendoza, San Juan oder sogar Buenos Aires. Also, was ist los mit dir?"

„Was mit mir ist?" Hofer schaute Miguel in die Augen. „Was mit mir los ist?" Er wandte den Blick ab. „Seit mehr als vier Jahren sitzen wir hier auf ein paar beschissenen …". Erschrocken schaute Hofer zum Küchenfenster. „Entschuldige, Miguel. Aber so ist es doch. Wie viel Hektar Land hast du da draußen?" Er machte eine weiträumige Geste in Richtung der Weinreben. „Zehn vielleicht zwölf? Mehr ist es doch nicht. Ich habe es gerade mal auf neun Hektar gebracht. Immerhin in der Nähe von Lujan de Cuyo, aber eben nur winzig. Und das auch nur, weil ich der Witwe einen großen Batzen Geld auf ihren Tisch legen konnte. Meinst du, irgendjemand in Buenos Aires, New York, Paris oder London interessiert sich für Criolla? Für diese blassrosa Plörre."

In einem Zug trank er seinen Wein aus. Wie um seine Behauptung zu bekräftigen, schüttelte er sich heftig, als ob ihm jemand aus reiner Boshaftigkeit ein Glas Essig untergeschoben hätte.

„Wir sind hierhergekommen, um gute, um große Weine zu machen, für die man auch in Buenos Aires, New York oder sogar in Europa bereit ist, Geld auszugeben. Ich träume von Merlot, Shiraz, Cabernet, Pinot blanc, Chenin Blanc, Chardonnay oder Semillon. Wir müssen herauszufinden, welche Rebsorten mit unserem Klima gut klarkommen. Dazu brauchen wir Land. Viel Land. Erst dann macht es Sinn, sich mit dem Kauf von Rebenklonen aus Europa zu beschäftigen. Und wir brauchen Hunderttausende davon. Einzig aus dem Malbec können wir etwas Großes machen. Gib mir hundert Hektar Land und zehn Jahre und wir verkaufen unsere Weine in die ganze Welt." Er ging zum Tisch und schenkte sich von dem dunklen Malbec ein. Er bot Miguel die Flasche an, der aber winkte ab. „Wie viel gutes Land liegt hier bei dir in der Nähe brach? Allein die großen Flächen, die durch das Erdbeben zerstört wurden. Was meinst du? Ein paar hundert, ein paar Tausend Hektar? Eher mehr. Aber die Herren Großgrundbesitzer verkaufen nicht, haben es ja nicht nötig. Sitzen ja schon auf goldenen Klobrillen. In Mendoza ist es nicht anders. Für die sind wir Außerirdische, Aussätzige oder irgendetwas in der Richtung. Das ist es, was mich wahnsinnig macht. Ich halte das nicht länger aus, Miguel. Wir müssen etwas unternehmen, sonst ist unsere Zukunft vergangen, bevor sie überhaupt angefangen hat."

„Aber was sollen wir machen, mein Freund? Sollen wir alle erschießen?"

„Keine so schlechte Idee. Aber würde uns das weiterbringen? Hast du keine bessere Idee? Was ist denn mit deinen Beziehungen in St. Juan und Mendoza. Kann man da nichts arrangieren?"

Überrascht sah Miguel hoch. „Was meinst Du? Was für Beziehungen?"

Aber Hofer war mit seinen Gedanken schon wieder weit weg in den endlosen Rebenflächen, von denen er träumte.

Selbst Claras Stimme, die laut durch das Küchenfenster ankündigte, dass sie in wenigen Minuten essen könnten, drang nur mit Verzögerung zu ihm durch.

Hofer hatte in der Nähe von Mendoza ein altes Weingut mit überschaubarer Rebenfläche erwerben können, auf dem er allein lebte. Mehrmals in der Woche kam eine einheimische Frau, um bei ihm sauber zu machen und zu kochen. Seit gut zwei Jahren nutzte er in regelmäßigen Abständen die Dienste einschlägiger Etablissements in Mendozas Rotlichtviertel. Am Rande von Fußballspielen des Vereins „El Tomba" knüpfte er oberflächliche Freundschaften, die er zum größten Teil seiner finanziellen Freizügigkeit verdankte. Bei regelmäßigen Besuchen von Theateraufführungen und Konzerten ergab sich in den Pausen immer mal wieder das eine oder andere interessante Gespräch. Aber Hofer gab sich keinen Illusionen hin. Nie wurde er eingeladen. Wenn er auf die Frage nach seinem Befinden zu ausführlich antwortete, überkam ihn meist das Gefühl, lästig zu sein. Geschah dies in Phasen, in denen er über die zunehmende Aussichtslosigkeit seiner Winzerkarriere nachgrübelte, packte ihn eine düstere Schwermut, die ihn manchmal tagelang nicht losließ.

Vor gut zwei Monaten, wenige Tage nach einem dieser deprimierenden Wochenenden in Mendoza, trieb ihn eine wachsende Rastlosigkeit wieder in die Berge des Cordon del Plata. Nach einer kurzen Nacht im Lager ließ er am frühen Morgen die Sicherheit der Begleitmannschaft hinter sich, um für zwei Tage allein durch das Geröll und den Schutt ehemaliger Eisgletscher in die karge Bergwelt hinaufzusteigen. In dieser Höhe brachten nur noch Kräuter und einige Sträucher Abwechslung in die braungraue Felslandschaft. Es war eine der wenigen Bergtouren, bei der er in weiter Entfernung einer größeren Herde Vikunjas begegnete. Am späten Nachmittag, nach vielen Stunden kräftezehrenden Aufstiegs, sah er sich nach einem geeigneten Platz für sein Biwak um. Kopfschmerzen und ein leichtes Schwindelgefühl waren untrügliche Anzeichen dafür, dass er über dreitausend Meter hochgestiegen war.

Schwer atmend saß er inmitten dieser grandiosen Berglandschaft auf einem Felsen und wartete darauf, dass sich sein Herzschlag beruhigte. Er löste seine Feldflasche vom Rucksack und trank in kleinen Schlucken. Zwei Kondore, die hoch über ihm ohne einen einzigen Flügelschlag weite Kreise zogen, ließen ihn an deren sagenumwobenes Todesritual denken. Angeblich schwingt sich der an sein Lebensende gekommene Andenkondor noch einmal hoch hinaus, um dann selbstbestimmt im Sturzflug an einer Felsenwand zu zerschellen.

In diesem Moment sah er den Puma. Ein schweres silbergraues Tier, das sich einen Steinwurf entfernt oberhalb seines Ruheplatzes auf einem großen Felsblock niedergelegt hatte und ihn aus fast geschlossenen Liedern beobachtete. Selbst über die knapp einhundert Meter hinweg waren die muskelbepackten Flanken, Schultern und der Nacken der Katze zu erkennen. Noch nie hatte er gehört, dass Pumas so hoch in die Berge steigen. Ohne zu wissen, warum, gefiel ihm der Gedanke, dass ihm das Tier schon eine ganze Weile gefolgt sein musste. Während er den ruhigen Blick des Pumas erwiderte, beschloss er genau hier, an dem Platz ihrer Begegnung, sein Nachtlager aufzuschlagen.

Steif richtete er sich auf und machte ein paar Schritte in Richtung des Tieres, das diese Bewegung überhaupt nicht zur Kenntnis zu nehmen schien. Er erinnerte sich an die Legende von dem See Nahuél Puma, einem heiligen Ort, zu dem die Pumas aus den Bergen herabkommen, um Wasser zu trinken, und an den Gruß, der dieser Legende entstammte. Unwillkürlich straffte sich sein Körper und er suchte den Blick der Katze. Mit fester Stimme rief er hinüber: „Mery Mery Peni Nahuèl!"

Ruhig drehte er seinem tierischen Gefährten den Rücken zu und begann sein Biwak zu errichten. Vor der niedrigen Öffnung des Zeltes, in dem nicht viel mehr als sein

Schlafsack Platz fand, brachte er seinen alten Spirituskocher in Gang, um sich einen Kaffee zu kochen. Daneben legte er die in ein Tuch gewickelten Empanadas. Während in dem Wasser des kleinen Blechtopfes erste Luftbläschen an die Oberfläche stiegen, kaute er getrocknetes Rindfleisch und beobachtete im blasser werdenden Licht der Dämmerung die regungslose Silhouette des Pumas.

Eine gute Stunde, nachdem die Sonne hinter dem Aconcagua versunken war, tauchte ein nahezu voller Mond die Felsenlandschaft in fahles Licht. Er war gerade dabei, den Kocher und den Rest des Proviants abseits seines Zeltes in einer Felsspalte zu verstauen, als ihn ein unbestimmtes Gefühl sich aufrichten lies und sein Blick vergeblich die Gestalt des Pumas suchte. Adrenalin durchströmte seinen Körper. Sämtliche Sinne waren aufs Äußerste geschärft. Verwundert nahm er das Bowiemesser in seiner rechten Faust wahr.

Die Menschenähnlichkeit der Schreie, die immer aus einer anderen Richtung zu kommen schienen, pumpte zusätzlich Adrenalin in seinen Körper. Er hatte ein Brüllen erwartet, wie er es von Besuchen im Zoo de l'Orangerie in Straßburg in Erinnerung hatte, aber diese Schreie jagten ihm eiskalte Schauer über den Rücken. Dann war es still.

Als er den großen dunklen Schatten von der Seite auf sich zufliegen sah, warf er sich der Raubkatze entgegen. Nahezu zeitgleich mit dem Eindringen der Klinge in die Brust der Katze brach unter der Kraft der Kiefer des Pumas laut krachend sein Schlüsselbein. Während die beiden ungleichen Kreaturen auf dem felsigen Boden aufschlugen, lockerte sich der Biss des Tieres. Sekunden später war der Körper der Katze vollends erschlafft.

Schwer atmend versuchte Hofer zu verstehen, wieso er noch lebte. Offensichtlich hatte sein Messer den Herzmuskel des Pumas erwischt. Obwohl es die einzig schlüssige Erklärung war, ließ er den leblosen Körper nicht aus den Augen. So gründlich, wie es ihm möglich war, prüfte er die Schwere seiner Verletzungen. Erleichtert stellte er fest, dass die Zähne des Pumas keine große Arterie verletzt hatten. Die tiefen Kratzwunden bluteten schlimmer als die Bisswunde in der Schulter. Das meiste Blut an seinem Körper stammte aber von der Katze. Er wunderte sich über das Ausbleiben schlimmer Schmerzen, dann verlor er das Bewusstsein.

Es war dunkle Nacht, als er zu sich kam. Er hatte das Gefühl, am ganzen Leib zu brennen. Jede Bewegung schickte eine intensive Schmerzwelle durch seinen Körper. Mühsam richtete er sich auf. Fluchend und stöhnend schleppte er sich zu seinem Zelt. Mit Zähnen und funktionsfähigem Arm riss er sein Ersatzhemd in grobe Streifen. Es dauerte eine ganze Weile, bis er unter lautem Stöhnen und spitzen Schreien die verletzte Schulter bandagiert und den linken Arm am Oberkörper fixiert hatte. Tränen liefen ihm über das Gesicht, als er vor Kälte und Anstrengung zitternd in sein Zelt kroch. Bald darauf war er in der Wärme des Schlafsacks in einen von stechenden und wummernden Schmerzen unterbrochenen Dämmerschlaf gesunken.

Am frühen Morgen kroch er vorsichtig aus dem Zelt. In der Nacht hatten ihn auflodernde Schmerzen immer wieder aus dem Schlaf gerissen. Er fühlte sich kraftlos und viel zu erschöpft, um den langen Abstieg zu bewältigen. Von den ersten Sonnenstrahlen gewärmt, aß er von den Empanadas und trank Wasser. Jede Bewegung wurde mit glühenden Stichen bestraft, die ihn jedes Mal laut aufstöhnen ließen. Selbst das Überstreifen seiner dicken Jacke geriet zur kaum bewältigbaren Anstrengung. Als dann endlich die restlichen Teigtaschen in den Seitentaschen verstaut waren und die Feldflasche am Gürtel hing, erfasste ihn ein so starker Schwindel, dass er nicht glaubte, auch nur einen Meter heil den Hang hinunter zu kommen. Aber er brauchte so schnell wie möglich einen Arzt. Eine knappe Stunde später hatte er nicht einmal hundert Höhenmeter geschafft. Immer wieder musste er anhalten. Mal ging ihm die Luft aus, dann wieder raubten ihm unerträgliche Schmerzen für einen Moment seine Sehkraft.

Es kam ihm wie ein Wunder vor, als er eine Stunde später tief unter sich Stimmen wahrnahm. Später berichteten ihm seine Begleiter, dass sie trotz der großen Entfernung von mehr als tausend Höhenmetern die Schreie des Pumas gehört und noch in der Nacht den Aufstieg gewagt hatten. Am späten Abend fand er sich medizinisch gut versorgt im blütenweißen Bett einer Privatklinik in Mendoza wieder.

In der einheimischen Bevölkerung machte die Geschichte vom großen blonden Italiener, der nur mit einem Messer bewaffnet, den Angriff eines starken Pumas überlebt hatte, schnell die Runde und verlieh Hofer einen fast mythischen Ruf. Die Mapuche nannten ihn 'Blutsbruder des Pumas'. An seiner sozialen Randstellung in der bürgerlichen Gesellschaft Mendozas änderte das nichts. Im Gegenteil schien er den Eingesessenen durch diese Geschichte noch fremder geworden zu sein.

Für Hofers Lebensgefühl bedeutete die Begegnung mit dem Puma einen entscheidenden Wendepunkt. Das Wunder seines Überlebens hatte alle Schwermut und Verzweiflung aus seinen Gedanken verbannt. Nie mehr würde er sein Leben von den Zugeständnissen anderer abhängig machen. Von nun an würde er seine Zukunft in die eigenen Hände nehmen.

Knapp zwei Monate später stand Hofer mitten in der Nacht auf dem Bahnsteig des Estación de Retiro. Mehrere Male hatten Rinder, die von den Schienen getrieben werden mussten, die Zugfahrt auf über zwanzig Stunden verlängert. Die Angst, dass Müllers Thule-Geheimbund ihn in Mendoza aufspüren würde, war mit der Zeit verblasst. Auch von Kripp hatte er in den ganzen Jahren nichts gehört, aber so war es verabredet. Während der langen Fahrt war in ihm der Entschluss gereift, einen Anruf zu tätigen, der ihn große Überwindung kosten würde. Aber er hatte nicht vor, sein Leben in der Einöde des argentinischen Westens zu vergeuden und dort an Langeweile und Alkoholismus zu sterben.

Es war der dritte Tag in Buenos Aires, als er nach einem mehrstündigen Streifzug am Puerto Madero in einem kleinen Café an der Plaza Dorrego einen freien Tisch fand. Während er auf seinen Cortado wartete und sich die Tageszeitung zurecht schüttelte, spürte er leichten Ärger in sich aufsteigen. Wieso fiel es ihm so schwer, endlich diesen Anruf zu tätigen? Ein Dutzend Mal hatte er den Hörer schon in der Hand und dann doch wieder aufgelegt.

Gerade hatte er sich in einen langen Artikel über die größer werdenden wirtschaftlichen Probleme des Landes vertieft, als die laute Heiterkeit einer Gruppe junger Menschen seine Aufmerksamkeit auf den Nebentisch lenkte. Die leidenschaftlich geführten Gespräche wechselten von der kritischen Betrachtung der Entscheidung Israels, Jerusalem zu seiner ewigen Hauptstadt zu küren, übergangslos zum kokett-schamlosen Austausch über die verruchtesten Tango-Bars im Hafenviertel La Boca, übertrafen sich in gegensätzlicher Einschätzung der Erzählungen Borges im Allgemeinen und des epochalen Band „Ficciones" im Besonderen, stimmten dann gemeinsam ein verliebtes Hohelied auf Juan Manuel Fango und dessen letzten Grand Prix Sieg auf Alfa Romeo an, um nach einem kleinen lustvollen Zwischenspiel mit abschätzigen Bewertungen der laufenden Opern- und Konzertspielzeit, nicht ohne zu kritisieren, wie wenig Jazzkonzerte man doch geboten bekäme, zur vernichtenden Kritik des argentinischen Fußballs anzusetzen, dessen Nationalmannschaft ihre Teilnahme bei der Weltmeisterschaft im Nachbarland Brasilien zurückgezogen hatte. Manchmal wurde ein zu langer Monolog mit scharfen Zwischenrufen attackiert. Unversehens redeten alle durcheinander, immer lauter werdend, in dem unzähmbaren Bedürfnis, der eigenen Meinung Geltung zu verschaffen. Hofer erinnerte sich wehmütig an die ersten Monate seines eigenen Studentenlebens in Straßburg. Diese Gruppe junger Menschen weckte in ihm eine tief verschüttete Sehnsucht nach intellektuellem Streit, nach Gesprächen mit gebildeten Menschen, wie er sie seit Jahren nicht mehr erlebt hatte.

Nach einer Weile und einem weiteren Glas Wein packte er seinen ganzen Mut in eine charmante, humorvolle Bemerkung über diese unaufhörlich sprudelnde Quelle von hochinteressanten Meinungen. Einem scherzhaften Wortwechsel folgte die Aufforderung an ihn, sich an ihren Tisch zu setzen. Stühle wurden gerückt, und ehe er es sich versah, stand er im Mittelpunkt des Interesses der Runde. Die erste Neugierde der Gruppe stellte er mit der Legende des von mordenden Deutschen um seine Zukunft betrogenen jungen Südtirolers zufrieden, der in Argentinien mit dem Anbau von Wein sein Glück machen wollte. Danach stellte sich ihm die Gruppe als junge Studentinnen und Studenten vor, die sich mit Unterstützung ihrer ausnahmslos vermögenden Eltern auf eine Karriere in der argentinischen Wirtschaft oder eine akademische Laufbahn vorbereiteten.

Von Beginn an fiel ihm eine energisch und selbstbewusst auftretende zierliche Frau auf. Ihr tiefschwarz gelocktes Haar hatte sie in einer Art hochgesteckt, die ihr ebenmäßiges Gesicht und die aristokratisch anmutende, gerade Kopf- und Körperhaltung höchst wirksam verstärkte. Sie schien in der Gruppe eine besondere Stellung zu genießen. Weder beanspruchte sie den größten Anteil der Redezeit für sich, noch fielen ihr die ausgefallensten oder stichhaltigsten Argumente ein. Erst viel später begriff er, dass ihre eigentliche Begabung darin bestand, dass jeden, den sie ansprach, Frau oder Mann, sogleich das Gefühl überkam, etwas Bedeutendes, Einzigartiges und Wichtiges beitragen zu können. Über einer hübschen, etwas zu groß geratenen Nase erfassten große rehbraune Augen alles, was im Umfeld geschah.

Es stellte sich heraus, dass die Gruppe an jedem Donnerstagnachmittag in dem Café zusammenkam. Nachdem er erwähnte, dass er etwas länger in Buenos Aires bleiben würde, ernannten sie ihn kurzerhand zum Ehrengast der Runde. Natürlich mit der Auflage, ihnen als Zeitzeuge vom Ende des

Hitler-Regimes zu berichten. Immerhin zählte sich Argentinien zu den Siegermächten, nachdem es sechs Wochen vor Kriegsende unter starkem Druck der Alliierten, insbesondere der USA, dann doch noch Deutschland und Japan den Krieg erklärt hatte.

Unter Vorschützung eines wichtigen Termins hatte Hofer die Gruppe verlassen. Während er sich ein Zigarillo anzündete, beobachtete er die lebendige Runde von der Straße aus durch das große Fenster. Ihr Mittelpunkt war eindeutig Recha Silbermann, die junge Frau mit den wunderschönen rehbraunen Augen, wobei es egal zu sein schien, ob sie gerade redete oder etwas zurückgelehnt dem Beitrag eines anderen lauschte. Sie war eindeutig die bemerkenswerteste und hübscheste Frau, die er je in seinem Leben kennengelernt hatte.

Lächelnd drehte er sich von dem Fenster weg und machte sich auf den Weg zu seinem Hotel.

Am nächsten Tag telefonierte er mit Miguel, um ihm mitzuteilen, dass er länger in Buenos Aires bleiben würde, und ihn zu bitten, sich um die Vorbereitungen für die Weinlese auf seinem Weingut zu kümmern.

Ausgehend von der Donnerstagsrunde, wie er das Treffen der jungen Leute nannte, nutzte er jede Möglichkeit, die sich bot, um Recha zu sehen. Neben ihr zu sitzen und ihre Argumente zu unterstützen oder unbarmherzig zu hinterfragen, waren für ihn das größte Glück. In seiner Verliebtheit blendete Hofer vollkommen aus, in welch unversöhnlichem Gegensatz seine eigene Geschichte zu der von Rechas Familie stand, in deren europäischer Verwandtschaft eine lange Reihe von Opfern des deutschen Vernichtungswahns zu beklagen waren. Ausgerechnet ein Gespräch mit Rechas Vater, einem sehr erfolgreichen und wohlhabenden Weinhändler mit internationalen Kontakten, gab den Anstoß, endlich den Anruf zu tätigen, von dem er sich so viel erhoffte.

„Hallo? Wer spricht da?" Die kurz angebundene männliche Stimme ließ große Zweifel erkennen, ob er auf legalem Weg zu dieser Telefonnummer gelangt war.

„Hofer. Kann ich bitte Paul Kripp sprechen, es ist wichtig."

„Hier gibt es keinen Paul Kripp. Sie sind falsch verbunden."

„Halt! Halt! Legen Sie nicht auf. Richten Sie ihm einfach Grüße von Schloss Klabers in Meran aus und dass ich in einer Stunde noch einmal anrufe."

Die Leitung war tot. Seinen großen Vorsätzen zum Trotz hatte Hofer den Zettel mit der Telefonnummer behalten, den Kripp ihm vier Jahre zuvor neben die Pistole in sein Fluchtauto gelegt hatte.

Eine Stunde später hatte er Kripp am Telefon. Am nächsten Tag trafen sie sich in einer der vielen Spelunken der Calle Necochea im Hafenviertel von Buenos Aires.

16

7. September 1982

Die Sirene eines vor seinem Haus über das alte Kopfsteinpflaster vorbeirumpelnden Notarztwagens reißt Beck aus einem unruhigen Schlaf. Müde und zerschlagen kämpft er sich aus dem Bett. Zuviel Bier und zu wenig Schlaf. Vorwurfsvoll mustert er seinen über Nacht gealterten Zwillingsbruder im Spiegel. Unter der Dusche drängen sich die beiden Toten vor die diffusen Traumsplitter, die ihm seit dem Wachwerden durch den Kopf schwirren. Ein Blick auf die Uhr in seiner Küche zeigt ihm, dass er hoffnungslos zu spät ist. Er muss sich endlich einen Wecker besorgen, der funktioniert. Weil es jetzt sowieso egal ist, geht er kurz aus dem Haus, um sich in der kleinen Bäckerei gegenüber zwei frische Croissants zu holen.

Mit einer großen Schale Milchkaffee sitzt er auf seiner Terrasse und versucht, eine Idee zu bekommen, was in dieser leeren Wohnung tatsächlich passiert sein könnte. Sie haben es eindeutig mit einer professionellen Tötung zu tun. Obwohl sich alles in ihm dagegen sträubt, scheint organisierte Kriminalität die einzige Annahme zu sein, die Sinn ergibt. Ein Umstand, der gegen eine Verbindung mit der Tötung im Felsenmeer spricht. Auf keinen Fall darf er den Eindruck erwecken, er würde eine Hypothese ablehnen, nur weil sie von Lefebvre kommt. Aber warum wurde der Mann regelrecht hingerichtet? Und warum in dieser leeren Wohnung in einem Hochhauskomplex und nicht in irgendeiner einsamen Kiesgrube? Für ein Drogenlager oder ein Zwischenlager für junge Frauen aus Thailand oder den Philippinen ist die Wohnung viel zu öffentlich. Wieso räumen die Täter die Wohnung aus, übersehen aber eine UZI im Spülkasten? Und was soll das Hakenkreuz auf der Stirn? Ablenkung wie bei dem anderen Mord?

Kurz vor neun steigt er im Präsidium die Treppen zu seinem Dezernat hoch. Auf seinem Schreibtisch findet er zwei Telefonnotizen. Gauweiler war es gelungen, zwei Wandervögel dazu zu überreden, sich heute mit dem Polizeizeichner zu treffen. Geradezu elektrisierend wirkt die zweite Nachricht auf ihn. Ein Beamter der Polizeiinspektion Edenkoben hat die Information weitergegeben, dass in den letzten beiden Tagen mehrfach eine ältere Dame aus St. Martin angerufen und sich über einen vor ihrem Haus geparkten VW-Käfer mit Speyerer Kennzeichen beschwert hat. Nachdem er mit der Wache in Edenkoben telefoniert hat, gibt er Gauweiler Bescheid. Er reißt den Zettel mit der Adresse vom Block und stürmt in das gegenüberliegende Büro von Senta und Marx. Senta hämmert mit den Zeigefingern auf einer Schreibmaschine herum. Auf der rechten Seite der Maschine liegen zwei Stapel mit grauen und grünen Akten.

„Holla, Chef. Was ist los? Sie haben fast die Tür eingetreten. Gibts was Neues?"

Beck meint einen flehentlichen Unterton in ihrer Stimme zu hören. Mit einer Handbewegung deutet er auf die Akten. „Was ist das denn?"

„Mein Herr und Gebieter hat mir befohlen, alle Mordfälle der letzten zehn Jahre …".

„Lass den Quatsch."

„…auf Ähnlichkeiten zu unseren Toten zu untersuchen. Bundesweit. Ich habe gestern stundenlang herumtelefoniert und mich durch unser Archiv gewühlt. Die Mannheimer haben mir vor einer viertel Stunde drei Stapel gebracht. Alles Tötungen mit Schusswaffen. Sind auch ein paar Totschläger dabei. Muss ich alles noch durcharbeiten. Das sind jetzt schon an die Hundert Akten. Voll der Horror. Die beiden Spaßvögel sitzen mit der größeren Hälfte im Besprechungsraum. Anfragen an die LKAs sind raus." Senta lehnte sich stöhnend in ihrem Schreibtischstuhl zurück. „Und so nebenbei versuche ich seit über einer Stunde die Aussagen der Mieter aus dem Hochhaus zu protokollieren."

„Ich dachte, da gabs nix zu protokollieren?" Er winkt ab. „Wo ist Marx?"

„Kommt später. Irgendwas mit der Kleinen."

„Ruf ihn an und gib mir den Hörer!"

„Was soll …" Senta sieht ein ärgerliches Blitzen in Becks Augen und schnappt sich den Telefonhörer.

Beck erklärt Marx, dass er aufgrund neuer Entwicklungen die Besprechung auf fünfzehn Uhr verschieben und weitere zwei Ermittler mit der Durchsicht der Akten auf Sentas Schreibtisch beauftragen soll. Als er auflegt, grinst Senta über das ganze Gesicht. Auf dem Weg zur Bürotür winkt er ihr auffordernd zu.

„Los komm! Es gibt wirklich etwas Neues."

Senta ist so schnell auf den Beinen, dass ihr Stuhl hinter ihr in den Aktenschrank kracht. „Wohin fahren wir?"

„Nach St. Martin."

„Und was machen wir in St. Martin?"

Auf dem Flur dreht er sich zu ihr um. „Dort steht seit Freitag ein unbekannter alter VW-Käfer mit Speyerer Kennzeichen. Es müsste mit dem Teufel zugehen, wenn der Wagen nichts mit unserer Leiche zu tun hat. Gauweiler und Wurster sind schon unterwegs."

Bei der genannten Adresse in St. Martin handelt es sich nicht ganz überraschend um ein Weingut. Kaum sind sie aus dem Wagen gestiegen, kommt ihnen aus dem offenen Hoftor eine resolute ältere Dame in einer dunkelblauen, von roten Blümchen gefleckten Kittelschürze über einer grauen Bluse entgegen. Das volle weiße Haar zu einem Dutt hochgesteckt ist sie gerade mal so groß wie Senta.
„Meine Enkelin hat sich gar nicht mehr getraut, mit ihrem Auto loszufahren. Die hat Angst, sie knallt auf den Käfer drauf. Jetzt fährt sie schon den zweiten Tag mit dem Zug nach Mannheim."
Während sie spricht, zeigt sie mehrmals die Gasse hoch auf einen roten Käfer. Eine postgelbe Ente parkt Stoßstange an Stoßstange direkt hinter dem Volkswagen. Daneben beugen sich Gauweiler und Wurster über das geöffnete Heck ihres Dienstkombis. Da das Sträßchen mit einer gut dreißigprozentigen Steigung bis zum hundertfünfzig Meter entfernten Waldrand steil nach oben geht, ist Beck sofort klar, worin das Problem der Enkelin besteht.
„Verstehe Frau ..."
„Wamsganß, Irmgard Wamsganß. Wir bauen in der zehnten Generation Wein an. Letztes Jahr sind wir mit drei goldenen, zwei silbernen und fünf bronzenen Kammerpreismünzen ausgezeichnet worden. Mein Sohn verkauft seine Weine sogar in Edel-Restaurants in Mannheim, Speyer und Heidelberg."
Sie nimmt Beck vertraulich am Arm und zieht ihn behutsam, aber bestimmt in den Hof.
„Stand der Wagen schon, als Ihre Enkelin ihre Ente abstellte?"

„Ja klar, sonst wäre es ja nicht passiert. Der stand Mittwoch letzte Woche schon da. Auf jeden Fall, wie sie abends von der Uni kam. Sie war für einen kurzen Moment abgelenkt, sonst wäre sie ja nicht so nah an den Käfer dran gefahren. Ab Donnerstag war sie mit ihrer Clique unterwegs, ist abgeholt worden. Deswegen hat sie ja gehofft, dass der Wagen nicht mehr da wäre, wenn sie wiederkommt. Ein Wanderer oder so. Meine Enkelin studiert Betriebswirtschaft in Mannheim. Die hat keine Lust auf Weinbau. Traurige Sache…"

„Hat jemand den Fahrer gesehen?"

„Dann hätte ich das doch längst gesagt. Also wie gesagt, dass die Kleine nicht in den Weinbau einsteigt, ist traurig, fast ein bisschen tragisch, weil mein Sohn nur die eine Tochter hat. Die Monika, meine Schwiegertochter, also die Mutter von der Jennifer, so heißt nämlich meine Enkelin, die mit dem Deschöwo da droben, hat mehrere Fehlgeburten gehabt, wissen Sie. Die ist sowieso etwas schwächlich und kann auch nicht immer so helfen im Wingert. Also bei der letzten Schwangerschaft, da war die richtig depressiv. Wir haben alle gedacht, die tut sich was an. Na ja, der Rudolf, das ist mein Sohn, also der Vater von der Jennifer, hat sie dann in die Kur geschickt, nach Berchtesgaden, wo doch Bad Bergzabern gerade um die Ecke liegt. Das hat vielleicht Geld gekostet. Die Kasse hat ja nur einen Teil übernommen. Aber es hat geholfen. Obwohl in den letzten beiden …"

„Chef! Wurster hat den Käfer offen." Senta kommt in den Hof gerannt und packt Beck am freien Arm.

„Entschuldigen Sie Frau Wamsganß. Ich muss jetzt an die Arbeit. Sie wollen doch, dass der Käfer endlich wegkommt."

Dankbar lässt er sich von Senta zum Hoftor ziehen. Aber so einfach gibt die alte Dame seinen Arm nicht frei.

„Wieso kommen Sie eigentlich mit so vielen Leuten von Ludwigshafen, nur um ein abgestelltes Auto zu überprüfen? Ist da was Schlimmeres …".

„Frau Wamsganß, ich muss jetzt wirklich. Wenn wir weitere Fragen haben, komme ich noch einmal vorbei."

„In Ordnung, Herr Kommissar. Aber Sie gehen mir nicht weg, ohne wenigstens einmal unseren Riesling probiert zu haben." Während sie lächelnd seinen Arm loslässt, blitzt mädchenhafter Schalk in ihren Augen.

Sie gehen die Gasse hoch und sehen, dass Gauweiler und Wurster schon mit dem Inneren des Käfers beschäftigt sind.

„Tach, Wurster. Servus, Hans. Habt ihr Hinweise auf den Halter?"

„Hallo, Helm!" Gauweilers Stimme dringt etwas gedämpft aus dem Innenraum des Wagens, in dem sein Oberkörper fast vollständig verschwunden ist. „Die haben wir schon von dem jungen Kollegen aus Edenkoben, der hat, bevor er uns anrief, eine Halterabfrage veranlasst." Schwer atmend tauchte Gauweiler hinter der Fahrertür des Käfers auf. „Wolfgang Löffler, zwanzig Jahre alt, wohnt in Speyer in der Nordsiedlung, im Fliederweg."

„Im Fliederweg? Das ist ja ganz in der Nähe von unserer anderen Leiche."

„Für einen zwanzigjährigen jungen Burschen ist der Wagen verdammt gut aufgeräumt. Im Handschuhfach liegen Straßenkarten von Süddeutschland und Elsass-Lothringen, verschiedene Wanderkarten für die Gegend hier, ein halbes Dutzend Strafzettel für falsches Parken und ein angeknabberter Schokoriegel. Im Stauraum hinter dem Rücksitz habe ich eine Stofftasche mit mehreren Rollen, starken Gewebebands und zwei Packungen Sechziger Kabelbinder gefunden." Gauweiler deutet auf die Kunststoffkiste neben sich. „Hier in der Kiste liegen die Sachen."

„In Ordnung, Hans. Lass den Käfer in die KTU schleppen. Wenn jemand unangenehme Fragen stellt, nehme ich das auf meine Kappe. Das ist kein Zufall, dass der hier steht. Das ist der Wagen unseres Toten aus dem Felsenmeer. Da bin ich mir absolut sicher."

Beck tippt Senta, die begonnen hat, in Müllers Kiste herumzukramen, an die Schulter. „Und wir beiden Hübschen fahren nach Speyer in den Fliederweg. Auf geht 's."

Zwei Schritte weiter dreht er sich noch einmal um. „Hans. Kannst du bitte Renate Koch auf den aktuellen Stand bringen. Sie soll bitte Lefebvre Bescheid geben, dass wir wahrscheinlich unseren Toten aus dem Felsenmeer identifiziert haben. Und Marx soll um siebzehn Uhr eine weitere Besprechung ansetzen. Er soll alle Beteiligten verständigen, die er erreichen kann."

Ohne eine Antwort abzuwarten, geht er weiter in Richtung seines MG. Senta läuft beinahe auf ihn auf, als er abrupt stehen bleibt.

„Moment! So viel Zeit muss sein! Warte kurz!"

Mit schnellen Schritten eilt er durch das große Tor in den Hof des Weingutes. Minuten später kommt er mit drei Flaschen Wein in den Händen auf die Gasse. Kurz darauf fahren sie los. Senta wirft einen fragenden Blick zur Rückbank, auf der die Weinflaschen gegeneinander klirren.

„Man muss die Arbeit der Menschen würdigen Senta."

„Was? Wovon reden Sie, Chef?"

„Der Wein, Senta. Die Frau hat mit solchem Stolz von ihrem Wein und der über viele Generationen andauernden Tradition des Weinbaus in ihrer Familie geredet, dass es einer Beleidigung gleichgekommen wäre, es zu ignorieren."

„Und da haben Sie sich eben mal drei Flaschen Wein schenken lassen, Herr Hauptkommissar? Ist das nicht Vorteilsnahme im Amt?"

Da Beck sich auf die Straße konzentrieren muss, entgeht ihm das spöttische Lächeln seiner Mitarbeiterin. „Bestechung meinst du? Jetzt red keinen Quatsch. Warum sollte die Frau mir drei Flaschen Wein schenken? Ich habe die bezahlt."

„Haben Sie eine Quittung, Chef?" Das Lächeln von Senta wird immer breiter.

Gerade noch rechtzeitig wirft Beck einen Blick auf seine Beifahrerin, bevor er ganz auf die Schippe springt, auf die sie ihn nehmen will. „Hey junge Frau! Wo bleibt der Respekt vor deinem Vorgesetzten?"

Der Gedanke, gleich jemandem die Nachricht überbringen zu müssen, dass ein Sohn, Freund oder Ehemann nicht mehr lebt, wahrscheinlich ermordet worden ist, wischt ihm das Grinsen schnell wieder aus dem Gesicht.

Beck will den MG nicht unbewacht vor den Mietblocks stehen lassen. Er parkt in einer Seitenstraße auf der anderen Seite der Durchgangsstraße, die das Problemviertel vom Rest der Vorstadtsiedlung trennt.

„Chef. So eine alte Karre klaut doch keiner."

Er überhört Sentas Spott und schließt sorgfältig ab. Schon mehrmals war er kurz davor, den Forderungen seiner Vorgesetzten nachzugeben und sich mit einem Dienstwagen zufriedenzugeben. Aber immer wieder weigerte sich etwas in ihm, diese einmal gegebene Sondererlaubnis ohne Not aufzugeben. Finanziell ist es völliger Unsinn, seinen MG für Dienstfahrten zu nutzen, gefühlsmäßig allerdings alternativlos.

„Hier bin ich groß geworden, Senta."

Sie überqueren die Straße, die die Doppelhaussiedlung von den Wohnblocks trennt, und gehen zügig an großen Mietshäusern mit vier Doppeletagen vorbei. Zwischen den Blocks öffnen sich großzügige Grünflächen mit hohen Kiefern und mannshohen Hecken.

„Hier in diesen Wohnblocks?" Senta klingt überrascht.

„Nein, ein paar Straßen weiter von der Stelle, wo wir den MG abgestellt haben. Vor zwanzig Jahren war hier alles noch Wald. Am ersten Augustwochenende fand hier das Siedlerfest statt, mitten im Wald. Morgens um sechs marschierte eine Blaskapelle durch die Straßen und weckte die Anwohner. Samstags- und Sonntagmorgens wurden Leichtathletikwettkämpfe veranstaltet, und zum Frühschoppen im großen Zelt gab es Kämpfe im aufgebauten Boxring. Schießbude, Karussell, Schiffschaukel und ein großer Biergarten waren zwischen den Bäumen untergebracht. Für die Kinder gab es Wettbewerbe mit Eierlaufen und Sackhüpfen." Die Erinnerung ist so real, dass Beck meint, den von flinken barfüßigen

Kindern aufgewirbelten Staub des hellen Sandbodens auf der Zunge zu schmecken.

„Gemeinschaftlich haben die Bewohner der Nordsiedlung das damals organisiert. Mein Vater hat immer geholfen, einen Wagen für den Umzug zu gestalten und war auch immer beim Bierausschank dabei. Familie und Nachbarn saßen bei einem Onkel von mir im Garten, gerade Mal zweihundert Meter von hier über der Straße und sahen die bunten Lichterketten und den Trubel im Wald. In den Obstbäumen hingen Lampions, und es wurde kräftig gegessen und getrunken. Keiner hatte Geld, aber dafür hat es immer gereicht. Man hat sich gegenseitig geholfen und beigestanden, aus sich heraus, einfach weil es richtig war. Und gesungen wurde viel. Damals standen noch keine Fernsehgeräte in den Wohnzimmern. Diese Nähe zwischen den Menschen wird immer seltener."

„Da vorne ist die Vierzehn."

Ein Gehweg führt zwischen hohen Hecken zum Hauseingang. Rechts und links der Haustür vier Klingeln und vier Briefkästen. Beck findet den Namen Löffler und drückt auf den Knopf. Sofort summt der Türöffner. Im Treppenhaus hören sie, wie in der ersten Etage eine Wohnungstür geöffnet wird.

„Wolfgang. Bist du das? Hast du wieder deine Schlüssel vergessen?" Eine kräftige Frauenstimme ruft besorgt und erleichtert zugleich die Treppen herunter. Beck wirft Senta einen kurzen Blick zu. Dann atmet er tief durch und steigt die Treppe hoch.

„Frau Löffler?"

„Ich brauche keine Zeitschriften und auch sonst nichts." Eine drahtige kleine Frau mittleren Alters steht mit enttäuschtem Gesichtsausdruck in der Tür und sieht ihnen entgegen. Sie will in ihre Wohnung zurück, als etwas in Becks Haltung sie zögern lässt. „Wer sind Sie?"

„Mein Name ist Beck. Ich bin Hauptkommissar bei der Kriminalpolizei in Ludwigshafen." Er hält seinen

Dienstausweis hoch, damit ihn Frau Löffler sehen kann. „Das ist Kommissarin Fischer. Könnten wir Ihren Sohn sprechen?"

Jetzt erst sehen sie, dass der Tote nicht der Sohn sein kann. Die Frau, die vor ihnen steht und sich leicht wankend am Türrahmen festhält, ist dafür zu alt. Für einen Augenblick ist er versucht, zu ihr zu treten und sie zu stützen, dann ist der Schwächeanfall vorbei.

„Ich habe keinen Sohn, Herr Hauptkommissar. Aber vielleicht meinen Sie meinen Enkel, den Wolfgang. Ist ihm etwas zugestoßen?"

„Dürfen wir reinkommen, Frau Löffler?"

„Aber ja doch, kommen Sie herein! Einfach gerade aus ins Wohnzimmer, bitte. Darf ich Ihnen etwas anbieten? Einen Kaffee oder ein Glas Wasser?"

„Nein Dan …"

„Gerne, Frau Löffler." Schnell unterbricht er Senta. „Eine Tasse Kaffee wäre genau das, was ich jetzt brauche."

„Dann nehme ich auch gern eine." Senta versteht schnell, um was es Beck geht.

Im Wohnzimmer weist die alte Frau auf das Dreiersofa, das hinter einem niedrigen Couchtisch steht, an dessen Stirnseite ein Sessel auf das in einer dunklen Schrankwand eingelassene Fernsehgerät ausgerichtet ist. Daneben in einem Korb Strickzeug. Ein zweiter Sessel steht der Couch gegenüber. Als sie sich umdreht, folgt ihr Beck.

„Ich geh mit Ihnen."

Beck bedeutet Senta mit einem kurzen Nicken, dass sie sich setzen soll. In der Küche füllt er Wasser in den Tank der Kaffeemaschine, während die alte Frau Kaffeepulver und Filter aus dem Schrank holt.

„Wir wissen nicht, ob es sich bei dem jungen Mann, den wir gefunden haben, um Ihren Enkel handelt. Aber wir haben einen roten VW-Käfer gefunden, der auf den Namen Ihres Enkels zugelassen ist."

Wieder muss er sich zusammenreißen, um sie nicht beim Arm zu nehmen und zu bitten, sich auf einen Stuhl zu setzen.

„Wolfgang fährt einen roten Käfer. Er ist seit Dienstag letzter Woche nicht mehr hier gewesen. Dass er eine ganze Woche nichts von sich hören lässt, ist noch nie passiert. Ich mache mir Sorgen. Seit drei Monaten hat er eine eigene Studentenbude in Heidelberg, aber er hat mir immer Bescheid gesagt, wenn er mehrere Tage irgendwo hinwollte. Ansonsten meldet er sich jeden Tag bei mir. Am Telefon. Und er kommt bestimmt drei Mal die Woche zum Kaffee. Wir kochen auch mal zusammen. Manchmal hat er auch in seinem alten Zimmer übernachtet. Das hat er aber, glaube ich, nur wegen mir gemacht."

„Hat er Freunde oder Bekannte, mit denen er sich regelmäßig trifft?"

„Ich weiß es nicht. Deswegen konnte ich ja auch niemanden anrufen. Und an der Universität wüsste ich gar nicht, wo ich anrufen sollte."

Die Kaffeemaschine fängt an zu knacken und zu gurgeln, und sie schaut kurz nach, ob alles in Ordnung ist.

„Wissen Sie, er ist mehr für sich. Bitte verstehen Sie mich nicht falsch, Herr Kommissar. Er geht aus und ist oft mit anderen in Speyer oder Heidelberg unterwegs. Aber richtige Freunde, davon hat er nie erzählt. Er studiert Medizin in Heidelberg. Mein Gott bin ich stolz auf ihn. Meinen Sie wirklich, dass ihm etwas passiert ist, Herr Kommissar?"

„Wir wissen es nicht genau und brauchen Ihre Hilfe, Frau Löffler. Könnte ich mir einmal sein Zimmer anschauen?"

„Schauen Sie ruhig, Herr Kommissar. Es ist direkt gegenüber der Küche."

Wie aufs Stichwort kommt Senta in die Küche. „Soll ich schon mal Tassen rüberbringen, Frau Löffler?"

Wolfgang Löfflers Zimmer ist etwa fünfzehn Quadratmeter groß, lindgrün gestrichen und nur spärlich möbliert. Beck sieht ein Jugendbett aus Holz. An dem Gittermuster in der Farbe der gegenüberliegenden Wand erkennt er, dass da noch vor Kurzem ein Regal gestanden hat. Auf dem selbst gebauten Schreibtisch unter dem Fenster liegen zwei Collegeblöcke, ein paar Stifte und ein antiquiertes medizinisches Sachbuch zur menschlichen Anatomie. Über dem Bett hängt ein Poster von David Bowie, daneben *'Macht kaputt, was euch kaputt macht'*, ein altes Konzertplakat mit Rio Reiser und den Scherben. Die Innenseite der Zimmertür bedeckt zur Hälfte ein übergroßes Logo der Antifaschistischen Aktion. Neben einem alten Plattenspieler stehen ein paar Langspielplatten. Beethovens Siebte, der frühe Degenhardt, *'Absolutely Live'* von den Doors und *'Heroes'* von David Bowie. Der gerade mal ein Meter breite Kleiderschrank ist leer. Er nimmt zwei Fotografien von der ansonsten leeren Pinwand. In den Collegeblöcken sind nur unbeschriebene Blätter.

Als Beck in das Wohnzimmer zurückkommt, sitzen Senta und Frau Löffler einander zugewandt auf dem Sofa. Frau Löffler weinte leise, tupft schnell die Tränen von ihren Wangen, als sich Beck ihnen gegenüber auf einem Sessel niederlässt.

„Soll ich Ihnen Kaffee einschenken, Herr Kommissar?"

„Sagen Sie doch bitte Beck zu mir, Frau Löffler. Ja, ich trinke jetzt gerne eine Tasse."

Währen sie die Kanne hebt und ihm einschenkt, schluchzt sie kurz, scheint dann aber wieder gefasst. „Kann ich den Toten sehen?"

„Frau Löffler, ich weiß nicht, ob …".

„Auch wenn man das Gesicht nicht mehr erkennen kann …". Sie sieht kurz zu Senta, dann wieder zu ihm. „Ihre Kollegin hat mir die Situation erklärt, Herr Beck. Also, ich glaube trotzdem, dass ich Wolfgang erkennen würde, wenn er es ist. Bitte."

„Wir werden sehen, Frau Löffler." Er hebt die Tasse und nippt an dem Kaffee. „Frau Löffler, wollen Sie uns ein wenig über Ihren Enkel erzählen?"

„Da gibt es nicht so viel zu erzählen. Er ist ein ruhiger und gescheiter Junge. Er studiert Medizin in Heidelberg, in ein paar Wochen beginnt das fünfte Semester für ihn. Seit einem halben Jahr hat er eine Dachwohnung außerhalb von Heidelberg. Er wollte mich demnächst mal mitnehmen und für mich Kochen, hat er gesagt." Hilflos schaut sie zur Schrankwand, als ob dort die richtigen Antworten auf Becks Fragen zu finden wären. „Es ist ihm nicht alles zugefallen in der Schule und so. Aber er ist eine Kämpfernatur, und was er sich in den Kopf gesetzt hat, das erreicht er meistens. Eigentlich immer. Und dass er jetzt …"

Die Knöchel der Hand, mit der sie ihr Taschentuch umfasst, sind weiß vor Anstrengung.

„Wir wissen noch nichts Konkretes, Frau Löffler. Es ist nur eine Vermutung."

Die als Trost gedachte Bemerkung Becks löst ein lautes Schluchzen und weitere Tränen aus.

„Soll ich Ihnen ein Glas Wasser holen? Gibt es denn jemand, der sich um Sie kümmern kann, Frau Löffler?"

„Ich kann zu meiner Schwester. Die wohnt nicht weit von hier. Aber Sie wollten, dass ich Ihnen von Wolfgang erzähle."

Gefasst schaut sie über ihre Kaffeetasse zu Beck.

„Ja, bitte erzählen Sie mir etwas über Ihren Enkel. Ist er das hier?" Er zeigt ihr die beiden Fotos, die er von der Pinwand genommen hat.

„Ja. Einmal mit mir und einmal, wie er sich bei diesem Nazi vor dem Haus angekettet hat." Sie nimmt einen kleinen Schluck von ihrem Kaffee. „Wolfgang hat seine Mutter nie richtig kennengelernt. Er war gerade mal vier, als sie sich vor einen Zug geworfen hat, die Unglückliche. Sie war so sensibel und verletzlich und hatte schon als fünfzehnjährige depressive Phasen. Der Vater von Wolfgang hat sie sitzen lassen. Am gleichen Tag, an dem er erfahren hat, dass sie schwanger ist, hat er die Papiere für Kanada beantragt. Sie war siebzehn. Im dritten Monat hat sie eine schwere Depression bekommen. Während der Schwangerschaft durfte sie keine Medikamente nehmen. Ich weiß bis heute nicht, wie sie es geschafft hat, den Wolfgang auf die Welt zu bringen. Wahrscheinlich hat sie das am Leben gehalten. Verantwortung für ihr Kind zu tragen. Nach der Geburt ging es dann richtig bergab mit ihr. Sie war fast ein halbes Jahr auf der Landeck, die Psychiatrie wissen sie. Als sie zurückkam, hatte sie dreißig Kilo zugenommen und war immer noch unfähig, irgendwas zu fühlen. In den nächsten Jahren war sie mehr in der Klinik wie zu Hause. Eines Tages war sie verschwunden, und ich hatte zum ersten Mal Besuch von einem Polizisten." Ein heftiger Weinkrampf schüttelt ihren Körper.

Hilflos suchen Becks Augen das Zimmer nach weiteren Taschentüchern ab.

„Es geht schon wieder, Herr Beck." Sie schnäuzt sich kräftig und atmet mehrmals tief durch.

„Er war immer schon lieber für sich. Das ist schwierig zu erklären. Er ist kein Einzelgänger und war nicht unbeliebt bei seinen Klassenkameraden. In den letzten drei Schuljahren war er sogar Klassensprecher." Sie schnäuzt sich noch einmal laut.

„Mit fünfzehn oder sechzehn, ich weiß es nicht mehr so genau, hat er eine Biografie von einem Schweizer Arzt namens Jung gelesen. Ab dem Zeitpunkt war für ihn entschieden, dass er Medizin studiert, wenn möglich noch Psychologie dazu. Dann hat er gepaukt wie ein Besessener und hat ein Einserabitur hingelegt. Daneben hat er sich immer Geld verdient. Er kannte sich gut aus mit Mofas und Mopeds. In einer kleinen Werkstatt auf der Wormser Landstraße hat er freitagnachmittags und samstags gearbeitet." Sie greift nach ihrer Kaffeetasse, stellt sie aber nach kurzem Probieren ab.

„Ist ja schon kalt. Trinken Sie Ihren Kaffee, Herr Beck, sonst wird der auch kalt."

Beck nimmt ihr zuliebe einen Schluck aus seiner Tasse.

„Seit er studiert, sehe ich ihn nicht mehr so oft. Er arbeitet immer noch in der Werkstatt. Ansonsten ist er inzwischen mehr in Heidelberg unterwegs. Ich glaube, er hat auch Freunde in Frankfurt. Was mir richtig Sorgen macht, ist, dass er bis heute nie von Mädchen erzählt hat. Mir ist es egal, wenn er vom anderen Ufer ist, aber die Menschen hätten ihm das Leben schwer gemacht." Der Ärger über die borniere Gesellschaft deckt für einen kurzen Moment die Sorgen um den Enkel zu. „Na ja. Ich mach mir so meine Gedanken. Manchmal habe ich mich dabei ertappt, wie ich seine Mutter, mein eigenes Fleisch und Blut, in meiner Erinnerung einfach gestrichen habe. Verstehen Sie das, Herr Beck. Ich habe mich gehasst dafür, aber es war ja so. Wenn er jemals eine Mutter hatte, dann war ich das doch. Oder?" Sie sieht eine Weile zum Fenster hinaus und es scheint so, als ob sie gar nicht mit Beck redet, sondern mit sich selbst. „Ich hatte damals unendliches Glück, dass ich einen Platz im Kindergarten vorne im Kiefernweg ergattern konnte. Sonst hätte das Jugendamt den Wolfgang ins Heim gegeben. Wäre ja auch richtig gewesen, ich musste ja Geld verdienen."

„Was ist denn mit dem Vater Ihrer Tochter, Frau Löffler."

„Mein Mann ist nicht mehr aus dem Krieg heimgekommen. Dieser verfluchte Krieg hat es uns nicht einmal erlaubt zu heiraten."

„War der Wolfgang in letzter Zeit irgendwie verändert, Frau Löffler? Hat ihn etwas bedrückt? Hatte er Probleme?" Er sieht ihren Blick und ahnt die Frage.

„Haben Sie Kinder, Herr Beck?"

„Meine Lebensgefährtin hat eine fünfzehnjährige Tochter." Wenn das zählt, dachte er.

„Dann wissen Sie doch, dass Eltern ab einem gewissen Alter nicht mehr alles erfahren, was im Leben der Kinder wichtig ist. Ich weiß offen gesagt nicht, was ihn in letzter Zeit beschäftigt hat. Ich weiß es nicht. Sein Studium ja, aber sonst."

„Haben Sie Zeit, mit nach Ludwigshafen zu fahren, Frau Löffler?"

„Ja, ich habe mir ein paar Tage freigenommen. Ich habe ja gespürt, dass etwas nicht in Ordnung ist. Und ich wollte da sein, wenn Wolfgang nach Hause kommt." Wieder rüttelt ein Weinkrampf an ihren spitzen Schultern.

Beck schaut hilfesuchend nach Senta, die fragend die Augenbrauen hochzieht.

„Vielleicht finden Sie ja die Leute, mit denen er Umgang hatte. Vorletzten Freitag war er hier zum Abendessen. Er war ziemlich aufgekratzt, eher ungewöhnlich für ihn, erzählte mehrmals über eine Hausbesetzung und dass dies eben nicht nur in Berlin, Frankfurt oder Heidelberg möglich sei, sondern auch in Speyer. Und dass sie einem bekannten Neonazi mal ordentlich aufs Maul hauen würden." Sie schaut kurz auf. „Warum machen die jungen Leute so etwas? Ist nicht schon genug Ärger in der Welt? Hat dieser Hitler nicht genug Elend über die Welt gebracht? Ständig sind irgendwelche Sendungen im Fernsehen. Irgendwann muss doch mal gut sein mit der Vergangenheit."

Beck muss an Grünewald denken.

„Heute Morgen stand in der Tagespost, dass diese Häuser in der Johannisstraße besetzt wären. Da habe ich gedacht, dass er vielleicht verhaftet worden ist und sich deshalb nicht meldet. In der Haft hat man ja nur einen Anruf."

„Wollen wir, Frau Löffler?"

„Ich gehe mich nur etwas frisch machen, Herr Kommissar." Energisch steht sie auf und verlässt das Wohnzimmer in Richtung Bad.

Beck schaut zu Senta, die still in der Sofaecke sitzt. „Ich fahre zurück nach Ludwigshafen. Du orderst dir einen Streifenwagen von den Speyerer Kollegen und begleitest Frau Löffler zur Rechtsmedizin. Ist das in Ordnung für dich?"

„Und wenn nicht, Chef?"

„Wird es auch so sein."

„Dann bin ich einverstanden, Chef."

„Willst du mich verarsch …"?

„Von mir aus können wir jetzt fahren, Herr Beck." Frau Löffler steht mit Mantel und Handtasche in der Wohnzimmertür.

Auf dem Weg zur Wohnungstür dreht Beck sich zu der kleinen Frau um. „Kommissarin Fischer wird mit Ihnen

fahren, Frau Löffler. Können Sie uns vielleicht die Heidelberger Adresse Ihres Enkels aufschreiben?"
„Die hat sich Ihre Kollegin schon notiert, Herr Kommissar."

17

Januar 1951

Röstaromen von kräftig gewürztem Fleisch breiteten sich auf der Veranda aus. Nicht nur der Holztisch war größer geworden. Das ganze Weingut war gewachsen. Stolz hatte ihm Miguel vor Wochen den Stall gezeigt, den er auf der Rückseite des Wohnhauses in einer stabilen Holzkonstruktion hatte bauen lassen. Unter einem Heuboden waren neben einer großzügigen Sattelstube zehn Pferdeboxen eingerichtet. Davon waren zwei von kräftigen Criollos belegt, die er von einem Züchter dieser zähen Arbeitspferde im Süden der Pampas gekauft hatte. Neben dem Knistern und Knacken des Grills waren nur die Rufe und kleinen Schreie von Laura und Ernesto zu hören, die vor der Veranda mit einem Ball spielten. Clara hatte sich so weit wie möglich von dem zischenden Grill entfernt am anderen Ende der Veranda mit einem Buch in ihren geliebten Schaukelstuhl gesetzt.

Einmal schaute sie auf und rief halb im Spaß zu Hofer hinüber. „Wann bringst du endlich eine Frau mit, Sebastian. Irgendwann bist du alt und grau und hast immer noch keine Kinder."

Sie war im vierten Monat schwanger. Miguel hatte begonnen, das Haus zur Seite hin um zwei Zimmer zu erweitern. Sie ahnte nichts von Hofers Verliebtheit und seiner sehr konkreten Familienplanung. Miguel wusste von Recha. Aber auch nur, dass Hofer sich in Buenos Aires in eine junge, schöne und kluge Frau verliebt hatte. Hofer hatte es ihm gestanden, nachdem Miguel aufgefallen war, dass es nach dem ersten Besuch in der Hauptstadt keine ausschweifenden mehrtägigen Ausflüge nach Mendoza mehr gab und die Bergtouren nicht mehr ganz so waghalsig ausfielen. Von den Heiratsplänen wussten nur Recha und Hofer. Und Rechas Vater, der nach Rücksprache mit seinem Rabbi zwar gezögert, aber einige sehr laute Gespräche mit seiner Tochter später, Hofer als Schwiegersohn akzeptiert hat.

Auf dem Tisch stand eine halb volle Flasche Bordeaux. Hofer brachte seinem Freund immer einen kleinen Vorrat verschiedener Weine vorbei, um ihm so nebenbei den Unterschied zu den selbst produzierten erfahrbar zu machen.

„Warum willst du ausgerechnet jetzt nach Buenos Aires fahren, wo doch so viel zu tun ist?" Miguel war ernsthaft verärgert über die unpassenden Reisepläne seines Freundes. Mit einem bunten Tuch wischte er sich den Schweiß von der Stirn und aus dem Nacken. Zu den hochsommerlichen dreißig Grad kam die Hitze des Grills.

Sie hatten nie darüber gesprochen, was Hofer vor knapp einem Jahr in Buenos Aires unternommen, mit wem er sich getroffen hatte. Wenige Monate danach war es ihnen innerhalb kurzer Zeit gelungen, große Flächen gutes Land zu kaufen. Nach jahrelangen erfolglosen Bemühungen waren sie innerhalb eines halben Jahres zu Großgrundbesitzern geworden. Die plötzliche Bereitschaft einiger Großgrundbesitzer, ihnen doch Land zu verkaufen, ging Miguel nicht aus dem Kopf.

„Wir müssen knapp hundert Hektar Reben roden und genauso viel unkultivierte Fläche für die Pflanzungen vorbereiten. Wir wollen zwei große Weinkeller mit Kelterei, Abfüllanlage und Lagerhalle bauen. Da willst du nach Europa?"

Hofer war aufgestanden und lehnte sich neben Miguel an das Verandageländer. „Wir brauchen Reben, mein Freund, viele Reben. Hunderttausende von Reben. Wenn wir auf moderne Rebenerziehung setzen, müssen zwischen den Rebenreihen wenigstens zwei Meter Platz bleiben und die Rebstöcke eineinhalb Meter auseinandergesetzt werden. Dafür brauchen wir dreieinhalb bis viertausend Pflanzen pro Hektar."

Mit einem kräftigen Schluck leerte er sein Glas. „Jetzt rechne mal! Wenn wir einen Teil der Reben, vor allem den Malbec, aus dem wir vielleicht auch einmal einen guten Wein machen können, stehen lassen und nur 150 Hektar neu bepflanzen, brauchen wir über eine halbe Million veredelte Reben-Klone. Ein ganzes Schiff voller Reben, ein riesiger schwimmender Weinberg." Berauscht von der Größe ihres Vorhabens, sprudelten die Worte nur so aus ihm heraus. „Das wird Jahre dauern, Miguel. Wir werden nicht auf einen Schlag so viele Pflanzen kaufen können, und selbst wenn, brauchen wir bestimmt hundert oder mehr Pflanzer, die wissen, was sie tun. Darum musst du dich auch kümmern, Miguel."

„Ach so. Du denkst, dass ich mit den Rodungsarbeiten und der Planung von zwei modernen Kellereien nicht ausgelastet bin. Dass ich mich eventuell langweilen könnte, während du dich quer durch Europa trinkst?"

Grinsend nahm Hofer Miguels leeres Glas und ging zum Tisch. „Wir brauchen Reben, Miguel. Wir haben die besten Voraussetzungen, um unsere Träume real werden zu lassen. Der erste große Schritt ist getan. Jetzt brauchen wir Reben. Jetzt liegt es an uns, mein Freund. Ganz allein an uns. Ein gutes Gefühl."

„Ist ja schon gut. In Ordnung, Onkel Weißhaar. Fährst du also nach Europa Reben kaufen."

Die Benutzung des kindlichen Necknamens signalisierte Hofer, dass Miguel sich wieder beruhigt hatte. Aber er spürte, dass für seinen Freund alles noch Fantasterei war, dass die Größe des Projekts Miguels Vorstellungskraft noch überforderte.

„Ja, ich fahre nach Frankreich, um Shiraz, Cabernet Sauvignon, Merlot, Chardonnay und Sémillon einzukaufen. Mit einem Schiff voller Reben werde ich zurückkommen und wir werden der Welt zeigen, was für tolle Weine man in Argentinien machen kann." Er schenkte die Gläser voll und war mit wenigen Schritten über die knarrenden Dielen neben dem Freund. „Darauf lass uns anstoßen, Partner."

Sie tranken beide einen kräftigen Schluck.

„Wie lange wirst du weg sein Sebastian?"

„Vielleicht zwei, drei Monate." Zurück am Tisch stellte Hofer sein Glas ab und setzte sich. "Ich werde nach Madrid fliegen und von dort aus mit dem Zug in die Regionen Duero und Rioja fahren. Danach geht es quer durch Frankreich weiter. Zuerst in das Bordelais, dann an die Rhone, dann durch die Bourgogne zum Elsass." Er griff nach den dampfenden Empanadas. „Zuerst werde ich mir einen vertrauenswürdigen Berater suchen müssen …", hastig legte er das noch zu heiße Gebäck zurück und blies sich über die Finger „der mich berät und auf der Reise begleitet. Und wir brauchen ja nicht nur Reben, wir brauchen einen erfahrenen Kellermeister, der dazu bereit ist, seine Handwerkskunst auf der anderen Seite des Erdballs auszuüben."

Und ich werde auf der Hut sein müssen, dachte er. In Mendoza gab es wunderbarerweise eine Buchhandlung, in der er den Figaro kaufen konnte. In den Nachkriegsmonaten waren viele Kollaborateure der Selbstjustiz zum Opfer gefallen. Die erste Verjährungsfrist für seine Taten lief noch neun Jahre. Gegenwärtig war das zweite Straffreiheitsgesetz in Kraft und ein drittes weitergehendes in Vorbereitung. Aber so lange wollte er nicht warten. Er sehnte sich danach, endlich seine Mutter wiederzusehen. Längst hatte er begonnen, sich einen Südtiroler Dialekt anzutrainieren. Als Orientierung reichten ihm die wenigen Kontakte in dem Gasthaus bei Meran. Dazu etwas bayrisch, etwas alemannisch, fertig war der junge Tiroler Jungunternehmer. Sein Italienisch war nach wie vor mehr als passabel. Da das italienische Konsulat in Buenos Aires kein Problem damit hatte, seine päpstlichen Ausweispapiere in einen ordentlichen Pass zu verlängern, verfügte er seit Jahren über echte italienische Papiere. Gerade hatte er die argentinische Staatsbürgerschaft beantragt.

Nachdem die Kinder mehrmals lautstark ihren Hunger bekundet hatten, half Hofer Clara beim Heraustragen zweier bunt gefüllter Salatschüsseln und eines heißen Topfes mit gebackenen Kartoffeln. Starker Qualm und lautes Brutzeln und Zischen kündigten Miguels Grillfinale an.

Als anderthalb Stunden später auch der letzte Rest der Dulce de leche aus der großen Schüssel genascht war, verschwanden die Kinder in ihren Zimmern. Die beiden Männer fläzten sich mit wohliger Sorgfalt in die bequemen Schaukelstühle. Nachdem sie die Küche versorgt hatte, kam auch Clara zu ihnen und machte es sich in ihrem Sessel bequem. Bald darauf ebbte das Gespräch ab und alle drei glitten in den leichten Schlaf hinüber, der einem guten und reichlichen Essen folgt.

Ein leises Grollen, einem weit entfernten Gewitter ähnlich nur gleichmäßiger, weckte Hofer aus einem unruhigen, von unverständlichen Träumen begleiteten Schlaf. Benommen blinzelte er in die gleißend helle Landschaft und versuchte den Blick auf die Buschsteppe vor den Bergen zu fixieren, aus der das Geräusch zu kommen schien. Das Grollen näherte sich rasch und war jetzt auch über winzige Erschütterungen im Holz der Veranda zu spüren. Hofer erinnerte sich, das Geräusch schon einmal gehört zu haben, war aber nicht wach genug, um es klar zuordnen zu können. Er rieb sich die Augen und starrte angestrengt in die Ebene hinaus, hinter der weit entfernt die schneebedeckten Gipfel der Anden aufragten. In der flimmernden Hitze schwammen kleine dunkle Schatten, die schnell größer wurden. Steif erhob er sich von seinem Schaukelstuhl und stakste zum Geländer der Veranda. Laut gähnend reckte sich hinter ihm Miguel in seinem Stuhl. In dem Moment erkannte Hofer eine Gruppe Reiter, die von Osten auf das Weingut zugeritten kam und in wenigen Augenblicken das breite Tor zum weitläufigen Vorplatz passieren würde.

Mit Panik in der Stimme schrie Hofer so laut er konnte: „Aufwachen! Ins Haus ihr beiden! Sofort ins Haus! Na los, hört ihr schlecht! Runter von der Veranda!"

Er schrie um ihrer aller Leben und hörte auch nicht auf zu schreien, als er ins Haus rannte, um die zwei großkalibrigen Karabiner zu holen, die Miguel in einem Schrank seines Arbeitszimmers verwahrte. Miguel, der noch nicht verstanden hatte, welche Katastrophe gerade auf sie zurollte, rüttelte am Stuhl seiner aufwachenden Frau. Dann fielen die ersten Schüsse. Hofer kam mit den Waffen aus der Tür und warf Miguel einen Karabiner und eine Großpackung Patronen zu. Er ging hinter dem heißen Grill in Deckung und erwiderte das Feuer. Aus dem Augenwinkel sah er, wie Miguel mit der regungslosen Clara auf den Armen ins Haus rannte.

Ein nahe am Haus vorbeigaloppierender Reiter warf mit ausholender Bewegung einen Brandsatz auf die Veranda. Beim Zerplatzen der Flasche traf eine meterhohe Stichflamme Hofers rechte Seite. Innerhalb weniger Augenblicke stand die halbe Veranda in Flammen. Geistesgegenwärtig wechselte er zur anderen Seite und stieß den großen Tisch um. Als er mit nachgeladener Waffe hinter seiner hölzernen Deckung hervorlugte, waren die Reiter schon auf dem Rückzug und sammelten ihre Toten und Verletzten ein.

Nur ein einzelner Reiter blieb in Rufweite stehen. Er stemmte sich hoch aus dem Sattel und rief hasserfüllt herüber: „Das ist für meinen Vater, der sich und meiner Mutter aus lauter Scham das Leben genommen hat. Ihr habt ihn denunziert, um euch unser Land unter den Nagel zu reißen!" Nachdem er eine letzte Salve auf Hofers Deckung abgefeuert hatte, galoppierte er wild vom Hof und war schnell außerhalb der Reichweite von Hofers Gewehr.

Entsetzt und fassungslos rappelte Hofer sich auf. Die versengte Gesichtshälfte schmerzte, aber ansonsten war er unversehrt. Der Grill war durch den Boden gekracht und die Flammen griffen nach dem Rahmen des Küchenfensters bis hinauf auf die erste Reihe der Dachschindeln. Lautes ängstliches Wiehern war hinter dem Haus aus dem Stall zu hören. Die Pferde hatten den Rauch gewittert.

„Miguel, wir müssen löschen, sonst brennt das ganze Haus ab!"

Hofer rannte zum Brunnen neben dem Haus und warf den Motor der Pumpe an. Großzügig ließ er den Strahl auf den Dachschindeln, der Hauswand und der Veranda hin und her wandern.

Miguel stand mit schmerzverzerrtem, von Ruß und Tränen verschmiertem Gesicht zwischen den schwelenden Türbalken. „Was hat dieser Mann gemeint, Sebastian? Wieso denkt der, dass wir seinen Vater und seine Mutter auf dem Gewissen haben?" Das rußige Löschwasser, das ihm auf Kopf und Schultern tropfte, nahm er nicht wahr. „Was hast du in Buenos Aires getan? Wer bist du überhaupt? Ein Wolf im Schafspelz? Ein Teufel in Engelsgestalt?" Miguel schrie es voller Schmerz und Hass zu Hofer hinunter.

Er hob seinen Karabiner und legte auf ihn an. In diesem Moment stolperten Laura und Ernesto hustend aus der mit Rauch gefüllten Küche auf die halb zerstörte Veranda. Rasch schwang Miguel das Gewehr über die Schulter und zog seine Kinder an den Händen die zwei Stufen hinunter, weg von den schwelenden Dielen. Dann stürmte er in das Haus zurück, um Clara zu holen. Trotz Hofers Geistesgegenwart war die halbe Veranda abgebrannt und die Fenster- und Türrahmen schwarz verkohlt. Auch das Dach hatte Schaden genommen. An verschiedenen Stellen schwelten kleine Glutnester. Alles war voller Rauch.

Sie saßen schweigend im Schatten von Hofers Wagen. Rauchschwaden schwebten regungslos in der Nachmittagshitze. Miguel hielt die tote Clara im Arm. Neben ihm weinten leise die Kinder. Hofer wartete auf weitere Anklagen, Vorwürfe, Beschimpfungen oder dass Miguel auf ihn losgehen würde. Aber Miguel richtete sich wortlos auf. Sanft nahm er Clara auf beide Arme, ging langsam zu dem Schatten, den das Haus warf und bettete sie in das braune Steppengras. Die Kinder waren ihm ohne Aufforderung gefolgt. Dann kam er zu Hofer zurück.

„Ich weiß nicht, was du getan hast, um das hier geschehen zu lassen, Sebastian. Ich weiß nur, dass du Clara und unser Kind auf dem Gewissen hast, mehr muss ich nicht wissen. Verschwinde von meinem Weingut. Setz dich in deinen Wagen und verschwinde, bevor ich dich doch noch erschieße."

18
7. September 1982

Kurz vor drei sitzt Beck an seinem Schreibtisch. Aufgedreht, wie er ist, hat er Mühe, sich auf die anstehende Besprechung zu konzentrieren. Am liebsten wäre er sofort nach Heidelberg, in Löfflers Studentenbude gefahren, aber er will seinem Ruf als selbstgerechter Sturkopf mit der Tendenz zu Alleingängen nicht weiteren Nährstoff liefern. Seit einer knappen Stunde sitzt er an seinem Schreibtisch und versucht, eine Strategie für die weiteren Ermittlungen zu entwickeln.

Als er wenig später die Tür des voll besetzten Besprechungsraums hinter sich schließt, verstummen augenblicklich alle Gespräche. Lefebvre lehnt abwartend an der Wand neben dem hinteren Fenster. Beck geht zur grünen Tafel und schaut einen Moment in die Runde. Alle haben von dem roten VW-Käfer gehört. Die Anspannung ist mit Händen zu greifen. Trotzdem lässt er seinem Oberkommissar den Vortritt, der mit gewohnter Sachlichkeit die dürftigen Ergebnisse der Befragungsaktion vorträgt. Niemand hat das Opfer gesehen, niemand kennt den Toten. Dann beschreibt Gauweiler den möglichen Tathergang als regelrechte Hinrichtung. Das 9mm Projektil des Todesschusses stamme mit hoher Wahrscheinlichkeit aus einer Walther P1, und die UZI sei noch nie benutzt worden. Beide Waffen wären bei der Bundeswehr im Einsatz, die Pistole auch bei der Polizei verschiedener Bundesländer. Das Hakenkreuz auf der Stirn des Toten ergäbe aus seiner Sicht überhaupt keinen Sinn. Auch unter den wenig brauchbaren Fingerabdrücken, die sie gefunden haben, war nichts Verwertbares. Das anschließende Brainstorming ergibt eine Handvoll guter Gedanken, aber keinen, den Beck nicht schon selbst gedacht hat. Er lässt einige Augenblicke verstreichen, wartet, ob vielleicht doch noch ein Kollege eine originelle Idee hat, dann beginnt er seinen von allen mit Spannung erwarteten Bericht über den roten VW Käfer in Sankt Martin. Während er den Besuch bei Frau Löffler kurz zusammenfasst, sieht Beck, wie sich Erleichterung und Entschlossenheit in die Gesichter schleicht. In unterschiedlichem Tempo realisieren alle, dass ihnen mit der Identifikation des Toten im Felsenmeer ein Durchbruch gelungen ist. Als Beck noch erzählt, dass die Sitzung der Vereinskameraden von Gauweiler mit dem Polizeizeichner brauchbare Phantombilder der beiden Solo-Wanderer erbracht hat, hält es die Polizisten kaum auf den Stühlen. Dass der Käfer außer den Markierungen auf den Wander- und Straßenkarten keine weiteren Spuren bietet, dämpft die optimistische Stimmung nicht im Geringsten. Während sie die nächsten Ermittlungsschritte besprechen und verabreden, wer was übernimmt, kommt der Anruf von Senta, dass Frau Löffler die Leiche eindeutig als ihren Enkel identifiziert hat.

Lefebvre bietet sich bereitwillig an, am Ende der angesetzten Pressekonferenz die Phantomzeichnungen der Wanderer mit der Bitte um Veröffentlichung an die Journalisten weiterzugeben. Er ist sich mit Beck einig, dass sie mit der Hinrichtung in dem Hochhaus noch nicht an die Öffentlichkeit gehen. Die nächste Besprechung wird für elf Uhr des folgenden Tages angesetzt.

„Senta, wir gehen einen Kaffee trinken. Das ist ein Befehl."
Erstaunt blickt Senta auf und schiebt ihren Stuhl zurück. „O. K., Chef. Wohin?"
„Was hältst du vom Vienna in Mannheim. Interessante Leute. Interessante Musik." Beck sieht, wie sich ihre Augen weiten und ihr Unterkiefer nach unten sackt.

Dann grinst sie und lässt Beck an der Tür zum Besprechungsraum mit der Andeutung einer Verbeugung den Vortritt. „Eine überraschende, aber gute Wahl, mein Meister", murmelt sie in den Rücken von Beck.

„Das habe ich gehört, Senta." Das breite Grinsen, das über sein Gesicht wächst, kann sie nicht sehen.

Am frühen Abend ist das Vienna gut besetzt. Er entdeckt einen freien Vierertisch direkt vor der Scheibe eines der hohen Fenster mit Blick auf den Wasserturm und den dicht befahrenen Kaiserring. Wenige Minuten später stehen zwei große Schalen mit dampfendem Milchkaffee vor ihnen, die Senta von der Theke besorgt hat.

„Darf ich Sie was fragen, Chef?"

„Natürlich, Senta, frag."

„Warum sind Sie Polizist geworden und nicht Staatsanwalt oder Rechtsanwalt oder Richter? Soweit ich weiß, haben Sie doch Ihr zweites Staatsexamen erfolgreich abgeschlossen."

„Woher habt ihr jungen Leute nur dieses sichere Gespür für Fragen, auf die es keine Antworten gibt?"

„Wie meinen Sie das, Chef? Sie sind doch nicht zufällig bei der Polizei gelandet? Oder?"

„Und wenn es so wäre, Senta?"

Anstatt auf seine Frage zu antworten, nimmt sie ihre Schale hoch und bläst über den heißen Kaffee. Beck überlegt kurz, wie er die Frage beantworten kann, ohne zu viel Persönliches von sich preiszugeben.

„Nach der Volksschule habe ich Betriebsschlosser gelernt, in einem großen Ludwigshafener Chemiebetrieb, Weltkonzern. Mein Vater hat dort als Schlosser gearbeitet und hat mir das vermittelt. Es war gute Arbeit mit tollen Kollegen und sehr gut bezahlt. Ich habe da wirklich gern gearbeitet. Obwohl ich vom Leben meines Vaters nicht viel wusste, bin ich wohl unbewusst seinen Spuren gefolgt. Schon in der Lehre habe ich mich in der Gewerkschaftsjugend engagiert."

„Wieso wussten Sie so wenig über Ihren Vater, Chef? Ich meine, das ist doch ein ganz patenter alter Herr. Ich habe ihn ja mal kennengelernt."

Überhastet nimmt Beck einen Schluck von seinem heißen Kaffee und verbrennt sich prompt den Mund. Ärgerlich fluchend setzt er die Tasse ab. „Können wir nicht eine Frage nach der anderen abarbeiten?" Vorsichtig tastet er mit der Zunge seinen schmerzenden Gaumen ab. Seine Speiseröhre fühlt sich an, als ob er ein Stück glühende Kohle geschluckt hätte. „Du wolltest wissen, warum ich Polizist geworden bin, dann hör auch zu und stell nicht ständig neue Fragen."

„In Ordnung, Chef."

„Anfang der Sechziger war aus einem Druckbehälter auf dem Betriebsgelände dioxinhaltiges Gas ausgeströmt und hat mehrere Arbeiter, alle Schlosser wie ich, schwer verletzt. Das ist hochgiftiges Zeug, vielleicht hast du von der Katastrophe im italienischen Seveso in den Siebzigern gehört. Einer der Kollegen ist daran gestorben, die anderen hatten schwere Atemwegsverletzungen und waren erwerbsunfähig. Gerüchten zu Folge war eine schwere Explosion, die noch viel mehr Opfer gefordert hätte, gerade noch verhindert worden. Wir von der Gewerkschaftsjugend haben uns für die Aufklärung des Unfalls mit dem Ziel einer Verbesserung der Sicherheitsbestimmungen und für eine angemessene Entschädigung der Opfer stark gemacht. Aber anstatt uns zu unterstützen, hat man uns davor gewarnt, kommunistischen Gewerkschaftern auf den Leim zu gehen und uns aufgefordert, alle weiteren Aktivitäten zu unterlassen. Ansonsten stünde unsere Loyalität zum Werk infrage, mit entsprechenden arbeitsrechtlichen Konsequenzen."

Beck merkt, wie ihm die über zwanzig Jahre alte Geschichte immer noch an die Nieren geht. Wütend schiebt er die Schale auf die Seite, wobei etwas Kaffee überschwappt. „Was uns aber richtig wütend gemacht hat, war die Tatsache, dass nicht etwa die Werksleitung an uns herangetreten ist, um uns unter

Druck zu setzen, sondern Kollegen vom Betriebsrat. Die sind uns einfach in den Rücken gefallen."

Beck winkt der Bedienung und bestellt über zwei Tischreihen hinweg ein großes Wasser in der Hoffnung, die Schmerzen in seinem Mundraum und der Speiseröhre kühlen zu können.

„Das muss die Zeit gewesen sein, in der ich angefangen habe, darüber nachzudenken, dass es doch Rechtsanwälte geben müsste, die Arbeitern in solchen Situationen helfen, ihre Schadensansprüche geltend zu machen. Und dass ich vielleicht ein solcher werden könnte. Im gleichen Monat habe ich mich auf dem Abendgymnasium angemeldet. Vier Jahre später habe ich mich in Frankfurt für Jura eingeschrieben."

„Astrein. Das nenne ich einen eisernen Willen. Ich glaube nicht, dass ich das bringen würde, so neben der Arbeit noch Abi machen."

„Meine Frau hat das nie verstanden. Und als ich mit dem Studium ernst machte und mich für Frankfurt entschieden habe, hat sie sich scheiden lassen."

„Sie waren verheiratet, das wusste ich …".

„Das musst du auch nicht wissen!" Beck fällt Senta harsch ins Wort. Wieso erzählt er ihr überhaupt Geschichten aus seinem Leben. Geschichten, die so genau nicht einmal Gauweiler kennt. Er nimmt das Wasser und den Lappen, den die junge Frau bringt. Während er den übergeschwappten Kaffee aufwischt, redet er weiter. „Na ja, jedenfalls habe ich dann ab siebenundsechzig in Frankfurt Jura studiert. Das war eine wilde Zeit damals." Becks Blick verliert sich irgendwo hinter dem Wasserturm.

„Ich weiß schon: Wer zweimal mit derselben pennt, gehört schon zum Establishment. War das wirklich so?"

„Fragt eine Punkerin. Interessant." Lächelnd schaut er sie an. „Im Mai siebenundsechzig bin ich in ein möbliertes Zimmer in Sachsenhausen gezogen. Das erste Jahr war das totale Kontrastprogramm zu meinem bisherigen Leben. Vietnamdemonstrationen auf dem Römerberg oder vor dem PX,

Sit-ins im Amerikahaus, achtundsechzig der Trauermarsch für Benno Ohnesorg, das Busenattentat auf Adorno, die nächtelangen Diskussionen, Drogen, Partys ohne Ende." Bilder kommen ihm in den Sinn, wie er mit Graf zusammen durch die Nacht zieht. Wie sie auf private Feten oder im Penny Lane oder einem anderen Schuppen bis in den Morgen gefeiert haben.

„Waren Sie auch im SDS? Ich meine die Achtundsechziger, das war nicht nur Party. Oder?"

Jetzt kommt Beck richtig in Fahrt. „Individueller Freiheitsdrang und politischer Kampf, das war in diesen Zeiten nicht so klar zu trennen, verstehst du? Du kannst dir nicht vorstellen, was für ein grauenvoll rückständiges Land die Bundesrepublik 1968 war. Die Idee von Zucht und Ordnung, Autoritätshörigkeit und Prüderie bestimmten den Alltag. Wer ein unverheiratetes Paar für eine Nacht bei sich beherbergte, riskierte nach dem Kuppelparagrafen fünf Jahre Zuchthaus. Die Alten riefen den Jungen „Gammler" oder „langhaarige Affen" hinterher. Väter beschimpften ihre eigenen Töchter als „Schlampen", wenn sie Miniröcke anzogen, oder warfen deren Kosmetikköfferchen aus dem Fenster, wenn sie Wimperntusche und schwarze Lidstriche um die Augen trugen. Mütter verboten ihren Töchtern, Tampons zu benutzen, weil dadurch das Jungfernhäutchen beschädigt werden könnte. Ehefrauen benötigten die ausdrückliche Erlaubnis ihrer Ehemänner, wenn sie einen Arbeitsvertrag unterschreiben oder ein Girokonto eröffnen wollten. Das ist keine zwanzig Jahre her. Ich werde nie die Wut auf Franz-Joseph Wuermeling vergessen, der Anfang der Sechziger im Bundestag gesagt hat: *‚Eine Mutter daheim ersetzt vielfach Autos, Musiktruhen und Auslandsreisen, die doch allzu oft mit ihrer Kinder gestohlener Zeit bezahlt wurden.'* Der Mann war immerhin Bundesminister für Familien- und Jugendfragen."

„Solche Betonköpfe soll es ja noch heute geben. Also waren die Achtundsechziger mehr so 'ne Art

Freiheitsbewegung." Senta geht es darum, den Erzähldrang von Beck am Laufen zu halten.

„Ein wichtiger Motor der Bewegung war das übergroße Bedürfnis nach politischer und moralischer Emanzipation von der Generation, die Hitler nicht verhindert hat. Religionen, wissenschaftliche Gewissheiten, staatsbürgerliche Pflichten und Tugenden, staatliche oder wissenschaftliche Autoritäten und Hierarchien, alles war unserer Überzeugung nach von zwölf Jahren Nationalsozialismus vergiftet und gehörte auf den Prüfstand. Zur Begründung haben wir uns bei Marx, Marcuse, Freud, Reich oder anderen fortschrittlichen Denkern bedient. Die sexuelle Befreiung wurde übrigens weniger durch die Achtundsechziger und Oswald Kolle ausgelöst. Das hat vielleicht auch eine Rolle gespielt, aber es war die Pille, die den Sex von der Fortpflanzung befreit hat."

„Ja was jetzt? Haben die Achtundsechziger die Gesellschaft verändert oder nur ein paar Jahre Rabatz auf den Straßen veranstaltet?"

Beck übergeht die Frage und schwelgt weiter in Erinnerungen.

„Im Winter bin ich in meine erste Wohngemeinschaft eingezogen. Drei Jahre später war ich bei einer der ersten Hausbesetzungen im Westend dabei. Das war anders als das kopflastige Gelabere im Asta und SDS. Das war richtiges Leben. Da ging es um das Grundrecht Wohnen. In Frankfurt fehlten Wohnungen. Viele Wohnungen. Bezahlbare Wohnungen. Über siebenhundert Mieter mit kleinem Einkommen und vielen Kindern, Gastarbeiterfamilien und natürlich Studenten haben sich zur Aktionsgemeinschaft Westend zusammengeschlossen. Kirchen und Gewerkschaften unterstützten uns. Sogar große Teile der Presse berichteten positiv. Im Herbst siebzig haben wir dann die ersten Häuser besetzt." In Erinnerungen kramend, schlürft Beck von seinem zwischenzeitlich abgekühlten Milchkaffee. „Ein Jahr später wurden die besetzten Häuser polizeilich geräumt, mit allem, was dazu gehört. Es kam zu regelrechten Straßenschlachten." Er sieht

Senta an, die sichtlich beeindruckt an seinen Lippen hängt.
„Schon mal was von der Putztruppe gehört? Lederjacken, Motorradhelme und Steine gegen ausgebildete Polizeihundertschaften im vollen Ornat. Ab und zu flog auch ein Cocktail. Da holte man sich manchmal nicht nur blaue Flecken."

„Sie haben Molotowcocktails geworfen?"

„Nicht wirklich. Ich war eher Mitläufer. Entscheidend war das Gefühl, auf der richtigen Seite zu sein. Wir wollten nicht nur anders reden wie unsere Eltern, wir wollten dieses Anderssein auch leben. Wohngemeinschaften anstatt braver Zweierbeziehung, Solidarisierung mit vom Imperialismus unterdrückten Völkern und radikale soziale Aktionen gegen ‚die da oben'. Es ging darum, sich so deutlich wie möglich von der vorangegangenen Generation zu distanzieren. Deutsche haben Hitler möglich gemacht, also wollten wir keine Deutschen sein. Unsere Nationalität war nicht deutsch. Dass wir in diesem Land geboren waren, war ein Zufall, für den wir nicht zur Verantwortung zu ziehen waren. Wir wollten mit diesem Land und dessen Geschichte nichts zu tun haben. Verstehst Du? Immer noch waren alte Nazis in Amt und Würden, trotz Willi Brandt."

„Was ist passiert?"

„Wie, was ist passiert? Was meinst Du?"

„Na ja. Bis jetzt haben Sie mir eher die Anfänge der Karriere eines linken Staranwaltes wie Schily und anderen geschildert. Von einem angehenden Kriminalhauptkommissar habe ich noch nichts gehört."

Beck nickt. „Eine der Kneipen, in der wir verkehrten, war Treffpunkt des harten Kerns der Szene." Beck überlegt kurz. „Es fühlte sich extrem gut an, in dieser Runde zu sitzen und mitzudiskutieren. Irgendwann wurde darüber geredet, dass man radikaler werden müsse. Mit Demonstrationen allein würde man nichts verändern. Wer das Establishment verunsichern wolle, müsse konsequenterweise die Genossen der RAF unterstützen. Wo gibt es sichere Wohnungen für Baader, Ensslin, Meinhof oder andere untergetauchte

Revolutionäre, und welchen Banken in Frankfurt kann man nach prominentem Vorbild einen Besuch abstatten, um den antiimperialistischen Kampf der Roten Armee Fraktion zu unterstützen." Beck lehnt sich zurück. „Im Juli einundsiebzig erschoss ein Polizist in Hamburg Petra Schelm. Das erste Todesopfer aufseiten der RAF. Ein halbes Jahr später wurde in Hamburg ein Polizist von einem RAF-Mitglied erschossen. Das war die Zeit der Straßenkämpfe in Frankfurt. Da begann bei mir etwas zu kippen. Ich erkannte die Leere hinter dem ganzen klassenkämpferischen Getue. Die schlichte Erkenntnis, dass ich möglicherweise nur um wenige lebensgeschichtliche Millimeter an einer terroristischen Karriere vorbeigeschrammt war, traf mich wie ein Blitz. Ein falscher Kontakt, eine falsche Liebe, eine Aktion, zu der ich mich halbherzig hätte hinreißen lassen, und ich wäre dabei gewesen. Es gibt solche Momente im Leben, da geht man sprichwörtlich auf Messers Schneide. Ob man auf die eine oder die andere Seite springt, entscheidet man nicht allein. Die meisten lassen sich auf der ungefährlicheren, der bequemeren Seite runterfallen. Ich wollte etwas gegen die Gewalt in der Gesellschaft tun, also bin ich Polizist geworden." Während Beck sich vorbeugt, um den letzten Rest seines kalten Milchkaffees zu schlürfen, fällt sein Blick auf die große Bahnhofsuhr über dem Eingang. „Mein Gott, es ist ja schon halb sechs. Senta, wir müssen los. Zwei Tote warten darauf, dass wir ihre Mörder finden, schon vergessen?"

Eigentlich wollte er mit Senta darüber sprechen, wie es ihr geht. Seit dem kurzen Wortwechsel im Flur des Hochhauses macht er sich ernsthaft Sorgen um sie. Als sie sich vor der Tür von Becks Büro trennen, bleibt sie stehen.

„Ist noch was, Senta."

"Vielen Dank, Chef."

„Für was denn?"

„Für Ihre Offenheit und Ihr Vertrauen, Chef."

„Das nächste Mal bist du dran, Senta. Und mach jetzt Feierabend. Wir treffen uns morgen früh um acht und fahren noch einmal zu Frau Löffler. Danach nach Heidelberg. Mal schauen, was uns Löfflers Studentenbude zu erzählen hat."

In seinem Büro geht Beck die Nachrichten auf seinem Schreibtisch durch. Neben einer Nachricht von Marx, die ihm mitteilt, dass alles wie besprochen auf den Weg gebracht ist, und der handschriftlichen Aufforderung von Lefebvre, an den Bericht über die Ereignisse des heutigen Tages zu denken, findet er die Notiz eines Anrufs von Graf mit der Bitte um Rückruf. Graf meldet sich nach dem dritten Klingelzeichen. Im Hintergrund hört Beck Musik und Leute, die miteinander reden. Anscheinend hat Graf Gäste.

„Ich habe mich mal umgehört. Es gibt keine Hinweise auf kriegerische Interessenskonflikte im Milieu. Keine Mafia in Sicht, weder italienisch noch russisch. Das gilt für den Rhein-Neckar-Raum. Moment …" Graf hält kurz die Sprechmuschel zu. „Entschuldige, also in Mannheim, Ludwigshafen und Heidelberg ist diesbezüglich business as usual." Beck hört Rufe aus Grafs Wohnung, versteht aber nicht, was gerufen wird. „Ich muss gleich auflegen. Aber hast du nicht auch davon geredet, dass euer Kriminaltechniker meint, dass es sich bei der Tatwaffe um eine alte Luger08 handeln könnte."

„Was meinst du? Was ist mit der Luger?"

„Also auf die Schnelle. Gerade kommt der Coq au Vin auf den Tisch, und meine Gäste haben Hunger." Kurz hört Beck alles nur gedämpft, dann ist Graf wieder da. „Schon mal was von den Demon Skulls gehört?"

„Klar, der sogenannte Motorradklub aus Mannheim. Die Kuttenträger hat das LKA schon seit Jahren auf dem Schirm. Frauenhandel, Zwangsprostitution und Drogen. Das ganze Portfolio."

„Portfolio, wie das klingt." Graf muss kichern. „Und so nebenbei betreiben die schweren Jungs einen gut gehenden Nazi-Devotionalen-Handel. Die besorgen dir alles, vom Lampenschirm aus menschlicher Haut, Stahlhelm,

Ehrendolch und eben auch Waffen. Schau doch mal im Wassersport am alten Hafen vorbei."

„Den Verein gibts doch gar nicht mehr."

„Stimmt, das ist jetzt ein inoffizielles Klubheim der Skulls. Eine Speyerer Zweigstelle sozusagen."

„Und woher soll unser Täter das gewusst haben?"

„Woher soll er denn überhaupt gewusst haben, wo er eine Pistole herbekommt? Meinst Du, der ist in Mannheim durch den Jungbusch gezogen und hat in jeder Kneipe gefragt, ob die zufällig eine Pistole übrighaben? Die Einzigen, die auffällig genug sind und denen jeder Normalo kriminelle Geschäfte zutraut, sind die Kuttenträger."

„Scheint so, als ob er aus Speyer kommt. Der Tote meine ich."

„Na, dann lohnt es sich ja erst recht, da mal vorbei zu schauen." Im Hintergrund hört Beck einen Chor mit dem alten Kinderlied: *Wir haben Hunger, Hunger, Hunger haben* … „Ich muss jetzt Schluss machen."

Becks Blick fällt auf die Uhr über der Tür seines Büros. Viertel nach sechs. Um acht ist er mit Nini in seinem Häuschen in der Speyerer Altstadt verabredet, von dem es zu Fuß keine zehn Minuten bis zum alten Hafen sind. Eine knappe halbe Stunde braucht er für den Bericht. Zeit genug, um der Kneipe einen kurzen Besuch abzustatten. Während er seine Schreibmaschine traktiert, hört er auf dem Flur, wie Senta die Tür ihres Büros abschließt und den Flur entlang Richtung Treppenhaus geht.

Viertel nach sieben steht er vor dem alten Vereinsheim. Das Gelände ist von einem mannshohen Bretterzaun umschlossen. Im Innenhof steht ein schwarzer Bedford mit getönten Scheiben. Daneben blitzt Chrom einer Fat Boy und zweier Fat Bobs. Beck schlendert über den Hof und begutachtet den langgestreckten Flachbau. Die alten Fensterläden aus Holz sind geschlossen. Er überlegt, ob Gebäude in direkter Nähe eines Flusses unterkellert sein durften. Von der

Mitte des Lokals läuft ein schlauchartiger Anbau neueren Datums Richtung Hafenbecken. Vor dem Eingang stehen zwei Sitzgruppen mit Sonnenschirmen und schweren Aschenbechern auf den Tischen. Er kann sich nicht erinnern, jemals in dem Vereinsheim gewesen zu sein.

Er steuert auf die Eingangstür zu. Im Flur weist ihn seine Nase darauf hin, dass sich die Toiletten rheinseits im Anbau befinden. Durch das gelbe Milchglas einer Tür dröhnt eine harte Coverversion des alten Kinkssongs *„You really got me"*. Beck atmet kurz durch, dann geht er rein. Er hat keinen Plan, will nur mal auf den Busch klopfen. Der Kuttenträger hinter der Theke sieht kurz auf, dann poliert er grußlos seine Biergläser weiter. Zwei andere Klubmitglieder stehen auf ihre Queues gestützt vor einem der beiden Billardtische, die rechts entlang einer raumteilenden schwarzen Falttür aufgestellt sind. Ein muffiger Geruch von kaltem Zigarettenrauch, verschüttetem Bier und altem Frittieröl lässt ahnen, dass die Kneipe länger nicht mehr gelüftet worden ist. Im Raum verteilt stehen vier Sechsertische, alle leer. In der äußeren Ecke neben der Theke steht ein runder, schwerer Tisch, an dem ein weiterer Kuttenträger in einer blauen Kladde blättert. An den nikotingelben Wänden hängen uralte Stadtansichten und Fotografien von Ruderern und Mannschaften. Alle fast so gelb wie die Wände selbst. Die Falttür ist nicht ganz geschlossen. Durch einen handbreiten Spalt erkennt er eine Bühne. Gerade als er meint, leise Frauenstimmen zu hören, dreht der Skuller hinter der Theke die Musik lauter.

„Hallo. Ist ja die Hölle los hier."

„Niemand zwingt dich, hier zu sein." Die Kutte hinter der Theke schaut nicht auf. Sein langes schwarzes Haar ist zu einem Pferdeschwanz nach hinten gebunden. Unter dem dichten Schnauzbart hängt eine qualmende Zigarette. Ein mächtiger Bierbauch drückt den vorderen Bund seiner Jeans nach unten. Er ist kleiner als Beck, aber wenigstens fünfzehn Kilo schwerer.

„Krieg ich hier ein Bier?"

„Sollst du haben." Der Pferdeschwanz hält das Glas, das er gerade poliert hat unter den Hahn und stellt das schäumende Pils auf dem Abtropfblech ab. Nach einer weiteren Minute Schweigen gibt er noch einen Schuss Bier ins Glas, dann schiebt er es zu Beck. „Zum Wohl."

„Spielen hier auch Bands?"

„Wie kommst du darauf?"

„Das ist doch eine Bühne da hinten. Oder?"

Der Pferdeschwanz stellt seelenruhig sein Glas ab und schlendert zu der Falttür. Mit einem kräftigen Ruck schließt er die Tür und kommt zur Theke zurück. „Siehst du immer noch eine Bühne?"

Beck beschließt, dass ihn lockere Alltagskonversation hier nicht weiterbringt. „Hab gehört, hier gibt es allerhand zu kaufen. Auch Sachen, die man sonst nicht kriegt!"

Der Pferdeschwanz schaut kurz auf. „Die Leute erzählen viel, wenn der Tag lang ist. Auch viel Scheiß."

„Ich steh auf altem Wehrmachtskram. Abzeichen, Helme und so. Nicht dass ich ein Nazi bin oder so. Ich sammle halt. Ich bin nur Sammler. Seit Langem suche ich eine gut erhaltene Luger08 aus den Dreißigern oder Vierzigern. Einen guten Tipp würde ich mich auch was kosten lassen."

Der Pferdeschwanz stellt das Gläserputzen ein und starrt ihn an. Der Ausdruck in seinem breiten Gesicht wechselt zwischen Mitleid und Erstaunen. Aus den Augenwinkeln sieht Beck die beiden Billardspieler näherkommen. Betont unaufgeregt positionieren sie sich rechts und links von ihm an der Theke.

„Atze, mach mal zwei Pils."

Beide sind größer, breiter und schwerer als er. Bizeps fast so stark wie seine Oberschenkel und die Brustmuskulatur wie Arbeitspferde. Becks Puls schießt nach oben.

„Was meinst du, Mick, wie kommt jemand auf die Idee, dass er in diesem Lokal eine vernünftige Antwort auf eine solche Frage bekommt? Siehst du hier irgendwo ein Hakenkreuz?" Die Frage ist an seinen Billard-Partner gerichtet.

„Man könnte das als Verleumdung oder gar als Beleidigung auffassen. Was meinst du, Joe?"

Beide rücken näher an Beck heran. Er riecht jetzt das Leder und den Schweißgeruch der beiden, die jeweils eine Ellenlänge von ihm mit dem Gesäß an der Theke lehnen. Aus den Boxen dröhnt schnelles Gitarrenspiel.

„Ob da jemand absichtsvoll die Gefühle seiner Mitbürger verletzten möchte? Ganz zu schweigen von der Bestärkung all der Vorurteile, gegen die sich eine zu Unrecht gescholtenen Minderheit wie wir Motorradfahrer alltäglich wehren muss. Noch dazu, dass er selbst irgendwie anders aussieht."

„Südländisch irgendwie."

„Türkisch sagt mir meine Nase. Er riecht irgendwie nicht gut. Also, da unterstellt irgend so ein Deutsch sprechender Kümmeltürke, dass man hier Waffen kaufen könnte. Nur weil wir Leder anhaben und Motorräder fahren. Können wir das dulden? Dürfen wir das dulden?"

„Nein Joe auf gar keinen Fall. Das können wir nicht auf unserer Gemeinschaft sitzen lassen."

Beck spürt, wie sich eine dünne Schweißschicht auf seiner Haut bildet. Aus Furcht, seine Hände könnten zittern, rührt er sein Glas nicht an. „Hey Jungs. Ich wollte niemanden beleidigen. Ich dachte nur, ihr kommt viel herum. Hört einiges."

Pferdeschwanz schiebt zwei frisch gezapfte Pilsgläser über die Theke, die von beiden seelenruhig aufgenommen werden. Sie stoßen eine Handbreit vor Becks Nase an und leeren die Gläser in einem Zug.

„Hast du schon mal einen gesehen, der ein abgebrochenes Pilsglas im Gesicht stecken hat?"

„Ja Joe. Aber einen mit zwei abgebrochenen Pilsgläsern, so rechts und links in jeder Backe, das habe ich noch nie gesehen."

„Steckt dir einer ein abgebrochenes Pilsglas in die eine Wange, dann halte ihm auch die andere hin. So heißt es doch in der Bibel. Oder Fremder? Aber das kannst du ja nicht wissen. Bist ja so ein muslimischer Ziegenficker."

Sie drehen sich halb zu Beck hin. Spätestens jetzt weiß er, dass er hier nichts erfährt und er den Moment verpasst hat, an dem er unbeschadet hätte verschwinden können. Was hat er sich überhaupt dabei gedacht? Dass er einfach so hereinspaziert und eine Pistole kauft? Wieder meint er weibliche Stimmen aus dem abgetrennten Raum zu hören, die nach einem gezischten scharfen Laut abrupt verstummen.

„Ich muss jetzt los, Leute."

„Aber jetzt trink doch erst mal dein Bier aus, Fremder."

„Sicher, aber ich muss jetzt wirklich los."

Beck reißt sich zusammen und greift nach seinem Pilsglas neben sich. Ein Schatten, der vom Rand seines Gesichtsfeldes auf ihn zufliegt, lässt ihn so zurückschrecken, dass er das Glas umwirft.

„Du hast da was, Fremder." Joe wischte bedächtig einen imaginären Fussel von Becks Revers. „So, jetzt hast du ja auch dein Bier leer."

Beck kocht vor Wut, als er sich seinem Häuschen nähert. Obwohl er schon weit weg von der Kneipe ist, meint er immer noch das höhnische Gelächter der Kuttenträger zu hören. Diese Arschlöcher haben ihn vorgeführt wie einen kleinen Jungen, der sich vor dem Weihnachtsmann fürchtet. Er wird sich dieses Lokal genauer ansehen, und zwar noch heute Nacht. Nini hat angedeutet, dass sie höchstens bis Mitternacht bleiben kann. Bis dahin sollte es ihm gelingen, ihr zu gestehen, dass er mehr Zeit mit ihr verbringen möchte. Und vielleicht schaffen sie es wieder mal in seine Schlafstube. Die Sorgen um Hanna wirken sich wie Mönchspfeffer auf Ninis Libido aus. Je größer die Sorgen, umso kleiner das Bedürfnis nach Sex.

In seinem Häuschen angekommen, telefoniert er kurz mit Marx, den er tatsächlich noch im Büro antrifft. In Zusammenhang mit der UZI gibt es nichts Neues. Dann hinterlässt er Graf eine Nachricht auf dem AB, mit der er ihm für den Tipp dankt und ihm in seiner noch immer schwelenden Wut mitteilt, dass er heute Nacht vorhat, sich das Lokal der Motorradfreunde genauer anzusehen.

19

März 1951

Tief in Grübeleien versunken, kauerte Hofer in den ledernen Sitzen eines mit kaltem Zigarrenrauch parfümierten Erste-Klasse-Abteils und starrte in die vorbeifliegende Dunkelheit. Er war froh, wenigstens für ein paar Wochen Miguels bleischwerer Trauer und den unausgesprochenen Schuldvorwürfen zu entkommen. Gleichzeitig schämte er sich dafür.

Nach seiner Rückkehr von dem dreitägigen Bestattungsritual in Claras Mapuche-Gemeinde wütete Miguel wie ein Berserker auf den Feldern. Solange das Tageslicht es zuließ, riss er Reben und Hecken mit den bloßen Händen aus dem Boden und schaffte an einem Tag so viel wie das halbe Dutzend Männer aus Claras Dorf zusammen. An manchen Tagen setzte er sich bei Einbruch der Dunkelheit auf den Traktor und zog stundenlang den Tiefenlockerer über das gerodete Land. In den ersten Wochen nach Claras Tod betäubte er sich nachts mit Unmengen von Rotwein. Laura und Ernesto hatte er tagsüber in einer ganztägigen Schule in Mendoza untergebracht. Auf dem Weingut betreute sie eine junge Mapuche-Frau, die er ebenso wie eine Hauswirtschafterin aus dem Heimatdorf von Clara mitgebracht hatte. Die beiden Frauen wohnten in dem Anbau, der für die Kinder geplant war, die noch kommen sollten. Für die Männer hatte er einfache, aber komfortable Unterkünfte direkt beim Stall errichten lassen.

In einem ersten wortkargen Gespräch nach Claras Beerdigung hatte Miguel Hofer in kalter Klarheit erklärt, dass er aus Verantwortung für die Zukunft seiner Kinder die gemeinsamen geschäftlichen Ziele und ihr gemeinsames Projekt weiter vorantreiben werde. Ansonsten wolle er mit ihm nichts mehr zu tun haben. Da die Kultivierung der großen Flächen häufige Absprachen erforderte, waren regelmäßige Kontakte unumgänglich. Gewollt oder ungewollt aufblitzende alte Vertraulichkeiten in Hofers Verhalten parierte Miguel mit Eiseskälte.

Hofer versuchte, seine Trauer und seinen Selbsthass ebenfalls mit Arbeit zu dämpfen. Tagsüber schuftete er auf den Feldern und in den Weinbergen, nachts nutzte er die Schlaflosigkeit zur Vorbereitung seiner Reise nach Europa. Kam es auf den neuen Ländereien zu Leerläufen, unternahm er ausgedehnte Ausflüge in die Berge, bei denen er sich weit über seine körperlichen Kräfte hinaus antrieb, um nach völliger Erschöpfung in einen kurzen und unruhigen Schlaf zu sinken. Es erschien kein Puma mehr, um ihm zu neuem Lebensmut zu verhelfen. Im Gegenteil wurde ihm immer klarer, dass er in seinem unbändigen Verlangen nach schnellem Erfolg die einzige Familie zerstört hatte, der er jemals in seinem Leben angehören durfte. Wäre da nicht Recha gewesen, hätte er sich wahrscheinlich bei irgendeiner seiner nächsten Bergtouren in eine Felsenschlucht gestürzt. Allein die Aussicht auf eine gemeinsame Zukunft mit dieser klugen, schönen Studentin hielt ihn im Leben. Und damit auch die Gewissheit, dass er ihren Vater nur durch Erfolg und Reputation davon überzeugen würde, seine Tochter einem Goi zur Ehefrau zu geben. Er hatte keine Wahl. Er musste nach Europa fliegen. Die Rebsorten und die Mengen an Rebenklone, die er brauchte, um allerbeste Weine zu produzieren, würde er nur dort finden.

Seit Tagen zermarterte er sich seinen Kopf, wie er Recha gegenübertreten, wie er ihr seinen Gemütszustand erklären sollte, ohne ihr die von ihm betriebene tödliche Intrige gegen die Familie Àlvarez zu gestehen, die er mithilfe von Kripps prominenter Position als Leiter einer Sonderabteilung der peronistischen Geheimpolizei erfolgreich in Szene gesetzt hatte und deren Erfolg auf so tragische Weise zum Tode von Clara geführt hatte.

Seine ganze Hoffnung lag auf dem Sachverstand des Psychiaters, bei dem er am späten Vormittag einen Termin hatte. Mit der Hilfe wirksamer Medikamente hoffte er sich innerhalb von zwei Wochen so weit von dieser verstörenden Wehleidigkeit zu befreien, dass er in der Lage war, mit Recha auszugehen. Er hatte Karten für die Oper reserviert.

Eine gute Woche später saß er an einem späten Nachmittag in dem Café, in dem ihm vor gut einem Jahr aus einer Gruppe junger Studenten und Studentinnen die selbstbewusste Recha entgegen schillerte. Er fühlte sich ein wenig besser. Die Traurigkeit war noch da, hatte aber keinen großen Einfluss mehr auf sein Verhalten. Als hätten die Medikamente sie in ein weit abgelegenes Zimmer seiner Seele gesperrt. Er musste auch nicht mehr so viel Energie aufbringen, um unter Menschen zu gehen. Die aufreibende innere Unrast, die ihn noch vor Tagen selbst in der Nacht nicht zur Ruhe kommen ließ, schien weitgehend gezähmt. Wieder und wieder war er die Planungen für seine Europareise durchgegangen. Am Morgen hatte er Recha zu Hause erreicht und sich mit ihr zwei Tage später zum Essen verabredet. Anschließend würde er sie zu einer Aufführung von Wagners Rheingold ins Teatro Colón ausführen. Die Begeisterung der Porteños für Wagner hatte Hofer nie verstanden. Als er ihr vorschlug, den darauffolgenden Tag zusammen zu verbringen, wollte sie sich vor lauter Freude gar nicht beruhigen.

Unsicher stand er vor dem kleinen italienischen Restaurant, für das er mit dem dunklen Anzug und der Fliege eindeutig zu elegant gekleidet war. Ein steter Strom von Fußgängern verdeckte immer wieder die Sicht auf die Straße. Recha liebte Spaghetti alla Puttanesca wegen des ungewöhnlichen Geschmacks der Sardellen, vielleicht auch wegen des anzüglichen Namens des Gerichts. Sie schien sich zu allem hingezogen zu fühlen, was sich jenseits des Alltäglichen entdecken ließ. Kurz vor achtzehn Uhr hielt wenige Meter von ihm entfernt ein Taxi am Straßenrand. Recha trug ein dunkelgrünes ärmelloses Abendkleid mit enger Taille, das gerade so ihre Knöchel bedeckte. Über den nackten Schultern lag eine burgunderfarbene Stola aus Seide. Ohne Gruß kam sie eilig auf ihn zu und küsste ihn entgegen aller gesellschaftlichen Konvention leidenschaftlich auf den Mund. Minutenlang standen sie eng umschlungen vor dem Restaurant, bis ihm auffiel, dass sie die Aufmerksamkeit der Passanten auf sich zogen. Hofer spürte, wie seine Augen feucht wurden, und in einem hilflosen Versuch, nicht ganz die Kontrolle über seine Gefühle zu verlieren, räusperte er sich geräuschvoll. „Ich bin so glücklich, dich zu sehen. Ich könnte stundenlang mit dir so stehen, aber Alberich wartet, und deine Nudeln."

Sie schob ihn auf Armlänge von sich und musterte ihn mit ernsthafter Mine. „Sebastian. Bist du krank? Du siehst abgemagert aus. Hast du mir etwas verschwiegen."

„Es ist die Arbeit auf dem Feld. Ich habe dir ja von dem vielen Brachland erzählt, das wir kaufen konnten und jetzt kultivieren. Dazu hat mich in der vorletzten Woche ein hartnäckiger Magen-Darm-Infekt schwer gebeutelt. Aber es ist alles wieder in Ordnung, und ich bin überglücklich, hier zu sein. Hier bei dir. Du hast mir sehr gefehlt." Wieder spürte er den Druck hinter den Augen.

Obwohl sie von seiner Antwort nicht wirklich überzeugt schien, hakte sie sich bei ihm unter. „Dann nichts wie rein. Ich habe einen Mordshunger."

Genießerisch die Augen schließend, ließ sie ein mit süßem Quittenmark bestrichenes Stück Käse im Mund verschwinden. Sie schob den Teller ein wenig von sich und musterte ihn mit sorgenvollem Blick. „Du hast kaum etwas gegessen."

„Wahrscheinlich eine Auswirkung des Darminfekts. Ich hatte keinen richtigen Appetit."

Die steilen Falten auf Rechas Stirn verschwanden nicht. Tatsächlich hatte er weder von seinem Salat noch von dem Ossobuco nennenswerte Mengen zu sich genommen. Die Polenta lag völlig unangetastet auf seinem Teller. Während des Essens hatte ihm Recha nach einer Reihe aktueller Familien-Anekdoten mit unwiderstehlichem Eifer Keynes Theorie erläutert, dass der Staat bei wirtschaftlichen Krisen und hoher Arbeitslosigkeit mit aktiver Steuer- und Finanzpolitik eingreifen sollte. Als sie begann, über das Wirken eines Landsmannes namens Prebisch zu referieren, und was dies möglicherweise für Länder wie Argentinien bedeuten könnte, bemerkte sie den überforderten Blick von Hofer.

„Liegt dir Claras Tod immer noch so auf der Seele? Ach, was rede ich denn, du Armer. Das Unglück ist ja gerade mal ein paar Wochen her." Sie griff nach seiner Hand. „Entschuldige, aber manchmal bin ich von neuem Wissen so berauscht, dass die wirkliche Welt in den Hintergrund rutscht, ohne dass ich es merke."

„Ist schon gut, Recha. Ich könnte dir stundenlang zuhören." Hofer waren Rechas Vorträge nicht unrecht, boten sie ihm doch eine gute Möglichkeit, sich mit Berichten aus seinem Leben zurückzuhalten.

„Wie geht es Miguel und den Kindern? Ich hatte überlegt, ob ich irgendwie helfen kann."

Mit kräftigem Winken nach der Rechnung überdeckte Hofer den Schrecken, der ihn bei dem Gedanken erfasste, Recha könnte bei Miguel anrufen. „Nein Liebes. Er kennt dich doch überhaupt nicht. Miguel leidet sehr unter dem Tod seiner Frau und hat sich fast völlig zurückgezogen. Unser gemeinsames großes Projekt und vor allem die Kinder geben ihm Halt. Zudem hat er sich für die praktischen Anforderungen des Alltags Hilfe geholt."

„Aber was ist da überhaupt passiert? Was wollten die Männer auf seiner Farm? Ich habe nicht so richtig verstanden, wieso die dort überhaupt aufgetaucht sind."

„Offen gestanden wissen wir es nicht. Diese Männer sind aufgetaucht, haben wahllos auf uns geschossen, das Haus in Brand gesteckt und waren schnell wieder verschwunden."

„Aber das war doch kein Zufall Sebastian. Habt ihr denn Anzeige erstattet? Die Mörder müssen doch zur Rechenschaft gezogen werden."

„Vielleicht sind wir irgendjemandem auf die Füße getreten. Vielleicht konnten die eingesessenen Großgrundbesitzer es nicht verkraften, dass ein Ausländer und ein Mapuche sich anmaßen, in die Sphäre ihrer gesellschaftlichen Klasse einzudringen. Ich habe nächtelang wach gelegen und darüber nachgedacht. Aber ich habe keine Erklärung."

Recha schien sich mit jedem seiner hilflosen Versuche, das Unerklärbare zu erklären, stärker zu ihm hingezogen zu fühlen. Er hasste sich dafür, wie skrupellos er die Frau anlog, die ihm das Wichtigste auf der Welt war.

Ein Taxi brachte sie zum Teatro Colòn. Er war froh, im Halbdunkel der Aufführung vor weiteren Fragen sicher zu sein. Als dann aber gegen Ende der fast drei Stunden Alberich die Liebe verfluchte und sich mit Haut und Haar dem Gold verschrieb, fühlte er sich erkannt. Später im Taxi, erklärte sie dem enttäuschten Hofer, dass ihr heute nicht nach einem Besuch einer ihrer Lieblingsspelunken im Hafenviertel sei. Gegen seinen erklärten Willen bestand sie darauf, zuerst zu seinem Hotel zu fahren. Dann flüsterte sie ihm ins Ohr: „Es gibt keinen Grund, enttäuscht zu sein, Liebster. Ich habe direkt nach unserem letzten Telefonat ein Zimmer in deinem Hotel gebucht. Dem Fahrer des Taxis, mit dem ich gekommen bin, habe ich aufgetragen, mein Gepäck dort abzugeben. Wenn du mich als erste aussteigen lässt und zwei, drei Straßen weiterfährst, müsste die Zeit, die du brauchst, um zu Fuß zum Hotel zu kommen, ausreichen, um Gerede zu vermeiden."

20

7. September 1982

Kurz nach acht, er kippt gerade die auf den Punkt gegarten Nudeln in ein Sieb, stürmt Nini völlig aufgelöst durch die offene Terrassentür in sein Wohnzimmer.

„Dieses Scheusal von einer Tochter bringt mich noch um den Verstand! Ich weiß nicht mehr, was ich tun soll, Helm! Dieses Biest macht einfach, was es will. Ich halte das nicht länger aus!" Mit Tränen in den Augen steht sie am Esstisch, beide Hände auf eine Stuhllehne gestützt. „Wenn das so weitergeht, drehe ich wirklich durch."

Erschrocken schaut er durch die offene Küchentür zu ihr hinüber. Wild sieht sie aus, die Haare noch voluminöser und schwärzer als sonst. Ungestüm fängt sie an, zwischen Bücherregal und Esstisch hin und her zu tigern.

„Jetzt setz dich doch erst einmal. Die Nudeln werden kalt."

Nur mit Mühe gelingt es ihr, sich an den gedeckten Tisch zu setzen. Er stellt die Schüssel mit den Tagliatelle in der dampfenden Meeresfrüchtesoße zwischen die Teller. Für einen Moment scheint sich Nini daran zu erinnern, dass sie hungrig ist. Er lädt jeweils eine ordentliche Portion auf ihre Teller und setzt sich zu ihr. Abwesend schaut sie ihm zu, wie er Wein in ihre Gläser gießt. Fahrig führt sie eine große Portion Pasta zu ihrem Mund.

„Was ist denn passiert?"

„Hanna war letzte Nacht wieder nicht zu Hause. Heute Morgen war sie auch nicht in der Schule. Sie hat weder mir noch meiner Mutter Bescheid gegeben. Nicht mal ein Zettel. Nichts. Meine Mutter brauchte irgendwas aus meiner Küche, da hat sie das unbenutzte Bett gesehen. Ich habe natürlich sofort in der Schule angerufen und erfahren, dass sie seit Schulanfang in der letzten Woche fehlt. Ich soll unbedingt einen Termin mit ihrer Klassenlehrerin machen." Die atemlos ausgespuckten Sätze befördern einen Teil der Nudeln wieder zurück auf den Teller. Aufgebracht fuchtelt sie mit der

Gabel in der Luft herum. „Anscheinend nutzt sie meine Nachtdienste, um die Nacht woanders zu verbringen." Verzweiflung legt sich über die Wut in ihrem Gesicht. „Ich kann doch nicht meine Arbeit aufgeben, nur um zu verhindern, dass diese Furie von einer Tochter auf die schiefe Bahn gerät."

Beck kennt das. Es war das schlechte Gewissen aller arbeitenden Mütter, insbesondere der alleinerziehenden, das Nini in die Nähe gefährlicher, von Selbstzweifeln angetriebener Strudel treibt.

„Hast du eine Ahnung oder einen Verdacht, wo sie sein könnte?"

Nini starrt ihn mit weit aufgerissenen Augen an. "Meinst du, dass ihr etwas passiert ist? Ein Unfall vielleicht?" Dann verdunkelt wieder Zorn ihre Mimik. „Oder ist sie einfach abgehauen? Liegt vollgedröhnt in irgendeiner Revoluzzerbude?" Sie lässt die Gabel in den Teller fallen und schlägt schluchzend die Hände vors Gesicht. „Mein Gott, ich werde wirklich paranoid."

„Nein, Nini. Ich meine nur, dass sie bei einer Freundin sein könnte. Vielleicht hat sie ja auch einen Freund. Sie wird in ein paar Wochen sechzehn."

„Was soll das denn jetzt? Verteidigst du sie etwa? Was meinst du, was ich den ganzen Tag gemacht habe? Neben meiner Arbeit. Die Freundinnen, von denen ich weiß, habe ich längst alle abtelefoniert. Keine weiß, wo sie steckt."

Ein tiefes Schluchzen befördert Tränen auf die Pasta, und Beck ertappt sich bei der Überlegung, nach welcher Menge Tränen die Nudeln wohl versalzen wären.

Während sie überlegt, schiebt sie sich dann doch eine große Portion Nudeln in den Mund. „Ich habe dir doch von diesen Autonomen erzählt,", sie kaut und schluckt den Bissen hinunter, „bei denen sie sich seit Wochen herumtreibt." Sie schaut ihn an. „Du hättest sie erleben sollen. Sie hat mir mit einem solchen Glanz in den Augen von der unglaublichen Stimmung bei der Riesendemo im Bonner Hofgarten gegen atomare Aufrüstung erzählt - im Sommer, du erinnerst dich, eine halbe Million waren es in Bonn -, als ob sie selbst dabei gewesen wäre."

„Ich verteidige sie nicht, Liebling, ich überlege nur laut, wo sie sein könnte. Jetzt versuch wenigstens ein paar Bissen zu essen. Das Flüssige in dem Glas da ist übrigens dein Lieblingsriesling."

„Jetzt mach dich verdammt noch mal nicht über mich lustig!"

„Du weißt genau, dass ich das nicht tue. Also, wo könnte sie sein? Gibt es einen Treff, eine bestimmte Kneipe, in der wir suchen könnten?"

Nini hält in ihren Kaubewegungen inne. Und als ob es nur so ginge, schlägt sie sich mit der flachen Hand vor die Stirn, bevor sie die Nudeln hinunterschluckt. „Natürlich. Warum bin ich nicht gleich darauf gekommen? Die Hausbesetzung!"

„Von was redest du?"

„Na von der Besetzung des Hauses in der Johannesstraße."

Beck fällt ein, dass Frau Löffler auch von einer Hausbesetzung gesprochen hat. „Eine Hausbesetzung in Speyer?"

„Ja. Es geht um zwei Häuser in der Johannesstraße, die abgerissen werden sollen. Junge Leute haben sich seit ein paar Monaten darin eingerichtet und werfen der Stadt vor, stillschweigend zuzulassen, dass Bauspekulanten den Denkmalschutz unterlaufen. Die Eigentümer haben das mietfreie Wohnen der Gruppe bis vor Kurzem geduldet. Stand heute Morgen alles in der Zeitung."

„Und du meinst Hanna ist da drin? Bei den Hausbesetzern?"

„Ja klar. Ihr Schlafsack und ihr Rucksack fehlen." Die Gabel in den Nudeln drehend, sieht sie ihn ernst an. „Würdest du mit mir dahingehen, Helm?"

„Das halte ich für keine gute Idee, Nini. Eine tyrannische Mutter und ein Vertreter der repressiven Polizei. Die werden uns nicht mit Applaus empfangen."

Abrupt lässt sie die Gabel in den Teller fallen und steht auf. „Aber irgendetwas müssen wir doch tun. Ich kann doch nicht zur Tagesordnung übergehen, während sich meine fünfzehnjährige Tochter nach und nach aus meinem Leben verabschiedet, um obdachlose Hippies zu unterstützen. Oder vielleicht einer zu werden."

„Gerade waren es noch Autonome. Jetzt setz dich bitte wieder hin! Ich sage doch gar nicht, dass wir überhaupt nichts unternehmen sollen, ich meine doch nur, dass wir sorgfältig überlegen sollten, was wirklich hilfreich sein könnte."

„Was wirklich hilfreich sein könnte? Du müsstest dich mal hören." Energisch greift sie nach ihrer Jacke. „Ich geh da jetzt hin. Egal welche Feindbilder ich dort bediene. Kommst du jetzt mit oder nicht?"

Vor ihrer Entschlossenheit kapitulierend, steht er auf und geht rasch zur Terrassentür, um sie zu schließen. Wie will man jemanden lieben, wenn man immer nur der Vernunft folgt? Wer hat das gesagt? Egal. Als er sich in seinem kleinen Flur eine Jacke greift, ist sie bereits auf der Straße.

Beck sieht die Transparente an der Hausfassade zum ersten Mal, obwohl er in den letzten Wochen x-mal daran vorbeigefahren sein musste. Er ist fast ein bisschen enttäuscht, als er feststellt, dass sowohl das große Hoftor als auch die Haustür nicht verbarrikadiert, nicht einmal verriegelt sind. Auch die beiden Uniformierten in dem Streifenwagen auf der anderen Straßenseite scheinen sich nicht für die neuen Gäste zu interessieren.

Je weiter sie die von flackernden Kerzen beleuchtete Treppe hochsteigen, umso deutlicher hören sie das Stimmengewirr, das aus einer der Wohnungen kommen muss. Von den beiden Wohnungstüren auf dem Treppenabsatz im ersten Geschoß steht die linke offen. Sie sehen eine Handvoll junger Menschen, die leidenschaftlich miteinander diskutieren. Der Flur läuft auf einen Raum zu, der über die ganze Tiefe des Hauses reicht. Sie gehen an einer mit dem

Notwendigsten eingerichteten Küche vorbei, der gegenüber ein mit Matratzen und Schlafsäcken eng belegtes großes Zimmer liegt. Die geschlossene Tür, vor der die angeregt diskutierende Gruppe steht, muss das Bad sein. Die Fußböden sind mit altem, verblichenem Linoleum ausgelegt. Alle Wände sind frisch mit Raufaser tapeziert und in warmen Ockertönen gestrichen. Neben unzähligen Kerzen sorgen zischende Gasleuchten dafür, dass alle Räume hell beleuchtet sind. Offensichtlich ist der Strom abgestellt worden. Beck schätzt, dass sich etwa sechzig Leute beiderlei Geschlechts in den Räumen befinden. Alle unter fünfundzwanzig. Entgegen seinen Befürchtungen scheint ihr Auftauchen außer dem ein oder anderen erstaunt genickten Gruß niemandem groß aufzufallen. Dicht an dicht auf Isomatten und Schlafsäcken sitzt die bunt gemischte Truppe am Boden. An dem grob verputzten Schornstein in der Mitte des Raumes stehen neben drei Kisten Mineralwasser zwei Kästen Bier. Die Ausdünstungen von flüchtig gewaschenen Leibern und schlecht gelüfteten Schlafstellen mischen sich mit den kohligen Aromen eines Eintopfes. Zwischen armeegrünen Parkas, Jeansjacken und lang wallenden, mit indischen Ornamenten versehenen Baumwollkleidern, unter denen bei einer jungen Frau selbst gestrickte neongelbe Stulpen hervorstrahlen, ist auch das ein oder andere Sakko zu sehen. Überall qualmen Zigaretten. Über einem der Sakkoträger steigt der Rauch einer Pfeife auf. Das beständige Auf und Ab von Dutzenden Gesprächen füllt den Raum. Direkt vor ihnen redet ein bärtiges Leichtgewicht im grünen Parker, ein schwarzes Barett auf dem schulterlangen Haar, auf drei junge Frauen ein. Um sich ja nicht festzulegen, steckt neben dem roten auch ein schwarzer Stern an der Stirnseite der Mütze. Eine Handvoll knallbunter Irokesen in zerfetzten Lederjacken lässt Beck daran denken, wie unauffällig sich Senta hier bewegen könnte. Er beglückwünscht sich im Stillen dafür, während des fluchtartigen Verlassens seiner Wohnung intuitiv nach der Lederjacke gegriffen zu haben. Als Nini in den Raum drängen will, hält er sie zurück.

Still an die Wand neben der Tür gelehnt, beobachten sie das Geschehen, bis sie ihm kräftig ihren Ellbogen in die Seite stößt. Verstohlen zeigt sie in die hintere rechte Ecke des Raums. Am Rande einer kleinen Gruppe von dunkel gekleideten Männern und Frauen sitzt Hanna. Die schwarzen Klamotten lassen ihn sofort an Wolfgang Löffler denken. Nini im Schlepptau geht er vorsichtig, aber bestimmt auf die Gruppe zu, immer darauf bedacht, auf niemandes Hände oder Füße zu treten. Bei der Gruppe angekommen, beugt er sich zu Hanna runter.

„Hallo, Hanna. Ich bräuchte mal eure Hilfe."

Hanna braucht einen Moment, um zu realisieren, wer da neben ihr steht. „Helm, was machst du denn hier?" Bevor Beck antworten kann, taucht Nini in Hannas Blickfeld auf. „Mama! Ach Scheiße! Ihr spioniert mir hinterher. Könnt ihr mir nicht einmal vertrauen?"

„Vertrauen? Ausgerechnet du redest von Vertrauen? Haust einfach ab, ohne eine Nachricht zu hinterlassen. Gehst einfach nicht zur Schule. Nimm du also bloß nicht das Wort Vertrauen in den Mund!"

Wenigstens gelingt es Nini, die Lautstärke ihrer Stimme unterhalb des allgemeinen Geräuschpegels zu halten. Trotzdem hat sie die Aufmerksamkeit der ganzen Gruppe. Insbesondere ein kräftiger, schwarz gekleideter junger Mann mustert sie mit amüsiertem Interesse.

„Das hier ist wichtiger als Schule, Mama!"

„Weil du ja ohne Dach über dem Kopf bist. Mein Gott Hanna. Ich finde das ja gut, wenn du dich mit den Leuten hier solidarisierst. Aber du darfst dabei nicht dein eigenes Leben aus den Augen verlieren."

Nach Fassung ringend rollt Hanna mit den Augen. „Das hier hat etwas mit meinem Leben zu tun." Hanna wird lauter. „Vielleicht nicht damit, was du dir unter meinem Leben vorstellst. Aber für mich ist das hier wichtig. Seid ihr schon so abgestumpft, dass ihr das nicht verstehen könnt? Wo ist euer Mitgefühl für die, die nicht auf der Sonnenseite der

Gesellschaft leben? Ihr seht die Obdachlosen ja schon gar nicht mehr. Ich setze mich hier für bezahlbares Wohnen ein, und ihr regt euch über drei Tage versäumten Unterricht auf. Ich fass es nicht. Verspießerte Ignoranten seid ihr."

Von den Umsitzenden sind erste zustimmende Kommentare zu hören. Beck, der wie Nini auf den Hacken sitzt, will die mütterliche Energie bremsen, zögert aber einen Moment zu lange.

„Drei Tage? Willst du etwa weitere zwei Tage nicht zur Schule gehen? Ich meine, du kannst doch hier Solidarität leben und trotzdem zur Schule gehen."

„Willst du das nicht verstehen, Mama? Der Bau von Wohnungen dient schon lange nicht mehr dazu, Menschen zu einem Dach über dem Kopf zu verhelfen. Es geht nur noch darum, möglichst schnell maximalen Profit zu machen. Dagegen muss man sich wehren. Und genau das machen wir hier. Die Amis stellen uns Pershings ins Land und provozieren damit einen Atomkrieg. Ein Atomkraftwerk nach dem anderen wird gebaut, von der WAA ganz zu schweigen. Hast du dir schon einmal überlegt, was mit meiner schönen Schule passiert, wenn Philippsburg hochgeht oder die Russen ein paar Raketen losschicken? Und das Einzige, was dir Sorgen macht, sind lächerliche drei Fehltage in der Schule. "

Hannas Empörung ist so echt wie ihre Wut, auch wenn sich ihre Vorwürfe wie von einem Flugblatt abgelesen anhören. Während das junge Publikum mit lautem Johlen und Szenenapplaus ihre Argumente unterstützt, konzentriert sich Beck auf den Mittzwanziger in Schwarz, der offensichtlich das Alpha-Männchen der Gruppe ist. Vorsichtig verlagert er sein Gewicht auf seinen rechten Fuß und schafft eine leichte Drehung, ohne jemanden anzurempeln oder auf einen Tabakbeutel zu treten.

„Ich brauche eure Hilfe."

Erstaunt sieht ihn der Schwarze an. „Wer braucht Hilfe?"

„Ich bin Hauptkommissar bei der Kripo in Ludwigshafen. Wir haben letzten Montag einen ziemlich übel zugerichteten

Toten in einem Tal im Pfälzer Wald gefunden. Der trug die gleiche Uniform wie ihr. Schwarze Klamotten, schwarze Stiefel, schwarze Haare."

„Uniform, aha. Hast du noch ein bisschen mehr als schwarze Haare und schwarze Klamotten?"

„Kennt ihr einen Wolfgang Löffler?" An der Reaktion seines Gegenübers merkt Beck, dass er einen Treffer gelandet hat. „Er wohnte hier in Speyer, ist hier geboren, groß geworden." Er sieht in die Runde. „Kennt den jemand? Wolfgang Löffler."

Außer dem Alpha-Männchen wendet sich ihm keiner zu. Alle sind von dem Mutter-Tochter Schauspiel gebannt, bei dem anscheinend gerade der Vorhang zu einem neuen Akt aufgeht.

„Sagt mir im Moment nichts. Hoffentlich kriegt ihr das Schwein."

„Wir geben unser Bestes. Aber ohne Hilfe wird das schwer. Wo kann ich Sie erreichen, wenn mir noch eine Frage einfällt?"

„Gib mir deine Telefonnummer, Kommissar. Ich ruf dich an, wenn mir was einfällt."

Beck bemerkte ein kräftiges Ziehen an seinem rechten Arm. „Lass uns gehen, Helm. Hanna bleibt hier."

Halb aufgerichtet verliert er durch einen weiteren kräftigen Zug das Gleichgewicht. Sein hektischer Ausfallschritt verbeult eine Tabakdose. Genau in dem Moment, in dem er sich unter ärgerlichem Schimpfen der Besitzerin wieder zu dem Alpha-Männchen hinunterbeugt, um ihm eine Visitenkarte in die Hand zu drücken, blitzt mehrfach ein Fotoapparat.

Auf der Treppe dreht Beck sich zu Nini um. „Wieso bleibt Hanna hier? Hanna ist fünfzehn und gehört ins Bett. Auf keinen Fall hierher. Zumindest nicht um diese Uhrzeit, wenn am nächsten Tag Schule ist."

„Es geht um Vertrauen, Helm. Vertrauen zwischen Mutter und Tochter. Das verstehst du nicht."

„Ist das jetzt dein neuester Standardsatz? Das verstehst du nicht. Aber du hast recht, das verstehe ich wirklich nicht. Es ist keine Stunde her, da wolltest du mit einem Sondereinsatzkommando das Haus stürmen, um deine Tochter zu befreien. Und jetzt geht es um Vertrauen?"

Kopfschüttelnd geht er weiter die Treppe runter. Vor dem Haus bleiben sie auf dem Bürgersteig stehen und schweigen sich einen langen Moment verlegen an.

Stunden später liegt Beck hellwach neben Nini und lauscht ihren Atemzügen, bis er sich ganz sicher ist, dass sie tief und fest schläft. Sie hatten sich dann doch noch entschlossen, auf ein Bier ins ‚Elwetritsche' zu gehen. Ein Kneipenprojekt des Speyerer Frauenzentrums, das Nini mit kostenlosen Beratungsangeboten unterstützt. Er war nicht begeistert, da die Frauenkneipe immer ein diffuses männliches Schuldgefühl in ihm auslöst, aber Audas *Bel Etage*' war ihr zu laut. Sie haben es dann tatsächlich geschafft, mehr als zwei Stunden miteinander zu reden, ohne ein Wort über Hannah oder Becks Arbeit zu verlieren. Auf dem Weg zu Ninis Wohnung gelobten sie feierlich, sich in Zukunft mehr Zeit füreinander zu nehmen. Gegen halb zwölf waren sie dann eng ineinander verknäult in Ninis Schlafzimmer gestolpert.

Jedes Geräusch vermeidend, sammelt Beck seine Kleider auf und schleicht sich aus dem Schlafzimmer. Auf dem Küchentisch hinterlässt er eine kurze Notiz, dass er nicht schlafen kann und sehr früh raus muss. Das linkisch gezeichnete Herz neben dem *‚Ich liebe dich sehr'* will er am liebsten gleich wieder wegradieren.

Seine Armbanduhr zeigt kurz vor zwei, als er das Haus verlässt. Am Altpörtel tuckern die Diesel zweier Taxis im Leerlauf. Wahrscheinlich warten sie auf einsame Nachtfalken, die im ‚Clochard' eine letzte Tränke gefunden haben. Ansonsten ist die Stadt wie ausgestorben. Als er eine viertel Stunde später die Straße unterhalb des Doms überquert, erkennt er sein Ziel als großen dunklen Schatten vor dem letzten

Hafenbecken. Es ist kein Licht zu sehen, und auch sonst deutet nichts darauf hin, dass sich jemand in der alten Gastwirtschaft aufhält.

Das breite Hoftor ist abgeschlossen. Zweihundert Meter weiter glitzert im Wasser des alten Floßhafens ein fast voller silberner Mond. Dahinter, durch eine langgezogene schmale Mole getrennt, der Rhein. Eine lange halbe Stunde duckt er sich in die hohen Holunderbüsche am Steilufer des Baches, der gegenüber dem alten Hafenbecken in den breiten Strom fließt. Nur eine schmale Sackgasse liegt zwischen seinem Beobachtungsposten und der Gaststätte.

Als er sich ganz sicher ist, dass da drüben niemand auf ihn wartet, huschte er schnell zu dem Bretterzaun, in dessen Schatten er bis zur Rückseite des Gaststättengeländes schleicht. Von hier aus kann er fast in das Hafenbecken des alten Flößerhafens spucken. Hinter einem Berg von Schrott findet er die Stelle, die ihm am Vortag aufgefallen war. Vorsichtig schiebt er sich durch die Lücke und rückt die drei Bretter wieder in die alte Position.

Er steht jetzt im Schatten des Anbaus, in dem sich die Toiletten befinden. Im Hof erkennt er eine Harley und den Bedford. Sich nahe an der Wand haltend, geht er langsam zum Eingang. An der Tür lauscht er weitere fünf Minuten in das Haus hinein. Das Öffnen der Eingangstür ist kein Problem für ihn, auch ohne Licht. Die Tür zum Gastraum ist nicht abgeschlossen. Das Quietschen der Türangeln lässt seinen Puls nach oben schießen. Da alle hölzernen Fensterläden geschlossen sind, liegt der Gastraum in völliger Dunkelheit. Er lauscht kurz in den Raum hinein, bevor er die Taschenlampe einschaltet. Links ist die Theke, rechts die Faltwand. Langsam bewegt er sich auf die Theke zu. Routiniert und geräuschlos durchsucht er die Schränke der Theke und der dahinterliegenden Küche. Er findet nichts, was nicht auch da hingehört. Auf den Hacken sitzend schaut er gerade die Unterschränke der Theke durch, als ihn ein lautes metallenes Klacken erstarren lässt. Sofort schaltet er die Taschenlampe aus. Er traut sich kaum zu atmen. Als auch Minuten später keine weiteren Geräusche zu hören sind, macht er sich mit der Erklärung Mut, dass das Geräusch von einem Kühlaggregat gekommen sein muss. Trotzdem wird er das Gefühl nicht los, dass er nicht allein ist. Er benötigt etwas Überwindung um die Taschenlampe wieder anzuschalten. Während er den Lichtkegel durch den Raum wandern lässt, meint er ein leises Wimmern zu hören. Es kommt aus dem Raum hinter der Faltwand. Schnell ist er zwischen den Billardtischen hindurch an der Stelle, an der die beiden Ziehharmonikawände miteinander verbunden sind. Er hört jetzt ganz deutlich das Wimmern eines kleinen Mädchens oder einer Frau im abgetrennten Teil des Saales. Mit zittrigen Fingern, die Taschenlampe zwischen den Zähnen, löst er die Verklinkung der beiden Faltwandhälften und zieht sie einen halben Meter auseinander. Der Lichtkreis der Taschenlampe fällt auf ein Dutzend verängstigter asiatischer Frauen. Er ist so überrascht, dass er den Schatten, der von der Seite auf ihn zufliegt, erst wahrnimmt, als es zu spät ist.

21

November 1963

„Warum ist Miguel eigentlich so …" Recha zögerte einen Moment, „… na ja, so zurückhaltend. Ich meine, ihr seid alte Freunde und habt hier und in San Juan große Weingüter aufgebaut. Euer Wein verkauft sich immer besser, und wie ich von meinem Vater weiß, gibt es Anfragen aus Europa." Mit der ihr eigenen unaufdringlichen Selbstgewissheit, in die er sich einst verliebt hat, hielt sie seinen Blick fest. „Vor eurem Erfolg habt ihr doch schon ganz andere Situationen gemeinsam bewältigt. Das fällt doch nicht vom Himmel."

Sie erhob sich schwerfällig. Obwohl er sie jetzt schon in der dritten Schwangerschaft erlebte, war ihm die Veränderung im

Wesen und Verhalten seiner Frau während dieser Monate vor der Geburt immer ein Rätsel geblieben.

„Du hast doch als Europäer einen weiteren Blick als wir Argentinier, wieso kannst du das mit Miguel nicht in Ordnung bringen."

Wie eine Sumo-Ringerin stapfte sie beide Hände schützend um den beeindruckend angeschwollenen Bauch geschlossen über die Veranda auf ihn zu. Wortlos drehte er sich um und konzentrierte sich auf das fachmännische Anzünden des Grillholzes. Vor Jahren hat er diesen kleinen Akt der Assimilation zugelassen und sich den Grill bauen lassen. Er hörte sie näherkommen und spürte die kleinen Erschütterungen ihrer Schritte in den Dielen unter seinen Füßen. Für den Bruchteil einer Sekunde riss die dünne Membrane, mit der das menschliche Gehirn Erinnerung und reale Wahrnehmung trennt. Er hörte das von bellenden Schüssen begleitete anschwellende Trommeln von Pferdehufen, wie damals vor über zwölf Jahren auf einer anderen Veranda vor einem anderen Grill.

„Sebastian? Hey, Sebastian." Der Ernst in Rechas Stimme war einem sorgenvolleren Ton gewichen. „Du bist ja ganz bleich. Fühlst du dich nicht wohl?" Sanft griff sie nach seinem Arm und versuchte, ihn zu sich zu drehen, spürte aber seinen Widerstand und ließ von ihm ab. „Ich hole dir ein Glas Wein."

Recha ging zurück ins Haus. Er hörte sie mahnende Worte an Mariá und José richten, ohne genau zu verstehen, um was es ging. Er vergötterte seine Kinder. Die fünfjährige Mariá, die jede Gelegenheit nutzte, um ihm mit großem Stolz stockend aus ihrem Lieblingskinderbuch vorzulesen. Ein Ergebnis Rechas liebevoll-strenger Anleitung. Und José, der mit seinen vier Jahren aus dem kindlichen Drang heraus zu erfahren, was dieses kleine Ding dazu brachte, sich zu bewegen, schon seine dritte Modelllokomotive irreparabel auseinandergenommen hatte. Genauso sehr liebte er seine Frau, die seinem Traum vom weltberühmten Weingut bedingungslos vertraut und eine absehbar erfolgreiche akademische Karriere für ihn geopfert hatte. Nie zuvor hatte er so geliebt. Selbst die Liebe zu seiner Mutter reichte nicht an die Intensität seiner Gefühle für diese drei Menschen heran.

Aber das Bild des glücklichen Familienvaters und äußerst erfolgreichen Geschäftsmannes, dass er nach außen so überzeugend zeigte, stimmte selten mit seinem inneren Erleben überein. Das Wissen um die vielen Opfer seiner Spitzeltätigkeit im Elsass, aber vor allem die Erinnerung an die qualmende Veranda mit der toten Clara, legten sich immer wieder wie dunkle Schatten über sein Gemüt. Versuche, in der Religion Vergebung zu finden - er hatte sogar ein paar Mal ernsthaft überlegt, zum jüdischen Glauben zu konvertieren - hatte er endgültig aufgegeben.

„Hier, ich habe dir eine Flasche Côtes du Ventoux geöffnet, den du neuerdings so gerne magst. Der wird dir wieder etwas Farbe ins Gesicht bringen."

Ganz in seinen Gedanken versunken hatte er nicht gehört, wie sie zurückgekommen war. Bevor sie das Thema Miguel wieder aufnehmen konnte, stürmten die beiden Kinder in lautem Streit auf die Veranda. Schubsend und feixend schoben sich die Kleinen zwischen ihre Eltern.

Am Abend, nachdem die Kinder eingeschlafen waren, saßen sie aneinandergeschmiegt auf der Bank vor ihrem Küchenfenster und genossen schweigend den Sonnenuntergang über den Gipfeln der Andenkordilleren.

„Weißt du noch, wie José vor zwei Jahren morgens ganz früh aufstand und im Hühnerstall alle Eier aufschlug, weil wir ihm erzählt hatten, dass da die Küken herauskommen. Er wollte jeden Tag nachsehen, ob schon Küken drin sind?"

Hofer stimmte in das leise Lachen seiner Frau ein. Augenblicklich hatte er das enttäuschte Gesicht seines knapp zweijährigen Sohnes vor Augen, der vollgekleckert mit Eiweiß und Eigelb vor ihrem Bett stand und weinend Zweifel an den Aussagen seiner Eltern äußerte.

„Er hat mir nie verziehen, dass ich nicht Clara, sondern zuerst ihn geweckt habe, damals auf seiner Veranda."

„Von wem redest Du?" Recha kicherte an seiner Brust in Gedanken noch bei dem Eierdrama des kleinen José, mit dem sie tagelang fast jeden Morgen geweckt worden waren.

„Von Miguel. Du hast doch danach gefragt, fragst immer wieder danach."

Sie setzte sich vorsichtig auf und sah ihm mit ernstem Interesse in die Augen. „Aber was wollten die Gauchos denn von ihm? Damals gab es doch nichts zu holen auf dem kleinen Weingut."

„Wir haben es nie wirklich erfahren. Der Anführer der Banditen war der Sohn der Álvarez. Sein Vater war wegen antiperonistischer Aufwiegelung vor Gericht gestellt und verurteilt worden. Diesem Urteil verdankt Miguel den größten Teil seines Besitzes. Der Vater hat seine Frau und dann sich selbst erschossen und sich damit der Inhaftierung entzogen. Wir vermuteten damals, dass es sich um eine Verzweiflungstat handelte, weil dieser in uns die Aufwiegler sah, die seinen Vater denunziert hatten." Hofer strich ihr liebevoll über das Haar. Konnte man gleichzeitig zärtlich sein und lügen, ohne dass ein Blitz aus dem Himmel niederfuhr? „Natürlich war da nichts dran. Allein die Idee, Miguel oder ich hätten Kontakte zur peronistischen Partei oder gar zu deren Geheimpolizei ist abstrus. Genau diese Geheimpolizei hat mich vor vielen Jahren aus Buenos Aires hinaus und fast totgeprügelt, weil bei mir kein Geld zu holen war."

Seine Stimme hatte genau die richtige Menge an Erregung, um seinem Vortrag die nötige Glaubwürdigkeit zu verleihen. Sie ließ sich zurück an seine Brust sinken, den Blick wieder auf die Berge gerichtet.

„Du solltest noch einmal mit Miguel reden, Sebastian. Seit damals redet ihr nur noch über geschäftliche Angelegenheiten. Vielleicht ist die Zeit gekommen, um sich auszusprechen und einen Neuanfang zu wagen." Sie kuschelte sich enger an ihn. „Sprich mit ihm Sebastian! Versuch es wenigstens!"

„Ich werde es versuchen. Sobald wir aus Buenos Aires zurück sind, werde ich ihn anrufen und mich mit ihm verabreden, Liebling. Ich verspreche es dir."

„Warum musste sich dieser Idiot Fondizi letztes Jahr auch mit Guevara treffen, einem Kommunisten und Umstürzler?"
Keiner der Anwesenden hatte je verstanden, warum Moses Mendelsohn mit den inzwischen unverhohlen antisemitisch agierenden Militärs sympathisierte. Hofer saß mit einem halben Dutzend Männern im besten Alter, alles Repräsentanten wirtschaftlich erfolgreicher jüdischer Einwandererfamilien, im Raucherzimmer seines Schwiegervaters Aaron Silbermann. Alle hatten sich mit Kognak und Zigarren versorgt. Verhalten debattierten die Männer über die politische Führung des Landes, die im vergangenen Jahr das anti-peronistische Militär durch einen Sturz des gewählten Präsidenten Arturo Fondizi an sich gerissen hatte.

Mendelsohn, der aufgestanden und zum Kamin gegangen war, lies nicht locker. "Und kann mir einer mal erklären, wieso er sich mit den Peronisten zusammengetan hat und auch noch heimlich? Das sind doch auch alles nur verkappte Kommunisten und Gewerkschafter."

Léon Blum, wohlhabender Besitzer von zwei koscheren Restaurants und einigen Mietshäusern in Buenos Aires, erbarmte sich und antwortete ihm. "Mit Guevara hat er sich wohl in der Hoffnung getroffen, er könne in der Kubakrise vermitteln und Argentinien wieder einen Ruf in der Welt verschaffen."

Woraufhin sich David Maas, ein wohlhabender Teilhaber einer kleinen, aber einflussreichen Privatbank, sich in das Gespräch einschaltete. „Da hätte er sich besser auf die Krise im eigenen Land konzentrieren sollen." Mit dem Gewicht von Maas Stimme war dem Thema die Aufmerksamkeit aller Anwesenden sicher.

Recha hatte sich an dem massiven Schreibtisch ihres Vaters niedergelassen. „Erst vor Kurzem habe ich mich wieder einmal mit dem Bericht von Raúl Prebisch beschäftigt, den er neunzehnhundertneunundvierzig für das zweite Jahrestreffen der UN-Kommission verfasst hat."

Während seine Tochter die Gelegenheit nutzte, um sich mit ihrem Wissen in das Gespräch einzubringen, hatte Aaron Silbermann nachdenklich und fast unbemerkt das Zimmer betreten. Die Männer hatten sich auf den mit robustem dunkelbraunem Rindsleder bezogenen Couchs und Sesseln vor dem großzügig angelegten offenen Kamin niedergelassen. Die Wände waren fast ausschließlich mit dicht gefüllten Bücherregalen bedeckt. Hofers Schwiegervater nannte es sein Raucherzimmer und kokettierte damit, dass es nur von Männern betreten werden dürfe, mit Ausnahme der Putzfrau und Recha natürlich.

Neben dem Stolz auf Recha, die auch in ihrer Rolle als Mutter und Ehefrau den Kontakt zu ihren Professoren regelmäßig pflegte, spürte Hofer so etwas wie peinliche Berührtheit darüber, wie sie sich als einzige Frau unter Männern, noch dazu hochschwanger, dermaßen in den Mittelpunkt stellen konnte. Während Recha die Aufmerksamkeit der Männer genoss, trat ihr Vater an den Schreibtisch.

„John F. Kennedy ist heute um 12.30 in Dallas einem Attentat zum Opfer gefallen. Ich habe es gerade im Radio gehört. Er wurde erschossen."

Aaron Silbermann hatte die Nachricht in die kurze Stille gesprochen, in der sich die Männer überlegten, wie sie auf Rechas kleinen Vortrag antworten sollten. Alle schauten zu ihm hinüber. Einige hielten sich schockiert die Hand vor den Mund, andere schenkten sich Kognak nach und stürzten ihn hinunter, als ob es sich um lebensnotwendige Medizin handele.

Hofer brach das Schweigen als erster und richtete seine Frage aufgeregter als beabsichtigt an die Anwesenden. „Natürlich ist es traurig, wenn ein sympathischer Staatsmann auf diese Weise sein Leben lassen muss, und ich wünsche mir genau wie Sie eine rasche Aufklärung dieses feigen Mordes.

Aber geht Ihre Betroffenheit über den Tod eines Mannes, dessen Land ausschließlich unter Profitaspekten Interesse für Argentinien aufbringt, nicht ein wenig zu weit?"

Unverständnis in Form von ratlosem Geräusper, erstauntem Aufschauen und ärgerlich verengten Augenpaaren ließ Hofer spüren, dass es da etwas gab, was er nicht verstand. Einmal mehr stellte sich die Erfahrung bei ihm ein, dass er trotz allem Respekt und aller Freundlichkeit, die ihm die Männer entgegenbrachten, nie einer der ihren sein würde. Ärger stieg in ihm hoch, als er aus dem Augenwinkel wahrnahm, wie Recha grußlos das Zimmer verließ.

„Du bist Italiener, Sebastian. Ein Opfer Nazideutschlands. Vielleicht trübt die Enttäuschung über das nicht zu übersehende Interesse Kennedys an Deutschland deinen Blick." Aaron Silbermann zündete sich die erloschene Zigarre an und goss sich etwas Kognak nach. „Mein Bild ist das eines großen Menschenfreundes, der kraftvollen und unbeirrbaren Optimismus ausstrahlte. Er glaubte fest an die menschliche Fähigkeit, Utopien zu verwirklichen. Denkt nur an seine Vision, dass noch in diesem Jahrzehnt Menschen auf dem Mond landen werden." Er schaute in die Runde. „Ich glaube, Kennedy hat allein durch sein Auftreten und die Art, wie er Ziele beschrieb, die Herzen vieler Menschen weit über die USA hinaus mit Hoffnung erfüllt und ihnen ein Gefühl von Sicherheit und Schutz gegeben." Er zog an seiner Zigarre und nahm einen kleinen Schluck aus seinem Glas. „Irgendwie hatten wir doch alle die Hoffnung, dass durch Kennedy ein anderes Verhältnis zwischen Lateinamerika und den USA möglich sein würde, von dem auch das argentinische Volk profitieren könnte. Der Tod Kennedys ist kein Verlust von Vergangenheit im Sinne von Trauer um das Gewesene, sondern vielmehr ein Verlust an Zukunft im Sinne dessen, was dieser Mann noch hätte bewegen können."

In dem zustimmenden Gemurmel kamen langsam wieder Gespräche in Gang. Aber auch beim Abendessen blieb die

Stimmung von Zurückhaltung und Nachdenklichkeit geprägt.

Spät am Abend, als alle sich längst zur Nachtruhe in ihre Schlafzimmer zurückgezogen hatten, saß Hofer nachdenklich vor der Glut des Kamins. Er versuchte zu verstehen, warum er sich in dieser Familie, die ihn von Beginn an offen und freundlich aufgenommen hatte, nach all den Jahren immer noch so fremd fühlte. Ohne einer Erklärung näher zu kommen, wechselten seine Gedanken zu Miguel und er beschloss, gleich nach ihrer Rückkehr das Gespräch mit ihm zu suchen. Recha hatte recht. Er musste alles versuchen, die Beziehung zu dem Menschen, der ihm neben seiner Frau und den Kindern am wichtigsten war, wieder ins Lot zu bringen. Auch die Entfremdung zwischen ihm und Recha hatte mit seinem Schweigen zu dem Zerwürfnis mit Miguel zu tun, dessen war er sich sicher.

Zwei Wochen später saß Hofer nervös auf einem der Findlinge, die Miguel als Grenzsteine für seine Ländereien nutzte. Angespannt blickte er über die endlos scheinenden Rebenreihen hinweg zu den keine fünfzig Kilometer entfernten Gipfeln der Sierra del Tontal. Trotz des kühlen Windes, der von den Bergen herunterwehte, spürte er die Kraft der Frühlingssonne auf seinem Gesicht. Noch von Buenos Aires aus hatte er Miguel in einem Telegramm um ein Treffen gebeten und die Dringlichkeit mit neuen Ideen seines Schwiegervaters zur Vermarktung ihrer Weine begründet. Zu seiner großen Überraschung hatte Miguel vorgeschlagen, sich hier am Rande seiner Weinfelder zu treffen.

Er sah auf die Uhr. Dass Pünktlichkeit nicht zu den Stärken Miguels gehörte, wusste Hofer seit ihren ersten Verabredungen in Buenos Aires. Trotzdem atmete er erleichtert durch, als er das ferne Brummen eines Geländewagens hörte.

Miguel stellte den Wagen einige Rebzeilen weiter auf dem breiteren Wirtschaftsweg ab. Zögerlich kam er auf Hofer zu und ließ sich mit unterdrücktem Stöhnen auf dem gegenüberliegenden Grenzstein nieder.

„Was gibt es denn so Wichtiges, das nicht bis nächste Woche hätte warten können? Da hätten wir uns sowieso getroffen".

Während er dem Blick von Miguel standhielt, betrachtete er seinen Freund nach langer Zeit zum ersten Mal wieder etwas genauer. Das Haar war an den Schläfen weiß geworden und er hatte an Gewicht zugenommen. Er suchte einen möglichst unverfänglichen Einstieg in das Gespräch, von dem er sich so viel erhoffte. „Wie geht es Ernesto? Er ist jetzt 19 Jahre alt. Hat er den Studienplatz für Medizin an der Universität von Buenos Aires bekommen? Du musst sehr stolz auf deinen Sohn sein."

„Er wird nicht nach Buenos Aires gehen und er wird auch nicht Medizin studieren." Miguel Blick war inzwischen auf die weißbestäubten Gipfel der nahen Gebirgskette gerichtet. „Was ist denn nun mit Europa? Wollen die unsere Weine überhaupt haben?"

„Die Frage scheint nicht die zu sein, ob sie unseren Wein haben wollen, sondern eher die, wie wir es hinkriegen, dass sie ihn unbedingt haben wollen."

„Hast du mich zum Rätselraten hierher bestellt? Dann muss ich dir sagen, dass ich dazu keine Zeit habe. Wie du weißt, ist ein Großteil meiner Arbeiter dabei, die Bewässerungsgräben zu säubern und instand zu setzen. Die müssen angewiesen und überwacht werden." Miguel machte Anstalten, sich zu erheben, blieb dann aber sitzen.

„Ich habe sie auch geliebt, Miguel. Nicht so wie du, aber ich habe sie geliebt. Ihr Tod hat mich krank gemacht, schwer krank, und wenn ich Recha nicht getroffen hätte, wäre ich heute nur ein erbärmlicher Säufer, wenn ich überhaupt noch am Leben wäre."

Miguel riss seinen Kopf herum und starrte Hofer mit zornigen Augen an. „Im Gegensatz zu dir habe ich keinen Arzt gefunden, der mir Tabletten verschreiben konnte. Was sollten das auch für Tabletten sein, die einem den Grund zum Leben zurückgeben, die verhindern, dass man vor Kummer wahnsinnig wird, die einen davor schützen, dass man sich jede Woche einen Finger nach dem anderen, ein Gliedmaß nach dem anderen abhackt, nur um den Schmerz zu überdecken, der den ganzen Körper und die Seele quält." Vom Kopf bis zu den Füßen bebend hielt Miguel den Blick Hofers fest, bis dieser beschämt die Augen niederschlug. „Du willst mir etwas über Schmerz erzählen? Es ist jetzt über zehn Jahre her und immer noch gibt es Tage, an denen ich mit der Unsicherheit aufwache, ob ich dieses Leben ohne sie wirklich will. Es vergeht kein Tag, an dem ich sie nicht schmerzhaft vermisse. Erzähl du mir nichts von Liebe." Miguel erhob sich mit einem Ruck und begann vor Hofer auf und ab zu gehen. Dann blieb er stehen und beobachtete Kondore in der Ferne, zwei vor den Berggipfeln schwebende schwarze Punkte. „Ich wollte dich töten, Sebastian, und manchmal will ich das immer noch."

Hofer folgte Miguels Blick in die Ferne. „Warum hast du es nicht getan, Miguel? Warum hast du mich nicht getötet? Du hattest allen Grund dazu."

„Was hätte ich davon gehabt? Hätte ich, nachdem meine Frau tot war, auch noch meinen einzigen Freund töten sollen?" Miguel begann wieder vor Hofer hin und her zu gehen.

„Wie konntest du mich nach dem Überfall noch als Freund sehen? Ich bin schuld daran, dass dir das Liebste auf der Welt genommen wurde. Erschossen aus Rache für die Vernichtung einer Familie." Hofers Stimme zitterte.

„Auf der einen Seite musste ich dir die Schuld an Claras Tod geben. Ich brauchte eine Erklärung für ihren Tod, und die Erklärung warst du. Und ich brauchte jemanden, den ich dafür hassen konnte, dass sie nicht mehr da war, für mich, für die Kinder. Ich brauchte jemanden, der lebte, den ich mir vorstellen konnte, keinen toten Gaucho, mit dem ich noch nie etwas zu tun gehabt hatte." Miguel ließ sich wieder auf dem Grenzstein nieder und suchte Hofers Blick. „Auf der anderen Seite wusste ich tief in meinem Herzen, dass Clara das nie gutheißen würde. Egal was du getan hast, du hast es ja auch für uns getan. Wären wir in Buenos Aires geblieben, hätten unsere Kinder nie studieren, nie ihre Möglichkeiten ausschöpfen können." Die Wut war einer bitteren Müdigkeit gewichen. „In gewisser Hinsicht hat mir der Hass gegen dich geholfen zu überleben. Ich hatte jemanden, bei dem ich alle Verantwortung für das meiner Familie zugefügte Leid abladen konnte. Das und die Liebe zu meinen Kindern, die Notwendigkeit, mich um sie kümmern zu müssen, hat mich am Leben gehalten."

Ein Windstoß riss Miguel den Hut vom Kopf. Nur Hofers schnelle Reaktion mit dem Fuß verhinderte, dass er zwischen den dicht belaubten Rebenreihen verschwunden wäre. Mit dem verbeulten Hut in der Hand ging er die paar Schritte zu seinem Freund hinüber. Der nahm ihn mit einem leichten Kopfnicken entgegen.

„Vielleicht ist es mit unserer Freundschaft ja wie mit diesem Hut. Vollkommen verbeult, schmutzig und außer Form. Aber trotzdem immer noch ein Hut." Miguel sah Hofer in die Augen. „Ich bin des Hassens müde, Sebastian. Aber ich kann nicht einfach so tun, als ob nichts passiert wäre, als ob die Vergangenheit nur ein schlimmer Film sei, den man im Kino gesehen hat und der nach ein paar Dutzend Albträumen allmählich seinen zerstörerischen Einfluss verliert." Mit seiner Faust versuchte er, wieder etwas Form in den Hut zu bringen. „Es war gut, dass du mir deinen Vorschlag zu diesem Treffen schriftlich mitgeteilt hast. Am Telefon hätte ich mit Sicherheit Nein gesagt. So konnte ich ein paar Nächte darüber schlafen." Er straffte die Schultern und seine Augen suchten die beiden Kondore am Horizont. „Was unsere Freundschaft betrifft, lass mir Zeit. Ich dachte mir schon, dass du mich nicht in die Weingärten bestellt hast, nur um mit mir über Verkaufsstrategien zu reden. Allerdings glaube ich dich gut genug zu kennen, um zu wissen, dass die Überlegungen deines Schwiegervaters nicht nur ein Vorwand waren, mich allein zu treffen. Also, was meint der alte Silbermann?"

„Nun, das ist kurz gesagt. Du weißt, dass er international mit Weinen handelt, vor allem aus Frankreich, Italien und Spanien."

„Und was will er dann mit unseren Weinen? Ich meine, wir sind sehr erfolgreich, verdienen sehr viel Geld. Ich kann meinen Kindern die Ausbildung ermöglichen, die ich mir mit Clara immer für sie gewünscht habe. Nur Clara …" Er brach ab, und die Linien in seinem Gesicht wurden schärfer.

„Es geht nicht um Umsatz und Profit. Es geht um Anerkennung. Es geht darum, einzigartige Weine zu machen. Kannst du dich an unsere ersten Abende in Buenos Aires erinnern?" Hofer zögerte. „Wie stolz Clara damals auf ihren träumenden Ehemann war."

„Was schlägst du vor?" Miguel machte jetzt den Eindruck, als wollte er so schnell wie möglich weg von diesem Gespräch.

„Mein Schwiegervater organisiert zwei Reisen für mich, eine nach New York und eine nach Frankreich. Er wird mir Gespräche mit ein paar einflussreichen Weinhändlern und ein paar renommierten Restaurants vermitteln und ich werde mit schwerem Gepäck reisen. Ein paar Dutzende Flaschen von dem Malbec, den du von den vierzig Jahre alten Reben gelesen hast, vielleicht von meiner Cuvée aus Cabernet Sauvignon, Merlot und Syrah und von dem Chardonnay. Was denkst du?"

„Das kann ich sehr gerne dir überlassen. Es ist deine Zeit, die du ohne deine Familie verschwendest." Wieder suchten seine Augen die schwarzen Vögel am Himmel. Dann schien er einen Entschluss zu fassen. „Ich muss zur Arbeit. Halt mich auf dem Laufenden!"

Ohne ein weiteres Wort oder eine Geste des Abschieds richtete er sich auf und ging eilig zu seinem Wagen. Vor der geöffneten Autotür drehte er sich noch einmal um.

"In fünf Wochen ist Weihnachten. Willst du am Fünfundzwanzigsten mit Recha und den Kindern zum Essen kommen? Ruf mich an!" Ohne auf eine Antwort zu warten, stieg er in den Wagen und verschwand hinter einer großen Staubfahne.

22

9. September 1982

Das Getöse einer trommelnden Horde haitianischer Voodoo-Tänzer, die in seinem Kopf eine ihrer schwarzen Messen abzuhalten scheinen, holt Beck ins Leben zurück. Ihm ist speiübel, und ein starker Schwindel hält ihn am Boden. Er hat keine Ahnung, wo er sich befindet. Um ihn herum ist pechrabenschwarze Nacht, als ob er vollständig erblindet wäre. Blitzartig kommt die Erinnerung. Er hat diese Frauen gesehen, dann hat ihn jemand niedergeschlagen.

Vorsichtig richtet er seinen Oberkörper auf und tastet mit ausgestreckten Armen um sich. Bei dem Versuch, sich ganz aufzurichten, stößt sein Kopf schmerzhaft an eine Holzdecke. Seine Hände ertasten über sich die gleichen groben Holzdielen, aus der der Boden gezimmert ist. Aufsteigende Panik beschleunigt seinen Puls und lässt seinen Atem schneller gehen. Kalter Schweiß überzieht seine Haut. Auf allen vieren tastet er sich durch die Dunkelheit. In allen Richtungen stößt er auf Wände aus gesägten Holzdielen. Offensichtlich steckt er in einer Art Holzkasten, dessen Größe er auf zehn mal acht Meter schätzt, bei einer Höhe von etwa eins zwanzig.

Erschöpft lehnt er sich gegen eine Wand. Der Brechreiz hat zwar nachgelassen, aber nach wie vor ist ihm speiübel. Es ist nicht nur der wummernde Kopfschmerz, der ihm zu schaffen macht. Auch die restlichen Teile seines Körpers fühlen sich an, als ob ein schweres Fieber seinen Organismus im Griff hat. Er zieht die Knie an die Brust und schlingt die Arme um seine Beine. Der strenge Geruch von Erbrochenem hängt in der Luft. Er muss sich in der Bewusstlosigkeit übergeben haben. Zitternd sitzt er in der Dunkelheit, unfähig, einen einzigen konstruktiven Gedanken zu fassen. Dann kommen die Selbstvorwürfe. Welcher Teufel hat ihn geritten zu glauben, er könne einfach so in diese Kneipe reinmarschieren und die ganze Bande im Alleingang hinter Gitter bringen. Der Kasten, in dem er steckt, scheint so etwas wie ein Zwischenlager oder Notversteck für illegal ins Land gebrachte Frauen aus Asien zu sein. Hinter dem Gestank seines Erbrochenen nimmt er jetzt auch den schwachen Duft billigen Frauenparfums wahr. Menschenhandel bringt viel Geld ein, vor allem wenn man gleichzeitig das Geschäft der Zwangsprostitution betreibt. Allerdings drohen Menschenhändlern auch härtere Strafen als Waffenhändlern. Würde das Risiko aufzufliegen, einen ausreichenden Grund abgeben, um ihn aus dem Weg zu schaffen?

Er dreht sich auf die Knie und beginnt systematischer als zuvor, sein Verlies zu erkunden. An einer Seitenwand erkennen seine Finger ein von der übrigen Wand getrenntes Rechteck, vielleicht einen knappen Meter breit. Das muss eine Tür sein. Er wirft sich mit aller Kraft dagegen, was ihm aus gebückter Haltung nicht besonders gut gelingt. Die vermeintliche Luke gibt ein, zwei Millimeter nach, federt aber sofort in die alte Position zurück. Wenn er doch wenigstens etwas sehen könnte. Wieder tastet er die Fugen ab. Diese verdammte Blindheit macht ihn wahnsinnig. Schwer atmend lehnt er an der Bretterwand. Durch die Anstrengung haben sich Kopfschmerzen und Übelkeit verstärkt. Während er blind in die Dunkelheit starrt, arbeitet sein Hirn auf Hochtouren. Ist es noch Nacht oder spazieren draußen schon Rentner und Kinderwagen schiebende Mütter den alten Hafen entlang? Panik flackert auf, sein Atem geht schneller. Um sich abzulenken, fängt er an, in Gedanken das Gewächshaus aufzubauen, das er seinem Vater geschenkt hat. Dann überwältigt ihn die Erschöpfung, und er sinkt in einen unruhigen Schlaf.

Dumpfe Erschütterungen im Holz schrecken ihn auf. Sofort ist er hellwach. Er unterdrückt den Impuls, sich tot zu stellen und rollt zu der Stelle, die er als Mitte des Raumes vermutet. Wenn dort oben die Kuttenträger zugange sind, konnte ihm Lärm nicht schaden, da die ja sowieso wissen, wer da in ihrem Verlies tobt. Sind es aber nicht die Kuttenträger, kann er nicht laut genug auf sich aufmerksam machen. Also beginnt er, kräftig mit den Füßen gegen die Decke zu treten.

Keine Minute später krabbelt er blind wie ein Maulwurf durch die geöffnete Seitenluke ins Licht. Arme strecken sich ihm entgegen. Wenig später sitzt er mit Senta und Marx neben den Billardtischen an einem Tisch, während ein Notarzt seinen Kopf untersucht. Auf seiner Armbanduhr ist es halb neun. Die Faltwand ist weit aufgeschoben und gibt den Blick in den kleinen Saal mit der gezimmerten Bühne frei, unter der er unfreiwillig die Nacht verbracht hat.

Beck zuckt zusammen, als der Arzt beginnt, die Wunde zu reinigen. „Herrgott, Mann! Jetzt passen Sie doch auf!"

„Ist gleich vorbei. Einen kleinen Moment Geduld, dann ist es vorbei."

Er sieht, wie Lefebvre an der Tür mit zwei uniformierten Beamten spricht.

„Habt ihr die Kuttenträger verhaftet?"

Marx schaut ihn besorgt an. „Außer Ihnen war hier niemand, Herr Hauptkommissar. Gauweiler ist gerade mit seiner Mannschaft eingetroffen."

Enttäuscht wechselt Becks Blick von seinem Oberkommissar zu Senta und wieder zurück. „Keine Kuttenträger? Habt ihr denn die Asiatinnen gefunden?"

„Welche Asiatinnen, Chef? Außer Ihnen war hier niemand."

Beck kommt es vor, als ob sich die beiden einen Wettbewerb liefern, wer die meisten Sorgenfalten in sein Gesicht zaubern kann. „Gauweiler soll alle Räume absuchen, jedes

Staubkorn soll er umdrehen. Hier geht es um Frauen-, Waffen- und Drogenhandel."

In seinem Zorn will er aufstehen, wird aber von dem Arzt ohne große Mühe auf seinen Stuhl zurückgezwungen. „Sie bleiben jetzt erst mal hier sitzen, bis der Krankenwagen kommt! Dann fahren Sie schön mit ins Krankenhaus und lassen sich ordentlich durchchecken. Die Kopfschmerzen, der Schwindel und die Übelkeit, wahrscheinlich ein Schädel-Hirn-Trauma. Mit etwas Glück können Sie nach ein paar Tagen Ruhe wieder arbeiten."

Beck sieht den Arzt an, als ob dieser völlig den Verstand verloren hätte. „Guter Mann. Ich bin mitten in den Ermittlungen zu zwei Mordfälle. Ich kann mich nicht in ein Bett legen, wenn dort draußen zwei Mörder frei herumlaufen." Mit schmerzverzerrtem Gesicht greift er sich an den Kopf.

In dem Moment geht die Tür zum Gastraum auf. Zwei Sanitäter schieben eine Trage auf Rollen herein und bitten Lefebvre und die beiden Beamten, ihnen Platz zu machen.

Lefebvre geht ihnen voraus und bleibt neben Marx und Senta stehen. Er hat den kleinen Wortwechsel zwischen Beck und dem Arzt mitbekommen. Mit ernstem Gesichtsausdruck mustert er Beck. „Sie werden zumindest ins Krankenhaus gehen und sich gründlich untersuchen lassen Beck. Sie sollten sich mal im Spiegel anschauen."

„Er hat recht, Chef. Sie sehen wirklich scheiße aus."

Marx stimmt Senta mit kräftigem Kopfnicken zu.

Der Arzt meldet sich wieder zu Wort. „Schädelhirnverletzungen, Schädelbasisfraktur, schwere Gehirnerschütterung, Schädelhirntrauma, Blutungen und Ödeme im Schädel, was zu einer Druckerhöhung führt und tödlich sein kann. Wollen Sie mehr hören?"

„Ist ja gut, Doktor. Ich lasse mich ja untersuchen. Können Sie mir nicht etwas gegen diese Übelkeit und die Schmerzen geben?"

„Gegen die Schmerzen habe ich Ihnen gerade ein Analgetikum gespritzt. Alles Weitere entscheiden die Kollegen im Krankenhaus."

Einer der Sanitäter versucht ihn am Arm zu packen, um ihm aufzuhelfen.

„Einen Moment. Ich muss nur kurz was klären." Er dreht sich zu Senta und Marx um. „Wieso seid ihr hier?"

Marx räuspert sich. „Ein anonymer Anruf im Präsidium heute Nacht gegen drei. Kriminalhauptkommissar Beck sei in Speyer im alten Klubhaus des Wassersports in ernsthaften Schwierigkeiten und benötige sofort Hilfe."

Graf, denkt Beck und wundert sich nur begrenzt, woher der von seinen Schwierigkeiten wusste. „Und warum ist niemand ... ", als er wütend den Kopf schüttelt, stöhnt er vor Schmerzen auf. „Scheiße tut das weh! Warum ist denn niemand früher auf die Idee gekommen, hier herauszufahren, verdammt noch mal!"

„Der Wachhabende hat das für einen schlechten Scherz gehalten, aber immerhin dafür gesorgt, dass die Nachricht auf meinem Schreibtisch landet. Als ich gegen halb acht zum Dienst kam, habe ich sofort versucht, Sie zu erreichen. Nachdem Sie weder in Speyer noch in Lisweiler zu erreichen waren, bin ich sofort zum Staatsanwalt. Der hat mir ohne zu zögern einen Durchsuchungsbeschluss ausgestellt, und hier sind wir. Sie können froh sein, dass die Telefonnotiz nicht auf Ihrem Schreibtisch gelandet ist."

„Danke, Marx." Er dreht das kalkweiße Gesicht seiner Mitarbeiterin zu. „Senta."

„Ja, Chef."

„Besuch doch mal die Hausbesetzer."

„Hausbesetzer?"

„In Speyer in der Johannesstraße. Kannst du nicht übersehen. Außen hängen Leintücher mit Parolen drauf."

„Hausbesetzer in Speyer?"

„Ja in Speyer. Ich habe da gestern kurz mit einer Gruppe Autonomer gesprochen. Du weißt schon, schwarze

Klamotten, schwarze Stiefel, schwarz gefärbte Haare und überall das Anarcho-Logo."

„Sie treffen sich in Ihrer Freizeit mit Autonomen, Chef?"

Fast fällt er darauf herein. Bevor er antworten kann, treten die beiden Sanitäter in orangefarbenen Signaljacken rechts und links an ihn heran. „Finger weg, Jungs! Ich brauche keine Trage, ein einigermaßen bequemer Sitz tut es auch."

Allen Protesten der Sanitäter zum Trotz erhebt er sich mit zusammengebissenen Zähnen, wartet kurz, bis sich der Schwindel legt, dann setzt er sich in Richtung Ausgang in Bewegung.

„Ach, Chef. Warten Sie doch mal!"

Er bleibt stehen, bis Senta bei ihm ist.

„Was für einen Zweck soll mein Besuch bei den Hausbesetzern haben? Ich meine, was kann ich von denen erfahren?"

„Die kennen Wolfgang Löffler. Mir wollten sie nichts sagen, aber ich bin mir sicher, dass die ihn kannten."

„OK, Chef. Danach komme ich ins Krankenhaus. Marx bleibt hier."

Beck schaut auf die Uhr hinter der Theke. „Wir haben jetzt halb neun. Um elf ist Besprechung. Ruf Renate Kohl an, sie soll alle informieren. Bis dahin werden die Ärzte es ja wohl geschafft haben, mich durchzuchecken. Falls ich doch keine TÜV-Plakette bekomme, können wir alles besprechen, wenn du ins Krankenhaus kommst."

„In Ordnung, Chef."

„Ach noch was. Ihr müsst die Kollegen von der Organisierten Kriminalität verständigen."

„Hat Marx längst gemacht, Chef."

Lefebvre taucht in Becks Sichtfeld auf. „Geht es, Beck?"

„Eine Halbzeit würde ich gerade noch schaffen."

„Über Ihre Einzelaktion reden wir noch. Ich vermute, die bringt Ihnen auch einen Termin beim Kriminaloberrat ein. Vielleicht schaffen Sie es ja sogar bis zum Präsidenten. Wird auf jeden Fall schwer sein, das der Presse zu erklären. Was wollten Sie hier überhaupt?"

„Ich hatte einen Tipp hinsichtlich der Tatwaffe bei unserem Toten im Felsenmeer."

„Muss ich Ihnen erklären, dass man so eine Aktion nicht alleine macht? Nein, muss ich nicht. Jetzt schauen Sie erst einmal, dass Sie wieder auf die Beine kommen."

Beck lässt ihn stehen und folgt mit unsicheren Schritten den genervten Sanitätern. Auf dem Hof ist weder eine Harley noch ein Bedford zu sehen.

Schon von Weitem sieht Senta die Polizeifahrzeuge der Kollegen. Unterhalb der Fenster des ersten Stocks hängen die Transparente, von denen Beck gesprochen hat: *'ALTE HÄUSER MÜSSEN WEICHEN FÜR DIE WOHNUNGEN DER REICHEN!'*, daneben *'ABSCHAFFUNG DER WOHNUNGSNOT IST OBERSTES GEBOT'*. Sie stellt die XT auf dem Bürgersteig ab und geht auf den Polizeibus zu, der neben dem Hauseingang den Gehweg blockiert. Gerade will sie die Straße überqueren, um sich der überschaubaren Menge von Demonstranten anzuschließen, als vier junge Leute von Uniformierten aus dem Haus getragen und ein paar Meter vor ihr abgesetzt werden. Offensichtlich wird das Haus geräumt. Die Aktion ihrer Kollegen löst zwiespältige Gefühle bei Senta aus.

Unter den Demonstranten wird das Gejohle lauter. Einige beginnen „Wohnungslos muss nicht sein, zieht in leere Häuser ein!" zu skandieren. Augenblicklich stimmen die anderen mit ein. Sie mischt sich unter die Protestierenden und wartet darauf, dass die Leute in Schwarz herausgetragen werden. Ein Ehepaar in den Fünfzigern schiebt sich mit ärgerlichem Gesichtsausdruck zwischen den Demonstranten hindurch. Fassungslos hört Senta, wie der Mann seine Frau anblafft. "Arbeitsscheues Gesindel. Das hätt es unterm Adolf nicht gegeben."

Eine knappe Stunde und zweiundzwanzig männliche und weibliche Besetzer später ist es so weit. Zwei schwarz gekleidete junge Männer und zwei junge Frauen in fast identischen

Klamotten, jeweils rechts und links im Tragegriff von Beamten, skandieren lauthals: „Jeder Stein, der abgerissen, wird von uns zurückgeschmissen!", was sofort von den Demonstranten aufgenommen wird. Die autonome Gruppe bleibt neben dem Mannschaftsbus stehen, bis zwei weitere Schwarzgekleidete und eine sehr junge Frau in normaler jugendlicher Kleidung abgesetzt werden. Die junge Frau, fast noch ein Mädchen, kommt Senta irgendwie bekannt vor. Im Chor werden weiter Parolen gerufen.

Sie schiebt sich zwischen den Demonstranten hindurch zu der Stelle, an der die Gruppe dazustoßen wird. Immer wieder werden Parolen wie „Abriss ist Beschiss!" oder „Keine Macht den Bauspekulanten!" skandiert. Selbst über die Straße hinweg kann sie erkennen, wer in der Gruppe das Sagen hat. Mehrmals fällt der Name Chako. Dann stehen die sieben Autonomen und die junge Frau neben ihr.

„Hey, Chako. Wie lang wart ihr drin?"

Neugierig dreht sich der Angesprochene zu Senta um. „Wer will das wissen, Pumuckl?"

„Ist Kinderfernsehen jetzt Pflicht für Mitstreiter der autonomen Bewegung?"

Chako übergeht Sentas schlagfertige Antwort und setzt nach. „Ich habe dich noch nie gesehen in Speyer."

„Ich wohn in Mannheim."

„Wir bis vor Kurzem auch. Kriegst ja keine Bude in diesem Spießerkaff, wenn du nicht mit Krawatte und Anzug zum Besichtigungstermin erscheinst. Ein halbes Jahr haben wir sämtliche Anzeigen abgeklappert. Unverheiratet geht ja gerade noch. Aber drei Weiber und ein Schwanzträger, da geht die Fantasie mit den Spießern durch. Wenn du dann auch keinen festen Job hast." Chako winkt ab.

„Kommt mir sehr bekannt vor. Wie lange wart ihr drin?"

„Drei Tage waren wir drin, bevor die Faschobullen kamen und uns raustrugen. Einige wohnen seit Juli drin, haben angefangen zu renovieren. Wir waren da, um Solidarität zu zeigen. Es geht darum, selbstbestimmt zu leben und den Terror

der Verwertungslogik so weit wie möglich draußen zu lassen. Das finden wir gut. Bleib im Land und wehre dich redlich."
Er grinst. „Steht schon in der Bibel."
„Ich war im Sommer in Kreuzberg in Berlin. Block 103. Kannste nicht vergleichen mit dem hier. Aber im Grunde geht es ja um das Gleiche."
„Was machst du hier? Drinnen habe ich dich nicht gesehen."
„Jobmäßig. Ich suche einen Killer."
Chako mustert sie besorgt, als überlege er, ob er sie einfach stehen lassen oder doch besser einen Arzt verständigen soll. „Hast du dir in Kreuzberg schlechtes Dope reingezogen oder nur heute Morgen vergessen, deine Medikamente zu nehmen?"
Senta fischt ihren Dienstausweis aus der Lederjacke und lässt ihn gleich wieder verschwinden, nachdem Chako einen Blick darauf geworfen hat. Ruhig fängt sie an, sich eine Zigarette zu drehen.
Chakos Blick bleibt an Sentas bunten Haaren hängen. „Bist du ein verdeckter Ermittler oder so was?"
„Ermittlerin, wenn schon. Aber nein, ich sehe immer so aus. Am Wochenende war ich auf dem Punk Festival in Frankfurt. Slime, Neurotic Arseholes und so."
„Da waren wir auch." Das freudige Lächeln leuchtet nur kurz in Chakos Gesicht auf. „Was willst du von mir Kommissarin?"
„Wolfgang Löffler."
Chako zögert und schaut übertrieben nachdenklich zu den Polizisten hinüber. „Sagt mir nichts."
„Irgendein Arschloch hat ihn erschossen, ihm die Fingerkuppen abgeschnitten, ihm das Gesicht zermantscht, seine Zähne rausgebrochen, ihm den Schwanz abgeschnitten und ihm in den Mund gestopft. Danach hat er ihn notdürftig verbuddelt. Wenn nicht zufällig der neugierige Köter eines Wanderers einen kleinen Abstecher nach unten gemacht hätte,

wäre er vielleicht nie gefunden worden. Ich brauche deine Hilfe, um das Arschloch zu finden."

Während sie ihre Selbstgedrehte anzündet, mustert Chako sie mit schmalen Augen. Neben dem autonomen Alphatier steht eine Frau in schwarzer Lederjacke, die ihre Unterhaltung misstrauisch verfolgt. Bei dem Lärm um sie herum kann sie allerdings nichts verstanden haben, was sie nur noch grimmiger schauen lässt. Neugierig beugt sie sich herüber.

„Wer ist denn die Tussi? Kennst du die?"

„Nee, Patti, kenn ich nicht und jetzt lass mich mal für einen Moment in Ruhe."

Gegenüber wird das Hoftor in Höchstgeschwindigkeit mit zwei schweren Ketten und großen Vorhängeschlössern gesichert. Chako wendet sich wieder Senta zu. „Ab und zu ist er mal aufgetaucht. Besonders wenn es um Aktionen ging. Hab mich schon gewundert, dass er nicht im Haus war. Auf der Demo letzten Samstag gegen die Neonazis vor der 'Stadt Nürnberg' war er auch nicht." Mit einer Kopfbewegung weist er auf die andere Straßenseite. „Wäre normalerweise genau sein Ding gewesen."

„Was war das für einer, der Wolfgang?"

„Alle sagten nur Wolf zu ihm. Weil er ja auch genau das war. Ein einsamer Wolf. Er war in Ordnung. Wenn du Hilfe gebraucht hast, war er zur Stelle. Und organisieren hat der können. Alles." Er schaut ihr in die Augen. „Verstehst Du? Auf den hast du dich blind verlassen können." Wütend schüttelt er den Kopf. „Scheiße Mensch! Wer bringt so einen um?"

„Das werden wir herausfinden. Gibt es jemanden, mit dem er öfters zusammen war, der ihn genauer gekannt hat?"

„Nicht, dass ich wüsste. Wie schon gesagt, er war mehr der Typ Lonesome Wolf."

„Aber er muss doch Bekannte gehabt haben, Leute, mit denen er mal auf die Rolle ging oder so?"

„Wie gesagt, er war ein Einzelgänger. Er hat in Heidelberg studiert. Medizin. Aber das wisst ihr ja wahrscheinlich schon. Zwei, drei Mal war ich bei ihm in Heidelberg. Er war immer allein. Ab und zu habe ich ihn bei Aktionsplanungen der Antifa in Speyer getroffen."

„Warst du mit ihm mal an der Uni oder in Heidelberg unterwegs? In welche Kneipen ging er und hat er dort Leute getroffen, die er kannte? Alles könnte uns weiterhelfen." Sie muss lauter reden, da großes Gejohle aufbrandet, als die grünen Mannschaftsbusse abfahren. Gegenüber steht ein Uniformierter vor der verbarrikadierten Haustür und hält demonstrativ ein backsteingroßes Funkgerät hoch.

„Seine Wohnung war antifamäßig tapeziert. Er sammelte Zeitungsartikel über abgetauchte Naziverbrecher. Hat sich da richtig drin verbissen. Es sei ein Forschungsprojekt fürs Studium. Dabei hat er doch Medizin studiert. In seinem Arbeitszimmer war eine ganze Wand mit Zeitungsausschnitten zugeklebt."

Inzwischen stehen sie fast alleine auf dem Gehweg. Lediglich zwei Grüppchen sind noch dabei, ihre Banner zusammenzurollen.

„Klingt nach schwerer Paranoia."

„Paranoia? Kriegst du eigentlich mit, was in diesem Land passiert? Letztes Jahr hat die Wehrsportgruppe Hoffmann den ehemaligen Vorsitzenden der Jüdischen Gemeinde Nürnberg, Shlomo Lewin, und seine Lebensgefährtin Frida Poeschke erschossen. Nimm das Oktoberfestattentat vorletztes Jahr. 13 Tote, 221 Verletzte. Die Brandanschläge der 'Deutschen Aktionsgruppen' gegen Auschwitz-Ausstellungen, gegen eine Schule, weil sie den Namen des im KZ Treblinka ermordeten polnischen Pädagogen Janusz Korczak trägt oder auf ein Mietshaus, in dem dann zwei Vietnamesen starben. Oder die Erschlagung des Türken Ende letzten Jahres. Willst du noch mehr hören?"

Senta fällt nichts ein, was sie sagen könnte.

Chako zieht eine Packung Schwarzer Krauser aus der Lederjacke. Er beginnt sich Tabak auf ein Blättchen zu zuppeln. Als er weiterspricht, blitzt ein zorniges Grinsen über sein Gesicht. „*'Ihr müßt sie lieb und nett behandeln – erschreckt sie nicht –*

sie sind so zart! Ihr müsst mit Palmen sie umwandeln, getreulich ihrer Eigenart! Pfeift euerm Hunde, wenn er kläfft. Küßt die Faschisten, wo ihr sie trefft!'" Chako steckt sich die Gedrehte zwischen die Lippen. Das Grinsen ist verschwunden. „Tucholsky. 1931". Er hält die Flamme seines Zippos an die Zigarette und nimmt einen tiefen Zug. „Da nimmt ihn der brave deutsche Bürger auch heute beim Wort, weil er nicht kapiert, was Satire ist. Und es war noch die Zeit, in der man den Faschismus hätte verhindern können. Wenn man denn gewollt hätte. Die Faschos hatten damals zwar schon achtzehnkommafünf Prozent im Reichstag, waren aber noch weit weg von der Macht. Die Sozialdemokraten waren stärkste Partei. Keine zwei Jahre später war alles anders."

Senta nickt zustimmend, hat aber keine Lust auf eine politische Diskussion. „Hast du Löfflers Adresse in Heidelberg?" Die Adresse haben sie zwar schon, aber sie will Chako vermitteln, dass seine Informationen wichtig sind.

„Außerhalb. Irgendwo in Handschuhsheim am Zoo vorbei. Die Straße weiß ich nicht mehr." Er sieht sich kurz nach seinen Leuten um. Die restlichen Demonstranten sind jetzt auch verschwunden. „Ich muss jetzt los."

„Kann ich dich irgendwie erreichen?"

„Nein. Gib mir deine Telefonnummer. Ich ruf dich an, wenn mir was einfällt."

„Die Nummer hast du gestern schon von meinem Kollegen bekommen."

„Hab ich weggeschmissen. Gib mir deine!"

Während Senta in ihrer Lederjacke nach einer Visitenkarte kramt, mustert Chako sie ausgiebig.

„Eine Punklady als Kommissar. Das glaubt mir keine Sau."

Sie gibt ihm das Kärtchen. „Ruf mich an, wenn dir was einfällt und bleib sauber!"

„Du auch. Denk immer dran, wer die wirklich Kriminellen sind! Scheiße, man verliert ja völlig die Orientierung." Grinsend sucht er den Anschluss zu seinen Leuten, die Richtung

Innenstadt unterwegs sind. Ein paar Schritte weiter wartet augenfunkelnd Patti auf ihn.

Am Empfang im Krankenhaus ist man zunächst misstrauisch, wieso sich eine Punkerin für das Wohlbefinden eines Kriminalhauptkommissars interessiert. Erst nach dem Vorzeigen ihres Dienstausweises zeigt man ihr den Weg zum Wartebereich der Notfallambulanz. Sie überlegt kurz, ob sie Renate Kohl anrufen soll, um sich die Heidelberger Adresse von Wolfgang Löffler geben zu lassen. Und dann bräuchten sie auch einen Stadtplan von Heidelberg und Umgebung. Aber erst mal hören, was mit dem Chef los ist. Dass er sich in dieser Phase der Ermittlungen von irgendeinem Arzt ans Bett fesseln lässt, übersteigt schlicht ihre Vorstellungskraft. Sie schnappt sich einen halbwegs aktuellen *„Spiegel'* und setzt sich auf einen Stuhl.

„Senta, bist du das? Was für eine blöde Frage. Dich würde man doch überall erkennen."

Diese Anspielungen auf ihr Aussehen gehen ihr langsam auf die Nerven. Sie steht auf, legt das Magazin zurück und schlendert zu Beck, der mit imposantem weißem Kopfverband vor dem Behandlungszimmer steht.

„Keine taktlosen Bemerkungen über meinen Kopfschmuck Senta!"

Um Punkt elf ist der Besprechungsraum bis auf den letzten Stuhl besetzt. Trotz ernsthaftester Ermahnungen von verschiedenen Seiten lässt Beck es sich nicht nehmen, die Dienstbesprechung zu leiten. Mit weißem Kopfverband sitzt er vor der grünen Tafel.

„Wir haben eine klare Identifizierung der Leiche im Wald. Wolfgang Löffler, ein zwanzig Jahre alter Medizinstudent aus Speyer. Antifa-Aktivist. Dann noch die Aussage, dass ein sportlicher Grauhaariger in den fünfzigern ungefähr zur gleichen Zeit wie unser Toter allein vor der Ludwigshafener Hütte auf der Kalmit war. Wir wissen, dass unser

Unbekannter die Hütte kurz vor Löffler verlassen hat. Die Veröffentlichung der Phantomzeichnung hat keine verwertbaren Ergebnisse gebracht." Beck holte tief Luft, was nicht viel an seiner gräulichen Gesichtsfarbe ändert. „Die Veröffentlichung der Fotos des Opfers läuft gerade an, außerdem wissen wir, dass Wolfgang Löffler in Heidelberg eine Wohnung hat, die Kommissarin Fischer und ich uns nachher ansehen werden. Die Kollegen in Heidelberg sind informiert."

Beck macht eine kurze Pause, um anderen die Möglichkeit zu geben, seine Ausführungen zu hinterfragen oder zu ergänzen. Gauweiler ergreift die Gelegenheit und steht auf. „Ich bin leider noch nicht dazu gekommen, den Käfer unseres Opfers auseinanderzunehmen. Wir mussten bei ein paar Überfällen aushelfen, und …" ein kurzer Blick zu Beck, „wo wir heute Morgen waren, wissen ja alle. Obwohl wir den Wagen schon ordentlich gefilzt haben, werde ich ihn mir heute, spätestens aber morgen früh noch einmal vornehmen. Man weiß ja nie."

„Habt ihr in dem Vereinsgebäude irgendetwas Verwertbares gefunden?"

„Keine Waffen. Aber es ist eindeutig, dass in dem Kabuff, dessen Komfort du ja für eine Nacht genießen durftest, Frauen untergebracht waren. Wir haben Haare und Fingerabdrücke von wenigstens achtundzwanzig Personen gefunden. Gegen elf kam einer von den Rockern mit 'ner Harley vorgefahren und hat sich gewundert, was wir da treiben. Der Kerl behauptet steif und fest, keine Ahnung zu haben, von was wir reden. Marx hat ihn mitgenommen."

„Handbreit kleiner als ich, fette Bierwampe, Schnauzbart und lange schwarze, zum Pferdeschwanz gebundene Haare? Atze haben ihn die anderen genannt."

„Nein, eher groß und blond. Harry Klein. Ist offiziell als Pächter für die Gaststätte eingetragen. Pferdeschwanz stimmt."

Marx geht dazwischen. „Klein behauptet steif und fest, gestern nicht in der Kneipe gewesen zu sein, weil Montag und

Dienstag Ruhetage seien. Von den nächtlichen Ereignissen weiß er nichts und von jungen Asiatinnen schon überhaupt gar nichts. Keine Übereinstimmung mit den Fingerabdrücken. Wir haben ihn trotzdem dabehalten. Die Kollegen von der Organisierten Kriminalität werden ihn noch einmal ordentlich in die Mangel nehmen. Ein einschlägig bekannter Rechtsanwalt aus Mannheim hat sich schon gemeldet."

„Einen Blonden habe ich da nicht gesehen. Ich war ja am Nachmittag schon einmal da." Beck merkt, wie der Ärger hochkommt. „Da stand ein schwarzer Bedford mit getönten Scheiben im Hof. Daneben drei Softtails, eine Fat Bob und zwei Fat Boys. Außerdem waren neben dem Pferdeschwanz noch drei andere Kuttenträger in der Kneipe, allerdings eher Konfektionsgröße XXXL."

Lefebvre stößt sich von der Wand ab. „Dummheit oder Überheblichkeit." Er lässt offen, ob er Beck meint oder die Rocker. „Auf jeden Fall haben wir die Herren Rocker am Kanthaken, Hauptkommissar. Die Kollegen von der Organisierten Kriminalität haben schon länger ein Auge auf die Truppe geworfen. Sie stellen gerade die anderen Stützpunkte der Gang in Altrip und Ludwigshafen auf den Kopf. Vor ein paar Wochen hat die Projektgruppe Menschenhandel in einem dreitägigen Großeinsatz im Rotlichtmilieu der Vorderpfalz über siebzig Bars, Klubs, Bordelle und sogenannte Terminwohnungen überprüft und fast zweihundert Personen kontrolliert. Das Ergebnis war ernüchternd. Ein paar Damen ohne Papiere, sonst nichts. Mit den Spuren in Speyer kommen die Kollegen vielleicht endlich einen Schritt weiter."

Die Stimme Lefebvres hat etwas unbekannt Joviales, was Beck so fremd ist, dass er misstrauisch zu ihm hinüberschaut. Der Staatsanwalt steht im grauen Anzug mit roter Krawatte am hinteren Fenster.

„O. K.. Konzentrieren wir uns auf unsere Toten. Marx, bringen Sie uns bitte auf den neuesten Stand der Entwicklungen in Sachen Hochhausmord!"

Marx steht auf und blättert wie gewohnt in seinem Lederbüchlein. Dann schaut er in die Runde. „Wir haben noch mal anderthalb Tage damit verbracht, die Anwohner zu den Mietern der Tatortwohnung zu befragen. Das Ergebnis geht gegen null. In vielen Wohnungen wurde erst gar nicht geöffnet oder es war niemand da. In anderen wurden wir nur beschimpft oder es fehlten uns die entsprechenden Fremdsprachenkenntnisse. Die wenigen, die mit uns gesprochen haben, hatten keine Ahnung von wem oder was wir redeten. Bei der Befragungsaktion am Montagabend war der Erkenntnisgewinn genauso bescheiden. Aber darüber habe ich ja schon berichtet."

Beck nickte ihm zu.

„Ich habe die Wohnungsbaugesellschaft gebeten, mir alle Mietdaten der beiden Hochhäuser aus dem letzten halben Jahr zusammenzustellen. Vielleicht gibt es Überschneidungen mit den Daten der Tatortwohnung." Sein Blick wandert zu Lefebvre. „Dann wäre es allerdings günstig, wenn die Staatsanwaltschaft uns zeitnah Durchsuchungsbeschlüsse für infrage kommende Wohnungen ausstellen würde."

„Wenn Sie mich überzeugen, Herr Oberkommissar, wird das kein Problem sein." Lefebvre sagt es ruhig, ohne die von ihm gewohnten Spitzen.

Beck steht auf. Ein kurzes Abstützen an der Stuhllehne, aber es geht. „Hans?"

„Die Wohnung war sauber. Außer der UZI haben wir nichts gefunden. Es gibt nur eine Erklärung."

„Und die wäre?"

„Die Putzkolonne hat nichts von der UZI gewusst."

„Was ist mit der Tatwaffe? Gibt es Reaktionen auf die Fotos vom Toten? Haben die Tageszeitungen die Bilder überhaupt gebracht? Was ist mit dem Fernsehen?"

„Langsam, Helm. Es ist das gleiche Kaliber wie bei dem Toten im Pfälzer Wald, aber es ist nicht die gleiche Waffe. Bei der Hinrichtung wurde eine Walther P1 benutzt."

Marx hebt die Hand. „Rheinpfalz und Mannheimer Morgen haben die Fotos mit unserem Aufruf gebracht. Gestern Abend war er sowohl im Regionalfernsehen als auch in den Nachrichtensendungen von ARD und ZDF. Ein paar hundert Anrufe, aber keine verwertbaren Hinweise. Die üblichen Wichtigtuer und einsame Menschen, die wieder mal mit einem menschlichen Wesen reden wollten, sonst nichts."

„Bleiben als Gemeinsamkeiten die Hautritzereien und die zeitliche Nähe der Taten. Bisschen wenig. Ich glaube, wir können davon ausgehen, dass die Taten nichts miteinander zu tun haben." Beck schaut zu Lefebvre, der aber gerade mit der Entfernung eines Fussels von seinem Ärmel beschäftigt ist. „Zumal jetzt klar ist, dass es zwei verschiedene Tatwaffen sind. Oder sieht das einer der Anwesenden anders?" Beck lässt eine Minute verstreichen. „In Ordnung, Leute, gleiche Arbeitsteilung wie gestern. Jeder weiß, was er zu tun hat. Alle Informationen gehen sofort an Renate Kohl! Gute Arbeit, Leute! Wir kommen voran! Morgen um zehn wieder hier."

„Herr Kriminalhauptkommissar."

Beck dreht sich zu Lefebvre um, der geduldig wartet, bis die Kollegen vor ihm ihre Stühle unter die Tische geschoben haben und Richtung Tür unterwegs sind. „Herr Staatsanwalt?"

„Haben Sie einen Moment Zeit?"

Beck sieht erstaunt auf. Kommt jetzt die Standpauke?

„In meinem Büro! Jetzt!"

„Das ist Hauptkommissar Kirchner vom Bundeskriminalamt."

Vor Lefebvres Schreibtisch sitzt ein großer, leicht übergewichtiger Mann mittleren Alters in dunklem Dreiteiler, der beim Eintreten der beiden kurz aufsteht, um Beck die Hand zu geben.

„Kirchner. Staatsschutz. Guten Tag, Kollege." Er deutet auf Becks Kopf. „Schicker Kopfschmuck. Hab von Ihrer

Aktion gehört. Mut und Entscheidungsfreudigkeit imponieren mir. Immer."

Beck hat keine Erfahrungen in der Zusammenarbeit mit dem Bundeskriminalamt, empfindet aber die Begrüßung übertrieben jovial. So lobt man ein Kind, nachdem man es beim Schach hat gewinnen lassen. Er ist auf der Hut. Lefebvre bietet ihm den freien Stuhl neben Kirchner an und überlässt dem BKA-Beamten das Wort.

„Ich will direkt zur Sache kommen, Herr Beck. Der Tote in der Wohnung in Speyer war ein Kollege. Vor über zwei Jahren ist es ihm gelungen, Kontakt zum äußeren Kreis der Roten Armee Fraktion aufzunehmen. Ich weiß nicht, ob Sie das Mai-Papier von 1982 kennen, Herr Beck. Unter der Überschrift "Guerilla, Widerstand und antiimperialistische Front" erklärt eine 3. RAF-Generation den Internationalismus als eigentlichen Kern ihrer Aktivitäten. Ihre Anschläge sollen sich zunächst vorrangig gegen Ziele der NATO richten, weil sie in ihren Augen den Kern imperialistischer Macht darstellt. Unser Mann hat sich Vertrauen erworben, unter anderem durch einen von uns arrangierten Überfall auf eine Bundeswehrkaserne. Von dort stammen unter anderem die Tatwaffe und die UZI. Die UZI war so etwas wie ein Vertrauensjoker, den er anscheinend nicht mehr ausspielen konnte. Er war aufgestiegen und seit einigen Monaten Mitglied einer kleinen Kommandozelle, der neben ihm eine Frau und ein Mann angehörten. Wir wissen, dass ein Attentat auf eine amerikanische Kaserne geplant ist. Ramstein oder Heidelberg. Die Entscheidung soll in dieser Woche fallen. Wir gehen davon aus, dass die Terroristen ihre Pläne nicht ändern. Leider wissen wir nicht, wo sich ihr neues Basislager befindet."

Natürlich, denkt Beck. Es ist das bekannte Muster, nach dem RAF-Terroristen ihre Wohnungen aussuchen. Möglichst anonym in Hochhäusern und in nächster Nähe zu einer Autobahn. Er kann sich gut an die aufgeheizte, an Hysterie grenzende Stimmung erinnern, die in der zweiten Hälfte der Siebziger das ganze Land beherrschte. Deutscher Herbst. Ein dichtes Netz von Straßenkontrollen im ganzen Bundesgebiet. Nie gab es in der öffentlichen Wahrnehmung so viele hochbewaffnete Polizeikräfte. In der Kurpfalzkaserne hat ein angstblinder Wachsoldat seinen angetrunkenen Kumpel mit fünf Schüssen vom Stacheldrahtzaun geholt, weil er dachte, es handele sich um einen terroristischen Überfall. Dabei hatte der arme Kerl nur den Zapfenstreich vergessen und wollte straffrei und unbemerkt in seine Stube kommen.

„Sie würden uns sehr unterstützen, wenn Sie sich vorerst auf den Toten im Wald konzentrieren könnten. An den RAF-Leuten sind wir dran. Es geht auch um eine nicht unerhebliche Menge an Sprengstoff."

Der Ärger, der in Beck hochsteigt, verstärkt das Pochen seiner Kopfwunde. Sollen sie warten, bis irgendwo eine Bombe hochgeht? Darauf läuft die Ansprache Kirchners doch hinaus.

„Nur damit ich das richtig verstehe, Herr Kollege. Hinter Ihrer Bitte versteckt sich doch nicht etwa eine dieser berühmten Anweisungen von ganz oben?"

„Etwas holprig formuliert, Hauptkommissar, aber im Prinzip sehen Sie das genau richtig."

Lefebvre, der sowohl die Anspielungen als auch die Körpersprache bei Beck richtig deutet, versucht zu vermitteln. „Sie sind hier keine Konkurrenten, meine Herren. Es geht darum, eine gute Kooperation zu gewährleisten, nicht mehr und nicht weniger."

„Wir sollen also alle Ermittlungen in Zusammenhang mit dieser Hinrichtung einstellen."

„Nicht einstellen Herr Beck. Nur einstweilen auf Eis legen. Bis wir genau wissen, was die Terroristen planen. Im Gegenzug werden wir Ihnen zum gegebenen Zeitpunkt interessante Informationen über die Motorradbande überlassen."

„Wie wollen Sie erfahren, was die Terroristen planen, Herr Kirchner. Ihr Undercover-Mann ist tot. Schon vergessen?"

„Zerbrechen Sie sich mal nicht unseren Kopf, Herr Beck."

Beck schluckt seinen Ärger hinunter und steht von seinem Stuhl auf. Mit knappem Gruß geht er zur Tür. Er hat schon die Klinke in der Hand, als er die Stimme von Kirchner hört.

„Ach, da ist noch eine Sache, die ich Ihnen gerne mit auf den Weg geben würde. Vor dem Hintergrund der Welle von linksterroristischen Raubüberfällen, Entführungen und Mordanschlägen, mit der die RAF in den letzten zehn Jahren unser Land überrollt, einschließlich dem ganzen Sympathisantensumpf, der sich durch die linke Szene in Deutschland zieht, hat Ihre Idee von einem Alt-Nazi, der einen Studenten mitten im Pfälzer Wald erschießt, etwas Bizarres. Sie jagen Phantomen hinterher, von denen sich dieses Land spätestens Mitte der Sechziger befreit hat. Anstatt Telex-Anfragen durch die Republik zu schicken, sollten Sie das Gespräch mit den Kollegen suchen. Es ist nur ein Rat, Herr Hauptkommissar. Einen guten Tag noch."

Wortlos verlässt Beck Lefebvres Büro. Nachdem er etwas zu laut die Tür hinter sich geschlossen hat, atmet er einige Male tief durch. Was bildet sich dieser Sesselfurzer ein? Will der ihm vorschreiben, wie er seine Arbeit zu erledigen hat? Laut fluchend stürmt er durch den Flur zum Treppenhaus.

23

August 1964

An einem heißen Spätsommerabend saß Hofer mit Monsieur Boulle, einem alten Geschäftsfreund von Rechas Vater und einflussreichen Weinhändler aus Avignon, auf der mit hellen Sandsteinplatten befestigten Terrasse eines komfortablen Sommerhauses. Kilometerweit entfernt von der nächsten Ortschaft lag das Haus leicht erhöht an einer kleinen Straße, die hoch zur weißen Kalksteinkappe des Mont Ventoux führte. Hier waren die Temperaturen des provenzalischen Hochsommers erträglicher als in der Bruthitze der

Dörfer des Luberon, dessen mächtiger Buckel im Süden zu sehen war.

Der Duft von Rechas traumhaft saftiger Lammkeule schwebte noch in der Luft, als er die inzwischen dritte Flasche sündhaft teuren Rotweins aus dem in der Nähe gelegenen Gigondas öffnete. Sie redeten über Vertriebsstrukturen in Frankreichs Weinhandel, über Rebenveredlung, Unterlage und Edelreis, italienische und französische Klone und wo sich derzeit die besten Märkte für Pflanzreben finden ließen. Für Recha waren es langweilige Themen, weshalb sie sehr bald Mercedes und den Kindern in den oberen Bereich des Hauses gefolgt war, in dem sich die Schlafzimmer befanden.

Bei einem letzten Glas begann der kleine Franzose ohne erkenntlichen Anlass über de Gaulle und Pompidou zu schimpfen, die nichts gegen die vielen dunkelhäutigen, ungebildeten Menschen unternahmen, die mit der Unabhängigkeit Algeriens ins Land geschwemmt worden waren und sich nun in Frankreich auf Kosten ehrbarer Steuerzahler ein schönes und faules Leben machten. Da Hofer auf keinen Fall über französische Politik diskutieren wollte, war er ganz froh, als sich Boulle wenig später verabschiedete. Mit sorgenvoller Miene sah er den Rückleuchten des Wagens hinterher, der in sanften Schlangenlinien in Richtung des nächsten Dorfes fuhr, in dem sich der kleine rundliche Franzose in guter Kenntnis der eigenen Schwächen ein Zimmer genommen hatte.

Zurück beim Haus goss sich Hofer den Rest des Rotweins ins Glas und saß noch eine Weile in Gedanken versunken im fahlen Mondlicht an dem kleinen Pool. Seit dem Weihnachtsessen auf Miguels Weingut hat sich sein Leben eindeutig zum Guten gewendet. Neben der allmählichen Normalisierung der Freundschaft zu Miguel hat sich auch seine Beziehung zu Recha verändert. Mit Geduld und Behutsamkeit war es ihnen gelungen, wieder mehr Vertrauen und Nähe in ihre Ehe zu bringen. War er glücklich? Es schien ihm so, als hätte er endlich den Ausgang aus einer persönlichen Geisterbahn gefunden, in der er sich seit wenigstens zehn Jahren immer mehr verirrt hatte. Er war fünfundvierzig Jahre alt und fand, dass es an der Zeit war, die Gespenster der Vergangenheit endgültig hinter sich zu lassen.

Am Ende zweier herrlich entspannter Wochen verließen sie wehmütig das Steinhaus am Ventoux in Richtung Lyon. Nach einer Übernachtung in Beaune folgten sie dem Lauf des Doubs quer durch das französische Jura und näherten sich den hohen Bergen der Südvogesen.

Endlich würde seine Mutter Recha und die Kinder kennenlernen. Er würde mit seiner Familie ein paar Tage an den Orten seiner Kindheit verbringen. Wochenlang hatte er sich darauf gefreut. Jetzt schnürte ihm die Gewissheit die Luft ab, dass er diese Freude nicht wird mit ihnen teilen können. Sein offizieller Geburtsort lag in Südtirol. Vor langer Zeit hatte er seiner Frau die Geschichte von dem jungen Elsässer erzählt, der vor den Nazis nach Tirol geflohen war und seine Mutter allein zurücklassen musste. Wie er diesen jungen Elsässer in Tirol getroffen und wie sie sich beide über die Alpen Richtung Genua auf den Weg gemacht hatten. Wie überrascht er gewesen sei, als sein Reisekumpan eines Morgens verschwunden war, nicht ohne ihm eine beträchtliche Summe Geld und die Bitte zu hinterlassen, sich um seine Mutter zu kümmern. Entgegen aller Vernunft hatte er während seiner ersten beiden Rebeneinkaufsreisen seine Mutter besucht. Sie kannte diese Legende und würde sie Recha gegenüber aufrechterhalten.

Der Weg über die Berge hatte länger gedauert als von ihm eingeplant, also blieb ihnen im Hotel nur wenig Zeit, um sich umzuziehen und ein wenig frisch zu machen. Mercedes kümmerte sich im Hotel um den schlafenden Daniel. Es waren nur wenige Hundert Meter Fußweg zu dem kleinen Fachwerkhaus seiner Mutter unweit des Flüsschens Weiss, in dessen Schilfgürteln und Uferhecken er mit Nachbarkindern einige Sommer lang die Abenteuer von Tom Sawyer und Huckleberry Finn nacherlebt hatte.

Entgegen allen Befürchtungen fiel die Begrüßung alles andere als steif aus. Selbst María und José überwanden schnell ihre Schüchternheit und ließen sich von der kleinen älteren Frau, die so seltsam sprach, herzen. Nach einigen Gläschen Muskateller und regem, von Hofer gedolmetschtem Austausch über Nachbarschaft und Erziehung stellte er beruhigt fest, dass der Abend alles in allem mehr seinen Herzenswünschen entsprach, als er zu hoffen gewagt hatte. Unter dem Vorwand, er wolle mit Frau Mutzig noch über seine kurze gemeinsame Zeit mit deren verschollenem Sohn reden, blieb er bei der Mutter sitzen, als Recha die todmüden Kinder an der Hand nahm und sich Richtung Hotel verabschiedete.

„Bist du glücklich?" Marie Mutzig musterte ihren Sohn. „Natürlich bist du glücklich. Du musst glücklich sein bei dieser wunderschönen und liebenswürdigen Frau und diesen großartigen Kindern. Den Kleinen werde ich ja noch kennenlernen, hoffe ich."

„Ja, Maman. Ich bin glücklich. Mein Leben ist so viel anders gelaufen, als ich es mir erträumt habe. Wer weiß das besser als du. Aber heute bin ich glücklich."

Zärtlich legte Hofer den Arm um die Schultern seiner Mutter und zog sie ein wenig zu sich. Wie klein sie geworden war. Sie saßen auf einer alten Holzbank an der Rückseite des Hauses im Garten und bestaunten den sternenübersäten Himmel über den dunklen Bergen.

„Es ist, wie du in deinen Briefen schriebst, Maman. Nicht wir schreiben das Drehbuch unseres Lebens. Es sind die Bedingungen, unter denen wir zu leben haben, die die großen Lebenslinien vorgeben."

„Ja so ist das Leben. Durch Willenskraft und Ideenreichtum kann man die Richtung beeinflussen. Aber die ganze Kontrolle hat man nie. In den Phasen, in denen es danach aussieht und wir es dann auch gerne glauben, decken sich die Umstände zufällig mit unseren Bedürfnissen und Wünschen.

Dann muss man dankbar sein. Kein Mensch kann aus seiner Haut heraus. Auch wenn er es noch so sehr möchte."

„Meine Mutter wird auf ihre alten Tage noch zur Philosophin."

„Verwechsle Philosophie nicht mit Lebenserfahrung, Jean-François. Jetzt darf ich dich ja so nennen, wo deine Familie im Bett ist." Ein trauriger Unterton ließ ihre Stimme leicht zittern.

„Maman, ich …"

„Halt, Jean-François. Was du mir bis heute nicht erzählt hast, möchte ich auch jetzt und in der Zukunft nicht wissen. Es würde nichts ändern. Du bist mein Sohn." Liebevoll schaute sie zu ihm hoch. „Es ist nur so schwer zu ertragen, dass du so weit weg bist. Und jetzt komm mir nicht wieder mit dem Vorschlag, dass ich mit euch nach Amerika kommen soll." Lächelnd schüttelte sie sanft den Kopf. „Ich werde vierundsechzig, bin also schon eine alte Frau. In unserem Städtchen habe ich viele Freunde und Bekannte, die mir lieb und teuer sind. Ich liebe mein kleines Haus, die Theaterbesuche in Colmar und die Gespräche mit dem Pastor. Und natürlich meine Schulkinder, wenigstens noch für ein, zwei Jahre. Es ist die Welt, in der ich meinen Platz habe, in der ich gebraucht, respektiert und geliebt werde, in der ich mich geborgen fühle. Sie ist klein, aber es ist meine Welt. Wenn ich mit euch gehen würde und glaube mir, ich habe mir das tausend Male überlegt, würde ich das alles verlieren. Und auch dort dürfte ich nicht deine Mutter sein. Ich würde in dem Land mit den vielen Rindviechern nicht sehr alt werden. Deshalb bleibe ich hier und ertrage es, meinen einzigen Sohn nur alle paar Jahre einmal zu Gesicht zu bekommen."

Er wollte irgendetwas Hoffnungsvolles, etwas Tröstliches sagen, brachte aber nur hervor: „Du hast recht, und ich werde mir Mühe geben, öfters zu kommen."

Sie saßen eine Weile auf der Bank und bewunderten stumm den klaren Sternenhimmel über den Vogesen. Nur ab und an fielen ein paar Worte. Sie berichtete von ihrer aktuellen

Klasse, wie klug die Kleinen alle seien. Er erzählte stolz davon, in wie vielen Ländern seine Weine verkauft wurden und dass sein Weingut immer größer wird. Den Blick auf den Himmel über den Bergen gerichtet, schien ihr etwas einzufallen. Sie drehte sich zu ihm um.

„Möchtest du nicht auch einen Weinberg in der Pfalz haben? Ich habe dir bisher nie davon erzählt, aber wenn du möchtest, bist du stolzer Besitzer eines kleinen Weinberges in der Südpfalz."

Auf der Suche nach einem Hinweis auf einen Scherz musterte er das Gesicht seiner Mutter. „Einen Weinberg in der Pfalz? Von welchem Weinberg redest du? Wie soll ich denn das von Argentinien aus organisieren? Und überhaupt, wie komme ich zu einem Weinberg in der Pfalz?"

„Erinnerst du dich daran, wie uns dein Vater verlassen hat?"

Für einen kurzen Moment flackerte der Hass in ihm auf. Obwohl es fast ein viertel Jahrhundert zurücklag, erinnerte er sich noch genau an die Grüße seines Vaters, die ihm Scheel an der Tür des Verhörraums in Straßburg ausgerichtet hatte.

„Er hat das Zuchthaus, zu dem er nach dem Krieg verurteilt worden war, nicht überlebt, wie du weißt. Die französische Besatzungsarmee hat tatsächlich die Familie ausfindig gemacht, dessen Weinhandel er sich im Rahmen der Arisierung für kleines Geld unter den Nagel gerissen hatte. Sie haben alles zurückbekommen, bis auf diesen kleinen Weinberg, den er offensichtlich von eigen erwirtschaftetem Geld einem Winzer abgekauft hatte. Ende der Fünfziger habe ich das Land dann offiziell geerbt." Ihr Blick ging wieder zu den schwarzen Konturen der vom Sternenlicht beschienenen Berge. „Ich war nie dort, obwohl es ja gar nicht so weit weg ist. Ein Notar in Colmar hat die Schenkung an dich schon vorbereitet. Wo du doch jetzt ein richtiger Winzer geworden bist."

Sie spürte seinen emporsteigenden Protest und legte ihm sanft die Hand auf den Arm. „Fährst du hin? Fahr hin! Dir dieses Geschenk machen zu dürfen, würde mir viel bedeuten. Es ist nur eine Tagesfahrt, und ich könnte Recha und den Kindern Colmar zeigen. Das geht auch ohne Sprache."

Hofer gab sich geschlagen und versprach ihr, sich in den nächsten Tagen den Weinberg anzusehen. Sie standen schon im Dunkeln an der Gartenpforte vor dem Haus, als ihn seine Mutter erschrocken am Arm packte.

„Das hätte ich fast vergessen. Ich habe eine Nachricht für dich. Von einem deiner alten Freunde aus Straßburg."

Hofer erstarrte. Seine Mutter eilte ins Haus und kam kurz darauf mit einem Kuvert zurück.

„Ein Lucien Catieux. Er sagte, ihr hättet in Straßburg zusammen studiert." Ihre Augen leuchteten ihn an. „Er hat sich Anfang der Fünfziger schon mal nach dir erkundigt und danach immer mal wieder. Ich habe ihm jedes Mal gesagt, dass du immer noch vermisst wirst und ich nicht einmal weiß, ob du überhaupt noch lebst." Durch die Schweigsamkeit ihres Sohnes verunsichert, fuhr sie leise fort. „Vor zwei Wochen hat er mich vor dem Theater in Colmar angesprochen und in meiner Freude über euren angekündigten Besuch habe ich ihm erzählt, dass du lebst und mich besuchen kommst. Mit deiner Familie."

Als Hofer immer noch nichts sagte, fragte sie vorsichtig: „War dir das nicht recht?" Und wie, um sich zu entschuldigen, fügte sie hinzu „Er sah nicht so aus, als ob es ihm gut ginge."

„Ist schon in Ordnung Maman. Es ist nur so, dass dieser Lucien schon früher eine richtige Nervensäge war." Beherrscht nahm er den Brief und verabschiedete sich herzlich von seiner Mutter.

In der leeren Weinstube des Hotels brannte noch Licht. Aufgewühlt wählte er einen Platz abseits des Eingangsbereichs. Kaum hatte der ältere Herr das Glas Riesling gebracht, das er bestellt hatte, riss er den Umschlag auf und begann zu lesen. Während er den Text ein zweites Mal las, trank er sein Glas in einem Zug aus. Ungeduldig winkte er dem Mann, der müde hinter dem kurzen Tresen stand, und bat um ein weiteres Glas. Dieser Mistkerl von Catieux drohte seiner Mutter, seiner Frau und auch den Behörden die Wahrheit über Jean-François Hofer zu erzählen, wenn er ihm nicht ein wenig geschäftlich unter die Arme greifen würde. Eine erbärmliche Erpressung also. Hofer spürte, wie sich kalte Wut in ihm breitmachte und die Angst verdrängte, die dieser Brief vor einer viertel Stunde in ihm auslöste. Er musste nicht groß überlegen, wie er dieses Problem hier und jetzt lösen musste. In zwei Tagen, um sieben Uhr in der Frühe, wollte sich dieser Hundesohn mit ihm treffen. Er hatte sich, das musste Hofer ihm lassen, einen originellen Treffpunkt für ihr Wiedersehen ausgedacht.

Zwei Tage später fuhr Hofer kurz nach Sonnenaufgang auf der kurvenreichen Talstraße Richtung Col du Bonhomme. Er wollte lange vor Catieux am Treffpunkt sein. Für Recha hatte er einen Zettel hinterlassen, auf dem er ihr mitteilte, er hätte nicht mehr schlafen können und sei zur Weibel-Schutzhütte hochgestiegen. Er würde zum Frühstück zurück sein. Der Geruch von taunassem Moos und würzigem Tannenharz strömte wohltuend kühl durch das offene Fenster. Die oberen Spitzen der Berge waren schon in gelbes warmes Sonnenlicht getaucht. Er bog auf die kleinere Straße nach Orbey ab. Ruhig tuckerte der Diesel die ansteigende Straße hoch. Nach der als Krankenhaus genutzten alten Zisterzienserabtei führte die Straße durch dichten Wald hoch zum Col du Wettstein.

Einen knappen Kilometer vor seinem Ziel stellte er den Wagen in einem schmalen, von dichtem Buchennachwuchs zugewachsenen Waldweg ab. Im Schutz der Tannen stieg er neben der Straße weiter den Berg hoch. Nach einer viertel Stunde schimmerten zwischen den Bäumen die von Sonnenstrahlen beschienenen Kreuze des Soldatenfriedhofes durch. Im Schutz der tiefhängenden Zweige beobachtete er den offenen Platz eine ganze Weile, bis er sich sicher war, dass keine böse Überraschung auf ihn wartete. Zufrieden stellte er fest, dass der kurze Spaten und der kleine Holzrechen, die er tags zuvor bei seinem Erkundungsgang dort deponiert hatte, immer noch versteckt unter den kniehohen Farnbüschen lagen. Kurz vor sieben schritt er auf dem Hauptweg durch das Gräberfeld auf das etwa sechs Meter hohe Steinkreuz zu, das als imposantes Monument die weite Anlage beherrschte. Schon von Weitem war der Schriftzug „*PAX - AUX MORTS DU LINGE*" zu erkennen. Am Fuß des Sockels mahnte ein aus Stein gemeißelt aufgebahrter „blauer Teufel", wie Frankreichs Chasseurs à pied ihrer blau-schwarzen Uniformen und ihrer Tapferkeit wegen genannt wurden, an die Folgen des Kriegswahnsinns.

Eine ganze Weile saß er in Gedanken versunken am Rande des Gräberfeldes auf einer kleinen Mauer im Schatten. Unter dem Eindruck der vielen Hundert Kreuze grübelte er über die Frage, wie es möglich war, dass nach dieser menschengemachten Weltkatastrophe ein noch viel größerer, monströserer Wahnsinn wie Hitler geschehen konnte. Und zum aber tausendsten Mal stellte er sich die Frage, ob es für ihn nicht doch Wege gegeben hätte, keine persönliche Schuld auf sich zu laden. Das Knirschen näherkommender Schritte auf dem Kiesweg unterbrach seine Überlegungen. Während er langsam den Kopf hob, spürte er die Anspannung in seinem Körper.

„Gut siehst du aus Jean-François. Man sieht dir an, dass es das Leben gut mit dir meint. Im Gegensatz zu mir. Es ist eine Weile her, dass wir uns gesehen haben."

Hofer erhob sich langsam von der Mauer und wartete auf den Mann, mit dem er vor einer halben Ewigkeit sein für viele Jahre letztes Glas Wein als freier Mensch getrunken hatte. Catieux sah aus, als ob er die letzten Wochen unter einer Brücke geschlafen hätte. Er hatte deutlich zugenommen und die wenigen verbliebenen Haare klebten ihm ungewaschen an seinem kahl werdenden Schädel. Die wächserne rosarote Gesichtshaut deutete auf ein ernstzunehmendes Alkoholproblem hin.

„Lucien. Du hast zugenommen. Deine Haare werden dünner und du kleidest dich nachlässig. Das hättest du damals in Straßburg nicht zugelassen."

Sie standen vor dem Mahnmal und musterten sich mit unterschiedlichen Gefühlen. Hofer wies mit einer kurzen Handbewegung auf den Sockel. „Ein Teufel warst du schon, aber dummerweise kein Blauer, sonst hättest du die ersten Nachkriegsjahre nicht im Straflager verbringen müssen."

Die Augen Catieux' leuchteten im Zorn kurz auf. Dann straffte sich seine Gestalt und er trat zwischen Hofer und das Mahnmal, um sich die liegende Steinfigur näher anzuschauen.

„War nichts mit ‚nulla poena sine lege'. Aber vor dem Hintergrund Tausender Lynchmorde, die nach fünfundvierzig an richtigen und falschen Kollaborateuren in diesem Land verübt wurden, hast du ja noch Glück gehabt." Ruhig redete Hofer weiter, während er von Catieux unbemerkt die selbst montierte Garrotte aus der Jackentasche zog und den Draht in einer einzigen Bewegung über dessen Kopf warf. Sein ganzer Hass auf Kripp, auf die Deutschen, auf sich selbst, auf den jungen Álvarez, auf das eigene misslungene Leben und natürlich auf Catieux selbst, verdichtete sich im Zug seiner Arme. Verzweifelt versuchte Catieux abwechselnd mit den Händen unter den Draht zu kommen und wild nach ihm zu schlagen. Als die Gegenwehr von Catieux erlahmte und dieser schlaff zu Boden glitt, begann Hofer seine Umwelt wieder wahrzunehmen. Schweratmend und nassgeschwitzt schleifte er den Toten an das am Waldrand gelegene äußere Ende der letzten Reihe der Kreuze. Schnell holte er sich die im Farn versteckten Werkzeuge. Mit dem Spaten stach er in Sarggröße den Rasen aus und rollte den Soden ans Ende. Da er sich durch dichtes Wurzelwerk graben musste, dauerte das Ausheben der Grube länger, als er eingeplant hatte. Eine Stunde später war die Grasnarbe so platziert, dass auch bei näherem Begutachten nichts Auffälliges mehr zu erkennen war. Mit dem Rechen verwischte er erst alle Kampfspuren beim Mahnmal, dann die Schleifspur zu der frischen

Grabstelle. Das Fahrrad mit dem Catieux gekommen war, fand er an einen Baum gelehnt am Rande des Gräberfeldes. Ohne groß zu überlegen fuhr er damit auf der Straße zurück zu seinem Wagen. Dort lud er es in den Kofferraum, um es später am Ortseingang von Kaysersberg abzustellen.

Es war halb zehn, als er den Wagen in der kleinen Seitengasse neben dem Hotel parkte. Eigentlich wollte er längst auf dem Weg nach Landau sein, um den kleinen Weinberg zu begutachten, den er geerbt hatte. Im Flur des Hotels hörte er die Stimmen seiner Kinder. Kaum war er in die Weinstube getreten, sprangen die beiden johlend von ihren Stühlen auf, klammerten sich an seine Beine und stellten sich auf seine Füße. Wie unzählige Male zuvor stützte er mit den Händen die schmalen Rücken und stapfte mit beiden Kindern zum reichlich gedeckten Frühstückstisch. Als sich Recha ihm zu einem Begrüßungskuss entgegenbeugte, meinte er, einen Schimmer von Sorge in ihren Augen zu erkennen.

Zwei Stunden später rollte Hofers Wagen durch die Altstadt von Wissembourg der deutsch-französischen Grenze entgegen. Kurz nach zwölf erreichte er Landau. Nach Erledigung einiger Formalitäten lotste ihn ein freundlicher Beamter auf schmalen Wirtschaftswegen quer durch die Weinberge. Die verwilderten Rebenreihen, alles Riesling, wie ihm der Mann vom Katasteramt versicherte, lagen auf der Kuppe eines lang gezogenen Hügels. Es brauchte keine halbe Stunde, in der er auf und ab spazierte und sich an der kraftvollen Landschaft freute, schon hatte er sich in das Fleckchen Erde verliebt, auf dem sein kleiner pfälzischer Weinberg lag.

24

8. September 1982

Beck sieht, wie Senta tief durchatmet, bevor sie den Klingelknopf drückt. Sie hören Schritte, dann öffnet sich die Wohnungstür. Frau Löfflers Gesicht ist grauer als am Vortag, auch scheint sie ein wenig kleiner geworden zu sein. Ganz offensichtlich hat sie keine gute Nacht hinter sich.
„Guten Morgen, Frau Löffler. Wie geht es Ihnen?"
„Guten Morgen, Herr Beck. Guten Morgen, Frau Fischer. Mein Arzt hat mich krankgeschrieben und mir Pillen verordnet. Kommen Sie doch herein!" Besorgt schaut sie auf Becks Kopfverband. „Was ist denn mit Ihrem Kopf passiert? Das sieht ja schrecklich aus."
Hinter der Freundlichkeit der Frau spürt Beck, wie viel Kraft es sie kostet, sich auf ein weiteres Gespräch mit ihnen einzulassen. In seiner Ausbildung hat man ihnen eingebläut, dass es den Angehörigen überhaupt nichts nutzt, wenn man selbst auch noch zu heulen anfängt. Empathisch sein, aber Normalität abbilden, hieß es. Obwohl er in den vergangenen Jahren viele Male in dieser oder einer ähnlichen Situation war, sieht er sich immer noch außerstande zu beschreiben, wie so etwas geht. Gereizt nimmt er wahr, dass das Wummern und Stechen in seinem Kopf wieder stärker wird. Er reißt sich zusammen.
„Fahrradunfall Frau Löffler. Ich bin mit dem Rennrad gestürzt und unglücklich gefallen. Hab Glück gehabt."
Frau Löffler führt Beck und Senta in ihr Wohnzimmer und bittet sie, Platz zu nehmen. „Kaffee?"
„Gern, Frau Löffler." Beck steht rasch auf, überspielt einen Schwindel und begleitet sie wieder in die Küche.
„Wie geht es Ihnen, Frau Löffler?"
„Ich kann es Ihnen nicht sagen, Herr Beck. Ich bin so leer. Als ob alle Gefühle in mir abgeschaltet sind. Und müde. Vielleicht kommt das von den Pillen. Es will mir einfach nicht in den Kopf, dass Wolfgang tot ist. Dass ich niemals wieder

seinen Schlüssel in der Tür hören werde, mich nie wieder auf seine Anrufe freuen kann. Im Grunde warte ich immer noch darauf, dass Wolfgang endlich nach Hause kommt, um dem Spuk ein Ende zu machen." Sie holt die Kaffeedose aus dem Schrank. „Gestern war meine Schwester den ganzen Nachmittag hier. Nachdem sie weg war, habe ich bis Mitternacht in seinem Zimmer auf dem kleinen Sofa gesessen und Rotz und Wasser geheult. Ich habe sogar ein paar seiner Platten aufgelegt, nur damit ich mich ihm etwas näher fühle." Während sie Kaffeepulver in den Filter häuft, schüttelt sie den Kopf. „Warum tut jemand so etwas? Wo ist der Wolfgang da hineingeraten? Ich kann an nichts anderes mehr denken." Flehentlich schaut sie zu ihm auf. „Wissen Sie etwas Neues? Etwas, das erklären kann, was mit meinem Enkel passiert ist?"

Beck nimmt ihr die Kaffeedose ab und stellt sie in den Schrank zurück. Sie füllt Wasser in den Tank und schaltet die Kaffeemaschine ein. Er spürt, wie die Übelkeit und die Kopfschmerzen stärker werden. Wieso hat er nur die Tabletten liegen lassen?

„Uns geht es nicht viel anders als Ihnen, Frau Löffler. Noch haben wir keinerlei Anhaltspunkte, wer Ihrem Enkel das angetan hat und warum. Es ist einfach noch zu früh. Wir sind gerade dabei zu verstehen, mit wem Ihr Enkel Kontakt hatte, welche Freunde er hatte, wer zu seinem Bekanntenkreis gehörte, ob er vielleicht verliebt war, mit welchen Leuten er Probleme hatte."

Während die Kaffeemaschine mit lauten Glucksgeräuschen den Betrieb aufnimmt und der Duft von frisch gebrühtem Kaffee aufsteigt, stellt sie drei Tassen Milch, Zucker und einen Teller mit Keksen auf ein Tablett. Wenig später sitzen sie bei Senta im Wohnzimmer um den niedrigen Couchtisch, jeder eine dampfende Tasse Kaffee vor sich.

„Ich glaube, Wolfgang hat sich in letzter Zeit sehr intensiv mit der Hitlerzeit beschäftigt. Er hat mich oft ausgefragt, wie das denn war damals und ob wir das gewusst hätten mit den

Konzentrationslagern und den Juden. Er war ja auch dauernd auf irgendwelchen Demonstrationen. Am Samstag wäre er sicherlich auch dabei gewesen vor der ‚Stadt Nürnberg', wenn…". Ein Weinkrampf schüttelt ihre knochigen Schultern.

„War er denn an bestimmten Leuten interessiert, Frau Löffler?"

„Wie meinen Sie das, Herr Beck?"

„Na ja. Hat er sich mit bestimmten Personen oder Gruppierungen beschäftigt, die sich damals schuldig gemacht haben oder die heute noch die Fahnen hochhalten?"

„Er war ein paar Mal im Elsass und öfters in Mannheim. Ich weiß, dass er sich in Ludwigshafen mit Leuten von der Vereinigung der Verfolgten des Naziregimes getroffen hat, obwohl das ja angeblich alles Kommunisten sind und er vom Kommunismus nicht viel gehalten hat. Es gab da auch so eine Clique hier in Speyer. Er hatte so ein Abzeichen auf seiner Jacke. Antifaschistische Aktion. Das war ihm sehr wichtig."

„Hat er mal über eine bestimmte Person oder Gruppierung geredet, über die er Erkundigungen eingeholt hat?" Seit die alte Dame die ‚Stadt Nürnberg' erwähnt hat, flirren ihm die Bilder von Samstag durch den Kopf. Aber warum sollen Neonazis einen einundzwanzigjährigen Medizinstudenten umbringen? Noch dazu auf einer beliebten Wanderstrecke im Pfälzer Wald. Beck will Frau Löffler fragen, ob sie Kopfschmerztabletten im Haus hat, traut sich aber nicht.

„Hier im Stadtteil, in den alten Mietblöcken draußen, da wohnt ein alter Nazi. Den nennen Sie auch den ‚kleinen Hitler von der Siedlung'. Den hat er angezeigt. Hat sich wochenlang mit einem Schild, auf dem „Nazis raus aus Speyer" stand, vor dem sein Haus gestellt. Ich glaube, der Wolfgang hat sich sogar an den Zaun gekettet. Zwei Mal haben die ihn brutal zusammengeschlagen. Ich habe ihn angefleht, damit aufzuhören. Aber erst als ihn Polizisten mit einer gerichtlichen Anordnung aufgefordert haben, sich nicht mehr vor dem Haus des Nazis blicken zu lassen, hat er aufgehört. Nicht, weil er sich gefürchtet hat. Ich glaube, der Wolfgang hatte vor nichts richtig Angst. Sondern aus Verbitterung, weil die Polizei den Nazi geschützt hat und nicht ihn. Danach ist er immer stiller geworden."

„Wann war das, Frau Löffler?"

Beck schaut genervt zu Senta, die ihm mit der Frage zuvorkommt.

„Jetzt im Sommer, Frau Fischer. Es waren Semesterferien, sonst hätte er ja nicht fast jeden Morgen dort stehen können. Ende Juni, Anfang Juli muss das gewesen sein."

Schweigend verlassen sie das Mietshaus. Auf dem Weg zum Wagen fällt kein einziges Wort. Beck ist übel, und das Stechen über seiner rechten Schläfe macht ihn wahnsinnig. Wieso hat er nicht die Schmerztabletten eingesteckt?

„Was machen wir jetzt, Chef?"

„Könntest du dir bitte dieses blöde Chef-Getue abgewöhnen! Werd endlich erwachsen!" Es platzt einfach aus ihm heraus. Laut und auch ein bisschen böse. Es sind nicht nur die Kopfschmerzen und die Übelkeit, die ihn dünnhäutig machen. Es sind diese ganzen Nazis, Kuttenträger und Klugscheißer vom BKA, die ihm dermaßen gegen den Strich gehen, dass er am liebsten alles hinschmeißen würde. Und dann Frau Löffler. Warum passiert so etwas in dieser Welt? Da verliert eine Mutter auf schlimmste Weise ihre Tochter, konzentriert ihre ganze Lebenskraft, den Sinn all ihres Tuns auf die Förderung des Enkels, und genau in dem Moment, in dem sie erkennen kann, dass sich alles gelohnt hat, dreht ihr das Schicksal auf so grausame Weise eine Nase. Liebermanns abgedroschenes Zitat fällt ihm ein: *'Ich kann gar nicht so viel fressen, wie ich kotzen möchte'*.

„Deine ganze Punkerattitüde geht mir übrigens auch auf die Nerven. Ihr mit eurem nihilistischen Gequatsche. Nur nicht mitmachen bei dem Spiel, das sich Gesellschaft nennt. Und damit meint ihr aus dem Schneider zu sein." Beck weiß, dass es ungerecht und gehässig ist, wie er mit Senta redet, dass das überhaupt nicht geht. Und überhaupt, wieso duzt er Senta, während er sich weiterhin siezen lässt? Alt-Männer-Macho-Gehabe? Er kann nichts dagegen tun. Es ist, als ob er sich selbst beobachtet, aber von einer mysteriösen Macht daran gehindert wird einzugreifen. „Punk. Was ist das eigentlich? Besteht Euer politisches Bewusstsein nur aus Ablehnung? Für was steht ihr eigentlich? *Hasse ma' ne Maak?*" Gehässig äfft er einen bettelnden Punker nach. „Gibt es in dieser Gesellschaft denn keine jungen Leute mehr, die einfach mal reinhauen in diese ganze Scheiße?" Wütend dreht er sich zu Senta um, mustert sie. „Kannst du nicht mal mit normalen Klamotten zur Arbeit kommen? Wir sind hier bei der Polizei und nicht bei einem verdammten Maskenball."

Er hasst sich für sein niederträchtiges Verhalten, was ihn noch wütender macht. Ungestüm lässt er sich in den Sitz des MGs fallen und startet den Motor, bevor Senta richtig sitzt. Kaum hat sie die Wagentür zugezogen, jagt der kleine Wagen mit kreischenden Reifen die schmale Straße entlang. Als der MG mit quietschenden Bremsen vor dem Stoppschild hält, ist sie noch mit dem Gurt beschäftigt und schlägt fast mit dem Kopf auf das Armaturenbrett. Beck schaltet das Radio ein und beschleunigt, ohne groß auf den Verkehr zu achten, in die Hauptverkehrsstraße. Von Senta kommt keine Reaktion. Während sie am Ortsausgang an einer Ampel auf Grün warten, kurbelte er einen Sender weiter. Chikagos lebensweise Textzeile „Hard to say I'm sorry" lässt ihn kurz zu Senta hinüberschauen. Nachdem er endlich bei Steve Millers Abracadabra hängen bleibt, merkt er an den sinkenden Drehzahlen des Motors, dass er sich zunehmend beruhigt. Auf der Umgehungsstraße fahren sie am Dom vorbei auf die alte Rheinbrücke.

Auf der Höhe des Patrick Henry Village dreht Beck das Radio leiser. „Ich setz dich an der medizinischen Fakultät ab. Versuch herauszufinden, ob Löffler dort irgendwie in Erscheinung getreten ist! Wenn er Klassensprecher war, hat er sich vielleicht auch im AStA engagiert. Das Sekretariat wird auf jeden Fall besetzt sein. Drei Wochen vor Semesterbeginn werden auch viele Professoren anzutreffen sein. Bestimmt auch jede Menge Studenten. Hör dich einfach mal um. Ich schaue mir Löfflers Wohnung an. Die muss ganz hier in der Nähe sein. Was meinst du?"

Senta schweigt weiter und beobachtet angestrengt die vorbeiziehenden Sandsteinfassaden der Häuser. Sentas Verletztheit ist mit Händen zu greifen. Beck weiß, dass er eine Grenze überschritten hat, ist aber unfähig, dies zur Sprache bringen, ohne das Gefühl zu haben, sich selbst zum Deppen zu machen. Also tut er so, als ob alles ist wie immer.

„Ich hole dich, warte mal, … " er sieht kurz auf seine Armbanduhr, "jetzt haben wir halb drei, …sagen wir um vier wieder ab. Eher früher."

Wenig später rollen sie über die Ernst-Walz-Brücke. Nachdem er Senta, die immer noch schweigsam seinen Blick meidet, am Fakultätssekretariat abgesetzt hat, ersteht er an einer Tankstelle einen Stadtplan von Heidelberg und eine Flasche Wasser. Die Kopfschmerzen sind inzwischen unerträglich. Schnell stellt er fest, dass die Wohnung tatsächlich ganz in der Nähe des Uni-Geländes liegt. Auf dem Weg dahin hält er bei einer Apotheke und besorgt sich eine Packung Paracetamol. Im Wagen spült er drei Tabletten hinunter.

In der kurzen Seitengasse stehen nur wenig Fahrzeuge, sodass Beck seinen MG direkt vor dem großen Haus abstellen kann, in dem sich laut Adresse die Studentenbude Löfflers befinden muss. Während er auf das Haus zugeht, schaut er die Fassade hoch. Zwei Wohnungen im Erdgeschoss und zwei in der ersten Etage. An den Walmgauben ist zu erkennen, dass auch der Dachboden zu Wohnraum ausgebaut ist. Ob er dort oben etwas findet, das sie voranbringt? Nach wie vor tappen sie im Dunkeln, haben keine Ahnung, was im Felsenmeer passiert ist und noch weniger warum. Natürlich werden sie auch dem Altnazi, von dem Frau Löffler gesprochen hat, einen Besuch abstatten. Viel verspricht er sich nicht davon. Die Anzeige und Löfflers Aktion haben dessen

Märtyrerstatus als widerständige Führerfigur eher verstärkt. Und schließlich haben ihm die Speyerer Kollegen das Problem werbewirksam vom Hals geschafft. Warum sollte er Zeit mit dem jungen Studenten vergeuden? Dazu kommt, dass die knappen Antworten von LKA und Verfassungsschutz klar belegen, dass es weder in der Vorderpfalz noch im Rhein-Neckar-Raum ernst zu nehmende neonazistische Aktivitäten gibt.

Er drückt zuerst den Klingelknopf, neben dem Kowalski zu lesen ist. Sein Zeigefinger wandert schon zum nächsten Namensschild, als er Schritte im Treppenhaus hört. Ein grauer Mittsechziger mit arg zerknittertem Gesicht öffnet die Tür und mustert ihn mürrisch und herausfordernd, ohne auch nur die Andeutung eines Grußes zu versuchen. Der Mann ist einen Kopf kleiner als Beck. Die über einem mehrfach geflickten karierten Hemd gespannten schwarz-rot-goldenen Hosenträger halten die braunen, dünngescheuerten Cordhosen gerade so auf der richtigen Höhe.

„Guten Tag Herr … Kowalski."

Kleine graue Äuglein nehmen Becks kurzen Blick zum Klingelschild wahr und hängen jetzt misstrauisch an dem weißen Kopfverband. Aus Nase und Ohren drängen sich schwarze Haarbüschel. Der silberne Schatten über Kinn und Wangen weist darauf hin, dass die letzte Rasur wenigstens zwei Tage her ist.

„Mein Name ist Beck. Ich bin Hauptkommissar der Kriminalpolizei in Ludwigshafen. Wir untersuchen den Todesfall eines Ihrer Mieter, Wolfgang Löffler, und ich würde mir gern mal die Wohnung anschauen."

„Ausweis."

„Ah, ja natürlich." Beck greift in die Innentasche seines Sakkos. Der Umstand, dass er eine Weile braucht, bis er seinen Dienstausweis findet, macht den Griesgram nur noch misstrauischer. Der Mann studiert den Ausweis, als wäre es der Kaufvertrag für ein Einfamilienhaus. Erst jetzt fällt Beck auf, wie klein und mager sein Gegenüber ist.

„Brauchen Sie da nicht einen Hausdurchsuchungsbefehl oder so etwas? Der Derrick hat so etwas immer dabei, wenn er in eine fremde Wohnung rein muss."

„Lieber Herr Kowalski, der Herr Löffler ist tot. Da brauchen wir keinen Durchsuchungsbefehl. Aber wenn Sie mich bei der Aufklärung einer Mordsache behindern wollen, kann ich ja einen Streifenwagen herbeirufen, die können dann eine entsprechende Genehmigung des Richters mitbringen. Das sieht aber dann nicht gut aus, Herr Kowalski! Denken Sie mal an die Nachbarn!" Beck schaut so ernst und streng, dass er fast ins Schwitzen kommt.

Den Blick immer noch auf Becks Kopfverband, überlegt Kowalski. „Hat Ihnen da einer eins übergebraten?"

„Herr Kowalski. Gehen wir jetzt rauf oder soll ich die Kollegen rufen? Ich habe nicht den ganzen Tag Zeit."

„Ist ja gut. Nur keine jüdische Hast. Ich hol grad mal die Schlüssel. Ist unterm Dach rechts."

Er verschwindet kurz in der geöffneten Wohnungstür und kommt mit einem großen Schlüsselbund zurück.

„Kommen Sie, Herr Oberinspektor. Wir müssen ganz rauf."

Kowalski schlappt langsam vor ihm die Treppen hoch.

„War ein Geheimniskrämer, der Löffler. Und immer ganz in Schwarz. Mit Hut und Umhang hätte der glatt den Zorro geben können." Sein Lachen klingt wie das Keckern eines Zwergschimpansen, und irgendwie bewegt er sich auch so. „Und seltsame Leute hatte der immer dabei. Auch Ausländer. Einmal hat der sogar einen Schwarzen mit oben. Student. Nicht genug, dass uns die Ausländer die Arbeitsplätze wegnehmen, jetzt lassen wir die auch noch auf unsere Kosten studieren." Kurz dreht er den Kopf zu Beck. „Und der Löffler ist wirklich tot? Wer holt dann den ganzen Kram ab und wer zahlt mir die Miete?"

„Herr Kowalski, Herr Löffler hat nicht gekündigt. Er lebt nicht mehr. Haben Sie das verstanden?" Die Bemerkung, dass Kowalski nicht gerade ein typisch deutscher Name ist, verkneift er sich.

„Hier sind wir, Herr Kriminaloberinspektor." Umständlich steckt er einen der vielen Schlüssel in das Schloss der Wohnungstür und will vorgehen, als Beck sich mit Nachdruck an ihm vorbeischiebt.

„Ist gut, Herr Kowalski. Ich komme jetzt allein zurecht." Rasch schließt Beck die Tür. Er hält es kaum mehr aus vor Spannung.

In dem muffigen Geruch nach ausgetrocknetem Siphon und verrottenden Essensresten erkennt Becks Nase den Gestank kalten Tabakrauchs. Er steht in einem schmalen dunklen Flur, von dem links und rechts zwei Türen abgehen. Das Bad erkennt er an dem Oberlicht. Rechnet man die Schrägen ab, kommt die Wohnung auf gut fünfzig Quadratmeter. Recht ordentlich für eine Studentenbude. Er macht sich eine Notiz, dass Senta die Werkstatt besuchen soll, in der Löffler am Wochenende gearbeitet hat.

Der Inhalt des Kühlschranks verrät Löffler als regelmäßigen Kunden einer zum großen Ärger von Becks Vater und dessen Gewerkschaftskollegen immer beliebter werdenden Lebensmitteldiscounterkette. Er findet vertrocknete Salami und steinharte Goudascheiben in halbherzig geschlossenen Plastikverpackungen, einen halb vollen Beutel sauer gewordener Milch und ein paar Dosen Bier. In der Spüle stehen benutzte Teller und Tassen und ein Backblech mit blauschimmligen Resten einer selbst gebackenen Pizza. Auf der Anrichte eines alten Küchenbuffets aus Kiefernholz liegt ein Plastikbeutel mit verschimmelten Brotscheiben.

Das Schlafzimmer ist eher spartanisch ausgestattet. Ein Kleiderschrank, doppelt so groß wie der bei seiner Großmutter. An der gegenüberliegenden Wand eine bezogene Matratze mit zerwühlten Kopfkissen und Federbett. Neben dem Bett mehrere Stapel von Taschenbüchern und Zeitschriften und ein Notizblock, den er einsteckt.

Als Beck die Tür zu dem zweiten Zimmer aufschiebt, läuft es ihm eiskalt den Rücken hinunter. Die rechte Wand ist vollständig mit Zeitungsausschnitten und kopierten Unterlagen bedeckt. Unter der Decke zieht sich wie eine makabre Bordüre ein Band von auf DIN 4 hochkopierte Schwarz-Weiß-Fotografien entlang, auf denen ausgemergelte, gequälte Menschen, Berge von aus Haut und Knochen bestehenden Leichen, Massenerschießungen und andere Zeugnisse nationalsozialistischer Gräueltaten abgebildet sind. Auf allen Fotos ist vermerkt, wo und wann sie aufgenommen sind. Darunter reihenweise Ablichtungen bekannter Vertreter des Naziterrors wie Eichmann, Mengele und Konsorten. Berichte und Zeitungsausschnitte zu den Nürnberger Prozessen und des ersten Auschwitzprozesses '63 in Frankfurt. Barbie, Rudel, Warzok, Stangl, Wagner, alles führende SS-Führer, die im tausendjährigen Reich die Vernichtung von Menschen organisiert und durchgeführt haben. Männer, die verantwortlich waren für die Abwicklung der Deportationen, die Massenerschießungen, die Vergasungen in Konzentrationslagern, die Erfindung immer effizienterer Methoden, um möglichst viele Menschen schnell zu ermorden, die Erschießung von wahren oder vermeintlichen Widerständlern oder die Durchführung von tödlichen Vergeltungs- und Säuberungsaktionen. Darunter unzählige Zeitungsausschnitte über Naziprozesse, Begnadigungen und erfolglose Fahndungen. Berichte über mutmaßliche Entlarvungen alter Naziverbrecher in fernen Ländern. Nach einer Weile erkennt Beck eine gewisse Ordnung in dieser Wand des Schreckens. Die Zeitungsberichte und die Fotos sind im Wesentlichen in drei Kategorien geordnet. Die Größte ist die mit untergetauchten, unauffindbaren NS-Kriegsverbrechern. Dann kommen entdeckte, aber bis heute nicht zur Rechenschaft gezogene Nazi-Größen. Die kleinste zeigt Gerichtsverfahren und verurteilte Nazis. Alle Namen sind durch an Stecknadeln befestigten Wollfäden mit einem der oberen Fotos von Verbrechen verbunden.

Die gegenüberliegende Wand ist vollständig bedeckt mit einem einfachen, offensichtlich selbst gebauten Holzregal, das hauptsächlich mit Büchern, aber auch mit Stapeln von Papieren, Fotokopien und Zeitschriften gefüllt ist. Auf einem schlichten Sideboard neben der Tür steht eine Kompaktanlage, deren Boxen in Hüfthöhe in das Regal integriert sind. Auf der Tür klebt ein großes Plakat mit dem Logo der antifaschistischen Aktion. Die braune Zweier-Couch vor dem Regal ist mit einfachen gebundenen Dokumentationen und anderen Druckschriften belegt. Neben einem niedrigen Tischchen steht ein bequemer Armsessel mit abgewetztem moosgrünem Cordbezug. Der Sessel ist nicht der Couch, sondern der Schrift- und Fotosammlung zugewandt.

Er geht zu dem Schreibtisch, der unter dem Fenster steht. Auch hier Zeitschriften, Bücher und Papiere, die sich mit der Verfolgung von Naziverbrechern beschäftigen. Daneben ein Schreibblock und medizinische Fachbücher. Wolfgang Löffler hatte offenbar vor, sich an der Jagd nach untergetauchten Naziverbrechern zu beteiligen. Anscheinend hat er Spuren verschiedener Männer nach Indien, Chile, Argentinien, Belgien, Jugoslawien recherchiert und Kontakt zum Simon-Wiesenthal-Zentrum in Los Angeles aufgenommen.

In dem Versuch, den Motiven des Studenten nachzuspüren, lässt sich Beck in den Sessel gleiten. Woraus wächst bei einem jungen Menschen, der siebzehn Jahre nach Kriegsende geboren ist, dieser Hass auf Naziverbrecher? Er erinnert sich an die großen Demonstrationen von '68, in der sich Gewerkschafts- und Studentenbewegung als außerparlamentarische Opposition gegen die Notstandsgesetze zur Wehr gesetzt haben. Treibstoff der Bewegung war die tiefgehende Angst, auf dem Nährboden der unbewältigten Vergangenheit der jungen Bundesrepublik könnte ein neuer Faschismus wachsen und zu einer Wiederholung der Geschichte führen. Ein Klima, das nicht unbeträchtliche Sympathien für die Roten Armee Fraktion freisetzte, die ihre Gewaltaktionen und Anschläge auf Repräsentanten des Systems auch als Kampf gegen reaktionäre und faschistische Tendenzen im deutschen Kapitalismus legitimierten. Während er auf die Wand schaut, ist er sich sicher, dass hier der Schlüssel zu Wolfgang Löfflers Tod zu finden ist.

Durch ein schabendes Geräusch aus seinen Grübeleien aufgeschreckt, schleicht er leise zur Wohnungstür. Er wartet einen Augenblick, dann reißt er die Tür auf. Ertappt macht Kowalski einen Schritt zurück.

„Gut, dass Sie da sind, Herr Kowalski. Sie haben nicht zufällig einen Fotoapparat, den ich mir kurz ausleihen kann?"

„Einen Fotoapparat?"

„Sie würden meine Arbeit sehr unterstützen."

Mehr aus schlechtem Gewissen steigt der Griesgram die Treppen zu seiner Wohnung hinunter und kommt Minuten später wieder hoch.

„Sind aber nur noch zwölf Bilder drauf."

Zurück in Löfflers Arbeitszimmer fotografiert er den Schreibtisch, die Wand mit den Fotos und Kopien und die Regalwand. Dann geht er in das Schlafzimmer, in dem er oben auf dem Kleiderschrank einen großen Reisekoffer gesehen hat. Nachdem er sich durch kurzes Anheben versichert, dass der Koffer leer ist, zieht er ihn vom Schrank. Herunterschwebender Staub bringt ihn zum Niesen.

Zurück im Arbeitszimmer beginnt er, systematisch die Unterlagen zunächst vom Schreibtisch und dann von der Wand in den Koffer zu packen. Er will die jeweiligen Anordnungen der Papiere in seinem Büro rekonstruieren. Mit ernstem Blick und autoritärem Ton bringt er Kowalskis dazu, ihm die Benutzung seines Telefons zu gestatten. Er ruft Gauweiler an, um ihm zu sagen, dass er sich die Wohnung anschauen soll.

Kurz nach vier biegt er auf das weitläufige Gelände der Universitätsklinik und der medizinischen Fakultät ein. Bevor er die Stichstraße erreicht, in der das Fakultätssekretariat liegt, sieht er Senta auf einer Bank sitzen. Auf der Fahrt aus Heidelberg hinaus berichtet sie ihm kurz angebunden über zwei Gespräche mit Professoren von Löffler, die im Grunde ihr bisheriges Bild vom willensstarken, verlässlichen Einzelgänger bestätigen. Trotz Semesterferien hat sie auf dem Campus und in den Fluren verschiedener Gebäude eine Reihe Studierende getroffen. Aber niemand kennt Wolfgang Löffler. Er beschreibt ihr die Wohnung und etwas ausführlicher das Arbeitszimmer mit dem beklemmenden Nazi-Archiv an der Wand.

Während sie den speckigen Koffer auf der Rückbank mustert, schlägt er vor, noch einen Abstecher in die Speyerer Nordsiedlung zu machen. „Die Fähre bei der Kollerinsel müsste noch in Betrieb sein. Ich denke, wir nutzen den restlichen Nachmittag und statten dem Altnazi, von dem Frau Löffler gesprochen hat, einen Besuch ab."

Beck sieht Senta nicken. Natürlich nimmt er ihr demonstratives Schweigen und die übertriebene Konzentration auf die Neckarlandschaft wahr, ist aber nicht in der Lage, darauf einzugehen.

25

November 1969

Auf dem Weg zu Miguels Weingut beschäftigten Hofer starke Zweifel, ob seine Entscheidung, mit Miguel über Jean-François Mutzig zu reden, wirklich klug war oder ihn endgültig in die Hölle stürzen würde. Seit Monaten verstärkte sich seine depressive Traurigkeit immer stärker zu einem abgrundtiefen Hass auf sich selbst. Er konnte nichts dagegen tun.

Wie viele Landarbeiter hatten durch sein erfolgreiches Unternehmertum Brot und Unterkunft für sich und ihre Familien gefunden? Wie vielen Kindern gab die Schule, die er zusammen mit Miguel ins Leben gerufen hatte, eine Zukunft? Und war es ihm nicht hervorragend gelungen, eine ganz famose Familie zu gründen und ein guter und fürsorglicher Vater und Ehemann zu sein? Aber anstatt stolz auf das

Geschaffene sein zu können, verdüsterten Schuldgefühle mit zunehmender Intensität seine Gedanken und Träume. Über Jahre hinweg hatte er seine Landsleute bespitzelt und der Gestapo und der SS ans Messer geliefert. Er hatte Menschen getötet, einzig aus dem Grund, weil sie seinen Lebenszielen im Weg standen. Und immer wieder das Bild der erschossenen Clara. Seine Familie, die Liebe Rechas, sein Weingut, seine Freundschaft zu Miguel, ja seine ganze Existenz beruhte auf einer einzigen großen Lüge.

Bei seiner letzten Bergtour, in der Nacht hoch oben auf dem Gipfel, war ihm klar geworden, dass er mit jemandem reden musste. Wenn er weiter versuchen würde, alles mit sich selbst auszufechten, würden ihn die Schuldgefühle endgültig in den Abgrund ziehen. Der Einzige, der ihm bis zum Ende zuhören würde, der mutig genug wäre, ihm auch unangenehme Ratschläge zu erteilen, wäre Miguel.

Als Hofer vor Miguels Haupthaus aus seinem Wagen stieg, stand sein Freund mit beiden Händen schwer auf das Geländer gestützt auf der Veranda. Schwerfällig kam er zu den Stufen, die zur Veranda führten und begrüßte Hofer.

„Hallo, Sebastian. Setz dich doch. Ich hol uns was zu trinken."

Allmählich wird er richtig dick, dachte Hofer, während er Miguel hinterherschaute. Kaum hatte er es sich auf einem der breiten Schaukelstühle bequem gemacht, hörte er das Ploppen eines Korkens. Mit einer Flasche Sémillon, zwei Gläsern und einer Platte aufgewärmter Empanadas kam Miguel auf die Veranda zurück.

„Wie war die Klettertour? Erzähl! Hast du wilde Tiere getroffen? Du musst mich unbedingt mal mitnehmen."

Hofer kannte diese Sätze. Immer wieder hatte er Miguel eingeladen, mitzukommen, und immer wieder tauchte rechtzeitig ein neues Problem oder eine alles entscheidende Aufgabe auf, die ihn zur Absage zwang. Dieses Mal, so schien es Hofer, fehlte seiner Anfrage nicht nur echtes Interesse, sein Freund war auf eine unruhige Art auch seltsam abwesend.

Miguel stellte die Platte auf dem runden Beistelltisch zwischen den beiden Schaukelstühlen ab. Erst nachdem er beide Gläser gefüllt und eines an Hofer weitergereicht hatte, ließ er sich schwer auf dem zweiten Schaukelstuhl nieder.

„Das sagst du immer. Wenn ich dich dann ein nächstes Mal frage, dann hast du wieder einen anderen, ganz besonders wichtigen Grund, warum du ausgerechnet dieses Mal nicht mitkommen kannst." Hofer probierte ein Lächeln. „Bist du allein im Haus?"

„Wie du weißt, arbeitet Ernesto für ein ganzes Jahr in Frankreich bei diesem Edelwinzer und Laura …", Miguel räusperte sich und prostete Hofer mit gequälter Miene zu. „… kommt nicht mehr jedes Wochenende nach Hause. Elsa habe ich zu ihrer Familie gefahren. Kommt erst morgen wieder."

„Was ist los? Ist irgendetwas passiert? Hat Laura endlich ein Referendariat gefunden, das ihren sozialen Ansprüchen gerecht wird? Oder hat sie etwa einen Mann kennengelernt?"

Über sein Weinglas hinweg schaute Hofer angespannt zu seinem Freund. Es schmerzte ihn zu sehen, wie Miguel um Fassung rang, aber er ließ ihm Zeit. Für ein paar lange Momente saßen sie schweigend in ihren Stühlen und nippten an ihren Gläsern.

„Sie haben sie vor zwei Tagen verhaftet." Brach es aus Miguel heraus. „Sie haben meinen Engel, der keiner Fliege etwas zuleide tun kann, verhaftet und mit elenden Verbrechern irgendwo in einen Kerker gesperrt."

Tränen rollten über Miguels Wangen. Nie zuvor hatte Hofer seinen Freund weinen sehen.

„Wieso haben sie Laura verhaftet? Und woher zum Teufel weißt du das?" Um Ruhe bemüht, griff Hofer sich eine goldbraune Teigtasche von dem Teller.

Nach einem kräftigen Schluck Wein drehte Miguel sich zu Hofer. „General Onganías Spezialtruppe hat sie zusammen mit ein paar anderen Studenten am helllichten Tag bei einer von Studenten veranstalteten Milonga verhaftet und verschleppt. Ich habe keine Ahnung, wo sie jetzt ist." Wein schwappte über, als er hastig und ungestüm sein Glas absetzte.

„Sie haben nur getanzt! Verstehst du, Sebastian? Nur Tango getanzt!" Wieder griff er nach seinem Glas und nahm einen verzweifelten Schluck. „Sie treffen sich in unregelmäßigen Abständen in einem Café zum Tanzen. Da wird nicht viel geredet. Du kennst das. Man schaut sich an, dann wird getanzt. Da braucht es keine Worte. Selbst während der Cortinas wird wenig geredet. Man tanzt seine paar Tänze, bis die Tanda zu Ende ist, dann sitzt man wieder, versucht, möglichst interessant auszusehen und wartet auf die nächste Tanda." Er drehte sich zu Hofer um. „Was ist das nur für ein Land, Sebastian, in dem ein Tanz ausreicht, um im Gefängnis zu landen?" Mit gequältem Gesichtsausdruck raufte er sich die Haare. „Natürlich reden junge Leute auch mal über Politik und über das ein oder andere wird auch mal geschimpft. Aber das ist doch keine Verschwörung gegen den Staat."

Der Schlag auf den Tisch kam so unerwartet und heftig, dass Hofer zusammenschrak. Sein an der Tischkante abgestelltes Glas zerschellte halb voll auf den Dielen der Veranda.

„Tut mir leid." Miguel war aufgestanden und eilte Richtung Küchentür. „Ich hol dir ein neues Glas!"

Als Hofer eine Minute später dem vor Wut und Kummer zitternden Miguel das neue Glas und den Handfeger mit Kehrblech aus der Hand nahm, erinnerte er sich an das Kaffeehaus, in dem er Recha kennenlernte. Wie er die freche und respektlose Art genossen hatte, in der die jungen Leute mit überschäumendem Eifer über alles Mögliche diskutierten und alles infrage stellten, was ihnen in den Sinn kam. „Woher weißt du von der Verhaftung? Und weißt du, was man ihr vorwirft?"

„Ein Freund von Laura, der an dem Tag verspätet zur Milonga kam, als alle schon weggebracht waren, hat mich vorgestern Abend angerufen, um mir die schreckliche Nachricht mitzuteilen. Ich bin sofort losgefahren. Gestern Abend bin ich zurückgekommen."

Es hielt Miguel nicht mehr auf dem Stuhl. Er packte sich sein Glas, nahm einen weiteren großen Schluck und begann mit hektischen Schritten seine Veranda zu vermessen.

„Die Polizei in Buenos Aires hat mir unmissverständlich zu verstehen gegeben, dass ich, wenn ich mir selbst und meiner Tochter helfen will, dem Staat vertrauen und nach Hause fahren soll. Als ich laut geworden bin, haben mich die Schweine in einen Raum gezerrt und mit Knüppeln zusammengeschlagen. Nicht auf den Kopf und nicht ins Gesicht. Damit man ja nichts sieht." Er blieb kurz am Tisch stehen und schenkte sich sein Glas wieder voll. „Nach Hause fahren und Ruhe geben. Was denken die sich?" Zornig fuchtelte er mit der fast leeren Flasche vor Hofers Gesicht herum. „Ein älterer Polizist hat mich beiseitegenommen und mir den Rat gegeben, mich zusammenzureißen und mir einen guten Anwalt zu suchen. Der Tochter würde es nichts nützen, wenn auch der Vater im Gefängnis landen würde."

„Aber was genau werfen sie ihr und den anderen vor, Miguel?"

„Sie soll mit der peronistischen Gewerkschaft sympathisieren. Man hat mir nichts gesagt, aber einer der Schläger, die mich in dem Zimmer fertiggemacht haben, hat mich als verantwortungslosen Rabenvater beschimpft. Ich wäre ja selbst schuld, wenn ich zuließe, dass meine Tochter sich an staatsfeindlichen Aktionen mit kommunistischen Gewerkschaftern teilnimmt."

„Diese Linksausleger der Gewerkschaften? Recha hat mir erzählt, dass die CGTA viele Sympathien an den Hochschulen hat. Aufgrund der nach wie vor schlechten Wirtschaftslage sind viele Studierende gezwungen, sich ihren Lebensunterhalt selbst zu verdienen und bekommen über die Arbeit in den Fabriken Kontakt zur Gewerkschaft." Er sah Miguel in die Augen. „Aber Laura muss doch nicht arbeiten, Miguel.

Oder? Sie hat keine Kontakte in die Betriebe? Miguel, sag was!"

„Na ja. Sie nicht, aber einige ihrer Freunde. Sie haben eine Demonstration gegen die Wiedereinführung des Samstags als regulären Arbeitstag unterstützt. Im Juni haben sie Aufrufe zum Generalstreik verteilt. Hat mir der junge Mann am Telefon erzählt."

Miguel goss den letzten Rest der Flasche in sein Glas. Fahrig schüttelte er ein Zigarillo aus der neben dem großen Aschenbecher liegenden Schachtel.

„Um Gottes willen, Miguel. Vielleicht kannst du dich erinnern, was vor ein paar Monaten in Córdoba los war? Hast du einen guten Anwalt?"

Miguel fuhr sich durchs grau gewordene Haar. Dann zündete er das Zigarillo an. „Ich weiß. In Cordoba haben Onganías Schergen bei einer Demonstration vier Studenten, Frauen und Männer ermordet. Im ganzen Land verschwinden seitdem immer wieder Studenten spurlos. Das ist es doch, was mich wahnsinnig macht. Und dass ich keine Ahnung habe, was ich tun soll, macht es nur schlimmer. Wenn ihr etwas Schlimmes passiert, dann ist mein Leben vorbei."

Für einen Moment sah es so aus, als ob er wieder in Tränen ausbrechen würde, dann atmete er mehrmals tief durch und trank sein Glas aus. Auf dem Weg in die Küche, um eine neue Flasche zu holen, drehte er sich auf halbem Weg kurz um. „Ich habe mit Oscar Galvez gesprochen. Er ist heute Vormittag nach Buenos Aires geflogen."

„Mit Oscar. Unserem Anwalt? Der hat doch mit so etwas überhaupt keine Erfahrung. Oscar wird genauso gegen die Wand laufen wie Du. Wir brauchen jemand, der sich mit Strafrecht auskennt."

Ohne Antwort war Miguel im Haus verschwunden. Hofer war ebenfalls aufgestanden. Auf dem Weg ins Haus tauchte Miguel vor ihm im Türrahmen auf, in der Hand eine geöffnete Flasche von seinem besten Chardonnay.

„Miguel, ich muss kurz telefonieren?"

„Du weißt ja, wo das Telefon steht." Miguel hielt ihn am Arm zurück. „Kannst du heute hierbleiben? Ich hab Angst, ich schlag das ganze Haus zusammen."

Hofer fuhr seinem Freund freundschaftlich durch das Haar und verschwand im Haus. Zehn Minuten später tauchte er wieder auf.

„Morgen gegen Mittag fliege ich nach Buenos Aires. Ich kenne einen Anwalt, der sich mit Strafrecht auskennt und auch schon Angeklagte in politischen Prozessen vertreten hat. Er ist so etwas wie ein Onkel von Recha. Und Recha weiß Bescheid, dass ich heute hier übernachte. Ich soll dir liebe Grüße ausrichten. In Gedanken ist sie bei dir."

Während Hofer sich setzte, füllte Miguel ihre Gläser. „Ich danke dir, mein Freund. Ich werde gleich ein paar Sachen packen. Du hast doch zwei Plätze gebucht. Oder?"

„Du willst mit nach Buenos Aires? Das halte ich für keine gute Idee. Du kannst doch keinen klaren Gedanken fassen. Du solltest hierbleiben, damit jemand da ist, wenn Laura oder jemand anders sich meldet."

Miguels verzweifelter Gesichtsausdruck ließ ihn wortlos aufstehen und ein zweites Mal zum Telefon gehen.

Als er wieder neben Miguel saß, packt er seinen Freund am Arm. „In Buenos Aires habe ich die Regie, Miguel, verstehst du mich?" Er beugte sich zu seinem Freund hinüber. „Du unternimmst nichts, ohne es mit mir vorher besprochen zu haben, und du hältst dich ohne Wenn und Aber an meine Anweisungen! Verstanden, mein Freund?"

Miguel murmelte etwas vor sich hin, was sich mit gutem Willen als Zustimmung verstehen ließ.

„Ob du mich verstanden hast, möchte ich wissen?" Er verstärkte seinen Griff um Miguels Arm. „Versprich es mir. Schwöre es mir bei allem, was dir heilig ist."

Miguel sah ihm in die Augen. „Ist ja gut. Ich schwör es dir. Ich werde mich an deine Befehle halten, mein General." In einem halbherzigen Versuch, einen Scherz zu machen, hob er zackig die flache Hand an die Schläfe. Dann prostete er Hofer zu. „Eigentlich wollte ich mit dir feiern."

Nur jemandem wie Hofer, der Miguel sehr lange und sehr gut kannte, war es möglich, aus dessen angestrengtem Grimassieren den Versuch eines Lächelns zu lesen.

„Feiern? Was wolltest du denn mit mir feiern?"

„Ich habe mir letzte Woche in der Provinz Córdoba eine kleine Estanzia gekauft, mit über zwanzigtausend Hektar bestem Pampagras und knapp tausend Hereford und Aberdeen Angus Rindern. Vier Gauchos und ein Traktorfahrer stehen in meinem Lohn." Trotz seiner Verzweiflung wegen Laura hellte sich sein Gesicht auf. „Dafür sind zwar fast alle Rücklagen draufgegangen, aber es macht mich glücklich."

Sein Versuch, sich vom ungewissen Schicksal seiner Tochter abzulenken, schien für einige Momente zu funktionieren. Hofer nahm das Thema dankbar auf. „Aber du hast doch gar keine Ahnung von Rinderzucht Miguel! Wann hast du dich jemals damit beschäftigt."

Vor lauter Stolz und Enthusiasmus schien Miguel die Zweifel seines Freundes gar nicht wahrzunehmen. „Ich habe nie darüber geredet, mein Freund, aber es ist ein alter Traum von mir." Er nahm die Flasche und füllte sein Glas. „Ich habe den Hof nicht gesucht, er ist zu mir gekommen. Ich war in San Juan bei einem Makler, um mich nach Grundstücken mit Zugang zu Wasser zu erkundigen. Nur so. Weil ich eben sowieso in der Stadt war. Und da lagen diese Fotos auf seinem Schreibtisch. Ein altes, zweistöckiges Gutshaus im Kolonialstil mit einem kleinen Glockenturm über dem Eingang. Quadratisch angelegt mit einem schönen Brunnen im Innenhof und umlaufenden Arkaden. Auch im Obergeschoß ist den Räumen ein Bogengang mit Brüstung vorgelagert. Eine große Wohnküche, zehn Zimmer und zwei Bäder. Und das Beste Sebastian ist ein großes Raucherzimmer mit einem schönen alten Billardtisch und Regalen voller Bücher. Mein ganzes Leben lang habe ich mir eine Rinderfarm gewünscht.

Ich werde sie Estanzia del Clara nennen. Sie wird dir gefallen."

„Aber Rinderzucht Miguel, das ist etwas anderes als …"

„Hältst du mich für dumm, alter Freund?" Der Ausdruck auf Miguels Gesicht war eher erstaunt. „Natürlich habe ich einen erfahrenen Mann engagiert, der das Gut verwaltet."

Die Ablenkung gelang nur für kurze Zeit, dann übernahmen wieder die quälenden Sorgen um Laura die Macht über Miguel. Bis in die späte Nacht hinein erzählte er Hofer Geschichten von seiner Tochter. Die ersten Schritte, die ersten Worte, der erste Unfall, der erste Schultag, der Umgang der Siebenjährigen mit dem Tod ihrer Mutter, wie sie von Jahr zu Jahr immer schöner geworden war, ihre besondere Beziehung zu Pferden, wie sie ihn in der Pubertät als rechthaberisch und vor ein paar Jahren als Macho beschimpft hatte, wie er auf der ersten Reise, die er ohne seine Kinder unternommen hatte, einen Brief von ihr in seinem Koffer fand, in dem sie ihn bat auf sich aufzupassen und bald wieder zurückzukommen, weil sie ihn so sehr vermisse, ihr Stolz auf das hervorragend bestandene erste Staatsexamen ihres Jurastudiums, ihr kämpferisches Engagement für sozial Benachteiligte und ihre Kämpfe um Selbstständigkeit als Frau in einer Männerwelt.

In Buenos Aires hatte Hofer Zimmer in einem gemütlichen und unauffälligen Hotel in Balvanera gebucht. Die Verhaftung Lauras hatte sein Vorhaben, mit Miguel über Jean-François Mutzig zu reden, in den Hintergrund gedrängt. Erst mussten sie eine Möglichkeit finden, um Laura freizubekommen. Obwohl Hofer sich sicher war, dass der bekannte Strafrechtler die Vertretung von Laura übernehmen würde, ahnte er doch, dass ein anderer Kontakt hilfreicher sein würde.

„Und der alte Sack soll meine Laura aus den Fängen dieser Regierungsmafia befreien? Das glaubst du doch selbst nicht, Sebastian." Miguel war außer sich. Er hatte darauf bestanden, bei dem ersten Gespräch mit dem Rechtsanwalt dabei zu sein. Sie saßen in der kleinen Hotelbar, die mit ihrem diffusen Licht, dem roten Teppichboden und drei kleinen Separees eher an eine Bar im Rotlichtviertel erinnerte, und tranken Wein. Dr. Nisman hatte nichts beschönigt. Er würde noch am gleichen Tag eine Anfrage bezüglich des Aufenthaltsortes von Laura an die Staatsanwaltschaft schicken. Dann würde er einen Haftprüfungstermin beantragen. Er ließ allerdings keine Zweifel daran, dass er nicht voraussagen könne, ob die Staatsanwaltschaft überhaupt Kenntnis von den Verhaftungen hatte.

„Er hat gesagt, dass er sich morgen früh bei uns melden wird. Bis dahin unternehmen wir nichts, Miguel. Hast du mich verstanden?" Hofer schlürfte an seinem Glas und kaute prüfend auf dem Rotwein herum, um ihn nach ein paar Sekunden sichtlich enttäuscht hinunterzuschlucken. Er sah seinen Freund scharf an. „Ich gebe das Tempo vor. Du hast es geschworen, Miguel. Versprochen und geschworen."

Resigniert trank Miguel sein Glas aus und verzog sein Gesicht. Er war auf dem besten Weg, sich zu betrinken, und da sich Hofer innerhalb der nächsten halben Stunde auf den Weg machen musste, war es vielleicht ganz hilfreich, dass der Wein nicht schmeckte.

Gleich nach ihrer Ankunft hatte Hofer die Zeit, in der Miguel mit einer zwanzigminütigen Dusche das letzte Dröhnen seines Katers loszuwerden versuchte, genutzt, um Kripp zu erreichen. Trotz der Nennung des vereinbarten Codewortes bekam er ihn nicht persönlich ans Telefon. Die Männerstimme, die ihn zurückrief, bestellte ihn am späten Nachmittag zu einer Bushaltestelle in einem der weiter entfernten äußeren Stadtteile von Buenos Aires. Miguel gegenüber begründete er seinen Alleingang mit einem wichtigen Arzttermin. Tatsächlich hatte er einen Termin bei dem Psychiater vereinbart, der ihm nach dem Tod von Clara so wirksam geholfen hatte. Er schwörte seinen vor Verzweiflung zu keinem klaren Gedanken fähigen Freund darauf ein, nichts auf eigene Faust zu unternehmen und auf gar keinen Fall das Hotel zu verlassen, bevor er wieder zurück ist.

Eine Stunde später stieg er vor einer kleinen hübschen Kirche aus dem Taxi, in der Tasche ein Rezept, das ihm kein Arzt in Mendoza ausgestellt hätte. Er wartete, bis das Taxi auf die Hauptverkehrsstraße abgebogen war, dann setzte er sich in Bewegung. Schon von Weitem erkannte er das Schild der städtischen Busgesellschaft. Er schlenderte an der verwaisten Bushaltestelle vorbei und täuschte ein paar hundert Meter weiter großes Interesse an einem schön renovierten alten Jugendstil-Gebäude vor. Mit der Bitte um diesen weiteren Gefallen dürfte es nur noch eine Frage der Zeit sein, bis Kripp eine Gegenleistung einfordern würde. Aber nichts in der Welt würde ihn daran hindern, mit der Befreiung Lauras wenigstens einen Teil seiner Schuld an Claras Tod zu begleichen. Den Teufel mit dem Beelzebub austreiben, so hieß es doch.

Als er sich wieder der Bushaltestelle zuwandte, sah er eine große schwarze Limousine, die ihm die Straße herunter entgegenrollte. Obwohl er noch gut hundert Meter von der Haltestelle entfernt war, kam der Wagen direkt neben ihm zum Stehen. Ohne das kleinste Geräusch zu verursachen, schwang die rechte Fondtür auf.

Kripp saß hinter einem massiven Schreibtisch und musterte seinen einstigen Agenten und Fluchtkameraden. Trotz seiner Größe und dem auf den Leib geschneiderten Anzug war die fortgeschrittene Fettleibigkeit nicht zu übersehen. Auf Kripps Kopf, der rund wie eine Bowlingkugel auf einem mächtigen Dreifachkinn saß, schimmerte kurz geschorenes graues Haar. Seine Gesichtsfarbe hatte sich seit ihrem letzten Treffen von Rosarot zu Puterrot verändert.

„Möchten Sie etwas trinken?" Er deutete auf den kleinen Beistelltisch, der in Reichweite von Hofers Sessel mit Karaffen verschiedenen Inhalts und einer frisch geöffneten Flasche

Rotwein bestückt war. „Oder vielleicht doch besser einen Kaffee? Auch das ist kein Problem." Kripp erhob sich schwerfällig und kam um den Tisch herum. Mit dem Gesäß an seinen Schreibtisch gelehnt, musterte er Hofer interessiert.

„Ich bediene mich selbst. Danke." Hofer griff nach der Weinflasche und begutachtete das Etikett. Erstaunt zog er die Augenbrauen nach oben, hatte er doch überraschend eine Flasche seines eigenen prämierten Weines in der Hand.

„Laura Quilapan, geboren am 24. Juni 1943 in einer ärmlichen Holzhütte am Ufer des Río Salado del Oeste. Konkurrenzloser Augenstern von Miguel Quilapan, Ihrem langjährigen Geschäftspartner und Kumpel. Die engagierte junge Dame trifft sich leider regelmäßig mit Kommilitonen, die als Sympathisanten der linksperonistischen Gewerkschaft bekannt sind. Die angeblichen Tangotänzer verteilen auch schon mal Flugblätter für die CGTA. Vielleicht war sie auch bei einer der Flugblattaktionen dabei. Und ob diese Milongas wirklich nur des Tanzens wegen organisiert werden, wird in gewissen Kreisen angezweifelt. Zumindest steht es so ähnlich in den Akten, die ich mir gestern angesehen habe."

Hofer war über Kripps Wissen nicht sonderlich überrascht. Ruhig schenkte er sich von dem Wein ein. Kripp goss sich eine ordentliche Portion Kognak in einen großen Schwenker und ließ sich schnaufend in den Sessel gegenüber von Hofer fallen.

„Habe ich Ihr Problem umfassend beschrieben, Hofer?" Er nahm einen kräftigen Schluck und verzog sein Gesicht zu einem Ausdruck, der wohl Genuss signalisieren sollte.

„Umfassend." Hofer trank von seinem Wein und stellte sein Glas auf dem kleinen Tisch zwischen sich und Kripp ab. „Sehen Sie eine Möglichkeit, mir zu helfen, Kripp?"

„Ich denke schon, Hofer. Wahrscheinlich ist die junge Dame sogar schon auf dem Weg nach Buenos Aires. Sagen Sie Ihrem Freund, er soll besser aufpassen, in welche Gesellschaft sich seine Tochter begibt. Im Wiederholungsfall wird das nicht so einfach."

Schwerfällig beugte er sich vor und entnahm einem auf dem Tisch stehenden Humidor, auf dem schön gearbeitete Intarsien indianischer Motive zu sehen waren, zwei teuer aussehende Zigarren und bot eine davon Hofer an. Als beide Zigarren brannten, wandte er sich Hofer zu. „Wie geht es Ihnen, Hofer? Wir haben uns lange nicht gesehen." Gierig leerte er sein Glas zu Hälfte. „Sie sind geschäftlich erfolgreich, haben eine tolle Frau, ein bisschen zu selbstständig für meinen Geschmack, aber jedem das seine, und drei erfolgversprechende Kinder. Vielleicht können Sie mir erklären, was Glücklichsein bedeutet."

„Und wie ist es Ihnen ergangen, Herr Obersturmbannführer? Haben Sie ganz der Uniform entsagt, oder findet unser Treffen außerhalb Ihrer Arbeitszeit statt?"

Kripp ignoriert Hofers Sarkasmus und nippte an seinem Glas. „Ich habe wieder geheiratet, Hofer, und ich bin noch einmal Vater geworden."

„Glückwunsch, Kripp. Freut mich für Sie, hätte ich nicht für möglich gehalten." Überrascht nahm Hofer wahr, wie ehrlich das über seine Lippen kam.

Sie tauschten eine Weile Allgemeinplätze aus, über die schwierige Situation des Landes, über die Mühen, Weine in hoher Qualität zu produzieren, über ihr beider fehlendes Verständnis für Polo und andere ungefährliche Themen, bis es Hofer zurück ins Hotel drängte. Sie standen schon an der Tür, als Kripp Hofer am Arm fasste. „Gehen Sie mit Ihrem Freund ordentlich einen saufen. Morgen warten Sie den Anruf des jüdischen Rechtsverdrehers ab, dann fliegen Sie mit dem ersten Flug, den Sie kriegen können, zurück nach Mendoza. So ist es am unauffälligsten." Ernst hielt er Hofers Blick fest. „Die Kleine wird unversehrt in ihrem Elternhaus ankommen. Ich habe etwas gut bei Ihnen."

Am späten Abend des nächsten Tages stieg Laura erschöpft und verstört aus einem Taxi. Miguel konnte nicht schnell genug die drei Stufen seiner Veranda hinunterkommen.

Weinend lagen sie sich in den Armen. Auch Hofer, der seinen Freund nicht allein lassen wollte und nach ihrem Rückflug aus Buenos Aires mit zu dessen Weingut gefahren war, wischte sich ein paar Tränen aus den Augen. Den ganzen Abend erzählte sie den beiden Männern unter wiederkehrenden Weinkrämpfen von den Verhören und den entwürdigenden Haftbedingungen und den Sorgen, die sie sich um die anderen gemacht hatte. Immer wieder betonte sie, wie sehr sie das Verhalten ihrer Peiniger an die Berichte über die deutsche Gestapo und SS erinnerte, wie es ihr aus Erzählungen jüdischer Emigranten und historischen Büchern bekannt war.

26
8. September 1982

Sie stehen vor einer betonierten Rampe, die zum Wasser hinunterführt und warten auf die Fähre, die gerade am gegenüberliegenden Rheinufer ablegt. Hinter ihnen hat sich eine Schlange von Fahrzeugen gebildet, die ebenfalls über den Fluss wollen. Ein paar Mal hat Beck versucht, Sentas Schweigen zu durchbrechen. Den Blick konsequent auf die vorbeiziehende Landschaft gerichtet, hat sie schmallippig reagiert.

Kurz vor fünf biegen sie hinter der Kaserne ab und fahren unter der Autobahnbrücke hindurch zu den acht Hausreihen. Beck kann sich gut daran erinnern, wie in seiner Kindheit die damals keinen Kilometer von der Nordsiedlung entfernt am Wald gelegenen Häuser in der Bevölkerung abfällig nur die „Blocks" genannt wurden. Auch heute ist die Adresse nicht gerade hilfreich, wenn man auf Arbeitssuche ist. Hinter sechs Meter breiten, zweistöckigen Wohnungen liegen doppelt so lange, meist liebevoll angelegte Gärten. Neben Gemüsebeeten erkennen sie Rasenflächen mit Schaukeln und an den Häusern Sitzgruppen mit Grill, meist mit hohen Sträuchern oder Zäunen vor den Blicken der Nachbarn geschützt.

Bei der vorletzten Häuserreihe zeigen ihnen zwei Fahnenmasten mit Hambacher Schwarzrotgold und Reichskriegsflagge, wo sie hinmüssen. Mit zwiespältigen Gefühlen stellt Beck den MG vor der hohen Hecke ab, an der die Masten stehen. Nach einigen Schritten auf dem Weg zur Vorderseite der Häuser bleibt Beck lauschend stehen. Mit einem Wink bedeutet er Senta, dass sie zuerst nach hinten in den Garten gehen. Zwei Mädchen auf Rollschuhen kommen laut kreischend auf sie zugerast und zwingen sie, einen Schritt zum Jägerzaun zu machen, hinter dem die dichte, zwei Meter hohe Hecke verläuft. Jetzt hören sie eine laute Stimme aus der Hecke. „…besetzten Gebiete im Osten zurückhaben. Brandt hat Deutschland schon vor fünfundvierzig verraten und hat es wieder getan. Der Kohl wird daran auch nichts ändern, wenn der überhaupt an die Macht kommt. Ihr müsst nur mal durch die Siedlung laufen, dann seht ihr mit eigenen Augen, wie viel Kanaken wir in Deutschland durchfüttern. Nehmen uns unsere Arbeitsplätze weg und vergewaltigen unsere Frauen. Die Umvolkung Deutschlands ist schon in vollem Gang. Dass die Parteien im Parlament nichts dagegen tun, ist klar. Alles Volksverräter, Marionetten der jüdisch-internationalen Hochfinanz …"

Beck meint den Duktus eines Goebbels in der Stimme zu hören, die durch die Hecke dringt. Als er kurz den Kopf dreht, sieht er Senta fassungslos in die hohen Sträucher starren. Schnell sind sie an der Hecke vorbei und biegen rechts in den Weg ein, der die Häuserreihe von der nächsten trennt.

In dem Garten, aus dem die Stimme kommt, sitzen vier Männer rauchend um einem runden Kunststofftisch, über den stilsicher eine schwarz-rot-goldene Tischdecke drapiert ist. Bierflaschen stehen auf dem Tisch. Drei junge Männer um die Zwanzig, kahlrasierte Schädel, Jeans und olivgrüne T-Shirts, schwarze Springerstiefel mit kreuzgebundenen weißen Schnürsenkeln an den Füßen. Über den Stuhllehnen hängen grüne Camouflage-Bomberjacken. Der Vierte am Tisch, graues Stoppelhaar und rasierte Schläfen, Hawaiihemd über einer hellen Hose und ausladendem Bauch, ist deutlich älter und hat eindeutig das Sagen. Vor dem Abgang zum Keller qualmt ein Grill. Auf dem Sims des offenen Fensters, aus dem Schlagermusik dudelt, steht ein Teller mit Steaks und Würstchen. Beck würde wetten, dass sich in der Schüssel auf dem Tisch Kartoffelsalat befindet. Offensichtlich besprechen die Männer nichts Geheimes, denn ihre lauten Stimmen sind bestimmt auch in den benachbarten Gärten der Hausreihe gut zu verstehen.

„Und dieses ewige Geplärre über die Juden. Diese linksjüdisch versifften Honoratioren halten heuchlerische Reden und weinen Krokodilstränen über die sogenannten Opfer der Reichskristallnacht. Ich kann es nicht mehr hören. Wir Deutschen müssen wieder stolz auf unser Land sein. Deutsch sein ist keine Schande, sondern ein Privileg. Es muss endlich Schluss sein mit der undeutschen Propaganda über Konzentrations …".

Als Beck und Senta am Gartentor auftauchen, verstummt der Wortführer.

Beck hebt grüßend die Hand. „Vorsicht, Herr Hoffmann! Sie sind doch Heinrich Hoffmann? Es wäre nicht die erste Anzeige wegen Volksverhetzung, die Sie am Hals hätten. Guten Tag, meine Herren."

Kaum fängt Beck an, am Riegel des Metalltürchens herum zu nesteln, stehen zwei der kurz Geschorenen auf und bewegen sich in drohender Haltung auf sie zu. „Finger weg vom Tor, Arschloch!"

Zwischen Haus und Hecke zerrt ein Schäferhund wild an der Kette und bellt sich, immer wieder von bösartigem Knurren unterbrochen, die Hundeseele aus dem Leib. Bis die zwei Volksgenossen nahe genug heran sind, fummelt er noch ein bisschen am Riegel herum und stoppt sie dann mit erhobenem Dienstausweis.

„Und es könnte noch eine Drastischere dazukommen, wegen Behinderung der Polizei bei der Ermittlung in einem Mordfall."

Mit wutverzerrten Gesichtern bleiben die beiden Kahlköpfe erst einmal stehen. Hoffmann rückt seinen Stuhl zurück und erhebt sich schwerfällig.

„Kommt Jungs, setzt Euch wieder! Setzt Euch und lasst die Polizei hereinkommen. Wir haben doch nichts zu verbergen. Oder?"

Brav trotten die beiden zu ihrem geistigen Führer zurück, lassen sich in die Stühle fallen und schnappen sich ihre Bierflaschen. Hoffmann bleibt stehen und blickt erwartungsvoll den unangekündigten Besuchern entgegen.

„Mathias, hab mal ein Auge auf den Grill!"

Beck öffnet das Türchen und geht langsam den Gartenweg entlang. Rechts ein schmaler Streifen Rasen mit einer Kinderschaukel, links Kartoffeln, Lauch, Kohlköpfe, umgegrabene Beete. Senta bleibt einen Schritt hinter ihm.

„Herr Hoffmann, wir haben ein paar Fragen an Sie, und es wäre schön, wenn Sie ein wenig Zeit für uns hätten."

Hoffmanns Blick bleibt an Becks Kopfverband hängen. „Schicker Turban. Ärger gehabt?"

„Ich glaube nicht, dass Sie das etwas angeht."

„Tut mir leid, Herr Kommissar, aber …".

„Hauptkommissar, und das ist meine Kollegin, Kommissarin Fischer."

Hoffmann mustert Senta mit amüsierter Miene. „Herr Hauptkommissar. Leider habe ich nur die vier Stühle und lasse meine Gäste ungern stehen. Sie hätten sich anmelden sollen. Übrigens bin ich diese Anschuldigungen gewohnt. Die werden doch nur inszeniert, um Schauprozesse zu provozieren, mit denen man politisch Andersdenkende mundtot machen will. Um was geht es denn?"

„Sagt Ihnen der Name Wolfgang Löffler etwas?"

„Hier draußen gibt es einige Löfflers. Was für ein Löffler soll das sein, und warum wollen Sie das überhaupt wissen?"

„Es geht um den jungen Mann, der vor zwei, drei Monaten jeden Morgen mit einem Schild hier auf der Straße gestanden ist."

„Ah, den verrückten Anarchisten meinen Sie. Hat er wieder friedfertige Bürger belästigt?"

„Nein. Er ist tot und wir möchten herausfinden, wer ihn umgebracht hat?"

Vom Tisch hören sie ein zufriedenes Gezische über tote Schmeißfliegen und die Notwenigkeit, Volksschädlingen den Garaus zu machen. Becks Blick fällt durch das Fenster in den Wohnraum. Aus toten Steinaugen glotzt Adolf Hitler von einer Kommode in das Zimmer. Über der Couch hängt der Druck eines Gemäldes, auf dem ein deutscher Soldat auf einem versinkenden Schiff kauert und die Reichskriegsflagge gegen den feindlichen Zerstörer reckt.

„Hören Sie, Herr Kommissar. Ich gebe zu, dass mich das kleine Arschloch geärgert hat, aber Ihre Kollegen haben das doch wunderbar für mich geregelt. Warum sollte ich mir die Hände schmutzig machen?"

„Unsere Kollegen haben gar nichts für Sie geregelt, Hoffmann. Sie haben ihn zweimal von Ihren Jung-Nazis zusammenschlagen lassen." Senta versprüht Gift, erreicht bei Hoffmann aber nur ein belustigtes Staunen und bei den Schlägertypen am Tisch dümmliches Gekicher.

„Das war eine reine Abwehrmaßnahme gegen einen Volksschädling, Notwehr gewissermaßen, mit der ich im Übrigen nicht das Geringste zu tun hatte. Es gibt noch andere deutsch denkende Bürger in diesem Stadtteil. Und wenn Sie mir nicht glauben, muss ich Sie bitten, Ihre Zweifel mit meinem Rechtsanwalt zu besprechen." Schmunzelnd schwenkt sein Blick zu Senta. „Bewerben sich keine deutschen Männer mehr bei der Polizei? Vielleicht würde sich das ändern, wenn Sie konsequenter die Kanaken aus dem Land schmeißen würden, anstatt ehrenwerte deutsche Bürger zu belästigen."

Trotz prolligen Gelächters und Schenkelklopfen am Tisch hat sich Senta wieder im Griff. „Wir können das Gespräch auch im Präsidium weiterführen, Herr Hoffmann."

„Na jetzt sind Sie mal nicht gleich beleidigt, Frau Kommissarin." Er wendet sich wieder Beck zu. „Sagen Sie mir doch einfach, wann der Mord passiert ist, dann denke ich nach, wo zu dem Zeitpunkt ich war, teile Ihnen das mit, nenne noch ein paar Zeugen, und die Sache ist erledigt. Ist das nicht so?"

„Wie haben Sie Mittwoch letzte Woche verbracht?"

„Lassen Sie mich kurz überlegen. Wir haben drüben auf der Wiese ein Bolzturnier für die Jugend organisiert. Anschließend wurde gegrillt. Wir haben bis nach zehn am Feuer gesessen. Ich kann Ihnen Dutzende von Zeugen nennen, aber vielleicht reichen Ihnen die drei, die hier am Tisch sitzen."

„Auf solchen Festen bringen Sie ihnen bei, wie man Ausländer zusammenschlägt. Sie gehören zu den Menschen, die rechtschaffene Steuerzahler in Angst und Schrecken versetzen, nur weil sie in einem anderen Land geboren sind." Senta kann ihre Wut schwer verbergen, bleibt aber ruhig. „Erst vor kurzem hat sich die junge Semra Ertan auf einem Marktplatz in Hamburg aus Protest gegen die zunehmende Ausländerfeindlichkeit selbst verbrannt."

„Ertan? Das klingt türkisch. Jetzt werden Sie aber unfair, Fräulein Kommissar. Was kann ich denn dafür, dass sich in Hamburg jemand das Leben nimmt. Wahrscheinlich war sie psychisch krank. Wir sind eine politische Kraft. Wir müssen die jungen Menschen in unsere Mitte holen und sie resozialisieren. Das ist doch ein sehr sozialpädagogischer Ansatz. Wir müssen ihre Kräfte umleiten und ihnen sagen: Dein Gegner ist nicht der Ausländer, der dir den Arbeitsplatz wegnimmt, sondern der Politiker, der ihm das ermöglicht. Auf solchen Festen wird immer viel getrunken und wenn es da die eine oder andere Schlägerei gibt, das passiert auf jedem Dorffest. Da ist viel Frust. Wissen Sie, wie hoch die Arbeitslosigkeit hier im Viertel ist? Bewerben Sie sich mal mit so einer Adresse um einen Arbeits- oder Ausbildungsplatz. Außer uns kümmert sich doch keiner um die Leute. Ihr sitzt alle in Euren Apartments und Einfamilienhäusern und habt keine Ahnung, wie es dem deutschen Arbeiter geht."

„Vielleicht ist das in Ihrer Welt so, Herr Hoffmann. Wir behalten Sie im Auge. Komm Senta, wir gehen."

„Tun Sie das, Herr Hauptkommissar. Und das nächste Mal rufen Sie vorher an, dann lege ich Ihnen auch eine Flasche Bier kalt. Und passen Sie das nächste Mal besser auf, wer in Ihrem Rücken steht." Grinsend deutet er auf Becks Kopfverband.

„Das ist doch der totale Horror, Herr Hauptkommissar. Oder?"
Während sich Senta wütend eine Zigarette dreht, inspiziert Beck aufmerksam seinen MG, ob irgendein Schaden zu erkennen ist.
„Was meinst du, Senta?"
Egal was dieser Besuch für ihre Ermittlungen bringt, immerhin scheint Senta wieder mit ihm zu reden.
„Das kann der doch nicht ernst gemeint haben. Ich meine, wenn uns besoffene Skins mit Baseballschlägern bedrohen, ok, die sind halt so. Aber so ein Spießeropa mit Bierbauch und dann solche Sprüche. Den kann man doch nicht ernst nehmen."
Während sich Senta die gedrehte Zigarette zwischen die Lippen steckt, lässt sich Beck in die Polster des MG fallen. „Ich glaube, bei dem geht es schon lange nicht mehr darum, ob er glaubt, was er sagt."
„Was heißt das denn jetzt wieder? Ist der jetzt auch ein Opfer der Umstände?" Fahrig versucht sie, die Zigarette anzuzünden.
„Komm, setz dich rein! Die kannst du auch später rauchen."
Senta schiebt die Zigarette in den Tabakbeutel und lässt sich in den Beifahrersitz fallen. Immer noch wütend schlägt sie die Tür fester zu als notwendig. Beck verkneift sich eine Bemerkung und fährt los.
„Nein, das meine ich nicht Senta. Das, was so einen wie Hoffmann antreibt, heißt nicht Faschismus oder Rechtsradikalismus, sondern soziale Anerkennung und Macht. Die Ideologie ist quasi nur die Spielwiese, auf der er sich durchsetzen

kann, weil die Wettbewerber überschaubar sind. Das funktioniert natürlich nur, wenn er auch glaubt, was er sagt. Es ist die verzweifelte Hoffnung vieler sozial Abgehängten, so einer wie Hoffmann möge doch recht haben, die ihm Macht über sie verleiht. Da sagt ihnen einer, dass nicht sie etwas ändern müssen in ihrem Leben, dass nicht sie selbst Verantwortung für ihr Leben tragen, sondern die Politiker der etablierten Parteien oder die Ausländer, die ihnen ihre Arbeitsplätze stehlen, oder eben die Juden, die alles Geld der Welt auf ihren Konten versammeln. Der braucht keinen Alkohol mehr. Der ist jeden Tag besoffen, nur von dieser Macht."

Eine gute halbe Stunde später ist Beck dabei, Plakate und Kalender von der großen Wand seines Büros abzuhängen und den brusthohen Aktenschrank zur Seite zu schieben. Den Film aus Kowalskis Kamera hat er einem der Diensthabenden mit dem Auftrag gegeben, diesen am nächsten Morgen so zeitig wie möglich ins Labor zu bringen.

Natürlich plagt ihn das schlechte Gewissen wegen seines Ausrasters gegenüber Senta. Der Ärger über den Siedlungs-Nazi und seine Volksgenossen hat die Vertrautheit zwischen ihnen wieder aufflackern lassen, aber auf dem Parkplatz des Polizeipräsidiums war sie wortlos zu ihrem Motorrad gegangen und weggefahren.

Löfflers Koffer liegt offen auf seinem Schreibtisch. Aus seiner Erinnerung heraus beginnt er, die Nazi-Wand aus der Studentenbude zu rekonstruieren. Für die Feinjustierung muss er warten, bis ihm die Fotos vorliegen. Gerade hat er die zweite Reihe mit Bildern und Berichten von untergetauchten Naziverbrechern angeheftet, als das Telefon klingelt. Verärgert über die Störung ignoriert er das Klingeln und macht weiter. Beim zweiten Anruf hört das Klingeln nicht auf. Nach zwei Minuten gibt er entnervt auf und hebt ab.

„Beck. Was gibt es denn?"

„Wo bleibst Du? Du wolltest um sechs hier sein. Wir warten seit über einer Stunde auf Dich. Das Essen ist kalt und Hanna hat sich wieder in ihrem Zimmer verbarrikadiert."

Ärger und Enttäuschung klingen aus Ninis Stimme. Für einen Moment verliert er vor Scham fast die Fassung. Gerade gestern hatten sie vereinbart, in Zukunft mehr Zeit miteinander zu verbringen, und er versemmelt gleich die nächste Verabredung. Dass er versprochen hat, sie zu unterstützen, um mit Hanna ins Gespräch zu kommen, macht es nur schlimmer.

„Ich bin aufgehalten worden, Liebes. Es tut mir schrecklich leid. In einer halben Stunde bin ich bei Euch."

„Beeil dich. Du weißt, ich muss morgen früh raus. Ich habe doch den Dienst mit Moni getauscht, damit ich Freitag beim Altstadtfest dabei sein kann."

„Nini ich …"

„Spar dir deine Entschuldigungen und komm!"

In Erinnerung an ein anderes Geschenk von Hanna durchsucht er seinen Schreibtisch und findet im hinteren Winkel einer Schublade tatsächlich die Schirmmütze mit dem Logo des LAPD. Als er vor dem Spiegel in der Toilette vorsichtig seinen Kopfverband löst, ertasten seine Finger an seinem Hinterkopf die kreisrunde Tonsur und in deren Mitte die verkrustete Platzwunde. Das erschreckend lange zurückliegende Datum des Erste Hilfe Kastens ignorierend schneidet er eine sterile Wundauflage zurecht und klebte diese mit Pflaster vorsichtig über der Wunde fest. Noch vorsichtiger zieht er die Baseballkappe über den Kopf. Zufrieden posiert er mal ins rechte, mal ins linke Profil. Von der Wunde ist nichts zu sehen. Als ob nichts passiert wäre.

27

Januar 1972

„Wieso kannst Du nicht mit nach Europa kommen? Der Universitätsbetrieb wird doch mal *EINEN* Monat ohne Dich auskommen!" Ungewollt laut war er in seinem Ärger geworden. Es irritierte ihn, wie sehr ihn Rechas Zurückweisung verletzte. „Die Kinder müssen nicht zur Schule. Es sind Semesterferien. Kein einziger Student ist an der Uni."

Recha saß in ihre Unterlagen vertieft an ihrem Schreibtisch, völlig unbeeindruckt von der Heftigkeit seiner Frage und den dahinter liegenden Vorwürfen. Langsam drehte sie den Kopf, die Augen immer noch auf die Papiere vor ihr gerichtet.

„Sebastian, rege dich bitte nicht unnötig auf. Du tust gerade so, als ob Du noch nie ohne uns verreist wärst." Sie hob für einen Moment den Blick und schaute ihm in die Augen. „Es ist einfach der falsche Zeitpunkt. In Frankreich und in Deutschland ist es kalt, wahrscheinlich regnet oder schneit es immerzu. Hier ist Sommer. Die Kinder möchten nicht verreisen, allein schon wegen ihrer Freunde hier und wie Du siehst", sie machte eine den Schreibtisch und die Bücherregale umfassende Geste „bin ich mitten in der Arbeit für meine Promotion. Selbst wenn ich wollte, ich könnte gar nicht weg." Ohne auf eine Reaktion von ihm zu warten, fiel ihr Blick wieder nach unten auf ihre Notizen und die aufgeschlagenen Bücher. „Es wäre schön, wenn Du mich dabei unterstützen würdest, in dem Du mir einfach die Zeit lässt, die ich brauche, anstatt mich unter Druck zu setzen. Wir werden nächstes Jahr wieder zusammen nach Europa reisen."

Rechas Stimme war anzuhören, dass ihre ganze Aufmerksamkeit längst wieder bei dem Studium ihrer Unterlagen lag. Ruhig, aber bestimmt hat sie ihm zu verstehen gegeben, dass sie ihre Meinung nicht ändern wird. Auf diese Aura natürlicher Selbstsicherheit, in die er sich vor vielen Jahren verliebt hatte, reagierte er in letzter Zeit immer häufiger gereizt. Es fiel ihm schwer zu begreifen, wieso ihm das in einem Alter passierte, in dem er aus verschiedensten Gründen niemandem mehr etwas beweisen musste. Er holte sich eine Tasse Kaffee aus der Küche und ging nach draußen auf die Veranda. In den letzten Monaten drängte sich ihm immer häufiger der Eindruck auf, sie bewegten sich zunehmend in zwei verschiedenen Welten.

Selbstverständlich hat er sie unterstützt, als sie vor zwei Jahren die Stelle als wissenschaftliche Assistentin bei einem Forschungsprojekt zu wirtschaftlichen Strategien von sogenannten Schwellenländern angeboten bekam. Und als ihr Professor sie nach einigen viel beachteten wissenschaftlichen Artikeln ermutigte, über die aktuelle Bedeutung der Prebisch-Singer-These zu promovieren, fand er das ganz großartig. Allerdings ahnte er zu diesem Zeitpunkt nicht, welchen Zeitaufwand eine Promotion bedeutete. Zusätzlich irritierte ihn ihr neu erwachtes Interesse am jüdischen Glauben. Beides betrieb sie ihrem Naturell entsprechend sehr ernsthaft und intensiv.

Manchmal deutete er dieses Gefühl der Entfremdung auch als diffuse Nebenwirkung der neuen Medikamente, mit denen es ihm endlich gelungen war, seine Depression wirksam an die Kette zu legen. Die ständigen Grübeleien über die Sinnhaftigkeit des eigenen Lebens blieben ihm allerdings nicht erspart. Nie war es ihm gelungen, vollständig in der Identität des jungen Kaufmanns aus Tirol aufzugehen. Tief in seinem Innern war er immer Jean-François Mutzig geblieben. Wie wäre sein Leben verlaufen, wenn er es ganz als Jean-François Mutzig hätte leben können? Vor Tagen hatte er mit seinem Ältesten einen Ausflug in die Berge gemacht. Sie waren ein gutes Stück geklettert und hatten in ihren Schlafsäcken die Nacht an einem kleinen Lagerfeuer im Freien verbracht. Es waren solche Tage, die ihn ahnen ließen, was für ein glücklicher Mann er sein könnte.

Zwei Wochen später fuhr Hofer in einer am Frankfurter Flughafen gemieteten bequemen Limousine durch die sanfte

Hügellandschaft Rheinhessens. Eine graue Wolkendecke hing schwer über der gefrorenen Natur. Er mied viel befahrene Straßen und genoss die Stille und kühle Anmut der schneegepuderten Landschaft, die von einem feingliedrigen Netz dunkler Rebzeilen überzogen an ihm vorüberglitt. Im beginnenden Schneefall erkannte er in der Ferne den lang gezogenen Schattenriss des Pfälzer Waldes.

Am Nachmittag erreichte er das kleine Hotel, das idyllisch auf einem dem Haardtrand vorgelagerten Hügel inmitten der südpfälzischen Rebenlandschaft lag. Nach einer ausgiebigen Dusche saß er, in Gedanken versunken, eine ganze Weile vor dem großen Panoramafenster seines Zimmers. Auf dem Tisch neben ihm dampfte eine Kanne Tee. Er verspürte Hunger, was er für ein gutes Zeichen hielt.

Die Haardter Weinbruderschaft erwartete ihn erst am Nachmittag des nächsten Tages. Den Vormittag würde er nutzen, um bei dem Winzer vorbeizuschauen, der sein kleines Erbstück bewirtschaftete. Seine Neugierde auf den neuen Rieslingjahrgang hielt er gleichfalls für ein gutes Zeichen.

Zunächst hatte es ihn beunruhigt, dass Mitglieder einer Weinbruderschaft eher zufällig darauf gestoßen waren, dass es sich bei dem Fremden, der einen kleinen Weinberg unterhalb der Kalmit bewirtschaften ließ, um einen in Argentinien sehr erfolgreichen Winzer handelte. Kurz entschlossen hatten sie ihn zu ihrem diesjährigen Großen Konvent eingeladen und ihn gebeten, den Gastvortrag zu halten. Er hatte nicht gezögert zuzusagen und fühlte einen gewissen Stolz, als ihn der amtierende Ordensmeister am Telefon fragte, ob er sich eine Mitgliedschaft vorstellen könnte.

Eine knappe Woche später fuhr Hofer als frisch eingeführtes Mitglied der Haardter Weinbruderschaft Richtung Wissembourg. Die Schneefälle der letzten Tage ließen die Landschaft kristallhell in der Wintersonne glitzern. Leider hatte er nicht verhindern können, dass auf der Regionalseite einer hiesigen Zeitung ein Artikel mit einem Foto erschienen war, auf dem er deutlich erkennbar im Kreise von Mitgliedern des

Ordenskapitels in die Kamera lächelte. Zwar war er in dem Artikel als nach Südamerika ausgewanderter Tiroler vorgestellt worden, der durch traurige Umstände in den Besitz des kleinen Weinbergs gekommen war. Aber man musste nur den Vorbesitzer identifizieren, um auf den Namen Mutzig zu stoßen.

Unsanft riss ihn die eisglatte Straße aus den Grübeleien, als der Wagen in einer Kurve zwischen zwei Dörfern heftig ins Schleudern geriet. Nur mit viel Glück gelang es ihm, den Wagen auf der Straße zu halten. Mit reduzierter Geschwindigkeit fuhr er auf der ansonsten verkehrsfreien Weinstraße weiter. Außer ihm schien kein Mensch verrückt genug zu sein, sich auf die Straße zu trauen.

Am Nachmittag tankte er in Schlettstadt und aß eine Kleinigkeit. Aufgrund der Straßenverhältnisse entschied er sich gegen die Dörfer der Weinstraße und fuhr auf der geräumten und gut gestreuten Route nationale 83 weiter bis Colmar. Gegen fünf erreichte er Kaysersberg und parkte er auf der Rue de Général de Gaulle in der Nähe der Église Sainte-Croix. Auf dem Weg durch die engen Gassen des verschneiten Dorfes seiner Kindheit versuchte er, sich das Bild seine Mutter zu vergegenwärtigen. Sechs Jahre war es her, seit er sie zum letzten Mal gesehen hatte. Damals stand sie kurz vor der Berentung und hatte große Bedenken, ob sie ohne „ihre" Kinder klarkommen würde. Vor dem kleinen Haus angekommen, spürte er neben dem Kloß im Hals auch Freude in sich aufsteigen. Schon beim ersten Klopfen öffnete sie die Tür, als ob sie seit Stunden dort gestanden und auf ihn gewartet hätte. Lange hielten sie sich in dem warmen Flur in den Armen.

„Setz dich, Jean-François, ich habe uns ein Baeckeoffe gemacht. Wie früher. Du kannst gerne schon mal die Flasche Wein öffnen." Mit einem fröhlichen Lächeln, das ihre aufgeregt roten Wangen in Bewegung brachte, musterte sie ihn ausgiebig. „Es tut so gut, dich zu sehen, Jean-François."

Sie saßen in der warmen Küche an dem großen Holztisch, in der es intensiv nach Gulasch, Lauch, Thymian, Nelken und Kartoffeln duftete. Hofer hatte kleine Geschenke mitgebracht, über die sie sich ehrlich zu freuen schien. Er erzählte von den Bergtouren mit seinen Söhnen, von der Doktorarbeit Rechas und von der über Nacht erwachten Leidenschaft seiner Ältesten für Pferde. Seine Mutter beschrieb ihre Treffen mit anderen Rentnerinnen, ihre ehrenamtliche Tätigkeit in der Gemeindebibliothek und wie sehr sie auch nach fast sechs Jahren den Unterricht mit den Kindern vermisste. Zwischendurch erhob sie sich, um nach der schön bemalten Terrine im Ofen zu sehen. Immer wenn ihr Hofer mit den Blicken folgte, wurde ihm bewusst, wie alt sie geworden war und wie viel gemeinsame Zeit ihnen das Schicksal gestohlen hatte. Mitten in der Erzählung über ihren letzten Opernbesuch in Colmar klingelte der Küchenwecker.

„So, ich glaube, wir können essen."

„Komm lass mich das machen." Schnell war er aufgesprungen und zum Herd geeilt. Als sie wenig später am Tisch saßen, überließ er es ihr, den Brotteig zu brechen, mit dem der Deckelrand verschlossen war. Sie aßen still. Erst während des Abwaschs kam das Gespräch wieder in Gang.

„Hast du immer noch dein Theater und Oper Abonnement? Und warst du nicht in so einem Verein?"

Seine Mutter legte ihre Hand verneinend über ihr Glas, als Hofer ihr aus der gerade entkorkten zweiten Flasche nachschenken wollte.

„Ich bin keine fünfzig mehr, wie du weißt. Aber bei den Theaterfreunden bin ich immer noch. Allein schon wegen der Geselligkeit und der Busfahrten."

„Wie siebzig siehst du aber auch nicht aus, Maman." Er füllte sein Glas und stellte die Flasche ab.

„Zweiundsiebzig werde ich bald, du Schmeichler."

Ihr Lächeln verblasste. Hofer hatte den ganzen Abend schon den Eindruck, dass seiner Mutter etwas auf der Seele lag.

„Was ist los, Maman? Etwas bedrückt dich doch?" Hofer sah, wie sie mit sich kämpfte.

„Ich wollte eigentlich erst morgen mit dir darüber sprechen. Wir haben so wenig gemeinsame Abende. Da wollte ich wenigstens an diesem Ersten keine Probleme ansprechen." Sie überlegte kurz, dann hatte sie sich entschieden. „Letzte Woche war die Polizei bei mir. Zwei Mal haben sie mich ausgefragt."

„Über was, Maman? Was will denn die Polizei von dir wissen?"

„Die Regierung plant, im Frühjahr mit ausführlichen Pflege- und Wartungsarbeiten am Soldatenfriedhof oben am Col du Wettstein zu beginnen, wozu auch eine ordentliche Umzäunung gehören soll. Vorletzte Woche hat ein kleiner Trupp von Männern das Gelände vermessen. Dabei ist einem Arbeiter eine ungewöhnliche Kuhle am Ende einer der verschneiten Grabreihen aufgefallen. Er dachte an Grabräuber oder so etwas und verständigte die Gendarmerie."

Angespannt hörte Hofer seiner Mutter zu. Die Schweißperlen auf seiner Stirn kamen weder von dem Wein noch von der feuchten Hitze in der Küche.

„Sie haben ein Skelett gefunden. Es soll sich um die sterblichen Überreste deines Bekannten Catieux handeln." Aufmerksam sah sie ihn an.

Er nahm einen Schluck Wein, um seine trocken gewordene Kehle zu befeuchten. „Und wieso kommen sie deswegen zu dir? Hast du den Mann gekannt?"

„Nein. Ich habe ihn nur einmal vor Jahren gesehen, als er mir die Nachricht für dich übergab. Erinnerst du dich? Als du mit deiner Frau und deinen Kindern bei mir warst."

Um den Schreck zu überspielen, erhob er sich und ging zu dem Ofen, um nachzusehen, ob das Holz für den Abend reichen würde. „Ja, ich erinnere mich. Ich war mit ihm in Colmar verabredet, aber er ist nicht gekommen."

„Sie haben Zweifel an deiner Geschichte. Sie sind nicht überzeugt davon, dass du lediglich ein Bekannter meines

Sohnes bist, der diesem in den Schlusswirren des Krieges in Tirol versprochen hat, sich um seine Mutter zu kümmern. Sie glauben, dass *du* mein Sohn bist."

„Glauben heißt nicht wissen, Maman. Darüber musst du dir nun wirklich keine Gedanken machen. Ich verstehe aber immer noch nicht, was das mit dieser Leiche auf dem Berg zu tun haben soll."

„Sie haben den unsinnigen Verdacht, dass mein Sohn mit den Nazis kollaboriert hat. Er soll in großem Umfang die Bevölkerung ausspioniert haben, hier im Elsass, vor allem in Strasbourg und in den Bergen nördlich von Saint-Dié-des-Vosges."

Auf ihre vage Geste hin füllte Hofer ihr Glas halb voll, während sie weiterredete. „Dieser Catieux war jedenfalls ein Kollaborateur, der nach der Befreiung viele Jahre im Zuchthaus gesessen hat. Und er soll meinen Sohn gekannt und von dessen Spionagetätigkeit für die Nazis gewusst haben." Sie nahm einen kleinen Schluck von ihrem Wein. „Verstehst du, auf was das hinausläuft, Jean-François?" Beim Klang seines Vornamens erschrak sie. „Wir müssen Jean-François Mutzig endgültig beerdigen. Der Name ist zu gefährlich für dich."

„Du hast recht, Maman."

„Sie können den Todeszeitpunkt von Catieux nicht genau datieren, sind sich aber sicher, dass es in dem Jahr war, in dem du mit Recha und den Kindern bei mir zu Besuch warst. Also zählen Sie eins und eins zusammen."

Hofer nahm einen tiefen Schluck Wein. Er beobachtete, wie sie am Glas nippte, und für einen Moment war er von der Liebe zu ihr so überwältigt, dass ihm Tränen in die Augen traten. Er griff nach ihrer Hand.

„Maman." Er räusperte sich. „Ich habe dir nie viel über die Zeit in Straßburg erzählt."

Er suchte angestrengt nach Worten und wollte gerade fortfahren, als sie ihm bestimmt, mit der ganzen mütterlichen Autorität, die sie gegenüber einem zweiundfünfzigjährigen Mann aufbringen konnte, ins Wort fiel. „Was nutzt mir die

Wahrheit, wenn sie mir das Einzige nimmt, was meinem Leben einen Wert gibt?"

Damit war für sie das Thema beendet. Sie redeten über andere Dinge, über sein Leben in Argentinien, wie es Recha und den Kindern dort erging, wie der Freundeskreis seiner Mutter durch Sterbefälle zu schrumpfen begann und wie sie gelernt hat, ihr Alleinsein zu schätzen. Es war nach Mitternacht, als sie beschlossen, schlafen zu gehen. Eine ganze Weile noch lag er in der Kälte seiner alten Kammer wach, bevor er in einen unruhigen Schlaf fiel.

Während des gemeinsamen Frühstücks, Hofer und seine Mutter waren trotz der kurzen Nacht früh aufgestanden, klopfte es gegen acht an der Tür und ein Gendarm überbrachte ihm die Bitte eines Lieutenants, ihn doch am Morgen um elf in der Verwaltung der Nationalpolizei in Colmar aufzusuchen. Der uniformierte Bote legte großen Wert darauf zu betonen, dass es sich dabei um keine gerichtliche Vorladung handele, der Lieutenant sich von den Aussagen des Herrn Hofer lediglich Unterstützung für die Aufklärung eines um Jahre zurückliegenden Tötungsdelikts verspreche.

Kaum hatte Hofer seinen Wagen auf dem Hof der Nationalpolizei abgestellt, holte ihn ein Uniformierter ab und führte ihn zu dem Büro des Lieutenants.

„Guten Morgen, Herr Hofer. Oder sollte ich Sie besser als Unterscharführer Jean-François Mutzig anreden?"

Die dreiste Attacke stand ganz im Gegensatz zur freundlichen Grundhaltung des Polizeibeamten, der sich Hofer als Lieutenant Georges Pompidou - ‚nicht verwandt und nicht verschwägert' - vorgestellt und ihm höflich einen Stuhl und einen Kaffee angeboten hatte.

„Guten Morgen, Herr Lieutenant. Ich kann mich gerne ausweisen. In meinem Pass können sie sich hochamtlich von meinem tatsächlichen Namen überzeugen. Also, wie kann ich

Ihnen helfen?" Trotz seiner Angespanntheit meisterte Hofer die Situation souverän.

„Man kann es ja mal versuchen." Der Lieutenant lehnte sich lächelnd in seinem ledernen Bürostuhl zurück, musterte Hofer ein paar Sekunden, kam wieder nach vorne und legte beide Unterarme auf dem Schreibtisch ab. „Wussten Sie übrigens, dass Ende der Vierziger ein gewisser Jean-François Mutzig von der Commission d'Épuration wegen Komplizenschaft bei Verbrechen gegen die Menschlichkeit zu lebenslanger Haft verurteilt wurde? Leider wurde der Sohn von Frau Mutzig nie gefunden."

Pompidou schüttelte sich eine filterlose Gitanes aus der blauen Pappschachtel und zündete sich die Zigarette an, ohne Hofer eine anzubieten. „Wir haben auf einem Soldatenfriedhof die Leiche eines etwa fünfundvierzigjährigen Mannes gefunden, den wir als Lucien Catieux identifiziert haben. Ein ehemaliger Kommilitone von Ihnen, oh Pardon, von Jean-François Mutzig." Pompidou fing an, mit einem Bleistift zu spielen. „Er wurde mit einem Draht erwürgt. Mit einer Garrotte. Ermordet und zwischen den Gräbern gefallener französischer Soldaten verscharrt. Hier ganz in der Nähe Ihres Heimatdorfes und im gleichen Jahr, in dem Sie mit Ihrer Familie Frau Mutzig besuchten."

Er legte den Bleistift weg und lehnte sich zurück. „Wie stehen Sie zu Frau Mutzig? Ich meine, mir ist die Geschichte bekannt, würde sie aber gerne einmal von Ihnen hören."

Nachdem Hofer einen Schluck von seinem Kaffee getrunken hatte, erzählte er mit wohldosiertem Minenspiel die Geschichte vom jungen Sebastian Hofer, der sich in Tirol vor den Deutschen versteckt hielt, nachdem diese im Rückzug vor den Amerikanern sein Dorf zerstört hatten und wie dabei seine Mutter, seine einzige Familienangehörige, grausam in den Flammen starb. Wie er Mutzig traf, der sich ebenfalls vor den Deutschen und den Amerikanern versteckte, wie dieser ihm viel Geld dafür anbot, ihn über die Alpen nach Genua zu bringen, von wo aus er nach Südamerika fliehen wollte und wie er selbst damals zum ersten Mal auf die Idee kam, dass Argentinien auch seine Zukunft sein könnte.

„Aber wieso ist Mutzig nicht mit Ihnen zusammen nach Südamerika übergesetzt?"

„Wir haben uns im Winter '44/'45 in den Alpen versteckt. Im Frühjahr war er eines Morgens weg. Er hatte einen Brief hinterlassen, in dem er erklärte, es wäre zu gefährlich für mich, mit einem möglicherweise von den Alliierten gesuchten Kriegsverbrecher zusammen angetroffen zu werden. Er wünschte mir alles Gute. In dem Brief lag die Adresse seiner Mutter mit der Bitte, mich bei ihr zu melden und im Falle seines Verschwindens mich um sie zu kümmern. Neben dem Schreiben lag eine beträchtliche Summe englischer und amerikanischer Devisen."

„Diesen Brief, den er Ihnen überlassen hat, haben Sie den noch?"

Kopfschüttelnd griff Hofer zu seiner Tasse, merkte aber schnell, dass der Kaffee kalt war und stellte sie zurück. „Nein, der ist mir wie ein paar andere wichtige Dinge auf der langen Reise nach Südamerika abhandengekommen. Na ja, auf jeden Fall gelang es mir ein paar Wochen, nachdem ich mich allein nach Genua durchgeschlagen hatte, problemlos ein Visum für Argentinien und eine Fahrkarte nach Buenos Aires zu organisieren. Mir fällt es leicht, fremde Sprachen zu lernen. Für den Aufbau meines Weingutes brauchte ich einen sehr langen Atem. Ein Jahr nachdem ich mich dazu entschieden hatte, ganz in den Westen nach Mendoza zu gehen, habe ich Frau Mutzig geschrieben. Ich erfuhr, dass sich ihr Sohn nie wieder bei ihr gemeldet hat. Seitdem besuche ich sie jedes Mal, wenn ich in Europa bin."

„Sie haben sich nie darüber Gedanken gemacht, woher das Geld kam, dass Ihnen Mutzig zugesteckt hat?" Zurückgelehnt in seinem Stuhl spielte der Lieutenant wieder mit einem Bleistift.

„So viel war es auch wieder nicht. Ich habe Frau Mutzig übrigens finanzielle Unterstützung angeboten, die sie aber abgelehnt hat."

„*So viel war es auch wieder nicht.*" Pompidous Stimme äffte ihn nach und bekam einen verächtlichen Unterton. „Sie haben in den '50ern Land im Wert von mehreren Hunderttausend Dollar gekauft. Das war damals sehr viel Geld."

„Sie sind gut informiert, Herr Lieutenant. Dann sollten Sie allerdings auch wissen, dass der allergrößte Teil des Kaufpreises über Kredite finanziert wurde."

Es folgten Fragen zu Catieux und was er während ihres Besuches '64 so alles unternommen habe. Auch ob er einen gewissen Friedrich Scheel kenne, Sturmbannführer bei der SS und wahrscheinlich Mutzigs Führungsoffizier.

„Sie sind gut vorbereitet, Herr Hofer. Aber Sie hatten ja auch viele Jahre Zeit sich vorzubereiten."

Hofer fest im Blick ließ Pompidou eine Minute verstreichen. Erst als dieser Anstalten machte sich zu erheben, richtete er wieder das Wort an ihn. „Woher spricht eigentlich ein junger Mann aus Tirol, der eher eine mäßige Schulausbildung genossen hat, ein so gutes Französisch, Herr Hofer? Können Sie mir das erklären?"

Jetzt war es an Hofer, eine kleine dramaturgische Pause einzulegen. War er bisher die Hilfsbereitschaft in Person, gab er nun die beleidigte Leberwurst. „Sie haben ganz recht, Monsieur Lieutenant, ich habe eine mäßige Schulbildung genossen. Aber trotzdem ist etwas aus mir geworden. Meine Mutter wäre bestimmt sehr stolz auf mich, würde sie noch leben." In ärgerlichem Ton fuhr er fort. „Auf Ihre Frage gibt es eine einfache Antwort. Meine Spanischlehrerin, eine emigrierte französische Jüdin, erkannte mein außergewöhnliches Sprachtalent und ermutigte mich, auch Französisch zu lernen. Dass mir das Jahre später auch geschäftlich zu Gute kommen würde, konnte ich damals nicht ahnen."

Als Hofer die jüdische Herkunft seiner Sprachlehrerin erwähnte, erhob sich Pompidou mit hochrotem Gesicht.

„Darf ich Sie jetzt bitten zu gehen, Herr Hofer. Ich habe genug von Ihren Geschichten. Dieses Zimmer braucht unbedingt frische Luft. Es fällt mir schwer, Ihnen einen schönen Tag zu wünschen, aber ich verspreche Ihnen, dass das nicht unser letztes Gespräch sein wird."

Als Hofer auf die Straße trat, musste er sehr an sich halten, um nicht im Laufschritt zu seinem Wagen zu spurten und diesen ohne Umweg in höchster Geschwindigkeit nach Frankfurt zum Flughafen zu lenken. Obwohl er diese Prüfung, die er seit vielen Jahren auf sich zukommen sah, gedanklich schon Tausende Male in den verschiedensten Verläufen bewältigt hatte, konnte er den starken Fluchtimpuls nur schwer unterdrücken. Als ein paar Straßen weiter die Adrenalinflut allmählich abebbte, kaufte er eine Tüte mit Orangen und Mandarinen für seine Mutter. Auf dem Weg zu seinem Wagen spürte er Hunger. Er würde jetzt vorsichtig die glatte Straße zurück nach Kaysersberg fahren und mit seiner Mutter in der kleinen Weinstube in der Nachbargasse ein deftiges Choucroute Alsacienne genießen.

Er war schon kurz vor seinem Heimatstädtchen, als ihm klar wurde, wie kindisch seine Panik war. Wenn die französische Polizei etwas gegen ihn in der Hand hätte, säße er jetzt nicht in diesem Auto. Er war seit fast zwanzig Jahren argentinischer Staatsbürger, und dass ihn während der seltenen und kurzen Aufenthalte im Elsass dreißig Jahre nach seinem Weggang von Kaysersberg und Colmar jemand erkannte, war mehr als unwahrscheinlich. Selbst der Name Sebastian Hofer war überlegt gewählt, wie ihm Scheel damals versicherte. Die Geschichte mit dem zerstörten Dorf stimmte tatsächlich, die einzige Unstimmigkeit war die, dass der echte Sebastian Hofer, genau wie seine Familie, den deutschen Überfall auf das Dorf nicht überlebt hatte. Spätestens nach dem Überqueren der Weiss am Ortseingang von Kaysersberg war er sich vollkommen sicher, alle Spuren verwischt zu haben, die von Sebastian Hofer zu Jean-François Mutzig führten.

28
8. September 1982

Laute Musik dringt durch die geschlossene Tür von Hannas Teenagerhöhle, als Beck die Diele von Ninis Wohnung betritt. Mit drei großen Zimmern, einer großzügigen Küche mit kleiner Vorratskammer, einem geräumigen Bad, den hohen Stuckdecken und den Böden aus schweren Holzdielen erzählt dieser Altbau andere Geschichten als sein enges Fischerhäuschen. Eine trotzige Männerstimme schreit zu einer Mischung aus Funk und Ska einen deutschen Text. *'Graue B-Film Helden regieren bald die Welt, es geht voran'.* Er hat das Stück schon öfters gehört, aber zum ersten Mal kommt ihm der Gedanke, dass Ronald Reagan gemeint sein könnte. Er ist versucht, anzuklopfen und sie zu fragen, wie die Räumung in der Johannisstraße verlaufen ist, geht jedoch weiter.

Der intensive Duft von Tomatensoße mit Knoblauch und Basilikum hängt in der Wohnung und lässt ihm das Wasser im Mund zusammenlaufen. Pasta und Pizza sind die einzigen Gerichte, mit denen man Hanna wenigstens für zehn Minuten an den gemeinsamen Tisch locken kann, bevor sie wieder fluchtartig zurück in ihr Zimmer stürmt. Trotz Ninis gegenteiliger Beteuerungen hat Beck nie aufgehört, sich zu fragen, ob dieses Verhalten nicht doch mit ihm zu tun hat.

Durch die offene Küchentür erkennt er drei Gedecke auf dem großen Holztisch. Er geht weiter zur Tür des Wohnzimmers, die einen Spalt weit offensteht. Bläuliches Licht flackert in den Flur. Vorsichtig schiebt er die Tür auf und sieht Nini schlafend auf der Couch liegen. Keine gute Werbung für die Öffentlich-Rechtlichen. Auf dem niedrigen Tisch stehen eine halb geleerte Flasche Rotwein und zwei Gläser. Er ertappt sich bei der Überlegung, dass es das Einfachste wäre, sie schlafen zu lassen und still und leise wieder zu verschwinden. Sanft lässt er sich in den Sessel am Kopfende des Sofas sinken. Eine Weile verfolgt er widerwillig eine Nachrichtensendung, in der Hans-Dietrich Genscher Fragen nach seiner politischen Zukunft gestellt werden. Der Außenminister betont die Last der Entscheidungen, die zu treffen seien, um Deutschland vor dem drohenden wirtschaftlichen Absturz zu bewahren. Blah, Blah, Blah. Beck spürt einen Anflug von Ekel in sich hochsteigen. Warum sagt der Kerl nicht einfach, dass ihm das ganze soziale Gequatsche der Sozis zum Halse heraushängt und mit Helmut Kohl als Kanzler viel einfacher das Geld von unten nach oben zu schaffen ist. Mit einem ärgerlichen Druck auf die Taste der Fernbedienung schrumpft das Fernsehbild knisternd zu einem winzigen Punkt in der Mitte des Bildschirmes zusammen. Er gießt sich ein Glas Rotwein ein und geht in Gedanken noch einmal den Tag durch. Er hätte sich gerne weiter mit Löfflers Wand des Grauens und den Unterlagen von dessen Schreibtisch beschäftigt. Er ist sich ganz sicher, dass in diesen Papieren die Antwort auf die Frage zu finden ist, warum der junge Antifa-Aktivist zwischen den Felsen nahe der Kalmit sterben musste.

„Da bist du ja endlich. Sitzt du schon lange hier?" Nini blinzelt ihn mit überstrecktem Kopf über ihre schwarzen Augenbrauen hinweg an.

„Hallo Liebes. Tut mir leid."

Nini richtet sich auf. Schlaftrunken beugte sie sich ihm zu einem Begrüßungskuss entgegen und streicht ihm zärtlich über die Wange. Sie bemerkt die Kappe.

„Seit wann hast du ein Faible für amerikanische Krimiserien?"

„Pure Eitelkeit. Ich habe eins über die Rübe gekriegt und der Doktor musste mir ein paar Haare wegrasieren. Die Kappe ist übrigens von deiner Tochter." Er sieht ihr an, dass sie seine Erklärung akzeptiert, die Bagatellisierung aber durchschaut.

„Ich kann die Spaghetti in die Soße werfen und aufwärmen. Was hältst du davon?"

Als ob sein Körper auf das Stichwort gewartet hätte, überfällt ihn ein Bärenhunger, der ihn daran erinnert, dass er den ganzen Tag noch nichts gegessen hat. „Ja Liebes. Lass uns essen."

Still verlassen sie Arm in Arm das Wohnzimmer Richtung Küche.

Während Nini am Herd hantiert, beobachtet Beck sie vom Esstisch aus. Er bemüht sich redlich, den Inhalt des Koffers aus Heidelberg aus seinen Gedanken zu verbannen.

„Warum denkst du, dass ausgerechnet ich dir helfen könnte, mit deiner Tochter ins Gespräch zu kommen?"

„Vielleicht, weil du irgendwie neutraler bist. Ihr habt keine gemeinsame Geschichte, wenn man von den letzten drei Jahren mal absieht." Sie dreht sich zu ihm um und sieht ihn mit großen erschrockenen Augen an. „Ich habe Angst, Helm. Ich habe Angst, dass ich nicht mehr an sie herankomme. Ich habe Angst, dass der Mutter-Tochter Beziehung so langsam der Sprit ausgeht. Ich habe Angst, dass sie einen Weg einschlägt, der ihr nicht guttut."

„Und du glaubst, ich könnte euch helfen, wieder vollzutanken?" Etwas holprig greift Beck das Bild auf.

„Ich weiß es nicht." Ihre Augen untersuchen die Ornamente der umlaufenden Stuckbordüre unter der Decke. „Vielleicht. Sie mag dich. Also warum nicht?"

„Was ist denn überhaupt los? Senta meinte, dass die Leute von den Autonomen ganz in Ordnung sind. Etwas arg gegen den Strich gebürstet, aber in deren Alter auch verständlich und nicht ungewöhnlich." Er überlegte kurz. „In gewisser Hinsicht sogar ganz erfreulich, dass sich junge Leute einmischen in das, was um sie herum passiert. Oder?"

„Ich habe den Verdacht, dass sie Drogen nimmt."

„Die kiffen doch alle heute. Ist es nicht so?"

„Ich weiß nicht, ob sie nur kifft. Es war diese Woche nicht das erste Mal, dass sie die Schule geschwänzt hat. Nächsten Montag habe ich einen Termin bei ihrem Klassenlehrer. In dem Brief steht, dass es sich um eine wirklich ernste Sache handelt."

„Vielleicht sollten wir einmal zusammen wegfahren. In den Herbstferien. Was meinst du?"

„Ist ein Versuch wert. Alles, was die Distanz zwischen uns kleiner machen kann, lohnt sich. Aber warum erzählt sie mir nichts? Ich weiß nichts über ihre Freunde. Ich weiß nicht, für was sie sich interessiert. Ich weiß nicht, was sie macht, wenn sie nicht zu Hause ist. Ich weiß nicht einmal, was sie macht, wenn sie zu Hause ist."

„Aber du bist doch die Fachfrau in Sachen Psyche und Seelenleben."

Zu spät erkennt Beck, dass diese Bemerkung mindestens ungeschickt war. Jäh dreht sie sich zu dem Topf auf der Herdplatte um. An dem leichten Beben der Schultern sieht er, dass sie weint. Schnell ist er bei ihr, umarmt sie und schmiegt sich sanft an ihren Rücken.

„Tut mir leid. Es ist mir so herausgerutscht. Tut mir leid."

Während er zärtlich ihren Bauch streichelt, vergräbt er sein Gesicht in den duftigen schwarzen Locken. „Du solltest aufhören zu weinen, sonst versalzt du noch die leckere Soße."

Das Beben in den Schultern lässt nach. „Blödmann."

Er spürt, dass er sie zum Lächeln gebracht hat. „Soll ich mal versuchen, mit ihr zu reden?"

„Du könntest sie ins Kino einladen. Das könnte klappen. Nächste Woche läuft *Poltergeist* im Capitol."

„Du willst mich mit mir in einen Horrorfilm schicken?"

„Na ja. In dem Alter stehen sie auf so etwas. Und allein kommt sie da nicht rein. Zumindest sollte sie nicht." Sie dreht sich in seiner Umarmung langsam um und legt schmunzelnd ihre Arme um seinen Hals. „Oder möchtest du dir lieber mit ihr „La Boum 2" anschauen?"

„La Boum was?"

„Schon gut. Das kann sie ja entscheiden. Nimmst du die Nudeln?" Sie löst sich aus der Umarmung und greift nach dem Topf mit der Tomatensoße.

Nicht ohne ihn noch einmal ärztlich zu ermahnen, die Kopfwunde ernst zu nehmen und zu Hause sofort das Bett aufzusuchen, komplimentiert ihn Nini punkt elf aus dem Bett und aus der Wohnung. Vor dem Haus steht Beck eine Weile neben seinem MG und überlegt, ob er noch einmal nach Ludwigshafen in sein Büro fahren und mit der Wand weitermachen soll, entscheidet sich aber dagegen. In seinem Häuschen in der Altstadt angekommen, öffnet er die Tür zu seiner Terrasse. Er müsste hundemüde sein. Aber entgegen aller Logik ist er hellwach. Er geht die paar Schritte über den Rasen und wechselt ein paar Sätze mit Wolle, der trotz frischer Temperaturen in seinem Liegestuhl liegt, als ob er sich seit Montagnacht nicht vom Fleck gerührt hätte. Dann beschließt er, sich im 'Kleinen Versteck' noch ein Bier zu gönnen. In Gedanken wieder bei Löfflers Koffer, überquert er die alte Steinbrücke über dem Stadtbach.

Feuchtwarme Luft schlägt ihm entgegen, als er die Tür aufschiebt und sofort zwischen einer Handvoll laut diskutierender Männer steht. Der Laden ist rappelvoll. Er hat Mühe, zwischen den dicht an dicht stehenden Grüppchen zur Theke durchzukommen. Zigarettenqualm steht kompakt an der Decke. Im Unterschied zur Qualität der Anlage ist die Lautstärke enorm. Aber um den Refrain von ‚Come on Eileen' mitzugrölen, reicht Lautstärke auch vollkommen aus.

Die Kneipe ist nicht viel mehr als eine geräumige Drei-Zimmer-Wohnung, in der lediglich die Türdurchgänge verbreitert und die Mauer zwischen Flur und dem hinteren Zimmer entfernt wurden. Die bordeauxrot gestrichenen Wände sind mit poppigen Plakaten von Haring, Warhol und ein paar anderen üblichen Verdächtigen tapeziert. An den Decken hängen Lampen aus einem schwedischen Möbelhaus. Das Publikum ist eine Mischung aus Normalos in den Dreißigern, Originalen aus dem kleinkriminellen Milieu, notorisch unentdeckten Künstlern und selbst ernannten Intellektuellen. Von Speyerer Kollegen weiß Beck, dass in den oberen Räumen des zweistöckigen Hauses junge Frauen dem ältesten Gewerbe der Welt nachgehen.

Hinter dem Tresen steht wie immer Maurice, der Patron des 'Kleinen Versteck's', ein vor vielen Jahren in Speyer hängen gebliebener Elsässer. Als er Beck sieht, deutet er fragend auf das gefüllte Pilsglas vor sich. Beck nimmt das angebotene Bier und dreht sich vorsichtig zum Gastraum um. Zwischen wahllos in den Räumen verteilten selbstgezimmerten Sitzgelegenheiten und kleinen Tischen stehen die Leute dicht an dicht. Da gefühlt alle reden, muss man fast schreien, um vom Gegenüber verstanden zu werden. Für einen Moment ist ihm völlig schleierhaft, wie es jemand von der Theke zur im hinteren Bereich liegenden Toilette schaffen kann. Aus den Boxen fleht Stings hohe Stimme: *„Roxanne, you don't have to put on the red light."* Beck grinst bei dem Gedanken, was möglicherweise gerade über ihm passiert.

Genau in dem Moment, in dem er das Pilsglas ansetzt, erkennt er über den Glasrand hinweg eine gedrungene Gestalt mit Lederjacke und Pferdeschwanz, die in der wogenden Menge immer wieder hinter anderen Gästen verschwindet. Sofort ist die demütigende Verzweiflung der letzten Nacht präsent, in der ihn die Rocker niedergeschlagen und in die Dunkelheit unter den Bühnenboden gesperrt haben. Aufsteigende Wut verstärkt das Pochen unter seiner Kappe. Nach einem kräftigen Schluck von seinem Bier beginnt er, sich energisch zwischen den eng stehenden Leibern hindurchzuschieben. Am ersten Tisch, an dem er vorbeikommt, stellt er sein Glas ab und zieht die Kappe tief ins Gesicht. Er hat gerade mal die Hälfte der Strecke geschafft, als der Kuttenträger plötzlich verschwunden ist. Rücksichtslos schiebt er sich weiter durch die Menge und handelt sich dabei wüste Beschimpfungen ein. Dann sieht er den Pferdeschwanz nur fünf, sechs Meter entfernt, bei einer anderen Gruppe von Leuten stehen. Ohne in seinem Vorwärtsdrang nachzulassen, hält Beck den Kopf nach unten. Einige Gäste stemmen sich aus lauter Trotz gegen ihn, fordern ihn geradezu heraus.

Schweißgebadet muss Beck sich eingestehen, dass er doch angeschlagener ist, als er dachte. Als er schwer atmend kurz den Kopf hebt, um einen übergewichtigen, stadtbekannten Rechtsanwalt auf die Seite zu drängen, schaut ihm der Kuttenträger direkt in die Augen. Gute drei Meter und ein gutes Dutzend eng stehender Menschen trennen sie. Der Pferdeschwanz erkennt ihn sofort und reagiert überraschend unaufgeregt mit einer Seitwärtsbewegung in Richtung Toiletten und Treppenhaus. Beck packt die Leute jetzt direkt an der Seite oder an der Schulter, um sie beiseitezuschieben. Dabei handelt er sich auch ein paar schmerzhafte Ellbogenstöße ein. Er sieht den Pferdeschwanz in der Türöffnung verschwinden, die zu den Toiletten und zum Treppenhaus führt. Beck ist fünf Meter von der Tür entfernt, hat allerdings wenigstens noch zwanzig Menschenleiber vor sich. Er geht davon aus, dass die Harley in der engen Gasse steht, die neben dem Eingang zur Großen Himmelsgasse hochführt. Angestrengt versucht er, neben dem Lärm der Gespräche und der lauten Musik, das Bollern des anspringenden V-Motors nicht zu verpassen. Er hört aber nur Hugh Cornwell aus den lauten Boxen säuseln. *„Throughout the night, No need to fight, Never a frown, With golden brown."*

Mit wackligen Knien steht er schwer atmend in dem engen Treppenhaus. Die Tür zum Nebenausgang in die schmale Gasse, in der er das Motorrad vermutet, ist abgeschlossen. Mit der Übelkeit, die allmählich in ihm aufsteigt, kehrt auch der stechende Schmerz oberhalb der rechten Schläfe zurück. Dahinter das Pochen der Wunde an seinem Hinterkopf. Als im oberen Geschoss eine Tür zuschlägt, kämpft er einen leichten Schwindel nieder und steigt die Holztreppe hoch. Oben in dem schmalen Flur ist der Lärm aus der Kneipe nur noch gedämpft zu hören. Übelkeit und Kopfschmerzen schaukeln sich gegenseitig hoch. Ein pilzähnlicher Geruch, der von der Holztreppe ausgeht, mischt sich mit schwerem, süßlichem Parfum. Ihm ist speiübel.

Er schüttelt eine leichte Benommenheit ab und konzentriert sich. Auf der Seite des Treppenaufgangs befinden sich zwei Türen, gegenüber sind es drei. Aus den Zimmern ist nichts zu hören. Innerlich verflucht er seine Abneigung gegen das Tragen von Schusswaffen. Aber jetzt nach unten zu gehen und seine Kollegen zu verständigen wäre gleichbedeutend mit Fluchthilfe, was allenfalls in der DDR eine gute Sache ist. Also weiter. Er reißt die erste Tür auf der linken Seite auf, zeigte seinen Dienstausweis hoch und schreit so laut er kann in den Raum, welchem Beruf er nachgeht. Ein verschrecktes junges Ding schreit zurück, dass er sich verpissen solle, während sich ein älterer, ihm bekannt vorkommender Mann, ungelenk das Bettlaken vor das Gesicht hält. Er wirft kurz einen Blick unter das Bett und ist schon wieder auf dem Flur. Beim zweiten Zimmer das gleiche Spiel mit dem Unterschied, dass die nackte Frau ihn mit Kissen bewirft, während ihr Kunde versucht, sich hinter ihr zu verstecken. Gerade will er die Klinke der dritten Tür packen, da hört er ein Geräusch in seinem Rücken, dort, wo er das Badezimmer vermutet. Seine Augen suchen hektisch den Flur ab, bleiben an dem roten Feuerlöscher hängen. Vorsichtig löste er die Schnalle seines Gürtels und zieht ihn durch die Schlaufen der Jeans. Den Feuerlöscher in der einen, den Gürtel in der anderen Hand reißt er die nächste Tür auf, wirbelt aber gleichzeitig zur Badtür herum. Aus der Körperdrehung heraus schlägt er dem Pferdeschwanz, der aus dem Bad auf den Flur stürmt, mit voller Wucht den Feuerlöscher vor die Schienbeine. Markerschütternd schreiend stürzt der Kuttenträger auf den billigen Teppichboden des Flures. Beck wälzt den vor Schmerz blinden Rocker auf den Bauch. Auf dem bebenden Körper kniend, fesselte er ihm mit dem Gürtel die Hände auf dem Rücken. Während er den Riemen enger zieht, verstärkt sich der Brechreiz ins Unerträgliche und ein Brei aus Spaghetti, Tomatensoße und Magensäften ergießt sich über das Logo der Demon Skulls. Hinter ihm haben es drei nicht sehr ordentlich gekleidete Männer sehr eilig, die Treppe hinunterzukommen. Er schleppt seinen laut jammernden Gefangenen in das kleine Bad. Nachdem er sich notdürftig mit kaltem Wasser gesäubert hat, holt er einen Stuhl aus einem der Zimmer und verbarrikadiert die Tür. Von boshaften Kommentaren und Rempeleien begleitet, kämpft er sich durch die Kneipe an die Theke zurück. Ohne zu fragen drängt er hinter dem Tresen an Maurice vorbei in die kleine Teeküche, wo er das Telefon findet. Während er die Polizeiwache auf der Hauptstraße verständigt, gibt er Maurice, der ihn besorgt mustert, Zeichen, ihm ein Pils zu zapfen.

„Hey Kommissar, kannst du mir mal sagen, was da oben gerade los war?"

„Nichts, was du wissen musst, Maurice, oder laufen die oberen Gemächer auch auf deinen Namen?"

„Damit habe ich nichts zu tun, Kommissar." Dann schaut er Beck besorgt an. „Alles in Ordnung? Du bist blass wie eine frisch gekalkte Wand."

„Mir geht es bestens", antwortet Beck. In dem Versuch, sich gegen den Schwindel und den Pudding in seinen Beinen zu wehren, greift er nach dem Rand der Spüle. Geistesgegenwärtig schiebt ihm Maurice einen Stuhl hin, auf den er mehr fällt als sinkt. Er sitzt mit wackligen Beinen, das Glas Bier in der zittrigen Hand, in der Teeküche und beobachtet Maurice, der zusammen mit einer jungen Frau, die Beck vorher gar nicht bemerkt hat, routiniert die durstigen Gäste zufriedenstellt. Dahinter lärmt die trinkende, rauchende Meute weiter, die überhaupt nicht mitbekommen hat, was gerade passiert ist. Aus den Boxen Freddys klagende Stimme: *„Pressure, Pushing down on me. Pushing down on you, no man ask for,.... Um-bah-bah-beh, Um-ba-ba-beh, ...Under Pressure..."*

Wenige Minuten später spült das Erscheinen zweier Uniformierter Unruhe in die Kneipe und hebt den Geräuschpegel um weitere fünfzehn Dezibel. Die Polizisten haben einen Notarzt im Schlepptau, der zuerst Beck versorgt. Der junge Arzt nimmt ihm das Bier ab und untersucht ihn gründlich. Dann reicht er ihm zwei Tabletten und ein Glas Wasser und rät ihm dringend, am nächsten Tag einen Kollegen aufzusuchen.

Mit großer Erleichterung erreicht er eine viertel Stunde später sein Häuschen. Nie zuvor ist ihm das Hochsteigen der schmalen Treppe so schwergefallen. Er schafft es gerade noch sich auszuziehen, dann fällt er auf sein Bett und wenige Minuten später in einen tiefen Schlaf. Gegen drei Uhr morgens erwacht er schwer atmend und panisch vor Angst aus einem Albtraum. Er erinnert sich nicht daran, um was es in dem Traum ging, nur an eine intensive Bedrohlichkeit, die ihm immer noch den Puls hochtreibt. In der Küche macht er sich eine heiße Schokolade und schluckt zwei Schmerztabletten. In eine Decke gehüllt schläft er auf der Couch seines Wohnzimmers ein.

Wenig später findet er sich in einem völlig anderen Traum wieder, den er schon oft geträumt hat und der ihm trotz seiner unheimlichen Atmosphäre willkommen und sehr vertraut ist. Er sitzt allein auf einer hüfthohen Sandsteinmauer, die ein großes Gelände umläuft, auf dem ein unförmiges, in unterschiedlichen Bauabschnitten erstelltes Haus steht. Wenig später ist er in dem Haus und wandert durch die verschiedenen Räume, von denen einige nur aus Brettern gezimmert, andere wiederum aus massivem Stein gebaut sind. Solange er die Zimmer auch durchwandert, nie trifft er jemanden an. Das Haus scheint sich grenzenlos auszubreiten, scheint mit seinen Wanderungen mitzuwachsen, bleibt aber von seinem jeweiligen Standort aus immer klein und überschaubar. In jedem Zimmer öffnet sich eine Tür zu einem anderen neuen Raum. Geräusche von Bewohnern bewegen ihn immer wieder dazu, weiter zu gehen. Nie jedoch trifft er jemanden an. Ausgetretene Steintreppen führen nach oben, schmale baufällige Holzstiegen wieder nach unten und umgekehrt. Alles ist eng und ihm irgendwie vertraut. Ab und an betritt er eine Küche, in der eine Erfrischung aus dem Kühlschrank oder ein Stück Kuchen auf einem bereitgestellten Teller auf ihn wartet. Der Traum ist durchtränkt von schaurig-schöner Melancholie und endet immer mit seiner Flucht von dem Gelände. Große graue Hunde jagen hinter ihm her, versickern jedoch im Boden wie Tintentropfen auf Löschpapier, sobald sie ihm zu nahe kommen. Er verspürt keine Angst. Wenn er kurz vor dem Erwachen einen Blick über die Schulter wirft, erkennt er vor dem Haus den Schattenriss eines älteren Mannes, der ihm traurig nachzuschauen scheint.

29

April 1976

„Juan, ich hoffe, du hast das Lamm, das sich da friedlich über dem Feuer dreht, ordentlich geschächtet. Oder hätte ich mich doch um einen Rabbiner kümmern sollen?"

Lauras Mann nahm diese, wie auch alle anderen Spötteleien auf seine jüdische Herkunft mit stoischer Ruhe und nicht auszulöschendem charmanten Lächeln geduldig hin. Um mehr Platz auf der Veranda zu schaffen, hatte Miguel den Grill nach unten vor das Haus bringen lassen. Hofer, der mit einem Glas Wein in der Hand bei den beiden unter einem großen Sonnenschirm neben dem brutzelnden Fleisch stand, stieß seinem Freund heftig den Ellbogen in die Seite.

„Was willst du, Sebastian, ich bin nur um das Wohl meiner Gäste besorgt."

„Dann halte dich mit deinen Spötteleien über die Juden zurück." Hofer sagte es gerade so laut, dass Miguel es verstehen konnte.

Mit dem Ausdruck größter Verwunderung im Gesicht drehte sich Miguel zu Hofer um. „Aber ich ..."

„Halt den Mund und geh!" Mit breitem Grinsen schubste Hofer seinen Freund kräftig zur Verandatreppe. Sie waren direkt vom Ostergottesdienst zu Miguel gefahren, der seinen Freund vor der Veranda mit einem Glas Wein abgefangen hatte. Recha war mit Maria, José und Daniel zur Ostergesellschaft auf der Veranda hochgestiegen. Miguel war überglücklich, wieder einmal beide Familien unter seinem Dach versammeln zu können. Die beiden Holztische auf der Veranda waren mit Brokattischdecken überzogen und für sechzehn Personen festlich gedeckt. Miguels Sohn Ernesto lebte mit seiner Frau María und den beiden Kindern gerade mal eine halbe Stunde Autofahrt entfernt. Laura und Juan waren mit ihren beiden Sprösslingen schon am Vorabend von Córdoba angereist. Natürlich hatte auch Elsa, die langjährige Haushälterin und Ersatzmutter von Ernesto und Laura, ihren Platz an der Festtagstafel. Bis zuletzt hatte sie sich dagegen gewehrt, ihre Küche einer anderen Köchin zu überlassen. Der Duft von würzigen Soßen und riesigen Mengen verschieden gefüllter Empanadas schwebte aus der Küche auf die Veranda. Ein Dienstmädchen bot kalte Getränke an, für die Kinder Limonade für die Erwachsenen, wozu sich des Feiertags wegen auch María und José zählen durften, einen fruchtigen Weißwein.

Alle Erwachsenen standen im losen Kreis auf der Veranda und überhäuften sich gegenseitig mit freundlichen Komplimenten, wie groß die Kinder geworden seien und wie toll das Kleid zur Haarfarbe passen würde, wie überragend der Wein schmecke, was für eine großartige Familie man doch sei und dass man eine vergleichbar wertvolle Freundschaft wie die zwischen den beiden Familien in ganz Argentinien nicht ein zweites Mal finden könne. Das laute Klirren zweier von Miguel gegeneinander geschlagener Gläser ließ das Geplapper verstummen. Alle nahmen ihre Plätze an der großen Tafel ein und schauten gespannt zum Gastgeber.

„Ein herzliches Willkommen an euch alle." Fast versagte ihm die Stimme, und alle merkten, wie gerührt er war. „Ihr wisst, dass ich kein großer Redner bin. Trotzdem möchte ich euch sagen, wie stolz ich darauf bin, von euch allen geliebt zu werden. Von euch meine lieben Kinder und Enkelkinder und von euch Recha und Sebastian, den besten Freunden, die man nur haben kann."

Miguels Augen wurden wässrig und er musste schwer schlucken. Mit einem lauten Räuspern befreite er sich für den nächsten Satz, der ihn die meiste Kraft kostete. „Ein so schöner Tag darf nicht ohne Gedanken an Clara bleiben, die Mutter meiner Kinder, die vor fünfundzwanzig Jahren einem heimtückischen Überfall zum Opfer fiel." Er schaute zu dem leeren Stuhl am anderen Ende der Tafel und musste wieder mit den Tränen kämpfen. Dann schlich sich ein trauriges Lächeln auf sein Gesicht, und er hob sein Glas. „Lasst uns auf Clara trinken. Auf Clara, die so stolz auf euch alle wäre."

Alle stimmten ein und hoben ihre Gläser, sogar der dreijährige Alberto Raúl, Lauras Jüngster, hielt seinen Limonadenbecher hoch. Mit einem Zug trank Miguel sein Glas leer. Er musste mehrmals tief durchatmen, bevor er die Tischgesellschaft mit fester Stimme aufforderte, es sich schmecken zu lassen.

„Recha, wie ich gehört habe, hat dich die Universität von Mendoza als ordentliche Professorin für Empirische Sozial- und Wirtschaftsentwicklung eingestellt. Herzlichen Glückwunsch." Recha und Juan hatten bereits bei früheren Gelegenheiten eine gewisse Wesensverwandtschaft festgestellt, die weniger in ihren jüdischen Wurzeln als in der wissenschaftlichen Orientierung ihres Denkens begründet war.

„Zu welchem Thema hast du habilitiert, wenn ich fragen darf?"

„Ich habe mich mit der Aktualität von Raúl Prebischs Zentrum-Peripherie-Modell der internationalen Wirtschaftsbeziehungen beschäftigt, was ich im Grunde schon seit einigen Jahren sehr intensiv tue."

„Was bedeutet das genau?"

„Na ja im Kern geht es um die Suche nach einer Begründung für die Verharrung der argentinischen Wirtschaft in der weltpolitischen Randständigkeit. Prebisch widerspricht der Annahme des allseitigen Nutzens eines freien Welthandels …".

„Kinder, könnt ihr nicht wenigstens heute die Politik beiseitelassen!", unterbrach Miguel die beiden, die sich rechts und links vor ihm gegenübersaßen. „Es ist ein herrlicher Tag, kein Wölkchen trübt den blauen Himmel, und seit Langem habe ich euch alle mal wieder an meinem Tisch. Können wir uns heute nicht einfach darüber freuen, diesen Tag miteinander verbringen zu dürfen. Heute ist der Tag der Wiederauferstehung Jesus, und wenn ich es richtig gelesen habe," sein Blick wanderte von Recha zu Juan „der Tag des Auszugs aus Ägypten, also der Befreiung der Israeliten aus der Sklaverei. Alles in allem also ein Tag der Freude. Darauf möchte ich anstoßen."

Kaum hatten alle getrunken, entfuhr Laura ein gequälter Seufzer. Sie stand so ungestüm auf, dass ihr Stuhl nach hinten kippte und die Gläser auf dem Tisch bedenklich ins Schwanken gerieten.

„Wie können wir über die schönen Seiten des Lebens reden, wo es keine vier Wochen her ist, dass Panzer durch Buenos Aires gerollt und die Demokratie niedergewalzt haben! Wie kannst du da von einem Tag der Freude reden, Papa? Isabel Peron ist aus dem Amt gejagt, der Kongress aufgelöst, die oberste Gerichtsbarkeit des Landes ihrer Macht enthoben und die Tätigkeit aller politischen Parteien für unbestimmte Zeit suspendiert. General Videlas Militärs richten Lager nach dem Vorbild der nationalsozialistischen Konzentrationslager in Hitlerdeutschland ein. Tausende sind schon verhaftet worden, weil sie sich erlauben, eine eigene Meinung zu vertreten. Die Militärs unterstützen kriminelle Todesschwadrone, die Einwanderer aus den Nachbarländern und jüdische Mitbürger terrorisieren, wo sie nur können, und du redest vom Tag der Befreiung aus der Sklaverei, Papa?"

Tränen der Wut und der Verzweiflung liefen ihr über die Wangen, während sie krampfhaft versuchte, Haltung zu bewahren. Alle schauten erschrocken zu ihr hin, bis sie mit einem lauten Schluchzer ins Haus stürmte und fast über den am Boden liegenden Stuhl gestürzt wäre. Zutiefst erschrocken wollte Miguel seiner Tochter hinterher, aber Recha hielt ihn zurück und eilte selbst ins Haus, um Laura zu suchen.

Eine knappe halbe Stunde später, am Tisch waren allmählich wieder Gespräche in Gang gekommen, trat Recha mit Laura auf die Veranda. Die rasch aufgetragene Schminke kaschierte nur dürftig das rot geweinte Gesicht. Während Recha ihren Platz neben Hofer einnahm, hielt Miguel, der beim Erscheinen von Laura aufgestanden war, seine Tochter tröstend in den Armen.

„Tut mir leid, Papa, ich wollte dir nicht das Fest verderben, aber diese Ungerechtigkeit raubt mir den Schlaf. Ich verspreche Dir, ich werde mich zusammenreißen." Laura setzte sich wieder an ihren Platz und stocherte, die Umarmung ihres Mannes zärtlich abwehrend, in ihrem nicht mehr ganz so kalten Dessert.

Obwohl die Gespräche wieder an Intensität zunahmen und einige Flaschen Wein geleert wurden, kehrten die Leichtigkeit und freudige Stimmung, mit der sie von der Ostermesse zurückgekommen waren, nicht mehr in die Runde zurück.

In der Nacht, nachdem sich alle in ihre Zimmer zurückgezogen hatten, saßen Hofer und Miguel nicht mehr ganz nüchtern auf der Veranda vor einer Flasche Wein.

„Ich mache mir Sorgen um Laura, Sebastian. Um es genau zu sagen, habe ich höllische Angst, dass ihr und ihrer Familie etwas zustößt. Sie ist Rechtsanwältin. Bei ihrem ausgeprägten Gerechtigkeitsgefühl ist es nur eine Frage der Zeit, bis sie ernsthaft in Schwierigkeiten kommt." Miguel schniefte leicht und goss sich Wein nach. „Es ist diese verdammte Hilflosigkeit, die mich verrückt macht. Sie ist eine erwachsene Frau. Ich kann ihr doch nicht sagen, was sie zu tun hat."

Hofer schwieg. Zum einen, weil er nicht wusste, was er seinem Freund raten sollte, zum anderen, weil er spürte, dass Miguel gar keinen Rat erwartete, sondern einfach nur seine Sorgen aussprechen wollte.

„Sie überlegen, ins Ausland zu gehen, vielleicht nach Europa. Nach Spanien oder Frankreich." Er packte Hofer fest am Arm und schaute ihm in die Augen. „Mir würde es das Herz zerreißen, wenn sie so weit weggingen, Sebastian. Aber wenn ihnen etwas zustoßen würde, wäre das mein Ende. Glaubst du mir das?"

„Natürlich glaube ich dir das, mein Freund. Frankreich ist ein schönes Land und in Spanien gibt es sicher bald eine demokratische Regierung, nachdem Franco tot ist. Und wir könnten sie jedes Jahr besuchen."

„Vielleicht wäre es wirklich am besten, wenn sie nach Europa gingen."

Wie um sich selbst abzulenken, wechselte Miguel das Thema und kam auf seine Rinderfarm zu sprechen. Seitdem Ernesto mehr Verantwortung auf dem Weingut übernahm, verbrachte er zunehmend mehr Zeit auf der Farm. Aus einer Laune heraus schlug er Hofer vor, ihn in der übernächsten Woche zu einem mehrtägigen Ausflug auf seine Estanzia del Clara zu begleiten. Der Höhepunkt würde der Besuch eines großen bekannten Gaucho-Festivals in dem Städtchen sein, das in der Nähe seiner Farm lag. Seine Bemerkung, er hätte auch ein Pferd, auf dem er sich Hofer gut vorstellen könne, löste eher gedämpfte Begeisterung aus. Trotzdem sagte Hofer zu, allerdings nicht ohne Miguel das Versprechen abzunehmen, ihn ein paar Wochen später nach Europa zu begleiten. Hofer hatte vor, in der Nähe von Carpentras große Mengen Rebklone von Syrah und Cabernet Sauvignon zu kaufen und wollte Miguel auch seinen kleinen Weinberg in Deutschland zeigen. Von seiner Mutter erwähnte er kein Wort. Vor Jahren hatte er sich von Schuldgefühlen gequält, entschlossen, mit Miguel über seine Vergangenheit als Jean-François Mutzig zu reden, es aber dann doch nicht getan. Vielleicht wäre die Reise eine gute Möglichkeit, dieses Gespräch zu suchen, von dem er sich Erleichterung seines Gewissens versprach.

Am Nachmittag des Ostermontages, eine gute Stunde nachdem sich die Hofers am Ende eines langen und ausgiebigen Frühstücks herzlich von Miguel und seiner Familie verabschiedet hatten, trafen sie auf ihrem Weingut bei Mendoza ein. Während Hofer die Reisetaschen aus dem Kofferraum lud, hörte er José rufen.

„Papa! Da steht ein Geschenk auf unserem Verandatisch. Sieht aus wie Wein. Ist aber keine Karte dabei."

Verwundert schloss Hofer den Kofferraum und schleppte die beiden Taschen zu dem Tisch auf der Veranda. Wieso eigentlich war in dieser Familie immer er derjenige, der Koffer und Taschen schleppte?

Da das Geschenk nur ihm gelten konnte, war der Rest der Familie längst im Haus verschwunden. Er ließ sich auf einem Stuhl nieder und öffnete die Schleife, die um das mit Ostermotiven bedruckte Geschenkpapier geschlungen war. Nachdem er das Papier entfernt hatte, entpuppte sich das Paket tatsächlich als Weinpräsent, in dem drei Flaschen Vernatsch aus Tirol verpackt waren. Mit klopfendem Herzen öffnete er die beiliegende Karte und erkannte die Handschrift Kripps. Neben Osterwünschen für seine Familie bat der Geheimdienstoffizier dringend um ein Treffen in drei Tagen in einer kleinen Mapuche-Siedlung am westlichsten Rand der Provinz Neuquén, nicht ohne Hofer an den Gefallen zu erinnern, den er ihm doppelt schuldig sei.

Bei seiner Ankunft war Hofer etwas enttäuscht. Er hatte sich die Mapuche -Siedlung vorgestellt wie das Dorf, in dem vor fast genau dreißig Jahren eine Machi auf geheimnisvolle Weise seine Lungenentzündung geheilt hatte. Was er vorfand, war eine kleine Siedlung mit Steinhäusern, in dessen Hauptstraße sich neben verschiedenen Geschäften auch ein kleines Hotel, zwei Restaurants und eine Bar befanden. Gegen vier checkte er in dem Hotel ein. Mit dem Zimmerschlüssel wurde ihm eine Nachricht von Kripp übergeben mit dem Inhalt, dass dieser ihn am Abend gegen sieben im gegenüberliegenden Restaurant zu einem Geschäftsessen erwartete. Hofer nahm sich vor, es zu einem kurzen und für Kripp erfolglosen Treffen werden zu lassen. Nach einer ausgiebigen Dusche legte er sich zu einem verspäteten Mittagsschlaf auf das Bett und schlief sofort ein. Obwohl er sich mit Tennis und Bergwandern fit hielt, spürte er die sechsundfünfzig Jahre inzwischen ganz ordentlich. Dass er schneller müde wurde als früher, störte ihn am meisten.

Selbst wenn das Restaurant vollständig besetzt gewesen wäre, hätte er Kripp sofort erkannt. Dieses Gesicht, wenn auch durch Alter und lebensbedrohliches Übergewicht stark verfremdet, würde er überall erkennen. Unglaublicherweise war er noch dicker geworden. Ein runder Kopf mit spiegelblank gewienertem Schädel saß auf einem fett gewordenen Körper, der den ehemaligen SS-Offizier kleiner wirken ließ, als er war. Die krebsrote Gesichtsfarbe wies auf regelmäßigen Alkoholmissbrauch und krankhaft erhöhten Blutdruck hin. Den kühleren Temperaturen zum Trotz zeichneten sich Schweißflecken um Kripps Achselhöhlen ab. Das Jackett seines sandfarbenen Anzugs hing über dem Stuhl zu seiner Rechten. Erleichterung überflog das runde Gesicht, als er Hofer erkannte. Während er sich schwerfällig von seinem Stuhl erhob, um seinen ehemaligen Spitzel zu begrüßen, winkte er herrisch in Richtung der Bedienung.

„Guten Abend, Hofer. Es freut mich sehr, dass Sie sich die Zeit für mich nehmen. Ich habe die Speisekarte schon studiert und kann Ihnen eigentlich nur das Bife de Chorizo mit Kartoffeln und Salat oder den Locro, wenn Ihnen eher nach pikantem Eintopf ist, empfehlen. Zum Nachtisch würde ich …".

„Guten Abend, Kripp." Barsch fiel ihm Hofer ins Wort. „Ich nehme das Rumpsteak und ob ich gleich noch Appetit auf Nachtisch habe, werden wir ja sehen."

Hofer setzte sich Kripp gegenüber an den Tisch. Sein Blick schweifte durch den einfachen Gastraum. „Warum so bescheiden, Kripp? Das letzte Mal war es noch eine große

Limousine, die mich in ein herrschaftliches Haus brachte. Und heute ..., etwas ärmlich würde ich sagen."

„Jetzt kommen Sie mal runter vom hohen Ross, Hofer. Unsere letzten beiden Treffen kamen nur zustande, weil Sie mich um Hilfe gebeten haben. Wollen wir das bitte nicht vergessen." Deutlich war der Ärger in Kripps Gesicht zu lesen. Aber da war noch etwas anderes. „Dieses Mal brauche ich Ihre Hilfe".

Die Bedienung kam an ihren Tisch, und sie unterbrachen ihr Gespräch für die Bestellung. Zeit genug für Hofer, seinen Ärger runterzuschlucken und eine weitgehend interessierte Haltung einzunehmen.

„Sie haben recht. Erzählen Sie, was Sie auf dem Herzen haben."

Kripp berichtete ausführlich, nur kurz durch die Ankunft ihres Essens unterbrochen, über die politischen Entwicklungen im Land, speziell über die gravierenden Veränderungen in den letzten zwei Monaten. Hofers Blick blieb immer wieder an der Hand mit dem fehlenden kleinen Finger hängen, die ihn an die albtraumhafte Situation in der engen Schiffskabine erinnerte.

„Auch in Mendoza konnten wir die Ereignisse verfolgen, Kripp. Aber wieso haben ausgerechnet Sie ein Problem damit, einer Militärjunta zu dienen? Das müsste Ihre berufliche Expertise im Grunde doch eher aufwerten." Hofer schob seinen Teller auf die Seite und schenkte sich Wein nach.

„Der schlechte Witz ist der, dass die neuen Machthaber ein Problem mit mir haben. Alle Menschen, die an sensiblen Stellen der Regierung Peron gedient haben, sind den Herren Generälen suspekt. Ich muss mir neue Integrität und neues Vertrauen erarbeiten. Das ist mein Problem."

„Das kann ich gut nachvollziehen, aber wie in Gottes Namen kann Ihnen ein Weinbauer wie ich dabei helfen."

„Sie könnten mir Informationen liefern. Informationen, mit denen ich bei den neuen Machthabern punkten kann."

„Meinen Sie im Ernst, dass Sie Ihre neuen Herren mit Fachinformationen über Weinwirtschaft für sich einnehmen können?"

„Sie verstehen mich immer noch nicht, Hofer." Kripp rückte so nahe an den Tisch heran, wie es sein mächtiger Bauch zuließ. „Sie haben in die jüdische Gemeinde in Buenos Aires eingeheiratet und kennen einige der wichtigsten jüdischen Geschäftsleute dort. Als Schwiegersohn von José Silbermann genießen Sie deren Vertrauen. Keiner wird sich etwas dabei denken, wenn Sie öfter als in den vergangenen Jahren bei Ihren Schwiegereltern vorbeischauen. Ihr Schwiegervater ist ja geradezu vernarrt in seine Enkel. Verbinden Sie es mit einem Jahresabo im Teatro Colón. Eröffnen Sie einen Weinladen in Buenos Aires. Kommen Sie, irgendwas wird Ihnen schon einfallen."

„Sind Sie wahnsinnig, Kripp?" Hofer war blass geworden. Zornig rückte er seinen Stuhl nach hinten, bereit sofort aufzuspringen und zu gehen.

„Bleiben Sie sitzen, Hofer. Denken Sie bitte daran, dass ich Dinge über Sie weiß, die Ihr schönes Familienidyll sehr schnell zerstören könnten." Aus Kripps Stimme war jegliche Jovialität gewichen. „Sie wissen vielleicht, dass den Militärs der wirtschaftliche Einfluss der jüdischen Familien in Buenos Aires ein Dorn im Auge ist. Und gute Katholiken sind das sowieso alle."

Hofer zwang sich zur Ruhe. Angestrengt überlegte er, wie er dieser Erpressung entkommen konnte, die, wenn er sich auf sie einließe, todsicher sein Leben zerstören würde.

„Hinzu kommt, dass Sie über die Tochter Ihres Geschäftspartners hinreichend Verbindungen zu linken Kreisen in Buenos Aires haben, da Laura Quilapan Ihnen ihr Engagement, das damals zu ihrer Freilassung geführt hat, die wiederum ohne meine Kontakte nie zustande gekommen wäre, nie vergessen wird. Verstehen Sie mich jetzt, Hofer?" Kripp griff nach seinem Weinglas und lehnte sich zufrieden zurück.

„Sie wissen, dass ich das nicht machen kann, Kripp. Da könnte ich mich gleich erschießen."

„Sie haben keine Wahl, Hofer. Wenn Sie mir nicht helfen, gehen zwei Briefe raus. Einer geht an Ihre Frau, ein anderer an die französischen Behörden."

„Sie sind der Teufel selbst, Kripp." Hofer musste nicht groß überlegen, um zu wissen, dass es nur eine Möglichkeit gab, wie er sich dieses Problem ein für alle Mal vom Leib schaffen konnte. „In der nächsten Woche bin ich ein paar Tage auf einem Gaucho Festival in Maduriaga. Bis dahin will ich sehen, was ich Ihnen anbieten kann. Einen genauen Treffpunkt können wir telefonisch absprechen. Können Sie damit leben?"

„Wie Sie wollen, Hofer." Wieder dieses sardonische Lächeln. „Diese Arbeit kennen Sie doch noch von früher. Das verlernt man nicht."

„Sie werden entschuldigen, Kripp, wenn ich Sie jetzt allein lasse." Ruhig war er aufgestanden und schon halb um den Tisch, als Kripp ihn am Arm packte und ihn zu sich herunterzog.

„Kommen Sie nicht auf dumme Gedanken, Hofer. Ich lasse Sie nicht mehr aus den Augen. Ab sofort weiß ich, wann Sie zur Toilette gehen, wen Sie besuchen, mit wem Sie telefonieren und wann Sie mit Ihrer Frau schlafen." Hofer spürte feinen Speichelregen an seinem Ohr. „Sie kennen mich, Hofer. Ich bin gut in meiner Arbeit."

Nachdem Kripp seinen Arm freigegeben hatte, verließ Hofer grußlos den Tisch und bezahlte im Hinausgehen sein Essen und den Wein.

30

9. September 1982

Als Beck am Donnerstagmorgen kurz vor sieben aufwacht, spürt er dem Traum nach, der ihn seit vielen Jahren begleitet. Schon oft hat er überlegt, dass der ältere Mann auf der Steinmauer sein Vater sein könnte, mit dem Rest kann er nicht viel anfangen.

Im Bad kriecht ihm ein Grinsen übers Gesicht, als ihm der jammernde Kuttenträger einfällt.

Wenig später sitzt er bei einer dampfenden Schale Milchkaffee in seinem Wohnzimmer. Obwohl ihm sein Körper deutlich das Bedürfnis nach weiterer Ruhe signalisiert, ist sein Geist hellwach. Er muss so schnell wie möglich Löfflers Wand des Schreckens rekonstruieren. Hoffentlich liegen die Fotos schon auf seinem Schreibtisch, wenn er ins Büro kommt. Sein Gefühl sagt ihm, dass er noch einmal in Ruhe mit Frau Löffler sprechen sollte. Senta wird heute Morgen mit der Werkstatt sprechen, in der Löffler am Wochenende gearbeitet hat, und sich bei der Vereinigung der Verfolgten des Naziregimes - VVN in Ludwigshafen erkundigen, was Wolfgang Löffler von denen wollte. Dann wird sie versuchen, diesen Chako zu erreichen. Vielleicht ist Löffler einem Nazi so sehr auf die Füße getreten, dass der ihn vom Spielfeld haben wollte. Aber wieso mitten zwischen den Felsbrocken auf der Kalmit? Das ergibt überhaupt keinen Sinn. Zum gefühlt hundertsten Mal denkt er über Muster nach. Raubmord, ein zurückgewiesener Freier, ein psychopathischer Serienmörder, ein aus dem Ruder gelaufenes Eifersuchtsdrama, die Ausschaltung eines Miterben und, und, und. Es ist zum Verzweifeln. Alle Ideen scheitern an der Vita des Opfers, spätestens aber an dem außergewöhnlichen Tatort. Die Akten zu alten Fällen können sie vergessen. Er ist sich inzwischen absolut sicher, dass der Mord an Löffler in keine ihm bekannte Kategorie passt. Seine Erfahrung spricht zwar dagegen, aber vielleicht bringen die veröffentlichten Fotos einen Hinweis.

Dann ist da noch der Tote im Hochhaus. Die Regie über die Ermittlungen hat zwar das BKA übernommen, aber außer ihm und Marx weiß das niemand, und es ärgert ihn immer noch maßlos, in welchem Ton dieser Kirchner mit ihm geredet hat. Mal sehen, was Marx und Gauweiler zu berichten haben.

Es ist bereits Viertel vor acht, als er an der Theke der Bäckerei gegenüber wartet, bis ihm die stille Frau Ganninger zwei Brötchen belegt hat. Auf dem Weg zu seinem Wagen fühlt er trotz der kräfteraubenden Ereignisse der letzten sechsunddreißig Stunden fast so etwas wie Angriffslust. In der Seitentasche seines Sakkos steckt das Päckchen Schmerztabletten.

In seinem Büro setzt er zuerst seine Kaffeemaschine in Gang. Tatsächlich findet er die entwickelten Aufnahmen aus Löfflers Wohnung auf seinem Schreibtisch. Es ist halb neun, also hat er reichlich Zeit bis zur Besprechung, die er für zehn Uhr angesetzt hat. Zügig macht er sich daran, Löfflers Wand auf seiner eigenen abzubilden. Eine Stunde und vier Tassen Kaffee später sitzt er an seinem Schreibtisch und versucht in der Anordnung der Zettel und Blätter zu erkennen, was der ganze Aufwand soll. Frustriert stellt er fest, dass er einfach nicht schlau wird aus den ganzen Informationen. Sie belegen überzeugend, dass Löffler radikal gegen alte und neue Nazis aktiv war. Mehr aber auch nicht.

Er nimmt den Koffer, in dem sich noch die Papiere von Löfflers Arbeitsplatz befinden, von seinem Schreibtisch und legt ihn auf dem Boden ab. Zwei Fotokopien von Zeitungsartikeln über einen aus Südtirol stammenden erfolgreichen argentinischen Winzer namens Hofer fallen aus dem Rahmen. Eine der Kopien ist zehn Jahre alt und berichtet über Hofers Aufnahme in die Haardter Weinbruderschaft. Der zweite Artikel ist erst vor einer guten Woche erschienen und kündigt für den zwölften September die geplante feierliche Einführung Hofers in das Amt eines Ordensrates an. Am kommenden Sonntag, also in drei Tagen. Ist jetzt auch die

Weinbruderschaft eine verdeckte rechtsradikale Organisation? Er schüttelt den Kopf und legt die beiden Artikel auf seinen Schreibtisch. Bei der Durchsicht der anderen Papiere, die er nach der Struktur der Wand am Boden sortiert, stößt er auf ein altes Büchlein von der Größe eines Taschenbuches. Auf dem karminroten Einband deuten braune und schwarze Flecken darauf hin, dass dieses Buch vor langer Zeit die Bekanntschaft mit Feuer gemacht hat. Neugierig blättert er durch die Seiten. Die Datumsangaben weisen darauf hin, dass es Tagebuchaufzeichnungen aus dem Sommer und Herbst '44 sind. Trotz des für ihn schwer zu lesenden Sütterlin gelingt es ihm, die Widmung auf der ersten Seite zu entziffern: *Für meine über alles geliebte Franziska und unsere kleine Prinzessin Mireille, die Bewundernswerte. In ewiger Liebe Henri Steigleiter.* Darunter eine Adresse, an die das Büchlein geschickt werden soll, falls dem Verfasser etwas zustößt: *Franziska Löffler.* Sein Puls schießt hoch. Ist das die Verbindung, nach der sie suchen? Wie viele Franziska Löfflers, noch dazu in diesem Alter, wird es in Speyer geben? In dem Moment klopft es an der Tür. Beck sieht auf seine Uhr und unterdrückt einen Fluch. In wenigen Minuten beginnt die Dienstbesprechung und er ist nicht im Geringsten vorbereitet. Genervt schaut er zur Tür. „Ja!"

Marx kommt herein und schließt die Tür gleich wieder geheimnistuerisch hinter sich. Beck hat auf Senta gehofft, mit der er gerne seinen neuesten Fund besprochen hätte. Auch weil er sich unbedingt bei ihr entschuldigen will, was er am liebsten vor der Besprechung hinter sich gebracht hätte.

„Was gibt es denn so dringend, Marx? Wir müssen gleich rüber."

„Ich weiß, Herr Hauptkommissar, aber da ist etwas, das wollte ich vorher mit Ihnen besprechen. Es geht um den Toten im Hochhaus."

„Na dann raus damit! Wir müssen los."

„Ich bin gestern Nachmittag alle Mietverträge, die von der Wohnungsbaugesellschaft der Hochhäuser in den letzten sechs Monaten abgeschlossen wurden, durchgegangen und habe eine interessante Entdeckung gemacht."

„Jetzt machen Sie es nicht so spannend, Marx. Die Kollegen warten." Ungeduldig mustert Beck die fliederfarbene Leinenhose und das dunkelviolette Sakko über dem himmelblauen Designertrikot.

„Die Wohnung, in der wir den Toten gefunden haben, wurde im April von einem Pärchen um die Dreißig angemietet."

„Das bringt uns nicht wirklich weiter." Genervt mustert er Marx' angespanntes Gesicht. „Aber Sie haben doch noch was. Raus damit."

„Im April wurden im Nachbarhochhaus zwei weitere Wohnungen angemietet. Andere Namen, aber jedes Mal von einem Pärchen um die Dreißig." Zufrieden nimmt Marx den plötzlichen Anstieg an Aufmerksamkeit in Becks Gesicht wahr. „Das ist kein Zufall, Herr Hauptkommissar. Ich bin alle Vermietungen des vergangenen Jahres durchgegangen. Es gibt keine vergleichbare Koinzidenz von Vermietungen. Wenn der Staatsanwalt davon erfährt, wird er uns einen Maulkorb verpassen und die Information an den Staatsschutz weitergeben."

„Gute Arbeit, Marx. Wir besprechen das nachher mit Senta in meinem Büro. Aber jetzt los! Können Sie die heutige Besprechung leiten, Oberkommissar?"

Obwohl sich Beck darüber im Klaren ist, dass alle Anwesenden die genervte Ungeduld, mit der er die Fragen nach seinem Befinden beantwortet, als ungerecht und unfreundlich erleben müssen, kann er sich nicht beherrschen. Das rote Büchlein hat seine Gedanken fest im Griff. Unkonzentriert ergänzt er die von Marx moderierte Erörterung der aktuellen Entwicklungen und geht fahrig auf Fragen ein. Er merkt, wie Gauweiler einige Male beunruhigt zu ihm herüberschaut. Selbst Lefebvre ertappt er bei einem besorgten Blick. Was verdammt noch mal steht in diesem Tagebuch? Senta berichtet von ihrem Besuch in der Werkstatt, in der Löffler gearbeitet hat. Der Besitzer hatte ihr das ihnen schon bekannte Bild vom ruhigen, zielstrebigen jungen Mann beschrieben, auf den man sich zu hundert Prozent verlassen kann. Spannend wird es, als sie von dem Telefonat mit dem Vorsitzenden der VVN in Ludwigshafen erzählt. Wolfgang Löffler hat gezielt zu dem Schicksal zweier Brüder recherchiert, die in den Vierzigern auf Rheinschiffen gearbeitet haben. Der eine als Matrose, der andere als Bootsmann. Beide hatten sich einer Gruppe des Maquis des Vosges angeschlossen und waren im Herbst '44 in den Vogesen von deutschen Soldaten ermordet worden. Beck ist versucht, das rote Büchlein zu erwähnen, hält sich aber zurück. Erst muss er den Inhalt klären. Gauweilers Untersuchung von Löfflers Wohnung erbrachte keine weiteren Hinweise.

Eine Stunde später wird verabredet, die bisherige Aufgabenverteilung beizubehalten. Marx und eine Handvoll Beamte ermitteln zu dem Mord im Hochhaus, mit angezogener Handbremse und in zeitnaher Absprache mit dem Staatsschutz, wie Lefebvre ausdrücklich betont. Beck und Senta werden sich weiter um den Mord im Felsenmeer kümmern.

In der Geschäftigkeit des allgemeinen Aufbruchs gibt Beck Marx und Senta Zeichen, dass beide in seinem Büro auf ihn warten sollen. Bevor Gauweiler durch die Tür ist, packt ihn Beck am Arm und zieht ihn auf die Seite.

„Sag mal, Hans, kennst du jemand, der altdeutsche Schrift, Sütterlin oder so etwas lesen kann?"

Gauweiler sieht ihn verwundert an. „Ja, Helm. Ich kann das lesen. Warum interessiert dich neuerdings altdeutsch."

Beck zieht das Tagebuch Henri Steigleiters aus der Tasche seines Sakkos und hält es Gauweiler hin.

„Darin finden wir den Schlüssel zu dem Mord an Wolfgang Löffler. Kannst du bitte die Texte aus dem Tagebuch einem Kassettenrekorder vorlesen und mir das Band mitsamt dem Rekorder auf meinen Schreibtisch legen. Es sind nur kurze Texte, die in nicht viel mehr als drei Monaten entstanden sind. Es ist wichtig. Ich fahr jetzt mit Senta zu Frau Löffler. In einer guten Stunde bin ich zurück. Dann bräuchte ich das Band."

Er wartet Gauweilers Antwort erst gar nicht ab, sondern eilt ohne weitere Erklärung zu seinem Büro.

„Was schlagen Sie vor Marx?" Er schaut zu seiner Kommissarin. „Senta! Hallo! Bist du bei uns?"

Sie stehen vor Becks Schreibtisch. Senta hat Mühe, sich von der grauenhaften Zettelwand Löfflers zu lösen und sich auf das Gespräch zu konzentrieren.

„Schmitt und Klein observieren in Zivil die beiden Wohnungen. Tauchen unsere Verdächtigen in einer der Wohnungen auf, werden wir verständigt. Wir observieren weiter und greifen spät am Abend zu. Wir haben es mit höchstens zwei Zielpersonen zu tun, die nicht mit unserem Erscheinen rechnen. Wir sind zu fünft, was bedeutet, dass wir uns ausreichend sichern können. Schmitt und Klein bleiben unten und halten den Eingang im Auge. Wir gehen in die Wohnung, schnappen uns die beiden und es gibt weder in Ramstein noch in Heidelberg Tote."

„Wir haben es mit RAF-Leuten zu tun. Die zaudern nicht lang. Das haben sie bei vielen Attentaten und Überfällen gezeigt. Das …" Beck deutet zu dem Fahndungsplakat der fünfzehn Terroristen, unter deren Fotos groß und deutlich '**Vorsicht Schusswaffengebrauch!**' steht. „Das steht dort nicht, um Bürger zu beeindrucken."

Beck merkt, wie sein Stresslevel steigt. Jetzt ziehen sie nicht nur gegen Nazis, sondern auch gegen die Terroristen von der RAF ins Feld. Während es ihm gelingt, diesen Gedanken beiseitezuschieben, schaut er ernst zu Marx, dann zu Senta.

„Wenn wir das durchziehen, dann ist das brandgefährlich und wir handeln uns großen Ärger mit dem BKA und unseren Vorgesetzten ein. Ganz zu schweigen von der Staatsanwaltschaft. Ich will gar nicht daran denken, was passiert, wenn es schief geht. Selbst wenn wir ein Scheitern unbeschadet überstehen, ist das Gift für die Karriere. Also was meint ihr? Senta?"

„Ich weiß nicht, Chef. Die Leute von der RAF haben eine horrormäßig beeindruckende Todesliste. Wenn die sich bedroht fühlen, fackeln die nicht lange. Da wird sofort geschossen." Sie schaut von Beck zu Marx. „Wir haben keine Ahnung, was uns in der Wohnung erwartet, Charlie."

„Sollen wir die Sache dem BKA überlassen? Einen toten Kollegen haben die bereits auf dem Gewissen. Wenn es uns nicht geheuer ist, können wir immer noch die Kollegen vom Staatsschutz informieren."

Für einen Augenblick schaut Senta skeptisch zu Marx, dann steht ihr Entschluss fest. „Also gut, wenn Charlie denkt, dass das geht. Sie besorgen uns drei von den neuen Schusswesten, Chef. Und wir lassen uns Zeit mit der Observierung. Und wenn nicht klar zu erkennen ist, wer oder was uns in der Wohnung erwartet, bleiben wir draußen."

Beck nickt erleichtert. Ohne Senta hätte er es nicht durchgezogen. Und sie nennt ihn wieder Chef.

„Wie kommen wir in die Wohnung?"

„Ich habe einen Generalschlüssel für alle Wohnungen, Herr Hauptkommissar."

„Das können Sie vergessen Marx. Wenn die wirklich noch da sind, dann sind die Schlösser todsicher ausgetauscht."

„Dann gehen wir als Handwerker rein. Dringender Notfall wegen eines Wasserrohrbruchs in der darüberliegenden Wohnung. Misstrauisch sind die sowieso. Aber das Risiko, dass wegen drohender Überflutung die Tür aufgebrochen wird, werden die nicht eingehen."

Beck wägt kurz Risiko und Chancen ab. „In Ordnung. Wir gehen als Handwerker rein. Marx, Sie besorgen uns drei Blaumänner und zwei Werkzeugkisten. Unsere Größen gebraucht und benutzt. Wir fangen eine Stunde vorher in den Wohnungen über den Zielpersonen an, nach einem Wasserrohrbruch zu suchen. Dann gehen wir nacheinander in zwei Wohnungen neben der Zielwohnung. Erst dann klingeln wir bei dem

Terroristenpärchen. Ich gehe vor, hinter mir Senta, Marx macht den Schluss. Und wir brauchen einen echten Installateurwagen."

„Könnte klappen, Chef. Aber mit welcher Begründung nehmen wir sie fest?"

„Das muss klappen, Senta. Es liegen ausreichende Verdachtsmomente vor, und mit etwas Glück haben sie noch die Waffe, mit der der BKA-Mann erschossen wurde. Darüber hinaus können wir davon ausgehen, dass gegen die beiden sowieso schon Haftbefehle vorliegen, zumindest wegen der Zugehörigkeit zu einer terroristischen Vereinigung." Er sieht Marx an. „Marx, können Sie sich um unsere Tarnung kümmern? Ich instruiere gleich Schmitt und Klein. Die sind bestimmt noch im Haus. Wir treffen uns heute Abend um neun vor St. Konrad, ein paar Straßen weg von den Hochhäusern. Wir verkleiden uns und fahren gemeinsam zu den Hochhäusern. Wenn das Pärchen bis zwölf nicht aufgetaucht ist, brechen wir ab. Bis dahin kein Wort zu niemandem! Schmitt und Klein müssen nicht alles wissen."

„Die Tarnung ist kein Problem. Ein Tenniskumpel von mir hat einen Betrieb für Sanitär- und Heizungstechnik. Von dem bekommen wir gebrauchte Arbeitskleidung, verbeulte Werkzeugkästen und bestimmt auch den Firmenwagen."

Als Marx draußen ist, macht Beck einen Schritt zu Senta, die wieder gebannt vor der Zettelwand steht.

„Senta."

„Ja, Herr Hauptkommissar?"

„Schön, dass du wieder Chef zu mir sagst."

„So? Mach ich das, ..." sie zögert einen Moment, „... Herr Hauptkommissar?"

„Ich habe mich gestern im Ton vergriffen. Und zwar deutlich. Es tut mir leid. War nicht so gemeint. Diese ganze Nazischeiße und die vielen Toten gehen mir ganz schön an die Nerven."

Senta schaut gequält, dann lächelt sie. „Das war oberuncool, Chef. Mehr als grenzwertig. Aber jeder hat einen schlechten Tag. Schwamm drüber."

Auf dem Weg zur Tür bleibt sie stehen, als ob ihr etwas Wichtiges eingefallen wäre. Während sie sich umdreht, fängt sie an, in ihrer Lederjacke zu wühlen und zieht eine bunt beschriftete Kassette hervor. „Sie wollten doch immer mal in die Mucke reinhören, die unsereins so hört. Ich habe Ihnen mal ein paar Sachen aufgenommen. Rückmeldung wär schön, aber nur, wenn es Ihnen gefällt. Bei Gelegenheit. Wollte ich Ihnen schon gestern geben. Aber dann hatte ich irgendwie keinen Bock mehr."

Beck versucht für einen Moment verlegen, die handschriftlich vermerkten Bands und Titel zu entziffern, dann schiebt er die Kassette grinsend in eine Tasche seines Sakkos.

„Danke, Senta. Kannst auch gleich hierbleiben. Wir fahren zu Frau Löffler. Ich glaube, die alte Dame kann uns mehr unterstützen, als sie ahnt."

Kaum hat Senta den Finger von dem Klingelknopf genommen, summt der Türöffner. Als sie die Treppe hochkommen, steht Frau Löffler vor der offenen Wohnungstür. In der dunklen Trauerkleidung wirkt sie wieder ein wenig kleiner und zerbrechlicher.

„Gibt es etwas Neues, Herr Beck?"

„Ich bin mir nicht sicher, Frau Löffler, aber wahrscheinlich können Sie die Frage besser beantworten als wir."

Während sie die beiden in ihr Wohnzimmer führt, wechselt ihr Blick angespannt von Beck zu Senta. „Ich werde alles tun, um Ihnen zu helfen, Herr Beck, das wissen Sie. Was wollen Sie wissen?"

Während Beck und Senta sich setzen, bleibt sie stehen. „Kaffee?"

„Heute nicht, Frau Löffler. Wir müssen so schnell wie möglich los."

„Dann fragen Sie."

„Wir haben in Wolfgangs Wohnung ein angesengtes kleines rotes Tagebuch gefunden. Erzählen Sie uns von Henri."

Das Gesicht von Frau Löffler verdunkelt sich. Sie setzt sich in ihren Sessel. „Ich habe zwar keine Ahnung, was diese alte Geschichte mit Wolfgangs Tod zu tun haben könnte, aber ich erzähle Ihnen gerne von Henri, dem zornigen Träumer."

Kurz vor eins sitzen sie in Becks Büro, tief berührt von Frau Löfflers Erzählung und den Schilderungen aus Henri Steigleiters Tagebuch. Aus dem kleinen Kassettenrekorder klang Gauweilers Stimme seelenlos blechern. Beck sitzt konzentriert hinter seinem Schreibtisch. Die linke Wange auf der mit dem Ellbogen abgestützten Faust geht er die Notizen durch, die er sich gemacht hat. Senta schaut zu der Zettelwand mit Löfflers Recherchen und kippelt auf dem Stuhl vor dem Schreibtisch. Sie kauen still auf Pizzen herum, die sie sich auf dem Rückweg von Frau Löffler mitgenommen haben. Die Aufzeichnungen von Löfflers Großvater in Verbindung mit der Erzählung von Frau Löffler und der rekonstruierten Zettel-Wand aus Löfflers Wohnung geben der Gedankenwelt des Neffen eine klare Richtung.

„Also, Senta, was denkst du? War unser Toter auf einem Kreuzzug gegen alte Nazis? Das alles deutet darauf hin."

Beck macht eine Geste zu der Zettelwand.

„Viel mehr Sinn würde es machen, wenn er es auf einen ganz bestimmten Alt-Nazi abgesehen hätte. Ein privater Rachefeldzug sozusagen." Senta dreht sich zur Zettelwand. „Aber so auf Anhieb ... Schwer zu sagen."

Beck klappt den Karton der halb aufgegessenen Pizza zu. Er nimmt die Kassette aus dem Gerät und deponiert sie in der unteren Schublade seines Schreibtischs.

Senta räuspert sich. „Das stärkste Rachemotiv gäbe der Offizier her, der den Befehl gab, das Haus in Brand zu stecken, in dem sich die beiden auf der Flucht versteckt haben. Der wird ja auch für ihren Tod verantwortlich sein." Sentas Blick ist auf die vielen Informationen an der Wand gerichtet. „Ist

Ihnen bei dem Durchgehen der ganzen Blätter nichts aufgefallen? Irgendein Muster? Eine bestimmte Person? "

„Nein. Da klingelt nichts bei mir. Aber als ich die ganzen Informationen an die Wand geklebt und hier", er wies auf die Papierstapel auf dem Boden, „sortiert habe, wusste ich auch noch nichts von Henri und Hugo."

„In den letzten beiden Wochen vor dem vernichtenden Angriff der Deutschen auf das Maquis-Lager schreibt Henri mehrmals von einem Pfarrer. Den Brüdern und einigen anderen kam das seltsam vor, dass der Pfaffe aus dem Nichts auftauchte und sofort das Vertrauen ihres Kommandeurs hatte. Sie schienen ihm nicht zu trauen." Senta schaut zu Beck, dessen Blick an ihr vorbei ins Leere geht. Sie ist sich nicht sicher, ob er ihre Überlegungen gehört hat. „Chef! Alles in Ordnung?"

Beck schaut sie mit hochgezogenen Augenbrauen und ernstem Blick an. „Senta. Du kannst den Kollegen Bescheid geben, dass sie die Akten zurückschicken können. Das bringt dir bei den Jungs bestimmt ein paar Sympathiepunkte. Die anderen Telex-Anfragen kannst du ebenfalls abblasen. Beschäftige dich bitte in aller Ruhe mit den Unterlagen hier an der Wand. Vor allem auch mit denen hier auf dem Boden. Das scheinen die letzten Rechercheergebnisse zu sein, bei denen Löffler noch nicht dazugekommen war, sie an seiner Wand einzuordnen. Ich bin mir sicher, dass hier irgendwo der entscheidende Hinweis auf den Unbekannten vor dem Kalmithaus zu finden ist. Lass dir ruhig den ganzen Nachmittag Zeit. Am Abend fährst du nach Speyer und achtest ein wenig darauf, dass unsere beiden Kollegen ihren Job gut erledigen. Marx wird mit der Auswertung der laufenden Befragungen und dem Organisieren unserer Tarnung genug zu tun haben."

„Was ist mit Ihnen, Chef?"

„Ich mache eine kleine Spritztour ins Elsass, Senta."

Kaum hat Senta sein Büro verlassen, wählt er eine Straßburger Nummer. Vielleicht hat er Glück. Vor Jahren war er für ein paar Tage auf eine Konferenz in Straßburg eingeladen, die sich mit der Verbesserung der deutsch-französischen Zusammenarbeit bei polizeilichen Ermittlungen beschäftigte, insbesondere in grenznahen Bereichen. Eine von vielen Konferenzen in Folge der Unterzeichnung des Élysée-Vertrages. Dort hat er einen französischen Kollegen kennengelernt, mit dem ihn seitdem eine tiefe Freundschaft verbindet. Ein gutes Jahr haben Patrick Muller und er sich oft besucht. Gemeinsam erlebten sie in Straßburg Pink Floyd's dunkle Seite des Mondes und bestaunten wenig später in Mannheim die unerschöpfliche Kreativität von Miles Davis, der sich und den Jazz alle paar Jahre neu zu erfinden scheint. Als Patrick vor gut zwei Jahren die kluge Weinkönigin seines Heimatdorfes heiratete und wenige Monate später seinen ersten Sohn taufte, wurden die Abstände zwischen ihren Treffen größer.

Entsprechend erfreut klingt Patricks Stimme, als er erkennt, wer ihn da anruft. Über ein halbes Jahr ist es her, seit Beck diesen elsässischen Landmenschen, den er sich immer noch schwer in der Großstadt Straßburg vorstellen kann, zuletzt gesehen hat. Aber schon nach dem ersten Wortwechsel ist es so, als hätten sie erst gestern ein paar Flaschen Wein zusammen geleert. Patrick versteht nach wenigen Sätzen, um was es Beck geht und warum es notwendig ist, sich trotz der Entfernung persönlich zu treffen.

„J'ai compris. D'accord. Komm vorbei! Ich bin bestimmt bis achtzehn Uhr in meinem Büro. Die Adresse kennst du ja. Ich werde inzwischen ein paar Leute anrufen. Nur schade, dass du gleich wieder zurückmusst. Aber dieses Mal entkommst du mir nicht, ohne dass wir uns verabreden. Du musst endlich meine Familie kennenlernen. Ich freue mich."

Im Stil eines Walter Röhrl rast er eine knappe Stunde später auf der B9 durch den Bienwald Richtung Lauterbourg, wo ihn Uniformierte gelangweilt über die Grenze winken. Obwohl er sich auf der französischen Landstraße weitestgehend an die Geschwindigkeitsbeschränkungen hält, passiert er kurz nach drei das Ortsschild von Straßburg. In Gedanken weit weg von der Idee, dass er gerade die mittelalterlichen kaiserlich-römischen Hauptstraßen als Rennstrecke missbraucht hat, war er während der ganzen Fahrt gedanklich immer wieder den Inhalt von Steigleiters Tagebuch durchgegangen. Wo ist der Zusammenhang zwischen den Morden an Wolfgang Löffler und fast genau achtunddreißig Jahren zuvor an dessen Großvater? Es muss einen Zusammenhang geben. Irgendwann im Spätsommer '44 hat sich in den Wäldern um das Rabodeau-Tal ein Mensch am Verrat Hunderter Widerstandskämpfer schuldig gemacht, darunter eben Henri und Hugo. Und Wolfgang Löffler hat dessen Identität herausgefunden. Das ist der einzig vorstellbare Zusammenhang. Wenn es ihm gelingen würde, diesen Zusammenhang zu beweisen, fände sich bestimmt auch eine Erklärung für den ungewöhnlichen Tatort.

Auf dem Gelände des großen Gebäudekomplexes mit der für Deutsche missverständlichen Bezeichnung Hôtel de Police findet er ohne Probleme einen Parkplatz. Ein Uniformierter wartet am Haupteingang auf ihn und führte ihn durch das weitläufige Gebäude in das Büro seines Freundes.

Gerade nimmt er einen Schluck von dem Kaffee, den ihm der Polizist besorgt hat, da fliegt die Tür auf und ein kräftiger, hochgewachsener Mann in dunkelblauer Uniform stürmt herein. Er kann gerade noch den Becher auf dem Schreibtisch abstellen, bevor ihn starke Arme vom Stuhl hochziehen. Sein französischer Freund drückt ihn so kräftig an sich, dass er etwas außer Atem kommt. Die Hände an den Schultern des Gegenübers stehen sie sich einen Moment lächelnd gegenüber.

„Salut Patrick! Ça va? Schaust gut aus in deiner Uniform."

„Salut Helm! Ça va bien. Und dir? Das ist ja eine Freude, dich zu sehen. Ich komme gerade von einer Besprechung, deshalb die Uniform."

Beck freut sich riesig, den Freund wiederzusehen, und kann überhaupt nicht verstehen, wieso sie sich so lange nicht getroffen haben. „Mir geht es gut. Bin auch nach Jahren immer noch frisch verliebt und weil die Menschen eben sind, wie sie sind, geht uns auch in der Pfalz die Arbeit nicht aus. Et comment vas-tu? »

„Mir geht es genauso. Angelie wird immer hübscher und Merle und Sebastien machen mich jeden Tag stolzer. Ich weiß gar nicht, in wen ich mehr vernarrt bin. Du musst unbedingt mal ein Wochenende zu uns kommen. Und natürlich bringst du Nini mit. Und Hanna natürlich auch. "

„Wird es euch nicht zu eng in Andlau?"

„Was soll ich in der Großstadt, Helm? Du kennst mich doch. Im Herzen bin ich ein Winzer. Da nehme ich die vielen Kilometer jeden Tag gerne in Kauf."

„Du wirst es nicht glauben, aber ich bin seit letztem Jahr stolzer Besitzer eines kleinen Weinbergs und werde in den nächsten Wochen meinen ersten Wein keltern."

„Na das ist ja mal eine Geschichte. Das musst du mir genauer erzählen."

Patrick ist mit zwei schnellen Schritten bei dem doppeltürigen Schrank neben der Tür. Während er sich zügig der Uniform entledigt, die er sorgfältig über einen Bügel hängt, fragt er über die Schulter. „Wie lange hast du Zeit?"

„Ich muss um acht in Speyer sein, spätestens halb neun. Also haben wir fast drei Stunden, wenn die dich hier solange entbehren können."

Patrick Muller stopft sein weißes Hemd in die dunkelgraue Stoffhose und bindet seine Schuhe. „Abteilungsleiter sein hat auch seine Vorteile. Komm, wir gehen eine Kleinigkeit essen. In der Altstadt kenne ich ein kleines Restaurant mit durchgehend geöffneter Küche. Das Chez Tanneurs. Sehr touristisch, aber gute Küche zu akzeptablen Preisen. J'ai faim comme un loup!"

Beck trinkt seinen Kaffe aus. „Jetzt, wo du es sagst. Zwei Brötchen zum Frühstück, sonst habe ich heute nichts gegessen."

Patrick zieht das Jackett über und schiebt Beck auf den Flur, auf dem es zugeht wie auf einer Ameisenstraße in der Frühlingssonne.

Der Streifenwagen setzt sie am Place St. Thomas ab. Plaudernd schlendern sie zum alten Gerberviertel. Beck lässt Patrick ausreichend Zeit, um von den Segnungen des Familienlebens und dem Glück, das ihm durch seine Frau und die beiden Kinder geschenkt ist, zu schwärmen. Als er hinter Patrick in die Weinstube tritt, steigen ihm die kräftigen Aromen der elsässischen Küche in die Nase. Während des Essens bringt er seinen Freund auf den neuesten Stand seines überschaubaren Privatlebens. Nachdem sie den obligatorischen kleinen Schwarzen bestellt haben, wird Patrick ernst.

„So, mein Freund, kommen wir zum Beruflichen. Am Telefon hast du ja schon einige Andeutungen gemacht. Was genau führt Dich hierher?"

„Allein dich zu sehen und dieses Essen hier wären Grund genug gewesen, Patrick. Aber es geht leider um einen verzwickten Mord, bei dem wir nicht weiterkommen." Er wartet einen Moment, bis der Kellner die beiden Kaffees abgestellt hat. „Ich habe eine übel zugerichtete Leiche. Ein zwanzig Jahre alter Student, der in seiner Freizeit Jagd auf alte Nazis machte. Wir haben allen Grund zur Annahme, dass es eine Verbindung zu zwei Deutschen gibt, die sich in den letzten Kriegsjahren der Résistance angeschlossen haben und in den Wäldern um das Rabodeau-Tal von den Deutschen umgebracht wurden. Einer davon war der Großvater des Toten."

Beck gibt Patrick einen kurzen Überblick über ihren Ermittlungsstand und erläutert seine Hypothese. Sein Freund nippt vorsichtig an seinem zweiten kleinen Schwarzen, in den er Unmengen Zucker geschüttet hat. „Ich habe mich erkundigt, Helm. Es gibt eine Stelle der Police nationale, die sich mit verschwundenen Franzosen beschäftigt, die unter dem

Verdacht stehen, in der Zeit der Besatzung mit den Deutschen kollaboriert zu haben. Allerdings muss ich dir auch sagen, dass diese Nachforschungen nie mit großem Elan betrieben wurden. Ihr Sitz ist noch dazu in Paris."

Beck kann nur schwer seine Enttäuschung verbergen und nippt lustlos an der kleinen Kaffeetasse.

„Moment, Helm, nicht so schnell. In Colmar gibt es einen Capitaine de Police, Georges Pompidou, der die Aufklärung von Kollaboration in der Region Elsass/Lothringen seit vielen Jahren mit hohem persönlichen Engagement betreibt. Ein Grund dafür, warum es mit seiner Karriere nicht ganz so weitergegangen ist, wie er es sich gewünscht und wie manche es ihm in jungen Jahren prophezeit haben. Ich konnte ihn nicht erreichen, da er für ein paar Tage im Jura zum Wandern ist."

Beck richtet sich gespannt auf. „Wie kann ich mit Pompidou Kontakt aufnehmen?"

„Er ist heute Abend zurück. Ich werde ihm eine Nachricht hinterlassen. Wenn das stimmt, was ich von ihm gehört habe, kannst du davon ausgehen, dass er sich morgen bei dir meldet. Gib mir ein paar Telefonnummern, unter denen du morgen zu erreichen bist." Patrick schaut auf die Uhr. „Warum bleibst du nicht über Nacht. Meine Frau ist nicht nur hübsch und klug, sie kann auch wunderbar kochen, und mein Weinkeller wird dir sehr gefallen. Morgen früh gibt es ein richtiges Frühstück, und in einer knappen Stunde bist du in Colmar bei Pompidou."

„Das klingt alles sehr verlockend Patrick, und ich verspreche Dir, dass ich Euch mit Nini in allernächster Zeit besuchen werde, aber heute geht das nicht, ich muss spätestens um halb neun zurück sein."

Während Beck seine privaten Telefonnummern in Speyer und Lisweiler und die seines Büros aufschreibt, mustert ihn Patrick amüsiert. „Wieso hast du eigentlich diese bescheuerte Kappe auf? Complètement stupide."

„Kopfverletzung, mein Freund. Das erzähle ich dir das nächste Mal. Ich muss jetzt los."

Nachdem sie gezahlt haben, verlassen sie das Lokal und schlendern die Rue des Moulins am Wasser der Ill vorbei in Richtung des Kirchturms von St.-Thomas. Zurück in der Rue de l'Hôpital verabschieden sich beide herzlich voneinander. Beck schafft es trotz Feierabendverkehr schnell aus der Stadt herauszukommen. Es ist kurz vor sechs, und er muss noch bei seinem Häuschen vorbei, um seine Dienstwaffe zu holen.

31

April 1976

Hofer saß einen halben Tagesritt von der Estanzia del Clara entfernt an einem großen Lagerfeuer, in dem die Äste knackten und in unregelmäßigen Abständen Funkenschwärme in den sternenübersäten Himmel schickten. Beständig wehten das Muhen und Brüllen der Tiere herüber. Während die anderen Männer ihre Pferde versorgten, hatten sich die beiden Freunde mit ausreichend heißem Kaffee und einem mit dampfendem Locro gefüllten Blechnapf am Feuer niedergelassen. Um sie herum waren gedämpfte Gespräche und das leise Klappern von Zaumzeug und Essgeschirr zu hören, immer wieder mal übertönt von fröhlichem Gelächter. Das große Feuer, an dem eine Runde von zwanzig Männern Platz fand, diente nicht allein der abendlichen Zusammenkunft. Der Herbst brachte schon kühlere Temperaturen in die Pampas. Während der anstrengenden Arbeit am Tage war das sehr willkommen. Sobald aber die wärmende Sonne hinter dem Horizont verschwunden war, zogen sich die Männer nach und nach ihre Jacken über. Dass Hofer sich fröstelnd zusätzlich in eine Decke hüllte, hatte allerdings nicht nur mit den kühlen Abendtemperaturen zu tun. Nur von einer Pause am Mittag unterbrochen, hatten die Männer den ganzen Tag im Sattel zugebracht. Immer wieder waren Jungtiere von der

Herde zu trennen und zu markieren oder verstreute Rinder aufzuspüren und zurückzutreiben. Zu müde, um Gespräche zu führen, löffelten die beiden Freunde still ihren Eintopf, bis Miguel das Schweigen brach.

„Warum willst du am Samstagabend unbedingt allein nach Maduriaga reiten, mein Freund?"

„Von Reiten habe ich nichts gesagt, Miguel." Hofers Versuch, sich zu strecken, endete in lautem Ächzen und Stöhnen.

Miguel musste lächeln, wurde aber sofort wieder ernst. „Du kannst den Jeep ja haben. Es interessiert mich nur, warum du unbedingt alleine dahin willst. Samstagabend ist dort der Teufel los. Es werden bestimmt fünfzigtausend und mehr Menschen da sein. Alleine macht das keinen Spaß."

„Wir sind doch Freitagabend zusammen dort, Miguel. Samstag habe ich mich mit einem potenziellen Geschäftspartner verabredet, der seinen Kontakt zu uns zum jetzigen Zeitpunkt noch nicht hinausposaunen möchte. Jetzt mach doch kein Drama draus! Du benimmst dich ja wie ein eifersüchtiges Eheweib."

Miguel musterte seinen Freund mit nachdenklichem Ernst. „Ein seltsamer Treffpunkt für ein geschäftliches Gespräch. Na ja. Du und deine Geschäftspartner."

„Unsere Geschäftspartner Miguel. Unsere." Die Korrektur kam leise und kraftlos.

„Und Montag willst du wirklich schon zurück, Sebastian?"

„Wir beide müssen zurück, Miguel. Wir haben nämlich Flugtickets für Paris, falls du dich erinnern kannst. Mittwochvormittag müssen wir in Buenos Aires sein." Anzeichen von Verzweiflung und Resignation mischten sich in die erschöpfte Stimme Hofers. Nach und nach kamen die Männer zum Feuer und ließen sich im Kreis nieder. Weinflaschen kreisten, und auf einmal saßen auch drei mit Pumphosen, Sombrero und buntem Halstuch ausstaffierte, frisch manikürte Musiker in der Runde, die mit Gitarren und Bandoneon romantische Balladen über das abenteuerliche Leben der Gauchos vortrugen.

„Sag mal, Miguel. Die drei Sänger dort drüben, wo kommen die denn plötzlich her?"

Miguel grinste breit über das ganze Gesicht. „Was für eine Frage, Sebastian. Das sind Gauchos. Gauchos kommen von irgendwo her. Das gehört zu ihrem Image."

„Ich meine, wo kommen die jetzt her? Die waren doch nicht mit bei …?" Hofer brach mitten im Satz ab, als ihm Miguels breiter werdendes Grinsen vermittelte, wie unsinnig er mit solchen Fragen seine Energie verschwendete.

Er begutachtete den Verband an seiner rechten Hand, das Ergebnis einer unvorsichtigen Annäherung an ein Gürteltier.

Samstagabend würde er Kripp treffen und endgültig alle Verbindungen zu seiner Vergangenheit kappen. Er würde sich von keiner Bedrohung mehr beeindrucken lassen. Bevor sie zu dem Camp hier draußen gefahren waren, hatten sie ein paar Stunden in Maduriaga verbracht. Während Miguel und zwei seiner Männer mit verschiedenen Einkäufen beschäftigt waren, hatte er das Gelände um das Rodeo Stadion erkundet und sich einen Plan zurechtgelegt. Er war abends um zehn mit Kripp an dem riesigen Asado-Stand verabredet, der laut Miguel traditionsgemäß am stadtwärts gelegenen Ende des Gauchomarktes in der Nähe des Rathauses seine Grillspezialitäten anbot. Dort würde er Kripp unauffällig eine Information zustecken, die ihn um halb elf pünktlich zum Beginn des großen Feuerwerks zu einer kleinen Stallung mit Koppel bestellte. So war es verabredet. Auf dem Weg dahin wollte er ihn beschatten, um herauszufinden, ob dieser allein gekommen war. Er hoffte nur, dass sich sein Körper in den nächsten drei Tagen soweit erholte, dass er ihm wieder verlässlich zur Verfügung stand.

Miguel packte ihn freundschaftlich an der Schulter. „Sebastian! Bist du schon wieder eingeschlafen. Komm, trink doch einen Schluck Wein mit uns. Ich habe extra ein paar Flaschen von deinem Malbec mitgenommen."

Am Samstag fühlte sich Hofer gut erholt und der Aufgabe gewachsen, die er sich selbst gestellt hat. Zwei Nächte in einem richtigen Bett, dazu die wunderwirkende Salbe der Machi aus dem Dorf von Miguels Haushälterin, hatten ihn wieder hergestellt.

Gegen halb neun fand er glücklich einen Parkplatz nur wenige Minuten vom Stall entfernt, den er Kripp als Treffpunkt nennen würde. Es waren deutlich mehr Menschen unterwegs als am Abend zuvor, als er Miguel mit zwei Männern beim Einkauf von Lebensmitteln für das Lager begleitet hatte. Immer wieder wurde er von der aufgeputschten, gut gelaunten Menschenmenge, die zwischen den Buden des Gauchomarktes und dem Stadion wie eine brodelnde Masse hin und her schwappte, abgedrängt oder zum Stillstand gezwungen. An allen Ecken spielten Musikkapellen, deren Melodien von der Menge mit lautem Gesang aufgegriffen wurden. Überall waren das Gekläffe kleiner Feuerwerke und die Explosionen größerer Feuerwerkskörper zu hören. Trotz des ohrenbetäubenden Lärms, der in den Straßen herrschte, war die Stimme des Stadionsprechers gut zu verstehen. Man musste aufpassen, dass man nicht in die überall verstreuten Pferdeäpfel trat, die von der mittäglichen Parade stammten, bei der sich die Gauchos in ihrer prächtigsten Aufmachung auf geschmückten Pferden präsentiert hatten. Um sich nicht zu sehr von den Einheimischen abzuheben, trug Hofer einen fein gewebten dunkelbraunen Poncho, der ihm zwar weit über die Hüften reichte, seinen Armen aber genügend Bewegungsspielraum ließ. Ein breitkrempiger Hut verdeckte seine hellen Haare und beschattete sein Gesicht. Obwohl die Sonne schon eine ganze Weile hinter den fernen Bergen verschwunden war, hatte man nicht wirklich den Eindruck von dunkler Nacht. Über dem Städtchen wölbte sich ein wolkenloser Sternenhimmel, an dessen südlichem Horizont ein beeindruckend großer, vollständig gefüllter Mond leuchtete. Die Flutlichtanlage des Stadions strahlte bis zum Gauchomarkt. Jedes Haus, Gatter oder Bäumchen des Ortes war mit bunten Lichterketten geschmückt.

Endlich erkannte er den riesigen Grill vor der Leuchtreklame einer kleinen Bodega. Langsam ließ er sich von der johlenden Menge daran vorbei treiben. Keine auffälligen Männer, kein Kripp. Der hatte das Umfeld ihres Treffens längst auskundschaftet, da war er sich absolut sicher. Wahrscheinlich wurde er beobachtet, obwohl ihm das unmöglich schien, angesichts der Menschenmenge, die um ihn waberte. Aber er hatte es mit Spezialisten zu tun, für die die Observation und das Ausspionieren von Menschen tägliches Geschäft ist. Das durfte er nicht vergessen, wenn er diesen Abend überleben wollte.

Unter kräftigem Einsatz seines ganzen Körpers kämpfte er sich wie ein Schwimmer gegen schwere Strömung an den Straßenrand zu der kleinen Bodega hinter dem Grillstand zurück. Von einer mitleidig schauenden Kellnerin kaufte er eine dieser zuckersüßen gelben Limonaden. Mit dem Rücken an die Schaufensterscheibe der Bodega gelehnt, stand er außerhalb der kräftigsten Bewegungen der Menge und konnte das Treiben am Grillstand und in dessen Umgebung beobachten. Es war kurz vor zehn, und nirgends war die massige Gestalt Kripps zu sehen.

Auf einmal stand er da. Wie aus dem Boden geschossen. Im weiten cremefarbenen Anzug mit weißem Stetson auf dem kahlen Schädel stand Kripp keine drei Armlängen von ihm entfernt neben dem Grill und verspeiste, etwas nach vorne gebeugt, lustvoll ein daumendickes Steak, das zusammen mit gegrilltem Gemüse in aufgeschnittenen Brotfladen verkauft wurde. Ohne ihn ernsthaft zu berühren, teilte sich der Menschenstrom vor ihm wie Wasser an einem Felsen im Fluss. Trotz aufmerksamer Beobachtung hatte Hofer ihn nicht kommen sehen. Es waren keine fünf Minuten vergangen, seitdem er seinen Beobachtungsposten eingenommen hatte. Unwillkürlich tastete er unter dem Poncho nach seiner Pistole, die er in einem Halfter unter dem linken Arm trug. Ein weiteres Magazin mit fünfzehn Patronen befand sich in einem Spezialhalfter an seinem Gürtel. Er nippte an seiner

Limonade. Aufmerksam beobachtete er die Menschenmenge um ihn herum. Nichts Auffälliges, keine Gestalt, deren Aufmerksamkeit auf Kripp oder ihn gerichtet war.

Punkt zehn stellte er das Glas auf einem Mauervorsprung ab und nutzte eine kurze Auflockerung in der Menge, um mit zwei Schritten hinter Kripp zu kommen. Unauffällig schob er ihm wie verabredet die Nachricht in die linke Tasche. Dann ließ er sich wie Treibgut von der Strömung der Menschen erfassen, bis er eine Minute später vor dem Restaurant stand, an dessen Seite man auf einer engen Gasse zur ruhigeren Parallelstraße gelangte. Er hatte sich rückwärtsgehend der Menge überlassen, den Blick immer bei Kripp. Dann war der Dreizentnermann plötzlich weg. Egal wohin er schaute, Kripp blieb verschwunden. Während er sich durch eine Reihe weiterer enger Gassen bewegte, immer weiter weg von den feiernden Menschen, suchte er fieberhaft nach einer erfolgversprechenden Änderung seines Planes, bis ihm klar wurde, dass er von Kripp keine zweite Chance erhalten würde. Trotz des unkalkulierbar gewordenen Risikos musste er weitermachen.

Im Schatten der rückseitigen Wand des Stallgebäudes blieb er zehn Minuten still und unsichtbar stehen. Trotz höchster Aufmerksamkeit hatte er keine Verfolger bemerkt. Konzentriert beobachtete er das schräg gegenüberliegende Stallgebäude. Kripp musste schon im Stall sein. Der Lärm des Festes drang gedämpft durch die Gassen. Wie von Hofer vermutet, verspätete sich das Feuerwerk, und er wartete geduldig auf den Auftakt. Zwei betrunkene Familienväter schwankten laut schwatzend an Hofer vorbei, ohne ihn zu bemerken.

Dann startete das Feuerwerk mit hoch über den Häusern explodierenden Raketen, deren farbiger Funkenregen einen bunten Schein über die umliegenden Gebäude legte. Nach einem letzten prüfenden Blick zu dem Stall, zu dem er Kripp bestellt hatte, huschte er lautlos in den Schatten auf dessen Rückseite. Für die nächste halbe Stunde würde das Feuerwerk die Aufmerksamkeit der Stadt und ihrer Gäste auf sich ziehen. Dann musste sein Problem gelöst sein. Wieder ließ er sich einige Minuten Zeit, um in die Stille zwischen dem Knallen und Heulen des Feuerwerks und dem Gejohle der Zuschauer zu lauschen.

Die rechte Hand an der entsicherten Pistole schob er langsam die aus groben Brettern gezimmerte, mannshohe Tür auf. Ein kurzer Blick zeigte ihm, dass alle Boxen sowie die zum Stall gehörende Koppel, die er durch das geöffnete Tor auf der anderen Seite des Stalls sehen konnte, mit Rindern belegt waren. Miguel hatte ihm erklärt, dass die Pferde-Boxen in den Stallungen vor dem großen Viehmarkt am Montag vor allem zur Unterbringung wertvoller Zuchttiere genutzt wurden. Auf den eng stehenden Rinderrücken in der Koppel flackerten bunte Lichtflecke. Das Feuerwerk war jetzt in vollem Gang. Über den Stallboxen befanden sich keine Böden für Stroh oder Heu, auf denen Gefolgsleute von Kripp auf der Lauer liegen konnten. Auch aus diesem Grund hatte er dieses Gebäude ausgewählt. Die Tiere verhielten sich ruhig. Nichts deutete darauf hin, dass man auf ihn wartete.

Vorsichtig trat er in den Stall. In zwanzig Meter Entfernung stand in der Mitte der Stallgasse eine massige Gestalt in heller Kleidung. Angespannt lauschte Hofer den Bewegungen der kräftigen Tiere, ob nicht ein fremdes Geräusch heraustach. Warmer Stallgeruch stieg ihm in die Nase. Nichts deutete auf die Anwesenheit anderer Personen hin. Mit einer ruhigen Bewegung schloss er die Brettertür hinter sich. Kripp blieb reglos stehen. Unregelmäßig beleuchtete die Glut einer Zigarre sein Gesicht.

„Was lesen Sie für Bücher, Hofer?" Kripp sprach ihn auf Deutsch an. „Eric Ambler vielleicht? Oder doch nicht etwa die von Wahnsinn durchdrungenen Bücher des Herrn Borges?" Wieder leuchtete die Glut der Zigarre auf. „Ich habe mich schon gefragt, ob dieser Treffpunkt nicht etwas zu theatralisch ist, Hofer?"

Mit lautem Knall tauchte ein hoher Feuerwerkskörper die Koppel hinter Kripp in blutrotes Licht. Langsam ging Hofer auf Kripp zu. Er hielt sich in der Mitte des Ganges, die Hand an der Pistole, darauf gefasst, angegriffen zu werden.

„Holla, Kripp. Man kann nicht vorsichtig genug sein. Hatten wir uns das nicht zugesichert?" Wenige Meter vor Kripp blieb Hofer stehen.

Die aufleuchtende Glut der Zigarre zeigte ein selbstgefälliges Grinsen im Gesicht des einstigen SS-Offiziers. „Da wir beide wissen, dass unsere Beziehung rein geschäftlicher Natur ist, würde ich vorschlagen, wir bringen es schnell hinter uns."

„Sie haben recht, Kripp. Bringen wir es hinter uns."

Wie um Hofers Aufforderung zu unterstützen, brach draußen eine Kaskade lauter Böllerschüsse los. Er packte die Pistole fester und warf einen schnellen Blick hinter sich. Zu spät erkannte er den Schatten, der aus einer Box auf ihn zu schnellte.

Aus Angst, er würde gleich wieder unter Wasser gespült werden, sog Hofer gierig frische Luft in seine Lungen. Die Angst schlug in Panik um, als er feststellte, dass er gefesselt war und sich nicht aus eigener Kraft an die Oberfläche kämpfen konnte. Auf einmal war das Wasser weg. Poncho und Hut waren verschwunden. Er stand in einer Wasserpfütze. Wie zur Vorführung einer Messerwerfernummer im Zirkus war er mit ausgebreiteten Armen und auseinanderstehenden Beinen an die Rückseite einer Box gefesselt. Die Panik wurde zum lähmenden Albtraum, als er in die zornigen Augen eines schnaubenden, tonnenschweren Bullen blickte, der nicht viel weiter als eine Armlänge von ihm entfernt, mit ausholenden Bewegungen seines mächtigen Kopfes seine kräftigen Hörner hin und her schwang. Mit weit aus dem schäumenden Maul heraushängender Zunge scharrte das Tier wütend mit den Vorderhufen. Aufgewirbelter Staub stach Hofer in der Nase und brannte ihm in den Augen. Eine neue Welle von Panik erfasste ihn. Wild zerrte er an seinen Fesseln.

„Na endlich sind Sie wach und wir können reden. Wie finden Sie die Idee mit dem Bullen? Ich habe mir gedacht, für meinen langjährigen Geschäftspartner lasse ich mir etwas Originelleres einfallen. Immer dieses Windelweichprügeln oder Fingernägel ausreißen." Die Stimme kam aus der Nebenbox. „Also, Hofer, was haben Sie mir zu erzählen? Ich habe keine Ahnung, wie lange meine Männer das Tier noch festhalten können. Wenn Sie etwas für mich haben, dann wäre das jetzt ein guter Moment, um es mir mitzuteilen. Sie wollen doch lebendig aus der Box kommen. Oder? Über die unfreundliche Geste mit der Pistole werden wir dann allerdings noch reden müssen."

Halb wahnsinnig vor Angst suchte Hofer nach Kripps Handlangern, entdeckte aber nur stramm gespannte Seile, die vom Hals des Stieres nach hinten zum anderen Ende der Box führten. Weitere Seile meinte er an den Hinterbeinen des Bullen zu erkennen, mit denen das Tier ohrenbetäubend krachend auf die Boxentür auskeilte. Das Brüllen des Stieres wurde immer lauter.

„Ich höre nichts, Hofer. Sie können ruhig offen sprechen, die Männer verstehen nur Spanisch."

Plötzlich ruckten die Seile nach vorne und der Bulle war bei Hofer. Markerschütternd brüllend schwenkte er den riesigen Kopf und riss mit einem Horn Hofers Seite bis zum Brustmuskel auf. Das Knacken der brechenden Rippen war deutlich zu hören. Hofer schrie vor Schmerz und spürte, wie sich seine Blase entleerte. Mit aller Kraft schafften es Kripps Schergen den Bullen über die Seile an den Hinterbeinen eine Armlänge von Hofer wegzuziehen. Das massige Tier brüllte und zerrte mit aller Macht an den Seilen. Schaum troff von seinem hin und her geworfenen Maul und regnete Hofer ins Gesicht. Die Schmerzen der offenen Wunde wurden mit jedem Atemzug, der die gebrochenen Rippen in sein inneres Fleisch schneiden ließ, ins Unerträgliche gesteigert. In einem kurzen Moment der Klarheit begriff Hofer, dass es Kripp längst nicht mehr um Informationen ging. Das letzte, was

Hofer wahrnahm, bevor er das Bewusstsein verlor, war ein weiteres mächtiges Aufbäumen des Bullen und ein seltsames explosionsgleiches Auflodern in dessen Augen, als würde sich das Feuerwerk darin spiegeln.

Als Hofer in einem von gleißendem Sonnenlicht durchfluteten weißen Raum aufwachte, versuchte er, angestrengt zu verstehen, wo er sich befand. Ein zaghafter Versuch, sich aufzurichten, scheiterte an dem höllischen Reißen, das wild durch seine Seite schoss. Mit dem Schmerz kam die Erinnerung an das Gaucho-Fest, an den Stall und an dieses Zimmer. Während sich in seinem Gehirn die Idee formte, dass er den Tanz mit Kripp und dem Stier tatsächlich überlebt haben könnte, versank er wieder in morphingetränktem Schlaf. Wie Recha ihm später erzählte, stand sein Leben zwei Tage lang auf der Kippe. In dem Chaos der feierwütigen Menge hatte es doch eine Weile gedauert, bis Miguel und seine Männer einen Arzt gefunden hatten. Hofer hatte lebensbedrohlich viel Blut verloren und es hatte einen ganzen Tag und viel Geld benötigt, um an Blutkonserven zu kommen. Recha war tagelang nicht von seinem Bett gewichen, hatte ihn gefüttert, gewaschen und ihm betäubende und schmerzstillende Medikamente verabreicht.

Eine gute Woche später saß er immer noch geschwächt, aber wieder mit etwas Farbe im Gesicht, neben Miguel auf der mit einer weichen Decke gepolsterten Bank, die vor seinem Zimmer auf der Galerie stand. Recha war für zwei Tage zurück nach Mendoza gefahren. Eine weitere Decke um die Schultern schützte ihn vor den niedrigen Temperaturen des Spätherbstes. Er hörte das beruhigende Plätschern des Brunnens im Innenhof, traute sich aber nicht, sich aufzurichten und zur Balustrade zu treten.

„Meinst du nicht, ich sollte dir in Zukunft bei der Auswahl unserer Geschäftsfreunde beiseitestehen, mein Freund?"

Auf dem kleinen runden Tisch neben der Bank standen Kaffee und Gebäck sowie zwei Gläser mit schwarz-lilafarbenem Malbec. Hofer hatte unglaubliches Glück gehabt, dass das spitze Horn des Bullen keine größeren Blutgefäße, die Leber oder die Niere verletzt hatte. Der Schmerz der großen Wunde war dank der Wirkung der Schmerzmittel erträglich. Lediglich die Rippenbrüche quälten ihn noch. Jeder tiefe Atemzug, jedes Hüsteln oder Räuspern, schon der Ansatz eines Lachens lösten Schmerzen aus, als ob ihn jemand mit Messerstichen traktieren würde.

„Was ist passiert, Miguel? Woher in Teufels Namen wusstest du, dass ich in diesem Stall bin?"

Ohne gleich zu antworten, beugte sich Miguel langsam vor und goss sich und Hofer Kaffee ein. Er nahm seine Tasse, löffelte ordentlich Zucker hinein und rührte Milch dazu. „Deine Geheimniskrämerei hat mich stutzig gemacht. Schon deine akribische Erkundung des Städtchens an dem Tag nach unserer Ankunft, während ich mit Roberto und Luis Vorräte für unser Lager eingekauft habe, hat mich auf die Idee gebracht, dass du möglicherweise Geheimnisse vor mir hast." Er nahm einen Schluck von dem Kaffee und zuckte mit schmerzverzerrtem Gesicht zurück, wobei er fast seinen Kaffee verschüttete. „Mein Gott, ist der heiß!" Er drehte sich zu Hofer. „So viele Sehenswürdigkeiten hat Maduriaga nicht zu bieten und um die hübsche kleine Kirche zu begutachten, braucht man keine zwei Stunden. Und seltsamerweise schienst du dich ja vor allem für die Stallungen zu interessieren. Da war mir klar, dass es irgendetwas mit diesem geheimnisvollen neuen Geschäftspartner zu tun haben musste. Also habe ich Luis beauftragt, dir zwei zuverlässige Leute hinterherzuschicken, die dich Tag und Nacht nicht aus den Augen lassen sollten. Als wir Freitagabend zusammen im Städtchen waren, hatten sich die beiden Verstärkung mitgenommen und tatsächlich zwei Männer bemerkt, die sehr professionell an deinen Fersen hingen."

Vorsichtig schüttelt Hofer seinen Kopf. „Davon habe ich absolut nichts mitbekommen."

Er stand jetzt doch vorsichtig auf, machte einen Schritt und lehnte sich zu Miguel gewandt mit dem Gesäß an die Balustrade. Als er die richtige Haltung gefunden hatte, entspannten sich seine Gesichtszüge wieder.

„Das hätte mich auch mächtig wütend gemacht, wenn meine Leute so dilettantisch vorgegangen wären. Aber was war an diesem Wochenende unauffälliger als die wettergegerbten Gesichter von Gauchos in staubiger Kleidung."

Während Miguel aufstand und sich mit der Tasse in der Hand neben Hofer an das steinerne Geländer lehnte, erlaubte er sich ein Lächeln. „Als ich dann gesehen habe, dass du Samstagnachmittag deine Pistole und ein Ersatzmagazin in eine Tasche gepackt und dir diesen Poncho mitgenommen hast, wo ich doch genau weiß, wie du diese folkloristischen Verkleidungen hasst, habe ich Großalarm gegeben."

Genussvoll und laut schlürfte er von seinem Kaffee, den er wie immer mit Unmengen von Zucker gesüßt hatte.

„Wir hatten alles gut im Griff, bis du dem Dicken etwas zugesteckt hattest und in den Seitengassen hinter dem Restaurant verschwunden warst. Wir hatten dich kurz verloren, wenige Minuten nur. Wenn wir nicht gewusst hätten, dass du dich die Tage zuvor für die Stallungen interessiert hattest und einem meiner Männer nicht die Unruhe der Tiere in diesem Stall aufgefallen wäre, würden wir heute hier nicht zusammensitzen." Zufrieden trank er seine Tasse in kleinen Schlucken leer.

„Was ist mit Kripp und seinen Männern passiert?"

„Sie waren zu siebt. Der Dicke hat die Befehle gegeben und sich einen Spaß daraus gemacht, jede Möglichkeit zu nutzen, um dich leiden zu lassen. Ich meine, die hätten ja einfach alles aus dir herausprügeln können, was sie von dir wissen wollten und dich dann einfach abknallen." Miguel ging zum Tisch und häufte sich mehrere Teelöffel Zucker in seine leere Tasse, in die er dann einen kräftigen Schuss Sahne und heißen

Kaffee goss. „Vier waren bei ihm im Stall und zwei außerhalb zur Absicherung postiert. Die haben wir als Erstes kassiert. Dann die anderen. Am schlimmsten war, dass wir diesen herrlichen Bullen erschießen mussten. Keine Ahnung, wie es diese Idioten geschafft haben, in der kurzen Zeit den Bullen in der Box umzudrehen und ihm dieses seltsame Geschirr überzuziehen. Überhaupt auf diese Idee zu kommen. Na ja." Er winkte ab. „Die müssen schon an dir dran gewesen sein, als du dir den Stall zum ersten Mal angesehen hast. Dann haben sie aus dem Stall eine hübsche Falle gebaut, die dich um ein Haar das Leben gekostet hätte." Miguel drehte sich zu Hofer um, dem klar war, dass jetzt bald er an der Reihe sein würde, Erklärungen abzugeben.

„Was ist mit den Leichen passiert?"

„Der Dicke hatte einen Ausweis vom Amt für innere Sicherheit in der Tasche. Stank förmlich nach SIDE, diesem Teufelspack von Geheimdienstlern. Der Ausweis ist auf einen gewissen Kripp ausgestellt."

„Natürlich weiß ich, was es mit diesem geheimsten aller Geheimdienste auf sich hat. Aber jetzt sag doch, was habt ihr mit den Leichen gemacht?"

Miguel machte einen Schritt zur Brüstung und schaute in den Innenhof hinunter. „Ich will wissen, was du mit dieser Folter- und Schlägertruppe zu tun hast. Diese Schweine haben vor ein paar Jahren meine Tochter in ihre Folterkammern entführt, falls du dich erinnerst. Damals, in Buenos Aires, warst du einen halben Tag verschwunden. Am nächsten Tag kam sie nach Hause."

In Miguels Stimme war die Wut zu hören, die diese Erinnerung immer noch in ihm auslöste. „Du warst schon einmal für ein paar Wochen in Buenos Aires. Danach konnten wir auf einmal sehr viel Land kaufen, was zuvor jahrelang unmöglich war. Ein Jahr später wurde Clara erschossen." Er drehte sich zu Hofer und suchte eindringlich dessen Blick. „Was hast du mit diesen Kerlen zu tun, Sebastian?"

„Das ist eine lange Geschichte, Miguel."

„Dann erzähl sie mir, Sebastian. Wir haben Zeit. Übrigens hat Recha unsere Europareise komplett umorganisiert. Wir werden erst in drei Wochen fliegen. Aber das hat sie dir bestimmt schon selbst gesagt."

Mit unterdrücktem Stöhnen ließ Hofer sich wieder auf der Bank nieder. Er stellte fest, dass sein Kaffee kalt geworden war. Während er seine Tasse in den großen Blumenkübel neben sich goss und sich mit vorsichtigen Bewegungen nachschenkte, spürte er den erwartungsvollen Blick seines Freundes. „Setz dich, Miguel. Ich werde dir eine lange Geschichte erzählen. Vielleicht solltest du noch eine Flasche Wein besorgen."

Hofer erzählte Miguel von seiner Jugend im Elsass, von dem Einmarsch der Deutschen, von dem Tag, an dem Kripp ihn unter Bedrohung des Lebens seiner Mutter zu Spitzeldiensten zwang und wie sie '45 über die Alpen flohen. Er war froh, dass Miguel nicht genauer nach der Art seiner Spitzeldienste fragte. Miguel erfuhr vom einträglichen Überfall im tiefen Schnee bei Meran und dass Hofer dort zum ersten Mal einen Menschen getötet hatte. Hofer erzählte von seiner Mutter in Colmar. Er erzählte, was in der Nacht passiert war, in der er ihn und Clara überredete, mit ihm nach Mendoza zu fliehen. Von der Intrige, die Kripp für ihn spann, deren Erfolg ihnen erlaubte, die großen Ländereien zu kaufen, auf denen heute ihre Weingüter standen und in deren Folge Clara sterben musste. Auch da war er Miguel dankbar dafür, dass er nicht nachhakte. Er erzählte davon, wie er Kripp um Hilfe gebeten hat, nachdem Laura von der SIDE verschleppt worden war und dass Kripp als Gegenleistung Spitzeldienste in der jüdischen Gemeinde von Buenos Aires von ihm verlangt hatte und dass er daraufhin beschloss, das Problem Kripp endgültig zu lösen. Miguel hörte still zu und hielt sich mit Zwischenfragen zurück. Nach Einbruch der Dunkelheit wurde es empfindlich kühl und sie wechselten in das große Kaminzimmer, in dem der Billardtisch stand. Dort saßen sie bis spät in die Nacht. Mit der Lebensbeichte an Miguel entwarf Hofer zum ersten Mal eine zusammenhängende Lebensgeschichte, in der er alle Entscheidungen und Taten, die ihm Schuld aufluden, als erzwungen, getilgt oder zumindest bereinigt schilderte. Es war die Geschichte eines Opfers historischer Umstände, das nach Argentinien geflohen war und selbst dort noch von der Vergangenheit verfolgt wurde. Eine Lebensgeschichte, die Hofer an diesem Abend so tief verinnerlichte, dass er den Rest seines Lebens felsenfest an dessen Wahrhaftigkeit festhielt.

„Warum weiß deine Frau nichts davon, Sebastian?"

„Sie stammt aus einer jüdischen Familie, aus einer Familie, deren Verwandte in Konzentrationslagern bestialisch ermordet wurden. Würde sie mir glauben, dass ich nur ein Opfer war und kein Mitläufer oder gar Mittäter?"

„Sie liebt dich. Ihr habt drei tolle Kinder zusammen. Warum sollte sie dir nicht glauben?"

„Weil es unglaubwürdig ist, jetzt, nach so vielen Jahren." Hofer schenkte sich Wein nach und schaute eine Weile sinnierend in das flackernde Kaminfeuer. „Als ich Recha kennenlernte, habe ich mir diese Frage gar nicht gestellt. Europa war weit weg. Als ich später ins Nachdenken kam, war es zu spät."

„Überlege es dir genau, Sebastian. Wenn du es ihr nie erzählst, musst du dich bis ans Ende deiner Tage in einem gestohlenen Leben verstecken."

„Es gibt kein richtiges Leben im falschen." Hofer murmelte es vor sich hin und lachte bitter.

„Was erzählst du da?"

„Ach nichts. Nur so ein Satz aus einem kleinen Büchlein, das ich mal gelesen habe. Ich werde darüber nachdenken, Miguel. Wenn ich ehrlich bin, denke ich seit über dreißig Jahren darüber nach." Er atmete tief durch. „Was meinst du? Hat Recha uns die Geschichte vom betrunkenen Sebastian abgenommen?"

„Ich habe sie noch nie so wütend gesehen. Sie hat geschimpft wie ein Rohrspatz über deine Leichtsinnigkeit, dass du dich betrunken, wie du warst, auf diese schwachsinnige Wette eingelassen hast, die Koppel mit den Bullen zu durchqueren." Miguel nahm einen Schluck Wein. „Wir haben die Leichen übrigens in die Schluchten rund um den Aconcagua verteilt. In ein, zwei Wochen dürfte nichts mehr von ihnen zu finden sein. Den Bullen mussten wir leider liegen lassen."

„Ich danke dir, mein Freund. Du hast in zweierlei Hinsicht mein Leben gerettet. Dafür stehe ich für immer in deiner Schuld."

32

9. September 1982

Weder Mond- noch Sternenlicht dringt durch die dichte Wolkendecke, als Beck an der Bäckerei gegenüber dem schwach beleuchteten Platz vor der Kirche seinen Wagen abstellt. Wind kommt auf, und er flucht leise in sich hinein, weil er nicht daran gedacht hat, eine wärmere Jacke oder wenigstens einen Pullover mitzunehmen. Seit er von Straßburg losgefahren war, ist die Temperatur um mindestens zehn Grad gefallen. Er stellt den Kragen hoch und knöpft sein Sakko zu. Es ist zwanzig vor neun. Kein Mensch ist auf der Straße. Aus dem Abzug der Metzgerei, ein paar Häuser weiter, weht der Geruch frisch gekochter Wurst herüber. Während er an die Motorhaube gelehnt wartet, fallen vereinzelt schwere Regentropfen. Die Windböen werden kräftiger. Irgendwo knattert eine lose Plane.

Zehn vor neun taucht Senta aus einem dunklen Stichweg auf, der die sechs Straßen der alten Obersiedlung mittig verbindet und gegenüber dem Kirchturm endet. Sie orientiert sich kurz, kommt dann schnell auf ihn zu.

„Hallo, Chef. Steht Ihnen wirklich gut die Kappe."

Beck ignorierte die Anspielung. „Hallo, Senta."

„Wie wars in Frankreich?"

„Später, Senta. Sind die Hasen im Bau?"

„Ja, in einer der Wohnungen ist tatsächlich jemand. Die Kaltschnäuzigkeit der RAF-Leute ist unglaublich. Ich hätte fast eine Wette abgeschlossen, dass die schon meilenweit von Speyer entfernt in einer Fluchtwohnung sitzen." Sie atmet tief durch. „Marx beobachtet die Fenster. Schmitt und Klein behalten die beiden Hauseingänge im Auge. Wie besprochen."

„Zwei Hauseingänge?"

In diesem Moment begreift Beck die ganze Tragweite dessen, was sie da vorhaben. In der Wohnung, die sie im Visier haben, sitzen zu allem entschlossene Terroristen, Killermaschinen, die seit Jahren konspirativ im Untergrund leben, vielleicht sogar schon getötet haben. Leichte Übelkeit steigt in ihm hoch. Mit steigendem Puls meldet sich der stechende Schmerz oberhalb seiner rechten Schläfe zurück.

„Es gibt einen Zugang an der Seite des Hauses zu den Kellern. Möglicherweise haben sie ja Schlüssel dazu."

„Dann haben wir vor dem Haus jede Position nur einfach besetzt. Das gefällt mir nicht, Senta."

„Der Plan ist doch, dass wir reingehen."

„Es gefällt mir trotzdem nicht, Senta."

„Sollen wir abbrechen, Chef?"

„Wo ist unsere Verkleidung?"

„Im Lieferwagen in einer Seitenstraße."

Beck stößt sich von der Motorhaube seines Wagens ab. „Lass uns gehen, Senta."

Er prüft nochmals die Schlösser und das Verdeck, ob auch wirklich alles dicht ist. Senta hält geradewegs auf den unbeleuchteten Stichweg zu. Stumm gehen sie zwischen dunklen Gärten und hohen Hecken nebeneinander her. An der nächsten Straße angekommen, deutet Senta nach rechts. „Hier lang, Chef."

Zielstrebig geht sie auf einen weißen Kleintransporter zu, der unter einer im böigen Wind bedenklich schwankenden Laterne steht. Auch hier sind sie die Einzigen auf der Straße. Als er bei dem Wagen ankommt, erkennt er die Aufschrift:

Pfeiffer Haustechnik GmbH & Co. KG, Moderne Heiztechnik und Bäder, 365/24 Notdienst.

Senta zieht die Schiebetür des Transporters auf und steigt in den Wagen. Beck folgt ihr und schließt mit Schwung die Tür.

„Alles da, Chef. Blaumänner, Arbeitsschuhe und Werkzeugkästen. Die Arbeitshemden müffeln sogar ein wenig. Einmal mit dem Öllappen über die Hände, dann sieht das aus, als ob wir den ganzen Tag nichts anderes gemacht hätten. Der Maskenball kann beginnen."

„Maskenball? Das wird nicht lustig. Du weißt, auf wen wir in der Wohnung treffen. Ein Tanz wird es auf jeden Fall, aber der Spaß wird sich in Grenzen halten."

Bevor Beck nach den Latzhosen greift, tastet er die Seitentaschen seines Sakkos ab. Erleichtert spürt er den Blisterstreifen Schmerztabletten. Heftig schrecken sie zusammen, als laut und ohne Ankündigung die Seitentür geöffnet wird. Verwundert schaut Marx auf die erstarrten Beck und Senta.

„Mein Gott, Marx. Wollen Sie mich umbringen? Das war knapp vorm Herzinfarkt."

„Entschuldigung. Sie haben recht. Ich hätte mich bemerkbar machen können."

„Egal jetzt. Wie ist die Lage?"

Ohne eine Antwort abzuwarten, reicht Beck seinem Oberkommissar die Hand und zieht ihn ins Innere des Wagens. Nachdem die Tür geschlossen ist, bringt Marx sie auf den aktuellen Stand.

„Die beiden haben sich schon am frühen Abend in die Wohnung im anderen Hochhaus zurückgezogen und sitzen vor der Glotze. Zumindest sieht es von außen betrachtet so aus. Übrigens stimmt nichts mehr mit den vagen Personenbeschreibungen, die wir haben, überein. Im ganzen Hochhaus ist nach zwanzig Uhr Ruhe eingekehrt. Gegenüber liegt ein Spielplatz. Dort sitzen Jugendliche auf dem Klettergerüst und leeren eine Kiste Bier. Ein gutes Dutzend vielleicht. Mehr Jungs als Mädels."

Also werden sie da jetzt wirklich reingehen und zwei RAF-Terroristen verhaften. Becks Kopfschmerzen sind inzwischen so stark, dass sie beginnen, seine Konzentration zu beeinträchtigen. Er muss unbedingt zwei Tabletten nehmen.
„Wie weit ist der Spielplatz von dem Hochhaus entfernt?"
„Weit genug."
Schweigend beginnen sie die karierten Hemden und die blauen Latzhosen anzuziehen. Vereinzelte große Regentropfen klatschen jetzt regelmäßig auf das Blechdach. Beck fällt auf, dass sowohl an den Kleidungsstücken als auch an den schwarzen Sicherheitsschuhen deutliche Gebrauchsspuren zu erkennen sind. Sogar an Schirmmützen mit dem Firmenlogo hat Marx gedacht. An der blauen Latzhose, die er überzieht, entdeckt er am rechten Knie einen frisch genähten Triangel. Und dass eine der Latzhosen Senta passt, ist sicherlich auch kein Zufall. Beck muss sich eingestehen, dass Marx an alles gedacht und die Aktion optimal vorbereitet hat. Er nimmt sich vor, es in der nächsten Besprechungsrunde ausdrücklich zu betonen.
„Wir verstauen die Waffen nicht in den Werkzeugkästen. In den Latzhosen kommen wir im Ernstfall schneller dran. Es ist auch nicht normal, dass Gas- und Wasserinstallateure mit drei Werkzeugkästen auftauchen. Und schon gar nicht der Lehrling."
„Lehrling?" Senta fühlt sich angesprochen.
„Ja, Senta. Du gehst gut als Lehrling durch. Mir ist es sowieso lieber, wenn wenigstens eine die Hände frei hat."
„OK, Chef."
„Gehen wir den Zugriff noch einmal durch! Wir fangen in den vier Wohnungen an, die direkt über unserer Zielwohnung liegen. Wir reden laut und machen möglichst viel Geräusche, indem wir deutlich wahrnehmbar auf Rohre und Wände klopfen, damit man uns von Beginn an hören kann. Im zweiten OG fangen wir mit den Wohnungen links neben unserer Zielwohnung an. Wieder laut und redselig. Wir sind ein Notdienst, und wir sind gerufen worden wegen nasser

Flecken an der Decke und an den Wänden in drei Wohnungen im Erdgeschoss. Wir gehen in die Wohnung rein, schauen uns Bad, Toilette und Küche an. Zugriff erfolgt auf mein Kommando, wenn ich sage: *Zusammenpacken, die Rohre müssen in den nächsten Wochen komplett durchgeprüft werden.* Das wird nur geschehen, wenn sich beide Zielpersonen in einem Raum befinden! Ist das klar?"

Marx nickt. „In Ordnung, Herr Hauptkommissar."

„Senta?"

„OK, Chef. Genauso machen wir's."

„Ich bin erst mal der, der redet. Ist das klar?"

„Ist das nicht verdächtig, Chef?"

„Mag sein, Senta. Aber ich bin hier der Einzige, der glaubhaft über einen Wasserrohrbruch reden kann. Ich habe schließlich mal als Schlosser gearbeitet."

„Wo Sie recht haben, haben Sie recht."

„Also los."

Marx fährt den Lieferwagen einmal um die Häuser, überquert die Hauptverkehrsstraße und biegt in die Straße ein, an der die Hochhäuser stehen. Sie parken gut sichtbar vor dem Haupteingang des vorderen, vierzehn Stockwerke hohen Betonkolosses. Von Schmitt ist nichts zu sehen.

Ohne Eile steigen sie aus dem Wagen und gehen so auffällig wie möglich den Inhalt der beiden Werkzeugkästen durch. Vom nahe gelegenen Spielplatz flattern Musikfetzen, stimmbruchtiefes überlautes Jungengelächter und spitze Mädchenschreie herüber. In vielen Fenstern des Hochhauses zittert der bläuliche Lichtschein von Fernsehgeräten. Ein kräftiger Wind bläst auf der Straße Plastikabfall und eine Werbebroschüre vor sich her. Außer den Jugendlichen, denen das sich ankündigende Unwetter nichts auszumachen scheint, ist niemand draußen.

Plaudernd gehen sie auf den Hauseingang zu und Marx drückt einen Klingelknopf in der dritten Etage. Nach einer Weile meldet sich in gebrochenem Deutsch eine ärgerliche

Stimme aus dem kleinen Lautsprecher. Nachdem sie kurz erklären, um was es geht, summt der Türöffner.

Sich laut unterhaltend und mit deutlich vernehmbaren Klopfgeräuschen arbeiten sie sich durch vier Wohnungen im dritten Obergeschoss und werden jedes Mal, nachdem sie Entwarnung signalisieren, erleichtert verabschiedet. Überall laufen die Fernsehgeräte. Im Ersten singt Udo Jürgens mit Biolek bei Bios Bahnhof *Schnucki Putzi*, was bei Senta einen nicht zu übersehenden Ekelanfall auslöst, und im ZDF schauen die Leute Helmut Kohl zu, wie er Interesse heuchelnd eine Familie im Ruhrpott besucht.

Auf der Treppe nach unten wächst die Anspannung. Die vereinbarte leichte Unterhaltung gestaltet sich zunehmend mühsamer. Die Sätze werden kürzer. Sie fühlen sich zunehmend unwohler in ihren Rollen. Jetzt wäre ein guter Zeitpunkt, um vor das Haus zu gehen und das BKA zu verständigen, schießt es Beck durch den Kopf. Die Wirkung der beiden Tabletten, die er in einem unbeobachteten Moment geschluckt hat, setzt endlich ein.

Trotz der steigenden Anspannung spielen sie ihre Rollen perfekt weiter. Dass sie den Ablauf schon bei sieben Wohnungen durchgespielt haben, gibt etwas Sicherheit. Beck geht vor, hinter ihm Senta, den Schluss machte Marx. Zuerst das Bad und die Küche, dann zuletzt das Gästeklo. Zum Schluss lassen sie sich im Wohnzimmer den Arbeitszettel abzeichnen. Der Grundriss der Wohnungen ist immer gleich, allenfalls seitenverkehrt, das hat Marx schon auf Plänen der Wohnungsbaugesellschaft gesehen.

„Morgen müssen die Lauterer auf Schalke. Wenn die dort auch so schlecht spielen wie gegen Dortmund letzte Woche, dann spielen die bald gegen den Abstieg."

„Null zu zwei, und das auf dem Betze. In Köln war's ja noch schlimmer, da hat der Hellström dreimal hinter sich greifen müssen. Totale Katastrophe, selbst der Allofs kriegt keinen Schuss mehr aufs gegnerische Tor. Wenn der Briegel und der Brehme nicht so gnadenlos gekämpft hätten, wär's noch schlimmer ausgegangen." Marx hat im wahrsten Sinn des Wortes den Ball von Beck aufgenommen.

„Vom Eilenfeld hat man überhaupt nichts gesehen. OK, das Tor in Braunschweig, aber wo war der denn in Köln?" Beck drückt den Klingelknopf. Ihre Stimmen hallen laut in dem hohen Treppenhaus. „Da ist ja der Briegel torgefährlicher."

Beck drückte ein zweites Mal die Klingel neben dem Namensschild Meier/Wels. Für einen kurzen Moment meint er eine Bewegung in dem gläsernen Türspion zu sehen.

„Der Bongartz müsste mehr steuern, mehr dafür sorgen, dass die Stürmer auch bedient werden. In der Winterpause müssen die unbedingt einen Stürmer dazukaufen. Oder einen Spielmacher."

„Aber die haben doch letztes Jahr für den Eilenfeldt bei Bielefeld schon Millionen auf den Tisch gelegt. So viel haben wir noch nie ausgegeben."

Erst nach dem dritten Klingeln hört Beck ein Geräusch hinter der Tür. Nur mit äußerster Beherrschung unterdrückt er den Impuls, zur Waffe zu greifen. Langsam wird die Tür aufgeschlossen und einen Spalt geöffnet. Beck erkennt ein Frauengesicht mit langem dichtem Haar. Der Flur dahinter ist dunkel.

„Was gibt es denn so spät?"

„Wir kommen von Pfeiffers Haustechnik. Ein Mieter von unten hat uns angerufen, weil in seiner Küche und in seinem Badezimmer Wasser aus der Decke und aus der Wand kommt. Ein Notruf. Jetzt prüfen wir alle naheliegenden Wohnungen durch, ob irgendwo ein Rohr gebrochen ist."

„Bei uns ist alles trocken."

„Können wir rein? Es dauert nur zehn Minuten, dann sind Sie uns wieder los."

„Ich habe doch gerade gesagt, dass bei uns alles trocken ist. Also gönnen Sie uns unseren Feierabend und gehen Sie wieder!" Die Frau schickt sich an, die Tür zu schließen.

„Wenn aber doch etwas ist und Ihre Wohnung läuft voll, dann haben Sie uns ein paar Tage lang in den Füßen." Senta steht neben Beck.

Der Türspalt verbreitert sich.

„Unser Lehrling." Beck versucht es mit einem Grinsen, was ihm trotz der Anspannung überraschend gut gelingt. „Vorlaut wie sie halt sind die Jungen."

„Einen Moment."

Der Spalt schließt sich, und sie hören, wie die Frau mit gedämpfter Stimme ein paar Sätze mit einem Mann wechselt. Dann ist sie wieder an der Tür.

„Warten Sie eine Minute!"

Beck beschließt still, dass sie abbrechen, wenn die Tür verschlossen bleibt, aber nach wenigen Minuten öffnet die Frau und bittet sie herein.

„Kommen Sie! Aber beeilen Sie sich!"

Nacheinander betreten sie den dunklen Flur. Der Mann ist nicht zu sehen. Hinten rechts steht eine Tür offen, aus dem die Geräusche einer Nachrichtensendung zu hören sind. Im Flur hängen Bilder an den Wänden, an einer schmalen Garderobe sieht er zwei Jacken und Schuhe. Vor dem Zimmer, aus dem die Fernsehgeräusche kommen, steht eine kleine Kommode, auf der eine Vase mit Deko-Blumen platziert ist.

„Wo ist das Bad Frau … Wels oder Meier?"

„Wels. Das Bad ist gleich hier links."

„Und die Küche?"

„Hinten links."

„In Ordnung. Karl-Heinz, geh du schon mal in die Küche, ich prüf mit unserem Stift die Leitungen im Bad durch."

„In Ordnung, Helm."

Mit einem charmanten Lächeln und einer Ruhe, die Beck ihm nie zugetraut hätte, wendet Marx sich der Frau zu. „Frau Wels, würden Sie mir bitte die Küche zeigen?"

Die Frau ignoriert das Lächeln und geht eilig vor ihm den Flur entlang zur Küche. Beck registriert, wie Marx einen kurzen Gruß in das Wohnzimmer ruft, dann schiebt er Senta in das Badezimmer. Er geht auf die Knie und entfernt den Deckel am Wannenträger, um dort nach Feuchtigkeit zu suchen. Beim Aufstehen rempelt er Senta an, deren ganze Aufmerksamkeit in die Wohnung gerichtet ist.

„Senta. Den Schonhammer bitte!"

Als ihn Senta hilflos anschaut, beugt er sich zum Werkzeugkasten und holt den Hammer mit Kunststoffkopf heraus und fängt an, den Kanalschacht neben der Badewanne abzuklopfen. Dabei muss er sich unbequem über die Wanne beugen. Handwerklich macht das keinen Sinn, aber es signalisiert in die Wohnung, dass gearbeitet wird.

Plötzlich wird die Lautstärke des Fernsehgerätes nach oben gedreht. So stark, dass die Stimme des Kommentators, der gerade über neueste Angriffe im Libanon berichtet, laut durch die Wohnung hallt. Er richtet sich kurz auf und wechselt mit Senta einen misstrauischen Blick. Offensichtlich stört das Klopfen den Mann beim fernsehschauen. Verunsichert schlägt er weiter mit dem Hammer gegen die Fliesen und erklärt Senta, ganz der lehrende Installateurmeister, lautstark, was er da tut und warum er es tut.

Aus der Küche dringt ein dumpfes Geräusch, dem ein Scheppern folgt. Als ob eine Pfanne oder ein Topf zu Boden gefallen wäre. Beck hält in seinen Bewegungen inne und lauscht in den Flur. Schnell hält er Senta am Arm fest, die einen Schritt zur Badtür machen will. Schweißperlen stehen ihm auf der Stirn, während sie gemeinsam in den Flur lauschen. Aus dem Wohnzimmer dröhnt der Kriegslärm eines Feuergefechtes durch die Wohnung. Mörserkanonen, das nervenfetzende Heulen von Granaten, die sich ihrem Ziel nähern, die ohrenbetäubenden Einschläge, die immer wieder die Stimme des Journalisten übertönten, dazwischen das laute Sirren von Querschlägern und durch die Luft sausenden Metallteilen. Er tastet nach seiner P6 und signalisiert Senta mit hochgezogenen Augenbrauen und leichtem Kopfschütteln, das irgendetwas nicht stimmt. Da steht Frau Wels mit entsicherter Pistole im Anschlag in der Badezimmertür.

„Für wie blöd haltet ihr uns eigentlich, ihr Bullenschweine!? Hände über den Kopf und umdrehen! Ihr wollt doch nicht, dass ein Unglück passiert."

Starr vor Schreck glotzt Beck auf die Waffe.

„Bist du schwerhörig oder was? Soll ich dir erst ins Knie schießen?" Sie senkt den Lauf der Pistole ein wenig. „Also bewegt eure Ärsche!"

Kraftlos dreht er sich zur Wanne und gibt Senta mit einem Blick zu verstehen, es ihm gleich zu tun. Während seine Gedanken um die Frage rasen, was sie falsch gemacht haben, sucht er gleichzeitig nach einer Idee, die sie aus diesem Schlamassel retten könnte. Laut räuspernd versucht er, seiner Stimme Festigkeit zu geben. „Hören Sie, wenn Sie uns unbehelligt lassen, passiert Ihnen nichts. Wir sind ohne Einsatzkommando hier. Also verschwinden Sie und lassen Sie mich und meine Kollegen unversehrt!"

Routiniert tastete die Frau beide ab und sichert die beiden Pistolen. „So, jetzt setzt ihr euch in die Badewanne! Mit dem Rücken zur Wand, die Beine zu mir! Und immer schön die Hände oben behalten!"

Beck lässt sich neben Senta in die Wanne rutschen. Die Sitzhaltung engt ihn so ein, dass er sich kaum bewegen kann. „Was haben Sie vor?", presst er angestrengt hervor.

Jetzt erst erkennt er, was ihn an der Frau irritiert. Die dicke Perücke verändert die Konturen ihres Kopfes und verfremdet die Gesichtsform, dazu die übergroße Hornbrille mit den verdunkelten Gläsern. Weite Jeans, schwarze Arbeitsschuhe und ein wenigstens zwei Nummern zu großer Pullover verwischen die Linien ihres Körpers.

„Wir verschwinden, Bulle. Was glaubst du? Aber nur von hier. Merks dir, wenn du die Arschlöcher vom BKA triffst."

Hinter der Frau taucht Marx mit wut- und schmerzverzerrtem Gesicht im Flur auf, den rechten Arm auf den Rücken gedreht, seine eigene Dienstwaffe an der Schläfe.

„Das Gesicht des Bullen da draußen haben wir am Montag schon gesehen, als ihr die Bewohner befragt habt. Wir machen jetzt Folgendes. Ihr beide bleibt hier brav sitzen und zählt in Ruhe bis tausend! Solltet ihr euch vorher rühren, wird das euer Bullenkollege nicht überleben! Hab ihr das verstanden?!"

Während Beck gehorsam nickt, ist sein Blick starr auf Marx gerichtet. Der Mann, der den Arm seines Oberkommissars auf den Rücken gedreht hält und ihm die Waffe an die rechte Schläfe hält, bleibt außerhalb seines Sichtfeldes. Wut und Zorn hat alles Blut aus Marx' Gesicht verdrängt. Es leuchtet fast weiß in der Dunkelheit des Flurs. Sein entschlossener Blick will Beck etwas Wichtiges mitteilen. Beck will etwas rufen, ihn warnen, dann macht Marx einen schnellen kräftigen Ausfallschritt nach links. Ohrenbetäubend laut bellt der Schuss durch die Wohnung.

Beck sieht, wie Marx' Kopf zur Seite gerissen und Knochensplitter in einem Sprühnebel von Blut und Hirnmasse aus der zertrümmerten Schädeldecke gesprengt werden. Der leblose Körper sackt in sich zusammen. Beck kann durch einen Schleier von Tränen die Gestalt des Schützen erkennen. Senta versucht hektisch aus der Wanne zu kommen. Als ihr die Frau mit der Pistole kräftig gegen das Knie schlägt, heult sie kurz auf und rutscht wieder in die befohlene Haltung zurück. Sie kann aus ihrem Blickwinkel nicht gesehen haben, was im Flur geschehen ist.

„Sitzen bleiben, Kleine." Die Stimme der Frau ist schrill. Die Hand mit der Pistole fängt an zu zittern. Ihr Blick bewegt sich hektisch zwischen ihren Gefangenen in der Badewanne und dem Flur hin und her.

Wütend ertönt eine Männerstimme aus dem Flur. „Dieser Scheißbulle! Muss er unbedingt den Helden spielen. So eine Scheiße!"

„Was machen wir jetzt, Paul? Was sollen wir jetzt machen?" Die Überlegenheit ist verschwunden. Die Augen der Frau fliegen immer schneller zwischen Senta und der offenen Badtür hin und her. Bis die Stimme aus dem Flur ruft: „Raus hier! Wir müssen weg. Schnell raus hier!"

„Los, fangt an zu zählen! Wenn ihr auf die Idee kommen solltet, vorher aufzustehen, bist du als nächster dran, Oberbulle."

Mit drei Schritten ist sie durch die Tür. Bebend vor Wut und Verzweiflung warten Beck und Senta, bis sie hören, wie die Wohnungstür abgeschlossen wird. In der Hektik, mit der sie beide aus der Badewanne kommen wollen, behindern sie sich gegenseitig. Senta ist schneller und zieht ihn unter lautem Fluchen aus der Wanne. Mit einem Stemmeisen aus dem Werkzeugkasten bricht er die Badtür auf. Durch die Tür stolpern sie fast über den toten Marx. Unter lautem Schluchzen stiert Senta völlig erstarrt auf das halb weggesprengte Gesicht ihres Kollegen. Beck packt sie beim Arm und zerrt sie zur Wohnungstür. Schnell ist auch die Tür aufgestemmt.

„Senta, du klingelst bei den Nachbarn und rufst einen Krankenwagen!" Er ist sich sicher, dass er in der Wohnung kein Telefon finden wird. Aber vor allem will er sie von dem toten Marx weghaben, will, dass sie beschäftigt ist. „Dann postierst du dich vor der Tür, bis der Krankenwagen oder die Kollegen kommen und lässt niemanden sonst herein! Ich verständige die Kollegen in Ludwigshafen." Sanft schüttelte er sie an den Schultern. „Hast du mich verstanden?"

Auf Sentas schwaches Kopfnicken hin schiebt er sie an dem toten Marx vorbei ins Treppenhaus und jagt, nachdem er die Wohnungstür zugezogen hat, fluchend und weinend die Stufen hinunter. Auf halber Treppe kommt ihm schnaufend Klein entgegen.

„Was ist passiert, Herr Hauptkommissar? Ich habe einen Schuss gehört."

„Marx ist schwer verletzt. Haben Sie die beiden nicht herauskommen sehen?"

„In der letzten Stunde ist außer Ihnen keiner rein und keiner raus."

Beck fällt die dritte Wohnung ein und hetzt die Treppe hoch.

„Kommen Sie, Klein. Na, kommen Sie schon, Mann! Und nehmen Sie Ihre Waffe in die Hand!"

Sekunden später erreichen sie das erste Obergeschoss. Vom Treppenhaus geht rechts und links ein Flur ab, in dem jeweils fünf gegenüberliegende Wohnungen liegen. Während er in den linken Flur stürmt, sieht er aus dem Augenwinkel Senta im rechten Flur mit einem Nachbarn reden. Schnell finden sie die Wohnung und stehen vor der geschlossenen Tür in der ersten Etage.

„Aufschießen, Klein."

„Wie meinen Sie das, Herr Hauptkommissar?"

„Lesen Sie keine Krimis? Sie sollen das Schloss aufschießen!"

Klein feuert ein halbes Magazin ab, bevor es ihnen gelingt, die Tür aufzustoßen. Seiner Intuition folgend stürmt Beck zum Wohnzimmer. Ein kurzer Blick aus der Deckung des Flurs zeigt ihm, dass tatsächlich die Balkontür offensteht. Zitternd wischt er sich mit den Ärmeln über die Augen. Dann schiebt er sich, so gut es geht in Deckung bleibend, vorsichtig auf den Balkon zu und erkennt die am Geländer befestigte Strickleiter. Direkt unterhalb zeigt ihm der noch nicht ganz durchnässten Asphalt einer Parklücke, dass dort bis vor wenigen Minuten noch ein Wagen gestanden hat. Also sind die Terroristen längst in Richtung Autobahn unterwegs, um in einer weiteren konspirativen Wohnung irgendwo in Frankfurt, Mannheim oder einer anderen großen Stadt unterzutauchen. Eigenmächtig und gegen jede Vernunft und Polizeiordnung hat er diese Operation durchgeführt. Sein engster Mitarbeiter ist tot. Er und nur er allein hat Marx auf dem Gewissen. Ein Albtraum, aus dem er nicht aufwachen wird, wie er weiß. Wenn sie nach dem ersten Klingeln einfach die Treppe runter zum Auto gegangen wären, würde Marx noch leben. Möglich, dass das Terroristenpärchen abgetaucht wäre, bevor das SEK die Wohnung gestürmt hätte. Aber Marx würde noch leben. Möglich, dass das BKA die Aktion ganz abgeblasen hätte, um das Pärchen weiter zu observieren. Aber Marx würde noch leben. Wieder schießen ihm Tränen in die Augen.

Klein erklärt ihm, wo ihr Dienstwagen steht. Er braucht ein Funkgerät, um die Kollegen in Ludwigshafen zu informieren. Klein schickt er mit der klaren Anweisung zu Senta, die Wohnungstür erst zu öffnen, wenn der Notarzt oder Gauweiler mit seiner Mannschaft eintreffen.

Während er im Regen zu dem zwei Straßen weiter geparkten Wagen hetzt, hörte er weit entfernt das Martinshorn des Notarztwagens. Am Passat angelangt, atmet er einige Male tief durch. Dann gibt er mit immer wieder versagender Stimme eine Kurzbeschreibung des Pärchens durch. Dem Wachhabenden befiehlt er, eine Großfahndung zu veranlassen und Gauweiler zu verständigen. Für einen Moment lehnt er sich an den Wagen. Regen rinnt ihm über das Gesicht, findet den Weg in den Kragen und läuft ihm den Nacken hinunter. Obwohl das Hemd und die Latzhose völlig durchnässt sind, spürt er weder den Regen noch die Kälte. Marx ist tot. Niemand kann sich hinstellen und sagen: Hey. Wir haben einen Fehler gemacht, alles noch einmal von vorne. Scham und Trauer schneiden so quälend durch seinen Körper, dass er sich mit vor dem Bauch verschränkten Armen krümmt. Marx musste sterben, weil er in eitler Selbstüberschätzung eine Aktion genehmigt und mitgetragen hat, von der ihm jeder erfahrene Ermittler dringend abgeraten hätte. Wie gerne würde er die Zeit um ein paar Stunden zurückdrehen und alles abblasen. Aber der Tod von Marx ist nicht rückgängig zu machen. Er ist endgültig. Sein engster Mitarbeiter ist tot, weil er sich von seinem verletzten Ego hat leiten lassen, anstatt ausreichend nachzudenken. Blind vor Trauer, Scham und Selbstverachtung hämmert er auf das Dach des Dienstwagens ein und schreit seinen Schmerz in die Nacht. Als er sich umdreht, stehen drei Jungs vom Spielplatz vor ihm.

„Hey, Alter. Alles in Ordnung mit dir?"

Wütend fährt er herum und vertreibt die erschrockenen Jungs mit wut- und schmerzverzerrtem, tränennassen Gesicht. „Verpisst euch!"

Er atmet mehrmals tief durch, bis er das Gefühl hat, dass sein Puls einigermaßen in der Norm ist. Auf dem Weg zurück zu dem Hochhaus redet er laut auf sich ein. „Reiß dich zusammen Beck! Reiß dich bloß zusammen! Da vorne steht eine junge Kommissarin und will eine Erklärung von dir. Also reiß dich zusammen!"

Vor dem Haupteingang kommt ihm Schmitt mit sorgenvollem Dackelblick entgegen. Auf dem Gehweg steht der Transporter der Notärzte. Das Blaulicht taucht die Umgebung regelmäßig in kaltes Licht.

„Herr Hauptkommissar. Was ist denn passiert? Klein hat nur gesagt, ich soll hier die Augen offenhalten. Die Terroristen wären verschwunden. Stimmt das?"

Beck laufen die Tränen über die Wangen. Er muss alle Kraft aufwenden, um nicht einfach zu seinem Wagen zu rennen und so schnell wie möglich vor diesem Albtraum zu flüchten. Während er sich mit einem nassen Taschentuch Augen und Wangen abwischt, atmet er mehrmals tief durch. Sein dickes Hemd, die Latzhosen und Schuhe, alles ist vom Regen durchnässt.

„Oberkommissar Marx ist tot. Von den Terrorristen erschossen. Bleiben Sie hier, ich gehe wieder nach oben."

„Marx? Aber ich hab den doch heute Abend noch …. Tot? Das kann nicht wahr sein. Das ist ja grausam. Die Frau und die beiden Kinder." Blass vor Schreck hält Klein sich entsetzt die Hand vor den Mund.

An Marx' Familie zu denken, würde Beck jetzt nicht verkraften, also wählt er die Flucht nach vorne und verschwindet kommentarlos durch die angelehnte Tür des Haupteinganges ins Treppenhaus. Das Haus ist so ruhig wie zwanzig Minuten zuvor, als die Welt noch in Ordnung und Marx noch am Leben war. Bei dem Gedanken schießen ihm wieder Tränen in die Augen. Während er bedächtig die Treppen hochsteigt, begegnet er niemandem. Auch auf den Fluren ist niemand zu sehen. Augenscheinlich hat kein Mensch in dem riesigen Haus etwas von dem Drama mitbekommen, das sich im zweiten Obergeschoß abgespielt hat. Oder es will keiner etwas mit der Schießerei zu tun haben. Spätestens die Schüsse im Flur kann niemand überhört haben. Im ersten Obergeschoss sieht er Senta still neben Klein stehen. Wie eine mechanische Puppe führt sie in kurzen Abständen eine Zigarette zum Mund. Auf dem Steinboden ist zu erkennen, dass es nicht ihre Erste ist. Klein schüttelt stumm den Kopf. Zwei Schritte entfernt steht die fahrbare Trage aus dem Rettungswagen.

„Senta. Wie geht es dir?"

„Wie soll es mir gehen, Chef. Wir haben riesigen Scheiß gebaut. Vor einer viertel Stunde ist mein engster Kollege erschossen worden. Vor meinen Augen. Mir ist schlecht und ich möchte kotzen, kann aber nicht. Ich würde gerne alles rückgängig machen, geht aber auch nicht. Ich würde mich gerne ans andere Ende der Welt beamen, geht aber auch nicht."

Sie vermeidet es, ihn anzuschauen. Um seine Füße bildet sich eine kleine Pfütze mit Regenwasser. Dass Senta nicht heult und weiter von einem Zusammenbruch entfernt zu sein scheint als er selbst, verstärkt seine Sorge um sie nur noch mehr. Er will gerade etwas Tröstliches zu ihr sagen, als die Wohnungstür aufgeht und der Notarzt zu ihnen tritt. Er drückt ihnen bedauernd die Hände. Hinter ihm kommen die zwei Rettungssanitäter auf den Flur. Sie nicken nur kurz, schnappen sich ihre Trage und folgen dem Arzt zum Aufzug.

Zwanzig Minuten später taucht Gauweiler mit Wurster und Müller schwer atmend auf dem Treppenabsatz des ersten Obergeschosses auf. Die beiden Jüngeren schleppen die Alukoffer. Beck löst sich von Senta und Klein und geht auf Gauweiler zu.

„Wie geht es dir?" Mit leichtem Kopfnicken in Richtung Senta ergänzte Gauweiler: „Verkraftet es die Kleine einigermaßen?"

„Auf beide Fragen habe ich keine Antwort, Hans."

„In Ordnung. Du weißt, wo du mich erreichen kannst, wenn du reden möchtest."

„Danke, Hans."

Gauweiler verschwindet in der Wohnung. Um irgendetwas zu tun, schlägt er Senta vor, sich in der Fluchtwohnung im gegenüberliegenden Flur umzusehen. Da er davon ausgeht, dass die Wohnung genau so sauber sein würde wie die, in der sie die UZI gefunden haben, macht er sich wegen Gauweiler keine Sorgen.

Im Treppenhaus hören sie Türen schlagen. Schweigend gehen sie den anderen Flur entlang zu der von den Schüssen beschädigten Tür. Geruch von verbranntem Pulver hängt in der Luft. Die Wohnung ist spärlich ausgestattet. Im Flur Garderobe, Sideboard und ein paar Bilder. Sie stehen im Wohnzimmer und starren durch das breite Fenster auf die Stelle, an der die Seile am Balkongeländer festgemacht sind.

„Was haben wir falsch gemacht, Chef?"

Er schaut sie an, sieht ihren verzweifelten Blick, weiß aber nicht, was er ihr antworten soll. Dann ringt er sich ein Urteil ab. „Alles, Senta. Alles. Wir hätten das nie im Alleingang durchziehen dürfen."

Zum ersten Mal, seit Marx in dieser Wohnung so sinnlos sein Leben verloren hat, sieht sie ihm in die Augen. „Was wäre gewesen, wenn wir die beiden in Handschellen dem BKA übergeben hätten?"

„Was wäre, wenn, Senta. Vielleicht hätten wir einen Orden bekommen. Vielleicht wären wir befördert worden. Vielleicht wären wir gerügt worden, weil wir die Anweisung des BKA ignoriert haben und hätten trotzdem einen Orden bekommen. Was weiß ich."

„Aber es muss doch irgendeinen Sinn machen, dass Marx jetzt tot ist. Es kann doch nicht sein, dass er völlig sinnlos sterben musste."

Hilflos hält Beck ihrem Blick stand. „Hast du jemanden, zu dem du fahren kannst, mit dem du reden kannst, Senta?"

„Ich fahre zu meinem Freund."

„Du hast einen Freund? Das wusste ich gar nicht."

„Sie wissen einiges nicht, Chef. Kennen Sie die Familie von Marx?"

Beck schweigt. Was soll er auch sagen? Er kann sich nicht einmal daran erinnern, wie Marx' Frau aussieht. Senta hat Recht, er interessiert sich zu wenig für die Menschen um ihn herum. Das ist nichts Neues. Trotzdem hat er sich bisher nie die Mühe gemacht herauszufinden, warum. Eine strikte Trennung zwischen Beruflichem und Privatem sei wichtig für die Psychohygiene, hilft verhindern, dass man verrückt wird in diesem Job. Das war in all den Jahren seine Standarderklärung, hinter der er sich versteckt hat.

„Fahr zu deinem Freund, Senta. Hier kannst du sowieso nichts mehr tun. Ruf mich an, wenn dir danach ist. Egal wann."

Senta sieht ihn an, als ob sie immer noch auf eine Erklärung hofft, die der Katastrophe einen Sinn gibt. Als nichts von ihm kommt, verlässt sie ohne Gruß die leere Wohnung. Beck setzt sich auf die Fensterbank und versucht in der Gefühlsleere, in die er immer mehr abtreibt, irgendwo Halt zu finden. Er weiß nicht, wie lange er grübelnd dort gesessen hat, als er Schritte hört. Dann steht Lefebvre im Zimmer.

„Wie geht es Ihnen, Beck?

„Am liebsten würde ich Ihnen gleich meinen Dienstausweis geben. Reicht Ihnen das als Antwort?"

„Nein, Beck. Es tut mir schrecklich leid, was mit Oberkommissar Marx passiert ist. Eine Tragödie. Ich weiß, dass Sie sich Vorwürfe machen."

„Was wissen Sie schon, Lefebvre? Mit Marx ist nichts „passiert". Er ist tot, mausetot. Erschossen, weil ich mich überschätzt habe. Mit Marx wird niemals mehr etwas passieren. Er ist tot. Verstehen Sie das?"

„Wir alle machen Fehler, Beck. Nicht immer mit solch tragischen Konsequenzen, aber wir machen Fehler. Und wir müssen für unsere Fehler geradestehen. Und wir müssen mit ihnen leben. Zumindest müssen wir es versuchen."

Erstaunt über die ungewohnte Einfühlsamkeit des Staatsanwaltes schaut er zu ihm auf. Er will reagieren, aber ihm fehlt die Kraft.

„Wir haben um Mitternacht eine Pressekonferenz im Polizeipräsidium angesetzt. Dreiundzwanzig Uhr wird es eine Vorbesprechung im Büro des Polizeipräsidenten geben, der Polizeidirektor wird dabei sein, meine Wenigkeit und Sie natürlich. Mit Oberkommissarin Fischer und den beiden anderen Beamten werden wir später sprechen. Das Gespräch mit dem BKA werden wir ohne Sie führen, ich denke, das ist in Ihrem Sinn. Wir brauchen eine plausible Geschichte für die Presse. Manöverkritik und eine genaue Analyse des Geschehenen können wir mit der dazu notwendigen Sorgfalt auch nächste Woche im kleinen Kreis organisieren."

Beck will ihm sagen, dass er zu überhaupt nichts mehr zur Verfügung steht, sich schon gar nicht vor die Presse stellen wird. Dann nickt er nur.

„Schauen Sie mich nicht so an! Ich möchte nur Unannehmlichkeiten und schlechte Presse von unserem Präsidium fernhalten. Und ich möchte, dass unsere Arbeit in der Öffentlichkeit so gesehen wird, wie sie wirklich ist, nämlich erfolgreich. Für diesen Erfolg stehen vor allem auch Sie, Beck. Und ich möchte, dass das auch noch lange so bleibt."

„Da bin ich mir nicht mehr so sicher, Lefebvre."

Lefebvre wischt die Bemerkung mit einer großspurigen Handbewegung weg. „War schon jemand bei der Witwe?" Er schüttelt seinen großen Kopf. „Unsinn. Dafür war ja noch gar keine Zeit. Wenn es Ihnen recht ist, Beck, werde ich das übernehmen."

„Das wäre mir tatsächlich sehr recht. Danke."

Lefebvre macht einen Schritt auf Beck zu. In einer einzigen Bewegung packt er dessen Hand und tätschelt ihm kurz tröstend die Schulter. Dann wendet er sich mit einer militärisch anmutenden Drehung ab und verlässt die Wohnung.

Es ist kurz vor Mitternacht, als Beck vom Hof des Polizeipräsidiums fährt. Er will allein sein, sich in ein tiefes Loch verkriechen. Das einzige Loch, das er kennt, ist sein Häuschen in Lisweiler. Dort ist das Risiko, gestört zu werden, am geringsten. Aber gestört werden bei was? Er fühlt sich leer, kraftlos und irgendwie stumpf. Die Ereignisse des Abends, diese eine Sekunde, in der der Schuss fiel, stellen den Sinn seiner gesamten polizeilichen Karriere infrage. Müßig darüber nachzudenken, was gewesen wäre, wenn Marx sich gefügt hätte, wenn er den Anordnungen des Terroristen gefolgt wäre. Auch die plausibelste Erklärung bringt der Ehefrau und den Kindern nicht den Ehemann und Vater zurück. In der Erinnerung, wie er Marx in den letzten beiden Jahren behandelt hat, steigert sich seine Scham ins unerträgliche. Die grausame Ironie liegt darin, dass genau die Aktion Marx das Leben gekostet hat, für deren professionelle Vorbereitung Beck sich vorgenommen hatte, ihn vor der ganzen Mannschaft zu loben. Es war das Ringen um Becks Anerkennung, das Marx das Leben gekostet hat.

Niemand hat ihm offen einen Vorwurf gemacht. Der Polizeipräsident sprach sogar von einer mutigen Aktion, deren Gelingen allen Beamten des Polizeipräsidiums Rheinpfalz Respekt und Ansehen gebracht hätte. Beck hat offen und selbstkritisch über seine Unterschätzung der Terroristen berichtet und hervorgehoben, wie sorgfältig und professionell Marx die Operation vorbereitet hat. Die Notwendigkeit einer Suspendierung wurde nicht angesprochen. Dass die Erschießung von Marx von der Leitung eines anderen Kommissariats untersucht wird, stellte man als Routine dar. Einfühlsam hat man ihm den Auftritt vor der Presse erspart. Für Montagvormittag wurde eine weitere Sitzung zur Analyse der

Situation verabredet. Das war alles. Er soll die Zeit nutzen und sich schon am Freitag einen Termin bei der Polizeipsychologin holen. Das Gleiche hatte man Senta angeboten.

Auf der Suche nach einem Kaugummi finden die Finger seiner rechten Hand Sentas Kassette in der Seitentasche seines Sakkos. Er öffnet das Handschuhfach und hält die Kunststoffhülle in das schwache Licht der Innenbeleuchtung. In akkurater bunter Schrift ist der Inhalt der Kassette aufgelistet. Joy Division, Violent femmes, The Only Ones, Blondie, Echo & The Bunnymen, The Psychedelic Furs, Adam and the Ants, B 52's, dazwischen tatsächlich ein Stück von Slade. Mit Ausnahme der verhassten Glamrocker aus den Siebzigern löst keiner der Bandnamen eine Erinnerung bei ihm aus. Auf der Suche nach Ablenkung dreht er das Radio an und schiebt die Kassette in den Rekorder.

Entgegen seiner Erwartung stampft keine Punkmusik aus den Boxen. Vor dem Hintergrund sphärischer Synthesizerklänge, denen ein dynamisches Schlagzeugspiel Struktur und Rhythmus gibt, erklingt ein verschnupfter Bariton. *"Do you cry out in your sleep, all my failings expose? .... Why is it something so good just can't function no more? Love, love will tear us apart Again."* Beck schaltet das Radio aus.

In Lisweiler angekommen, versucht er mehrmals erfolglos, Nini in der Klinik zu erreichen. Dann holt er sich drei Flaschen Portugieser aus dem Keller und legt das Live Album von Colloseum auf. 'Rope Ladder to the Moon' füllt mit der vor Energie berstenden Stimme Chris Farlows seine Wohnküche. Sein erstes Glas Rotwein trinkt er in einem Zug leer. Eine Strickleiter zum Mond. Alles würde er nutzen, um dieser Situation entfliehen zu können. Aber er sieht nur die Strickleiter an dem Balkongeländer des Hochhauses. Als das Wah-Wah aus Clempsons Les Paul klagend und juchzend an die Zimmerdecke steigt, öffnet er die zweite Flasche.

33

Juni 1976

Nach dem Abschlussabend ihres dreitägigen Paris-Besuches im Moulin Rouge, an dem sie viel zu viel Champagner tranken, kamen Hofer und Miguel sehr spät und immer noch leicht verkatert auf dem Weingut unweit des Städtchens Saint-Émilion an, in dem Hofer Zimmer für sie gebucht hatte. Zuvor hatten sie mehrere Tage in der Nähe seines pfälzischen Weinbergs verbracht, in denen Miguel nicht mehr aufhören wollte, über das satte Grün der Rebenlandschaft und die Ausdehnung des Pfälzer Waldes zu staunen. Im Bordelais hatte Hofer drei Weingüter auf seiner Arbeitsliste, die sie innerhalb von zwei Tagen besuchten. Nächstes Ziel war die Region Corbières. Auf dem Weg zum Mittelmeer wählte Hofer einen kleinen Umweg über Cahors, um Miguel die Heimat der Malbec-Rebe zu zeigen. Es war heiß geworden, seit sie von Paris aufgebrochen waren. Verlässlich stiegen die Temperaturen auf über dreißig Grad. Und obwohl sie aus den Sommern im Cuyo eine ganz andere Hitze gewohnt waren, lobten sie sich jeden Tag für die Entscheidung, ein Auto mit Klimaanlage gemietet zu haben. Zwei Tage später machten sie sich auf den Weg zur nächsten Station ihrer Grande Tournée des Vins Français – so hatte Hofer ihre Reise getauft - ins südliche Tal der Rhône. Hofer hatte in einer kleinen Pension in Beaumes-de-Venise drei Übernachtungen gebucht. An einem Tag besuchten sie ein paar Weingüter in der Gegend. Am nächsten machten sie einen Abstecher in die Berge des Luberon, bestaunten die leuchtenden Ockerfelsen von Roussillion und schlenderten durch die engen Gassen von Gordes. Zwei Tage später standen sie etwas erschöpft, aber glücklich zwischen Touristen und Radfahrern auf dem Gipfel des Ventoux und versuchten erfolglos, hinter dem Bergrücken des Luberon das Mittelmeer zu erkennen. Noch nie hatten sie so viel Zeit miteinander verbracht. Sie genossen die langen Fahrten, indem sie in ungewohnter

Offenheit über das redeten, was sie gerade beschäftigte. Die Erfahrung dieser gemeinsamen Reise würde ihrer Freundschaft zusätzlich Gewicht und Tiefe verleihen, dessen war sich Hofer sicher. Am letzten Abend trafen sie sich mit dem sichtlich gealterten Monsieur Boulle in Carpentras, um mit ihm die Auswahl und den Ankauf neuer Rebklone zu beraten.

Auf dem Weg ins Elsass hatte Hofer zwei Übernachtungen an der Côte d'Or und den Besuch zweier für ihren Chardonnay bekannte Weingüter geplant. Von Beaune nach Colmar wählte Hofer die Strecke entlang des Doubs, die er vor Jahren mit Recha und den Kindern genommen hatte, rechter Hand immer den Höhenzug des Jura im Blick. Es waren rund dreihundert Kilometer bis nach Colmar, also ließ er sich Zeit. In Montbéliard nahm er die Straße nach Belfort. Dort folgte er dem Wegweiser Ballon d'Alsace Richtung Giromagny. Als sie am späten Nachmittag hoch zum Col du Wettstein fuhren und an dem Soldatenfriedhof vorbei rollten, auf dem er Lucien Catieux erdrosselt und vergraben hatte, tauchte zum ersten Mal Lieutenant Pompidou in seinen Gedanken auf.

Es war schon früher Abend, als ihr Wagen über das Kopfsteinpflaster der engen Gassen von Colmar rumpelte. Er hatte ein kleines Hotel in der Nähe des alten Gerberviertels gebucht. Als sie eine Stunde später an der Lauch entlang spazierten, um die am Wasser liegende Weinstube zu finden, die ihnen der freundliche junge Mann am Empfang empfohlen hatte, kam Miguel gar nicht aus dem Staunen heraus über die vielen hübschen Fachwerkhäuser mit ihrem üppigen Blumenschmuck.

Sie verbrachten den Abend im Les Tanneurs. Nur mit Mühe schafften sie das Choucroute Royale und tranken reichlich Riesling. Ihre Gespräche drehten sich um die Erfahrungen der letzten Wochen. Ausführlich diskutierten sie, welche Rebsorten am besten mit dem Klima um Mendoza und St. Juan zurechtkommen könnten.

Am nächsten Morgen saßen sie bei einem späten, für französische Verhältnisse überaus ergiebigen Frühstück und gingen gut gelaunt ihre Pläne für die kommenden Tage durch. Mitten im herzhaften Lachen über einen Scherz Miguels zu den unangenehmen Folgen übermäßigen Genusses von Sauerkraut trat der Concierge an ihren Tisch.

„Monsieur Hofer. Bitte entschuldigen Sie, aber früh am Morgen hat ein Polizist diesen Umschlag abgegeben. Ich würde Sie nicht bei Ihrem Frühstück stören, wenn der Flic nicht ausdrücklich darauf hingewiesen hätte, dass es sich um eine sehr dringende Angelegenheit handeln würde." Mit einer kleinlaut vorgetragenen Entschuldigung übergab der Grauhaarige Hofer ein Kuvert. Stirnrunzelnd nahm ihm Hofer das Schreiben ab. „Merci, Monsieur." Er wischte sein Messer an der Serviette ab und riss das Kuvert auf. Still las er das Schreiben.

„Was wollen die von dir, Sebastian? Die Geschichten, die du mir erzählt hast, sind doch über dreißig Jahre her. Das ist doch längst verjährt, wenn es überhaupt noch irgendwen interessiert."

Mit ernstem Gesicht sah Hofer von dem Schreiben auf. „Es ist die Einladung zu einem Gespräch. Um halb elf im Polizeipräsidium." Übertrieben ernst betonte Hofer das Wort Einladung. „Monsieur Pompidou möchte mit mir ein paar Fragen erörtern. Ich dachte, wir hätten vor Jahren alles geklärt. Aber Pompidou schreibt, dass ihm neue Informationen vorliegen, deren Echtheit er gerne mit mir abstimmen möchte. Der Mann hat Nerven." Er spürte Ärger in sich aufsteigen, riss sich aber zusammen. Mit einem verkniffenen Lächeln schaute er zu Miguel. „Hey, mein Freund. Lass dir die Laune nicht verderben. Es ist alles in Ordnung. Ich bin spätestens um halb eins zurück, also rechtzeitig genug, um mit dir einen Baeckeoffe zu verspeisen."

„Kann ich irgendetwas tun, Sebastian?"

„Nur zur Sicherheit. Ich schreibe dir gleich die Adresse und Telefonnummer der argentinischen Botschaft in Paris auf. Wenn ich um vierzehn Uhr nicht zurück bin, ruf dort an und bitte um sofortige Unterstützung!"

Gegen zehn Uhr schlenderte Hofer äußerlich gelassen in Richtung des nahe gelegenen Polizeipräsidiums. Er kannte den Weg. Die Temperaturen kletterten schon über die Zwanzig-Grad-Marke und kündigten einen weiteren heißen Frühsommertag an. Konnte ihm die Hartnäckigkeit Pompidous vielleicht gefährlicher werden als die spitzen Hörner des Bullen in dem Gaucho-Städtchen? Mit schmerzhaftem Ziehen und Jucken meldeten sich die frisch verheilten Wunden an seiner rechten Seite. Er wollte dieses Gespräch so schnell wie möglich hinter sich bringen. Langsam stieg er die halbrunde Steintreppe zum Eingang des Polizeigebäudes hoch. Ein Uniformierter führte ihn zwei Stockwerke höher zu Pompidous Büro. Der Polizeioffizier begrüßte ihn wie einen alten Bekannten und bot ihm einen frisch gebrühten Kaffee an.

„Wie geht es Ihnen, Monsieur Hofer? Wir haben uns lange nicht gesehen. Bitte nehmen Sie doch Platz." Pompidou saß hinter einem aufgeräumten Schreibtisch, und die Art, wie er sich eine filterlose Gitanes aus der blauen Pappschachtel schüttelte, erinnerte Hofer an ihr erstes Treffen vor vier Jahren. Der Mann wirkte keinen Tag älter, die einzige Veränderung war der dritte weiße Streifen auf seinen Schulterklappen.

„Keine Anspielungen auf Monsieur Mutzig heute, Monsieur Capitaine? Sie scheinen mir nicht zu der Sorte Mensch zu gehören, die schnell aufgibt. Oder haben Sie wieder einen Toten gefunden, zu dem Ihnen der Mörder fehlt?" Nachdem er sein Sakko über den herangezogenen Stuhl gehängt hatte, nahm Hofer auf dem angebotenen Stuhl Platz. Er legte die Packung Zigarillos vor sich und reichte die offene Flamme seines Feuerzeugs über den Tisch, worauf sich ihm der Capitaine ohne zu zögern entgegenbeugte, um daran seine Zigarette anzuzünden.

„Danke, Monsieur Hofer, aber ganz ohne Monsieur Mutzig werden wir auch heute nicht auskommen." Fast gemächlich lehnte er sich in seinem ledernen Bürostuhl zurück. Hofer ausführlich musternd, zog er an seiner Zigarette und blies Tabakrauch in den Raum.

„Haben Sie neue Erkenntnisse? Ich hatte noch nicht die Zeit, Madame Mutzig zu besuchen."

„Insofern neue Erkenntnisse, als dass die Spitzeltätigkeit des jungen Herrn Mutzig bewiesen scheint. Eine Gruppe elsässischer Bürger, der sich inzwischen auch einige Pfälzer anschlossen haben, wollen die Ereignisse um die im Herbst '44 in den Wäldern des Donon und im Rabodeau-Tal begangenen nationalsozialistischen Verbrechen erforschen. Aktion Waldfest. Schon mal gehört?"

Hofer schüttelte nachdenklich den Kopf. „Das finde ich höchst unterstützenswert. Allein schon wegen des Seelenheils von Frau Mutzig. Wenn Sie da eine Adresse hätten oder vielleicht eine Kontonummer. Das würde ich gerne unterstützen."

Pompidou ignorierte Hofers Angebot. „Wie alt sind Sie, Herr Hofer?"

„Sechsundfünfzig Jahre bin ich im März geworden. Aber ich nehme an, das wissen Sie."

„Ja das weiß ich, Herr Hofer. Ich meine vieles zu wissen. Nur von Ihrem Alter abgesehen, kann ich nicht allzu viel beweisen. Leider scheint dieses Land selbst dann nicht in der Lage zu sein, Kollaborateure und Kriegsverbrecher zu bestrafen, wenn klare Beweise vorliegen. Das wiederum wissen Sie. Deshalb besuchen Sie Frankreich nach wie vor ohne Ängste und Gewissensbisse." In Pompidous höflichen Konversationston mischte sich ein bitterer Unterton. Er stand auf, drückte seine halbgerauchte Zigarette aus und ging kerzengerade zu dem großen Fenster, um einen Flügel zu öffnen. Leise Geräusche von der Straße drangen in das Büro. Mit dem Gesäß an die Fensterbank gelehnt, beobachtete der Capitaine Hofers Reaktion.

„Sie sagen nichts? Sie haben keine Meinung zu den Zeiten, von denen ich erzähle?"

„Einiges habe ich in jungen Jahren am eigenen Leib erfahren und viel schlimmeres von Frau Mutzig und anderen erzählt bekommen. Sie wissen sicherlich, dass ich eine jüdische

Frau geheiratet habe und drei formidable Kinder unseren Namen tragen. Vieles habe ich gelesen." Hofer griff nach der Schachtel Zigarillos.

„Sie können sich gerne eine Gitanes nehmen."

Zögerlich zog sich Hofer eine Zigarette aus der Schachtel auf dem Schreibtisch.

Im Plauderton redete Pompidou weiter. „Sie haben tatsächlich die Chuzpe gehabt, eine jüdische Frau zu heiraten, Monsieur Hofer. Ich bewundere das fast, wenn auch mit Grausen und einer gewissen Abscheu. Wie stark muss man sich selbst verleugnen und die eigene Geschichte so ins Gegenteil verdrehen, um das hinzukriegen, Monsieur Hofer? Können Sie mir das erklären?"

Hofer hielt dem fragenden Blick des Polizeioffiziers ruhig und äußerlich unbeeindruckt stand. „Ich kann mir nicht vorstellen, dass Sie mich vorgeladen haben, um Ihre Bewunderung oder Abscheu auszudrücken, Capitaine. Also nennen Sie mir endlich Ihr Anliegen, vielleicht kann ich Ihnen ja sogar helfen."

„Sie könnten mir sehr wohl helfen, Monsieur Hofer, aber Sie werden es nicht tun. Sie wären ein unbestreitbarer Zeitzeuge, der uns erzählen könnte, wie die Aktion Waldfest vorbereitet wurde und abgelaufen ist."

„Entschuldigen Sie bitte die hypothetische Frage, aber was hätten Frankreich oder das Elsass von diesem Wissen, wenn es denn tatsächlich in meinem Besitz wäre? Welchen Sinn hätte es, dass über dreißig Jahre nach diesen unseligen Zeiten Hunderte ehrliche und durchaus patriotische Familienväter vor Gericht gezerrt würden?"

Pompidou ignorierte Hofers Frage. „Ich habe vor, ein Strafverfahren gegen Sie zu eröffnen, Monsieur Hofer. Das wollte ich Ihnen persönlich mitteilen. Ich weiß, dass es zum Scheitern verurteilt ist, weil dieses Land noch nicht bereit ist, zu seiner Geschichte zu stehen, insbesondere zu deren braunen Stellen. Aber ich werde es trotzdem versuchen."

Nachdem Hofer seine Asche in dem Aschenbecher auf dem Schreibtisch abgeklopft hatte, schüttelte er sanft den Kopf. „Was treibt Sie an, Capitaine? Warum wühlen Sie so verbissen in alten Geschichten herum? Es ist schrecklich, was in diesen Jahren passiert ist, aber wird es weniger schrecklich, wenn es Ihnen gelingt, ein paar Leute unter die Guillotine bringen?"

Pompidou kam wieder zu seinem Schreibtisch zurück und setzte sich auf seinen Lederstuhl. Schweigend musterte er Hofer, der seine Zigarette zu Ende geraucht und im Aschenbecher ausgedrückt hatte. Dann zog er eine Schublade auf. Gespannt beobachtete Hofer, wie der Capitaine eine umfangreiche braune Akte herausnahm und vor sich auf der Schreibunterlage ablegte.

„Wir haben Post aus Buenos Aires bekommen, Herr Hofer. Ein Rechtsanwaltsbüro hat uns das Vermächtnis eines gewissen Paul Kripp, alias SS-Obersturmbannführer Friedrich Scheel, zukommen lassen."

Er blätterte in den Papieren, entschied sich dann für das oberste. Mit einem herausfordernden Brummen schob er es über den Tisch. Hofer rückte seinen Stuhl ein wenig näher und drehte sich das Papier so zurecht, dass er es lesen konnte. Auf dem Papier war unter der Überschrift *Dokumente zum Nachweis der Tätigkeiten des SS-Untersturmführers Jean-François Mutzig*' der Inhalt der Akte aufgelistet: Personalnachweis, Erklärung über Zugehörigkeit zu Parteien, Logen und anderen Organisationen, Verfügungen über Anwerbung, Beförderungen, Versetzungen usw., Festsetzung des Besoldungsdienstalters, sonstiger Schriftwechsel, Beurteilungen, dienststrafrechtliche Angelegenheiten, alles war da. Kripp hatte es drohend angekündigt.

Hofers Blick haftete einige Augenblicke zu lange auf dem Dokument, dann hatte er sich wieder im Griff. „Donnerwetter, Monsieur Capitaine. Da ist Ihnen ja ein dicker Fisch ins Netz gegangen."

Während sich ein bitteres Lächeln über den Mund des Offiziers legte, zog er ein weiteres Papier aus der Akte und legte es Hofer hin. „Schauen Sie, Monsieur Hofer. Dieser Mutzig könnte Ihr Zwillingsbruder gewesen sein."

Hofer beugte sich vor und erkannte am rechten oberen Rand seines Lebenslaufes ein vergilbtes Passbild. „Sie haben recht, Monsieur Capitaine, wir sahen uns wirklich ähnlich. Der Behauptung allerdings, wir seien Zwillinge, wird Ihnen vor allem Frau Mutzig entschieden widersprechen." Hofer lehnte sich wieder zurück.

„Es gibt noch einen zweiten Teil in den zugesandten Unterlagen. In diesem zweiten Teil wird sehr ausführlich Ihre gemeinsame Flucht über Genua nach Argentinien beschrieben. Es folgt eine akkurate Schilderung Ihres Aufstiegs zum Großgrundbesitzer, bei dem Sie sich in guter Tradition völlig skrupellos weiter der Möglichkeiten Ihres früheren Führungsoffiziers bedient haben und dabei auch über Leichen gegangen sind." Pompidou musterte Hofer in einer Mischung aus Genugtuung und Resignation. „Ich habe ernsthaft erwogen, Sie hier und heute zu verhaften, Monsieur Mutzig. Offenbar waren Sie so klug und haben schriftliche Verabredungen mit Scheel vermieden. Aber obwohl die Unterlagen von Scheel sehr schlüssig behaupten, dass auch der große Erfolg des Winzers Hofer aus Mendoza auf Blutgeld gebaut ist, wird das alles leider nur schwer zu beweisen sein. Trotzdem hätte ich es gewagt."

Pompidou schüttelte sich eine weitere Gitanes aus der Schachtel und zündete sie sich an. Ohne in seiner zornigen Ernsthaftigkeit nachzulassen, machte er es sich auf seinem Lederstuhl bequem.

„Aber da Sie argentinischer Staatsbürger sind, wären Sie binnen weniger Stunden wieder auf freiem Fuß. Schlimmer noch stünde zu befürchten, dass mir in Folge dieser internationalen Unannehmlichkeit von ganz oben sämtliche Freiräume zu weiteren Ermittlungen in Ihrem und ähnlichen Fällen per Befehl genommen würden."

„Monsieur Capitaine, ich kenne keinen Paul Kripp. Und mir fehlt die Fantasie, wie der Mann darauf kommt, mich zu kennen. Vielleicht erging es ihm wie Ihnen und er hat mich verwechselt. Die Ähnlichkeit mit Mutzig ist ja wirklich verblüffend."

„Es geht hier nicht um billige Rache, Monsieur Mutzig. Auge um Auge. Zahn um Zahn. Alles nur biblischer Quatsch. Davon wird die Welt nicht besser. Mir liegt nichts daran, Sie für ein paar Stunden in eine Zelle zu stecken. Es geht um die Aufarbeitung unserer Geschichte. Und wenn in diesen schlimmen Jahren jemand Verbrechen gegen die Menschlichkeit begangen hat, dann sollte dieser jemand auch dafür zur Rechenschaft gezogen werden. Es geht um Gerechtigkeit und Respekt vor den Opfern, Monsieur Mutzig. Und um ein Zeichen für die Nachgeborenen, dass Geschichte sich nicht wiederholen darf."

„Ich kann Ihnen da nur beipflichten, Monsieur Capitaine. Und wenn Sie bitte darauf verzichten würden, mich mit dem Namen eines Mannes anzusprechen, der wahrscheinlich schon mehr als drei Jahrzehnten tot ist, werde ich mir ernsthaft überlegen, ob ich irgendwie helfen kann. Ich befürchte allerdings, dass ich nicht mehr zu der Sache beitragen kann, als ich es bisher versucht habe. Mutzig hat im Verlauf unseres kurzen Zusammentreffens außer von seiner Mutter und seinen Studentenjahren in Straßburg nichts erzählt, was zur Aufklärung der Anschuldigungen beitragen könnte." Hofer schob seinen Stuhl zurück. „Ich muss jetzt wirklich los, Monsieur Capitaine."

Ohne den Versuch zu wagen, Pompidou die Hand zu reichen, stand er ohne Eile auf und ging zur Tür. Er wollte nur noch weg. Weg aus diesem Zimmer, weg aus dieser Stadt und auch weg aus diesem Land. Halb auf dem Flur gab er sich einen Ruck und drehte sich noch einmal um. „Wenn Sie mich noch einmal sprechen möchten Monsieur Capitaine, wir sind noch zwei Tage in der Stadt, dann geht es zurück nach Argentinien."

„Hatten Sie nicht eine ganze Woche geplant, Monsieur Hofer?" In Pompidous Stimme schwang ein höhnischer Unterton. „Ich wollte Sie nicht vertreiben. Im Gegenteil, ich hätte Sie gerne viel länger hierbehalten."

„Mein Geschäftspartner möchte zurück. Er hat Heimweh. Machen Sie nicht aus allem ein Geheimnis, Monsieur Capitaine."

Hofer hatte schon die Türklinke in der Hand, als der Offizier sich von seinem Stuhl erhob.

„Ach, das hätte ich beinahe vergessen, Mutzig. Da ich mir nicht sicher war, ob Ihr ehemaliger Kumpan nicht auch Ihre Frau informiert hat, habe ich mir erlaubt, ihr Kopien der Akte zu schicken. Und viele Grüße an die werte Frau Mama."

Ohne weiteren Gruß war Hofer auf den Flur getreten und hatte die Tür hinter sich zugezogen. Während er äußerlich ruhig die Treppen hinunterstieg, rasten seine Gedanken. Kaum hatte er den schweren Türflügel des Haupteingangs aufgeschoben, stach ihm schmerzhaft die hochstehende Sonne in die Augen. Am Fuß der Treppe erkannte er ein gutes Dutzend Presseleute mit Mikrofonen und Fotoapparaten bewaffnet, die auf irgendeinen Prominenten warteten. Als er die ersten Stufen nach unten nahm, kam Bewegung in die Gruppe. Binnen weniger Sekunden war er umringt von Journalisten, die ihm ihre Mikrofone und Diktiergeräte entgegenstreckten und ihn dutzendfach ablichteten.

„Was haben Sie ausgesagt, Monsieur Mutzig?"

„Wie war Ihre Rolle bei der Aktion Waldfest? Was für Aufgaben hatten Sie?"

„Haben Sie auch selbst Menschen getötet?"

„Meine Herren. Sie verwechseln ... Lassen Sie mich bitte durch. Ich habe dazu nichts ..." Er hatte keine Chance.

„Herr Hofer, wie lebt man mit so einer Schuld?"

„Wollen Sie sich stellen?"

Im Augenwinkel sah er ein Taxi die Straße herunterkommen. Schweißgebadet winkte er hektisch nach dem Wagen, der dann tatsächlich hielt. Erleichtert nannte er dem

Taxifahrer den Namen des Hotels, in dem sie abgestiegen waren. Als er einen letzten Blick durch die Heckscheibe auf die Journalisten warf, meinte er in einem der Fenster des ersten Obergeschosses das lächelnde Gesicht von Pompidou zu erkennen.

Aus einer kleinen Weinstube rief er Miguel an, um ihm Bescheid zu geben, dass er sich verspäten würde. Er brauchte jetzt ein wenig Zeit für sich. Die forsche Art des Capitaine, sein Schachzug mit der Presse - Hofer hatte keine Zweifel, dass diese Aktion von Pompidou initiiert war, um ihn weiter unter Druck zu setzen - vor allem aber die Weiterleitung von Kripps Unterlagen an Recha ließen ihn keinen klaren Gedanken fassen. Im kühlen Schatten eines dichten grünen Rebendaches, direkt am ruhig fließenden Wasser der Lauch, versuchte er, bei zwei Kaffee und zwei großen Kognaks Ordnung in sein Denken zu bringen.

Schlimmstenfalls könnte er nicht mehr nach Frankreich reisen, was im Ergebnis bedeutete, dass er seine Mutter heute Abend zum letzten Mal sehen würde. Was würden die Weinbrüder in Neustadt denken, wenn über einen von ihnen mit einer solchen Schlagzeile berichtet wird? Hofer war überzeugt davon, dass Pompidou auch einige deutsche Nachrichtenblätter informiert hatte. Mit all dem würde er irgendwie klarzukommen. Aber wenn Recha tatsächlich dieses Paket von Pompidou bekommen hat, wenn sie nur einen einzigen Augenblick über dessen Wahrheitsgehalt nachdachte, wäre sein Leben zerstört.

Je länger er darüber nachdachte, umso mehr kam er zur Auffassung, dass Pompidou einen Bluff gewagt hatte. Ein letztes großes Aufbäumen vor der Kapitulation sozusagen. Der einzige Zeuge war tot, also hatte der Mann außer einiger haltloser Behauptungen eines gesuchten Naziverbrechers nichts gegen ihn in der Hand. Die Rechnung Kripps, ihn mit in den Abgrund zu reißen, war nicht aufgegangen. Für einen kurzen Moment war der Impuls, Recha anzurufen, fast übermächtig. Aber was wollte er ihr sagen, wenn keine Post aus dem Elsass bei ihr angekommen war? Er musste einen kühlen Kopf bewahren. Wie geplant würde er den heutigen Abend mit seiner Mutter verbringen, morgen mit Miguel zwei Weingüter und das Château du Haut-Kœnigsbourg besuchen, anschließend mit ihm und seiner Mutter in Kaysersberg zu Abend essen und übermorgen auf dem Weg nach Frankfurt und zurück nach Argentinien sein. In Mendoza wird er die Geschichte mit seinem Rechtsanwalt klären und dann endgültig vergessen.

34
10. September 1982

An Becks Wange dünstet Marx' zerschmetterter Schädel metallischen Geruch von Blut und Hirnmasse aus. In die Finsternis eines Holzsarges gesperrt, will er auf sich aufmerksam machen. In heller Panik schlägt er mit Fäusten und Knien gegen den Deckel. Marx' Ehefrau mit den Kindern, der Polizeipräsident, der Polizeidirektor, Dutzende Uniformierte, Lefebvre, Senta, Gauweiler, Stein, Nini und Hanna, seine Eltern, sogar Wolle, stehen um das offene Grab, über dem der Sarg aufgebockt ist. Laut hallen die Schläge in seinem Kopf, die die letzten Nägel in das Holz treiben. Im Rhythmus des immer quälender werdenden Hämmerns setzt sich ein stechender, heftig pochender Schmerz in seinem Schädel fest. Schweißgebadet schreckt er hoch. Doch obwohl er wach ist, hört das Klopfen nicht auf. Mit der Erinnerung an die Ereignisse der vergangenen Nacht setzen augenblicklich die quälenden Schuldgefühle und Selbstvorwürfe ein. Sein Wecker zeigt halb zehn. Immer noch benommen von den drei Litern Portugieser, die er in der Nacht in sich hineingeschüttet hat, schiebt er kraftlos die Beine über die Bettkante. Da fällt ihm ein, dass das Klopfen von seinem Hoftor kommen könnte. Unter lautem Fluchen schafft er es aus dem

Bett und bewältigt steif die steile Holztreppe zur kleinen Diele hinunter. Vorsichtig, als sei das Kopfsteinpflaster die tückische Oberfläche eines gefährlichen Moores, stakst er über den Hof. In der Hoffnung, der ungebetene Gast würde es sich doch noch anders überlegen, lässt er sich Zeit. Langsam zieht er das Tor einen Spalt auf.

„Wer ist da?"

„Bon Jour Monsieur. Mein Name ist Pompidou, Ihr Freund Muller hat mir von Ihren Fragen erzählt und ich glaube, ich habe ein paar Antworten. Sind Sie interessiert?"

Beck zieht das Tor schulterbreit auf und macht einen Schritt zur Seite. „Kommen Sie herein! Entschuldigen Sie bitte meine Aufmachung, aber Sie haben mich aus dem Bett geholt."

„Pas de problème, Monsieur Beck."

Beck schließt das Tor hinter dem grauhaarigen, großgewachsenen Besucher und geht über den kleinen Hof voraus. Pompidou folgt ihm schweigend. In der Wohnküche angekommen, öffnet er das Fenster zur Gasse, um frische Luft hereinzulassen.

„Möchten Sie einen Kaffee, Monsieur Pompidou?"

Ohne eine Antwort abzuwarten, lässt er Wasser in den Behälter laufen, setzt das mit Kaffeepulver gefüllte Sieb ein und schraubt den Auffangbehälter auf. Mit geübtem Griff zündet er die kleine Flamme seines Gasherdes an und stellt das silberne Gebilde darauf.

„Wenn Sie bitte einen kurzen Moment auf den Espresso aufpassen würden, Monsieur. Ich muss mich eben kurz mal frisch machen." Beck tapst zur Treppe, um für eine viertel Stunde im Bad zu verschwinden. Auf der ersten Stufe dreht er sich um. Zu schnell, wie er an dem stechenden Schmerz in seinem Kopf merkt. „Haben Sie schon gefrühstückt, Monsieur?"

„Außer einem Kaffee hatte ich noch nichts. Ich war zuerst in Ihrem Haus in Speyer. Ihr bunter Nachbar hat mir freundlicherweise - ich soll Ihnen übrigens einen Gruß ausrichten -

die Adresse hier gegeben, sonst wäre ich wieder nach Hause gefahren."

Guter Wolle, denkt Beck.

„Dann holen Sie uns doch bitte ein paar Brötchen. Hier ..." Beck greift in sein Sakko, das an dem Garderobenständer neben der Treppe hängt, „... zehn Mark müssten reichen. Wenn wir Glück haben, gibt es noch Croissants."

„Wo ist denn die Bäckerei?"

„Natürlich, entschuldigen Sie. Vor dem Tor, etwa dreihundert Meter nach rechts." Er wirft einen Blick auf die Küchenuhr. Kurz vor zehn. Müsste er nicht in seinem Büro sein? Dann kommen die Bilder von den nächtlichen Gesprächen mit Lefebvre und Kriminaloberrat Hahmann und dass sie ihn nach Hause geschickt haben. Er soll sich ein paar Tage freinehmen.

Zwanzig Minuten später tritt Beck frisch geduscht und glattrasiert in die Wohnküche. Sein Tisch ist mit Butter, Wurst, Käse und einem Korb frischer Brötchen gedeckt. Neben zwei runden Frühstücksbrettern stehen zwei Schalen mit dampfendem Milchkaffee.

„Kommen Sie jetzt jeden Samstag, Monsieur?"

Pompidou lässt kopfschüttelnd ein freundliches Lächeln sehen.

"Sie haben eine beachtliche Plattensammlung Monsieur Beck."

Im Hintergrund näselt Bob Dylan: *"When you got nothing, you got nothing to lose. You're invisible now, ...How does it feel. ...To be on your own. ...Like a complete unknown. Like a rolling stone?"* Von was redest du, Herr Zimmermann, denkt Beck und setzt sich.

„Sie beschäftigen sich mit der unrühmlichen Geschichte unserer beider Staaten, Monsieur Capitaine?" Beck beißt in sein dick mit Leberwurst bestrichenes Brötchen. Gierig trinkt er den schon etwas abgekühlten Kaffee.

Wieder lächelt Pompidou. „Das hätte ich auch zu Ihnen sagen können Monsieur Beck."

„Wie meinen Sie das?"

„Na ja. Wenn ich richtig verstanden habe, was mir Commandant Muller ausrichten ließ, könnte es durchaus sein, dass Sie nach demselben Mann suchen, dem ich schon seit vielen Jahren auf den Fersen bin."

„Ich suche den Mörder eines jungen Mannes. Die Tat ist vor einer guten Woche begangen worden. Wir sind tatsächlich auf eine Spur gestoßen, die Jahrzehnte zurückreicht, bis in die letzten Monate der deutschen Okkupation des Elsass."

„Okkupation. Was für ein schönes, sauberes Wort."

Allein der Versuch, sich auf sein Gegenüber zu konzentrieren, verstärkt Becks Kopfschmerzen. Vor dem Duschen hat er zwei Tabletten zerkaut und mit einem Schluck Wasser hinuntergespült. Vorsichtig steht er auf und geht zum Herd.

„Möchten Sie auch noch einen Kaffee, Monsieur Pompidou?"

„Ja gerne, Monsieur Beck. Sehr gerne."

Schweigend reinigt Beck die Espressomaschine, füllt die entsprechenden Behälter mit frischem Wasser und Kaffeepulver und stellt die zusammen geschraubte silberne Einheit auf die kleine Gasflamme. Still bleibt er vor dem Gasherd stehen und starrt auf die Kaffeemaschine.

Langsam verdrängt der scharf pochende Schmerz über der rechten Schläfe den alkoholbedingten Nebel in seinem Kopf, attackiert aber jeden Versuch, einen klaren Gedanken zu fassen. Hilflos ist er den Erinnerungen an die Tragödie der vergangenen Nacht ausgesetzt. Ein drängendes Röcheln und Blubbern reißt ihn aus den Grübeleien und erinnert ihn daran, dass er einen Gast hat. Er nimmt den Kaffee von der Flamme und kehrt zu dem Tisch zurück. „Erzählen Sie!"

Mit ruhiger Stimme erzählt Capitaine Pompidou die Geschichte des jungen Jean-François Mutzig aus Kaysersberg, der sich an der Verschleppung, der Folter und dem Tod unzähliger Landsleute zumindest mitschuldig gemacht hat, um seine halbjüdische Mutter vor der Deportation nach Auschwitz zu schützen. Als Pompidou beschreibt, wie der

Elsässer sich als katholischer Priester verkleidet in das Vertrauen des schwer verletzten Kommandeurs und damit in das Lager des Maquis eingeschlichen hat, wird Beck hellhörig. War in dem karminroten Büchlein nicht von einem Priester die Rede, der aus heiterem Himmel im Feldlager der Widerstandskämpfer aufgetaucht war? Hellwach wird Beck als Pompidou von dem Argentinier erzählt, der sich derzeit in Neustadt aufhält, um am Sonntag feierlich in das Amt eines Ordensrates der Haardter Weinbruderschaft aufgenommen zu werden. Pompidou ist der Überzeugung, dass es sich bei Hofer und Mutzig um ein und dieselbe Person handelt. Beck fallen die beiden Fotokopien auf seinem Schreibtisch ein. Es scheint alles zusammenzupassen.

„Sie denken tatsächlich, dass dieser Hofer mit dem Mutzig identisch ist, den Sie suchen?"

„Seit vielen Jahren habe ich den Mann im Visier. Ich bin mir absolut sicher, Monsieur Beck. Die Beschreibung der Wanderer passt gut, auch wenn sie sich bei dem Alter um fast zehn Jahre verschätzt haben."

„Warum haben Sie nichts unternommen, wenn Sie so sicher sind?" Beck tastet nach seiner Jacke an dem Garderobenständer neben sich und drückt sich zwei Schmerztabletten aus dem Blister, die er mit dem kalt gewordenen Milchkaffee hinunterspült.

„Weil es mir bisher nicht gelungen ist, tragfähige Beweise vorzulegen. Zwei Mal habe ich mit dem Mann gesprochen. Einmal in Zusammenhang mit einem bisher ungeklärten, achtzehn Jahre alten Mord, für den er meiner Überzeugung nach ebenfalls die Verantwortung trägt."

Pompidou steht auf und geht zum Herd. „Soll ich noch einen Kaffee aufsetzen?" Um aus dem Fenster hinter dem Herd auf die Gasse zu schauen, musste er sich fast ein wenig bücken.

„Nein Danke, Monsieur:"

Pompidou dreht sich wieder zu Beck um. „Übrigens war Ihr Toter bei mir in Colmar. Vor vier Wochen vielleicht."

„Wolfgang Löffler war bei Ihnen?"

„Ja, Löffler hieß der junge Mann. Er hat sich nach Mutzig erkundigt und wie wahrscheinlich es ist, dass der Mann in Frankreich vor ein Gericht kommt."

Es scheint wirklich alles zusammenzupassen. Löffler war auf Nazi-Jagd, dann ist zwischen den Felsen auf der Kalmit irgendetwas schiefgelaufen. Es kostet Beck viel Kraft, sich auf seinen Gast zu konzentrieren. Immer wieder projiziert die Erinnerung den wütenden Gesichtsausdruck von Marx und dessen zur Seite gerissenen explodierenden Kopf in seine Gedanken. Der Majorangeschmack der Leberwurst drückt ihm auf den Magen und ihm wird übel. Beim Aufschauen bemerkt er, dass Pompidou in besorgt beobachtet.

„Geht es Ihnen nicht gut, Monsieur Beck? Sie sind bleich wie eine frisch gekalkte Wand."

„Zu viel Wein. Sonst nichts." Etwas wackelig steht er auf und öffnet den Kühlschrank in der Hoffnung, eine Flasche Mineralwasser zu finden. Er hat Glück. Ohne auf Pompidou zu achten, setzt er die Flasche an und trinkt sie halb leer.

„Frische Luft hilft immer, Monsieur Beck. Wollen wir ein paar Schritte gehen?"

Beck sieht auf die alte Küchenuhr über der Tür zum Gästeklo. Gleich halb zwölf. Obwohl er sich immer noch am liebsten verkriechen würde, nickt er vorsichtig. „Gute Idee. Kommen Sie, ich zeige Ihnen meinen Weinberg."

„Sie bauen Wein an?"

„Ich versuche es."

Vor dem Tor folgen sie einer ansteigenden, immer enger werdenden Gasse, die von kleinen, an den Hang geduckten Häusern gesäumt aus dem Dorf führt. Nachdem sie an dem letzten Gebäude vorbei sind, wechselt der Bodenbelag. Auf einem Feldweg steigen sie zwischen grünen Rebenreihen einen Hang zur dunklen Front des Waldes hoch. Je höher sie kommen, umso weiter wird die Aussicht in die Rheinebene. Am südöstlichen Horizont schimmert der schwarze Rücken des Schwarzwaldes. Immer größer werdende Lücken mit blauem Himmel zeigen an, dass sich die Sonne bald gegen die letzten Reste des Frühnebels durchsetzen wird. Anfangs forcieren die Anstrengungen des Aufstiegs seine Kopfschmerzen, dann merkt Beck, wie das Zittrige langsam aus seinem Körper verschwindet. Es kommt ihm unwirklich vor, mit einem Offizier der französischen Polizei über die kulturelle Rolle des Weins in der Menschheitsgeschichte zu plaudern, während sich in seinem Kopf unaufhaltsam das Gefühl verstärkt, an Scham und Trauer ersticken zu müssen. Eine Erklärung wäre, dass sein Spaziergang mit dem Elsässer nicht in der gleichen Welt stattfindet, in der am Abend zuvor Marx erschossen wurde, sondern in einer anderen Welt, einem Paralleluniversum vielleicht. Er beginnt, tatsächlich zu hoffen, dass bei ihrer Rückkehr zu seinem Häuschen Marx in seinen unmöglichen Klamotten ungeduldig vor dem Tor wartet, um ihn zum Tatort eines nächsten Verbrechens zu holen.

Als die beiden Männer wieder die Gassen von Lisweiler erreichen, fühlt sich Beck annähernd kräftig genug, um darüber nachzudenken, welche Schlüsse aus den Informationen von Pompidou zu ziehen sind. Der Rückflug des Argentiniers ist für Montag geplant, also bleibt ihm nicht viel Zeit. Von den verschiedenen Vorgehensweisen, die sie während ihres Spaziergangs zwischen endlosen Rebenreihen erörtert haben, scheint ihm nur eine einzige erfolgversprechend. Da Hofer der drahtige Endfünfziger sein muss, der von den Wandervögeln am Kalmithaus gesehen worden war, halten sie es für glaubwürdig, den Argentinier ganz offiziell als wichtigen Zeugen anzusprechen. Hofer kennt Pompidou, also ist seine Beteiligung an einem Treffen ausgeschlossen.

In der Küche trinkt Beck die Flasche Mineralwasser aus. Während er zum Telefonbuch greift, schüttelt Pompidou den Kopf.

„Sie brauchen gar nicht lange zu suchen. Hofer steigt immer im „Edenkobener Hof" ab, einem feinen Hotel mitten in den Weinbergen zwischen Edenkoben und Sankt Martin."

Beck lässt sich über die Auskunft direkt mit dem Hotel verbinden. Da Hofer offensichtlich beim Mittagessen sitzt, dauerte es einen Moment, dann hat er ihn am Telefon.

„Hofer. Was gibt es?"

„Hauptkommissar Beck von der Polizei Ludwigshafen. Entschuldigen Sie bitte, dass ich Sie beim Essen störe, Herr Hofer, aber ich muss Sie dringend in Zusammenhang mit einem Mordfall sprechen."

Für einen kurzen Moment ist es still am anderen Ende der Leitung, dann hört er wieder den angenehmen Bariton eines lebenserfahrenen und selbstsicheren Mannes. „Sie müssen sich nicht entschuldigen Herr Hauptkommissar. Ich war schon beim Nachtisch. Um was geht es Ihnen denn genau?"

Beck glaubt einen leichten spanischen Akzent zu erkennen, von elsässisch keine Spur.

„Wir hatten letzte Woche einen Toten auf der Kalmit. Aus Zeugenaussagen wissen wir, dass Sie am frühen Nachmittag dort wandern waren. Ich würde mich gerne mit Ihnen treffen, wenn es geht noch heute. Vielleicht haben Sie irgendetwas bemerkt, was uns weiterhelfen könnte. Wann könnte ich denn vorbeikommen?"

„Wer sollte mich denn erkannt haben, Herr Hauptkommissar? Ich bin alle paar Jahre einmal für eine Woche hier. Außer ein paar Freunden von der Haardter Weinbruderschaft kennt mich hier niemand."

Beck versucht es mit einem Bluff. „Das sind die Nachteile, wenn man prominent ist. Ihr Bild war in der Zeitung. In einem Bericht über die Feierlichkeiten bei der Haardter Weinbruderschaft."

Wieder ein kurzes Zögern am anderen Ende der Leitung. „Was halten Sie von einem Spaziergang durch die Weinberge, Herr Hauptkommissar?"

„Das ist eine gute Idee, Herr Hofer. Da kann ich das Nützliche mit dem Schönen verbinden."

„Wann könnten Sie bei mir sein?"

Beck schaut auf die Uhr. „Ich werde versuchen, zwischen drei und halb vier bei Ihnen zu sein. Geht das in Ordnung, Herr Hofer?"

„Das passt mir sehr gut, Herr Hauptkommissar. Bringen Sie Ihre Wanderschuhe mit."

„Auf Wiedersehen, Herr Hofer, und jetzt schon vielen Dank für Ihre Hilfe."

Während er auflegt, wirft er Pompidou einen Blick zu, als erwarte er eine Bestätigung, alles richtig gemacht zu haben.

„Denken Sie bitte daran. Hinter dem integer auftretenden, älteren, höflichen Herrn, den Sie treffen werden, verbirgt sich ein anderer Hofer. Einer, der als Mutzig die Verantwortung für unzählige Folterungen und Morde trägt und auch in seinem zweiten Leben als Hofer seit Jahrzehnten skrupellos seine eigenen Interessen verfolgt. Nehmen Sie Ihre Waffe mit."

Beck will Pompidou nicht erklären, dass seine Waffe seit gestern Abend wahrscheinlich im Kofferraum eines Fluchtfahrzeugs der RAF liegt. „Ich werde auf der Hut sein, Monsieur Pompidou."

„Ich wünsche Ihnen viel Glück, Herr Hauptkommissar, und seien Sie so vorsichtig wie nur möglich. Sichern Sie sich ab. Am besten doppelt."

„Wo kann ich Sie erreichen, Monsieur Capitaine?"

„Ich habe Ihnen eine Visitenkarte neben den Herd gelegt. Auf der Rückseite steht meine Privatnummer. Rufen Sie mich an. Egal wann."

35

Juni 1976

Besorgt beobachtete Miguel die anhaltende Erregung seines Freundes, der sich, seitdem sich die Boing 747 in der Luft befand, mit hochrotem Gesicht durch ein gutes Dutzend französischer und deutscher Tageszeitungen blätterte, die er in Colmar und am Flughafen gekauft hatte. Mehrfach hatte er versucht, Hofer mit der Bemerkung zu beruhigen, dass das doch nur Schlagzeilen seien, an die sich in ein paar Wochen keiner mehr erinnern würde. Aber Hofer hatte sich in einen Cocon aus Angst eingesponnen, den Miguels Anteilnahme nicht durchdringen konnte.

Zwei Schlagzeilen und einige Formulierungen aus der "Les Dernières Nouvelles d'Alsace" und der „Badischen Zeitung" hatte ihm Hofer schon vorgelesen. Vom Verräter Tausender Widerstandskämpfer des Maquis war die Rede, von dem Elsässer, der seine eigenen Landsleute gegen Geld ausspioniert und dadurch Hunderte oder Tausende in den Tod oder in KZs befördert hatte. Und vom elsässischen Judas, der mit seinen blutbefleckten Silberlingen ein Vermögen im argentinischen Weinbau gemacht hatte. *„Die Rheinpfalz"* brachte auf der dritten Seite einen großen Artikel mit der Überschrift *„Sohn des Albert-Schweitzer-Städtchens Kaysersberg ermöglichte die nationalsozialistische Aktion Waldfest - Seine Spitzeldienste kosteten Hunderten tapferen Widerstandskämpfern Freiheit und Leben"*, während die *„Frankfurter Rundschau"* an nicht ganz so prominenter Stelle unter dem Titel *„Größter Fall von Kollaboration während der deutschen Besatzung in Colmar aufgedeckt - Argentinische Staatsbürgerschaft schützt Kriegsverbrecher Mutzig vor der Guillotine"* auf den Skandal hinwies, dass *„wieder einmal ein großes Verbrechen gegen die Menschlichkeit ungesühnt zu bleiben droht"*.

„Hörst du mir überhaupt zu?" Durch die Enge der Sitzreihe behindert, wandte sich Miguel etwas ungelenk seinem Freund zu. So ein großes Flugzeug und so wenig Platz, dachte er. Hatte er durch seine vielen Wanderungen nicht ein paar

Kilo abgenommen? „Lass sie doch schreiben! Morgen Abend sitzen wir im Schatten des heiligen Aconcagua und sind stolz auf unsere Familien und unsere Weine. Sollen sich diese Franzosen doch das Maul über dich zerreißen. Wenn ich es richtig verstanden habe, haben sie ja sowieso nichts gegen dich in der Hand, mein Freund."

Während er weiter sanft auf Hofer einredete, nahm er ihm behutsam aber bestimmt die Zeitung aus der Hand. Zusammen mit den schon zerfledderten Ausgaben auf dem Klapptisch verstaute er den Stapel unter seinem Sitz. Als er mit hochrotem Kopf wieder nach oben kam, starrte Hofer durch das kleine Fenster in die Wolken hinaus. Sein Furor gegen die Ungerechtigkeit der Welt im Allgemeinen und der Presse im Besonderen war einer tiefen Niedergeschlagenheit gewichen. Miguel winkte nach der Stewardess und bat diese augenzwinkernd, ihnen zwei doppelte Cognac zu bringen.

„Ich weiß nicht, wie Recha das aufnehmen wird, Miguel. Und die Kinder. Das wird mein Leben zerstören." In herzzerreißender Verzweiflung schaute Hofer zu seinem Freund. Es war das erste Lebenszeichen, seit er vor einer ganzen Weile zwei Tabletten mit dem Kognak hinuntergespült hatte.

„Wie soll sie das aufnehmen, Sebastian? Sie ist deine Frau. Und warum sollte sie überhaupt davon erfahren?" Abschätzig machte er eine Handbewegung zu dem Zeitungsstapel unter seinem Sitz. „Ich glaube kaum, dass die Abteilung der Universität, in der sie Professorin ist, Zugang zu diesen Zeitungen hat."

Als ob er den besorgten Blick seines Freundes nicht mehr ertragen könnte, wandte Hofer die Augen ab. Er drehte den Kopf, um durch das kleine Fenster über die unendlich scheinende Schneelandschaft der Wolken zu schauen. Wie schon so oft, wenn er flog, fantasierte er, wie schön es doch sein müsste, wenn man einfach aussteigen und drauflos wandern könnte. Augenblicklich trübte der sehnsüchtige Gedanke das romantische Bild, dass ein Aussteigen auch das Ende dieses Albtraums bedeuten würde.

Auch am dritten Tag nach ihrer Rückkehr hatte Miguel noch immer nichts von Hofer gehört. Unzählige Male hatte er angerufen, doch nie nahm jemand ab. Er beschloss, dass er diese Ungewissheit nicht einen Tag länger ertragen würde und fuhr, so schnell er konnte, die knapp zweihundert Kilometer zu Hofers Weingut.

Es war gegen zwölf, als er den Wagen vor dem Haupthaus abstellte. Bevor er die wenigen Stufen zur Veranda hochstieg, blieb er kurz stehen und lauschte in die Gebäude. Er schaute zu den Stallungen hinüber. Aber weder aus dem lang gestreckten Bau noch aus den Wirtschaftsgebäuden waren die gewohnten Alltagsgeräusche zu hören. Von den Arbeitern war nichts zu sehen. Auch aus dem Haupthaus drang nicht das leiseste Geräusch.

Während er langsam zur Veranda hochstieg und auf die Eingangstür zuging, überkam ihn eine schreckliche Ahnung. Laut rief er: „Sebastian? Recha? Ist irgendwer da?"

Im Flur des Hauses stach ihm der Gestank nach verdorbenem Essen, verschüttetem Wein und kaltem Zigarrenrauch in die Nase. Das sah den beiden überhaupt nicht ähnlich, groß ihr Wiedersehen zu feiern und dann ohne das Schlachtfeld aufzuräumen, einfach zu verreisen.

Als er die Tür zum großen Kaminzimmer öffnete, schlug ihm der Gestank so überwältigend entgegen, dass er zurückschreckte. Er gab sich einen Ruck und schloss die Tür hinter sich. Hofer lag schnarchend auf der großen Ledercouch. Miguel erschrak, als er den gleichen beigen Baumwollanzug erkannte, den Hofer bei ihrem Abschied vor drei Tagen getragen hatte, nur dass er jetzt zerknittert und voller Flecken war. Ein gutes Dutzend leere, teilweise zertrümmerte Weinflaschen standen und lagen um das Sofa herum. Auf dem Weg zum Bad erkannte Miguel zwei große Flecken mit getrocknetem Erbrochenem. Der schwere Kristallaschenbecher quoll über von Zigarrenstummel. Irreparable Brandspuren hinterlassend, waren halb gerauchte Zigarren auf den Holztisch und den Teppich gefallen und dort verglüht. Die Bücherregale waren in blinder Zerstörungswut zertrümmert, die Bücher bis in die hintersten Ecken des Zimmers geschleudert worden. Die teure Stereoanlage lehnte zerschlagen an einer Säule des Kamins. Daneben lag in einem wirren Haufen ein Großteil der Plattensammlung, auf die Hofer immer so stolz gewesen war. Die schwarzen Scheiben aus den Hüllen gezogen und mit Füßen malträtiert.

Nachdem er an den Tisch herangetreten war, erkannte Miguel die Pistole in der Hand seines Freundes. Vorsichtig nahm er die Waffe an sich. Kräftig rüttelte er Hofer an der Schulter, ohne dass der die kleinste Regung zeigte. Für einen kurzen Moment dachte Miguel, sein Freund sei tot, bis ihm erleichtert klar wurde, dass Tote nicht schnarchen. Er öffnete alle Fenster und die Verandatüren, bevor er den leblosen Körper unter den Armen packte. Unwillkürlich musste er den Kopf wegdrehen, um seine Nase vor dem fürchterlichen Gestank zu schützen, die die erbärmliche Gestalt ausströmte. Unter lautem Ächzen und Fluchen schleppte er den halb toten Freund zum Badezimmer. Dort ließ er schwer atmend ein kaltes Bad ein. Als er Hofer die Kleidung auszog, musste er aufsteigende Übelkeit niederkämpfen. Sein Freund hatte es in den letzten Tagen nicht immer bis zur Toilette geschafft. In der Dusche säuberte Miguel seinen Freund unter rustikalem Einsatz von Bürste, Waschlappen und Seife einigermaßen. Aber weder die Säuberungsaktion mit dem kalten Wasser noch Miguels kräftige Ohrfeigen brachten Hofer zu Bewusstsein. Leise fluchend schleppte Miguel die zentnerschwere Alkoholleiche die Treppe hinauf in das Obergeschoss und legte ihn auf das unbenutzte Ehebett. Die offenstehenden, leer geräumten Schränke ließen ihn den Grund für Hofers Zustand erahnen. Zurück im Kaminzimmer begann er die leeren Flaschen einzusammeln und auf die Veranda zu tragen. Er war gerade dabei, den Aschenbecher zu leeren und die Kippen und Scherben von dem Boden in einem Eimer zu sammeln, als ihm ein Briefumschlag und ein danebenliegendes Schriftstück auffielen. Hin- und hergerissen zwischen dem Respekt vor Hofers Privatsphäre und dem drängenden Bedürfnis zu verstehen, was geschehen war, griff er nach dem Briefbogen. Die Handschrift erkannte er sofort.

„An Herrn Jean-François Mutzig.
Ich habe heute eine ebenso aufschlussreiche wie grauenvolle Paketsendung von einem Capitaine Pompidou aus Colmar erhalten. Die Informationen, die dieses Paket enthalten, bestätigen ein unbestimmtes Gefühl, das mich schon seit vielen Jahren begleitet. Das Gefühl, Sie nie wirklich zu kennen, mit einem Menschen zusammenzuleben, der sein Innerstes immer vor mir verborgen hält. Dass dieses Innere solch monströse Ausmaße haben könnte, wie die Schriftstücke glaubhaft belegen, habe ich selbst in den schwierigsten Phasen unseres gemeinsamen Lebens nicht für möglich gehalten.
Wenn Sie diesen Brief lesen, bin ich mit den Kindern in Buenos Aires bei meiner Familie. Die Kinder werden dort zur Schule gehen und studieren, und auch mir wird es möglich sein, an der Universidad de Buenos Aires eine Stelle zu finden. Um Ihr Vermögen müssen Sie sich keine Gedanken machen, wir wollen nichts von dem Geld, dessen Ursprung offensichtlich im tausendfachen Martyrium unschuldiger Menschen liegt.
Über die unausweichliche Scheidung werden Sie von meinen Anwälten zu einem Zeitpunkt erfahren, den ich für richtig halte. Wir wünschen keinen Kontakt zu Ihnen und werden etwaige Versuche, Ihrerseits Kontakt mit uns aufzunehmen, richterlich und polizeilich zu unterbinden wissen.
Darüber hinaus gibt es nichts mehr zu sagen.
Recha Silbermann"

36
10. September 1982

Zwanzig nach drei stellt Beck seinen MG vor dem ‚*Edenkobener Hof* ab', direkt neben einem wunderschönen 190 SL in Silbergraumetallic mit roten Ledersitzen. Ansonsten ist der Parkplatz leer. Den blauen Himmel und die spätsommerlichen Temperaturen nimmt er kaum wahr. Sein Blutdruck ist so hoch, dass er das Rauschen seines Pulses in den Schläfen hört. Trotzdem gelingt es ihm, einigermaßen gelassen zu der schweren Glastür des aufwendig sanierten zweistöckigen Fachwerkgebäudes zu schlendern. Die Tabletten halten seine Kopfschmerzen auf einem erträglichen Niveau. Er steht vor einer unbesetzten Empfangstheke, die wie der funktionelle Wandschrank mit den Schlüsselfächern dahinter aus Edelhölzern gefertigt ist. Das Statement eines kleinen, aber feinen Hotels der gehobenen Klasse, das sich im gesamten Empfangsbereich fortsetzt. Kaum hat er die Klingel aus glänzendem Messing betätigt, taucht eine junge Frau mit streng nach hinten gekämmten, zu einem Pferdeschwanz gebundenem dunklen Haar, in weißer Bluse und schwarzer Weste in der Tür neben den Fächern auf und lächelt ihn an, als ob sie viel mehr anzubieten hätte als Informationen oder Zimmer. Nach einem freundlichen Gruß führt sie ihn zu einer kleinen gemütlichen Lounge, in der ein drahtiger, hochgewachsener Mann, den Beck auf Mitte fünfzig schätzt, vor einer Tasse Kaffee sitzt und die Tageszeitung studiert. Die Haare sind fast weiß, mit kaum zu erkennenden gelben Schlieren, wie es bei ergrauten blonden Männern oft zu sehen ist.

„Herr Hofer. Entschuldigen Sie bitte, aber hier ist Ihr Besuch."

Noch während der Argentinier die Zeitung senkt, verschwindet die freundliche Empfangsdame wieder zur Theke. Ohne zu zögern steht er auf und reicht Beck freundlich lächelnd die Hand. „Guten Tag, Herr Hauptkommissar. Schön, dass Sie die Zeit haben, mit einem alten Mann ein wenig zu wandern. Ich muss am Montag nach Argentinien zurück und möchte keine Stunde ungenutzt lassen, um dieses schöne Fleckchen Erde zu bewundern. Vielleicht kann ich Ihnen ja tatsächlich helfen."

Beck ergreift die Hand und spürt einen trockenen, kräftigen Händedruck. „Guten Tag, Herr Hofer. Schön, dass Sie Zeit für mich haben, denn ich brauche dringend Hilfe."

An der Garderobe streift sich Hofer mit routinierten Bewegungen einen leichten Rucksack über die Schultern. Die Anspielung auf sein Alter ist reine Koketterie, sein ganzer Bewegungsablauf signalisiert Kraft und Gesundheit. Er ist ein paar Zentimeter größer als Beck.

„Darf ich eine Route vorschlagen?"

„Aber gerne, Herr Hofer, nur bitte nicht zu viele Kilometer, ich habe in der kurzen Zeit dann doch nicht an meine Wanderschuhe gedacht."

„Es ist eine kurze, aber schöne Strecke durch die Weinberge zwischen St. Martin und der Villa Ludwigshöhe. Hin und zurück zwei Stunden. Schade, dass Sie nicht mehr Zeit haben, die Slevogt-Galerie lohnt sich tatsächlich."

„Zwei Stunden ist in Ordnung. Ist es Ihnen recht, wenn wir mit meinem Wagen fahren?"

Siedend heiß fällt Beck ein, dass er um vier mit Nini in seinem Speyerer Häuschen verabredet ist, um das Grillfest inmitten des Altstadtfestes vorzubereiten.

„Gerne, ich bin noch nie in einem Polizeiwagen gefahren."

„Da muss ich Sie enttäuschen. Ich bin mit meinem Privatwagen hier."

„Doch nicht etwa der kleine Flitzer da draußen?" Hofer weist auf die gläserne Eingangstür, durch die der rote Sportwagen zu sehen ist. „Ich liebe historische Sportwagen. Bei diesem herrlichen Wetter müssen Sie aber unbedingt das Verdeck öffnen, Herr Hauptkommissar."

Becks Gegenüber entpuppt sich als gleichermaßen charmanter und selbstbewusster älterer Herr, der niemandem auf dieser Welt etwas beweisen muss. Die Warnung Pompidous kommt ihm in den Sinn. Hat sich der Kollege da in etwas verrannt?

„Kein Problem, Herr Hofer. Ich muss nur noch schnell mal telefonieren."

Als sie zum Empfangstresen kommen, steht dort schon ein Telefon bereit. Während er zwei Mal erfolglos seine und Ninis Nummer wählt, sieht er durch die Glastür, wie Hofer neugierig seinen MG begutachtet. Auch Wolle geht nicht ans Telefon.

Draußen sieht ihn Hofer fragend an. „Alles in Ordnung?"

Beck nickt und beginnt mit routinierten Handgriffen das Verdeck nach hinten zu klappen. Hofer macht ein paar bewundernde Bemerkungen über den kleinen englischen Flitzer, wie er den MG nennt, dann fahren sie los. In den zehn Minuten, die sie auf der gut befahrenen Weinstraße bis St. Martin brauchen, bestätigen sie sich gegenseitig, wie wundervoll das Farbenspiel der Weinberge doch ist. An einigen Stellen sind zwischen den Rebenzeilen bunte Kopfbedeckungen der Erntehelfer zu sehen. Infolge des heißen Sommers beginnt die Weinlese eine gute Woche früher. Über der Landschaft hängt der typische, süßlich-schwere Geruch reifer Trauben und in den Weinbergen entsorgtem Trester. Seit Tagen hat er nicht mehr an seine eigenen Reben gedacht, deren Lese er in den nächsten Tagen organisieren muss. Morgen würde er bei Ludwig vorbeischauen, seinem önologischen Mentor in Lisweiler.

„Nein, Herr Hauptkommissar. Ich würde es darauf ankommen lassen. Lieber einen Tag länger gewartet, als zu früh gelesen. Bei uns in Mendoza haben wir dazu das Risiko, dass es in den Weinbergen auf achthundert oder tausend Meter Höhe im Verlauf der Lese schon zu Frost kommen kann. Unterschätzen Sie nicht die Wirkung der Temperaturschwankung auf die Entfaltung des Aromas in den Beeren. Nicht zu vergessen die Säure. Mut zum Risiko, Herr Hauptkommissar."

Trotz des kühlenden Fahrtwindes und der drei Paracetamol in seinem Blut meldet sich der stechende Schmerz oberhalb seiner rechten Schläfe. „Warum sollte ich den Portugieser roden und mehr Sankt Laurent anpflanzen? Der Ertrag ist gut und der Wein schmeckt mir."

„Oder Spätburgunder. Es geht um Qualität. Und gerade weil der Wein für Ihren eigenen Verbrauch gedacht ist, sollten Sie auf Qualität achten. Sie kennen den alten Spruch des Herrn von Goethe."

„*'Das Leben ist zur kurz, um schlechten Wein zu trinken.'* Ja gut, aber warum sollte ich den Portugieser als schlechten Wein ansehen?"

Hofer lächelt ein nachsichtiges Lächeln. „Die sicherste Qualitätskontrolle ist immer noch das Probieren. Trinken Sie einmal ein paar Gläschen mehr von Ihrem Portugieser als gewöhnlich, dann werden Sie wissen, was ich meine."

Angesichts seines schmerzhaft pulsierenden Schädels muss Beck ihm recht geben. Dann fahren sie an dem Ortsschild von St. Martin vorbei.

„Soll ich durch das Dorf fahren Herr Hofer, oder von wo wollen wir losgehen?"

„Unterhalb der Pfarrkirche ist ein Parkplatz."

Die aus rotem Sandstein erbaute Kirche trägt wie der Ort den Namen des Bischofs von Tours, dessen legendäre Mantelteilung sich auch im Gemeindewappen wiederfindet. Mit Blick auf das große Kreuz vor dem Turm verzichtet er darauf, das Verdeck zu schließen. Schnell sind sie aus dem Dorf heraus und wandern eine Weile schweigend nebeneinander her. Der Pfad verläuft auf schmalen Wirtschaftswegen durch die Weinberge. In der ersten viertel Stunde sehen sie rechts oben die rotbraunen Sandsteinmauern der Kropsburg. Als sie nach weiteren zehn Minuten auf dreihundert Meter Höhe den fantastischen Blick über die Weinberge in die Rheinebene auf sich wirken lassen, ist es Hofer, der auf den eigentlichen Anlass ihres Treffens zu sprechen kommt.

„Mir wäre es wirklich lieber, wir könnten unsere Unterhaltung weiter auf den Weinbau und die herrliche Landschaft beschränken, Herr Hauptkommissar. Aber der Anlass, sich mit mir zu treffen, war doch weit weniger erfreulich, wenn ich mich richtig erinnere."

Als ob du nicht genau wüsstest, um was es mir geht, schießt es Beck in den Kopf. Gespannt dreht er den Kopf zu dem Argentinier. „Richtig, Herr Hofer. Ich habe einen Mord aufzuklären."

Ohne den Kopf zu drehen, greift Hofer das Stichwort auf. „Und was habe ich mit Ihrem Mord zu tun, Herr Hauptkommissar?"

Beck glaubt ein ironisches Staunen in der Frage zu hören.

„Wo waren Sie Mittwoch letzte Woche zwischen zwölf und achtzehn Uhr, Herr Hofer?"

„Brauche ich jetzt ein Alibi?" Dann macht er einen Schritt zurück auf den Wanderpfad. „Lassen Sie uns weitergehen, Herr Beck. Manchmal redet es sich beim Gehen leichter."

„Beantworten Sie einfach meine Frage, Herr Hofer. Je schneller wir die Angelegenheit besprochen haben, je eher können wir wieder zu den angenehmeren Themen zurückkehren."

Während ihn das von Hofer vorgelegte Tempo ins Schwitzen bringt, antwortet ihm der Argentinier mit ruhigem Atem. „Sie haben recht, Herr Hauptkommissar. Lassen Sie mich kurz nachdenken. Bis etwa halb eins war ich zu einem zweiten Frühstück bei dem Winzer, der meinen Riesling pflegt. Nach zwei großen Rieslingschorle und einer kräftigen Brotzeit war mir nach Bewegung. Also bin ich zu meiner Pension zurückgefahren, habe meinen Rucksack gepackt, meine Wanderstiefel geschnürt und bin so gegen halb zwei von dem Parkplatz in Sankt Martin losmarschiert, auf dem jetzt auch Ihr MG steht. Durch die Weinberge bin ich dann zum Ortsrand von Maikammer gewandert und von dort zügig zur Kalmit aufgestiegen. Ich war so gegen drei am Kalmithaus. Ich selbst trage beim Wandern keine Uhr." Hofer hält demonstrativ seinen linken Arm hoch. Die Hemdsärmel sind hochgekrempelt, sodass das nackte Handgelenk zu sehen ist. „Aber auf der Uhr in der Hütte war es kurz nach drei. Nach einer Schorle bin ich dann über das Felsenmeer nach Sankt Martin abgestiegen. Ein Anfall von kindlichem Stolz hat mich dann noch einmal zu meinen Rieslingreben fahren lassen. In diesem Jahr lesen wir zum ersten Mal eine Spätlese. Im Hotel war gerade noch Zeit für eine Dusche. Eigentlich wollte ich mich etwas hinlegen, schließlich bin ich ja nicht mehr der Jüngste, aber ich war zu einer Theateraufführung im Nationaltheater in Mannheim eingeladen."

„Auf dem Parkplatz oder bei der Begutachtung Ihres Rieslings hat Sie niemand gesehen?"

„Leider nein, Herr Hauptkommissar. Aber die junge Dame am Empfang hatte letzten Mittwoch ebenfalls Dienst. Sie wird Ihnen mit Sicherheit bestätigen, dass ich erst am späten Nachmittag in die Pension zurückgekommen bin."

Während der ganzen Unterhaltung hält Hofer das zügige Tempo.

„Kennen Sie das Stück, Herr Hauptkommissar?"

„Welches Stück?"

„Der Bockerer, von Becher und Preses."

„Leider nicht, Herr Hofer."

„Sie müssen es sich anschauen. Das Stück spielt nach dem Anschluss Österreichs an das Deutsche Reich durch die Nazis in Wien. Es ist schon sehr komisch, wie der bauernschlaue Metzgermeister es immer wieder schafft, sich der Nazifizierung der Wiener Gesellschaft zu entziehen. Er scheint völlig immun gegen das Nazi-Virus, weigert sich, seine bisherigen Freunde, etwa den Juden Rosenblatt und den Sozialisten Hermann zu verraten. Er muss miterleben, wie seine Frau von der Nazi-Propaganda infiziert und sein Sohn Hans zum SA-Mann wird. Allein die Szene mit den übergroßen Fahnen, die er dem Beflaggungszwang durch die Nationalsozialisten folgend anfertigen lässt und die vor seiner Metzgerei aufgehängt so weit auf dem Bürgersteig aufliegen, dass kein Hakenkreuz, sondern nur das Rot zu sehen ist." Amüsiert schüttelt er den Kopf. „Er ist kein Widerstandskämpfer, verstehen Sie. Er geht mit gesundem Menschenverstand und Menschlichkeit einen eigenen Weg, und das Regime tut ihn als harmlosen Spinner ab. Gönnen Sie sich diesen Spaß!"

„Ich werde es mir vornehmen, Herr Hofer." Warum erzählt Hofer ihm ausgerechnet jetzt von diesem Theaterstück. Macht der Kerl sich einen Spaß mit ihm? Die Kopfschmerzen drangsalieren jetzt seinen ganzen Schädel. Beck entscheidet sich dafür, aus der Deckung zu kommen und einen Bluff zu wagen.

„War das Ihr Wagen, der auf dem Parkplatz vor der Pension steht? Der 190 SL in der klassischen Farbkombination silbergraumetallic mit roten Ledersitzen?"

„Ja. Toller Wagen nicht? Direkt am Frankfurter Flughafen gemietet. Es gibt da eine Autovermietung, die sich auf besondere Modelle spezialisiert hat. Ich mache das immer so, wenn ich in der Pfalz bin. Warum fragen Sie?"

„Wir haben Dutzende Wanderer befragt. Keinem ist ein silbergrauer Sportwagen auf dem von Ihnen genannten Parkplatz aufgefallen. Und der Oldtimer ist ein recht auffälliger Wagen. Würden Sie mir da recht geben, Herr Hofer?"

„Sicher, Herr Hauptkommissar. Dass sich niemand an den Wagen erinnert, macht mich doch nicht automatisch zu einem Verdächtigen. Oder? Ich bin mir sicher, wenn Sie ein paar Leute in den Häusern rund um den Parkplatz befragen, werden Sie jemanden finden, der meinen Wagen gesehen hat. Die Pfälzer sind ein neugieriges Völkchen, müssen Sie wissen. Aber wem sag ich das?"

Beck ist nicht entgangen, dass Hofer für den Bruchteil einer Sekunde aus dem Rhythmus gekommen war. Ein, zwei kürzere Schritte, sonst nichts.

„Warum sollte ich Sie verdächtigen, Herr Hofer? Aus welchem Grund sollten Sie einen zweiundzwanzigjährigen Studenten erschießen, diesen so verunstalten, dass die Polizei größte Schwierigkeiten mit der Identifizierung hat, ihm dann auch noch seine Genitalien abschneiden, diese ihm in den Mund stopfen und ihm hebräische Schriftzeichen in die Brust ritzen, die auf eine Bibelstelle bei den Sprüchen Agurs hinweisen?"

„Lieber Gott, das sind ja Gruselgeschichten, die Sie da erzählen. Aus welchem Grund sollte ich so etwas Grässliches tun, Herr Hauptkommissar?"

„'Ich habe mich gemüht, o Gott, ich habe mich gemüht, o Gott, und muss davon lassen'. Vielleicht hat der junge Mann etwas über Ihre Vergangenheit herausgefunden, Herr Hofer. Etwas über einen gewissen Jean-François Mutzig. Vielleicht war ihm klar, dass Ihnen nichts nachzuweisen ist, und er wollte das Recht in die eigenen Hände nehmen, wollte den Vater seiner Mutter rächen, der von der SS im Herbst '44 in den Wäldern des Donon ermordet wurde. Vielleicht wollte er auch seine Mutter rächen, deren Leben ganz anders verlaufen wäre, wenn ihr nicht durch feigen Verrat eines als Pfarrer verkleideten Kollaborateurs der Vater genommen worden wäre."

Beck hat die erste Ladung gezündet. Allerdings hat er wenig nachzulegen, wenn Mutzig nicht reagiert. Wenn es überhaupt Mutzig ist, der da vor ihm hermarschiert. Was ihn irritiert, ist der müde, resignierte Unterton, der sich in Hofers Stimme schleicht. Er hätte eher Angespanntheit oder Ärger erwartet.

Ohne auf Becks Provokation einzugehen, wird Hofer langsamer, und eine Weile gehen sie schweigend hintereinander her. Wieder ist es der Argentinier, der ohne stehen zu bleiben das Wort ergreift. „Ich würde Ihnen gerne etwas zeigen, Herr Hauptkommissar. Etwas, auf das ich vor Tagen gestoßen bin. Es ist hier ganz in der Nähe. Sind Sie neugierig?"

Die wachsende Anspannung macht Beck so zu schaffen, dass ihm fast übel wird. Was gäbe er jetzt für ein paar Kopfschmerztabletten. „Ich bin neugierig, Herr Hofer. Vielleicht ist das der Grund, warum ich Polizist geworden bin. Also, wo müssen wir hin? Am besten gehen Sie weiter voran."

„Noch ein Stück auf dem Pfad, nicht mal einen Kilometer, dann rechts hoch zum Wald."

Ein neuer Ton liegt in Hofers Stimme. Er klingt unbeschwert und ruhig. Die leichte Irritation nach Becks erster Frage ist völlig verschwunden. Auch das Resignative ist weg. Unbeschwertheit und Ruhe. Beck fällt keine andere Beschreibung für das ein, was Hofer ausstrahlt.

Tatsächlich kommen sie nach einer viertel Stunde stillen Wanderns an eine Stelle, von der ein kaum erkennbarer Trampelpfad steil den Hang hoch ans Ende der Reben führt. Bald haben sie die ersten Bäume erreicht. Der Duft von warmem Kiefernharz steigt ihm in die Nase. Wortlos folgt Hofer dem Waldrand, bis sie an eine Wiese gelangen, die schmal und hoch in den Wald schneidet. An hüfthohen, verstreut über dem gesamten Hang aus dem Gras ragenden Sandsteinfelsen vorbei, geht es steil nach oben. Längst hat Beck sein Sakko über dem Arm. Am Rücken und unter den Armen ist sein Hemd durchgeschwitzt. Ganz oben, am Ende der Wiese erkennt Beck von Moos und Gras bewachsenes Mauerwerk. Vielleicht ein ehemaliger Unterschlupf für das Vieh, das hier früher einmal geweidet hat.

Hofer bleibt stehen und dreht sich nach Beck um. „Ich brauche eine kleine Pause. Wir sind gleich da."

Er zieht seinen Rucksack vom Rücken und lässt sich schwer auf einem der kniehohen Felsen nieder. Als Hofer in den Rucksack greift, sind Becks Nerven zum Zerreißen gespannt. Unauffällig schaut er sich nach einem handlichen Stein oder einem starken Ast um. Erleichtert atmet er aus, als sein Begleiter eine Plastikflasche Mineralwasser hervorholt und Beck anbietet. „Möchten Sie?"

Beck nickt und nimmt das Wasser dankbar entgegen. Den Kopf weit im Nacken trinkt er gierig. Als er die Flasche absetzt, sieht er den Lauf einer Luger 08 auf sich gerichtet. Beck muss sich zusammenreißen, um nicht einfach loszuschreien.

„Ich will Ihnen gerne erklären, was für ein Motiv ich habe, Herr Hauptkommissar, aber dazu brauchen wir mehr Zeit. Und ich will sichergehen, dass Sie mir zuhören." Mutzig steht auf und wirft sich den Rucksack über die linke Schulter.

„Kommen Sie, wir müssen verschwinden, nicht dass sich doch noch ein paar Wanderer hierher verirren und unschuldig zu Schaden kommen."

„Was wollen Sie, Hofer? Wollen Sie noch einen Menschen umbringen? Sie haben doch auf die Bibelstelle hingewiesen. *'Ich habe mich gemüht, o Gott, ich habe mich gemüht, o Gott, und muss davon lassen.'* Wäre das jetzt nicht ein guter Moment, sich danach zu richten und endlich einen Strich unter alles zu setzen?"

Beck ist in heller Panik. Wie konnte er sich nur von dem jovialen Gerede Mutzigs einlullen lassen. Pompidou hat ihn gewarnt. Was soll er jetzt tun. Niemand außer Pompidou weiß, dass er sich mit Mutzig treffen will. Er muss sich konzentrieren, wieder klare Gedanken fassen. „Was haben Sie mit mir vor?"

„Das habe ich Ihnen doch gesagt, Herr Hauptkommissar. Ich will Ihnen meine Motive erläutern. Und ich habe versprochen, Ihnen etwas zu zeigen. Es ist dort oben unter den alten Steinmauern. Gehen Sie bitte vor?"

Als Beck zögert, winkt Hofer nachdrücklich mit der Waffe. „Na kommen Sie. Sie haben keine Wahl, Herr Hauptkommissar, das wissen Sie doch. Und mit einer Kugel im Oberschenkel klettert es sich wesentlich mühsamer."

Die nahezu emotionslose Stimme Mutzigs schürt Becks Panik nur noch mehr. Er setzt sich unsicher in Bewegung und stolpert den Hang hinauf, immer auf der verzweifelten Suche nach einem Stein, den er gegen Mutzig schleudern kann, oder einem anderen Ausweg aus der tödlichen Falle, in die er sich selbst manövriert hat.

Dann stehen sie vor dem halb in den Hang gegrabenen steinernen Unterstand. Erst bei näherer Betrachtung entdeckt Beck, dass sowohl die Bretter an dem Fensterloch als auch die Holztür vor dem niedrigen Eingang neu und von guter Qualität sind. An der Tür hängt ein hochwertiges Vorhängeschloss und sichert den ebenfalls neuen Riegel an einem in den Mauerstein eingelassenen Ring. Gerade will er sich umdrehen und von Mutzig eine Erklärung fordern, als ihn ein stumpfer Gegenstand hart am Hinterkopf trifft.

37

September 1982

Eine Rieslingschorle vor sich saß Hofer auf einer Bank vorm Kalmithaus in der Sonne und genoss den weiten Blick über die Rheinebene. Nachdem er das leere Glas zurückgebracht hatte, stieg er zu dem Parkplatz hinunter, auf dem trotz des herrlichen Wetters gerade mal zwei Pkw standen. Am Ende des großen Platzes folgte er dem breiten Wanderweg, auf dem er in kurzer Zeit die riesigen Sandsteinbrocken des Felsenmeeres erreichen würde. In Gedanken versunken schritt er zügig voran. Der Pfad führte leicht bergab durch harzig duftenden, von Sonnenstrahlen durchwobenen Mischwald. Seit drei Tagen war er hier, hatte sich mit Weinbrüdern getroffen und sich um seinen kleinen Weinberg gekümmert. Gleich am Sonntag, seinem Ankunftstag, hatte die Haardter Weinbruderschaft einen Empfang mit Presse arrangiert, worauf am Montag im Regionalteil der größten pfälzischen Zeitung ein ausführlicher Artikel über das erfolgreichste Mitglied der Bruderschaft erschien. Auch ein Foto von ihm und eines mit endlosen Rebenreihen vor einem schneebedeckten Aconcagua waren abgedruckt. Am Abend war er eingeladen zu der viel gelobten Inszenierung einer tragischen Posse über den Wiener Fleischhauer Bockerer im Nationaltheater Mannheim. Für einen kurzen Moment war ihm tatsächlich der Gedanke gekommen, dass sie das Stück speziell für ihn ausgesucht hatten. Bitter lächelnd schüttelte er den Kopf. Diese paranoiden Gedanken würde er niemals ganz loswerden.

Auf dem stark durchwurzelten Pfad tauchten immer wieder Flecken mit weißem Sand und Heidekraut auf. Hier mischte sich der Geruch des von der Sonne aufgeheizten feinen Sandes mit dem würzigen Duft der Kiefern und zauberte ihm auch nach so vielen Jahren klare Bilder aus seiner Kindheit in den Vogesen vor die Augen. Diese Erinnerungen rührten ihn und verstärkten seine von Medikamenten gedämpfte depressive Traurigkeit. Keiner seiner Gastgeber und Gesprächspartner ahnte auch nur annähernd, in welchem Maße er des Lebens überdrüssig war. Zu überzeugend gelang es ihm nach jahrzehntelanger Übung, die Fassade des erfolgreichen Winzers und Geschäftsmannes aufrechtzuerhalten. An den ersten großen Felsen angekommen, überkam ihn das unbestimmte Gefühl, verfolgt zu werden. Schnell tat er es als weiteres Anzeichen seiner paranoiden Depression ab, die seit dem Tag, an dem ihn Recha verlassen hatte, sein Leben bestimmte. Gut sechs Jahre war es her, seit er in den tiefen Abgrund gestürzt war, aus dem er sich nur mühsam und zunächst auch gegen seinen Willen wieder emporgearbeitet hat. Wäre nicht Miguel gewesen und später Jorgé, sein Sohn, der sich gegen den Willen seiner Mutter gestellt und ihn regelmäßig besucht hatte, er hätte diese tiefste seiner depressiven Phasen nicht überlebt, nicht überleben wollen.

Immer größer werdende Felskolosse türmten sich im weiteren Verlauf des Höhenrückens auf und rückten immer enger zusammen. Mühsam kletterte er auf einen der mächtigen Felsbrocken hinauf. Oben stand er am Rande einer vielleicht zwanzig Meter senkrecht abfallenden Felswand und starrte eine Weile sehnsüchtig in die Tiefe. Dann gab er sich einen Ruck und stieg vorsichtig wieder nach unten. Einen Moment an den riesigen Sandsteinfelsen gelehnt, spürte er die angenehme Kühle des Felsens in den Händen und an der Stirn.

„Sagt Ihnen der Name Henri Steigleiter etwas, Monsieur Mutzig?"

Erschrocken fuhr Hofer herum und starrte ungläubig auf den jungen Kerl, der aus dem Nichts aufgetaucht war und nun zwei Schritte vor ihm mit einer Pistole im Anschlag zwischen den Felsen stand.

„Wie bitte? Sie verwechseln mich, junger Mann. Mein Name ist nicht Mutzig, sondern Hofer, und ich komme …".

„Mit diesem Lügenmärchen kommen Sie bei mir nicht durch, Mutzig. Schon viel zu lange gehen Sie ungestraft durch ein privilegiertes Leben, das Sie auf dem Leid und dem Kummer vieler Menschen aufgebaut haben."

In barschem Ton hatte der ganz in Schwarz gekleidete junge Mann Hofers routinierten Erklärungsversuch unterbrochen.

„Was reden Sie denn da, junger Mann. Ich kann Ihnen ..."

„Gehen Sie einfach weiter, Mutzig. Halten Sie den Rucksack mit beiden Händen vor die Brust. Egal, was Ihnen durch den Kopf geht, Sie sollten wissen, dass ich sehr gut mit der Waffe umgehen kann."

Langsam und ohne Widerspruch folgte Mutzig den Anweisungen des Schwarzen und setzte sich in Bewegung. Durch den Stoff des Rucksackes spürte er das Metall seiner Luger 08. Vor vielen Jahren hatte er die Pistole aus dem Versteck im Garten seiner Mutter ausgegraben, gepflegt und in Öltuch gewickelt in einem kleinen Geräteschuppen am Rande seiner zweieinhalb Hektar Riesling versteckt. Zu seiner Sicherheit, wenn er in der Gegend unterwegs war, wie er sich selbst immer sagte. Vielleicht spielte auch eine ihm unangenehme Sentimentalität eine Rolle.

Im Grunde hatte er nichts dagegen zu sterben. Seit Jahren schleppte er sich von einer quälenden Depression zur nächsten. Er hatte schon lange das Gefühl nur noch aus Gewohnheit zu leben, angetrieben durch seine Verpflichtungen als Arbeitgeber und sozialer Wohltäter in Mendoza. Phasen aufkeimender Lebensfreude, wie er sie die letzten Tage in der Pfalz erlebt hatte, waren selten geworden.

Aus Gründen, die er sich nicht erklären konnte, hatte er aber etwas dagegen, hingerichtet zu werden, und das Auftauchen dieser schwarzen Gestalt sah nach nichts anderem als nach einem Hinrichtungskommando aus. Mit Stolpern und Taumeln kaschierte er die Bewegungen, die er zum Öffnen des Rucksackes brauchte. Der Pfad war so eng, dass der Schwarze nicht sehen konnte, wie Mutzig die Pistole entsicherte. Ein paar Schritte weiter wurde der Weg wieder breiter. Taumelnd stützte er sich auf einem hüfthohen Felsen ab.

„Keine Spielchen, Mutzig, sonst endet Ihr erbärmliches Leben direkt hier."

„Einen kurzen Moment. Nur einen kurzen Moment bitte." Schwerfällig ließ er sich auf einem Felsen nieder und feuerte in der Drehung zwei Schüsse auf den jungen Mann ab, der mit einem ärgerlichen Staunen in den Augen geräuschlos zusammenbrach.

Ohne groß zu überlegen, kletterte Mutzig auf den höchsten Felsen. Erleichtert stellte er fest, dass in beiden Richtungen keine Wanderer zu sehen waren. Er musste so schnell wie möglich die Leiche loswerden. Zwischen den Felsen konnte er sie nicht verstecken, dort war die Gefahr zu groß, dass der Hund eines Wanderers sie noch am gleichen Tag entdecken würde. Hastig kletterte er wieder runter auf den Pfad. Zwei Schritte weiter entdeckte er einen übermannshohen meterbreiten Spalt zwischen zwei hohen Sandsteinbrocken, hinter dem eine fünfzehn Meter tiefe Felswand abfiel, an deren Fuß ein schmaler Wanderweg die Felsen entlanglief. Dahinter fiel der Hang wieder steil ab in eine enge, mit Gestrüpp bewachsene Schlucht. Er musste die Leiche den Felsen hinunterstürzen und jenseits des Wanderweges in die Tiefe rollen.

Mit ruhigen Bewegungen zog er dem Toten erst Schuhe und Strümpfe, dann die Lederjacke, das schwarze Hemd und das Unterhemd aus. Suchend sah er sich um und fand einen Sandsteinbrocken von der Größe eines Hundekopfes. Es dauerte länger, als er vermutet hatte, bis er das Gesicht des Toten mit gezielten Schlägen unkenntlich zerstört hatte. Immer wieder schlug er darauf ein, bis alle Gesichtszüge in einem Brei aus Fleisch und Blut verschwanden und die meisten Zähne ausgebrochen waren. Die restlichen stemmte er mit seinem kräftigen Jagdmesser aus dem Kiefer. Dann trennte er Fingerkuppen und Nase ab, die er mit den Zähnen in eine Plastiktüte aus seinem Rucksack stopfte, in der vorher zwei

Äpfel verpackt waren. Die Kleidung und die Stiefel stopfte er in den Rucksack des Toten, aus dem er verschiedene Papiere, eine Wanderkarte und ein Taschenbuch genommen hatte.

Schwer atmend schleppte er den Toten zu dem Felsspalt. Nachdem er sich mit einem schnellen Blick nach unten noch einmal versicherte, dass keine Wanderer in der Nähe waren, wuchtete er den Körper über den Abgrund. Mit rasendem Puls sah er, wie die Leiche seltsam lautlos aufschlug und über den Wanderweg hinweg in das enge Trockental geschleudert wurde. Kaum hatte sich sein Blutdruck etwas gesenkt, meinte er weit entfernt Geräusche einer Wandergruppe zu hören. Er musste nach unten, um die Leiche vollends verschwinden zu lassen. Wieder lauschte er in die Umgebung, aber die Wanderer schienen eine andere Richtung genommen zu haben. Schnell machte er sich daran, mit dem Hemd des Toten die Blutlache aufzuwischen. Zusammen mit der Plastiktüte steckte er den mit Blut und Dreck verschmierten Stoff zu den Kleidern in den Rucksack des Toten. Den roten Fleck verrieb er so gut es ging mit Laub und Moos, das er ebenfalls in den Rucksack packte. Es blieb eine dunkle Stelle, die er mit Kiefernadeln, halb verrotteten Blättern und Erde bedeckte. Schnell lief er den Wanderweg entlang durch die Felsen weiter bis zur Schutzhütte, von der der Pfad abging, den die Leiche überquert hatte.

Ein paar Minuten später stieg er eilig den Hang hinunter, den auch die Leiche genommen hatte. Der tote Körper hatte sich zwischen drei eng stehenden jungen Esskastanienstämmen verfangen. Gerade als er den Körper freigezerrt hatte, hörte er oben Stimmen näherkommen. Eilig zog er die Leiche ein paar Meter weiter nach unten hinter einen Busch. Schwer atmend duckte er sich hinter dem halben Dutzend junger Esskastanienbäume. Kaum waren die Stimmen verklungen, zerrte er den Toten zur Talsohle hinunter. Dort bettete er die Leiche auf dem Rücken in eine durch schnell herausgerissene Heidelbeerbüsche geschaffene Kuhle. Ohne zu überlegen zog er der Leiche die Hosen herunter, schnitt ihr den Penis ab und steckte ihn in die blutige Mundhöhle. Die Unterhosen stopfte er in den Rucksack zu den anderen Sachen. Die Hosen wieder hochzuziehen kostete ihn etwas Mühe, dann faltete er die verstümmelten Hände über dem Schritt. Obwohl jeden Moment andere Wanderer auftauchen konnten - schlimmstenfalls in Begleitung eines Hundes -, beugte er sich über den Toten und schnitt ihm den hebräischen Text einer Bibelstelle in die Brust, die er in letzter Zeit immer wieder einmal gelesen hatte. Als ob ihn eine innere Stimme drängte, einen Kommentar zu seinem Wüten abzugeben. Dann bedeckte er den Leichnam mit umliegenden Zweigen und ausgerissenen Heidelbeerbüschen. Nur den schwarzen Haarschopf ließ er aus den Blättern herausragen. Das sollten genug Rätsel sein, um ihm ausreichend Zeit zu verschaffen. Nachdem er den Hang wieder hochgeklettert war, folgte er zügig den Wegzeichen, die ihn nach Sankt Martin führten. Unterwegs verteilte er Fingerkuppen, Nase und Zähne in kleinen Schluchten und ließ den Rucksack des Toten mit Lederjacke, schwarzem Hemd, T-Shirt und den Stiefeln in den Tiefen einer schwer zugänglichen Bergfalte verschwinden.

In einer guten Woche fand seine feierliche Ernennung zum Ordensrat der Bruderschaft statt, dann ging es zurück nach Mendoza. Bis dahin würde er ein paar Tage mit seiner Mutter verbringen und einige Wandertouren in den Wäldern seiner Kindheit unternehmen.

38
10. September 1982

In seinem Schädel tobt eine zornige Punkband, die anstatt ihrer Instrumente die Nervenstränge seines Gehirns malträtiert. Ein hämmernder Schmerz strahlt von der Wunde am Hinterkopf in seinen ganzen Kopf aus. Das Gefühl, sich jeden Moment übergeben zu müssen, ist übermächtig. Er will die Stelle an seinem Hinterkopf betasten, aber auf beängstigende Weise gehorcht ihm sein Arm nicht. Trotz großer Anstrengung widersetzt sich auch der linke Arm seinem Willen. Für einen kurzen Moment glaubt er sich wieder in dem Albtraum zu befinden, in dem er neben dem toten Marx in dem engen Eichensarg liegt. Aber das Gefühl der vollkommenen Bewegungsunfähigkeit ist auf grausame Weise real. Panik steigt in ihm auf.

„Herr Hauptkommissar. Ich hoffe, ich habe nicht zu fest zugeschlagen. Es ist mir sehr wichtig, dass Sie mir Ihre ganze Aufmerksamkeit schenken, wenn ich Ihnen Ihre Frage nach meinen Motiven beantworte."

Da die Stimme von hinten kommt, will Beck den Kopf drehen, aber auch dieser verweigert sich seinem Willen. Eine eigens dafür gebaute Vorrichtung hält seinen Kopf fest im Griff. Nach einem Moment der Realitätsverweigerung lässt sein Verstand die verstörende Erkenntnis zu, dass sein Blickfeld fast ausschließlich auf eine etwa zwei Meter entfernte Leinwand reduziert ist, auf der Schwarz-Weiß-Aufnahmen flimmern. Sein Puls rast. Obwohl es in dem Unterstand kühl ist, rinnt ihm der Schweiß die nackte Haut hinunter. Als er versucht, mit kräftigen Bewegungen der Augenlider diese beängstigende Halluzination zu verscheuchen, gelingt auch das nicht. Mit wachsendem Grauen begreift er, dass er nackt in eine Apparatur geschnallt ist, die kein Entkommen von der Leinwand zulässt. Seine Augenlider sind so präpariert, dass es ihm unmöglich ist, die Augen zu schließen. Bedingt durch die nahezu vollkommene Bewegungsunfähigkeit kann er nicht genau erkennen, worauf er sitzt. Es fühlt sich an wie ein klobiger, aus grob gesägtem Holz gezimmerter Armstuhl. Ein verschwenderisch genutztes kräftiges Gewebeband bindet Gliedmaßen, Hüfte und Oberkörper großflächig an Stuhlbeine, Sitzfläche und Arm- und Rückenlehne fest, ohne den geringsten Bewegungsspielraum zu lassen. In der schmalen Sitzfläche spürt er einen handbreiten Spalt unter Geschlecht und Anus. Mit jedem Rucken, jedem Aufbäumen gegen die Fessel schieben sich schmerzhaft kleine Holzsplitter in seine

Haut. Er will sich zusammenzureißen, kann aber ein gequältes Aufstöhnen nicht verhindern. Eine übermächtige Angst vor körperlichen Qualen flutet sein Hirn und sabotiert jeden Versuch, einen klaren Gedanken zu fassen.

„Schauen Sie genau hin, Herr Hauptkommissar. Diese Art von Rache hat sich der selbst ernannte Kämpfer für die Gerechtigkeit aller Naziopfer ausgedacht. In seinem Rucksack fand ich eine nagelneue Wanderkarte, auf der dieser Unterschlupf eingezeichnet war. Wissen Sie, wie er die Stelle bezeichnet hat? 'JÜNGSTES GERICHT!' Er hat sie tatsächlich mit 'JÜNGSTES GERICHT' betitelt. Er wollte Gott spielen." Fast ein wenig bewundernd fügt er hinzu: „Woher hatte er nur diese Selbstgewissheit, diese unangreifbare Sicherheit im Recht zu sein? Woher nimmt ein so junger Mensch diese anmaßende Selbstgerechtigkeit?"

Um den Wellen von Panik und Grauen, die durch seinen Körper rollen, etwas entgegenzusetzen, zwingt sich Beck, regelmäßig und tief zu atmen. Er schafft es nicht, das Geschehen auf der Leinwand mit seinem Verstand zu erfassen. Die Gebäude kommen ihm bekannt vor, einfache, lang gezogene Baracken, dann weitet sich der Blick und zeigt immer mehr Baracken in ordentlicher geometrischer Anordnung auf einem großen Gelände. Trotz der Schlieren, die seine Tränen durch die laufenden Bilder ziehen, erkennt er ein lang gezogenes Gebäude mit einem großen Turmtor in der Mitte, auf das aus verschiedenen Richtungen Eisenbahngleise zulaufen. Die Kamera zoomt auf die in Eisen geschmiedete Losung 'Arbeit macht frei' und bestätigt seine Ahnung, dass er Bilder von Auschwitz sieht. Es folgen Szenen, in denen Passanten brutal und völlig enthemmt auf mit gelbem Stern gekennzeichnete hilflose Männer und Frauen einschlagen und deren Geschäfte plündern. Bilder zeigen Massenerschießungen, ausgemergelte Menschen in Häftlingskleidung, die tiefe lange Gruben ausheben, an deren Kante andere Häftlinge und Zivilisten, in langen Reihen aufgestellt, von Wehrmachtssoldaten erschossen werden. Die Szene wiederholt sich immer wieder, sodass sich die Grube mehr und mehr mit Leichen füllt. Unteroffiziere stapfen durch die hüfthoch gefüllte Leichengrube und geben Körpern, die einen Rest von Leben zeigen, den Fangschuss.

Beck wird schlecht. In Krämpfen würgt er die Reste des späten Frühstücks hervor. Erbrochenes tropft ihm vom Kinn auf seinen Brustkorb und sein Geschlecht. Der Gestank von Leberwurst und galliger Magensäure füllte den kleinen Bunker. Zur Scham der Nacktheit kommt die Scham des Beschmutztseins, die das Erbrochene wie Säure auf seiner Haut brennen lässt. Es folgen Szenen mit nackten Menschen, Kindern, Frauen und Männern, die zu Hunderten in große Duschräume gedrängt werden und dort qualvoll im Dampf von Zyklon B ersticken. Bilder, die Krematorien zeigen, erklären stumm, wie die Berge abgemagerter Leichen entsorgt wurden. Dazwischen Aufnahmen von säuberlich sortierten Kleidern, Schuhen, Goldplomben, Brillen und anderen wertvollen Materialien. Das einzige Geräusch ist das Klackern der Filmrolle in Becks Rücken und sein eigenes Keuchen, bis Hofer wieder anfängt zu reden.

„Schreien nützt nichts, Herr Hauptkommissar. Hören Sie einfach zu! Ich werde Ihnen von meinen Motiven erzählen."

„Was wollen Sie, Mutzig? Macht es Ihnen Freude, mich so zu demütigen und zu quälen. Warum erschießen Sie mich nicht einfach und verstecken sich wieder in Ihrem schönen Winzerleben in Argentinien?" Von den Mühen des Erbrechens sind Becks Stimmbänder stark malträtiert, und seine Stimme klingt heiser.

„Warum sollte ich Sie erschießen, Herr Hauptkommissar?"

„Warum sollte ich!... Warum sollte ich!... Warum sollte ich! ... Sie gottverdammtes Arschloch. Ist das eine spezielle Foltermethode, die man Ihnen in Ihrer SS-Ausbildung beigebracht hat?" Becks Stimme ist hysterisch. Er ist sich sicher, dass er jeden Moment den Verstand verliert.

„Er wollte mich hier auf diesem Stuhl festbinden, genau wie ich Sie festgebunden habe, und warten, bis ich verdursten würde. Ab und zu wäre er vorbeigekommen, um die Autobatterie auszutauschen, damit der Film immer weiterlaufen könnte. Ab und zu hätte er mir einen mit Wein getränkten Lappen auf die Zunge gelegt, damit es nicht zu schnell zu Ende geht mit dem Nazi-Monster. Er wollte alles filmen. Keine Ahnung, wem er diese Filme geschickt hätte. Verstehen Sie mich nicht falsch, Herr Beck. Ich habe nichts gegen das Sterben. Der Tod kommt mir sogar sehr gelegen. Aber so? Elendiglich verdurstend auf einen Holzbock geschnallt?" Hofer fängt an, hinter Beck auf und ab zu gehen. „Wussten Sie, dass der menschliche Körper schon ab einem Wasserverlust von einem halben bis drei Prozent Durst verspürt? Ab zehn Prozent kommt es zu Sprachstörungen und unsicherem Gang. Innerhalb von nur drei oder vier Tagen tritt der Tod ein. Diese Zeitspanne ist aber extrem temperaturabhängig. In diesem Unterstand hier ist es recht kühl, sodass ich wahrscheinlich erst nach einer Woche verreckt wäre. Mit der Weinlappenmasche vielleicht auch erst nach zwei."

Becks Eingeweide geben nach und er entleert sich. Der Gestank von Exkrementen mischt sich in den sauren Geruch von Erbrochenem.

„Sind Sie bereit für meine Geschichte, Herr Hauptkommissar? Entschuldigen Sie, ich wollte nicht zynisch sein, aber ich fürchte, ich bin in meinem Leben an einem Punkt angelangt, ab dem mir Empathie immer schwerer fällt." Als ob er sich sammeln will, um sich ganz auf seine Geschichte zu konzentrieren, bleibt Hofer außerhalb von Becks Sichtfeld stehen. „Dieses absolute Ausgeliefertsein, das Sie jetzt empfinden, soll Ihnen helfen, meine Geschichte nicht nur zu verstehen, sondern sie auch in ihren Grundtönen nachzuempfinden. Sie kennen das sicherlich, dass unser Gehirn vor allem die Informationen besonders gut abspeichert, die mit Emotionen verknüpft sind. Und ich möchte, dass Sie das, was ich Ihnen gleich erzählen werde, nie mehr vergessen. Also, Herr Hauptkommissar, sind Sie bereit?"

Erfolglos versucht Beck seine Pupillen in die Richtung zu zwingen, aus der die Stimme kommt. Aber Hofer steht zu weit hinter ihm. Er will ihn beschimpfen, ihn verfluchen, um Gnade betteln, spucken, schreien, Geld anbieten, Löffler verfluchen, Verständnis für Hofers Lage aufbringen, alles auf einmal. Aus seiner Kehle kommt aber nur ein krächzendes Stöhnen.

Hofer nimmt seinen schauerlichen Spaziergang wieder auf. Inzwischen wiederholen sich auf der Leinwand Szenen, in denen Menschen mit gelbem Stern von SS-Offizieren vor johlenden Schaulustigen auf offener Straße mit Schüssen in den Kopf getötet werden. In einer Szene hebt mitten in einem scheinbar freundlichen Gespräch ein Uniformierter den Arm und schießt, das Lächeln immer noch im Gesicht, seinem Gegenüber zwischen die entsetzten Augen. Beck muss würgen.

„Wie Sie vorhin erwähnten, kennen Sie das Elsass ganz gut, Herr Hauptkommissar. Vielleicht kennen Sie auch Kaysersberg, den Geburtsort Albert Schweizers, in dessen Fußstapfen ich einmal treten wollte. Doch dazu komme ich später. Kaysersberg ist auch mein Geburtsort, in dem noch meine Mutter lebt. Sie ist Halbjüdin, müssen Sie wissen, und genau das war mein Schicksal. Genau genommen hatte ich eine schöne Kindheit und Jugend, bis mein versoffener Vater erkannte, dass er zur arischen Rasse gehörte und mit der falschen Frau verheiratet war. Er schloss sich der neuen Volksbewegung der Nazis an. Ja, die gab es im Elsass auch schon vor dem Einmarsch der Deutschen, und …".

Einige Zeit später erscheinen auf der Leinwand Bilder von Baracken, die er schon kennt. Beck erschaudert bei dem Gedanken, dass der Film als Endlosschleife geschnitten und geklebt ist und er diesen Bildern so lange ausgesetzt sein wird, wie es Hofer gefällt. Wieder will er schreien, protestieren, anklagen, aber wieder kommt nur ein heißeres Gekrächze aus seiner Kehle.

Währenddessen erzählt Mutzig mit der monotonen Stimme eines Nachrichtensprechers seine Lebensgeschichte. Wie er unter der Bedrohung des Lebens seiner Mutter zum Kollaborateur gezwungen wurde, wie er gegen seinen Willen aus Frankreich, aus Europa fliehen musste, wie ihm in Argentinien die Karriere zum reichen und erfolgreichen Großwinzer gelang und wie ihn auf so ungerechte Art und Weise seine Vergangenheit eingeholt und seine Familie zerstört hat.

Zwischendurch bäumt sich Becks Lebenswille immer wieder trotzig auf, und seine Wut und sein Zorn sind für Minuten größer als seine Angst.

„Was sind Sie doch für ein Heuchler, Mutzig." Er schreit es krächzend gegen die unerbittlich weiterlaufenden schwarzweißen Bilder. „Spätestens in Argentinien hätten Sie ein anderes Leben anfangen können. Dort hätten Sie doch Medizin studieren können. Sie hätten sich einen guten Anwalt besorgen können und sich Ihrer Vergangenheit stellen können. Aber Sie hatten sich ja daran gewöhnt, über Leichen zu gehen. Sie haben sich so in Ihrer Opferrolle eingerichtet, dass für alle Ihre Taten immer andere die Schuld tragen. Sie sind …". Becks Anklage wird durch einen heftigen Hustenanfall gestoppt.

Hinter ihm unterbricht Hofer sein Hin und Her für einen kurzen Moment. „Was wissen Sie schon! Was hätten Sie getan, wenn Sie zwischen der Abkehr von allem, was Ihnen heilig ist und dem Tod der Mutter hätten wählen müssen?"

„Ihre Mutter war doch nur das moralische Deckmäntelchen, die moralische Legitimation für Ihr selbstsüchtiges, mörderisches Leben. Scheel hat Ihnen doch nur einen Gefallen getan. Nach Ihrer Initiationswoche im SS-Kerker durften Sie all das tun, was Sie sich vorher nie haben träumen lassen. So genommen haben Sie letztlich auch Ihre Mutter betrogen und geschändet." Becks Stimme ist nur noch ein heißeres Jaulen.

Wieder stocken die Schritte hinter Becks Rücken. „Sie werden sich das vielleicht nicht vorstellen können, Herr Hauptkommissar, aber es waren genau diese Überlegungen, die mir Tausende Male den Schlaf geraubt haben."

Während der Film, von der emotionslos vorgetragenen Lebensbeichte Mutzigs begleitet, erbarmungslos die immer gleichen grauenvollen Bilder auf Becks Netzhaut brennt, breitet sich der quälende Kopfschmerz in seinem ganzen Körper aus. Die Holzsplitter wühlen bei jeder kleinen Regung in Dutzenden kleiner Verletzungen am Rücken, dem Gesäß und an den Unterseiten seiner Arme und Beine. In kürzeren Abständen packen Krämpfe eine seiner Waden oder Oberschenkel und pressen sie schmerzhaft zusammen. Sein Nacken ist ein einziger betonharter Schmerz. Hände und Füße sind taub von der unterbrochenen Durchblutung, seine Augäpfel sind ausgetrocknet und brennen. Ein letzter Rest seines Verstandes beginnt sich allmählich mit dem bevorstehenden, qualvollen und unabänderlichen Sterben abzufinden. Es sind die Bilder von Nini und Hannah, seinen Eltern, Malu und den Jungs, Wolle und Gauweiler, die ihm noch Halt geben. Es erstaunt ihn, mit welcher Leichtigkeit die Nähe des Todes alle Zweifel an der Existenz Gottes wegwischt. In der Hoffnung auf Hilfe verspricht er dem Gott seiner Kindheit alles Erdenkliche, legt die größten Gelübde ab.

39
10. September 1982

Unzählige Male hat Nini versucht, Beck zu erreichen. Weder in Lisweiler noch in seinem Büro geht er ans Telefon. Sie waren um vier verabredet, um alles für das alljährliche Altstadtfestgrillen vorzubereiten. Es ist halb sechs, und noch immer gibt es kein Lebenszeichen von Beck. Sie weiß nichts von dem toten Marx und schon gar nichts von Hofer. Trotzdem ist ihr Ärger längst der ernsten Sorge gewichen, dass etwas Schlimmes passiert sein könnte.

In den Gassen rund um Becks Häuschen zeigt der ständig ansteigende Lärmpegel, dass schon Tausende feierlaunige Gäste unterwegs sind. Ihr Vater hatte zwar sein Kommen angekündigt, aber wie so oft war ihm kurzfristig etwas „Unverschiebbares" dazwischenkommen. Ein Grillfest ist ihm, dem erfolgreichen Kunsthändler, dann doch zu langweilig. Er hat nie verstanden, wie sie sich in einen Polizisten hatte verlieben können.

Zu ihrer großen Freude war Hanna gekommen, um ihr beim Aufstellen der Stühle, Bänke und Tische und dem Aufhängen von Lampions zu helfen. Es war ihnen sogar gelungen, so etwas Ähnliches wie eine Unterhaltung zustande zu bringen. Kurz nach fünf hat sie sich dann verabschiedet. Ihre Leute - wie sich das anhörte, als ob ihre Mutter nicht zu ihren Leuten gehörte - würden schon vor der Altstadtrockbühne auf der unteren Domwiese auf sie warten.

Der Trubel in den Gassen liegt als beständig rumorende Geräuschkulisse über der Altstadt. Bei dem herrlichen Spätsommerwetter wird sich die Menschenmenge in den nächsten Stunden vervielfachen. Sie weiß nicht, zum wievielten Male sie alles durchgeht. Getränke sind kaltgestellt, Steaks und Würstchen sind ausreichend vorhanden, Geschirr steht auf dem Tisch neben dem Grill. Zwei große Schüsseln mit Salaten, ein Grünbunter und ein einfacher Kartoffelsalat stehen abgedeckt in der Küche, daneben vier Baguettes. Wolle hat ihr geholfen, den Schwenkgrill aufzubauen und die Holzkohle so auf der Feuerschale einzurichten, dass sie nachher nur noch Anzünder drübergießen und ein Streichholz dranzuhalten braucht. Seit einer guten halben Stunde wurschtelt er auf seiner Wiese herum, stellt ein buntes Sammelsurium von Stühlen um einen großen Klapptisch und improvisiert einen Grill, indem er einen runden Gitterrost auf drei um eine Feuerstelle aufgetürmte Backsteinstapel legt. Als Schritte aus der engen Gasse näherkommen, springt sie von ihrem Gartenstuhl auf. Es ist aber nur Gauweiler, der um die Hausecke biegt.

„Ach, du bist es."

„Das ist ja mal eine enthusiastische Begrüßung. Hallo, Frau Doktor. Entschuldige, dass ich so früh komme, aber ich war gerade mit meinen beiden Mädels unterwegs und wollte nicht mehr zurück in meine einsame Wohnung."

Gauweiler hat schon öfters erwähnt, dass er es nach Unternehmungen mit seinen beiden Töchtern, die bei seiner geschiedenen Frau leben, nur schwer allein in seiner Wohnung aushält.

Sie küsst ihn hastig auf die Wange. „Entschuldige, Hans, aber Helm meldet sich nicht. Wir waren um vier verabredet, und ich mache mir inzwischen ernsthaft Sorgen, dass etwas passiert ist. Weißt du, ob er dienstlich unterwegs ist?"

Gauweiler entschließt sich augenblicklich, kein Wort über die nächtliche Tragödie zu verlieren. „Ich habe keine Ahnung, Nini. Ehrlich."

Sie verschwindet im Haus und taucht gleich darauf mit angestrengt fröhlicher Miene und zwei geöffneten Flaschen Bier auf. „Prost, Hans! Wir lassen uns den Abend doch nicht von einem Mann verderben, auf den man sich nicht verlassen kann."

Hart schlägt sie ihre Flasche gegen die von Gauweiler.

Er nimmt einen großen Schluck und mustert sie besorgt. Sie bebt, als hätte sie eine Handvoll Amphetaminpillen geschluckt.

„Sei mir nicht böse, Nini, aber das klingt mir jetzt eher wie das berühmte Pfeifen im Walde. Hat er dir gegenüber irgendeine Bemerkung gemacht, was er heute vorhat?"

„Wir haben uns seit Mittwoch nicht mehr gesehen. Ich habe die ganze Zeit fast nur gearbeitet."

Sie versucht es noch zwei Mal in Lisweiler, aber niemand hebt ab. Kurz nacheinander treffen Becks Eltern, seine Schwester mit den Kindern und einige Freundinnen von Nini ein. Viertel vor sechs nimmt Gauweiler den Grill unter seine Regie. Von der Sorge und Unruhe Ninis angesteckt, ist er aber nicht so ganz bei der Sache.

„Tag, Herr Gauweiler. Vorsicht. Wollen Sie wirklich die ganze Flasche Petroleum auf die Holzkohle schütten?"

„Verdammt."

Gauweiler zieht die Flasche so ruckartig nach oben, dass Becks Vater einen ordentlichen Klacks auf die Hose bekommen hätte, wenn er nicht geistesgegenwärtig einen Schritt zur Seite gesprungen wäre.

„Entschuldigen Sie! Ich war gerade mit meinen Gedanken ganz wo anders."

„Nichts passiert. Wissen Sie, was mit meinem Sohn los ist? Ich bin es ja gewöhnt, dass er zu spät kommt oder kurzfristig absagt, aber dass er ohne Bescheid zu geben einfach wegbleibt, wie Nini sagt, das passt nun wirklich nicht zu ihm."

Während Gauweiler nach einer möglichst beruhigenden Antwort sucht, klingelt im Haus das Telefon. Sofort springt Nini auf und verschwindet über die Terrasse ins Wohnzimmer. Ein paar Sekunden später winkt sie Gauweiler aus der halb geöffneten Terrassentür aufgeregt zu sich.

„Herr Beck, entschuldigen Sie bitte, aber könnten Sie einen Moment für mich übernehmen."

Ohne auf eine Antwort zu warten, drückt Gauweiler Becks Vater die Grillzange und den kurzen Ast, mit dem er die Glut auf der Feuerschale verteilen wollte, in die Hand und eilt so unaufgeregt wie möglich ins Wohnzimmer, in dem Nini völlig durcheinander neben dem Telefon steht.

„Was ist passiert? Wer war das Nini?"

„Capitaine Pompidou, ein französischer Polizist, der Helm heute Morgen in Lisweiler besucht hat."

„Und was hat er gesagt?" Gauweiler wird ganz zappelig.

„Helm hat sich am Nachmittag mit einem Sebastian Hofer in Sankt Martin verabredet. Er wollte nur wissen, wie dieses Treffen ausgegangen ist. Als ich ihm sagte, dass Helm bis jetzt nicht bei uns angekommen ist, obwohl wir um vier verabredet waren, wurde er sehr ernst und meinte, ich solle unbedingt seine Kollegen verständigen. Der Argentinier wäre der mutmaßliche Mörder von Wolfgang Löffler und sehr gefährlich. Hofer ist im „Edenkobener Hof" abgestiegen. Er wird sich selbst auf den Weg machen, aber vor halb neun nicht dort sein können." Sie packt Gauweiler bei den

Oberarmen und schüttelt ihn heftig. „Wir müssen etwas unternehmen Hans. Du bist der Polizist, also mach was!"

Gauweiler löst sich aus ihrem Griff, greift nach dem Telefon und lässt sich von der Auskunft die Nummer des Hotels geben. Eine Minute später hat er eine junge Frau am Hörer. Erst nachdem er ihr laut und ernst mit einer Anzeige wegen Beihilfe zum Totschlag droht, berichtet sie schmallippig, dass Herr Hofer gegen halb vier mit einem Herrn zum Wandern verabredet war und die beiden zwar losgefahren, aber bis jetzt nicht zurückgekommen seien.

Während er dem bebenden Blick Ninis standhält, denkt er kurz nach und greift nach seiner Jacke, die über einem Stuhl im Wohnzimmer hängt. Er zieht ein kleines ledergebundenes Notizbuch aus der Innentasche und beginnt zielstrebig darin zu blättern. Nini notiert sich die Telefonnummern von Senta und Lefebvre.

„Du rufst jetzt bitte diese beiden Nummern an und erklärst Senta und dem Staatsanwalt, was los ist. Ich fahre nach Ludwigshafen in mein Büro. Ich habe eine Ahnung, wie ich herausfinden kann, wo die beiden sind. Wir treffen uns so schnell es geht im ‚Edenkobener Hof'. Die sollen sich beeilen, spätestens um acht ist es zappenduster."

Er schnappt sich seine Jacke und ist gerade auf dem Weg zur Haustür, als Becks Schwester Malu mit fragender Miene ins Wohnzimmer kommt.

„Stimmt irgendetwas nicht?"

„Erklär du es ihr!" Gauweiler schickt einen um Verständnis bittenden Blick zu Malu und ist schon vor dem Haus.

Während er sich durch das Gedränge der feiernden Altstadtfestgäste schiebt, denkt er an die zerfledderte Wanderkarte, die sie in Löfflers Käfer gefunden haben, auf der in der Nähe der Kalmit eine mit ‚JÜNGSTES GERICHT' bezeichnete Stelle markiert war. Gauweiler weiß genau, wo sich die Karte in seinem Labor befindet und schafft es kurz vor sieben auf den kleinen Parkplatz vor dem ‚Edenkobener Hof'. Er hält vor zwei Streifenwagen, die neben einem silbernen SL

190 und einem blauen Saab 900 parken. Die XT von Senta steht auf der Straße hinter dem ibizaroten Käfer von Nini. Kaum hat er den Motor abgestellt, kommt ihm die junge Kommissarin entgegengerannt. Mit etwas Abstand folgen ihr Nini und Lefebvre mit zwei Uniformierten. Zwei andere Uniformierte sitzen hinter dem Steuer ihres Streifenwagens.

„Haben Sie etwas, Herr Gauweiler?", ruft sie ihm über den halben Platz entgegen.

„Ja ich glaube, sie sind irgendwo in der Nähe des Friedensdenkmals. Das ist höchstens drei Kilometer von hier. Mit ein wenig Glück können wir den größten Teil durch die Weinberge fahren. Los, du fährst, ich dirigiere dich."

Senta lässt sich hinter das Steuer fallen und startet ungeduldig den Motor. Während Gauweiler die Motorhaube seines Passats umrundet, gibt er Lefebvre und den anderen Beamten Zeichen, dass sie ihnen hinterherfahren sollen. Nini sitzt längst auf der Rückbank hinter Senta.

Die Jagd über die breiten Fugen der betonierten Wirtschaftswege stellt die Stoßdämpfer von Gauweilers altem Passat auf eine harte Probe. Dann geht es auf Schotter weiter. Einmal müssen sie alle vier Wagen hintereinander hundert Meter zurücksetzen, weil der Weg eine andere Richtung nimmt als auf der Karte angegeben. Dann geht es nicht mehr weiter. Lefebvre besteht darauf, dass alle schusssichere Westen anziehen. Ein schmaler Pfad führt steil nach oben, über die Reben hinaus zum dunklen Waldrand. An den ersten hohen Esskastanien angekommen, wird die Wanderkarte unklar, da es hier weder Wanderwege noch Wirtschaftswege gibt. Intuitiv trifft Gauweiler eine Entscheidung. „Wir müssen hier links, immer an den Bäumen lang. Da vorne ist eine Lücke im Waldrand, sehen Sie das?"

Lefebvre dreht sich schwer atmend um und feuert alle mit gepresster Stimme zur Eile an. „Los! Los! Los! Leute! Keine Zeit verlieren!"

Als sie nach wenigen Minuten ein schmales Stück Wiese erreichen, das hoch in den Wald hineinschneidet, ist die Sonne schon halb hinter den Bergen verschwunden. Trotz seines Gewichts ist Lefebvre immer noch neben Senta und Gauweiler. Wieder führt er das Kommando. „Irgendwo da oben muss es sein. Bei dem geringsten Anzeichen von Gefahr gehen alle in Deckung. Verstanden? Keine unnötigen Geräusche! Waffen entsichern!"

Gauweiler versichert sich noch einmal auf der Karte, dass sie richtig sind, dann gibt er allen Zeichen, dass sie ihnen nach oben folgen sollen. Kurz dreht er sich zu Nini um. „Du bleibst hier unten! Keine Widerrede!"

Sie sind gerade ein paar Meter vorangekommen, da zwingt sie das trockene Bellen eines Schusses dazu, sich auf den Boden zu werfen und Deckung zu suchen. Lefebvre schaut zu Gauweiler und Senta, die schulterzuckend beschwichtigende Handbewegungen machen. Senta sieht den Unterstand zuerst. Auf ihr Zeichen hin bewegen sie sich zügig nach oben. Immer wieder ducken sie sich hinter vereinzelt aus der Wiese ragenden Felsen in Deckung.

Fünf Minuten später lehnen Senta und Gauweiler schwer atmend mit dem Rücken an der Steinmauer des Unterstandes. Außer einem leisen mechanischen Klackern ist nichts zu hören. Sie warten, bis zwei der Uniformierten und Lefebvre bei ihnen sind, dann konzentrieren sie sich auf den Eingang. An dem Riegel der Tür ist kein Schloss zu sehen. Mit Handzeichen macht Senta klar, dass sie mit einem Beamten als Deckung in den Unterstand eindringen will, dann sollen auf ihr Zeichen Gauweiler und der andere uniformierte Kollege folgen. Den anderen beiden Uniformierten bedeutet sie, das Umfeld im Auge zu behalten.

Ohne weiter Zeit zu verlieren, schiebt sich Senta neben den Eingang. Nach einem kurzen Nicken von ihr reißt der Kollege von der anderen Seite die Tür mit einem kräftigen Zug auf. Senta stürmt mit entsicherter Waffe im Anschlag in den Unterstand und stolpert fast über den leblosen Körper eines Mannes. Der Kollege ist sofort neben ihr. Das flimmernde Licht kommt von einer Leinwand, auf die ein Projektor schwarz-weiße Bilder wirft. Es stinkt erbärmlich nach Erbrochenem und Exkrementen. Erleichtert und entsetzt zugleich erkennt sie Beck, der nackt und völlig bewegungslos mit verdrehten Augen auf einem stuhlähnlichen Holzbock sitzt. Erst mit dem Schubs des nachfolgenden Gauweilers erkennt sie, dass die Regungslosigkeit ihres Chefs nicht aus freien Stücken geschieht.

„Mensch, Helm." Gauweilers Stimme ist brüchig vor Wut und Mitgefühl. Er schiebt Senta beiseite, zieht ein Messer aus der Tasche und beginnt, das stabile Klebeband, das um eines von Becks Schienbeinen geschlungen ist, aufzuschneiden. Taschenlampen der anderen beiden Kollegen blitzen auf und erkunden den Raum hinter Becks Folterthron.

Da hört Gauweiler über sich die schwache Stimme von Beck. „Den Kopf, Hans. Bitte zuerst den Kopf."

Becks Lebenszeichen forciert die Bemühungen Gauweilers, wobei er dem Wunsch des Drangsalierten folgt und zuerst dessen Kopf aus der Vorrichtung befreit, indem er die Bänder um Stirn, Oberlippe und Kiefer zerschneidet und die schraubstockartige Kopfschablone lockert.

„Such mal jemand nach den Klamotten des Hauptkommissars! Na jetzt macht schon! Aber trampelt nicht so viel rum!"

Dann beginnt er, zielstrebig die Bänder um den Brustkorb und die Unterarme zu zerschneiden. Zuletzt befreit er Becks Beine.

„Er hat sich einfach erschossen, Hans. Hat mir stundenlang seine Geschichte erzählt und sich vor meinen Augen erschossen. Er sei müde, meinte er."

Während Lefebvre den Unterstand betritt, wird ein Beamter fündig. „Hier sind die Kleider."

Senta beobachtete Gauweiler, auf dessen Gesicht und Oberkörper die Bilder aus dem Projektor tanzen. Dem Hungertod nahe ausgemergelte Gestalten, die wie eine Kompanie bei der Armee in Reih und Glied antreten. Irgendwie passt ihr Chef dazu, wie er da, grau im Gesicht, nackt und völlig erschöpft, nur durch Gauweilers Stütze daran gehindert zusammenzuklappen, von seinem Folterstuhl steigt. Das ist der Moment, in dem Kriminalkommissarin Senta Fischer zum zweiten Mal innerhalb von vierundzwanzig Stunden grundlegende Zweifel kommen, ob dieser Beruf wirklich das Richtige für sie ist. Mit einem Ruck gelingt es ihr, sich der hypnotisierenden Wirkung der Szenerie zu entziehen und stolpert hinter das Holzgestell, um den Projektor abzuschalten.

Auf halben Weg nach unten kommt ihnen Nini entgegen. Weinend vor Erleichterung löst sie den Uniformierten ab, der Beck zusammen mit Gauweiler stützt. „Du verfluchter Scheißkerl! Musst du unbedingt James Bond spielen!"

Beck gelingt ein gequältes Grinsen. „Bond ist kein Polizist Liebes. Bond ist Geheimagent." Es klingt wie das Flüstern eines schwer erkälteten Kettenrauchers.

„Hast du das gehört, Hans? Selbst in so einem Zustand will er noch das letzte Wort haben, dieser verdammte Klugscheißer." Sie küsst Beck auf die Wange und verzieht theatralisch ihr Gesicht. „Du stinkst wie ein ganzer Paviankäfig."

Als sie bei den Wagen ankommen, verschwindet die Sonne endgültig hinter den Bergen. Während des Abstieges klärt Beck Lefebvre, Gauweiler und Senta in kurzen Sätzen über die Ereignisse auf, die dazu geführt haben, dass Wolfgang Löffler auf dem schmalen Pfad durch das Felsenmeer sterben musste.

Während Gauweiler Senta überredet, mit zum Gartenfest nach Speyer zu kommen, übernimmt Nini mit ihrer ganzen Autorität als Ärztin die Verantwortung für Beck, indem sie vorschlägt, ihn so schnell wie möglich zur nächsten Notaufnahme in Neustadt zu fahren.

Nini und Beck machen einen kleinen Umweg über Lisweiler. Unter der heißen Dusche wird er von einem Weinkrampf gepackt, der sich erst wieder löst, als sie in Ninis Käfer sitzen.

Im Krankenhaus lässt sich der diensthabende Arzt viel Zeit mit der Untersuchung und stimmt Becks Entlassung erst zu, nachdem alle Holzsplitter aus dessen Rücken, Armen und

Beinen entfernt sind, überall ordentlich rotes Desinfektionsmittel aufgetragen, die Kopfwunde versorgt und ein Schädelbruch sicher ausgeschlossen ist. Aber auch dann hätte er Beck am liebsten übers Wochenende dabehalten, wenn ihn nicht das resolute und kompetente Auftreten der attraktiven Kollegin restlos davon überzeugt hätte, dass sein Patient in guten Händen ist.

In Lisweiler richtet Nini auf der Couch ein bequemes Lager für Beck und rückt den Lesesessel näher zur Couch. Dann öffnet sie eine Flasche Ventoux, löffelt die bei dem mit schwerem pfälzischen Dialekt sprechenden Inder in Neustadt gekauften Currys auf zwei Teller und lässt sich in den Sessel fallen. Für eine Weile genießen sie schweigend ihr Essen. Nach dem ersten Glas Wein fängt Beck an zu erzählen. Er erzählt von Dienstagnacht, wie er von den Rockern niedergeschlagen und weggesperrt wurde, von Donnerstagabend, der Marx das Leben kostete, und von Hofer, wie der ihn auf so grausame Weise zum Zeugen seiner Lebensbeichte gemacht hat. Er redet fast zwei Stunden. Immer wieder von Weinkrämpfen unterbrochen, lässt er nichts aus, beschönigt nichts. Nini lässt ihn reden. Sie hat auch nichts dagegen, dass er sich trotz des ordentlichen Medikamentencocktails, den er in sich hat, mehrmals Wein nachschenkt. Nachdem alles erzählt ist, schweigen sie eine Weile.

Sanft ergreift Nini das Wort. „Ich kann sehr gut verstehen, dass du dich schuldig fühlst am Tod von Marx. Deine Entscheidungen haben den Tod eines Menschen, eines Kollegen, zur Folge gehabt. Und der, der die Entscheidungen trifft, übernimmt auch die Verantwortung für deren Folgen. So ist das nun mal im Leben. Aus diesem Grund kann ich auch gut verstehen, dass du denkst, dass du der einzige Mensch auf der ganzen Welt bist, der diese Tragödie hätte verhindern können."

Beck nickt. Den Tränen wieder bedrohlich nahe greift er nach ihrer Hand. „Ich würde alles dafür geben, wenn ich es rückgängig machen könnte."

Nini lehnt sich über die Tischecke und schaut ihm ernst in die Augen. „Du weißt, dass es nichts, aber auch gar nichts gibt, dass Marx wieder lebendig werden lässt. Kein Erlöser und kein Voodoo Zauber schafft das. Du wirst damit leben müssen. Das bedeutet aber auch, dass du einen Weg finden musst, mit dieser Schuld umzugehen, und das wirst du nicht alleine schaffen, Helm. Das schafft niemand allein. Mit einer posttraumatischen Belastungsstörung ist nicht zu spaßen. Wenn du möchtest, kann ich dir die Adressen von zwei sehr kompetenten und erfahrenen Kolleginnen geben."

„Ich glaube, ich brauch erst einmal ein paar Tage Ruhe. Am Montag wird der Polizeipräsident den Leiter eines anderen Kommissariats beauftragen, mir einige Fragen zu stellen. Die werden das gründlich untersuchen und jeden Stein umdrehen. Müssen die ja. Wenn ich körperlich wieder auf dem Damm bin, können wir ja mal über deine Adressen reden."

„Ich meine das sehr ernst, Helm." Sie zögert kurz bevor sie weiterspricht. „Ich hoffe, du weißt, dass das ziemlich unwirklich ist, was du mir da erzählt hast. Offen gestanden habe ich große Probleme damit, zu verstehen, was dich antreibt. Was dich dazu bringt, dich und andere ohne Not in so lebensbedrohliche Situationen zu bringen. Und du solltest alles tun, um das für dich rauszufinden. Dich selbst hätten deine Entscheidungen allein in dieser Woche dreimal das Leben kosten können." Sie ignoriert Becks beschwichtigende Geste. „Und ich habe so meine Zweifel, ob du dir darüber im Klaren bist, was das für die Menschen bedeutet, für die du wichtig bist, die dich lieben."

„Das alles tut mir unendlich leid. Ich habe einfach nicht lange genug nachgedacht. Manchmal habe ich es so satt, mit Lefebvre oder der ganzen Beamtenbürokratie Zeit zu verschwenden."

Beck versucht ein Grinsen, das kläglich misslingt.

„Vielleicht fängst du einfach mal damit an, alles aufzuschreiben."

„Das ist eine gute Idee. Am Montag fang ich damit an. Versprochen. Um einen ausführlichen Bericht werde ich sowieso nicht herumkommen. Jetzt brauche ich erst einmal ein paar Tage Ruhe." Er greift wieder nach ihrer Hand. „Könnten wir es heute dabei belassen und über etwas anderes reden, Liebes."

„Natürlich. Wir können auch einfach nur Musik hören. Ich leg Holz nach und mach ein paar Kerzen an. Brauchst du noch eine Decke?"

Beck schüttelt vorsichtig den Kopf. Er streckt sich auf der Couch und zieht seine alte Wolldecke bis ans Kinn. Mit geschlossenen Augen hört er die Ofenklappe und leises Geklapper. Dann das leise Rauschen der Boxen, als die Anlage eingeschaltet wird. Das Letzte, was Beck an diesem Abend hört, ist Dylans Stimme, die ihm verzweifelt ins Ohr schnoddert: *"Mama, put my guns in the ground. I can't shoot them anymore. That long black cloud is comin' down. I feel like I'm knockin' on heaven's door."*

Epilog
15.-16. September 1982

Am Morgen hat Kriminaloberrat Dr. Hahmann, mit wortreicher Unterstützung von Lefebvre, eine Stunde lang versucht, ihm seine schriftlich vorgelegte Kündigung auszureden. Alle könnten sehr gut verstehen, dass es ihm nach den erschütternden Ereignissen der vergangenen Woche unmöglich erscheinen müsse, einfach weiter seiner Arbeit nachzugehen. Er sei allerdings ein Polizist, der immer wieder durch hervorragende Ergebnisse bewiesen habe, dass er im Übermaß über die speziellen Eignungen verfüge, die einen Ermittler zu einem sehr erfolgreichen Vermittler mache. Auf so eine Persönlichkeit könne und wolle die Behörde nicht verzichten. Und so weiter und so fort. Fast haben sie sich gegenseitig überboten mit dem Herausstreichen seiner besonderen

Fähigkeiten. Aber spätestens nach den stundenlangen Gesprächen mit dem für die Untersuchung des Todes von Marx beauftragten Leiter des Kommissariats für Organisierte Kriminalität, deren Inhalte weit über die Ereignisse der letzten Woche hinausgingen, konnte er es sich nicht mehr vorstellen, weiter in seinem Beruf zu arbeiten.

Nur um endlich dem Dauerbeschuss der Argumente zu entkommen, die auf ihn einprasselten, hat er sich dann doch darauf eingelassen, erst einmal eine Woche freizunehmen und währenddessen die Kündigung zu überdenken. Auf dem Innenhof war ihm Senta über den Weg gelaufen. Nach ein paar Minuten verlegener Herumdruckserei hat sie ihn gefragt, ob er am Donnerstag zu Marx' Beerdigung kommen würde. Obwohl er genau wusste, dass er dazu nicht in der Lage sein würde, hat er ihr zugesagt.

Danach war er nach Speyer gefahren, um Wolle zu bitten, ein paar Tage auf sein Häuschen zu achten. Sein Nachbar hat ihn ein paar lange Augenblicke gemustert, aber keine weiteren Fragen gestellt. Dann hat er ihm mit einem freundschaftlichen Klaps auf die Schulter ein paar schöne Tage gewünscht. "Und wenn du reden willst, Alter, also ich mein, wenn du wieder da bist, sag einfach Bescheid. Wir legen gute Musik auf und lauschen eine Nacht lang dem Plätschern des Baches. Wenn's sein muss, trink ich auch n'paar Flaschen Wein mit dir."

Beck war schon wieder über das Mäuerchen in seinen Garten gestiegen, als ihm Wolle noch hinterherrief: „Und bau keinen Scheiß, Alter. Verstanden?"

Kurz darauf war er mit einer Tasche voller Wäsche auf dem Weg nach Lisweiler. Auf der Höhe von Hochstadt wehte ihm kalter Wind erste Nieselschwaden entgegen. Schon seit dem frühen Morgen verdüsterte eine durchgehend dunkelgraue Wolkendecke das Tageslicht.

Als er später die Haustür seines Winzerhäuschens hinter sich schließt, gesteht er sich ein, dass er all die besorgten

Fragen und gut gemeinten Ratschläge nicht mehr aushält. Kurz entschlossen packt er Kleider für ein paar Tage, Waschzeug, Zelt und Schlafsack in zwei Motorradsäcke und zurrt sie auf seiner V7 fest. Bevor er aus dem Haus geht, ruft er Nini in der Klinik an und hat sie überraschend schnell am Apparat. Wortreich bestärkt sie ihn in der Absicht, ein paar Tage mit sich allein zu verbringen, legt ihm aber behutsam nahe, so bald wie möglich professionelle Hilfe in Anspruch zu nehmen.

Unter normalen Umständen bringen ihn keine hundert Pferde dazu, sich bei regennasser Fahrbahn auf ein Motorrad zu setzen. Wird man während einer Tour von einer schwarzen Wolke überrascht, kann man halt nichts machen. Aber im Regen loszufahren, wenn der Asphalt an den unübersichtlichsten Stellen von aufgeweichtem Belag rutschig sein konnte, ist seiner Überzeugung nach nur mit selbstmörderischen Motiven zu erklären. Ganz zu schweigen von dem alle Fahrerfreuden verderbenden Moment, ab dem der Regen durch das Stiefelleder dringt und im Nacken seinen Weg unter Regenkombi und Lederjacke findet.

An diesem Nachmittag ist es ihm völlig egal, in welchem Zustand sich die Straßen befinden. Eine alles umfassende Gleichgültigkeit ähnelt mehr und mehr einem faradayschen Käfig, der ihn seit dem Abend, an dem sie ihn nackt und vor Kälte und Angst zitternd aus dem Unterstand befreiten, gegen alle emotionalen Einflüsse aus seiner Umgebung abschottet. Die zärtliche Besorgtheit Ninis, das Hören geliebter Musik, seine Bücher, eine knusprig angebratene Scheibe Saumagen, das Lachen seiner Mutter, nichts löst auch nur den geringsten Wirbel in seiner Seele aus. Da ist nichts mehr, was seine Vernunft dabei unterstützt, Schönes von Hässlichem zu unterscheiden.

Gegen vier lässt er Wissembourg hinter sich und folgt einer schmalen Landstraße, die sich in sanften Serpentinen auf die dicht bewaldeten Hügel der Nordvogesen hoch schlängelt. Wie viele Dutzende Male zuvor passiert er das Schild mit dem

Hinweis auf das Château de Fleckenstein und biegt hinter Obersteinbach links in eine kaum befahrene Waldstraße ein, die nach Südwesten führt. Der Nieselregen hat zwar nachgelassen, aber an dem gleichmäßig dunkler werdenden basaltgrauen Himmel erkennt er, dass die Sonne ihren Kampf gegen die grauen Wolken endgültig aufgegeben hat. In den nächsten beiden Stunden entscheidet er sich bei jeder Kreuzung oder Gabelung für die jeweils schmalere Straße, immer darauf bedacht, wenigstens im Großen und Ganzen die südliche Richtung zu halten. In tiefe Grübeleien versunken verliert er auf den engen asphaltierten Forstwegen endgültig die Orientierung. Nach ergebnislosem Studium der Straßenkarte folgt er einem kleinen Flüsschen in Fließrichtung, das sich ihm eine halbe Stunde später auf einem Schild als Zorn vorstellt. Bald steht er wieder an der Landstraße, die er vor einer knappen Stunde verlassen hat. Hinter Saverne biegt er auf eine schmale Straße ab, die durch dichte Wälder auf nebelverhangene Pässe führt. Als er einmal, seinem schmerzenden Gesäß eine kurze Pause gönnend, auf ein wolkengefülltes Tal hinabblickt, verdichtet sich in ihm das traurige Gefühl, von allem in der Welt abgetrennt zu sein.

Ein kurzer Blick auf die Karte zeigt ihm einen See ganz in der Nähe, bei dem er einen Zeltplatz zu finden hofft. In einer guten Stunde würde die Dämmerung einsetzen. Als er den Col du Donon überquert, kommen ihm die Rheinmatrosen Henri und Hugo in den Sinn, die in diesen Wäldern ermordet worden waren. Ob sein Großvater die beiden gekannt hat? Er weiß nicht, in welchem Verhältnis Rheinschiffer und Rheinfischer damals standen. Womöglich waren sie sich einmal begegnet. Er erinnert sich an die wenigen Male, meist in den Sommerferien, die ihn sein Großvater mit zum Fischfang genommen hatte. Es mussten die Jahre vor der Pubertät gewesen sein, mit der dann ganz andere Interessen und Bedürfnisse wie bunte Räuberhorden in sein Leben eingefallen waren. Während der ganzen Nacht, die sie auf dem Rhein verbrachten, warf der alte Mann mehrmals sein Netz aus. In den

Stunden später eingezogenen Maschen bäumten sich unterarmlange Zander und Flussbarsche inmitten eines Gewusels von Rotaugen, Äschen, Flussbarben und anderen Kleinfischen. Einmal wütete ein Wels, der kaum kleiner war als er selbst in ihrem Netz. Vor seinem geistigen Auge sieht er den stillen Mann im Dunkel der Nacht an Bord seines Kutters sitzen, wie er Pfeife rauchend, wortlos dem an ihn gelehnten schläfrigen Enkel zärtlich durchs Haar fährt. Beck klappte das Visier hoch und wischte sich die Tränen aus den Augen. Wo kommt nur diese verdammte Rührseligkeit her?

Obwohl erst halb sieben, wird das Grau des Tages dunkler. Stärker werdender Nieselregen zwingt ihn immer wieder, das beschlagene Visier zu wischen. Als er den See erreicht, findet er in einer weiteren knappen halben Stunde heraus, dass der See zwar an drei Stellen zugänglich, aber ein Zeltplatz nirgends zu finden ist. Im dichten Wald ist es inzwischen so düster, dass er den Lichtkegel seines Scheinwerfers zitternd über Baumstämme und Unterholz huschen sieht. Er fährt zurück zu der Handvoll Häuser, die er am Ende der Straße zum See passiert hat. Er erinnert sich an ein verwittertes Schild, das auf eine Ferme Auberge hinwies.

Als er sich abends auf den durchgelegenen Matratzen eines bei jeder Bewegung quietschenden Doppelbettes ausstreckt, meldet sich auf einen Schlag sein malträtierter Körper. Als ob die kleinste Bewegung jede einzelne Muskelfaser unter Strom setzen würde. Unter lautem Stöhnen kämpft er sich zum Bettrand und fingert zwei Schmerztabletten aus seinem Waschbeutel. Er wünscht sich eine Flasche Wein, fühlt sich aber zu schwach, um nach unten zu gehen. Er vermutet, dass er nicht einmal mehr die Kraft haben würde, sich ein weiteres Mal der Schwerkraft entgegenzustemmen, um diesem durchgelegenen Bett zu entkommen. Die Bettwäsche ist sauber, riecht aber so intensiv nach Tausenden gerauchter Gitanes, dass er nicht wirklich daran glaubt, schlafen zu können. Dazu kommt der Lärm des Fernsehgerätes im Nebenzimmer. Je länger er mit geschlossenen Augen auf dem Bett liegt, umso lauter scheint das Gerät zu dröhnen.

Er will sich gerade aufraffen, um seinem Zimmernachbarn ordentlich die Leviten zu lesen, als der Nachrichtensprecher von einem Sprengstoffattentat auf das Hauptquartier der US-Luftstreitkräfte in Rammstein in den frühen Morgenstunden berichtet. Die Explosionen hätten erhebliche Sachschäden angerichtet, zwei deutsche Zivilangestellte und achtzehn amerikanische Soldaten befänden sich zum Teil schwer verletzt in klinischer Behandlung. Der Präsident des Bundeskriminalamtes erläutert, dass trotz des fehlenden Bekennerschreibens mit hoher Wahrscheinlichkeit davon auszugehen ist, dass es sich um einen Anschlag der Roten Armee Fraktion handele.

Beck erstarrt zu Stein. Von wegen, die Welt ignoriert ihn. Selbst in dieser abgelegenen Auberge erinnert sie ihn an die Schuld, die er auf sich geladen hat. Er krümmt sich in die nikotinverseuchten Laken und stöhnt laut zur hohen Decke hin, über der ein gläubiger Mensch die Chance zur Vergebung gesucht hätte.

Als er am nächsten Morgen kurz vor acht zum Frühstück nach unten geht, mischt sich Kaffeeduft in den Geruch kalten Zigarettenqualms. Durch die geöffneten Fenster fallen Sonnenstrahlen, die vereinzelt durch das dichte Laub der hohen Buchen hindurch in den Gastraum leuchten. An einem der Tische erkennt er ein für französische Verhältnisse üppiges Frühstück und setzt sich. Eine große Schale Milchkaffe und ein ellenlanges, mit Brie, Salami und Gurkenscheiben belegtes Baguette später bezahlt er die Rechnung und packt sein Motorrad auf.

Er fährt zurück zum Col du Donon, um kurz hinter dem Pass in das Tal des Rabodeau abzubiegen. Entgegen jeder Logik versucht er angestrengt, Spuren der Maquis-Lager zu entdecken. Hinter Senones biegt er auf kleinere Straßen ab und erreicht über den Col d'Hermanpaire das Dorf Provenchère.

Er fährt jetzt zügiger und jagt die Route des Crêtes zum Col de la Schlucht hinauf. Auf den Serpentinen hinter dem Pass überholt er jedes Auto, das vor ihm auftaucht. So peitscht er seinen Adrenalinpegel auf ein Niveau, das ihm hilft, sich einigermaßen lebendig zu fühlen. Am Col du Wettstein widersteht er dem Impuls, sich auf dem Soldatenfriedhof "Le Linge" die Stelle anzusehen, an der Mutzig seinen alten Bekannten Lucien Catieux mit der Garrotte erwürgt und dann verscharrt hat. Ohne Pause fährt er weiter über Orbey Richtung Kaysersberg.

Kurz vor zwölf stellt er sein Motorrad vor dem Bürgermeisteramt ab, einem eindrucksvollen Renaissancebau, dessen mächtiger Turm das Gebäude um drei Etagen überragt. Er trifft auf eine freundliche Verwaltungsangestellte, die ihm seine Geschichte von der erst jetzt entdeckten Großtante sofort abnimmt und ihm nicht nur die Adresse von Marie Mutzig heraussucht, sondern ihm ihr Haus mit einem Kreuz auf einem der kleinen Stadtpläne markiert, die in den Touristenbüros ausliegen.

Eine halbe Stunde später steht er vor dem kleinen Fachwerkhaus und muss all seinen Mut zusammennehmen, um den Türklopfer zu bedienen. Es dauert einige Minuten, bis er leise Schritte hört. Langsam öffnet sich die Tür und eine kleine hagere Frau, der man die zweiundachtzig Jahre nicht ansieht, mustert ihn neugierig.

„Ja, Monsieur. Kann ich Ihnen helfen?"

Beck erschrickt ein wenig vor der festen Stimme. Er reißt sich zusammen und erwidert ihren Blick. „Bon Jour, Madame Mutzig. Mein Name ist Beck. Ich bin deutscher Polizist, und ich muss Ihnen eine traurige Nachricht überbringen."

Betrübt sieht sie zu ihm auf. „Jean-François. Ich weiß. Monsieur Pompidou war am Montag hier."

Jetzt erst bemerkt er ihre dunkle Kleidung. Gefasst bittet sie ihn ins Haus. Sie dirigiert ihn zur Wohnküche, in der sie Kaffeewasser aufsetzt, während er auf ihre Bitte hin am Küchentisch Platz nimmt.

„Haben Sie ihn gekannt, meinen Sohn?", fragt sie ihn über die Schulter hinweg.

„Nein, Madame Mutzig. Es ist seltsam. Er hat mich ausgewählt, um seiner Lebensbeichte zuzuhören. Danach hat er sich vor meinen Augen erschossen."

Obwohl sie mit dem Rücken zu ihm steht, sieht er, wie sie innerlich zusammenschrickt. Stumm setzt sie den Filter auf die Kanne, gibt Kaffeepulver in den Papierfilter und wartet, bis das Wasser kocht. Beck lässt ihr die Zeit und respektiert ihr Schweigen. Nachdem der Kaffee aufgebrüht ist, kommt sie mit einem Tablett, auf dem neben der Kaffeekanne zwei Kaffeetassen, Milchkännchen, Zuckerdose und ein Teller mit selbst gebackenen Keksen stehen, zu ihm an den Tisch. Sorgfältig stellt sie das Geschirr ab und gießt ihnen Kaffee ein. Erst dann setzt sie sich zu ihm.

„Hat er Ihnen etwas angetan, Monsieur Beck?"

„Nicht im eigentlichen Sinn des Wortes, Madame."

„Verstehen Sie mich nicht falsch, Herr Beck, aber ich möchte nicht wissen, was er Ihnen erzählt hat. Vergangene Woche war er hier. Wir haben drei schöne Tage miteinander verbracht." Sie sah Becks hochgezogene Augenbrauen. „Nein. Er hat nichts angedeutet oder angekündigt. Er war wie immer. Vielleicht etwas ruhiger als in den Jahren, in denen er nach einem Besuch bei mir zu seiner Familie zurückkehren konnte."

„Er bat mich, Sie in seinem Namen um Vergebung zu bitten, für die vielen falschen Entscheidungen, die er in seinem Leben getroffen hat." Beck zögert kurz, hält ihrem Blick stand. „Er bat mich auch, Ihnen mitzuteilen, dass er seine Entscheidung, Sie zu schützen, nie bereut hat. Und dass es viele andere Entscheidungen gab, deren er sich nicht zu schämen braucht. Einige, auf die er sehr stolz ist."

„Wer entscheidet, was richtig und was falsch war im Leben eines Menschen? Kann man sagen, ob es richtig oder falsch ist, von jüdischen Großeltern abzustammen?"

„Er hat Sie sehr geliebt, Frau Mutzig."

„Letztlich war das sein Verhängnis, Herr Beck. Sagen Sie mir, was ist das für eine Welt, in der einem die Liebe zur Mutter zum Verhängnis werden kann?"

Dank

Mit großem Respekt danke ich den Schülerinnen und Schülern der Integrierten Gesamtschule Mannheim-Herzogenried. Die im Jahre 2000 im Centaurus Verlag als Buch erschienenen Ergebnisse ihrer Forschungsarbeit *‚Die Männer von Saint-Dié'* waren ein entscheidender Anstoß für den vorliegenden Roman.

Herzlichen Dank an Katrin, Beate und Klaus, die mir als Erstleser*innen des Textes viele wertvolle Rückmeldungen gegeben haben. Gesondert nennen will ich hier auch Karlheinz, dessen untrügliches Gespür für Rechtschreibung letztlich Anlass für diese Überarbeitung war.

Danke auch an meinen Lektor Volker Maria Neumann, der mit wichtigen Hinweisen die Straffung der Geschichte vorantrieb.

Ganz herzlich bedanke ich mich für die fachkundige Beratung des pensionierten Kriminalhauptkommissars Joachim Bossek, der in den 80er-Jahren im Polizeipräsidium Ludwigshafen tätig war.

Last but not least danke ich meiner lieben Frau Lis, die über Monate hinweg geduldig akzeptiert hat, dass ich mehr Zeit mit meinem Rechner als mit ihr verbringe. Sie hat mit der Lesung des fertigen Textes letzte Plausibilitätslücken und übersehene Rechtschreibfehler entdeckt. Die Leser*innen werden es ihr danken.

Willi Vögeli arbeitete als kaufmännischer Angestellter, Buchbindergehilfe, Schichtarbeiter, Bankangestellter, pädagogische Hilfskraft in einem Jugendzentrum und Sozialarbeiter in der Gemeindepsychiatrie.

„Der Kollaborateur" ist der erste Achtziger-Jahre-Krimi mit dem Speyerer Ermittler Wilhelm Beck mit Zweitwohnsitz in Lisweiler an der Weinstraße. Der zweite Roman ist in Arbeit und wird 2024/25 erscheinen. Insgesamt sind in der Reihe fünf Bücher geplant.

Willi Vögeli, in der schönen Domstadt Speyer geboren, lebt nach Stationen in Neuss und Bergisch Gladbach seit 2010 mit seiner Ehefrau im Schatten eines jüngeren Doms in Köln. Eine erwachsene Tochter wohnt in Vallendar.

Dieses Buch wurde in Übereinstimmung mit den GPSR-Richtlinien der EU zur Sicherheit von Produkten erstellt.

Die Verordnung über die allgemeine Produktsicherheit ist der aktualisierte Rahmen der Europäischen Union, um sicherzustellen, dass alle Verbraucherprodukte, einschließlich Bücher, für Verbraucher sicher sind.

Dieses Buch wurde von Libri Plureos GmbH gedruckt. Der Drucker hat Sicherheitszertifikate für die verwendeten Materialien wie Tinte, Papier und Kleber ausgestellt.

Die Produktkennung ist: 9789403704241

Der Autor ist für den Inhalt des Buches verantwortlich, ist Herausgeber der Werke und trägt die volle Verantwortung dafür.

Das Buch wurde über Bookmundo produziert. Bookmundo ermöglicht es jedem Autor, seine Geschichten über gedruckte Bücher und E-Books und ein breites Vertriebsnetz mit dem Rest der Welt zu teilen.

Bookmundo fungiert als Vermittler bei Sicherheitsfragen und richtet diese an den Drucker/Autor. Sollten Sie Fragen zur Sicherheit des Produkts haben, kontaktieren Sie uns bitte.

Bookmundo
Delftsestraat 33
3013AE Rotterdam
Die Niederlande
info@bookmundo.com